ŻMIJOWISKO

WOJCIECH

CHMIELARZ

ŻMIJOWISKO

MARGINESY

PROLOG

Próbowała się zabić dwa razy. Za pierwszym razem wzięła środki nasenne. Całą garść rohypnolu, który popiła wódką. Poczuła się odprężona i cholernie szczęśliwa. Złe myśli same uciekły jej z głowy, chociaż wcześniej oblepiały zwoje mózgowe warstwą czarnej lepkiej smoły. A potem niespodziewanie się przestraszyła. Pobiegła do toalety, obijając się po drodze boleśnie o ściany. Klęknęła przy sedesie i włożyła sobie dwa palce głęboko w usta. Zaczęła wymiotować, a deska klozetowa spadła na nią i uderzyła w potylicę. Kiedy wyrzygała już wszystko, co miała w żołądku, a z jej ust wylewała się tylko pożółkła kwaśna ślina, wróciła do sypialni i zasnęła na szesnaście godzin.

Za drugim razem to była kwestia impulsu. Luty. Mokro, zimno i ciemno. Długo płakała w ubikacji. Zużyła prawie całą rolkę papieru toaletowego, wycierając łzy z twarzy. W końcu wstała. Przeszła do dużego pokoju. Otworzyła drzwi balkonowe. Owiało ją chłodne powietrze. Przełożyła najpierw jedną nogę przez barierkę, potem drugą. Spojrzała w dół. Pod sobą miała pięć pięter, a na samym dole chodnik wyłożony kostką brukową. Po drodze nic, co spowolniłoby spadanie. Nic, co mogłoby uratować jej życie.

– Mamo?

Zerknęła za siebie. W balkonowych drzwiach stał Ignaś. Zupełnie zapomniała, że jest w domu. Szybko zeszła z barierki. Serce waliło boleśnie, obijając się o żebra. Przytuliła synka i wbiegła z nim do domu. Zaczęła znowu płakać.

Pocieszała się, że mały ma dopiero trzy lata. Że nie zapamięta widoku mamy, która planowała się rzucić z szóstego piętra. A potem uświadomiła sobie, że nie zapamięta również Ady. Nie chciała żyć w świecie, w którym jedyne wspomnienia jej syna o siostrze będą pochodziły z opowieści innych ludzi.

Matki zawsze mówią, że wszystkie swoje dzieci kochają tak samo.

Matki kłamią.

Ada zajmowała w jej sercu więcej miejsca niż Ignaś. I chociaż ona miała piętnaście lat, a on tylko trzy, to Kamila wiedziała, że nic już się nie zmieni. Wstydziła się tego. Starała się o tym nie myśleć, ale taka była prawda.

To dziecko ukształtowało całe jej dorosłe życie. Pojawiło się, kiedy ona, zaledwie dwudziestojednoletnia studentka, raz zaszalała bez zabezpieczenia. Pamiętała swój strach, kiedy najpierw na teście pojawiły się dwie kreski, a potem wizytę u ginekologa, który potwierdził ciążę. Poradził jej, żeby się cieszyła. Chciała go wtedy uderzyć, bo dla niej to było jak koniec. Zabrakło jej jednak odwagi, żeby zapytać o skrobankę.

Potem poczuła, jak rośnie w niej życie. Pierwsze ruchy w jej macicy. Nieśmiałe, później coraz silniejsze kopnięcia, bolesny poród, bo lekarz idiota nie chciał dać znieczulenia, i wreszcie najpiękniejszy na świecie zapach świeżo urodzonego dziecka i kolejne bóle, kiedy wyrzucała z siebie łożysko. Małżeństwo z chłopakiem, który tak naprawdę nie dorósł do tego, żeby być ojcem, ale przynajmniej bardzo się starał. Ciasne mieszkanko, żebranie po znajomych o meble i ubranka, siedzenie po nocach z płaczącym z powodu kolki dzieckiem i równoczesne uczenie się do sesji. Ciągła obawa o pieniądze. Fuchy łapane gdzie tylko się da. Pomoc przyjaciół i rodziny. Potem pierwsze wakacje we trójkę. Praca, mała stabilizacja. Lepsza praca. Kredyt. Nawet udało się go przewalutować, zanim było za późno. Większe mieszkanie. Samochód.

Ignaś przybył na gotowe. Od początku miał własny pokój, niewielki, bo z przerobionej kuchni, którą przenieśli do dużego pokoju, łącząc z salonem. Mieli pieniądze. Mniej, niżby chcieli, ale więcej niż kiedyś. Nawet pięćset złotych dostali, chociaż spokojnie daliby sobie radę bez.

Kochała go. Był jej małym pięknym synkiem.

Ale nie aż tak jak córkę.

Ady już nie było. Zniknęła. Rozpłynęła się w ciemnościach letniej nocy. Pozostawiła po sobie ogromną dziurę. Kamila była przekonana, że nigdy nic jej nie wypełni.

Myliła się.

Wypełnił ją, aż po same brzegi, matczyny ból po straconym dziecku.

TERAZ, LATO 2017

1

Słońce nad Polską wygląda inaczej. Jest daleko. Wydaje się chłodniejsze, mniejsze, nieobecne, jakby znalazło się nad tym krajem przypadkiem. A pomimo to w jakiejś dziwnej pasywno-agresywnej relacji bombarduje dziko promieniami. Bez umiaru i nachalnie, próbując w trzy miesiące nadrobić dziewięć pozostałych, kiedy rzadko potrafi przebić się przez gęsty kożuch chmur. W Nigerii słońce sprawia wrażenie, że chce się do ciebie zbliżyć. Promienie są tak mocne, że niemal czuć, jak uderzają w skórę. Aż chciałoby się je dotknąć, utkać z nich jedną z tych wielokolorowych tkanin, które noszą tamtejsze kobiety.

Adaoma pokochała Nigerię, kiedy tylko postawiła tam stopę. Żadne miasto, żaden Londyn, Paryż czy Nowy Jork nie ma w sobie takiej energii jak Lagos. Uwielbiała tam wracać. Wtapiać się w głośny tłum, obserwować innych, chodzić na imprezy, gdzie roztańczeni ludzie rzucali w siebie nawzajem banknotami. Jednak jej prawdziwe życie było tutaj, w Polsce. W kraju, który bywał lepszy i gorszy, któremu wiele brakowało, ale który był jej domem. Jej miejscem na ziemi, którego za nic nie zamieniłaby na żadne inne. Nieważne, ile osób by pisało w internecie, że nie jest prawdziwą Polką i nigdy nie będzie. Albo ile by ją stąd wyganiało za

Morze Śródziemne, bo to ono, jak twierdzili, oddziela człowieka od małpy. Chowała swoją pogardę za wyćwiczonym uśmiechem i w duchu życzyła im wszystkiego najgorszego, zdając sobie sprawę, jak arcypolskie to jest zachowanie.

Pod jej adidasami chrzęściły kamienie, pękały suche patyczki, trzeszczało igliwie i szyszki, które spadały ze wzbijających się w górę sosen. Było duszno i gorąco. Nie tak jak w Lagos, ale dość. Sportowa koszulka przywierała jej do ciała, pot spływał wzdłuż pleców, tworząc na nich niewielkie strumienie. Pobiegła za daleko. Przeszarżowała i od dłuższej chwili zamiast truchtać, po prostu szła. W bidonie skończyła się woda, a do gospodarstwa zostały jeszcze niecałe trzy kilometry. Miała nadzieję, że zdąży wrócić przed burzą.

Najgorsi byli jednak młodzi mężczyźni. Szli za nią od pewnego czasu. Dołączyli mniej więcej wtedy, gdy opuściła miasteczko. Trójka wyrostków, która popijała piwo na ławeczce przed domem i paliła fajki. Kiedy ich minęła, najpierw obrzucili ją ciężkimi, nieprzyjemnymi spojrzeniami. Potem zorientowali się, że zmierza w kierunku lasu, i podążyli za nią.

Szli szybciej od niej, chociaż nieznacząco. Nie dało się jednak ukryć, że dzieląca ich odległość wciąż się zmniejszała. Adaoma kilka razy przyspieszyła, a oni zrobili to samo. Zastanawiała się, czy nie powinna zacząć biec, ale obawiała się, że wtedy ruszyliby w pogoń. I to będzie już koniec, wszystko stanie się oczywiste. Teraz jeszcze mogła udawać, że tylko idą w tym samym kierunku. I liczyć na to, że coś wybije im z głów głupie pomysły.

Słyszała ich głosy. Wyłapywała pojedyncze słowa, zwroty takie jak: kurwa, ruchanie, czarna dupa. Wbijali wzrok w jej pośladki. W pewnym momencie jeden z nich zagwizdał. Ostry nieprzyjemny dźwięk spłoszył dwa ptaki odpoczywające na gałęzi nieopodal. Popełniła błąd i mimowolnie się obejrzała. Trzy wykrzywione agresją pomieszaną z żądzą twarze. Znudzeni chłopcy wreszcie zobaczyli zabawkę, nad którą mogą się poznęcać. Zdradziła się ze swoim strachem, co tylko ich rozochociło.

– Poczekaj, czarnulko!

– Czekaj, czekaj! Chcemy tylko pogadać!

Niespełna trzy kilometry do gospodarstwa. Cały ten odcinek prowadził przez las. Modliła się, żeby kogoś spotkać. Leśniczego. Rodzinę zbierającą grzyby lub jagody. Kogokolwiek, kto mógłby jej pomóc.

– Czekaj! Kurwa, bambuska chyba nie rozumie! Czekaj, kurwa, mówię!

Czy gdyby zaczęła teraz biec, zdołałaby uciec? Nie wyglądali na przesadnie wysportowanych. Palili. Parne powietrze przeszkadzało im tak bardzo jak jej. Ale ona zrobiła już ponad dziesięć kilometrów.

– Ty, może banana rzucić, żeby się zatrzymała?

– Mam dla niej wielkiego białego banana, który mógłby ją zainteresować – usłyszała i zaraz potem rozległ się obrzydliwy głośny rechot.

– Chodź, bambo! Mamy banana!

Czy wiedzieli, kim jest? Czy widzieli jej zdjęcia? Najgłupsza rzecz, na jaką się w życiu zgodziła. Rozbierana sesja dla magazynu dla panów. Ówczesny agent przekonywał ją, że to pomoże. Uwierzyła mu. Kiedy przyszła do studia, fotograf dał jej na początek skąpy stanik, sukienkę z liści palmowych oraz kolorową tarczę i dzidę. Rzuciła tym wszystkim o ziemię, nazwała go kretynem i wybiegła z budynku. Dzień później z oficjalnymi przeprosinami zadzwonił wydawca. Powiedział, że już zwolnił osoby, które zaplanowały sesję, i zapraszał gorąco, żeby spróbowała jeszcze raz. Chciała odmówić, ale agent przekonał ją po raz kolejny. Za drugim razem pokazali jej eleganckie pomieszczenie, gdzie wszystkie meble, a także ściany i podłogi były lśniąco białe. Położono ją na łóżku w śnieżnej pościeli. Kolejny fotograf tłumaczył, że chce zagrać kontrastem czarnej skóry i bieli. Zazgrzytała zębami, ale mu uległa. Nie chciała robić kolejnej awantury. Do dzisiaj znajdywała te zdjęcia na wysokich miejscach wyszukiwania, kiedy tylko wpisywała w Google swoje nazwisko.

– Czarna małpka dostanie białego banana!

– Dupeczko, poczekaj. Będzie fajnie.

– Nie każ się gonić!

– Może oni tak w Afryce mają. Trzeba najpierw dogonić dupę i jebnąć ją dzidą przez głowę...

– Jebnąłbym ją swoją dzidą, ale gdzie indziej.

Dochodziła do leśnego skrzyżowania, gdzie powinna skręcić w prawo, by dotrzeć do Żmijowiska. Od strony przecinki usłyszała wyraźny warkot samochodowego silnika. Przyspieszyła kroku i wtedy w kłębach kurzu, w odległości zaledwie kilku metrów minął ją srebrny ford focus. Podbiegła do przodu, podniosła rękę. Chciała już krzyczeć, żeby zwrócić na siebie uwagę, ale, o dziwo, auto samo się zatrzymało, zanim cokolwiek zrobiła. Potem kierowca wrzucił wsteczny i podjechał do niej powoli. Otworzył drzwi od strony pasażera.

W środku siedział Arek. Schudł przez ostatnie dwanaście miesięcy. Jego twarz była teraz pociągła i sucha. Na policzkach miał kilkudniowy zarost, pod oczami głębokie cienie. W pierwszej chwili z trudem go poznała. I może też o to mu chodziło. O zmianę wizerunku, utrudnienie identyfikacji.

– Wsiadaj – powiedział, zerkając na stojących za nią chłopaków.

Wślizgnęła się do samochodu. Na tylnym siedzeniu dostrzegła tekturowe pudło wypełnione po brzegi papierami, a obok torbę podróżną. Na podłodze walały się puszki po energizerach i opakowanie po żarciu z McDonalda. A także jedna przybrudzona frytka.

– To nie są twoi znajomi? – zapytał, spoglądając w stronę trzech chłopaków.

– Nie.

– Tak myślałem.

Ruszył. Adaoma patrzyła w boczne lusterko. Dostrzegła w nim malejące z każdą chwilą sylwetki młodych mężczyzn. Jeden z nich stał z wyciągniętą wysoko w górę ręką i pokazywał im środkowy palec.

– Nie wyglądało to dobrze – powiedział Arek. – Nic ci nie jest?

– Nie. To tylko paru głupich gnojków.

– Chcesz się napić?

Chciała. W gardle miała sucho. Ale bała się, że nawet łyk wody wywoła wymioty. Podziękowała.

– Skręcę klimę. Jesteś cała spocona.

– Nie trzeba.

– Do Żmijowiska? – zapytał Arek.

Potwierdziła.

– Robert też przyjechał? – Jego głos zadrżał lekko, kiedy zadał to pytanie.

– Nie. Jestem sama. A ty?

– Też sam.

– A Kamila?

Wzruszył ramionami.

– Przepraszam, to nie moja sprawa.

Zwolnił, kiedy pokonywali kolejny zakręt. Las się kończył. Zza drzew można było dostrzec pierwsze budynki gospodarcze. Znaleźli się w na wpół otwartej przestrzeni. W kwadracie pól bezlitośnie wyrwanym lasowi. Wjechali do osady. W Żmijowisku mieszkały zaledwie trzy rodziny. Po trawnikach biegały dzieci w brudnych ubraniach, a pod ścianami leżały kundle, które na widok jadącego samochodu tylko podniosły głowy. Minęli domy i po pięćdziesięciu metrach dojechali do ostatniej posesji, otoczonej drewnianym płotem. Przy bramie, z drewnianego słupa zwisała zawieszona na łańcuchach tabliczka „Agroturystyka Żmijowisko", a obok niej wycięta z drewna uśmiechnięta szeroko sympatyczna żmija. Arek wrzucił kierunkowskaz i wjechał na teren. Zaparkował obok rzędu innych samochodów o rejestracjach z całej Polski. Oboje wysiedli.

Przed nimi rozciągał się malowniczy widok na pobliskie jezioro. Podłużne, lekko się wijące, dość wąskie. Żeby do niego dotrzeć, wystarczyło zejść kilkadziesiąt metrów ścieżką w dół, na niewielką plażę, gdzie teraz nikogo nie było. Po lewej znajdował się spory budynek. Dawna stodoła przerobiona na jadalnię. Dobiegały z niej dziecięce głosy. Dobudowano do niej dwa skrzydła z pokojami dla gości. Nieopodal stał dom jednorodzinny, w którym mieszkała rodzina gospodarzy. Obok niego resztki zabudowań gospodarczych, stary traktor, a w zagrodach leniwie wałęsało się kilka kóz i owiec. Dalej postawiono w szeregu pięć domków wczasowych, schludnych i niedawno pomalowanych na biało. Na dużym podwórzu pomiędzy tym wszystkim zmieściły się parking dla samochodów, boisko do siatkówki, trampolina dla dzieci oraz plastikowa zjeżdżalnia.

– Dzięki – powiedziała Adaoma.

– Nie ma problemu.

Z jadalni wyszła tęgawa blondynka w wieku trzydziestu kilku lat, ubrana w getry i szarą koszulkę. Na rękach niosła malutkie dziecko, które mogło mieć mniej więcej pół roku. Zamachała radośnie do Adaomy, ale uśmiech zniknął z jej twarzy, kiedy dostrzegła stojącego obok Arka. Ruszyła do niego szybkim, zdecydowanym krokiem.

– Dzień dobry panu – powiedziała.

– Dzień dobry.

– W czymś mogę panu pomóc? – zapytała szorstko.

Dziecko na jej rękach zaczęło się wiercić. Poprawiła je, przytulając do piersi.

– Chciałem pokój.

– Mamy wszystko zajęte.

– Zarezerwowałem miejsce.

Zmrużyła oczy, przyglądając mu się podejrzliwie.

– Nie sądzę. Wiedziałabym o tym. Może pan się pomylił i zarezerwował coś w mieście?

Adaoma prawie się uśmiechnęła. Miastem kobieta określiła niewielką mieścinę, gdzie poza sezonem mieszkało może ze dwa, trzy tysiące osób.

– Na pewno nie – powiedział Arek. – Rozmawiałem z pani mężem.

– To niemożliwe. Mąż nie zajmuje się takimi rzeczami. Rezerwacji pilnuję ja.

– To może go spytajmy – zaproponował i wskazał palcem za kobietę.

Gospodyni odwróciła się. W ich stronę szedł postawny brodaty mężczyzna w roboczym ubraniu poplamionym farbą i olejami. Przed chwilą coś naprawiał, bo w dłoni trzymał jeszcze młotek i parę gwoździ. Miał kędzierzawe włosy, przez co, pomimo dorosłego wieku, wyglądał trochę jak niesforny chłopiec.

– Krzysiek!

– Co jest?

– Pan mówi, że zarezerwowałeś mu pokój.

Mężczyzna stanął obok kobiety.

– No tak – potwierdził.

– Ale przecież wiesz, że nie mamy wolnych miejsc.

– Myślałem, że możemy...

– Nie mamy wolnych miejsc – przerwała mu ostro, a każde jej słowo ważyło tyle, co kamień młyński.

Gospodarz uśmiechnął się głupkowato i widać było, że gorączkowo próbuje znaleźć wyjście z niezręcznej sytuacji. Zanim jednak zdążył cokolwiek wymyślić, blondynka zwróciła się do Arka.

– Jak pan sam widzi, nie ma dla pana pokoju. Bardzo przepraszam za pomyłkę. Jeśli wpłacił pan zaliczkę, oczywiście zwrócimy.

– Nie chodzi o zaliczkę... – Stęknął. – Przejechałem kilkaset kilometrów do was i...

– Jest komplet! – powiedziała stanowczo. – Bardzo. Mi. Przykro.

Arek założył ręce za głowę. Kobieta zbliżyła się do niego o pół kroku, jakby chciała go w ten sposób zmusić, by wsiadł do samochodu i wreszcie odjechał.

– Może zatrzymać się u mnie – włączyła się Adaoma.

Gospodyni spojrzała na nią zaskoczona. Podobnie zresztą jak on.

– W moim domku są przecież dwa pokoje. W jednym może zamieszkać Arek.

– Ale ten drugi pokoik jest maleńki! – zaprotestowała kobieta.

– Poradzimy sobie.

– Tam jest tylko jedna łazienka!

– Dam sobie radę. Ściągnę z lustra kilka kosmetyków i znajdzie się miejsce na drugą szczoteczkę do zębów.

Blondynka desperacko szukała kolejnych argumentów, żeby zaprotestować, ale promienny uśmiech Adaomy sygnalizował, że jest gotowa je wszystkie rozbroić. Gospodyni zerknęła w stronę męża, szukając u niego wsparcia, jednak on zachowywał się tak, jakby sytuacja go nie dotyczyła.

– Będzie pani niewygodnie, ale jeśli pani tak chce, to proszę bardzo – powiedziała z rezygnacją. – Proszę poczekać, pójdę po drugi klucz. Krzychu, pomożesz?

Mężczyzna drgnął, kiedy usłyszał swoje imię, a potem w jego oczach pojawił się cień obawy, kiedy zorientował się, że ma iść z żoną. Wymamrotał coś pod nosem i ruszył za nią.

– Dzięki – powiedział Arek. – To tylko na kilka dni.

– Nie ma sprawy. Daj mi chwilę, dobrze? Ogarnę tam swoje rzeczy.

– Jasne. Poczekam tutaj.

Adaoma wahała się, czy powinna coś jeszcze powiedzieć, dodać, ale wyglądał na zmęczonego podróżą. Ona zresztą też, po incydencie z trójką chłopaków czuła się ciągle rozdygotana. Dlatego po prostu poszła do domku, żeby przygotować miejsce dla drugiego lokatora.

2

Gospodarz wraz z żoną wszedł do stodoły. W środku, wokół dużego stołu zebrała się grupa dzieciaków, które z zapałem kleiły coś pod kierownictwem animatorki. Kilkorgu już się to znudziło i bawiły się teraz w kąciku z zabawkami. Z boku, przy innym stole siedziały dwie kobiety. Piły herbatę z kubków i półgłosem o czymś rozmawiały. Pomiędzy nimi leżał talerz kruchych ciasteczek.

Żona poprowadziła go do kuchni. W sezonie zatrudniali dwie sąsiadki do gotowania dla letników. Teraz starsza z nich ugniatała kolejną porcję ciasta na pierogi, a młodsza je wałkowała, co chwila sprawdzając coś ubrudzonym mąką paluchem na swoim smartfonie. Znad stojących na kuchence garnków, gdzie właśnie gotował się kompot, unosiły się kłęby pary. Obie kobiety były pewne i sprawdzone. Chętne do roboty, chociaż ta młodsza mniej. Zdaniem gospodyni dwudziestolatka zbyt często robiła przerwy na papierosa, po to tylko, by do kogoś zadzwonić, posiedzieć na fejsie, powysyłać esemesy i wrzucić fotkę na insta. Dziewczyna ciągle też coś planowała. A to wyjazd do roboty do Warszawy, a to pracę w magazynie w Anglii, usługiwanie w knajpie w Irlandii, opiekę nad seniorami w Niemczech czy zbieranie owoców w Holandii. Z tych zamierzeń nigdy nic nie wychodziło, ale koniec końców wydawała się z tego zadowolona. Jakby same marzenia o lepszym życiu jej wystarczyły.

– Krysiu, weźmiesz na chwilę Adasia? – zapytała gospodyni.

Dziewczyna przestała ugniatać ciasto. Schowała telefon do kieszeni, ściągnęła fartuch i otrzepała ręce, odsłaniając przy tym skrzydło motyla, którego miała wytatuowanego na ramieniu.

– Chodź do mnie, maluchu – powiedziała, uśmiechając się szeroko. Dzieciak zachichotał i wyciągnął w jej stronę rączki. Dziewczyna wzięła go od gospodyni. – Pójść z nim gdzieś?

– No. Przejdź się z nim kawałek. Wróćcie za parę minutek, dobrze? Albo podrzuć go Damianowi. Gdzieś tutaj się włóczy.

– Dobrze.

– Jesteś kochana.

Krysia wyszła z kuchni, gaworząc z dzieckiem. Gospodyni oparła się o blat stołu. Policzyła przygotowane już pierogi.

– Nadzienia starczy? – zapytała.

– Starczy, starczy – potwierdziła kucharka dobrotliwie.

Gospodyni odwróciła się do męża.

– I coś ty najlepszego narobił! – powiedziała z wyrzutem.

Mężczyzna zrobił obrażoną minę.

– No co zrobiłem? Co zrobiłem? Wynająłem pokój facetowi, nie? To tutaj robimy, Aśka, nie?

– A powiedziałeś mi o tym?

– Powiedziałem.

– Kiedy?

– Bo ja pamiętam wszystko?! Powiedziałem, i tyle.

– Jakbyś mi powiedział, tobym zapisała. Mam iść sprawdzić?! Bo jestem pewna, że jego w zeszycie nie ma! Bo jakbyś mi powiedział, tobym ci wyjaśniła, że to głupi pomysł i powaliło cię w dekiel!

Mężczyzna przewrócił oczami. Chrząknął w taki sposób, jakby w jego gardle zbierała się gęsta zielona flegma. Ale zamiast ją wypluć, poobracał ją w ustach, a potem przełknął.

– Mogłem zapomnieć ci przekazać – przyznał wreszcie, niemal nie otwierając ust przy wypowiadaniu tego zdania.

Podniosła rękę, jakby zamierzała go uderzyć, ale w ostatniej chwili się zreflektowała. Tylko machnęła w geście przepełnionym złością i irytacją.

– Jesteś beznadziejny. Po zeszłym roku po łokcie się urobiłam, żeby letnicy do nas przyjechali, a ty co? Sprowadzasz tego faceta.

– Bez przesady z tym urabianiem. Parę postów w internecie zamieściłaś, wielkie mi rzeczy.

– To trzeba było samemu to zrobić, idioto!

Kucharka, która do tej pory udawała, że nie słyszy toczącej się nad jej uchem rozmowy, teraz zamarła. Oderwała się od ciasta i spojrzała pytająco na gospodynię. Ta gestem kazała jej pracować dalej. Mężczyzna był niezadowolony. Wolałby odbywać tę rozmowę w innym miejscu, innym czasie i w cztery oczy. Ale rozumiał, że próby pozbycia się kucharki albo przekonania żony, by wrócili do tematu później, doprowadziłyby tylko do większej awantury.

– Przecież letnicy przyjechali, nie?

– Prawie o połowę mniej niż w zeszłym roku. Jak myślisz dlaczego, idioto?!

Milczał. A ona wzięła głęboki wdech, szykując się do dalszej części tyrady.

– Bo się przestraszyli! Przestraszyli tego, co tu się stało, i tego, że to może zdarzyć się ich dzieciom! Nic innego nie robiłam przez cały rok, jak tylko próbowałam przekonać ludzi, że u nas jest bezpiecznie. Że nic złego im się nie przytrafi. Że nie mamy nic wspólnego z tym... tym... incydentem! A ty tutaj sprowadzasz sobie tego faceta, jakby nigdy nic. I co, myślisz, że nikt nie zwróci na to uwagi!? To się do nas na zawsze przyklei, rozumiesz, idioto?! A jak się przyklei, to nikt do nas nie będzie przyjeżdżał, nikt! Nawet na adwokata nie będzie nas stać. A nawet jeśli nam tego jakimś cudem nie odbiorą, to jedyne, co będzie można zrobić, to wszystkie te domki wyburzyć i zasiać tu jakieś gówno, byle Unia dopłaty dawała. Prawdę mówię, pani Janeczko?!

Kucharka drgnęła, słysząc swoje imię. Spojrzała trwożliwie najpierw na gospodynię, potem na jej męża. Mężczyzna poczuł, że rośnie w nim złość. Krzyczenie na niego to jedno. Żona miała charakter, on był zaś z natury wycofany. Ona się awanturowała, on spokojnie rozwiązywał problemy. Przyzwyczaił się do jej wybuchów. Wiedział, że trzeba przeczekać, i tyle. Co innego jednak robić to przy pracownikach. A jeszcze co innego wciągać ich w tę rozmowę. Płacił im. Powinni traktować go z szacunkiem, a jak mieli to robić, skoro słyszeli, że żona wyzywa go od idiotów? Do tego mówiła dość głośno. Była szansa, że dotarło to do siedzących w jadalni letników. A nie po to ludzie przyjeżdżali na urlop do głuszy, żeby wysłuchiwać małżeńskich sprzeczek.

– Ja tam to bym uważała – stwierdziła kucharka, mając nadzieję, że nie będą jej więcej ciągnąć za język. Na szczęście gospodyni to wystarczyło.

– Sam słyszysz – powiedziała tryumfalnie do męża. – Wszystkich letników nam wystraszysz i tyle będzie z ośrodka.

Wymamrotał coś pod nosem.

– Co takiego? – zapytała.

Pociągnął nosem dla dodania sobie odwagi.

– Powiedziałem, że bardziej niż jego przyjazdem powinnaś się przejmować wyskokami twojego tatusia. To on nam zrzucił na głowę prawdziwy kłopot, nie ten facet.

Twarz gospodyni poczerwieniała. Kucharka skuliła się nad kolejną porcją ciasta i zaczęła je ugniatać z niezwykłą intensywnością. Mężczyzna podszedł do żony. Włożył młotek za pasek i delikatnie wziął ją w ramiona. Odrzuciła ten gest, więc go powtórzył. Tym razem pozwoliła się przytulić.

– No już, już... Żadnej wielkiej tragedii nie będzie – powiedział. – On zostanie tutaj tylko kilka dni. Zbliża się rocznica. Chce poszukać córki.

Prychnęła.

– Poszukać! Dobre sobie! Widziałam w internecie, jak jej szukał przez ostatnie dwanaście miesięcy!

– Każdy przeżywa tragedię po swojemu.

Odsunęła się gwałtownie i spojrzała na niego podejrzliwie.

– Głupi jesteś – stwierdziła. – Płot już naprawiłeś?

– Naprawiłem.

– To teraz trzeba się zająć traktorem.

– A co tam się dzieje?

– Coś ojcu buczy.

– W uszach mu buczy.

– Po prostu zobacz, co tam się dzieje.

– Dobra, dobra.

Kiedy wyszedł ze stajni, Arek ciągle stał przy swoim samochodzie na parkingu. Opierał się o klapę bagażnika i wyciągał twarz do słońca. Na moment ich spojrzenia się spotkały. Nie wymienili jednak żadnego gestu ani słowa.

Po prostu na siebie patrzyli.

3

W końcu drzwi od domku Adaomy się otworzyły, a kobieta zamachała do Arka, że może przyjść. Mężczyzna otworzył bagażnik. Wyjął z niego torbę i zarzucił ją na ramię. Z tylnego siedzenia wyciągnął natomiast karton. Był dość ciężki, więc niósł go w obu rękach.

Domek składał się z trzech pomieszczeń. W pierwszym znalazło się miejsce dla dwuosobowego łóżka, małej lodówki, stolika z krzesłami, niewielkiej szafy i telewizora. Z tego pokoju można było przejść do łazienki z prysznicem oraz do drugiego, znacznie mniejszego. Tam, jak Arek pamiętał, mieściło się tylko pojedyncze łóżko oraz szafa. Chciał do niego wejść, ale Adaoma go powstrzymała. Sportowy strój zmieniła na zwykłą szarą spódnicę i żółty tiszert. Włosy miała mokre po wyjściu spod prysznica.

– Możesz się rozłożyć tutaj – powiedziała.

– Myślałem, że to ja zajmę mały pokój.

– Nie. Będzie mi tak wygodniej – zapewniła.

– Słuchaj, ale tam ledwo można się obrócić. Mnie to nie przeszkadza, bo pewnie i tak przez większość dnia nie będzie mnie w ośrodku, dlatego ty powinnaś...

– To kwestia prywatności – przerwała mu. – Chciałabym mieć pokój, w którym mogłabym się zamknąć i gdzie nikt mi nie będzie wchodził. Rozumiesz?

Kiwnął głową.

– Nikt, ty też – dodała. – To ma być moja przestrzeń. Nie potrzebuję jej wiele, ale ma być tylko i wyłącznie moja. To jest mój warunek. Akceptujesz to albo... – Wskazała palcem na drzwi.

– Dobrze. To twoja przestrzeń – mruknął. – Nie bój się. Nie będę ci robił nagich zdjęć pod prysznicem ani kradł bielizny, żeby potem sprzedać w internecie i mieć na żetony.

– To wcale nie jest śmieszne.

– Wiem – zgodził się. – Ale twój facet uważa inaczej.

Oparła się o ścianę i założyła ręce na piersiach. Arek tymczasem podszedł do łóżka i rzucił na nie karton, który trzymał w dłoniach. Sprężyny zaskrzypiały pod niespodziewanym ciężarem, a pudełko lekko przy tym podskoczyło.

– To nie moja wina.

Arek potarł palcami spocone czoło i odetchnął ciężko. Odłożył torbę. Podszedł do stołu, odsunął krzesło i usiadł na nim.

– Wiem, że nie twoja – powiedział po chwili. – Przepraszam. To był bardzo ciężki rok. A Robert przyłożył mi w momencie, kiedy naprawdę potrzebowałem pomocy. Gdzie on w ogóle jest?

– Nie wiem.

Spojrzał na nią. Widziała, że zbiera się na odwagę, by zadać kolejne pytanie.

– Rozstaliście się?

– Wolałabym o nim nie rozmawiać. Ale nie, nie rozstaliśmy się. To wszystko jest po prostu bardzo skomplikowane.

Na jego twarzy pojawił się delikatny smutny uśmiech. Przez chwilę światło tak się na niej ułożyło, że przypominał postać z portretu jakiegoś holenderskiego mistrza, szlachetną i cierpiącą. Adaoma poczuła ochotę, by wszystko mu opowiedzieć. Byłby to rodzaj gestu sprzeciwu wobec Roberta. Coś, co naprawdę by go zabolało. Prawdopodobnie nie tak mocno jak to, co on zrobił jej, ale jednak.

– To jest bardzo skomplikowane – potwierdził Arek, zakreślając w powietrzu dłonią nierówny okrąg. – Żałuję, że nikt mi tego nie powiedział, kiedy poznałem Kamilę.

– Zmieniłoby to coś?

– Raczej nie – przyznał.

Oderwała się od ściany. Podeszła do łóżka i usiadła naprzeciwko, tuż obok kartonu, tak że teraz dzieliło ich zaledwie półtora metra.

– Uważam, że przykładasz do tego wszystkiego większą wagę, niż powinieneś.

– Wybacz, ale myślę, że się mylisz.

– Znam Roberta.

– Ja też. Dłużej od ciebie.

– Skrzywdził cię, ale to nie przez Kamilę – powiedziała.

– A dlaczego?

– Chciał pomóc.

Lekko poczerwieniał, jakby coś się w nim gotowało.

– Pierdolisz! – wyrzucił z siebie.

Nagle zrobiło się jej głupio, że broniła Roberta. Ani to nie była jej sprawa, ani on nie zasługiwał na jej obronę. A na pewno nie teraz. Przymknęła powieki i zobaczyła jego pełną zadowolenia z siebie twarz, kiedy zaczął coś, co nazwał „poważną rozmową". Wyglądał na lekko przestraszonego, ale chyba naprawdę spodziewał się, że ona doceni jego szczerość.

– Czasami zastanawiam się, czy nie zrobił tego, ponieważ ma coś na sumieniu – odezwał się Arek.

– Słucham?

– Pamiętam, jak patrzył na Adę, kiedy kąpała się w jeziorze. Matka kupiła jej kostium dwuczęściowy, nie ja – dodał, jakby musiał się z tego tłumaczyć. – On siedział niedaleko. I patrzył na nią tak, jakby...

– To nie tak – odpowiedziała i zaraz się zarumieniła. Znowu broniła Roberta. – Przepraszam...

Siedzieli naprzeciwko siebie przez kilka długich minut, nie wymieniając ani jednego słowa, ledwo na siebie patrząc. Wreszcie Arek wstał. Podniósł swoją torbę.

– To chyba jednak nie jest dobry pomysł – powiedział. – Poszukam czegoś gdzie indziej.

– Chyba tak.

Sięgnęła po pudło. Chciała mu podać. Przypadkiem odgięła jedno z tekturowych skrzydeł. W środku dostrzegła stos kartek. Na samej górze był wielki napis wykonany tłustymi czarnymi literami ZAGINĘŁA. Pod spodem dostrzegła kolorowe zdjęcie z twarzą Ady. Wyglądało, jakby skopiowano je z legitymacji szkolnej. Dziewczyna miała białą koszulkę, grzeczną fryzurę i miły wyraz twarzy.

– Nie – zmieniła zdanie. – Zostań.

– Dziękuję ci za pomoc, ale...

– Przyjechałeś tu szukać córki, tak?

– Tak – potwierdził po sekundzie wahania.

– To skup się na tym, a nie na rozglądaniu się za noclegiem. Kto wie, czy gdzie indziej wynajmą ci pokój. Może wszyscy mają takie nastawienie jak ta baba stąd.

Arek położył już dłoń na klamce. Nacisnął ją, ale nie zrobił kolejnego ruchu. Nagle wysoko w górze rozległ się potężny huk, od którego zatrzęsły się szyby w oknach, a chwilę potem w dach uderzyły pierwsze ciężkie krople deszczu.

– Idzie burza.

– Zupełnie jak wtedy – dodał.

– Zostaniesz?

Kiwnął głową. W tej samej chwili na agroturystykę spadły burzowe strugi. Tak gęste i tak gwałtowne, jakby cały świat miał zaraz zniknąć pod grubą warstwą szarego całunu.

WTEDY, LATO 2016

1

Z głośników samochodowych wylewały się dźwięki piosenki *Witaminki* w wykonaniu Fasolek. Chyba z setny raz, od kiedy mały się obudził. Arek miał wrażenie, że każda nuta wżera mu się w mózg jak mały gwoździk. Jeśli tak dalej pójdzie, to po dotarciu na miejsce będzie w stanie tylko leżeć w łóżku do końca dnia. Ale najpierw musieli się rozpakować, a bagażnik mieli wypełniony po brzegi. Potem zająć się formalnościami i Ignasiem. Chłopczyka ukołysał samochód. Spał niemal do jedenastej, dobre i to, ale teraz nie mieli co liczyć, że zdrzemnie się w ciągu dnia. Na jawie był wulkanem energii. Wulkanem, który mniej więcej co pięć minut wpadał w złość przechodzącą w dziki przeraźliwy płacz.

– Możemy już to wyłączyć? – zapytał Arek.

– Ignasiowi się podoba – odpowiedziała Kamila, równie zmęczona jak on. Wstali o czwartej, wyjechali o piątej, teraz dochodziła dwunasta. Arek przeklinał każdego, kto wymyślił wakacje w tej zabitej dechami dziurze na Pomorzu, z dala od autostrad i dróg ekspresowych. Słońce waliło z góry, jakby byli w Afryce. Klimatyzacja ledwo sobie dawała radę z gorącem. Na okularach przeciwsłonecznych dzień wcześniej usiadł przypadkiem Ignaś. Na pierwszy rzut oka nic się nie stało, ale dzisiaj Arek przekonał się, że dzieciakowi udało się je przekrzywić. W rezultacie jeden zausznik boleśnie wbijał mu się teraz w ucho i doprowadzał go do szału.

– Jeszcze raz usłyszę *Witaminki*, to chyba rozbiję nas o drzewo.

– Taminki! – krzyknął ze swojego fotelika Ignaś.

– Sam widzisz.

– Chryste...

– Przynajmniej nie wymiotuje.

– I będziemy tego słuchać aż do samego agro?

– Jeśli to go powstrzyma od wymiotowania, to tak.

Przyspieszył. Na szczęście GPS pokazywał, że zostało im zaledwie dwadzieścia kilometrów. Powinien wytrzymać. Zerknął w lusterko. Dojrzał Adę, która siedziała obok brata. Naburmuszona od samego rana. W teorii powinna zajmować się Ignasiem, ale praktycznie przez prawie całą drogę siedziała ze słuchawkami na uszach i wzrokiem wbitym w telefon, raz po raz łapiąc i gubiąc zasięg. Arek już kilka razy chciał wysiąść z samochodu, wziąć jej smartfona i posłać gdzieś daleko w pole. Albo wrzucić pod przejeżdżającą ciężarówkę. Powstrzymywało go jedynie to, że po czymś takim po pierwsze, przestałaby się do niego odzywać (co był jeszcze w stanie znieść), po drugie, czekałaby go kolejna kłótnia z Kamilą (na co też był w sumie gotów) i po trzecie, musiałby odkupić dziewczynie aparat. A na to z kolei nie miał najmniejszej ochoty oraz, co ważniejsze, pieniędzy.

– Taminki! – krzyknął Ignaś, kiedy piosenka się skończyła. Kamila nachyliła się nad radiem i cofnęła płytę. Arek zacisnął zęby.

Do agroturystyki dotarli po czterdziestu minutach. Najpierw trochę się zgubili, szukając odpowiedniego skrętu. Potem poruszali się leśną, byle jaką drogą, po której nie dało się jechać szybciej niż czterdzieści kilometrów na godzinę. Arek mamrotał przez ten czas przekleństwa. Kamila zerknęła na niego z wyrzutem.

– Mógłbyś przestać? – syknęła.

– Przecież mnie nie słyszą. – Wskazał ruchem głowy na dzieci.

– Ale ja cię słyszę – odpowiedziała.

Podejrzewał, że była równie zmęczona jak on, ale to znaczyło, że powinna być bardziej wyrozumiała i mu odpuścić. Dalej więc mamrotał różne słówka pod nosem, tym razem odrobinę głośniej, by Kamila na pewno go usłyszała.

Wreszcie zajechali. Zaparkował obok dwóch innych samochodów. Kamila wyskoczyła z auta, wyjęła Ignacego, dała mu coś do picia i sprawdziła pieluchę.

– Szlag. Jest taki mokry, że cały tyłek ma odparzony – powiedziała. – Trzeba mu zmienić pieluchę.

– Za chwilę, okej? – odparł Arek. Wyszedł na zewnątrz i zaczął chodzić w tę i we w tę, żeby rozprostować trochę kości. Bolały go plecy, kark i głowa. Ada wyszła jako ostatnia. Ciągle wpatrzona w ekran smartfona.

– Co, jest zasięg? – rzucił żartobliwie.

– Aha.

I to było jedyne, na co mógł liczyć w odpowiedzi.

– Zobaczcie, jak tutaj jest pięknie! – zawołała Kamila i zatoczyła ręką dookoła, wskazując na otaczający ich las, domki letniskowe i błyszczące w promieniach słońca jezioro. Ignaś pobiegł już w kierunku plastikowej zjeżdżalni, Arek zaczął masować sobie kark, a Ada ciągle odpisywała coś na komórce. Kobieta została więc ze swoim entuzjazmem sama. Obrzuciła resztę rodziny urażonym spojrzeniem, ale oni nawet tego nie zauważyli.

– Kamila! – Uradowany głos dobiegł ich od strony stodoły.

Wychodziła właśnie stamtąd blondynka w koszulce w paski i z bluzą przepasaną wokół pasa. Towarzyszyły jej dwie dziewczynki w wieku około siedmiu i pięciu lat.

– Michalina!

Kobieta podbiegła do nich, trzymając dzieci za ręce. Puściła je dopiero wtedy, kiedy były tuż-tuż. Objęła ją i przytuliły się mocno. Potem żona Arka puściła koleżankę i schyliła się do dzieci.

– Cześć, dziewczynki. Ale wyrosłyście!

Starsza z nich uśmiechnęła się promiennie, ukazując wielką dziurę po mlecznych zębach na przedzie. Druga okazała się bardziej nieśmiała.

– Pamiętacie ciocię Kamilę? – zapytała Michalina.

– Ja tak – powiedziała starsza.

– Ja nie – odparła młodsza.

– No tak. Masz prawo mnie nie pamiętać, kochanie. Cały rok się nie widziałyśmy, prawda? Pewnie tyle się wydarzyło w międzyczasie, że inne rzeczy zajmują twoją główkę. Poszłaś do przedszkola, malutka?

Dziecko potwierdziło ruchem głowy.

– A ja do szkoły! – krzyknęła starsza.

– Świetnie! Brawo! I jak? Podoba ci się?

– Bardzo.

– No to super, no to super. A popatrzcie, tam na zjeżdżalni jest mały Ignaś, mój synek. Pójdziecie do niego?

– Tak!

Dziewczynki pobiegły razem do malucha. Zaraz zaczęły pomagać mu wchodzić po drabince. Obie kobiety uśmiechały się, obserwując ich nieporadne starania. Arek powoli podszedł do Michaliny i podał jej rękę. Uścisk był krótki i bezosobowy. Tak, jakby spotkali się na biznesowej konferencji, której tematem żadne z nich nie było w jakikolwiek sposób zainteresowane.

– Cześć. Gdzie jest Jacek?

W tej samej chwili dostał kuksańca w bok od żony. Michalina zachichotała.

– Nie trzeba, przestań, Kamila, bo mu wątrobę rozbijesz. A wątroba to mu się akurat przyda! – Po czym zwróciła się do Arka: – Jacka nie ma. Rozwiedliśmy się pięć miesięcy temu.

– Cholera. To znaczy... Przykro mi.

– Dziękuję.

Arek przestąpił z nogi na nogę.

– Pójdę poszukać kogoś, kto da nam klucz do domku – powiedział.

– Gospodyni jest w jadalni. W tej stodole. To taka babka w ciąży. Łatwo ją poznasz.

– Dzięki.

Mężczyzna poszedł szybkim krokiem we wskazanym kierunku. Michalina poczekała, aż odejdzie kilka kroków, a potem chwyciła Kamilę pod ramię.

– Robert też przyjedzie – powiedziała znaczącym tonem.

– Okej.

– I tym razem ma mieć jakąś niespodziankę!

– Kolejną dziunię? Też mi niespodzianka.

– Tym razem to ponoć coś poważnego.

– Naprawdę? Kto tak mówi?

– Słyszałam od Szpili.

– A Szpila to wie od...? A zresztą! Po co mi to opowiadasz?

– Chciałam cię tylko uprzedzić.

Kamila roześmiała się krótko.

– Michasia, to było już tyle lat temu, że sama ledwo pamiętam! Ja mam męża, dwójkę dzieci.

– Chciałam cię tylko uprzedzić, że tym razem to coś poważnego. Podobno. A męża to wiesz, zawsze można zmienić, kochana.

Kamila żartobliwie uderzyła ją w ramię.

– No co! Ja swojego zmieniłam i jestem bardzo, bardzo zadowolona!

– Tak? A na kogo go zmieniłaś?

– Na poczucie wolności! A nie ma nic cenniejszego niż wolność! – Michalina odgięła się do tyłu i krzyknęła z głębi gardła, rozkładając szeroko ramiona, jak Mel Gibson w *Braveheart*: – *Freedom!*

– Piłaś już dzisiaj?

– O nie! Czekałam na ciebie, laska.

Ze stodoły wyłonił się Arek. Z oddali zamachał kluczami.

– Popatrzysz na Ignasia? – Kamila zapytała Michalinę. – My się raz-dwa rozpakujemy.

2

Nikt na nią nie zwracał uwagi. Ojciec zajął się bieganiem po klucz, matka ploteczkami z przyjaciółką. Ada po prostu sobie poszła. Nie chciała tu przyjeżdżać. Wolała jechać na obóz na Mazury. Ten sam, na który wybierał się Paweł.

Paweł był inny od reszty chłopaków. Wysportowany, przystojny, ale też inteligentny, mądry i dowcipny. Wiedziała, że mu się podoba. Co najmniej tak samo jak on jej. Na tym obozie coś wreszcie mogłoby się wydarzyć. Ale się nie wydarzy, bo matka nie chciała jej puścić. Na prośby i błagania odpowiadała nudami o rodzinnych wakacjach, o tym, że podczas roku szkolnego tak mało się widują i że na urlopie wreszcie będą mieć dla siebie czas. Mama zupełnie nie rozumiała, że dla Ady są ważniejsze rzeczy niż tydzień spędzony w głuszy, gdzie będą jeść wiejskie obiadki, doić krowy i pływać kajakami. To przecież równie dobrze mogli zrobić za rok!

Co gorsza, na obóz pojechała Marzena. Jej też podobał się Paweł. Ada, ładniejsza od niej, miała większe szanse, ale co z tego, skoro nie było jej na obozie. A Marzena, ta tępa dzida, obciągnęłaby Pawłowi, byle tylko chłopak z nią chodził, czego Ada dowiedziała się od Kaśki. Nic dziwnego, bo poza byciem łatwą ta zdzira nie ma nic innego do zaoferowania. Ada lubiła sobie wyobrażać, że Paweł, słysząc propozycję dziewczyny, roześmieje się w głos i powie, że z byle szmatą nie będzie chodził, ale w głębi duszy była realistką i wiedziała, jak to się skończy. Kiedy wróci po wakacjach, Marzena będzie spacerować z Pawłem pod rękę i z zadowoleniem szczerzyć maskę jak świnia, co jej dorzucili gnoju do obory.

Zawsze, kiedy o tym myślała, chciało się jej płakać.

Nie uprawiała jeszcze nigdy seksu. Obciąganie widziała kilka razy na filmach pornograficznych, O-BRZYD-LI-WE. Całowała się już z chłopakami, kilka razy całkiem ostro. Z jednym myślała, że już do czegoś dojdzie, więc pozwoliła mu dotknąć swoich piersi. Ale zaczął je ściskać tak mocno, jakby były piłeczkami tenisowymi. Zaraz ją rozbolały i straciła ochotę na cokolwiek. Bała się tylko, że potem będzie miała siniaki w kształcie palców i matka wszystkiego się dowie. Na szczęście nie został żaden ślad. W tamtej chwili postanowiła, że swój pierwszy raz przeżyje z kimś, kto na to zasługuje. Po co najmniej roku chodzenia i do tego w romantycznej scenerii, najlepiej na plaży o zachodzie słońca albo przynajmniej w hotelowym pokoju. A nie jak Baśka, na kanapie w dużym pokoju, w pośpiechu, żeby zdążyć, zanim rodzice wrócą. Baśka opowiadała, że mocno z niej wtedy pociekło. Aż jej chłopak się przestraszył, kiedy skończył i zobaczył, ile dookoła jest krwi. Blady zmył się raz-dwa, a ona musiała pociąć sobie dłoń nożem, żeby wyjaśnić, skąd ta jucha na tapicerce. Że niby zacięła się, jak sobie przed telewizorem kanapki robiła.

Ada zeszła w dół wzgórza, kierując się w stronę jeziora. Dość spore, miało rynnowaty kształt i wiło się wokół dwóch cypli na przeciwległych końcach. Prawie całą linię brzegową porastał las i trzciny. Wyjątkiem była tylko ta agroturystyka i świeżo wybudowany dom kilkaset metrów dalej. Dziewczyna potrafiła z tej odległości dostrzec rusztowanie wzdłuż jednej z jego ścian.

Agroturystyka na swojej stronie internetowej chwaliła się, że dysponuje własną plażą, choć to zdecydowanie za duże słowo na niewielki pomost i łachę nawiezionego piasku wraz z zejściem do wody. Na łące zarośniętej tu i ówdzie krzakami stała mocno zdezelowana przyczepa kempingowa. Jedna z tych, w których w amerykańskich serialach niesympatyczni wieśniacy kuchcą metę. Ada miała ochotę podejść i sprawdzić, czy da się wejść do środka, ale powstrzymał ją widok chłopaka prowadzącego czarną kozę z białą plamą na pysku. Był mniej więcej w jej wieku. Chudy, patykowaty, w dresowych spodniach i czarnym bezrękawniku ze spranym, nieczytelnym już nadrukiem. Miał okulary w drucianej niemodnej oprawie i zmierzwione włosy. Na grzbiecie zwierzęcia wyraźnie przez skórę przebijały się twarde guzki kręgosłupa, ale nie wyglądało na wychudzone. Chłopak ciągnął mocno za sznurek, próbując zmusić je do wykonania kilku kolejnych kroków.

– No chodź już... – mówił, siłując się ze zwierzakiem.

– Woli zostać na pastwisku – powiedziała Ada. – Ja się jej nie dziwię.

– Jej? – Chłopak podniósł wysoko brwi. – To kozioł, nie koza!

Ada się zaczerwieniła. Oczywiście, że to kozioł. Nie była przecież głupia. Nie zauważyła wcześniej braku wymion.

– Jak się nazywa? – zapytała szybko, by nie dać po sobie poznać zmieszania.

– Sami.

– Ile ma lat?

– To nie pies. Tego nikt nie liczy! – Chłopak się zaśmiał.

Ada podeszła do nich. Delikatnie położyła dłoń na pysku kozła, a potem przesunęła ją wyżej, głaszcząc go po szorstkiej, ostrej sierści. Dotknęła jednego z rogów. Był chropowaty i nagrzany od słońca.

– Przyjechałaś teraz z letnikami?

– Tak, przed chwilą.

– Fajnie. Zwykle tutaj są same dzieciaki.

– Aha. – Westchnęła, wciąż głaszcząc kozła. Fascynowały ją jego oczy. Prostokątne czarne źrenice otoczone żółtawą tęczówką.

Nic dziwnego, że dawniej ludzie uważali te zwierzęta za symbol Szatana. – Pracujesz tutaj?

– Moi rodzice prowadzą ośrodek. Damian.

– Ada.

Zostawiła zwierzę w spokoju. Kozioł wziął się do skubania trawy.

– Dasz mi fajkę? – zapytała. – Ja swoich nie wzięłam, bo gdyby matka je znalazła, miałabym przejebane na cały wyjazd.

– Palisz?

– Czasami. Jak mnie najdzie ochota. A teraz naszła. To co, podzielisz się?

– Nie palę.

Zaskoczył ją. Była pewna, że w takiej dziurze wszyscy palą. Bo co tu innego robić? Jeden z nielicznych plusów tego wyjazdu to łatwy dostęp do fajek i alkoholu. Na to przynajmniej liczyła, bo matka na sam przyjazd spakowała cztery butelki białego wina. Bateria będzie pewnie uzupełniana i nikt się nie zorientuje, jeśli Ada trochę jej podpije albo zwinie jedną na własny użytek. Planowała znaleźć tu sobie cichy spokojny kącik, opalać się, kąpać i popijać winko dla niepoznaki przelane do butelki po spricie. Teraz się przestraszyła, że trafiła do jakiejś osady amiszów lub innych mormonów. Chociaż oczywiście, picie samemu było dość słabe. Ale znowu – co tu innego robić?

– Mogę zwinąć jedną lub dwie ojcu – zaproponował Damian.

Patrzył na nią wyczekująco, nerwowo skubiąc szew spodni. To zwykły chłopaczek, pomyślała wtedy. Może nawet starszy od niej, o rok, dwa, ale chłopaczek. Niedojrzały i głupiutki. Taki, który będzie ją niezgrabnie podrywać i spróbuje zaimponować tym, że zwinie rodzicom papierosa. Na tych rodzinnych wyjazdach nigdy nie spotykała rówieśników. Jej matka urodziła ją w wieku dwudziestu jeden lat. Cała reszta jej koleżanek zaczęła w ogóle myśleć o rozmnażaniu najwcześniej siedem lat później. Od kiedy Ada pamiętała, była albo jedynym dzieckiem wśród zgrai nawalonych dorosłych, albo otaczał ją wianuszek maluchów, którym miała robić za opiekunkę lub co najmniej przyszywaną starszą siostrę. Ale teraz wszystko wskazywało na to, że przez Damiana będzie jeszcze gorzej. Oprócz zgrai dzieciaków będzie musiała męczyć się z napalonym chłoptasiem. Ile by dała, żeby zamiast niego znalazł się tutaj Paweł!

– Nie trzeba – wymamrotała.

Na jego policzku usiadł komar. W pierwszym odruchu chciała go delikatnie strącić, ale to by oznaczało, że musiałaby dotknąć chłopaka. Nie miała na to najmniejszej ochoty. Owad wbił się w skórę nastolatka i zaczął pić krew. Damian poczuł ukłucie i wymierzył sobie siarczysty policzek, po którym został wielki czerwony ślad.

– Suka – powiedział, patrząc na swoją dłoń i zmiażdżone resztki insekta.

– Dużo ich tutaj? – zapytała Ada. To był efekt wychowania na miłą dziewczynkę. Od razu tego pożałowała. Nie chciała ciągnąć tej rozmowy, tylko zakończyć ją najszybciej, jak to możliwe.

– Sporo, ale idzie wytrzymać.

Kiwnęła głową, bo czuła przymus, by odpowiedzieć, ale nie chciała więcej się odzywać. Stali tak przez chwilę w milczeniu. Damian chyba szukał sposobu, żeby kontynuować pogawędkę, Ada uciekała wzrokiem w bok. Kozioł skubał trawę.

– No dobra, to ja idę odstawić go do zagrody – odezwał się ciężkim głosem chłopak. – Widzimy się później, nie?

– Tak – potwierdziła, chociaż nie miała na to spotkanie najmniejszej ochoty.

3

Arek obudził się z bólem pleców i ciężką głową, w dodatku drapało go w gardle. W pierwszej chwili nie wiedział, gdzie jest. Ściany pokoju miały obcy brzoskwiniowy kolor, łóżko było twarde, a wokół walały się walizki. Czuł się paskudnie. I nagle zrozumiał, dlaczego Ignaś z każdej drzemki budzi się z płaczem, cały czerwony na twarz, niezależnie od tego, czy drzemał pół godziny, godzinę czy dwie. Rzeczywistość była po prostu paskudna.

Potem przypomniał sobie, że jest w agroturystyce, gdzie znajomi żony ze studiów urządzili sobie kolejny doroczny zjazd. Nie przepadał za większością z nich, zresztą z wzajemnością. Dobry kontakt złapał tylko z Jackiem. Ale Jacek rozwiódł się z Michaliną i wypadł z towarzystwa. Szczęściarz, pomyślał Arek i powoli podniósł się z łóżka.

Z dworu dobiegały go krzyki i wrzaski bawiących się dzieci. Podszedł do okna, drapiąc się po pośladku. Wyjrzał na zewnątrz. Na placu, między zabawkami biegały kilkulatki. Bawiły się w ganianego albo grały w piłkę. Dwie dziewczynki skakały na trampolinie. Jedna z nich miała na sobie spódniczkę, która unosiła się w górę przy każdym wybiciu, odsłaniając niebieskie majteczki.

Kiedy spał, dojechali kolejni goście. Teraz wszyscy dorośli siedzieli z boku placu, na leżakach, kocach i krzesłach turystycznych. Niedaleko ktoś zdążył już rozłożyć grilla, na którym smażyły się kiełbasy. Kamila wyciągała twarz do słońca, rozmawiając leniwie z Michaliną. Arek dostrzegł też Joasię, Śliwę, jak zwracali się do niej znajomi. Była pulchną szatynką o migdałowych oczach. Jej mąż Grzesiek, szycha od czegoś tam, pracował w banku i zarabiał kupę pieniędzy. Poza tym jako głęboko wierzący katolik nienawidził gejów i wymyślił sobie, że jego żona będzie siedzieć w domu i rodzić dzieci. Joasia po dwójce stwierdziła, że ma dość, i od tego czasu potajemnie brała pigułki antykoncepcyjne. Ich synami zajmowała się natomiast wynajęta gosposia z Ukrainy, w związku z czym obaj mówili po polsku z wyraźnym wschodnim zaśpiewem, czego rodzice albo nie zauważali, albo ignorowali.

Joasia dyskutowała o czymś z Pawełkiem i Anielą, dwójką wiecznie w sobie zakochanych małżonków. Doprowadzali Arka do szału, non stop okazując sobie miłość. Miziali się, ściskali, całowali, trzymali za ręce. Teraz też, a Pawełek co kilka sekund cmokał Anielę w ramię lub szyję. Pewnie ona go zdradza albo on ją, pomyślał Arek. Albo, co wydawało mu się najbardziej prawdopodobne, robią to oboje. Mieli córeczkę Zuzię, wyjątkowo irytujące dziecko. Modlił się, by w tym roku nie siedzieć razem z nimi przy stole. Ostatnim razem z jej powodu każdy posiłek niósł ryzyko wylewu. Poza tym Pawełek nie potrafił zachować się po pijaku. Wrzeszczał, obrażał wszystkich dookoła, gotów bić się za każde krzywe spojrzenie, i wymyślał różne dziwne akcje, jak rzut widłami do celu. Tylko że celem był stojący nieopodal samochód.

Dostrzegł Sarnę, który biegł do jednego z pokoi, obciążony walizkami i plecakami, przez co wyglądał jak tragarz na arabskim targowisku. Arek pamiętał go jako zakompleksionego i pozbawionego choćby grama pewności siebie studenta politologii. Nie wiadomo, w jaki sposób trafił do paczki, ale potem trzymał się jej kurczowo, jakby przeczuwał, że innych przyjaciół nie znajdzie. Dalej pracował na uczelni. Z zakompleksionego studenta zmienił się w zakompleksionego wykładowcę. Jego żona okazała się zaskakująco ładną i skromną dziewczyną. Rzadko się odzywała, ale dużo śmiała. Chyba miała na imię Klaudyna, chociaż Arek dużo lepiej kojarzył ją z ksywy – Krotka, co miało być skrótem od słowa Stokrotka. Krotka kiedyś chodziła z Grześkiem. Podobno nawet szykowali się do ślubu, ale wszystko rozsypało się z nieznanego Arkowi powodu.

Kilka metrów od dorosłych na leżaku siedziała Ada z książką. Dobrze, że nie z komórką. Arek bał się, że przez cały wyjazd nie odczepi się od tego urządzenia. Dźwięk przychodzącego esemesa lub powiadomienie z Messengera zaczynały doprowadzać go do szału na równi z *Witaminkami*. Co więcej, najwyraźniej korespondowała z kilkudziesięcioma osobami równocześnie. Nie rozumiał, w jaki sposób to ogarnia. Z tej odległości ciągle wyglądała na obrażoną. Nie dziwił się jej. Wiedział, jak ważni są w tym wieku rówieśnicy. To był etap, kiedy rodzice powinni usunąć się w cień. Pozwolić dziecku samodzielnie podejmować pewne decyzje, szukać przyjaciół, bawić się z nimi, wspólnie szaleć. Gdyby to od niego zależało, puściłby Adę na ten obóz, na który tak bardzo chciała jechać. Ale Kamila się uparła.

– Za rok, dwa nie będzie chciała z nami nigdzie jechać. To mogą być nasze ostatnie wspólne wakacje – mówiła, kiedy rozmawiali na ten temat pewnego wieczora.

– Ona już nie chce z nami nigdzie jechać. Teraz.

Spojrzała na niego urażona, jakby wyrwał jej właśnie serce z piersi.

– Ale musi – powiedziała twardo. – Koniec. Kropka.

– Daj spokój. Teraz ma tak, ale za kilka lat jej się odwidzi...

– Za kilka lat będziemy mieć ten sam problem z Ignasiem!

– Nie przesadzaj! Przecież on ledwo zacznie szkołę.

– Ona też ledwo zaczęła.

– Piętnastolatka?

– Wiesz, o czym mówię!

– Chryste.

– Wiem, co się dzieje z dziewczynami w tym wieku. Wydaje im się, że już są dorosłe i mogą wszystko. Eksperymentują, ale już na serio, z używkami, alkoholem i – zawiesiła głos, jakby szykowała się do decydującego ciosu – chłopakami. A ty ją chcesz wysłać na obóz, gdzie nie będziemy mieć nad nią żadnej, najmniejszej nawet kontroli.

– Po prostu jej ufam. Wychowaliśmy mądrą i dojrzałą dziewczynę. Jestem pewien, że nie puści się z pierwszym lepszym i nie zostanie nastoletnią matką.

Otworzyła szeroko usta, a jej oczy zapłonęły złością.

– Jak śmiesz!

Machnął ręką.

– Nie miałem nic złego na myśli! – zaprotestował. – Nie chodziło mi o to, co n a s spotkało. – Specjalnie zaakcentował to słowo, liczył, że w ten sposób ją uspokoi. Z marnym skutkiem.

– Wiem, co robisz – powiedziała, gniewnie przerzucając rzeczy w szafce, szukając czegoś do założenia na następny dzień. Zawsze w takich sytuacjach jej ruchy robiły się ostre, gwałtowne, jakby z kimś się biła. Może nawet z kilkoma osobami naraz. Ale nie traciła panowania nad głosem. Taka ich kłótnia bez kłótni. – Wiem, co robisz – powtórzyła. – Chcesz być tym miłym tatusiem, który pomaga córeczce i chce, by córeczka pojechała na obóz, i w ogóle do serca przytul psa, a ja mam robić ze tę złą zołzę, która niszczy jej marzenia.

– Nic takiego nie robię.

– Jedziemy wszyscy na ten urlop. Bez wyjątków. I wiesz co? Ty jej o tym powiesz!

I tak też w końcu się stało.

Na placu pojawiło się jeszcze kilka osób, jednak nie poświęcił im większej uwagi. Schował się za zasłoną, kiedy Kamila spojrzała w stronę domu. Wiedział, że jeśli teraz wyjdzie, żona każe mu się zajmować Ignasiem, a sama pójdzie rozpakowywać walizki. Albo wymyśli jakąś inną pierdołę do zrobienia. Było to nieuchronne, chociaż nie miał na to ani siły, ani ochoty. Póki jednak myślała, że on ciągle śpi, mógł trochę odwlec ten moment. Poszedł do łazienki. Nie zobaczył tam papieru toaletowego, więc wrócił i wyciągnął awaryjną rolkę z rodzinnej torby. Potem usiadł na klozecie. Wyciągnął telefon i zaczął przeglądać wiadomości.

W jednym ze swoich skeczów bodajże komik Louis CK opowiadał, że jako młody małżonek lubił zostawać sam w domu, by masturbować się do zdjęć koleżanek żony. Ale po latach mu się zmieniło i główną zaletą samotności jest to, że może wreszcie w spokoju porządnie się wysrać. Arkowi wydało się to cholernie prawdziwe.

Załatwił się i nacisnął spłuczkę. Woda zaczęła się kręcić strugami w muszli, ale zamiast spływać, jej poziom się podnosił. Z rozpędu nacisnął po raz kolejny, ale zaraz tego pożałował. Woda wylała się na podłogę, a wraz z nią jego stolec. Upadł z miękkim plaśnięciem na ziemię i rozbił się brunatnym kleksem na kilkanaście kawałków.

– Kurwa! Kurwa! Kurwa! – krzyczał Arek. Chwycił dwa wiszące nieopodal ręczniki i rzucił je na ziemię, żeby choć trochę powstrzymać napływ wody. – Kurwa!

Usłyszał, jak drzwi otwierają się z trzaskiem. Po sekundzie w progu łazienki stanęła Kamila. Przerażona spojrzała najpierw na męża, a potem na podłogę.

– Co ty narobiłeś?! Przecież z tej toalety nie można korzystać!

– Co?!

– Gospodyni mówiła. Rura jest zatkana. Dopiero jutro lub pojutrze pojawi się ktoś, kto to przetka.

– Skąd ja to miałem wiedzieć?!

– Spałeś, kiedy przyszła.

– To jeszcze to moja wina?!

Spojrzała na niego ciężko. Westchnęła i pokręciła głową z dezaprobatą i rozczarowaniem. Od razu go to wkurzyło. Te jej ciągłe pretensje. Te miny, którymi dawała do zrozumienia, że nie traktuje go jak równorzędnego partnera, tylko kolejne dziecko do opieki. Chciał jej coś powiedzieć, ale zanim zdążył zebrać i uformować myśli, ona już się odwróciła i wyszła z domku. Został sam, z kałużą wody z kibla wokół gołych stóp.

Po kilku minutach Kamila wróciła z gospodynią i jeszcze jedną kobietą. Niosły dwa wiadra z mopami i szmaty.

– To co, wydarzył się panu mały wypadek? – powiedziała dobrotliwie gospodyni w taki sposób, jakby sfajdał się w spodnie.

– Nie wiedziałem, że toaleta jest nieczynna.

– A przecież mówiłam żonie.

– Mąż spał. Był zmęczony po podróży – włączyła się Kamila.

– No nic. Pani Janeczka tutaj posprząta. Dobrze, pani Janeczko?

Starsza kobieta skinęła głową. Wzięła wiadra, mopa i ruszyła do łazienki.

– A do czasu, kiedy nie naprawimy odpływu, proszę nie korzystać z toalety, dobrze?

Arek skrzywił się.

– Dobrze – wycedził przez zaciśnięte zęby. – A gdzie tutaj jest toaleta dla gości?

– Przy domu jest taka budka, ale tam brudno i trochę śmierdzi. Dopiero po sezonie mamy wyremontować – powiedziała gospodyni. – Ustaliliśmy z żoną, że będziecie chodzić do domków obok. To tylko jeden dzień, dwa. Góra trzy. No to do widzenia!

Opuściła ich, pchając przed siebie z trudem wielki ciążowy brzuch. Arek czekał, aż sobie pójdzie, a potem odwrócił się do Kamili.

– Ona sobie chyba żartuje!

– Z czym? – zapytała zdziwiona.

– Z tym, że mamy chodzić po prośbie do twoich znajomych, żeby się wysrać!

– A co to za problem?

– Taki, że wolałbym nie prosić nikogo o pozwolenie, kiedy chcę zrzucić kloca. Poza tym, kurwa, jak oni mogli tego domku nie przygotować?!

– Mówiła, że to poprzedni goście. Pewnie zatkali odpływ papierowymi ręcznikami. Gospodarze dopiero dzisiaj się zorientowali, już nie zdążyli sprowadzić fachowca.

– Czyli oni o tym wiedzieli?

Popatrzyła na niego, nie rozumiejąc, do czego dąży.

– Przyjechaliśmy tutaj jako jedni z pierwszych, a oni dali nam domek z niedziałającym kiblem! Dlaczego akurat nam?!

– Oj przestań! Zdarzyło się i już.

Przeczesał włosy palcami i wtedy zorientował się, że dłonie ma mokre od wody z ubikacji. Może były na nich nawet cząstki jego kału. Wzdrygnął się z obrzydzenia.

– Zamieńmy się z kimś – rzucił.

– Co?! Dlaczego?

– Bo mamy ze sobą małe, dwuletnie dziecko.

– Które albo robi w pieluchy, albo do nocnika. Naprawdę, daj już spokój. Z nikim nie będziemy się zamieniać. Jutro...

– Albo za trzy dni – przerwał jej.

– ...przyjedzie fachowiec i wszystko naprawi. Zobaczysz, jeszcze będziemy się z tego śmiać.

Naprawdę nie wiedział, co powiedzieć. Czuł, że zupełnie się rozjechali, jak dwoje ludzi mówiących w zupełnie innych językach o zupełnie różnych sprawach. A najgorsze było to, że nawet jeśli się z nim nie zgadza, to przynajmniej powinna poprzeć go w jego gniewie. Razem z nim przeklinać gospodarzy, którzy nie potrafią zadbać o drożność rur. Ona jednak czekała już tylko na okazję, żeby wrócić do znajomych i kontynuować pogawędkę.

– Weź prysznic, bo za niedługo obiad – powiedziała Kamila i zaraz dodała tonem wyjaśnienia: – Prysznic można, nie jest zatkany.

– Przecież tam teraz jest ta. – Wskazał na drzwi od łazienki.

– No to musisz poczekać.

4

W samochodzie straszliwie trzęsło. GPS poprowadził ich bocznymi wąskimi drogami. Robert pędził brukowaną zapewne jeszcze przed wojną wiejską uliczką, nie zważając na jęczące amortyzatory i wyjący silnik mercedesa amg pod maską. Spod kół już dwa razy uciekały im przerażone koty.

Jaki samochód wjedzie na półmetrowy krawężnik? Firmowy.

Adaoma siedziała na miejscu pasażera. Jedną ręką trzymała się rączki nad boczną szybą, drugą oparcia fotela. Nie lubiła szybkiej jazdy terenowej. A na pewno nie autem, które nie było do tego przystosowane. Od ciągłych wstrząsów dzwoniło jej w głowie, a zęby uderzały o siebie przy każdym podskoku. Musiała uważać, żeby nie ugryźć się w język. Za nimi unosiły się kłęby kurzu.

Robert prowadził, równocześnie rozmawiając przez zestaw słuchawkowy bluetooth. Niebieska diodka migała tuż przy jego uchu.

– ...jak to nie można jej zwolnić? Wiem, że jest dobra, ale nie ma takiego dziennikarza, którego nie mogłaby zastąpić skończona liczba stażystów.

Skrzywił się ze złością, kiedy usłyszał coś w odpowiedzi.

– Wiem, z kim się rucha. Ale w tej firmie jest mnóstwo lachonów. Powiedz Marcinowi, żeby znalazł sobie dupę bez kontraktu gwiazdorskiego.

Kilkanaście metrów przed nimi pojawiła się starsza kobieta, która prowadziła równie jak ona stary rower.

– A z nią jest akurat inaczej – odezwał się ostro Robert. – Właśnie siedzi obok mnie. Ada, rozmawiamy o tobie.

– Patrz na drogę – odparła.

Ostrym ruchem kierownicy minął kobietę. Przestraszona i tak odskoczyła w bok. Jej rower wylądował na ziemi.

– Bo ona jest prawdziwą gwiazdą. Ale wiesz co? Możesz ją, kurwa, zwolnić – powiedział i zaraz odwrócił się do Adaomy. – Krystek chce cię zwolnić.

Adaoma wyciągnęła w górę środkowy palec.

– Mówi, żebyś się pierdolił. Niewerbalnie, ale mówi. Chyba że to było do mnie, kochanie. – Roześmiał się, nie czekając na odpowiedź. – Ale na poważnie. Możesz ją zwolnić. Masz moje błogosławieństwo. Tylko wiesz równie dobrze jak ja, że inni już robili do niej podchody. I to ty będziesz się tłumaczyć, kiedy w kolejnej ramówce będzie robiła za lokomotywę konkurencji. Co ty na to?

Zacisnął ręce na kierownicy, słuchając rozmówcy, a potem uśmiechnął się szeroko.

– Tak właśnie, kurwa, myślałem. Słuchaj, ja zaraz dojeżdżam i się rozłączam. A ty masz tydzień, żeby to załatwić. Chcę wrócić na gotowe. Co?!

Kolejny wybój sprawił, że pas bezpieczeństwa wbił się Adaomie boleśnie pod pierś.

– Bo od dwóch lat nie miałem porządnego urlopu i dlatego na tak długo. I chuj cię obchodzi, gdzie jeżdżę na wakacje. Będę chciał jechać na Malediwy, to pojadę na Malediwy. Będę chciał pojechać do twojej babci do Skierniewic, to do niej zadzwonię i każę jej szykować pokój. No... – Odetchnął głęboko. – Dobra. Zostawiłem ci te widełki negocjacyjne, nie? No. To piłka jest krótka. Albo ty to załatwisz, albo ja się tym zajmę, kiedy wrócę. Ale jak ja się tym zajmę, to zrobię to tak, że dupy będą im się paliły do samej ziemi. Nic im, kurwa, nie zostanie. Będą żebrać o wejściówki na pokazy obuwia u Deichmanna, żeby móc zjeść kolację, a ja będę zapijać steki ich łzami. I tak, możesz im to powiedzieć. To będzie twoja jebana dźwignia negocjacyjna. Kończę.

Wyciągnął słuchawkę z ucha i wyrzucił ją za siebie.

– Nikogo, kurwa, nie da się zwolnić w tej firmie. Każdy z kimś albo się dyma, albo ziomuje. Jak to ma w ogóle działać?!

– No słyszałam, że o mnie walczyłeś jak lew – rzuciła kąśliwie.

– Daj spokój. Krystek nie ma jaj, żeby cię zwolnić. Nie odważy się.

– A Marcin? Jak wyrzucisz Gosię, to może się zemścić. I to skrupi się na mnie.

Robert położył jej na udzie dłoń, która zaraz powędrowała w górę. Zatrzymała ją, zanim dotarł do majtek.

– Poradzisz sobie – powiedział, uśmiechając się łobuzersko. – Wylecisz stąd, to znajdziesz sobie nowe zajęcie z zajebistym kontraktem gdzie indziej.

– Może. Teraz jest ciężko. Wiesz, ile dziewczyn straciło robotę?

– A któraś z nich jest czarna?

Po raz drugi wyciągnęła w górę środkowy palec. Tym razem nie było żadnych wątpliwości, że gest skierowany jest do niego. Robert roześmiał się głośno.

– No nie obrażaj się, Ada! – powiedział. – Jesteś zajebistą laską. Bardzo mądrą i bardzo utalentowaną, ale nie oszukujmy się, zwracasz na siebie uwagę, bo masz taki kolor skóry, a nie inny. To cię wyróżnia w tym kraju białych homofobów. Tym zwróciłaś na siebie uwagę i dzięki temu zrobiłaś karierę.

– No nawet nie wiesz, jak miło to słyszeć.

– Po prostu tak jest. Powinnaś cieszyć się z tego, a nie obrażać, ilekroć ktoś o tym wspomni.

Nie odpowiedziała. Robert wreszcie zwolnił. Samochodem przestało trząść. Mężczyzna wzdrygnął się dwa razy, jakby miał drgawki. Jego dłoń wróciła na jej udo.

– Za chwilę będziemy, ale wiesz...

– Co takiego?

– Jesteśmy w lesie, jest ładny dzionek. Może gdzieś tu zjadę i wiesz, pokochamy się trochę.

– W samochodzie?

– W samochodzie albo poza. Jak wolisz. Klasyczny szybki numerek, żeby rozerwać się trochę przed spotkaniem ze znajomymi.

– Nie mam ochoty – odpowiedziała.

– To może mi obciągniesz? Pobawimy się w parę dresiarzy. Ja będę Sebą, a ty moją świnią i zrobisz mi laskę w sportowym samochodzie.

– Megaromantycznie.

– Przecież lubisz mi obciągać.

To prawda, pomyślała. Ale teraz była zmęczona i bolał ją żołądek. Seks, także ten oralny, to ostatnia rzecz, o której myślała. Kark by ją po tym bolał tak, że aż ją skręciło. Faceci w ogóle nie zdają sobie sprawy z tego, jaki to wysiłek. Przez kilka minut machać głową jak jakaś samochodowa pacynka.

– Po prostu jedźmy – poprosiła.

Nie skomentował tego, ale wiedziała, że jest zawiedziony. Seks stanowił jego ulubiony sposób na odreagowanie stresującej sytuacji. A niedawna rozmowa telefoniczna właśnie do takich należała. Trudno, stwierdziła, będzie musiał sobie z tym poradzić. Już i tak powinien docenić, że zgodziła się jechać na wakacje z jego znajomymi z dawnych czasów. Wizja tygodnia wśród zupełnie obcych ludzi w jakiejś agroturystyce nie wzbudzała w niej entuzjazmu, ale jemu zależało. Z jednej strony robił to po to, żeby się nią pochwalić. Po prostu był takim facetem. Samcem alfa, który nieustannie musi wszystkim udowadniać swoją pozycję. Ale też z drugiej zrobiło jej się miło, że chce przedstawić ją przyjaciołom. Byli już razem dziewięć miesięcy. To chyba jego rekord. Ich związek wchodził w kolejny etap. Może trochę dojrzalszy.

Na miejsce dojechali po około dwudziestu minutach. Robert zaparkował w rzędzie samochodów. Wśród rodzinnych kombi, używanych passatów, kilkuletnich skod jego sportowe amg wyróżniało się jak modelka na spotkaniu koła gospodyń wiejskich.

Wysiedli z auta. Adaoma poprawiła sukienkę i po raz pierwszy ujrzała ludzi, z którymi miała spędzić najbliższy tydzień. Przyglądali się jej. Jedna kobieta w mało dyskretny sposób wskazała ją palcem i coś mówiła do drugiej. Faceci, cóż, faceci jak to faceci – próbowali udawać, że wcale nie patrzą na jej piersi. Robert ruszył w ich kierunku, szeroko rozkładając ręce, i zaczął się festiwal uścisków, śmiechów, okrzyków. Adaoma cierpliwie czekała z boku, dopóki mężczyzna jej nie przywołał.

– Słuchajcie, to jest Adaoma – przedstawił ją. – Ada, to są wszyscy.

Pomachała im wesoło. Początkowo nikt się nie ruszył. Po kilku sekundach krok do przodu zrobiła ładna niebieskooka blondynka i wyciągnęła dłoń.

– Kamila – powiedziała. – A tam jest moja córka. Też Ada. Ale od Adriany, a nie Adoamy.

– Adaomy – poprawiła ją odruchowo.

– Przepraszam.

– Nic nie szkodzi, Kamila – włączył się Robert. – Sam się mylę. Nawet nie pamiętam, czy twój ojciec jest z Nigerii czy Nigru.

– Nigerii.

Córka Kamili wstała z leżaka i ruszyła w ich stronę. Była już nastolatką, co zdziwiło Adaomę. Wokół biegały kilkuletnie dzieciaki, a sama Kamila wyglądała na rówieśniczkę Roberta. Widocznie wcześnie zaszła w ciążę. Ada bardzo przypominała matkę. Również blondynka, podobnego wzrostu i budowy ciała. Nawet fryzury miały identyczne, proste włosy ścięte na wysokości ramion. Z daleka można by je ze sobą pomylić.

– Dzień dobry – przywitała się.

– To właśnie moja córka. Ada, to Ada – przedstawiła je sobie Kamila i uśmiechnęła się szeroko, jakby opowiedziała najlepszy dowcip. – A to Robert, pamiętasz wujka Roberta?

Dziewczyna przewróciła oczami.

– Jasne, że pamiętam. Dzień dobry.

– Cześć, mała.

– Fajny wózek. – Ada wskazała na mercedesa.

– No fajny. Chcesz się przejechać?

– A mogę prowadzić?

Robert podrapał się po głowie.

– W sumie czemu nie – powiedział. Nastolatka aż podskoczyła z radości. Nie spodziewała się pozytywnej odpowiedzi.

– Nie ma mowy, Robert! – zaprotestowała Kamila.

– Daj spokój! Przecież nie wezmę jej na autostradę. Ale tutaj po lesie kółeczko mogłaby zrobić.

– Nie ma mowy – powtórzyła Kamila.

– Aha. Czyli w te wakacje nie pozwolisz mi zrobić niczego fajnego? – zapytała Ada napastliwym tonem. Odwróciła się na pięcie i ruszyła w stronę leżaka.

– Ada! – krzyknęła za nią matka.

Dziewczyna zatrzymała się po kilku krokach.

– Co?!

Kamila przejechała językiem po wargach. Nagle zdała sobie sprawę, że wszyscy na nią patrzą. I że to nie jest ani czas, ani miejsce na kolejną awanturę z córką. Machnęła tylko ręką i pokręciła z dezaprobatą głową.

– Przepraszam za nią – zwróciła się do Roberta i Adaomy. – Chciała jechać na jakiś obóz, a ja jej nie pozwoliłam. Teraz będzie chodzić obrażona przez kilka dni.

– Dzieciaki – powiedział Robert w taki sposób, jakby faktycznie coś na ten temat wiedział. Adaoma mimowolnie się uśmiechnęła. Lubiła tę jego pewność siebie graniczącą z bezczelnością. – A gdzie Arek? Przyjechał?

– Przyjechał, przyjechał. Tylko teraz bierze prysznic. Miał mały wypadek z kupą.

– Zesrał się?

– Nie. – Roześmiała się i poprawiła kosmyk włosów. – Była taka sytuacja, że... Albo wiesz co, lepiej, żeby sam ci opowiedział.

Dalszą rozmowę przerwał im mocny dźwięk dzwonu zawieszonego przy drzwiach stodoły. Metalową łyżką waliła w niego gospodyni.

– Obiad! Obiad! – krzyczała.

– Idziemy? – zapytał Robert.

– Ja najpierw skoczę się odświeżyć – odparła Adaoma. – Gdzie jest nasz pokój?

– Gospodyni ci pokaże – powiedziała Kamila, która koniecznie chciała być pomocna.

Adaoma zostawiła resztę towarzystwa. Odebrała klucz. Okazało się, że razem z Robertem będą mieszkać nie w domku, ale w pokoju w jednym z przerobionych budynków gospodarczych, tuż przy stołówce. Niewielkie, skromnie urządzone pomieszczenie wyglądało na czyste i przytulne. Spodobało się. Wzięła prysznic, przebrała się, ułożyła włosy i po piętnastu minutach była gotowa na posiłek.

Wyszła na dziedziniec. Ze stołówki dochodziły ją głosy pozostałych letników i radosne krzyki dzieci. Kilkanaście metrów przed nią, na drewnianej ławce siedział starszy mężczyzna w przybrudzonej czarnej koszuli. Szczupły i żylasty ostrzył kosę metodycznymi oszczędnymi ruchami. Miał ciemną od słońca skórę, a twarz porytą głębokimi ostrymi zmarszczkami. Siwe włosy krótko ostrzygł i zaczesał do tyłu. Było w nim coś znajomego. Coś, co sprawiło, że po plecach przeszedł jej dreszcz.

Kiedy mężczyzna usłyszał odgłos zamykanych drzwi, podniósł głowę i na moment przerwał ostrzenie. Patrzył na nią. Znała to spojrzenie z tysiąca wsi, miasteczek, a nawet większych miast, z wyjątkiem tych naprawdę dużych, jak Warszawa, Poznań czy Wrocław. Tam, przynajmniej zanim stała się sławna, była naprawdę niewidzialna. Wtapiała się w tłum, nie zwracała na siebie uwagi. Nie zawsze, ale zazwyczaj. Wszędzie indziej kolor przyciągał wzrok jak magnes opiłki metalu. W tych spojrzeniach dostrzegała nie tyle niechęć czy złość, co raczej głupią ciekawość. Z takim kolorem skóry w Polsce nie dało się zniknąć. Mogła się z nim tylko obnosić. Dumnie pokazywać i udawać, że ma w dupie to, że traktują ją jak osobliwość.

– Dzień dobry! – krzyknęła do mężczyzny.

Zmrużył oczy, jakby się zastanawiał, czy Adaoma zasługuje na odpowiedź, a potem skinął głową i wrócił do ostrzenia kosy. Wtedy zrozumiała, dlaczego wydawał się jej znajomy. Przypominał jej dziadka z Nigerii. Podobnie jak ten tutaj, zasuszonego i żylastego mężczyznę o surowej nieprzeniknionej twarzy. Ponad rok temu pojechała z wizytą do Lagos. Chciała zebrać materiały do książkowego reportażu, o którym marzyła od dawna. Wymyśliła, że mogłaby napisać o rebelii w Biafrze, temacie prawie nieznanym w kraju. Dziadek walczył tam po stronie rebeliantów. Pewnego dnia pojechała z nim o tym porozmawiać, namówić na wspomnienia. Żeby opowiedział, co się wtedy działo, pomógł skontaktować z towarzyszami broni.

Dziadek mieszkał w małym domku otoczonym murem z betonowych pustaków w Oto pod Lagos. Przyjął ją uprzejmie, chociaż z wyraźnym dystansem. Poczęstował herbatą oraz zupą pieprzową i jollofem. Siedzieli w niewielkim ogródku, w przyjemnym cieniu wianowłostki królewskiej, zwanej płomieniem Afryki, o cudownie czerwonych kwiatach. Po blisko dwóch godzinach odważyła się wreszcie zapytać o Biafrę. Oczy dziadka zasnuły się mgłą. Zaciskał szczęki, jakby miażdżył między nimi kamienie. Powoli podniósł do ust filiżankę z herbatą i wypił dwa duże łyki, po czym bez słowa wstał od stołu, by zniknąć we wnętrzu domku. Jego żona, ledwo trzydziestoletnia kobieta, która zdążyła mu już urodzić trójkę dzieci, nachyliła się do Adaomy.

– Jego nie pyta się o takie rzeczy – powiedziała jadowicie. – Nigdy. Gdybyś była jedną z nas... – Zawiesiła głos i nie dokończyła swojej groźby.

Adaoma zastanawiała się, co to miało znaczyć. Czy nie była członkiem rodziny? Czy chodziło o to, że jej matka była Polką? Nie Nigeryjką? Nie Afrykanką? Zapytała o to ciotkę, kiedy wróciła do jej domu w Lagos. Ta cudowna ciepła kobieta uśmiechnęła się wtedy do niej i pogładziła ją po policzku.

– Po prostu dla nas, Adaoma, jesteś biała.

POMIĘDZY

1

Liceum mieściło się w przytłaczającym neogotyckim gmachu z czerwonej cegły, do którego z czasem dołączono paskudną kostkę sali gimnastycznej. Przed wojną, kiedy te tereny należały jeszcze do III Rzeszy, podobno znajdował się tutaj szpital. Hitlerowcy z jakiegoś powodu zamordowali pacjentów, czego jednak nie upamiętniono żadną tablicą, bo ci pacjenci byli Niemcami, więc w sumie nikogo to nie obchodziło.

Aktualny humor wychowawczyni klasy Damiana, historyczki Chodzik, starej panny po czterdziestce, zależał od tego, w jakiej fazie związku z kolejnym mężczyzną się znajdowała. Szkolna młodzież ujmowała tę zależność z typową dla tego wieku prostotą, zastanawiając się, czy pani Chodzik jest już wystarczająco dobrze przeruchana czy jeszcze nie.

Nowy rok szkolny rozpoczęli pełni niepokoju. Końcówka poprzedniego była koszmarna. Nauczycielka rozstała się ze swoim facetem i w związku z tym szukała tylko okazji, żeby kogoś uwalić. Ponad połowie klasy zdołała obniżyć ocenę. Dobrze, że to jeszcze nie była klasa maturalna, bo wtedy byłoby naprawdę słabo. A tak dało się jakoś przeżyć. Nie pojawiła się na rozpoczęciu, co tylko wzmogło obawy.

Klasa Damiana liczyła trzydzieści jeden osób. Piętnaście dziewczyn i szesnastu chłopaków. Raczej go lubiano, ale nie załapał się do żadnej z tych kilku grup, które się utworzyły. Zawsze trochę z boku, przerwy spędzał zazwyczaj samotnie. A wszystko z powodu miejsca zamieszkania. Żmijowisko znajdowało się w odległości około pięciu kilometrów od przystanku autobusowego, z którego mniej więcej co godzinę, a czasami rzadziej, odjeżdżał autobus do miasteczka, gdzie mieściło się liceum. Dlatego właśnie w zeszłym roku szkolnym Damian tylko raz wziął udział w klasowej imprezie, a codziennie, zaraz po lekcjach, pędził na przystanek, żeby nie przegapić PKS-u. Do szkoły chodził niechętnie, wyraźnie znużony, czując, że to nie jest jego miejsce, że jest tam na doczepkę, a wszystko dzieje się obok niego.

Właściwie to miał rację.

Na pierwszej wrześniowej lekcji wychowawczej siedział w przedostatniej ławce, pod samą ścianą. Przed sobą położył plecak i oparł o niego głowę. Podniósł ją, kiedy drzwi się otworzyły, a razem z Chodzik do klasy weszła dziewczyna. Nigdy wcześniej jej nie widział. Cała była ubrana na czarno, prócz bordowej koszulki z długimi rękawami wystającej spod zwykłego tiszerta. Nie umalowała się, czym wyróżniała się na tle wszystkich dziewczyn, które co rano mocowały się z podkładami, maskarami, lakierami i tuszami. Żuła gumę. Ładna dziewczyna, pomyślał, chociaż trochę za gruba i za duża.

– Dzień dobry wszystkim – przywitała się Chodzik i uśmiechnęła się promiennie, po czym wywnioskowali, że przez wakacje jednak zaliczyła romansik, więc jeszcze przez pewien czas będą mieli z górki.

Odpowiedzieli na powitanie.

– To jest Sabina. Sabina przyjechała do nas z Gdańska.

– Z Sopotu – poprawiła ją od razu dziewczyna.

– Z Sopotu – zgodziła się po chwili wahania nauczycielka. – I będzie waszą nową koleżanką. Mam nadzieję, że miło i godnie ją powitacie w społeczności naszej szkoły.

Przyglądali się jej z zainteresowaniem, jak każdej nowej, zastanawiając się, kim jest, skąd się wzięła, do której grupy przystąpi. Nagle zmieniło się ono w konsternację, kiedy zdali sobie sprawę, że to nie oni ją, ale ona ich ocenia. Jej wzrok prześlizgiwał się po twarzach uczniów, każdej poświęcając sekundę, dwie. Robiła w pamięci maleńkie notatki i wrzucała je do odpowiedniego katalogu na twardym dysku w swojej głowie. Damian poczuł niepokój, kiedy zbliżała się do niego, a potem rozczarowanie, kiedy nie zatrzymała się przy nim nawet na moment. Jakby stanowił tylko element tła. Martwy przedmiot.

– Sabino, siadaj tam, obok Paulinki, dobrze?

Ruda i piegowata Paulina planowała zostać weterynarzem i pracować razem z ojcem, którego lecznica obsługiwała największe okoliczne gospodarstwa. Była ładną i zamożną dziewczyną. Miała nawet własny samochód. Sportowe audi tt, co prawda używane, ale i tak robiące wrażenie. Wielu chłopaków chciało z nią chodzić tylko po to, by poprowadzić ten wózek. A ona chętnie zabierała ich na stare lotnisko wojskowe, gdzie pozwalała im kręcić bączki na betonowych płytach. I podobno nie tylko to.

Paulina nie wiedziała w pierwszej chwili, jak zareagować. Życzliwie, ostrożnie czy wrogo. A Sabina, nic sobie z jej zmieszania nie robiąc, po prostu zajęła wskazane miejsce.

– Aha – powiedziała Chodzik. – Nie wiem, jak jest w Sopocie, ale u nas nie wolno żuć gumy na lekcjach.

Szczęka dziewczyny zatrzymała się w pół ruchu. Sabina wypluła gumę i przez chwilę wydawało się, że po prostu przylepi ją pod blat stołu. Ale nie, wstała, podeszła do kosza i wyrzuciła. A wracając, zapytała beztroskim tonem:

– To pewnie palić u was też nie można?

Pół klasy wybuchło śmiechem.

Już po lekcjach Damian zauważył Sabinę w autobusie. Zajęła miejsce z tyłu. Nie miałby jak się do niej przepchać, nawet gdyby się na to odważył. Obserwował ją ukradkiem. Ona go nie widziała. Siedziała ze słuchawkami na uszach, wpatrzona to w krajobraz za oknem, to w ekran swojego telefonu.

Wysiedli na tym samym przystanku. Objuczona zakupami starsza kobieta pociesznym kaczym chodem potuptała w stronę kościoła. Damian przez chwilę nie wiedział, co zrobić. Zostawić tu dziewczynę czy do niej podejść. Ona zaś wydawała się nieświadoma jego obecności. Podchodziła do krawędzi jezdni, rozglądała się to w jedną, to w drugą stronę. Po dwóch minutach, w czasie których Damian czuł się coraz głupiej, wyciągnęła telefon i zadzwoniła do kogoś.

– No jestem – powiedziała. – A gdzie ty jesteś?

Kiedy usłyszała odpowiedź, jej twarz nieco poczerwieniała.

– Jak to w Sopocie?! Miałeś po mnie przyjechać! Wielkie dzięki za nic!

Rozłączyła się i ze złości kopnęła przystankową wiatę. Metal jęknął przeciągle pod twardą podeszwą glana. Odetchnęła. Sięgnęła do plecaka. Wyjęła z niego paczkę fajek. Kiedy zapalała papierosa, zauważyła wreszcie Damiana.

– Długo tu jesteś? – zapytała opryskliwie.

– Właściwie to nie – skłamał.

– Czekasz na podwózkę?

– Eee... No nie.

– To po co tu stoisz?

Rozpaczliwie próbował wymyślić jakąkolwiek wymówkę, ale nic nie przychodziło mu do głowy.

– Mieszkasz w tej agro nad jeziorem? – Dziewczyna wybawiła go z opresji.

– Tak.

– My wybudowaliśmy się niedaleko. Pod samym lasem, Żmijowisko. Wiesz gdzie?

Wiedział. Przez ostatnie pół roku leśną drogą do starej leśniczówki, oddalonej od nich o niecałe dwa kilometry, jeździły samochody z materiałami budowlanymi. Właściwie to byli sąsiadami.

– To ktoś po ciebie przyjedzie? – zapytała. – Przydałaby się podwózka, bo mój stary dał dupy, a na matkę nie można liczyć. Pewnie już leży zachlana.

– Nie.

– No tak. Mówiłeś.

– Zwykle chodzę na piechotę.

– Do Żmijowiska? Przecież to w chuj daleko.

Wzruszył ramionami. Zachłannie dopalała papierosa, jakby chciała natychmiast dostać raka płuc, a nie czekać na niego kolejne dwadzieścia lat.

– To idziesz ze mną? – zapytał.

Wyrzuciła niedopałek. Raz jeszcze spojrzała na drogę, w nadziei, że jakimś magicznym sposobem jej ojciec zdążył wrócić z Sopotu, pokonać prawie dwieście kilometrów kiepskimi drogami w kilkadziesiąt sekund.

– No – powiedziała zrezygnowana.

Szli obok siebie, ale osobno. W bezpiecznej odległości metra, tak że z daleka można by ich wziąć za dwójkę obcych, zupełnie nieznających się nastolatków. Obojętnie mijali kolejne domy, szczekające przy ogrodzeniach psy, aż wreszcie opuścili ostatnie zabudowania i weszli do lasu.

– Ty jesteś ten, Damian, nie? – zapytała, przerywając ciszę.

– Tak – potwierdził. – A ty Sabina?

– Nie nazywaj mnie tak. Nienawidzę tego imienia. Jest tandetne i gówniane.

– Przepraszam.

– Możesz na mnie mówić Merigold. Albo Merry, jeśli Merigold jest dla ciebie za trudne.

– Będę mówić Merigold.

– Za to twoje imię jest fajne. Damian. Jak ten chłopaczek z *Omenu*. Widziałeś?

– Tak – skłamał.

– Nową czy starą wersję?

– Obie.

– Która bardziej ci się podobała?

– Ta starsza – powiedział odruchowo, bo nawet on wiedział, że prawidłowa odpowiedź na tego rodzaju pytania jest taka, że pierwsza wersja jest lepsza od drugiej, a książka zawsze lepsza od ekranizacji.

– Jest zajebista – przyznała z uznaniem. – Ten dzieciak był przerażający.

– Był.

Damian lubił te samotne pięciokilometrowe powroty ze szkoły. Prawie nigdy nikogo wtedy nie spotykał. Nikt nie zawracał mu głowy. Mógł pobyć sam na sam ze swoimi myślami. Ale spacer z Merigold też był fajny. Zorientował się, że odruchowo zwalnia krok, bo ona szła wolniej. I zaczynała łapać zadyszkę. W pewnym momencie się zatrzymała i wyciągnęła kolejnego papierosa. Podsunęła też paczkę Damianowi.

– Chcesz? – zapytała.

Chciał się zgodzić. Bo skoro ona paliła, to on też powinien, ale zaraz się przestraszył, że zrobi coś źle. Zacznie kaszleć albo będzie się nieodpowiednio zaciągać i zrobi z siebie idiotę. Ona pomyśli, że wziął fajkę tylko po to, żeby zrobić na niej wrażenie, co byłoby przecież prawdą.

– Nie. Nie palę.

Nie skomentowała tego w żaden sposób.

– Dziwnie się tak idzie przez ten las – powiedziała po chwili.

– Dlaczego?

– Bo dziwnie tu jest. Trochę strasznie, nie?

Nie rozumiał, o czym mówiła. Las jak las. Drzewa, krzewy, czasami przez drogę przebiegła sarna. Zerkał na nią od czasu do czasu. Miała fajne cycki. Duże i okrągłe. Wydawało się, że z trudem mieszczą się w jej biustonoszu. Nie tak ładne jak te Pauliny, ale Paulina mogłaby robić za modelkę piersi, nie było w całej szkole faceta (łącznie z nauczycielami), który by do nich nie wzdychał, ale i tak niezłe. Tyłek też niczego sobie. Trochę za szeroki, ale przyjemny. Zastanawiał się, czy ona też go obczaja. A jeśli tak, to co widzi. Zwykłego chłopaka, trochę zbyt szczupłego, zbyt wysokiego, ze zbyt odstającymi uszami i zbyt krótkimi włosami czy jednak może kogoś trochę lepszego.

– Są tu wilki? – zapytała.

– Wilki? – zdziwił się. – Nie. Nie ma żadnych.

– Trochę szkoda. Chciałabym kiedyś spotkać wilka.

– No ja też.

– A żmije? Bo to chyba od nich ta nazwa, nie?

– Pewnie tak. Kiedyś podobno było dużo, ale ja żadnej nie widziałem.

– Kurwa, żal.

Rozmawiali jeszcze trochę, chociaż częściej milczeli. Mimo że nadłożył w ten sposób drogi, odprowadził ją tamtego dnia pod samą furtkę. Potem patrzył, jak wchodzi do domu. Drzwi otworzyła jej jakaś kobieta w szlafroku, która w jednej dłoni trzymała butelkę wina. Merigold minęła ją bez słowa powitania, przy okazji trącając ramieniem. Kobieta zawołała za nią coś, czego Damian nie zrozumiał.

Potem poszedł do siebie. Zjadł obiad. Pomógł w gospodarstwie. Wieczorem, kiedy wreszcie był wolny, siadł do komputera i wszedł na stronę, gdzie streamowano filmy. Poczekał, aż trochę się ściągnie, i po piętnastu minutach zaczął oglądać *Omen*.

2

Krzysztof wyszedł przed jadalnię, starannie zamykając za sobą drzwi stodoły. Wyciągnął twarz w stronę jasnego wrześniowego słońca, ciesząc się ciepłem, które rozlało się po jego skórze. Za niedługo przyjdzie jesień, a jesień w Żmijowisku była chłodna i deszczowa. Chociażby w całym kraju świeciło słońce, u nich zawsze mżyło. Ale to dobrze, bo wtedy grzyby rosły jak szalone. Zapaleni grzybiarze już od sierpnia wydzwaniali z pytaniem, czy już są i ile. Potem wpadali tutaj na weekendy i wieczorem przy nalewce opowiadali sobie nawzajem, jakie znaleźli okazy. Już się cieszył na ich przyjazd. Podciągnął w górę szary tiszert i podrapał się po owłosionym brzuchu.

Na parkingu, obok trzech innych samochodów ostatnich letnich gości pojawił się jeden nowy pojazd. Wielkie czerwone terenowe bmw, którego lakier lśnił pomimo warstwy błota na bokach. Niedaleko stał jego właściciel. Łysawy mężczyzna w niebieskiej koszulce polo i czarnych spodniach. Na stopach miał brązowe mokasyny bez skarpetek. Dłonie trzymał w kieszeniach. Rozglądał się dookoła z dużą ciekawością.

Krzysztof pomyślał, że ten człowiek mu się nie podoba. Emanowała od niego taka patologiczna pewność siebie kogoś, kto zawsze bierze to, czego pragnie, i nie ogląda się na innych. A każda próba oporu, drobna przeszkoda to zwykła bezczelność, nieusprawiedliwiony niczym akt wrogości, na który trzeba odpowiedzieć czystą i bezwzględną agresją. Gospodarz agroturystyki spotkał wiele takich osób, kiedy mieszkał jeszcze w Warszawie. Między innymi dlatego opuścił stolicę. W ogóle nie lubił tego miasta, choć tam się urodził i wychował. Zawsze wydawało mu się za ciasne. Zbyt wielu ludzi o zbyt wielkim ego na zbyt małej przestrzeni. Nie dało się tego wszystkiego upchnąć w tak niewielkim i biednym kraju. Zjadali się więc ci ludzie nawzajem, walczyli, wpychali pod samochody, pociągi metra, podkładali świnie, sprzedawali nawzajem kredyty we frankach i polisolokaty, rżnęli nieswoje żony, rozwodzili i schodzili.

Joasię poznał na studiach. Przyjechała tam do jednej z prywatnych wyższych szkół, gdzie miała zostać jeden rok, a potem po raz kolejny zdawać na SGH. Nie odnalazła się w Warszawie. On tam nigdy nie pasował. Zeszli się szybko. Pamiętał, jak bardzo się denerwował, kiedy kilka miesięcy później, wczesną wiosną po raz pierwszy jechał do Żmijowiska, żeby poznać jej ojca. Ale gdy po wielogodzinnej, męczącej podróży dotarli do celu, poczuł tylko spokój. Głęboki, docierający do każdej komórki w jego organizmie. Jakby wreszcie znalazł się w miejscu, gdzie może wziąć głęboki wdech. Do dziś nie wiedział, czy bardziej zakochał się w Asi czy w Żmijowisku.

Krzysztof poprawił koszulkę tak, żeby zakrywała mu brzuch, i podciągnął dresowe spodnie. Podszedł do mężczyzny, zastanawiając się, kto to jest i skąd się wziął. Bmw miało miejscowe rejestracje. Wtedy uświadomił sobie, że wielokrotnie widział już ten samochód. Pędził leśną drogą z rykiem silnika do i z leśniczówki, którą przed rokiem kupił tajemniczy biznesmen z Trójmiasta i od miesięcy remontował, zmieniając w luksusową posiadłość.

– Pomóc w czymś? – zapytał Krzysztof, zbliżając się do mężczyzny w niebieskim polo. Gość obrócił się powoli, obrzucił gospodarza badawczym spojrzeniem i uśmiechnął się nieznacznie.

– To pańskie? – odpowiedział pytaniem i zatoczył ręką krąg obejmujący domki, zejście nad jezioro i plażę z pomostem.

– Moje. I teścia.

– Kawał ładnej ziemi.

– No. Nam też się podoba.

Facet podszedł do Krzysztofa i wyciągnął rękę. Mocno, niemal napastliwie uścisnął mu dłoń. Ale gospodarz nie pozostał dłużny.

Z nadwagą mógł wyglądać niepozornie, jednak lata pracy w obejściu sprawiły, że miał krzepę w rękach.

– Kajetan Rybak – przedstawił się mężczyzna.

Pozuje na twardziela, a nazywa się Kajtek, zupełnie jak jakiś pies albo bocian z tej szkolnej czytanki, pomyślał z rozbawieniem Krzysztof.

– Krzysztof Trypa.

– Jesteśmy sąsiadami. To ja kupiłem tę leśniczówkę, tam, w głębi lasu.

– A wiem, wiem... To pan jest ojcem Sabiny, prawda? Miła dziewczyna.

Przez twarz mężczyzny przebiegł krótki nieprzyjemny grymas, jakby z jakiegoś powodu na komplement na temat swojego dziecka chciał zareagować agresją. Ale szybko się opanował.

– Miła, miła, tylko trzeba ją utemperować. Dlatego też przeprowadziliśmy się tutaj – powiedział. – Wielkie miasto to wielkie pokusy, nie każdy dzieciak sobie z nimi radzi.

Krzysztof pokiwał głową ze zrozumieniem. Miał kumpli, których Warszawa poprowadziła ścieżką poprzez modne kluby i głośne imprezy prosto w objęcia heroiny i narkotyczno-alkoholowych deliriów. Niektórzy się z tego podnieśli, inni do dzisiaj leżeli w kałuży własnego moczu i wymiocin. Jeden wybrał ucieczkę za pomocą paska na szyi zawieszonego na klamce od łazienki.

– No tak. A u nas spokój i cisza – odparł, licząc na to, że facet nie poruszy teraz tej sprawy z Adą. Dalej mówił już bez wielkiego przekonania. – Dobre miejsce, by wychować dzieciaki. My mamy trójkę. Najstarszy, Damian, chodzi przecież z Sabiną do klasy.

– Wiem. – W głosie Kajetana zabrzmiała nutka zniecierpliwienia, a Krzysztof natychmiast zrozumiał, że mężczyzna nie przyjechał tu ani z sąsiedzką, powitalną wizytą, ani po to, by porozmawiać o dzieciach. – Żona jest?

Kiedy zadawał to pytanie, nachylił się w jego kierunku. Twarz mężczyzny wydała się gospodarzowi nieprzyjemna, jakby ptasia. Prawie łysa głowa, pokryta paroma włosami na boku, podbródek w kształcie litery V, duży nos i schowane pod czarnymi brwiami oczy. Kojarzył mu się z sępem.

– Pojechała do miasta załatwiać jakieś sprawunki.

– A to może i lepiej – stwierdził Kajetan, bezceremonialnie obejmując go ramieniem. – Interes jest do zrobienia. A po co żonę takimi męskimi sprawami zajmować, nie?

– A o co chodzi? – zapytał bez przekonania gospodarz. Nie zamierzał podejmować żadnych decyzji bez pytania żony, a tym bardziej teścia o zdanie, ale mógł się dowiedzieć, czego ten człowiek od nich chce.

– W pięknym miejscu mieszkamy, nie?

– Tak.

– Tam las, tu jezioro, woda czysta, tak że można ją pić. Jest tylko jeden problem.

– Jaki?

– Wszędzie tutaj jest rezerwat. A tam – wskazał ręką na drugi brzeg – to pieprzone słowiańskie grodziszcze. W sumie to może nawet dobrze. Dodatkowa atrakcja. Jakiś Biskupin się tu jebnie i będzie pięknie. Tylko przez ten rezerwat nie da się tutaj budować. Fartem udało mi się znaleźć tę leśniczówkę i odkupić od leśnictwa, ale mogłem ją jedynie wyremontować. Nic więcej. Tyle się tutaj terenu marnuje. Tyle pieniędzy. Bo wie pan, kiedyś to ludzie do Egiptu jeździli, ale przestali. Brudasom odbiło i zaczęli ludziom łby odcinać albo po plażach z siekierami ganiać. I dobrze. To wszyscy pojechali nad Bałtyk. Ale tam drogo, ciasno i nie oszukujmy się – chujowo. A tutaj piękne jezioro, niedaleko rzeczka, kajaczki. W mieście zrobi się jakiś festiwal disco polo, już zresztą gadałem o tym z władzami, załatwiamy wszystko, i możemy trzepać kasę, jak Żydzi na wódce.

Krzysztof kiwał głową, nie do końca rozumiejąc, do czego dąży mężczyzna.

– Tylko w jednym miejscu tutaj nie ma rezerwatu i można budować – kontynuował Kajetan. – U was. Macie kawał terenu, gdzie można stawiać wszystko. A wy co? Pierdolnęliście tutaj ledwo parę domków.

Krzysztof wyswobodził się z uścisku mężczyzny i spojrzał na niego spode łba.

– Panie Krzysztofie, pan się nie denerwuje. Ja to szanuję. Agroturystyka świetny pomysł. Szczególnie jeśli kapitału zabrakło. Ale jaki to stracony potencjał. W sezonie pewnie obłożenie pełne... Chociaż po zaginięciu tej dziewczyny to nie wiadomo...

Kiedy poruszył kwestię Ady, gospodarz chciał się odwrócić i odejść, ale Kajetan chwycił go za ramię stanowczym gestem i przytrzymał.

– Ile teraz jest gości? Trzy samochody widzę. Trzy rodziny. Na ile pokoi? A co będzie później? Pewnie w październiku jacyś grzybiarze przyjadą i to będzie, kurwa, koniec na ten rok. Nie mam racji? Nie mam?

Miał. Od jesieni do późnej wiosny wszystko to stało puste i niszczało, tak że w marcu, kwietniu musieli robić remont, by w maju przyjąć pierwszych gości. Czasami tylko udało się w zimie wynająć stodołę na wesele. Ale więcej było roboty niż pieniędzy.

Krzysztof szarpnął się, by się wyswobodzić, ale mężczyzna sam go puścił. Gospodarz zatoczył się o dwa kroki w tył.

– Pan ma ziemię, panie Krzysztofie – mówił, a oczy mu błyszczały. – A ja kapitał. Postawimy u pana śliczny ośrodek. Całoroczne SPA na około sto miejsc noclegowych. Latem atrakcje dla rodzin z dziećmi. Jesienią niech przyjadą ci grzybiarze plus konferencje biznesowe. Cały czas trzepiemy wesela, wyjazdy integracyjne, przyjęcia. Widzę, że pana zaciekawiłem, co?

Krzysztof poczuł, że znowu robi mu się ciasno. Jakby wrócił do Warszawy i jechał wagonem metra w godzinach szczytu. Przygryzł wargę. Chciał sięgnąć po telefon, zadzwonić do żony i zapytać o radę, ale zaraz pomyślał sobie, że przecież z jej rad nic dobrego nie przychodziło. To ona nalegała na te kredyty, przez co teraz tkwili w długach. A on tu musiał wszystko jakoś połatać. Zresztą teraz, parę tygodni przed porodem, tylko o tym mówiła i myślała.

– No, zaciekawił pan – przyznał, robiąc wszystko, żeby jego głos brzmiał mocno i zdecydowanie.

Mężczyzna pokiwał głową zadowolony.

– Przejdziemy się? – zapytał i nie czekając na odpowiedź, poszedł przed siebie. Krzysztof ruszył za nim. Zrównali się po kilku metrach. Doszli do skarpy, z której prowadziła ścieżka nad jezioro.

– Trzeba będzie wyburzyć pomost i zbudować dłuższy – Rybak wskazał palcem drewnianą konstrukcję – żeby zmieściło się więcej kajaków, może jakieś żaglówki. Tutaj można pływać żaglówkami?

– Nie wiem.

– Ale kajaczkami, widziałem, pływacie?

– Mamy dwa.

– To żaglówki też się załatwi – wymruczał Kajetan bardziej do siebie niż do gospodarza. – Tylko te zwierzaki...

– Słucham?

– Trzeba będzie oddać do rzeźnika czy do schroniska. Jak tam sobie chcecie, mnie to lata i powiewa. Wie pan, panie Krzysztofie, ludzie przyjeżdżają do takiego ośrodka i chcą być blisko natury. Ale takiej czystej i higienicznej, z trzema posiłkami dziennie i alkoholem serwowanym w barze. Brudna koza tutaj nie pasuje. No ale może jakieś minizoo dla dzieciaków się zbuduje, żeby tam latały i nie męczyły rodziców. I tutaj muszę pana pochwalić, animacja dla dzieciarni to świetny pomysł. Strzał w dziesiątkę. O niczym innym rodzice nie marzą na urlopie, jak oddać pod opiekę swoje dziecko komuś innemu i przez dwa tygodnie go nie oglądać.

Kajetan odetchnął głęboko, wyraźnie zadowolony z wygłoszonego właśnie wykładu.

– Aha – rzucił, przypominając sobie coś ważnego. – I tę waszą chałupę to koniecznie trzeba będzie wyburzyć. – Roześmiał się, widząc twarz Krzysztofa. – Pan się nie martwi, panie Krzysztofie. Za kasę, jaką zarobicie, wybudujecie sobie ładny dom w miasteczku. Większy i wygodniejszy od tej rudery. Wszystkie wasze dzieciaki będą miały własne pokoje.

Znowu trafił w sedno, co zaczęło się robić niepokojące. Ile ten człowiek faktycznie o nich wiedział? Od kiedy zamieszkali tu z Joasią, stopniowo tracili przestrzeń mieszkalną na użytek dzieci. Teraz, już w piątkę, obijali się o siebie nieustannie. Damian dzielił pokój z siostrą, z czego wynikały same problemy. On był już nastolatkiem, ona zaczynała wchodzić w ten trudny wiek. Kiedy pojawi się nowy dzieciak, najpierw będzie miał łóżeczko w małżeńskiej sypialni, ale co potem? Zadowolony mógł być tylko teść, który zaanektował dla siebie cały pokój i zamykał się w nim na długie godziny. Krzysztofa niepokoiło również to, że Kajetan przechadzał się po terenie, jakby już ubili interes, jakby to wszystko należało, przynajmniej w części, do niego.

– Mógłbym spróbować jakoś pana wyruchać – odezwał się Rybak. – Pokręcić, pokombinować. Może nawet kupić tę ziemię taniej, bo co tu dużo mówić, po zaginięciu dziewczyny może być wam ciężko... – Zawiesił głos. – Trudno będzie ściągnąć rodziny na letni wypoczynek do miejsca, gdzie wydarzyła się taka tragedia.

– Poradzimy sobie.

– Takie newsy szybko się roznoszą po internecie – dodał Kajetan. – Kiepska reklama. Ciężko wam będzie.

– Poradzimy sobie – powtórzył Krzysztof, ale już z mniejszą pewnością siebie. Do tej pory skutecznie unikał myślenia o tym, jak zaginięcie Ady wpłynie na przyszłoroczny sezon. Liczył się z tym, że kilka osób, które do tej pory do nich regularnie przyjeżdżało, zrezygnuje. Może obłożenie będzie odrobinę mniejsze niż do tej pory, ale nie spodziewał się katastrofy. Teraz po raz pierwszy przed oczami stanął mu czarny scenariusz, kiedy nie przyjedzie do nich nikt.

– Tak jak mówiłem, mógłbym mydlić panu oczy, ale przychodzę jak biznesmen do biznesmena. Z sercem na dłoni. Pan widzi, ja nie jestem byle ciołkiem. W Trójmieście miałem parę knajp i dwa hotele. Hotele sprzedałem, ale knajpy dalej działają. Pan sobie może sprawdzić w internecie. Teraz jestem człowiekiem z wizją, proszą pana. Ja tu chcę zrobić coś dużego. Obaj możemy na tym zarobić. – Klepnął go w ramię. – Pan to sobie przemyśli i jakoś się umówimy. Siądziemy sobie kiedyś w miłych okolicznościach, napijemy wódeczki i uzgodnimy szczegóły. A teraz miłego dnia życzę.

Mężczyzna wyciągnął z kieszeni pilota do samochodu. Nacisnął przycisk i czerwone bmw zamrugało pomarańczowymi światłami.

Krzysztof uderzył się otwartą dłonią w kark, miażdżąc jednego z ostatnich tego lata komarów. A potem zamknął oczy. Pod przymkniętymi powiekami ujrzał elegancki biały ośrodek, eleganckich ludzi relaksujących się w hotelowym jacuzzi, a wreszcie siebie samego, wysiadającego z takiego samego bmw, jakim odjechał przed chwilą Kajetan.

Podobała mu się ta wizja.

3

Trudno uwierzyć, jak w mieszkaniu potrafi być cicho. Takim zwyczajnym, w starym budynku na warszawskim blokowisku, gdzie ulicą obok jeżdżą samochody, sąsiedzi puszczają głośno muzykę i zawsze ktoś z góry lub dołu robi remont.

Kiedyś to wszystko jej przeszkadzało. Każdy taki hałas traktowała, jakby to było niemalże włamanie, naruszenie osobistej przestrzeni, brutalne wtargnięcie w przyciasny, ale miły kokon, który utkała swojej rodzinie. Broniła się przed tym tak, jak potrafiła. Włączała radio, telewizję, teledyski na YouTubie. Robiła wszystko, by odciąć ich od tego, co na zewnątrz, by zostało tylko to, co w środku, co ich własne i znane. Kłóciła się o to z Arkiem. On chodził od pokoju do pokoju, po kolei wyłączając każde urządzenie.

– Wróciłem z roboty, chciałbym chociaż przez chwilę, przez chwilę, odpocząć w ciszy.

Chciała zaśmiać mu się w twarz. O jakiej ciszy można mówić, kiedy banda dzieciaków na dworze odbija piłkę o ścianę budynku, pomimo wyraźnie namalowanego żółtą farbą na asfalcie napisu „Zakaz gry w piłkę"?

– Czyli wolisz słuchać tego, co puszcza sąsiad, zamiast tego, co puszczam ja?!

– Chryste! – jęknął, chwytając się za głowę. – Myślałem, że to z Adą będą takie problemy! Ale ona nawet wie, że wypada używać, kurwa, słuchawek!

– Nie przeklinaj w moim domu.

– Niby dlaczego?! Wreszcie mogę, przynajmniej przez moment. Ada nic nie słyszy, ciebie to nie zgorszy, a Ignaś nic nie rozumie!

Przerodziło się to wtedy w kolejną kłótnię. Teraz Kamila przyznawała mu rację. Cisza sama przychodziła do człowieka, jeśli tylko jej pozwolić. Opadała miękko lawiną, miażdżyła swoim ciężarem, więziła w słodkim bezruchu. Wystarczyło nic nie robić. Po prostu czekać cierpliwie. Więc czekała. Zwinięta w kłębek na fotelu w dużym pokoju, z kubkiem zimnej herbaty w dłoni, wpatrzona w białą ścianę przed sobą. Z pękniętym sercem i łzami wiecznie zasychającymi na policzkach.

W jej polu widzenia pojawił się Arek. Nie słyszała klucza przekręcanego w zamku ani tego, jak wchodził. Stał teraz przed nią, w granatowym za dużym już garniturze (od zaginięcia Ady zdążył schudnąć o dwa rozmiary), z czarną teczką w dłoni. Zastanawiała się, jak długo jest w mieszkaniu, ile już na nią patrzy. Zrobiło się jej nagle nieprzyjemnie. Po plecach przeszedł dreszcz. Postanowiła jednak udawać, że dalej go nie zauważa. Bała się, że rozmowa, jakakolwiek interakcja będzie ponad jej siły.

– Dzwonił ktoś? – usłyszała jego głos. Płynął jakby z oddali.

– Nie... – odpowiedziała i nagle się przestraszyła, że to nieprawda. Być może ktoś próbował się z nią połączyć, a ona, tkwiąc w stuporze, nie usłyszała. Sięgnęła gwałtownie po telefon, zrzucając przy tym z siebie fioletowy kocyk. Nacisnęła przycisk, ekran był jednak czarny. Zrobiła to po raz kolejny i jeszcze raz, a potem zaczęła potrząsać gwałtownie aparatem w górę i w dół.

– Co robisz? – zapytał Arek.

Wyładował się, pomyślała i ogarnęła ją panika. Do oczu nabiegły łzy. Może ją znaleźli, może czekała na nią, pytała o to, gdzie jest mamusia, kiedy po nią przyjedzie, jak wtedy, dawno temu w przedszkolu, kiedy spóźnili się o dwie godziny z odbiorem dziecka, a Ada została sama tylko z jedną przedszkolanką i przez ten czas ciągle płakała, jej twarz była cała czerwona, ale tak mocno i wyraźnie, i Kamila przestraszyła się, że już tak zostanie, że policzki małej zawsze będą pokryte szkarłatnym rumieńcem, tatuażem z popękanych naczynek krwionośnych, a oczy wiecznie opuchnięte, podobne do dwóch baloników.

– Przepraszam, przepraszam, przepraszam... – powtarzała, biegnąc do sypialni.

Arek w ostatniej chwili uskoczył jej z drogi, a potem poszedł za nią i obserwował, jak z szuflady biurka po kolei wyrzuca sterty dokumentów, niepotrzebne nikomu kable, popsute słuchawki, myszki od komputera, a cały ten huragan przedmiotów, śmieci, które zbierały się przez lata, ląduje z trzaskiem na podłodze.

– Gdzie to jest... gdzie to jest... gdzie to jest...

– Czego szukasz? – zapytał.

– Ładowarki! Widzisz, że szukam ładowarki! Ładowarki! Gdzie ona jest?! – krzyczała, a jej głos musiał przebić się przez ściśnięte z przerażenia gardło i usta zalane śliną.

Dzwonili do niej, dzwonili, a ona nie odebrała. Nie zauważyła, że dzwonili. Jej dziewczynka, jej ukochane dziecko. Znalazło się, było, ale teraz znowu zniknęło. Zniknęło, rozpłynęło się w powietrzu, bo ona nie odebrała telefonu.

– Leży przecież na blacie – powiedział Arek.

Wyprostowała się. Rzeczywiście, na biurku obok nocnej lampki leżał biały prostokąt z kablem. Podłączyła ładowarkę do prądu. Raz po raz naciskała przycisk, który miał ją uruchomić.

– Musisz poczekać, aż się podładuje.

Spojrzała na niego z taką nienawiścią, że gdyby miał choć trochę przyzwoitości, chociaż ułamek, to natychmiast by umarł.

Po kilkunastu sekundach ekran zamigotał. Wklepała PIN, a potem czekała, aż komórka się uruchomi i zaloguje do sieci.

– I co? – zapytał.

– Nic – odparła głucho.

Żadnych nieodebranych połączeń, żadnych wiadomości. Miała ochotę rzucić telefonem o ścianę, ale zabrakło jej sił. Po prostu wypuściła go z ręki i pozwoliła, żeby upadł na łóżko. Wróciła na swój fotel.

– Gdzie jest Ignaś?

W pierwszej chwili nie potrafiła odpowiedzieć. Musiała się mocno skupić, by zrozumieć to, co powiedział.

– U pani Oli.

– Co takiego?! Przecież jest już prawie szósta! Miałaś go odebrać koło czwartej!

– Sam mówiłeś, że mu tam dobrze.

Opuścił mieszkanie bez słowa.

Wrócił z Ignasiem po około czterdziestu minutach. Gawędził z synem, udając, że jest w świetnym nastroju. Ale zbyt dobrze znała jego głos, by nie usłyszeć tych chrapliwych, drżących nutek, które zawsze zdradzały jego zdenerwowanie i irytację.

– Mama! – krzyknął Ignacy, kiedy ją zobaczył.

Podbiegł do niej, nie zdejmując butów, i wtulił się w jej kolana. Nie wykonała żadnego ruchu. Nie próbowała oddać uścisku, podnieść go i przytulić. Nawet go nie pocałowała. Wiedziała, że jest złą matką, że w przyszłości przyjdzie jej za to sporo zapłacić, że będzie wyrzucać sobie swoje zachowanie, ale nic nie mogła na to poradzić. Od zaginięcia Ady jej mały synek coraz mniej ją obchodził. Nie potrafiła się zmusić do czułości. Patrzyła na niego z obojętnością. I chociaż za każdym razem szukała w swoim sercu skrawków dawnej miłości, którą do niego czuła, nie potrafiła nic znaleźć. Teraz nawet udawanie kiepsko jej wychodziło.

– Mama jest zmęczona – powiedział Arek. – Chodź, Ignaś, pobawimy się klockami.

– Klocki!

Pobiegł za ojcem. Po chwili usłyszała radosny okrzyk, kiedy wysypali na podłogę duplo z wielkiego kartonowego pudła. Bawili się tak przez około pół godziny. Potem grzecznie posprzątali. Arek posadził Ignasia na kanapie. Włączył mu bajki, a sam poszedł robić kolację. Dla małego parówki, jego ulubione danie od jakiegoś czasu, dla nich kanapki. Żadnej nie tknęła. Od zaginięcia Ady unikała wspólnych posiłków. Nie wiedziała, jak się zachować, siedząc przy stole i wpatrując się w puste miejsce, które kiedyś zajmowała córka. Do tej pory zdobyła się na to tylko trzy razy. Za pierwszym przełknęła łyżkę zupy i zaraz pobiegła do łazienki wymiotować. Za drugim rozpłakała się w połowie posiłku i zwaliła się z krzesła na podłogę. Leżała tam, szlochając przez kolejne dziesięć minut, podczas gdy Arek robił wszystko, by ją podnieść.

– Wstawaj – mówił do niej. – Do cholery, Ignaś wszystko widzi. Wstawaj. Możesz płakać, ale przenieś się chociaż do sypialni! Idź gdzieś, gdzie nie będzie cię widział!

Trzeciego razu prawie nie pamiętała. Ale pewnie też nie poszło za dobrze, bo mąż nie namawiał jej więcej na wspólne posiłki.

Arek zmienił garnitur na wygodniejsze ciuchy. Wykąpał chłopaka. Przyniósł go do niej zawiniętego w ręcznik.

– Ignaś chciał ci dać buziaka na dobranoc – powiedział.

Nachylili się ku niej i poczuła mokry pocałunek na czubku głowy. Pomyślała, że to obrzydliwe i natychmiast się zawstydziła. Chciała się schować. Obaj zniknęli w pokoju chłopca. Usłyszała, jak Arek coś mu czyta, ale nie potrafiła rozpoznać co. Zresztą zupełnie jej nie zależało. W pewnym momencie jego głos ucichł. Siedział jeszcze trochę u syna.

Pojawił się przy niej po kwadransie. Spojrzał ciężko na stojący nieopodal talerz.

– Znowu nic nie zjadłaś – stwierdził.

Nie odpowiedziała, więc wziął talerz i zaniósł do kuchni. Wrócił. Usiadł na kanapie. Trwali tak przez długie minuty w milczeniu i można by pomyśleć, że w mieszkaniu nikogo nie ma. Może w jakimś sensie była to prawda. Nie tylko Ada zaginęła w te wakacje, pomyślała Kamila. Cała ich rodzina jakby znikała.

– Powinnaś gdzieś wyjść – odezwał się w końcu.

– Niby gdzie?

– Gdzieś.

Wtuliła się mocniej w koc. Zamknęła oczy. Chciała zasnąć. Była strasznie zmęczona, chociaż przez cały dzień ledwo kilka razy zwlekła się z tego fotela.

– Może na spotkanie z koleżankami?

Mimo woli prychnęła. Już sobie to wyobrażała. Jej koleżanki. Wydekoltowane, wymalowane, z kolorowymi drinkami, a pomiędzy nimi ona, w wymiętym dresie, z twarzą opuchniętą od płaczu i włosami, które domagały się mycia. Ucieszny byłby to widok. Strzelałyby sobie selfika za selfikiem.

– Albo wróć do pracy.

– Po co?

– Żeby po prostu stąd wyjść. Nie możesz spędzić reszty życia, siedząc w tym fotelu.

– Może mogę.

Westchnął, co sprawiło, że miała ochotę go uderzyć. Nie spoliczkować, jak to zazwyczaj robią dziewczyny na filmach, ale przyłożyć pięścią po chłopacku. Zobaczyć jego krew na swoich kłykciach i opuchniętą wargę.

– Idź sobie – wyszeptała.

– Słucham?

– Idź sobie – powtórzyła głośniej. – Nie chcę cię oglądać. Nie wiem, idź do pracy czy coś takiego.

– Właśnie wróciłem z roboty – przypomniał, jakby cokolwiek ją to obchodziło.

Położył dłonie na jej kolanach i kucnął obok. Nie wiedziała, co powinna myśleć o tym dotyku. Z jednej strony był miły. Niósł jakieś nieokreślone, ale ciepłe wspomnienie, obrazy, których nie potrafiła uchwycić, ale które powstały w chwilach szczęścia. Z drugiej miała odruch, żeby go odepchnąć od siebie.

– Próbuję ci pomóc.

– Próbujesz mi pomóc? – powtórzyła z niedowierzaniem. – To nie mi powinieneś pomagać, ale Adzie. Oboje powinniśmy to robić.

– Ty znowu swoje...

– Popełniliśmy błąd, wracając do Warszawy. Nasze miejsce jest tam. Trzeba było zostać i szukać jej do skutku.

– Szukaliśmy! Nie tylko my, pamiętasz? Policja, strażacy, ochotnicy, media. Zrobiliśmy wszystko, co mogliśmy!

– Gdyby tak naprawdę było, tobyśmy ją znaleźli.

Podniósł się gwałtownie.

– Tu jest nasz dom, Kamila.

– Nasz dom jest tam, gdzie są nasze dzieci – odpowiedziała.

Stał nad nią w milczeniu przez kilka minut. Ktoś na podwórku krzyknął głośno, a potem od ścian budynków odbił się echem dziecięcy śmiech.

– Po prostu staram ci się pomóc – rzucił, ale ton jego głosu świadczył, że już skapitulował, a ta rozmowa wkrótce się skończy. Znowu zostanie sama w fotelu, otoczona ciszą, z kubkiem zimnej herbaty w dłoni.

Cieszyła się na tę chwilę.

TERAZ

1

Kiedy wszedł do sklepu, elektroniczny dzwonek wydał z siebie przeciągły nieprzyjemny dźwięk. Kobieta kupująca właśnie chleb, jajka i mleko odwróciła się w jego stronę i zanim zapłaciła, zatrzymała na kilka sekund wzrok na jego twarzy. Arek zastanawiał się, czy go rozpoznała czy nie. A jeśli tak, to co sobie o nim pomyślała.

We wsi mieszkało około trzech tysięcy ludzi. Miał wrażenie, że zeszłego lata poznał co najmniej połowę z nich. W przeciwieństwie do internautów, którzy co sekundę wyrzucali z siebie fantastyczne teorie, podsuwali zmyślone tropy i prowadzili śledztwa oparte na Google Maps oraz zdjęciach z serwisów społecznościowych, miejscowi byli spokojni i dyskretni. Przychodzili, żeby wyrazić wsparcie i zaoferować pomoc. Przynosili jedzenie i drobne podarunki. Wkrótce domek Arka i Kamili zapełniły kosze z jabłkami i marchewkami, różnego rodzaju ciasta, butelki wypełnione sokami i domowymi nalewkami (żeby w tych trudnych chwilach ułatwić im zasypianie, jak niewyraźnie sobie przypominał). Ktoś, nie pamiętał dokładnie kto, przyniósł im worek z dziesięcioma kilogramami ziemniaków. Przyjęli je z udawaną wdzięcznością. Arek nie wiedział, co się z nimi stało. Pomimo tych licznych i serdecznych przecież spotkań teraz nie rozpoznawał żadnego z mieszkańców. Oblicza napotkanych osób wydawały mu się obce i najczęściej nieprzyjazne. Przez chwilę zastanawiał się, czy ten korowód gości z poprzedniego lata po prostu mu się nie przyśnił, nie był wytworem umysłu, który domagał się w ciężkich chwilach odrobiny życzliwości.

Wieś wybudowano wzdłuż drogi wojewódzkiej. Pomimo niewielkiej w sumie liczby mieszkańców była zaskakująco długa. Wiła się niczym ogromne jelito pomiędzy lasami, polami uprawnymi i kolejnym jeziorem, trochę mniejszym od tego przy Żmijowisku. Przecinała ją niewielka rzeka. Wędrując po wsi i przylepiając plakaty z podobizną Ady na każdym słupie, tablicy ogłoszeniowej i latarni, czuł się nieustannie obserwowany. Nie potrafił ocenić, czy wpada w paranoję, czy rzeczywiście zza okien budynków i płotów gospodarstw śledzą go dziesiątki ciekawskich oczu.

Sklep mieścił się na parterze dużego domu jednorodzinnego. Tuż przy drzwiach znajdował się stojak z gazetami. Głównie groszowe tygodniki kobiece, programy telewizyjne, lokalne gazetki. Nie dostrzegł żadnego z liczących się tygodników opinii. Z dzienników był tylko „Fakt" i z jakiegoś powodu „Nasz Dziennik". Dalej znajdowała się część z produktami rolniczymi. Półki uginały się pod puszkami z farbami, torbami z nasionami, rolkami folii, plandekami, a pod ścianą stały wielkie worki z ziemią, łopaty, miotły, widły i inne narzędzia. Dopiero później rozpoczynała się część spożywcza. Arek wyciągnął ze zgrzewki butelkę wody mineralnej i stanął w kolejce. Przed nim były jeszcze dwie osoby. Kobieta, chyba miejscowa, i mężczyzna, mniej więcej w jego wieku. Miał na sobie bojówki, sandały, a z szyi zwisał mu zawieszony na sznurku kowbojski kapelusz. Niewątpliwie turysta. Brał udział w spływie kajakowym lub obozie wędrownym.

Zakupy zajęły kobiecie prawie dziesięć minut. Kupowała słodycze, sery, wędlinę, mięso na obiad. Wszystko to cierpliwie donosiła jej sprzedawczyni. Przez ten czas nieustannie mówiła. Arek dowiedział się, że przyjeżdża do niej na urlop jej brat z dzieciakami. I to pomimo obaw, bo samapaniwiecobyłowzeszłymroku. Chyba w tym momencie obie zerknęły znacząco w jego kierunku. Mężczyzna załatwił swoje sprawunki szybko i sprawnie. Kupił dwa piwa, pieczywo, kiełbasę i dwie zupki chińskie.

Arek postawił na ladzie butelkę wody. Ekspedientka szybko wbiła kod na kasę.

– Dwa złote.

– Chciałem jeszcze drożdżówkę.

– Z czym? – zapytała sucho.

Odgiął się, żeby spojrzeć na półki z pieczywem.

– Są jakieś z owocami?

– Z jabłkiem.

– A z jagodami?

– Są też jagodzianki.

– To poproszę jedną.

Ekspedientka poczłapała powoli do stoiska, zapakowała słodką bułkę do foliowego woreczka i wróciła z nim do Arka.

– To będzie pięć złotych.

Sięgnął po portfel i podał kobiecie monetę. Dopiero teraz dotarło do niego, że przez cały czas robiła wszystko, by nawet przez chwilę nie patrzeć mu w oczy. Chrząknął, podniósł torbę z ulotkami i wyjął parę.

– Mogę trochę zostawić u pani w sklepie? – zapytał.

Zerknęła na nie.

– To pana córka?

– Tak.

– Tak właśnie myślałam.

– To mogę zostawić? – ponowił pytanie. – Położę gdzieś tak, żeby nie przeszkadzały.

Odwróciła się, by poprawić towary na półce. Przestawiła kilka paczek z herbatą, a kiedy wróciła za ladę, wydawała się rozczarowana, że Arek jeszcze jest w sklepie.

– To czy mogę...

– Nie – przerwała mu w pół słowa. – Nie może pan tu zostawić tych ulotek!

Podrapał się w tył głowy. Był zaskoczony. I odmową, i otwarcie wrogim tonem, jakim została wygłoszona.

– To moja córka. – Wskazał palcem zdjęcie Ady. – Zaginęła tutaj w zeszłym roku. Do dzisiaj nie wiemy, co się z nią stało. Zbliża się rocznica, chciałem jeszcze raz jej poszukać. Spróbować ustalić, co się wtedy wydarzyło.

– Rozpoznaję i pana, i tę dziewczynę – powiedziała chłodno ekspedientka. – Współczułam panu wtedy, i to bardzo. Poszłam nawet na nabożeństwo w intencji jej odnalezienia. Ale potem przeczytałam o tym, co pan zrobił żonie. I u mnie pan tych ulotek nie zostawi. Bo ja wiem, co pan robi. To ustawka, co? Zaraz pan tu sprowadzi dziennikarzy, kamery i będzie pan pokazywał, jakim to dobrym ojcem jest! Ale nie u mnie, proszę pana. Nie u mnie. Dla mnie jest pan zwykłym chujem.

Odetchnął głęboko. Potem kilka razy postukał palcem w zdjęcie Ady.

– To była moja córka. Kochałem ją. Nic pani nie wie.

Założyła ręce na piersi, uniosła lekko podbródek i spojrzała na niego wyniośle.

– Wiem wystarczająco dużo.

Zebrał swoje zakupy i wziął ulotki. Szarpnął mocno klamką, okropny elektroniczny dzwonek odezwał się po raz kolejny, tłumiąc trzaśnięcie drzwi o futrynę. Szedł szybko przed siebie, wściekły i równocześnie bezsilny. Po kilkunastu metrach znalazł ławkę przed niewielkim, ledwie dwupiętrowym blokiem. Usiadł na niej. Odkręcił wodę i wypił kilka dużych łyków. Kilka kroków dalej, na słupie latarni dostrzegł zawieszony na dykcie plakat zachęcający do udziału w dniach wsi. Dwiema największymi atrakcjami był festyn średniowieczny na grodzisku po drugiej stronie jeziora i wielki koncert disco polo. Przez chwilę chciał przylepić na ogłoszeniu ulotkę z fotografią Ady, ale poczuł, że po scenie w sklepie brakuje mu sił i woli. Niezależnie od tego, co zrobi, jak bardzo będzie się starać, nigdy nie pozbędzie się już gęby, którą przyprawił mu Robert. Prawda nikogo przecież nie obchodziła. Wystarczyło kilka artykułów w brukowcach, ten przeklęty wywiad Kamili i zaczął się festiwal hejtu w mediach społecznościowych. To, co on miał do powiedzenia, nikogo nie obchodziło. Przez kilka tygodni był najbardziej znienawidzoną osobą w Polsce.

Z klatki bloku wyszedł chłopak w krótkich spodniach Adidasa i białej koszulce. Jego nażelowane włosy błyszczały w słońcu tak mocno, że Arek miał wrażenie, jakby przeniósł się do lat dziewięćdziesiątych. Po chwili obok pojawiła się kobieta, trochę niższa i sporo starsza. Kiedy go mijali, skojarzył nagle, skąd zna chłopaka. Poderwał się z ławeczki.

– Hej! – krzyknął. – Ej ty! Stój!

Para przystanęła. Odwrócili się w jego kierunku. Teraz dostrzegał wyraźne podobieństwo. Podobny kształt nosa, linia podbródka. Matka z synem.

– Co jest? – odezwał się chłopak.

– To jakiś twój kolega? – zapytała podejrzliwie kobieta.

– Żaden kolega.

– To idziemy. Spieszy mi się. – Pociągnęła go za ramię.

– Widziałem, co wczoraj robiłeś! – krzyknął Arek, zanim zdążyli odejść.

Kobieta zmarszczyła gniewnie brwi i trzepnęła syna w policzek. Jej ruch był błyskawiczny i automatyczny, czysty odruch.

– Auu!

– Co ty znowu narobiłeś?! – wrzasnęła.

– Nic nie zrobiłem! – bronił się chłopak. – Nie znam człowieka!

– Tego poprzedniego też nie znałeś, a teraz masz zawiasy! Co ty znowu narobiłeś, kretynie jeden?!

– Nic nie zrobiłem!

Kobieta jeszcze raz trzepnęła syna i zrobiła kilka kroków w stronę Arka.

– Co ten idiota narozrabiał!? Pan mówi, teraz.

Chłopak patrzył na Arka ze złością i urazą. Jego usta poruszały się, kiedy bezgłośnie wypowiadał przekleństwa pomieszane z groźbami. Ale też po jego minie było widać, że nie ma pojęcia, o co może chodzić, i gorączkowo próbuje sobie przypomnieć, co nieznajomy może na niego mieć.

– Szedł wczoraj za moją znajomą – powiedział Arek. – Razem z kolegami w lesie. Byli bardzo natarczywi. Przestraszyła się.

Kobieta odwróciła się do syna, który wzruszył ramionami, udając, że nie wie, o co chodzi. Matka pokręciła głową, dając do zrozumienia, że mu nie wierzy.

– I tylko tyle? – zapytała. – Szli z kolegami w lesie za jakąś babeczką?

Arek poczuł, że traci pewność siebie.

– Krzyczeli też do niej różne rzeczy.

– Jakie rzeczy?

Arek nie wiedział. Nie słyszał ich, siedząc w samochodzie. Adaoma nic mu nie powiedziała.

– No właśnie – włączył się chłopak. – Co niby do niej krzyczałem?! Nic, kurwa, nie krzyczałem!

– Czyli co – powiedziała ze złością kobieta. – Dupę mi pan zawracasz, bo mój syn po lesie chodził z kolegami?! A co to?! Już do lasu nie można wchodzić?! Co to, kurwa, prywatny się zrobił?!

– Nie o to mi chodziło – próbował się tłumaczyć Arek.

– A ta pańska koleżanka to powinna się cieszyć, że takie fajne chłopaki za nią chodziły! Kiedyś to kobiety się cieszyły, jak faceci za nimi latali. Co to, jakaś lesba z niej jest?!

Chłopak parsknął śmiechem.

– A ty, kurwa, nie ciesz ryja! – ryknęła na niego matka. – Co ty myślisz, ja nie wiem, co ty z kolesiami robisz?! Do roboty byś się wziął, a nie tylko szlugi palisz, piwsko pijesz i za dupami latasz. Jakieś pieniądze, pacanie, byś do domu przyniósł, a nie tylko mi z torebki wyjmował! Idziemy. Kurwa, na autobus się spieszę, a jeden z drugim mi dupsko zawracają.

Szarpnęła syna i szybkim krokiem ruszyli w stronę przystanku. Po kilkunastu metrach chłopak przystanął i odwrócił się do Arka. Przyjrzał mu się badawczo, jakby próbował go zapamiętać.

2

Adaoma spędziła ranek, opalając się na leżaku z lekturą *Z zimną krwią* Trumana Capote'a. Z każdą przeczytaną stroną wydawało się, że jej wnętrzności coraz bardziej się skręcają, a w głowie pojawiały się niechciane myśli. Takie jak te, że jest zwyczajnym tchórzem. Że dała się zastraszyć trzem głupim gnojom z zabitej dziurami wsi. Powinna pojechać na posterunek policji, złożyć zawiadomienie o popełnieniu przestępstwa albo przynajmniej raz jeszcze tam pobiec, przebiec tuż przed ich nosami i pokazać tym bydlakom, że się nie boi. Że nie przestraszyli jej ani nie złamali. Zamiast tego siedziała w bezpiecznej agroturystyce i przyznawała rację wszystkim tym, którzy twierdzili, że jest zaledwie ładną dupą, a szczytem jej kompetencji jest robienie reportaży o innych ładnych dupach i tym, co noszą. Nie chciała tego przyznać, nawet przed sobą samą, że najgorsze w tej sytuacji nie były rasistowskie wyzwiska ani realna przecież groźba gwałtu, tylko utrata poczucia bezpieczeństwa. Do tej pory sądziła, że gwarantuje to status celebrytki, który nieustannie ją chronił niczym niewidzialna tarcza. Nawet największy burak trzy razy się zastanowił, zanim powiedział jej coś niemiłego. Ale tamci chłopcy zdawali się nie zwracać na to uwagi. Albo jej nie poznali, albo mieli to po prostu w dupie. Ze wstydem przyznawała, że woli tę pierwszą ewentualność. Ona dawała przynajmniej jakąś nadzieję na przyszłość. Szklana kula z jej światem w środku zachwiałaby się, ale nie roztrzaskała.

Włożyła zakładkę do książki gęstej od zaznaczonych długopisem fragmentów i poszła do siebie. Odłożyła ją na nocny stolik w swojej części, a potem przeszła do pokoju Arka. Zamknęła drzwi od domku. Zasunęła zasłony, wcześniej sprawdzając, czy żaden z innych letników jej nie obserwuje. Nie dostrzegła nikogo na całym podwórku, a dzieciaki poszły na wycieczkę do lasu z opiekunką. Zacisnęła wargi, zastanawiając się, czy to, co planuje, jest naprawdę dobrym pomysłem. Ale czy miała inne wyjście? Jego pojawienie się było darem losu. Nie spodziewała się go tutaj. Po tym, co zrobił mu Robert, sądziła, że Arek nie odważy się więcej wystawić na publiczny osąd. Raczej zaszyje się gdzieś w Bieszczadach lub ukryje na dalekiej wsi. Albo po prostu wyjedzie do Irlandii pracować na zmywaku. Tymczasem on wrócił do Żmijowiska na rocznicę zaginięcia swojej córki. Musiała to wykorzystać.

Zaczęła przeszukiwać jego rzeczy. Przywiózł ze sobą tylko jedną sportową torbę. W środku znalazła same ubrania. Kilka tiszertów, dwie pary jeansów, bluzę, kilka par bawełnianych majtek i skarpet. Do tego sandały. W kosmetyczce znalazła żel pod prysznic, szczoteczkę i pastę do zębów, jednorazową maszynkę do golenia, piankę i krem Nivea do skóry normalnej. Do tego książkę *To* Stephena Kinga. Obracała ją przez chwilę w dłoniach, zastanawiając się, dlaczego wybrał akurat tę pozycję. Wreszcie uznała, że jedynym powodem mógł być zbliżająca się premiera filmu. Odłożyła wszystko na miejsce.

Usiadła na łóżku, wśród rozkopanej pościeli. Znalazła dokładnie to, czego powinna się spodziewać. Zestaw podróżny faceta, który wyjechał na kilka dni z domu. Żadnego pamiętnika, notatnika, odręcznych zapisków, tajemniczych pakunków, paczek z narkotykami, listów z pogróżkami, dziwacznych fetyszów. Nic. Totalna zwyczajność i nuda. Odsłoniła zasłony i wyszła na dwór.

Co dalej? Spędziła tutaj już trzy dni i każdy z nich zmarnowała. Poza wczorajszym incydentem nie zdarzyło się nic wartego uwagi. Coraz bardziej obawiała się, że wyjazd do Żmijowiska był zwykłą porażką. Poszła do stodoły i zajrzała do środka. Na stołach stały jeszcze dwa dzbanki z resztkami herbaty po śniadaniu, a z sufitu zwisały długie wstęgi lepów na muchy pokryte ciemnymi plamami owadów, które dały się złapać w pułapkę.

Usiadła na ławeczce przed zabudowaniem. Zaraz zza rogu wybiegł kot gospodarzy, duży i futrzasty, i zaczął się do niej łasić. Podrapała go za uchem. Miał za krótki ogon, jakby ucięty w połowie i zakończony półokrągłą nierówną bulwą.

– Lis go dorwał – usłyszała za sobą głos. – Albo on lisa.

Odwróciła się. Za nią stała dziewczyna z fioletowymi włosami i kolczykiem w płatku nosa. W jednej dłoni trzymała papierosa, jeszcze niezapalonego, w drugiej telefon, z którego wysyłała esemesa. Pracowała w kuchni.

– Jak to? – zapytała Adaoma.

– Szwenda się po lesie i leje się ze zwierzakami. Raz trafił na lisa. Lis ujebał go w ogon. Wdało się zakażenie, trzeba było obciąć.

– I weterynarz obciął go tak wysoko?

– A gdzie tam. Stary to załatwił siekierą.

Adaoma była wstrząśnięta okrucieństwem i pragmatyzmem tego czynu. Wziąć kota, postawić na pieńku i obciąć ogon, bo tak jest taniej niż u weterynarza. Ale też zwierzak wyglądał na zadowolonego i szczęśliwego. Miał lśniącą i miłą w dotyku sierść, a pod skórą dało się wyczuć bezpieczną warstwę tłuszczyku.

– Krysia jestem – przedstawiła się dziewczyna.

– Adaoma.

– Wiem. Widziałam panią w tym reality show. Tym z agentem. Szkoda, że pani nie wygrała. Kibicowałam pani.

– Dziękuję.

– I w zeszłym roku też pani tu była, nie? Ale wtedy to bałam się podejść.

– Niepotrzebnie.

Dziewczyna skończyła pisać esemesa. Schowała telefon do kieszeni i zapaliła papierosa. Potem schyliła się lekko i wyciągnęła rękę do kota. Tyle wystarczyło, by porzucił Adaomę i podbiegł do Kryśki. Zaczął się ocierać o jej nogi, a ona na przemian głaskała i drapała go po grzbiecie.

– Wkurzyła pani wczoraj Aśkę. I to ostro.

– Aśkę?

– Szefową.

– A czym?

– No bo przyjęła pani pod dach ojca tej dziewczyny.

Chodziło o Arka. No tak, mogła się domyślić. Miała nadzieję, że uraza gospodyni nie przerodzi się w trwałą niechęć. Nie potrzebowała więcej przeszkód przy projekcie.

– Skąd pani wie, że się wkurzyła?

– Bez pani, mów mi Krysia.

– To ty mi mów Ada.

Dziewczyna spojrzała na nią niepewnie, jakby ta propozycja była czymś niestosownym. Przekroczeniem jakiejś niewidocznej bariery, złamaniem niepisanych zasad. Ale po chwili uśmiechnęła się z wyraźnym zadowoleniem, a w jej oczach zatańczyły dwa wesołe ogniki.

– Bo robiła wczoraj mężowi awanturę w kuchni. O to, że zarezerwował pokój temu facetowi. Właściwie to przy nas na niego wrzeszczała. A ona zazwyczaj jest bardzo spokojna. Trudno ją wyprowadzić z równowagi.

– Przykro mi.

– Niepotrzebnie. – Krysia machnęła ręką z papierosem. – Ostatnio to jest tutaj dość napięta atmosfera.

– Dlaczego? – zainteresowała się Adaoma.

– Długo by opowiadać. W sumie to nie wiadomo, czy nie będą tej agroturystyki zamykać.

– Ale co się stało?

Dziewczyna strzepnęła popiół pod swoje stopy. Wydawała się zadowolona, że znalazła kogoś, komu może opowiedzieć całą tę historię. A to, że tym kimś była znana celebrytka, dodawało smaczku. Adaomę zdumiewała ta dziwna cecha sławy, z powodu której zupełnie obcy ludzie tak chętnie dzielili się z nią szczegółami swojego życia, tylko dlatego, że kilka razy widzieli ją na ekranie telewizora. Opowiadali intymne historie, przekonani, że ona musi je poznać i jest nimi zainteresowana. Chętnie też udzielali odpowiedzi na jej pytania, choć gdyby zadawał je ktoś inny, potraktowaliby to jako niegrzeczne wsadzanie nosa w nie swoje sprawy.

– Krysia! Krysia! – rozległo się z głębi stodoły. – Wracaj! Robota jest!

Po chwili zza drzwi wychynęła głowa kucharki.

– Tutaj jesteś, Krysia – powiedziała, lekko urażonym tonem. – Robota czeka! Co ty sobie myślisz, że ja sama będę wszystko robiła?!

Nagle dostrzegła stojącą obok Adaomę.

– A dzień dobry pani – powiedziała lekko zmieszana.

– Dzień dobry.

– Kryśka, do kuchni.

– Już, już – wymruczała dziewczyna. – Nawet fajki nie da się tutaj spokojnie wypalić.

– Jakbyś mniej tych esemesów wypisywała, to byś już dwie wypaliła – odparowała kucharka.

Dziewczyna zgasiła papierosa o mur stodoły i wrzuciła niedopałek do śmietnika.

– Do zobaczenia – rzuciła na odchodnym.

– Do zobaczenia.

Krysia zniknęła wraz z kucharką we wnętrzu budynku. Adaoma stuknęła lekko głową o ścianę. Kolejna stracona szansa na to, by czegokolwiek się dowiedzieć. Nie wiadomo, czy przy kolejnym spotkaniu dziewczyna będzie równie chętna do zwierzeń i kiedy w ogóle do niego dojdzie.

Westchnęła ciężko. Powtarzała się historia z Nigerii, ze spotkania z dziadkiem. Nic nie udało się jej osiągnąć i nic się nie uda. Przyjazd tutaj był pomyłką. Powinna się spakować i wrócić z podkulonym ogonem do Warszawy.

Na teren ośrodka wjechał samochód Arka i zatrzymał się obok pozostałych. Mężczyzna najpierw otworzył drzwi, potem siedział przez moment w bezruchu, tępo patrząc przed siebie. Wreszcie sięgnął do siedzenia pasażera i wysiadł z siatką, w której brzęczały butelki piwa. Człapiąc, poszedł w kierunku domku. Adaoma natychmiast wyczuła, że oboje są w identycznym humorze. Zmęczeni, przegrani i totalnie zniechęceni do czegokolwiek. Po chwili wahania poszła za nim.

Znalazła go na łóżku z nieotwartym jeszcze piwem w dłoni. Grzebał w kieszeni, próbując coś z niej wydobyć. Kiepsko mu to szło, więc wreszcie wstał i dopiero wtedy udało mu się wydostać cały pęk kluczy. Wybrał jeden i z jego pomocą podważył kapsel. Metalowy krążek wystrzelił w górę, zrobił kilka salt i spadł prosto na stopę Adaomy.

– Przepraszam – powiedział Arek.

– Nie ma za co.

Podniosła kapsel i położyła go na stole.

– Chcesz jedno? – zaproponował.

Kiwnęła głową. Podał jej butelkę kasztelana. Robert pił tylko piwa rzemieślnicze albo, jak je nazywał, „kraftowe". Najlepiej takie powyżej dziesięciu złotych za butelkę, chociaż był w stanie wydać nawet pięćdziesiąt. Unikał tylko produktów jednego browaru, którego właściciela uważał za faszystę i nie miał zamiaru dokładać się mu do interesu. Prawdopodobnie chciał w ten sposób pokazać, jak bardzo zasadniczym jest człowiekiem. Jednak udowadniał tylko, jak bardzo potrzebuje jakichkolwiek ideałów.

Upił trochę. Potem wierzchem dłoni wytarł usta z resztek piany.

– Sorry – powiedział. – Otworzyć ci?

Uśmiechnęła się. Przyłożyła butelkę do kantu stołu, tak że ta opierała się o niego tylko brzegiem kapsla, i uderzyła w niego płaską dłonią.

– Też znam parę sztuczek – powiedziała, kiedy kapsel spadł na podłogę.

– Zostanie ślad.

Na stole wyraźnie widać było odciśnięte ząbki od kapsla, który wbił się w drewno.

– Cholera – mruknęła, przykładając palce do ust. – Może nie zauważą.

– Może – stwierdził i zaśmiał się krótko.

– Chcesz się przejść? – zapytała po chwili milczenia.

Kiwnął głową. Wstał z kanapy, wyciągnął jeszcze jedno piwo i wsadził sobie do kieszeni. Spojrzeniem zapytał, czy ona też chce. Zaprzeczyła. Wyszli na zewnątrz.

– Jezioro? – zapytała.

– Czemu nie.

Przeszli na skraj skarpy. Kilkanaście metrów dalej, przy brzegu i pomoście dostrzegli letników. Dzieci biegały radośnie dokoła, bawiąc się w jakąś wariację ganianego z animatorką. Syn gospodarzy wypuszczał powietrze z wielkiej gumowej piłki.

Rodzice rozłożyli się nieopodal. Mieli koce, kosze z jedzeniem i rozpalone ognisko, na którym piekli kiełbaski. W połowie drogi przystanął wysoki chudy i łysy mężczyzna w czarnej koszulce i krótkich spodniach do kolan. Miał dziwny kształt czaszki. Wydawała się nieproporcjonalnie duża w stosunku do ciała i przypominała żarówkę. Niepokojącego wrażenia dopełniały lekko wyłupiaste oczy w okularach. W dłoniach trzymał plastikowy pojemnik wypełniony chlebem i mięsem na grilla. Adaoma poznała go wcześniej. Krystian przyjechał tutaj z żoną i ośmioletnią córką, zawodowo zajmował się czymś straszliwie nudnym, czego nawet nie próbowała zapamiętać, bo wiedziała, że jej się nie uda. Teraz przypatrywał się im uważnie, jakby został wyznaczony do odegrania roli strażnika, który ma nie dopuścić Arka w pobliże reszty letników i ich dzieci. Adaoma zdała sobie sprawę, że przyjmując mężczyznę pod swój dach, nie tylko naraziła się właścicielce agroturystyki, ale także wykopała rów pomiędzy sobą a resztą gości. Do tej pory traktowali ją życzliwie, z pewną ostrożnością z powodu jej sławy, jednak teraz straciła szansę, by się do nich zbliżyć.

– Chcesz iść gdzie indziej? – zapytała.

– Jasne.

– Do lasu?

Westchnął ciężko, zmęczony i zrezygnowany.

– Czemu, kurwa, nie.

Zawrócili i poszli w stronę drogi. Adaoma z ciekawości obejrzała się za siebie. Krystian, kiedy tylko upewnił się, że na pewno odchodzą, ruszył w stronę plaży. Pomyślała, że to żałosne i niesprawiedliwe. Ci ludzie nie znali Arka. Nie mieli prawa go oceniać na podstawie tej całej medialnej awantury. Cokolwiek zrobił, nie zasługiwał na aż tak dotkliwą karę.

Arek skończył pierwsze piwo, zanim zdążyli opuścić teren agroturystyki. Wyrzucił butelkę do kosza na śmieci przy stodole i natychmiast otworzył kolejne.

– Mam dzisiaj ochotę się skuć – powiedział. – Będzie ci to przeszkadzać?

– To zależy, jak się zachowujesz po pijaku.

– Jestem spokojny.

Spojrzała na niego badawczo. Wyczuł to. Poczerwieniał.

– Wcale nie chciałem go utopić. To był wypadek.

– Nie, nie! – zaprzeczyła gorączkowo. – Zupełnie nie o to mi chodziło!

– Jasne.

– Nie! Naprawdę! Zresztą zapomnij o wszystkim. Tak długo, jak nie będziesz pakować mi się do łóżka i nie zarzygasz pokoju, rób sobie, co chcesz.

Przeszli kilka metrów. Adaoma upiła łyk kasztelana. Był przyjemnie orzeźwiający. I nagle pomyślała, że tego wieczora i ona chętnie by się upiła.

– Zdarzały ci się takie historie? – zapytał Arek.

– Jakie?

– Że ktoś po pijaku ładował ci się do łóżka.

– Żeby to raz. Ale częściej po prochach, a nie po alkoholu. Świat mody jest pełen palantów, którzy uważali, że powinnam im obciągnąć, bo pozwolili mi wyjść na wybieg.

– Myślałem, że to tylko stereotyp.

– Stereotypy skądś się biorą.

– Przykro mi to słyszeć. Współczuję ci, że musiałaś przechodzić przez coś takiego.

Przystanęła na moment i zaraz rzuciła się do przodu, by go dogonić. Wielokrotnie opowiadała o tym, co przydarzało się jej w trakcie kariery modelki. O niby przypadkowym obmacywaniu przy okazji mierzenia strojów na pokazy, o nieprzyzwoitych propozycjach ze wszystkich stron, od czasu do czasu popartych groźbami na temat tego, że jej „czarna dupa" już więcej na żadnym wybiegu nie postanie, i wielu innych. Zawsze wtedy słyszała głosy oburzenia, propozycje, co można z tym zrobić i jak najskuteczniej obciąć jądra tym kutasom, ale Arek był chyba pierwszy, który powiedział, że współczuje jej tego, co przeszła przez te lata w modelingu. Doceniła to. Jakby wreszcie spotkała kogoś, kto rozumiał, o co jej chodzi.

– Jak było podczas roznoszenia ulotek? – zapytała. – Dowiedziałeś się czegoś nowego? Spotkałeś kogoś?

Potrząsnął głową, dając znak, że nie chce o tym rozmawiać. Zanim zdążyła zadać kolejne pytanie, powietrze rozdarł ryk samochodowego silnika. Odwrócili się i zobaczyli pędzące w ich stronę czerwone bmw. Kierowca zdawał się ich nie dostrzegać. Nie zwracał uwagi nawet na wertepy, na których samochód skakał to w jedną, to w drugą stronę, jak dziki koń. Arek chwycił Adaomę za ramię i pociągnął ją pomiędzy drzewa. Auto minęło ich, zostawiając po sobie chmurę kurzu i wystrzeliwanych spod kół kamyków.

– Debil – rzucił Arek.

– Ciekawe, czy to ten sam co wtedy – powiedziała, kaszląc i machając rękami, by odegnać szarą chmurę pyłu.

– Kiedy wtedy?

Zawahała się.

– W noc zaginięcia Ady – odparła wreszcie. – Obudził mnie nad ranem jakiś straszny hałas. Spaliśmy wtedy w pokoju przy stodole. Wiesz gdzie?

– Wiem.

– Kilkanaście metrów od agroturystyki zauważyłam na poboczu samochód. Właśnie czerwone bmw. Wyglądało tak, jakby zderzyło się z drzewem. Nie był to nikt od nas, więc wróciłam spać.

Arek wyczyścił z kurzu butelkę z piwem. Upił łyk.

– Powiedziałaś komuś o tym? – zapytał.

– Oczywiście. Policji, kiedy wszystkich nas przepytywali. Dlaczego o to pytasz?

Oparł się o pień drzewa. Zmarszczył brwi, zastanawiając się nad czymś intensywnie.

– Dostaliśmy akta śledztwa do wglądu – powiedział wreszcie, ostrożnie dobierając słowa. – Czytałem je chyba z milion razy. Nie ma tam słowa o żadnej stłuczce nad ranem ani o twoich zeznaniach. Nie ma żadnej wzmianki o żadnym cholernym czerwonym bmw.

3

Plastikową kulę kupili kilka lat temu. Najpierw trzeba było ją nadmuchać, potem do środka przez specjalny otwór wchodziło dziecko. Piłkę kładło się na wodzie i dzieciak biegał sobie przez kilka minut radośnie po powierzchni jeziora. Następnie za pomocą przyczepionego do kuli sznurka wciągało się ją z powrotem na brzeg. Kiedy robili to po raz pierwszy, ojciec zapomniał przyczepić sznur. W rezultacie siedmioletnia dziewczynka utknęła kilkanaście metrów od pomostu i musieli płynąć po nią łódką. Jej rodzice byli wściekli. Zrobiła się z tego wielka awantura.

Teraz poszło bez problemów. Dzieciaki grzecznie ustawiły się w kolejce. Każde cierpliwie czekało na swoją kolej, żadne się nie bało ani nie płakało. Po wszystkim Damian wyciągnął kulę na brzeg, wypuścił powietrze, ugniatając, żeby zupełnie ją spłaszczyć. Później dokładnie wytarł dwoma starymi ręcznikami. Gdyby tego nie zrobił, mogłaby się pojawić pleśń lub brzydki zapach, tym bardziej że zabawkę wyciągali tylko raz na tydzień. Przez resztę czasu leżała w budynku gospodarczym. W sumie nie rozumiał, dlaczego po prostu nie rozwieszali jej na słońcu, by sama wyschła. Ale rodzice kazali mu to robić, więc robił. Już i tak miał dość kłopotów, nie potrzebował kolejnych. Kiedy skończył, wpakował kulę do torby, a razem z nią pompkę nożną i ręczniki. Pożegnał się z animatorką, która miała pilnować dzieciaków jeszcze przez godzinę, podczas kiedy ich rodzice rozpalili nieopodal ognisko i grilla. Wdrapał się po skarpie na górę i poszedł do budynku gospodarczego. Tam odłożył torbę i otarł pot z czoła.

Chciało mu się pić. Najchętniej piwa, ale wiedział, że nie ma co na to liczyć.

Poczuł wibrowanie w kieszeni. Wyjął telefon i spojrzał na wyświetlacz. Merry. Odebrał.

– Cześć – powiedział.

– Wysłałam ci chyba z miliard esów. Na żadnego nie odpowiedziałeś – usłyszał jej głos, przepełniony żalem i agresywną pretensją.

– Byłem w pracy. Nie było jak.

– Nawet chwili nie znalazłeś? No jakoś nie wierzę.

– Ojciec mnie zagonił. Mówiłem ci, że tak będzie.

Serce szybciej mu biło, kiedy wsłuchiwał się w jej oddech w słuchawce. Zastanawiał się, jak bardzo jest na niego zła. Merry nie lubiła czuć się porzucona. Nie cierpiała długo czekać na odpowiedź. Musiał szybko odpisywać na esemesy i prywatne wiadomości na fejsie oraz dawać serduszko przy wszystkich zdjęciach, które umieszczała na Instagramie. Rozumiał to. Chciała być z nim ciągle w kontakcie. Żałował, że nie ma tyle czasu, ile chciałby jej poświęcić. Rodzice non stop zwalali mu coś na głowę, jakby nie mogli dać mu spokoju i pozwolić wreszcie żyć własnym życiem.

– Spotkamy się? – zapytała, a on uznał, że nie gniewa się jednak na niego za bardzo. Gdyby było inaczej, rozłączyłaby się po prostu, a potem przez długi czas nie odbierała telefonów. Ostatnio musiał się wkraść do niej do domu, żeby z nim porozmawiała.

– Jasne.

– Przy diabelskim drzewie?

– Tak. Będę tam za pół godziny.

Rozłączyła się. Jeszcze raz sprawdził, czy na pewno wszystko odłożył na właściwe miejsce, i wtedy się odwrócił. Gosia stała w drzwiach, ledwo półtora metra od niego.

– Z kim rozmawiałeś? – zapytała, w irytujący sposób przeciągając głoski.

Gosia, jego jedenastoletnia siostra, mieszkała razem z nim w pokoju. Miał jej serdecznie dość.

– Nie twój interes – powiedział, wymijając ją.

– Z kim idziesz się spotkać?

– Spadaj!

– Z Sabiną?!

Już chciał przystanąć, powiedzieć, by jej tak nie nazywała, bo Merry nienawidzi tego imienia, ale w ostatniej chwili ugryzł się w język.

– Goń się.

– Wiesz, że nie możesz się z nią spotykać!

– Nie idę się z nią spotkać.

– Ale słyszałam, że z nią rozmawiałeś!

– To po co, kurwa, pytasz! – krzyknął i od razu się przestraszył, że zaraz ktoś przyjdzie, żeby zobaczyć, co się dzieje. Rozejrzał się lękliwie dookoła, ale nikogo nie dostrzegł. Ojciec pewnie ucinał sobie drzemkę, dziadek gdzieś zniknął, a matka pilnowała kucharek, by nadążyły z gotowaniem obiadu. Chociaż nie wiadomo, kto będzie go jadł, skoro letnicy nawpychają się kiełbasek z ogniska.

– Nie mów tak do mnie!

– Idź i sprawdź, czy cię nie ma gdzie indziej! – odpyskował jej. – Nie wiem, lalkami się pobaw albo w piaskownicy. Spadaj.

– Nie możesz tak do mnie mówić.

– Spadaj.

– Powiem tacie, że umówiłeś się z Sabiną. Zabronił ci się z nią spotykać.

Pokazał siostrze wyciągnięty w górę środkowy palec i przyspieszył kroku. Trochę się bał, że za nim pójdzie, ale ona stała w miejscu, ciągle przy budynku gospodarczym. Spojrzał na zegarek. Miał jakieś półtorej godziny wolnego czasu. Tyle zostało do obiadu. Potem stary pewnie znajdzie mu kolejne durne zajęcie. Każe malować trawę na zielono albo przesiewać piasek, żeby był drobniejszy. Już nie mógł się doczekać, kiedy ucieknie z tej dziury.

Ruszył jeszcze szybciej. W dłoni trzymał telefon, na wypadek gdyby Merry znowu zadzwoniła. Czasami tak robiła. Kiedy chciała go sprawdzić albo nieoczekiwanie odwołać spotkanie. Po około półtora kilometra skręcił w las. Przeszedł jeszcze ze sto metrów. Rósł tam ogromny, rozłożysty klon. Miał dziwacznie poskręcany pień, pokryty gruzłami, dziurami, nierówny i poszarpany, jakby drzewo nieustannie walczyło z kryjącymi się w głębi głuszy potworami. Wszędzie dookoła unosił się słodki zapach igieł i żywicy, tylko tutaj panowała wilgoć oraz przenikliwa woń zgnilizny, próchnicy i śmierci. Merry nazwała je diabelskim drzewem. Oboje lubili tu przychodzić. Pochodzenie klonu stanowiło zagadkę. Otaczały go same sosny rosnące w równych rzędach. Las nie miał bowiem w sobie nic z dzikości. Był fabryką drzew, manufakturą desek. Cenne przyrodnicze tereny znajdowały się tylko przy samym jeziorze. Klon, dziki, groźny i wspaniały, nie pasował tutaj. Damian podejrzewał, że to była samosiejka. Ale dlaczego pozwolono jej aż tak wyrosnąć? Dlaczego nikt przez te wszystkie lata jej nie ściął? Nie wiedział.

Dziewczyna siedziała pod pniem. Na ziemi rozłożyła koc. Paliła papierosa. Z telefonu leciała muzyka Robodromu. Damian rozpoznał *Marię Antoninę* – „O mój panie, Maksymilianie, zostaw coś na przodzie. Rewolucje nie są w modzie". Bardzo lubiła takie dziwne kawałki niszowych zespołów. Znalazł to gdzieś w odmętach YouTube'a i z dumą puścił jej na przerwie. Spojrzała na niego ciężko, z rozczarowaniem i wyrzutem, od którego ścisnęło go w żołądku.

– Znam – mruknęła. Wzięła od niego telefon i przez chwilę jeszcze słuchała. – Ale dzięki, że mi to przypomniałeś.

Od tamtego dnia puszczała to jeszcze wielokrotnie.

Kiedy go zobaczyła, wyłączyła muzykę.

– Cześć – powiedziała.

– Cześć.

Usiadł obok. Podała mu fajki. Wziął jedną i zapalił. Jej postawa i wyraz twarzy mówiły, że nie ma mowy o pocałunku ani nawet o chwyceniu jej za rękę. W ogóle rzadko pozwalała się dotykać. Twierdziła, że nie lubi. Tylko czasami miała ochotę.

– Jak tam letnicy?

Wzruszył ramionami, zaciągając się. Jeszcze kilka miesięcy temu nie smakowało mu. Teraz dym przynosił przyjemne odprężenie, i to pomimo że drapał w suche jak pieprz gardło.

– Jest tam jakaś dziewczyna? Taka jak ta Ada? – zapytała, a on usłyszał w jej głosie nutę zazdrości.

– Nie. Same dzieciaki – odparł, licząc na to, że to ją uspokoi. – A co u ciebie?

– Moja matka to debilka.

– Moja też – powiedział niemal odruchowo. To wspólne narzekanie na rodziców było jak refren piosenki, której tekst znali na pamięć.

– Wyrzuciła mnie z domu.

– Ale tak na zawsze?

– Nie. – Zezłościła się. – Teraz mnie wyrzuciła. Kazała mi spierdalać. Niby że muzyki za głośno słuchałam. – Potrząsnęła trzymaną w dłoni komórką. – Chora debilka i pijaczka – mówiła dalej jak nakręcona. Na jej policzkach pojawiły się rumieńce. – Nie zna się na muzyce, nie zna się na sztuce, nie zna się na literaturze ani na kinie. Na niczym się nie zna. Tylko na chlaniu. I może na tym, jak ojcu laskę robić, bo w końcu z jakiegoś powodu jeszcze ją trzyma.

Damian zawsze czuł się nieswojo, kiedy Merry zaczynała opowiadać o współżyciu rodziców. Nie miała przy tym żadnych zahamowań. Dla niego sama myśl o jego starych uprawiających seks (a przecież uprawiali, skoro miał rodzeństwo) była na tyle dziwna i nieprzyjemna, że wolał, by nie zagościła w jego głowie na dłużej.

– Na jego miejscu już dawno walnęłabym ją łopatą w głowę i zakopała w ogródku. Tyle miejsca się marnuje. Chociaż i on nie jest lepszy. – Merry wzięła głębszy wdech. – Powiedz mi, Damian, dlaczego trafiliśmy na takich idiotów?

– Słucham?

– Ze wszystkich ludzi na świecie, którzy mogliby być naszymi rodzicami, trafiliśmy na największych idiotów. Twoi są takimi wsiokami, że aż głowa boli. Jak prosto z „Rolnik szuka żony". A moi to... – Przerwała na chwilę, żeby wziąć wdech. – Niech się pierdolą.

– Niech się pierdolą – powtórzył jak echo.

Przysunął się odrobinę bliżej, tak że teraz stykali się ramionami. Czuł jej gołą skórę blisko swojej, zapach jej potu i owocową woń szamponu.

– Oni nic nie rozumieją – powiedziała. – Nie wiedzą, kim jesteśmy, do czego jesteśmy zdolni. Chciałabym im to jakoś pokazać, udowodnić.

– Nie wiedzą – wyszeptał.

– Czasami ci zazdroszczę.

– Czego?

– Tego, że ty masz to już za sobą.

– Co takiego?

– To, że już pokazałeś, na co cię stać. Że stałeś się kimś.

Nachyliła się w jego kierunku. Patrzyła mu prosto w oczy, jakby chciała wymusić na nim jakąś deklarację. Ze ściśniętymi ustami czekała w napięciu, aż rozwinie tę myśl, ale on nie chciał. Bo wiedział, do czego ona zmierza. Raz zapuścił się w tamte rejony. Czasami leżał długo w nocy, nie mogąc zasnąć, bał się, że w gniewie lub kłótni Merry powie coś, jedno słowo za dużo swojemu ojcu lub matce. Ale też nie żałował. Merry była wyjątkowa. Dla niej było warto się narażać.

W jego kieszeni rozdzwoniła się komórka. Poderwał się z ulgą. Trzymany w dłoniach papieros upadł na ziemię, więc wgniótł go w glebę. Wyciągnął telefon i spojrzał na wyświetlacz – Wsiok. Odebrał.

– Cześć, tato.

– Gdzie jesteś?! – W słuchawce zabrzmiał ostry groźny głos.

– Poszedłem się przejść.

– Spotykasz się z Sabiną?

– Nie.

– Zabroniłem ci się z nią spotykać!

– Poszedłem tylko się przejść.

– To wracaj.

– Ale...

– Wracaj! Teraz, już! Jak cię tu nie będzie za dziesięć minut, to ci nakopię w dupę, zrozumiałeś?

– Zrozumiałem.

Ojciec się rozłączył. Merry patrzyła na Damiana wyczekująco.

– Ćwok – powiedział. – Mój stary. Kazał mi wracać.

– Pierdol go. Nie musisz go słuchać.

Potrząsnął głową.

– Będę miał kłopoty, jak nie wrócę.

– Ciągle się go boisz.

– Nie boję!

– To zostań!

Wpatrywała się w niego natarczywie. Chciał zostać. Ale wiedział, że ona będzie chciała rozmawiać o tamtym.

– Wezmę łódkę i wieczorem przypłynę do ciebie – zaproponował. – Popłyniemy na grodziszcze. Co ty na to?

– Tam jest teraz jakiś festyn. Mój ojciec to współorganizuje.

– To co?

Zastanowiła się chwilę.

– Obiecujesz?

– Obiecuję.

– No dobra – powiedziała niechętnie.

– Zadzwonię.

– Zadzwoń.

Nachylił się nad nią, żeby pocałować ją na pożegnanie w policzek, ale odwróciła się od niego.

Poszedł do domu. Ojciec czekał już przy bramie. Chciał go minąć, ale stary chwycił go za rękę i przyciągnął do siebie. Zaskoczony Damian nie zdążył zareagować. Ojciec obwąchał jego koszulkę.

– Paliłeś – stwierdził.

– Nie paliłem!

– Śmierdzisz fajkami.

– To letnicy. Od ogniska tak śmierdzę.

Kłamstwo było słabe, wiedział o tym, ale ojciec dał sobie z tym spokój.

– Matka cię za to porządnie opierdoli. Poszedłeś się spotkać z Sabiną?

– Nie.

– Gośka tak twierdzi.

– Gośka gówno wie.

Uderzył go otwartą dłonią w głowę, ale tak mocno, że aż chłopakowi zadzwoniło w czaszce.

– To twoja siostra, uważaj na słowa.

Damian zacisnął zęby i spojrzał hardo. Przysiągł sobie, że jeśli ojciec jeszcze raz go uderzy, to tym razem mu odda. Ale gospodarz tylko delikatnie postukał go w czoło.

– Myśl tym – powiedział. – A nie tym. – Wskazał palcem na jego krocze.

– Daj chłopakowi spokój – odezwał się za nimi głos i obaj odwrócili się w jego kierunku. Dziadek stał nieopodal, wycierał brudne ręce w bawełnianą chusteczkę.

– Ty się nie odzywaj – odburknął ojciec. – Jakbyś miał trochę rozumu w głowie, toby nie było tego wszystkiego.

– Pilnuj języka, Krzysiek. Bo to ciągle moja ziemia. I ciągle mogę cię z niej po prostu wypierdolić. Mąż mojej córki czy nie.

Ojciec prychnął. A potem, jakby chciał jeszcze bardziej podkreślić swoje lekceważenie, machnął ręką. Damian czuł się niepewnie. Stał pośrodku. Jak jedyna zapora, drobna i krucha, pomiędzy dwoma żywiołami. Ojca i dziadka nigdy nic nie łączyło. W najlepszych czasach się tolerowali, ale teraz panowała między nimi czysta nienawiść. Ojciec nagle odwrócił się i odszedł. Dziadek natomiast zbliżył się do Damiana i poklepał go po policzku. Skóra na dłoniach starca była gruba i zniszczona wieloletnią harówą. Może ten gest, czuły i u niego niespotykany, sprawił, że Damian nagle nabrał odwagi i zapytał.

– Czy stracimy gospodarstwo?

Mężczyzna położył mu dłoń na ramieniu i ścisnął.

– Nie powinieneś tyle słuchać ojca – powiedział. – On nie jest stąd.

Dopiero jakieś pół godziny później chłopak zdał sobie sprawę, że dziadek właściwie nie odpowiedział na jego pytanie.

WTEDY

1

– Widzisz ją? Co ona na siebie włożyła?

Michalina obróciła się w stronę drzwi do stodoły. Do środka właśnie weszła Adaoma w białej sukience do połowy uda w kwietne wzory.

– No co? Ładna – powiedziała do Kamili.

– Rano miała na sobie zwykłe spodnie i lnianą bluzkę. Będzie przebierać się na każdy posiłek? Co ona sobie myśli? Że my tylko czekamy, żeby robić jej foty i wrzucać na Instagrama?! Nikt tutaj nie zwraca na nią uwagi!

– No nie wiem – zauważyła Michalina. – Śliwa strzela sobie z nią selfika.

Kamila przewróciła oczami. Śliwa właśnie robiła dzióbek, trzymając jedną ręką młodszego syna, a drugą manewrując komórką, by złapać ich dwójkę wraz z promiennie uśmiechniętą dziewczyną. Po chwili rozległ się cyfrowy trzask migawki. Śliwa podziękowała Adaomie, a ta wesoło coś odpowiedziała. Kamila przedrzeźniała ją chwilę i chwyciła za łyżkę. Nabrała odrobinę zupy i podsunęła pod nos Ignasiowi.

– Ne chce – zaprotestował chłopiec.

– Ale to pomidorowa. Twoja ulubiona.

– Ne chce!

– Ignasiu, musisz coś zjeść – nalegała matka.

– Ne chce! – Mały poczerwieniał na twarzy, a potem zaczął płakać. Kamila westchnęła ciężko. Wyjęła syna z krzesełka i przytuliła mocno.

– Nie przepadasz za nią – zauważyła Michalina.

Jej dzieci zjadły wcześniej. Po prostu wpadły do stołówki, wzięły zupę, drugie danie, spałaszowały wszystko tak szybko, jakby bały się, że ktoś im zabierze jedzenie, i wybiegły się bawić. Tymczasem Kamila od prawie pół godziny próbowała wmusić w Ignasia choć trochę zupy. Chłopiec konsekwentnie odmawiał.

– Nie, to nie jest nielubienie – odpowiedziała. – Po prostu nie podoba mi się, że tak gwiazdorzy. Tyle.

– Po prostu przyznaj, że jesteś zazdrosna.

– Ty znowu swoje. – Kamila pocałowała Ignasia w czubek głowy. – Nie jestem zazdrosna. Mam męża, dwójkę dzieci. A to, co było, minęło, i to dawno temu.

Michalina uśmiechnęła się z wyrozumiałością.

– Ale przyznasz, że fajnie było mieć Roberta w odwodzie.

– Co takiego?

– Nie przepadałaś za żadną z jego dziewczyn. A najbardziej nie lubiłaś tej... – Pstryknęła kilka razy palcami, próbując przypomnieć sobie imię. – Magdy? Czyli tej, która wydawała się na poważnie?

– Nie lubiłam jej, to prawda – przyznała Kamila. – I wcale nie dlatego, że ten związek zapowiadał się na poważny. Po prostu była głupią pretensjonalną suką.

Michalina skryła się za kubkiem z kompotem, ale oczy lśniły jej z wesołości. Wyglądała jak złośliwy chochlik.

– Lubisz go traktować jako wyjście awaryjne. Nie żebyś miała z niego kiedykolwiek skorzystać, ale sama powiedz, nie wyobrażasz sobie czasami, jak by to było, gdybyś została panią Ejgier i żyła w wielkim pałacu, czy gdzie on tam mieszka?

Kamila nie odpowiedziała. Chwyciła za łyżkę i podjęła kolejną próbę nakarmienia syna. Michalina roześmiała się.

– Wyobrażasz to sobie!

– Nic takiego nie powiedziałam – zaprzeczyła, podczas gdy Ignaś odpychał jej rękę. Robił to tak gwałtownie, że w końcu wylał zupę na jej spodnie. Na jeansowym materiale rozkwitła ciemna plama. – Szlag! – Rozglądała się za chusteczką, wreszcie ściągnęła ze stołu serwetkę i zaczęła się gorączkowo wycierać.

Michalina tymczasem popijała kompot. Zadowolona z siebie, jakby właśnie udowodniła wyjątkowo trudne równanie matematyczne albo dokonała innego ważnego odkrycia.

– To było dawno i minęło – mruknęła Kamila.

– To prawda. Ale chyba łatwiej jest żyć, kiedy wiesz, że gdzieś tam jest ktoś, kto zawsze będzie na ciebie czekał. A kiedy ten ktoś wchodzi w poważny związek, to cóż, pewne drzwi się zamykają, nieprawdaż?

– Życzę Robertowi jak najlepiej. I szczerze mówiąc, dobrze by było, gdyby w końcu się ustatkował. Tylko powinien wybrać sobie dziewczynę, która jest mniej...

– No, jaka? Jaka?

– Ostentacyjna.

Kamila czuła, jak tysiące maleńkich igiełek irytacji przeszywa jej ciało. Nie wiedziała tylko z jakiego powodu. Przez poplamione spodnie? Przez Ignasia? Czy przez to, że Michalina niebezpiecznie zbliżyła się do prawdy? A przynajmniej do czegoś, co mogłoby nią być. Bo Kamila nigdy na poważnie nie brała pod uwagę porzucenia męża i zejścia się z Robertem. Czas wszystko zmienił, a oni stali już na dwóch różnych płytach tektonicznych, które powoli, ale nieubłaganie odsuwały się od siebie, i dziś już oddzielał ich ocean przeżyć, niewypowiedzianych słów i spędzonych oddzielnie dni. Tak, ich rozstanie było smutne, głupie i niepotrzebne. Bardzo długo go żałowała. Patrzyła teraz na Roberta i Adaomę, widziała ich życie wyjęte prosto ze stron kolorowych gazet. Lśniące, pachnące i idealne. Oboje tacy piękni. Oboje tacy młodzi (nawet Robert, choć w tym samym wieku co Kamila, to jednak zdecydowanie od niej młodszy). Oboje tacy bogaci. Pewnie nawet nie byli świadomi tego, jak wielkie mają szczęście. I tak, bywało, że wyobrażała sobie siebie na miejscu Adaomy. Ale też zdawała sobie sprawę, że ich egzystencja w jakiś sposób nie jest prawdziwa. Prawdziwe było to, co ją otaczało. Niedoskonały mąż. Niedoskonałe dzieci. Niedoskonała praca i wreszcie jej własne, niedoskonałe życie. Taki los został jej przeznaczony. Nie był zły. Potrafiła się nim nawet cieszyć. Nie zawsze. Jednak naprawdę doceniała to, co mieli. Kredowe karty luksusowych magazynów przeznaczono dla innych. Jeśli więc zdarzało się jej myśleć o Robercie, to tak naprawdę nie z tęsknoty za nim, ale z tęsknoty za nią samą. Za czasami, które naprawdę mogła nazwać – chociaż wtedy nie zdawała sobie z tego sprawy – beztroskimi. Chichotem losu było to, że zakończyły się, bo bała się zobowiązań i odpowiedzialności. Ginekolog, który prowadził jej pierwszą ciążę, powiedział, że powinna być zadowolona. Że to dobry wiek na dziecko, bo cała maszyneria działa, nie ma żadnego problemu ani z zajściem w ciążę, ani z jej przebiegiem, ani w końcu z porodem. Starsze kobiety często długo próbują, latami się nie udaje, a kiedy w końcu dochodzi do zapłodnienia, ryzyko powikłań jest ogromne. Długo trzymała się tej myśli, ale potem jej koleżanki zaszły w ciążę wtedy, gdy chciały, bez żadnych problemów i urodziły piękne zdrowe dzieci. Nawet to pocieszenie zostało jej odebrane.

– A gdzie jest Arek? – zapytała Michalina, zmieniając temat.

– Wysłałam go do sklepu – odpowiedziała, wsadzając Ignasia z powrotem do fotelika.

– Wysłałaś go? No proszę, tryb rozkazujący. Ale to dobrze, laska. Faceta trzeba trzymać krótko. To mi się podoba.

Po raz kolejny spróbowała podsunąć synowi łyżkę zupy.

– Nie wiem, czy powinnam przyjmować rady na temat związku od świeżej rozwódki.

Michalina pokazała jej język.

– Ważne, że robisz tak, jak mówię – odpowiedziała, a potem nachyliła się do Kamili. – Wzięła tylko dwa ziemniaki i pół kotleta. A do tego górę surówki.

– Kto?

– Adaoma.

– Musi trzymać linię.

– W sumie to nieprzyzwoite, że tak dobrze wygląda.

– Jest młoda.

– Ja w jej wieku nie wyglądałam tak dobrze – stwierdziła Michalina, a potem wskazała palcem na Kamilę. – I nie szczerz się tak. Ty też nie. A sałatka jest z majonezem.

– Pewnie w cycki jej pójdzie i jeszcze będzie się cieszyć.

– Nawet jakby w tyłek poszło, to będzie się cieszyć. Ty widziałaś, jak wyglądają Murzynki z wielkimi pupami?

– Jak?

– Fantastycznie. Sama bym tak chciała. Bo my musimy uważać. Nam pośladki puchną i robią się takie zjełczałe. A ich ciągle są jędrne i wyglądają fantastycznie. To coś związanego z ich przemianą materii. Genetyka.

Kamila zerknęła dyskretnie na Adaomę. Ku jej radości dziewczyna siedziała przy stoliku sama. Dłubała widelcem w talerzu, krojąc ziemniaki na coraz mniejsze kawałki, które potem powoli wsuwała do ust i długo żuła. Kamila zastanawiała się, gdzie jest Robert, ale potem przypomniała sobie, że rano wypożyczył kajak i popłynął na drugą stronę jeziora. Pewnie jeszcze nie wrócił z wycieczki.

– Mam dość – oznajmiła, kiedy Ignaś po raz kolejny odmówił zjedzenia zupy. – Idziemy.

Michalina wypiła do końca kompot, a potem przechyliła mocno kubek, uderzając w jego dno, by owoce wpadły jej do ust. Zjadła je szybko, z nieprzyzwoitym mlaśnięciem. Zajrzała do kubka Kamili, gdzie ciągle na dnie leżały dwie napęczniałe i rozpadające się truskawki.

– Mogę? – zapytała.

Kamila uważała owoce z kompotu za coś obrzydliwego. Nigdy nie brała ich do ust. Były miękkie, lepkie i pozbawione smaku.

– Jasne – powiedziała, biorąc syna na ręce.

Wróciła do domku. Posadziła Ignasia na podłodze. Wyjęła mu kilka zabawek, zestaw klocków Duplo i dwie książeczki dźwiękowe. Chłopiec wziął tę o pociągu i zaczął naciskać wielkie plastikowe przyciski. Cieszył się, kiedy z głośniczków wydobywał się świst pary, hałas pracującego silnika i gwizdek zawiadowcy stacji. Zdjęła spodnie i została w samej bluzce i białych bawełnianych majtkach. Poszła do łazienki. Wsadziła poplamioną część jeansów do niewielkiej umywalki i odkręciła wodę w kranie. Potem namydliła materiał i zaczęła go prać. Kiedy piana pokryła go centymetrowym dywanem, a w łazience zaczął unosić się mdły lawendowy zapach, spłukała i sprawdziła wynik swojej pracy. Plama wciąż była widoczna. Powtórzyła czynność.

– A gdzie jest mama? – Usłyszała głos męża.

Wychyliła się z łazienki. Arek odłożył zakupy na podłogę i kucnął przy synu. Wtedy zauważył Kamilę. Zawiesił na niej wzrok, a pod nosem błąkał mu się lekki uśmieszek.

– Cześć – powiedział, poruszając brwiami.

– Cześć.

Podniósł się z kucek. Pogłaskał Ignasia po głowie i przeszedł do łazienki. Stanął za Kamilą, tak że zobaczyła go w lustrze. Poczuła dłonie na swoich pośladkach, a potem jego palce wcisnęły się pod gumkę jej majtek. Przybliżył do niej usta. Ciepły oddech uderzył ją w ramię, a sekundę później wylądowały na nim wilgotne usta.

– Przestań.

– Nic nie robię – wymruczał.

– Przeszkadzasz mi. Poza tym Ignaś jest tuż obok.

– Nic nie będzie pamiętał.

– Daj spokój!

Wyprostował się. Jego palce wycofały się spod materiału majtek, ale dłonie pozostały na pośladkach. Kciukami robił niewielkie kółka.

– Możemy go sprzedać na moment – zaproponował.

– Niby komu?

– Adzie?

– Nie wiem, gdzie jest. Zjadła obiad i poszła na spacer.

– To twoim koleżankom.

– One mają swoje dzieci.

– Chryste. Przyjechaliśmy spędzić urlop z twoimi znajomymi i naprawdę nie możemy komuś podrzucić dzieciaka na dwadzieścia minut, żeby się bzyknąć? Już nie mówiąc o tym, że po prostu mogliśmy go dać animatorce.

– Jest za mały na animatorkę.

Skończyła płukać jeansy.

– Przepraszam – powiedziała do Arka i wróciła do pokoju.

– Mama! – krzyknął radośnie na jej widok Ignaś.

– Ignaś! – odpowiedziała.

Z szafki wyciągnęła krótkie spodenki i szybko je włożyła. Podeszła do zakupów i zaczęła je wypakowywać. Chleb zostawiła na stole. Jogurty, masło, żółty ser schowała do małej lodówki, którą mieli do dyspozycji. Była stara, strasznie buczała, a z jej wnętrza wydobywał się niemiły chemiczny zapach środków czyszczących.

– Kupiłeś dla niego słoiczki?

– Jakie słoiczki?

– Wysłałam ci esemesa, żebyś kupił mu jakieś obiadki w słoiczku.

– A, te. Nie kupiłem.

– Ale odebrałeś wiadomość.

– Tak.

– I ich nie kupiłeś.

– Nie.

– A mogę wiedzieć dlaczego?

– Bo wydaliśmy kupę kasy na wyjazd z pełnym wyżywieniem. Nie będę dodatkowo drenował portfela na coś, za co już raz zapłaciłem.

Zamknęła lodówkę z trzaskiem. Próbowała utrzymać nerwy na wodzy, bo wierzyła głęboko, że rodzice nie powinni się kłócić w obecności dzieci. Ale takie zachowania Arka wyjątkowo ją wkurzały. Starała się, pracowała, kombinowała, ile się da, żeby ich dzieci były dobrze zaopiekowane, a on to wszystko niszczył takimi bezsensownymi gestami.

– Twój syn po raz kolejny nie zjadł obiadu, za który zapłaciłeś. Dlatego prosiłam o słoiczki. Bo słoiczki je.

– A co było dzisiaj na obiad?

– Pomidorowa.

– Przecież pomidorową lubi!

– Najwyraźniej nie tutaj.

Arek zmarszczył brwi. Kamila cierpliwie czekała, ciekawa, jakie słowa mądrości wypłyną z jego ust. I jak bardzo ją zdenerwują. Znała dobrze dynamikę ich rozmów. To nawarstwiające się z każdym wymienionym słowem napięcie.

– No dobra – stwierdził wreszcie. – Jak nie chce, niech nie je. Zgłodnieje, to coś mu się da.

– Słucham?

– Chryste, Kamila, to nie jest Afryka. Nie umrze nam tu z głodu przy pustej misce, nie? Nie chce jeść, to nie.

Wzięła głęboki wdech. Odliczyła w myślach do pięciu.

– To jest małe dziecko, Arek. Musi regularnie jeść, żeby prawidłowo się rozwijać.

– Jak raz albo dwa nie zje obiadu, to nic się nie stanie.

Mówił to powoli, z naciskiem wymawiając każde słowo i Kamila zrozumiała, że dalsza rozmowa jest bezcelowa. On nie zmieni zdania. Nie przyzna jej racji. Ignaś był już gdzieś na drugim planie. Ważne było to, co między nimi. Zastanawiała się teraz, czy gdyby dała mu się przelecieć, toby pojechał po te słoiczki, czy upierałby się tak samo jak teraz. Wróciła do rozpakowywania zakupów.

– Obiadków dziecku nie kupiłeś, ale piwo już tak – powiedziała, wyjmując z siatki czteropak tyskiego.

– Bo obiady są w cenie pobytu, a piwo nie – wyjaśnił.

– Wiesz, że wieczorem się nim zajmujesz?

– Wiem. Pamiętam, że dzisiaj macie ten swój damski wieczorek.

– I będziesz pił piwo?

– Tak. Uśpię go i potem wypiję browarka. Albo dwa.

– Albo cztery.

– Może i cztery. Nie będę przecież prowadził.

– Czyli co? Po browarze nie siądziesz za kółkiem, ale opieka nad dwuletnim dzieckiem jest okej?

– No.

Ignaś przestał bawić się książeczką dźwiękową. Wstał i podszedł do drzwi. Wspinał się na palcach, żeby dosięgnąć do klamki.

– Co robisz, kochanie? – zapytała Kamila.

– Wyjść – powiedział chłopiec. – Wyjść.

– Za chwilkę, skarbie.

Stała z czteropakiem w dłoni. Zamiast schować go do lodówki, odstawiła na stół. Tuż obok bochenka chleba. Kiepski sposób, żeby wyrazić swoją dezaprobatę, mało dramatyczny, ale na więcej nie miała ani siły, ani ochoty.

– Pójdę na obiad – rzucił Arek. – Może coś jeszcze zostało.

– Myślałam, że będzie inaczej – odezwała się Kamila.

– Co będzie inaczej?

– Na przykład to, że będziesz więcej zajmował się Ignasiem, żebym ja też mogła odpocząć.

– Przecież będę się nim zajmował wieczorem.

– Nie, nie będziesz. Położysz go spać, a potem zaczniesz chlać. To nie jest opieka nad dzieckiem.

– Wypicie kilku browarów przy czytaniu książki to nie jest chlanie – zaprotestował.

– Nazywaj to sobie, jak chcesz – stwierdziła zrezygnowana. – A teraz daj mi kluczyki do samochodu, proszę.

– Po co?

– Pojadę do sklepu po słoiczki. – Wyciągnęła w jego kierunku otwartą dłoń.

– Chciałem iść na obiad.

– To weź ze sobą Ignasia. Może tobie uda się go nakarmić zupką, za którą już zapłaciłeś.

Odwrócił się najpierw w jedną, potem w drugą stronę, jakby szukał drogi ucieczki, kiedy uruchomił się instynkt starszy niż cywilizacja. Potem wsadził rękę do kieszeni i zaczął w niej grzebać w poszukiwaniu kluczyków. Robił to demonstracyjnie długo, może mając nadzieję, że Kamila się zniecierpliwi i zmieni zdanie. Ale ona spokojnie czekała. W końcu wręczył jej kluczyki. Chwyciła je, wyrywając mu je właściwie spomiędzy palców.

– Poczekaj. Jeszcze dokumenty.

– Nie potrzebuję. – Wzięła Ignasia na ręce. – Mamusia na chwilę wyjeżdża.

– Do sklepu? – zapytał chłopiec.

– Do sklepu. Za niedługo wrócę. Tatuś się tobą zajmie, dobrze?

– Dobzie.

Pocałowała syna w czoło i postawiła go na ziemi.

– Jedź ostrożnie – powiedział Arek.

Przez chwilę chciała się odwrócić i go wyśmiać. „Jedź ostrożnie". To była leśna dróżka, a nie cholerna autostrada. Spotka pewnie paru zbieraczy jagód i jednego pijanego rowerzystę. Jeśli w ogóle kogoś. Co mogło się jej stać? Ale rozumiała, czym są te słowa. Wyciągniętą ręką do zgody, przynajmniej takiej w ich wydaniu. Obietnicą, że trochę pozłoszczą się w milczeniu, a potem będą udawali, że nic się nie stało.

– Smacznego obiadu – rzuciła, wychodząc.

Bo co innego miała powiedzieć? Robili tak od kilkunastu lat. Chowali urazy głęboko w sobie. Wmawiali sobie, że o wszystkim zapomnieli. Byli w tym dobrzy. Wypracowali wzorzec zachowań tak dokładny i sprawdzony, że właściwie nie potrzebowali całej tej rozmowy, by wiedzieć, co się stanie i jak to się skończy. A skoro działało, po co to zmieniać? Nawet jeśli już wszystko bolało ją od śmieci, które zebrały się w jej wnętrznościach.

2

Ekran smartfona migotał tysiącem barw wzdłuż i wszerz pajęczyny głębokich rys, których dorobił się podczas ostatniej imprezy, kiedy telefon wypadł Adzie z kieszeni, wylądował na podłodze i przetańczyło na nim z pół tuzina osób. Miał już prawie cztery lata. Dostała go od matki, kiedy ta podpisała kolejną umowę i zgarnęła przy okazji iPhone'a. O nowym Ada mogła jedynie pomarzyć. Rodzice uważali, że nie potrzebuje (co tylko utwierdzało ją w przekonaniu, że nie mają pojęcia, co tak naprawdę jest dla niej istotne, a co nie) albo że go zaraz zniszczy (wypadek na imprezie tylko pogorszył sprawę).

Przetarła ekran i jeszcze raz przeczytała esemesa: „Paweł już chodzi z Marzeną. Sorry, sis...".

Długo jej to nie zajęło, pomyślała ze złością, głupia pizda, świnia i lachociąg. Adę przepełniała gorycz, złość i żal. Gdyby nie musiała jechać na te głupie wakacje, gdzie przecież i tak nic się nie dzieje, gdyby była na obozie, wszystko skończyłoby się inaczej. Ona i Paweł. Żagle, jezioro, plaża, piasek. Pocałunki w ciągu dnia, kiedy ich usta byłyby gorące od słonecznych promieni, i te bardziej namiętne – wieczorne. Ona stałaby w samym kostiumie kąpielowym, on trzymałby rękę na jej talii, a ona na jego piersi, wciąż jeszcze mokrej po kąpieli. Straciła to. Pozostała jej tylko nienawiść. Do Marzeny, własnych rodziców i tak, nawet do Pawła.

Przetarła oczy wierzchem dłoni. Płakała i wstydziła się tego. Miała nadzieję, że nikt jej nie zobaczy. Szczególnie mama. Zawsze chciała wszystko wiedzieć. Gdyby zauważyła łzy, trułaby już do końca wyjazdu. Non stop dopytywałaby, dlaczego Ada jest smutna, co się stało i tak dalej. Ojciec by powiedział, żeby dała jej wreszcie spokój, na co matka zaczęłaby narzekać, że on wszystko zlewa, nawet to, że dziecko jest zrozpaczone, bo ewidentnie (mama uwielbiała to słowo) coś się dzieje, i tak zaczęłaby się kolejna pasywno-agresywna awantura, które tak uwielbiali. Czasami Ada żałowała, że nie dadzą sobie po prostu po mordzie patelnią albo młotkiem. Może wtedy atmosfera w ich domu stałaby się trochę zdrowsza.

Pociągnęła nosem. Odetchnęła głęboko. Raz jeszcze przeczytała esemesa, a potem weszła w katalog ze zdjęciami. Miała tam kilkanaście fotek z Pawłem. Z zajęć w szkole. Z wagarów, kiedy w czerwcu urwali się ze szkoły i na cały dzień pojechali nad Zalew Zegrzyński, albo gdy poszli pić piwo nad Wisłę przy moście Poniatowskiego po praskiej stronie i przyłączyły się do nich tamtejsze ziomki. Przez chwilę wtedy się bała, bo faceci byli od nich starsi i cali wydziarani, w dresach i w koszulkach NSZ-u, ale potem zrobiło się całkiem fajnie, bo okazali się dość wyluzowani, chodzili dla nich po browary, sami biorąc dla siebie po jednym za fatygę, i częstowali fajkami. No i opowiadali niezłe historie o letnich melanżach, robocie w Anglii i o tym, jak kuzyn jednego otworzył pizzerię w Reading, ale przegrywał z lokalną konkurencją, więc w końcu porwał dostawcę, żeby wydusić z niego przepis na ciasto. Niczego się nie dowiedział, bo skąd dostawca miałby wiedzieć takie rzeczy, więc skończyło się na tym, że zapłacił pakiemu 500 funtów, by tamten nie poleciał od razu na bagiety.

Wykasowała wszystkie wspólne zdjęcia z chłopakiem. Na dłużej zatrzymała się tylko przy selfie, które razem sobie zrobili. Paweł stał z tyłu, tuż za nią. Wyglądało to tak, jakby ją obejmował. I faktycznie, jedną dłoń trzymał na jej biodrze. Jego dotyk był delikatny, nienachalny, ale zdecydowany. Nie mogło być mowy o żadnym przypadku. Dawał do zrozumienia, że jest nią zainteresowany. Wrzuciła tę fotę od razu na fejsa i sporo ich znajomych pomyślało, że zostali parą. Również to zdjęcie usunęła. Potem wywaliła z archiwum wszystkie wiadomości od Pawła. Poczuła się lepiej. Niewiele, bo cyfrowa zemsta, ograniczona zresztą tylko do jej aparatu, niewiele znaczyła, ale jednak. Przynajmniej coś zrobiła.

Głupia Marzena, głupi Paweł.

Dlaczego faceci tacy są? – Ada zapytała samą siebie. Lecą na pierwszą durną, która im daje, zamiast poczekać na to, co naprawdę wartościowe. I mimowolnie, zdając sobie sprawę z tego, jakie to żałosne, zaczęła wyobrażać sobie tę chwilę, kiedy Paweł zrozumie, jaką płytką i tępą dzidą jest Marzena, zostawi ją i przyjdzie do Ady, a ona go odrzuci, bo będzie już z kimś innym, sto razy lepszym, przystojniejszym, mądrzejszym i pewnie starszym. Jakimś studentem lub kimś takim, i wszystkie dziewczyny będą jej zazdrościć. A Pawłowi pozostanie już tylko płakanie za nią w poduszkę. I ponieważ te marzenia przynosiły ulgę, oddała się im zupełnie, aż minęła ta najgorsza i najstraszniejsza rozpacz.

Poczuła czyjeś palce na swoim ramieniu. Otworzyła oczy i podniosła się na łokciach. Damian stał kilka kroków od niej, jakby spłoszony jej przebudzeniem. Jego twarz była brudna, włosy zlepione potem. Spodenki tuż za kolano opadły mu tak, że wyraźnie widziała poszarpaną linię zielonych majtek.

– Zasnęłaś – powiedział.

– No i co z tego? – odpowiedziała opryskliwie.

Wskazał palcem na drzewo, niedaleko którego rozłożyła swój kocyk.

– Cień się przesunął. Spałaś na słońcu. Można od tego jakiegoś udaru dostać albo co.

Dopiero teraz poczuła, jak jest gorąco i jak bardzo chce się jej pić. Zrobiło jej się głupio, że tak nieuprzejmie go potraktowała.

– Dzięki.

Stał przed nią jeszcze przez kilka sekund, lekko się kiwając i poruszając wargami, jakby w ustach trzymał kilka wijących się dżdżownic. Szukał odpowiednich słów, żeby kontynuować rozmowę, ale nie potrafił ich znaleźć. Ada podciągnęła nogi do siebie, sięgnęła po komórkę i schowała pod udami, przestraszona, że Damian mógłby w jakiś sposób dowiedzieć się o Pawle i Marzenie.

– No to się trzymaj – odezwał się. – Widzimy się później?

Powiedział to w taki sposób, że nie wiedziała, co to właściwie było: obietnica, propozycja, pytanie?

– Być może – rzuciła, mając nadzieję, że chłopak nie zinterpretuje tego jako zobowiązania, a raczej suche stwierdzenie faktu. Ona przyjechała tutaj na wakacje, on tutaj mieszkał. Na pewno się jeszcze zobaczą, to jasne, ale nie oznacza, że będą ze sobą spędzać czas.

Odwrócił się i odszedł w stronę jeziora. Przez chwilę zastanawiała się, po co tam idzie, i nawet poczuła ochotę, żeby pójść z nim. Ale równie szybko jej to przeszło.

Wstała, podniosła telefon i schowała go do kieszeni. Potem zwinęła kocyk i ruszyła w stronę domków. Z każdym krokiem jednak coraz bardziej zwalniała, kiedy docierała do niej ta smutna świadomość, że rodzice w najlepszym razie każą się jej opiekować Ignasiem, a w najgorszym będą chcieli z nią spędzić czas. Pewnie wyjmą karty albo tę grę planszową, którą mama kupiła przed wyjazdem i do teraz jeszcze nie zdążyła rozpakować. Kiedy więc dziewczyna zobaczyła opalającą się na leżaku Adaomę, skręciła w jej kierunku, jeszcze nie do końca świadoma tego, co robi.

Modelka miała na sobie dwuczęściowy kolorowy kostium i wielkie okulary przeciwsłoneczne z logo Dolce & Gabbana. Zakrywały niemal pół twarzy, tak że trudno było powiedzieć, czy kobieta śpi czy nie. Przy leżaku, na trawie, leżała na wpół otwarta książka, a na niej smartfon. Ada przystanęła, zadając sobie pytanie, czy z takim kolorem skóry jak u Adaomy w ogóle jest po co się opalać.

– Cześć – usłyszała i drgnęła.

– Cześć.

– Chcesz sobie zrobić ze mną zdjęcie? – zapytała kobieta.

Oburzona dziewczyna chciała już zaprotestować. Nie była jak jedna z koleżanek mamy, dla których przyjazd modelki i możliwość zrobienia sobie z nią selfika to najpiękniejszy moment wakacji. Będą do niego wracać latami i równie długo przechwalać się nim w biurze, a kiedy zobaczą ją na ekranie telewizora, będą mówić, że są kumpelami. Ale potem Ada zdała sobie sprawę, że zdecydowanie zbyt długo stoi przed leżakiem, gapiąc się na nią z telefonem w dłoni. Na policzki wystąpiły jej rumieńce.

– Nie. Nie trzeba. – Poprawiła włosy, żeby ukryć zmieszanie. Mogę klapnąć obok?

– Tak.

Ada rozłożyła kocyk. Usiadła.

– Ty jesteś córką...

– Kamili i Arka – odpowiedziała szybko. – Nie sądzę, żebyś ich znała. To znaczy nie sądzę, żeby pani ich znała.

Modelka roześmiała się krótko.

– Możemy sobie mówić na ty.

– Fajnie. – Dziewczyna siliła się na obojętność, ale miło ją to połechtało. I rozzłościło jednocześnie, bo kim była Adaoma? Tylko znaną twarzą z telewizji, Pudelka i gazet, które z nudów przegląda się u dentysty. To nie tak, że dostała Nobla, odkryła lekarstwo na raka czy coś takiego. A jednak jej zwykła normalna życzliwość sprawiła, że Ada poczuła się w dziwny sposób wyróżniona.

– Co czytasz? – zapytała dziewczyna.

– *The Biafra Story* Fredericka Forsythe'a.

– Nie znam.

– Nic dziwnego. Nikt nie zna. Przynajmniej w Polsce.

W jej głosie zabrzmiała nuta goryczy i poczucia wyższości. Ada była wyczulona na takie rzeczy. Atmosferę w domu – przygnębiającą, napiętą lub radosną – lepiej niż słowa oddawało ledwo wyczuwalne rozłożenie akcentów w zdaniach rodziców, barwa i tempo wypowiedzianych wyrazów.

– O czym to jest? – zapytała, bo wydawało jej się, że takiego zainteresowania oczekuje modelka.

– O Biafrze. – Adaoma zrobiła pauzę, jakby chciała sprawdzić, czy to cokolwiek mówi Adzie. Nie mówiło. – To prowincja w Nigerii. W latach sześćdziesiątych ogłosiła niepodległość. Wybuchła wojna domowa, w wyniku której zginęło ponad milion osób.

– Straszne – powiedziała Ada, bo nic innego nie przyszło jej do głowy, i przestraszyła się, że Adaoma będzie chciała ciągnąć temat, opowiadać o tragizmie losu Biafrczyków (czy jak oni się tam nazywają) i Rwandzie (czy to w pobliżu Nigerii?), podczas gdy ona ma dość nawet polskiej historii, niekończącej się opowieści o kolejnych wojnach, okupacjach, pawiakach, oświęcimiach i żołnierzach wyklętych. Katowano ją tym przez ostatnie lata w szkole, każąc wkuwać daty przegranych powstań. Jeśli to było nudne, to tym bardziej nudne musiały być te afrykańskie historie.

Na szczęście Adaoma albo wyczuła nastawienie dziewczyny, albo sama nie chciała o tym opowiadać.

– Co trzeba zrobić, żeby zostać modelką? – zapytała po chwili Ada.

Kobieta podniosła się na leżaku do pozycji siedzącej.

– A ty chciałabyś zostać? – odpowiedziała pytaniem.

Dziewczyna zagryzła dolną wargę, a potem kiwnęła głową. Nikomu jeszcze o tym nie mówiła, ale tak było. To znaczy niekoniecznie modelką. Kimkolwiek, byleby coś zrobić. Widziała siebie jako aktorkę, piosenkarkę, modelkę lub kogoś podobnego. Czuła, że jest w niej coś dużego, coś, co się dusi w mieszkaniu rodziców, szkole, normalnym życiu – coś, co warto byłoby pokazać innym.

– Myślisz, że się nadaję?

– Wstań.

Ada posłusznie wykonała polecenie.

– Odwróć się, a potem przejdź kilka kroków do tamtego drzewa i wróć. Wciągnij brzuch, wyżej ramiona, proste plecy.

Dziewczyna zrobiła to, o co ją poproszono. Miała nadzieję, że nikt jej teraz nie widzi. Szczególnie rodzice, którzy od razu zaczęliby zadawać pytania, i ten Damian. Czuła się głupio i żałowała, że w ogóle poruszyła temat.

– Ale oddychaj, dziewczyno, oddychaj! – krzyknęła do niej modelka.

Ada nie rozumiała. Miała wciągać brzuch (nie wiedziała dlaczego, była przecież szczupła), ale równocześnie oddychać. Nie potrafiła robić tych dwóch rzeczy równocześnie. Kiedy wróciła, z ulgą opadła na kocyk. A potem uśmiechnęła się promiennie, najładniej, jak potrafiła.

– I co? – zapytała.

Adaoma przypatrywała się jej przez kilka sekund.

– Jesteś całkiem ładna – powiedziała. – Ale tak zwyczajnie ładna. To znaczy... Jej... Nie zrozum mnie źle.

– Jasne, jasne – zapewniła Ada, chociaż nie wiedziała, jak można źle zrozumieć słowa „zwyczajnie ładna", czyli „pospolita". Pomyślała, że co jak co, ale język polski zna lepiej od tej Murzynki.

– Chodzi mi o to, że brakuje ci czegoś takiego, co by od razu przykuwało uwagę na wybiegu czy na zdjęciach. Sprawiało, że ludzie by na ciebie patrzyli. Czegoś jak...

– Twój kolor skóry? – zapytała, zanim zdążyła ugryźć się w język.

Modelka zacisnęła usta i przez chwilę wydawało się, że zaraz wstanie i sobie pójdzie.

– Tak – odparła jednak po kilku sekundach. – Jak mój kolor skóry. Albo nietypowa fryzura, kształt twarzy, androgeniczne rysy. Cokolwiek, co jest teraz na topie i czego szukają projektanci.

– A co takiego ma Joanna Krupa?

– Patrz raczej na Anję Rubik: szczupła pociągła twarz i wydatne kości policzkowe. Może ci się nie podobać, ale na pewno ją zapamiętasz.

Ada wzruszyła ramionami.

– Nie obrażaj się – powiedziała Adaoma.

– Nie obrażam się przecież.

– Ja mam tak samo! – Kobieta zaśmiała się. – Moja skóra, jak to ujęłaś, pomagała mi tylko w Polsce. Myślisz, że na Zachodzie ktokolwiek zwrócił na mnie uwagę? Tam są takie modelki jak Grace Mahary czy Ajak Deng. Moje portfolio wyrzucali od razu do kosza, bo jeśli szukali kogoś ze Wschodu, to słowiańskich blondynek, a nie pół-Nigeryjek.

Ada kiwnęła głową, udając przekonaną, chociaż wcale nie była. Sławnej i bogatej modelce łatwo było mówić takie rzeczy. Mogła sobie pozwolić na wszystko.

– Do tego kiepsko chodzisz – dodała Adaoma. – Ale nad tym można popracować. Gorzej, że jesteś trochę za niska.

– Za niska? Mogę założyć szpilki.

– A co, jeśli w kolekcji są buty na płaskim obcasie? Wiesz, o wybiegu raczej zapomnij, ale może uda ci się załapać na modelkę sesyjną. Masz braki, jednak większość z nich da się nadrobić.

Ada przewróciła oczami. Tamta brzmiała dokładnie jak nauczycielka od polskiego: masz potencjał, ciekawe myśli, tylko musisz bardziej się starać i przede wszystkim czytać lektury. Czy tak naprawdę na tym ma polegać dorosłe życie? Na ciągłym poprawianiu wszystkiego i nieustających rozczarowaniach, bo to, co wydaje się tak blisko, na wyciągnięcie ręki, w ostatniej chwili ci umyka? Bo jesteś albo za niska, albo trafia się taka lodziara jak Marzena?

– Dlaczego w ogóle chcesz zostać modelką?

Wyrwana z rozmyślań w pierwszej chwili nie zrozumiała, o co pyta kobieta.

– Bo to fajny zawód.

– Nie jest fajny.

– Nie jest?

– Duża konkurencja. Chodzisz cały czas głodna, bo jesteś non stop na diecie. Inne dziewczyny są wredne i tylko szukają okazji, żeby podstawić ci nogę, a ich cała kreatywność skupia się na rozwiązaniu problemu, jak najszybciej się najebać przy minimalnej liczbie kalorii.

– Naprawdę?

– Naprawdę – potwierdziła Adaoma. – Nie powinnam ci tego mówić, ale sama wódka. Tylko bez popitki.

– Fuj.

– Do tego samotność, jeśli jesteś w trasie na pokazach zagranicznych. Wyczerpująca praca, gdzie nikt tak naprawdę cię nie szanuje. A kiedy kończy się twój termin przydatności, to cóż, nie oczekuj, że ktokolwiek podziękuje ci za twoją pracę. Po prostu telefon przestanie dzwonić.

– Ale ty byłaś modelką!

– Byłam.

– I dobrze na tym wyszłaś.

– Miałam szczęście.

– Aha...

Ada zaczęła skubać brzeg flanelowego koca. Wyciągała poszczególne nitki i patrzyła, jak materiał powoli się pruje. Nagle pomiędzy jej palcami pojawił się niewielki chrabąszcz. Jego grzbiet lśnił metaliczną zielenią. Ostrożnie wzięła go w ręce. Owad na chwilę zastygł i ruszył gorączkowo przed siebie, nie wiedząc lub nie rozumiejąc, że znajduje się już kilkanaście centymetrów nad ziemią, a miękkie ciepłe podłoże, po którym stąpa, to ludzka skóra. Dziewczyna zamknęła go w pięści i poczuła delikatne gilgotanie po wewnętrznej stronie dłoni. Wyrzuciła go zamaszystym gestem daleko od siebie.

– Pomożesz mi? – zapytała.

– Słucham?

– Tak sobie pomyślałam, że może mogłabyś mi pomóc. Wiesz, na samym początku. Złapać jakieś kontakty, polecić komuś. Sama powiedziałaś, że jestem ładna. Wiem, z brakami, ale do nadrobienia.

– Nie zniechęciłam cię?

Ada zaprzeczyła ruchem głowy.

– A co na to twoi rodzice?

Spuściła wzrok. I to wystarczyło za całą odpowiedź. Dziewczyna wiedziała, że nigdy nie zgodzą się na przygodę z modelingiem. Mama chciała, żeby skoncentrowała się na nauce, skończyła studia, na trzecim lub czwartym roku wyjechała za granicę na rok, a potem złapała gdzieś dobry staż. Słowem, zrobiła wszystko to, na co ona sama nie miała czasu z powodu ciąży. W tym rozpisanym niemal co do miesiąca planie zabrakło miejsca na chodzenie po wybiegu i sesje zdjęciowe dla znanych magazynów. Czasami miała wrażenie, że to wszystko idzie za daleko. Że mama ją osacza, nie zostawia żadnego miejsca na oddech. Bywało to okropne, jak wtedy, kiedy kupowała im takie same ubrania, jak ostatnio te dwie jaskrawopomarańczowe bluzy. Uważała, że to zabawne i urocze. Ada zaś zawsze się wzdrygała. Tyle, jeśli chodzi o mamę.

A ojciec... Ojciec zrobi to, co mama mu każe. Dokładnie tak, jak było z przyjazdem tutaj.

– A twoi rodzice się zgodzili, kiedy zaczynałaś? – zapytała Adaomę.

– Nie powiedziałam im na początku.

– To ja swoim też nie powiem!

– Nie mogę cię powstrzymać, ale nie muszę ci też pomagać – powiedziała kobieta. – Jeśli jednak przyjmiesz ode mnie radę, to nie rób tego. Moi rodzice...

– Po prostu nie chcesz mi pomóc! – krzyknęła Ada.

Poderwała się z ziemi i podniosła koc. Zwinęła go w kulkę. W tej samej chwili na trawę upadł telefon. Musiała się schylić, żeby go podnieść, równocześnie walcząc z kocem, by nie wysunął się jej z rąk. Adaoma cierpliwie śledziła to wzrokiem, nic nie mówiąc.

– Ja po prostu nie chcę mieszać się w twoje rodzinne sprawy – odezwała się wreszcie. – Ale jeśli twoi rodzice nie będą mieć nic przeciwko temu, to możesz do mnie przyjść.

– Jasne.

– Po prostu rodzice wiedzą, co jest dla ciebie najlepsze.

– A twoi wiedzieli?

Odpowiedziało jej milczenie.

– Tak właśnie myślałam – odpowiedziała Ada. – Dzięki za wszystko. Skoro już znam swoje braki, mogę nad nimi popracować. I trzymać odpowiednią postawę. Cześć!

Odwróciła się i poszła w stronę domku. Pilnowała się, żeby mieć wciągnięty brzuch, uniesione ramiona, wyprostowane plecy. I żeby oddychać.

3

To było prawie jak medytacja. Tylko bez tego całego wschodniego syfu, który dorzucał od siebie biedatrener od jogi w ramach Multisportu. Powolne, ale stanowcze ruchy ramionami. Zanurzenie pióra wiosła w wodzie, pociągnięcie, zmiana strony. I tak nieustannie, w tempie oddechu. A kiedy kajak się rozpędzi, chwila odpoczynku i obserwowanie, jak dziób tnie spokojną taflę jeziora. Robert zanurzył rękę w przyjemnej ciepłej wodzie. Kiedy ją wyciągnął, srebrne krople iskrzyły się w słonecznych promieniach jak małe klejnoty.

Płynął kilka metrów od brzegów, na tyle blisko, że kiedy zanurzał wiosło na całą jego długość, wyczuwał miałki grunt dna i splątane warkocze wodorostów. Wśród tataraków pływały kaczki, co chwila nurkując w poszukiwaniu pożywienia. Raz na pewien czas w jezioro wbijały się na dwa, trzy metry podniszczone pomosty wędkarskie. Na jednym z nich siedział samotny gruby mężczyzna z wielkim wąsem, w śmiesznej białej czapce i niebieskich klapkach na potężnych stopach. Kiwnął Robertowi głową na powitanie. Robert odpowiedział machnięciem ręki i szybko popłynął dalej, żeby nie płoszyć facetowi ryb.

W czasie wycieczki dotarł także do cypla, na którym mieściło się stanowisko archeologiczne. Obserwował przez kilka minut grupkę młodych ludzi grzebiących w ziemi małymi łopatkami. Parę innych osób schowanych pod tanimi białymi namiotami pracowało przy stołach, czyszcząc drobne przedmioty pędzelkami. Największa grupa zajmowała się jednak porządkowaniem terenu. Zbierali śmieci do wielkich niebieskich worków, zasypywali dziury. Było to wyjątkowo nudne widowisko.

– Kończycie już tutaj? – zawołał do ciemnowłosej dziewczyny, która zeszła do jeziora, żeby umyć kubek. Spojrzała na niego zaskoczona, jakby nie rozumiejąc, dlaczego w ogóle się do niej odezwał. Obejrzała się za siebie, szukając pomocy u jakiegoś profesora czy doktora, ale najbliższa osoba znajdowała się kilkanaście metrów dalej.

– Eee... Tak. A pan to?

– Po prostu jestem ciekaw. Ale wszystko już tutaj wykopaliście?

Pokiwała głową. Była dość ładna i miała dredy schowane pod zieloną opaską. Spodobała mu się ta dziewczyna. Gdyby nie przyjechał tutaj z Adaomą, mógłby ją poderwać. Oczywiście nie w tym kajaku. W nim wyglądał idiotycznie. Ale gdyby podjechał tutaj później albo przypadkiem spotkał ją na zakupach w miasteczku. Pomyślał, że na samochód by nie poleciała, jednak na trawę, którą ze sobą przywiózł, już może tak.

– Robimy tutaj już trzeci sezon. To jest końcówka. Jutro, pojutrze się zmywamy.

– A co tutaj w ogóle było?

– Grodzisko z dziewiątego wieku. – Raz jeszcze obejrzała się przez ramię. – Przepraszam, ale muszę wracać.

Pożegnał się z nią i popłynął dalej.

Na brzeg wyszedł tylko raz. Znalazł niewielki prześwit w tataraku. Wpłynął tam kajakiem, wszedł na kilka metrów w las i się wysikał. Za drugim razem już mu się nie chciało wysiadać. Znalazł zatoczkę, gdzie zasłaniały go szuwary, stanął na kajaku, uważając, żeby nie stracić równowagi, i oddał mocz prosto do jeziora. Widok złotego strumienia, który wpadając do wody, tworzy kilkanaście mniejszych i większych kręgów, wydał mu się najprzyjemniejszą częścią wyprawy.

Kiedy wracał do ośrodka, pomyślał, że ten urlop jest cholernie udany. Na tych wszystkich Seszelach, Majorkach, Malediwach, wyprawach do amazońskiej dżungli, Machu Picchu, wyjazdach medytacyjnych do klasztoru u podnóża Himalajów – wszędzie tam człowiek jednak strasznie się spina. Robi wszystko, żeby nic nie przegapić i ze wszystkiego skorzystać, bo zapłacił za to majątek, a pewnie nigdy więcej tam nie wróci. Męczył się równie mocno co w pracy, chociaż w inny sposób. Bardziej subtelny, ale równocześnie równie destrukcyjny. Wypalenie wakacyjne, ktoś powinien w końcu ukuć taki termin. Zastanawiał się, czy po powrocie do pracy nie podrzucić tego jakiemuś dziennikarzowi. Może nadawałoby się na pasmo do śniadaniówki. Zaprosiliby do tego z jedną celebrytkę, Eichelbergera, Marię Rotkiel, Santorskiego lub kogokolwiek, kto jest teraz w modzie. Do tego jeszcze jakiegoś tłuka na przebitki, aktora czy dziennikarza albo eksperta od zdrowego trybu życia. Zanotował sobie ten pomysł w pamięci.

Tutaj jednak było inaczej. Przez całe dnie nigdzie mu się nie spieszyło, nic się nie działo, nie było wiele do roboty. Pójść nad jezioro. Popływać. Pogadać z dawnymi znajomymi. Zjeść coś i napić się piwa. Wieczorem wypalić skręta z Adaomą. Oddech.

Wrócił do agroturystyki, wciągnął kajak na brzeg, a wiosło położył na trawie obok. Wyjął kamizelkę ratunkową. Gospodarz wcisnął mu ją na siłę przed wyruszeniem. Robert ani razu jej nie założył. Służyła jako oparcie na plecy. Teraz była przemoczona ze wszystkich stron. Mężczyzna rozłożył ją z przodu kajaka, żeby wyschła na słońcu.

Poszedł do domku. W środku znalazł Adaomę. W kostiumie kąpielowym, z białą chustą na ramionach leżała na łóżku i czytała. Kiedy otworzył drzwi, uniosła się na łokciach i uśmiechnęła na jego widok.

– Wróciłeś wreszcie.

– No.

Nachylił się nad nią, żeby ją pocałować. Miała ciepłe, lekko wilgotne wargi.

– Śmierdzisz jeziorem.

– Dzięki.

– Straciłeś obiad.

– Zdarza się.

Wszedł do łazienki. Rozebrał się, rzucając przepoconą koszulkę i mokre kąpielówki w kąt pomieszczenia. Wskoczył pod prysznic. Odkręcił ciepłą wodę. Poczekał, aż spłynie ta zimna, i szybko się wykąpał, dokładnie namydlając całe ciało, a w szczególności okolice krocza.

Wyszedł. Wytarł się starannie, bo nie lubił tego uczucia, kiedy po kąpieli materiał przylepia się do wciąż mokrej skóry. Zaciągnął zasłony.

– Ej, co robisz! Czytam! – powiedziała Adaoma i dopiero teraz podniosła na niego wzrok. Był zupełnie goły, z penisem już w stanie wzwodu.

– Chyba nie chcesz, żeby ktoś cię teraz nakręcił i wrzucił to do netu – zauważył.

– Twoi znajomi byliby do tego zdolni?

– Nie wiem. Nie znam ich aż tak dobrze.

Podszedł do łóżka i położył się na niej. Jego członek znalazł się idealnie pomiędzy jej pośladkami, naciskając na elastyczny materiał kostiumu kąpielowego. Zaczął całować ją w szyję, ramiona, schodząc coraz niżej, aż znalazł się twarzą na wysokości jej majtek. Chwycił je delikatnie w dwa palce. Adaoma uniosła się nieznacznie, żeby mógł z niej je ściągnąć. Pocałował jeden pośladek, drugi, a potem delikatnie rozsunął jej nogi i jego język znalazł drogę do warg sromowych.

– Ała! Drapiesz – powiedziała.

– Mam przestać?

Odwróciła się na plecy, żeby ułatwić mu dostęp.

– Masz się ogolić – odparła, przyciskając jego głowę do swojego krocza.

Jej brzuch zaczął unosić się w rytm ruchów jego języka. Po kilku minutach Robert uniósł się nad nią. Znaleźli się twarzą w twarz. Wbiła się w niego, wymuszając długi i namiętny pocałunek. Równocześnie jej nogi odnalazły jego ciało, owinęły się wokół niego i przyciągnęły do siebie. Była tak wilgotna, że wszedł w nią bez żadnego trudu. Tylko z jej ust wydobyło się zduszone pocałunkiem jęknięcie.

Nie kochali się długo. Ona doszła pierwsza. On zaraz po niej. Leżeli potem obok siebie, wsłuchani tylko w swoje oddechy. Trzymał dłoń na jej udzie i gładził je powolnymi, skupionymi ruchami.

– Jak było na kajaku? – odezwała się pierwsza.

– Fajnie. A jak ty się bawiłaś?

– Zaskakująco dobrze – odpowiedziała po chwili namysłu. – Nie byłam pewna, czy nasz przyjazd tutaj to dobry pomysł.

Kiwnął głową na znak, że rozumie. Wymusił to na niej. Siedzieli u niego w domu. Otworzyli butelkę białego wina. Adaoma poszła do kuchni, żeby przygotować jakieś włoskie danie. On chwilę jeszcze popracował, odpisując na najważniejsze mejle. Temat wspólnego wyjazdu na urlop krążył w ich rozmowach już od kilku tygodni. Byli ze sobą dość długo, na tyle długo, że oficjalnie pojawili się razem na dużym pokazie mody, a potem na jednej z branżowych imprez. Robert udawał tam rozbawionego, a równocześnie pilnował się, czy koszulę ma ciągle w spodniach, a rozporek zapięty, świadomy tego, że nieustannie krążą wokół nich fotoreporterzy i robią kolejne zdjęcia. Niby wiedział, jak działa ten cyrk, jakie zasady nim rządzą, ale i tak czuł się stremowany. Popijał drinka za drinkiem, a Adaoma rzucała mu ostrzegawcze spojrzenia, jakby chciała powiedzieć, że nie wybaczy mu, jeśli się spije. Ponieważ było to ich pierwsze oficjalne wyjście jako pary, nie mogli liczyć na żadną taryfę ulgową. Każde jego potknięcie zostanie uwiecznione i wykorzystane. Brukowce tylko czekały na takie nagłówki jak NOWY PARTNER ADAOMY RZYGA W TOALECIE czy CHŁOPAK ADAOMY SZCZA POD LATARNIĄ. Nie rozumiał wtedy swojego zdenerwowania. Bywał już na takich imprezach, rozpoznawano go, parę razy załapał się na ściankę, tylko że do tej pory nie spotykał się z nikim z branży medialnej. Rygorystycznie trzymał się zasady, że nie sra się tam, gdzie się jada. Dla Adaomy zrobił wyjątek.

Także ich pierwszy wspólny urlop powinien być wykorzystany medialnie. Takie były reguły. Jeśli o tobie nie mówią, to cię nie ma. Wykorzystujesz więc każdą okazję, żeby się pokazać, przypomnieć swoje nazwisko i gębę. Dlatego czekał ich wyjazd zagraniczny. Nie w jakieś szczególnie ekskluzywne miejsce, bo takich ludzie nie lubią, ale jednak z posmakiem luksusu. Do tego powinno być tam ładnie i słonecznie, aczkolwiek nieprzesadnie oryginalnie. Najlepiej nadawały się do tego okolice Morza Śródziemnego. Hiszpania, Włochy, Grecja. Kraje prawie, prawie w zasięgu przeciętnego Polaka. Powinni jeszcze znaleźć odpowiedniego fotografa, który cyknie im zdjęcia niby z ukrycia, kiedy Adaoma pręży się na plaży lub na łodzi w bikini, a Robert stoi gdzieś w tle i coś tam robi. Bo on w sumie był nieistotny, wystarczyło, że był. Potem dodałoby się kilka luźniejszych scen – podczas kitesurfingu, nurkowania lub czegoś podobnego. Cała operacja wymagała dużo planowania i wielu uzgodnień między nimi a agentem do spraw public relations Adaomy.

– Pierdolę to – powiedział w połowie kolacji. Modelka zamarła z widelcem pełnym makaronu i zmarszczyła brwi.

– Coś się stało? – zapytała.

– Mam paczkę znajomych jeszcze z czasów studiów – zaczął. – Co roku jeżdżą razem na wakacje. To już rodziny z dziećmi, spędzają wspólnie urlop. Co jakiś czas wybieram się z nimi, odświeżyć stare kontakty, dowiedzieć się, co u nich słychać...

Przerwał w połowie zdania, zdając sobie sprawę, że przedstawia to wszystko jako kolejną biznesową wyprawę, inwestycję w coś, co kiedyś być może mu się przyda. Tylko że Adaoma nigdy tego nie kupi. Bo dla niej jego znajomi nie mają nic do zaoferowania. Zmienił taktykę.

– To są moi przyjaciele – powiedział. – Chcę z nimi trochę pobyć. Dostałem dwa tygodnie urlopu. Jadę. Jeśli chcesz, możesz zabrać się ze mną.

Zaskoczył ją. Wykonał pierwszy ruch i zaproponował coś tak nieoczekiwanego, że nie wiedziała, jak powinna zareagować. Chwycił jej dłoń.

– Ada – nachylił się do niej – zapomnij o całym tym cyrku. Będzie spokój. Cisza. Tylko ty i ja.

– I twoi znajomi.

– I moi znajomi – zgodził się. – Ale to normalni ludzie.

– Nie jestem pewna.

Puścił ją i wyprostował się na krześle.

– Rozumiem – odrzekł. – Ja w każdym razie tam jadę.

Znowu ją zaskoczył. Nie powiedzieli tego wprost, ale przecież wypadałoby pojechać na urlop razem. Przynajmniej na kilka dni. To zawsze łatwiejsze niż prostowanie historii typu: „Zrozpaczona Adaoma, była zakochana, ale wakacje spędza sama".

– Dlaczego wcześniej o tym nie wspomniałeś?

– Dopiero wczoraj dostałem mejla w tej sprawie. – Skłamał. Wiadomość od Grześka przyszła miesiąc temu. Odpisał tylko, że się zastanowi.

– Gdzie mielibyśmy jechać?

– Gdzieś na Pomorze.

– Nad Bałtyk?

Pokręcił przecząco głową.

– Pojezierze, ale jakaś głusza zupełna. Nie przejmuj się. Nikt nas tam nie wytropi – dodał fałszywie, wiedząc, że to ostatnia rzecz, którą ona się martwi. A potem postanowił zadać ostateczny cios. – Chciałbym po prostu spędzić z tobą trochę czasu, nie musząc się martwić, czy na pewno mam zapięty rozporek.

Po wyrazie jej twarzy wiedział, że wygrał. Adaoma się zgodzi, chociaż wbrew sobie. Żałując straconej okazji na dobrą prasę i szykując się do poważnej rozmowy ze swoją agentką, bo ta zrobi jej mały, przepełniony dyskretnymi wyrzutami wykład. Ale to go nie dotyczyło, więc nie zamierzał się tym przejmować.

Jego propozycja była formą ucieczki. Wcześniej, w tajemnicy, przejrzał wszystkie ich wspólne zdjęcia z tego pokazu mody. Na żadnym nie wypadł dobrze. Był sztywny, miał sztuczny uśmiech, a jego twarz przypominała dzieło z plasteliny. Tym, co go jednak naprawdę przeraziło, okazała się Adaoma. Wyglądała na absolutnie szczęśliwą, jakby wreszcie znalazła swoje miejsce. I nagle wiedział, że kolejny ich krok po urlopie spędzonym pod okiem reporterów to wspólna sesja w „Vivie" i wywiad, w którym będą opowiadali, jacy są szczęśliwi i jak miłość odmieniła ich życie. A na to nie był jeszcze gotów.

– Odpoczywam tutaj – powiedziała Adaoma. – Tak naprawdę.

– Nie wiedziałaś, że tak można? – zapytał.

Zaśmiała się.

– Chyba nie. Od dziecka jeździłam tylko na obozy taneczne, aktorskie, gimnastyczne. Wakacje kojarzą mi się z pracą, a tutaj nie robię nic.

– To, co przed chwilą zrobiliśmy, to nie było takie nic.

Odwróciła się do niego. Kąciki jej ust powędrowały w górę.

– Serio? – zapytała przyjaźnie drwiącym tonem. – Masz tak mało pewności siebie, że nawet teraz dopominasz się o komplementy?

– Może.

Pocałowała go w policzek.

– Było bardzo przyjemnie.

– Tylko tyle?

Objęła go i przylgnęła do niego całym ciałem. Odrzuciła głowę w tył i potrząsnęła włosami.

– Nie. Jesteś wspaniałym kochankiem. Poruszyłeś całym moim światem. Nie spotkam już nikogo tak dobrego w łóżku jak ty.

Pokiwał głową, udając, że zastanawia się nad tym, co właśnie usłyszał.

– Może być – uznał.

Trzepnęła go otwartą dłonią w klatkę piersiową. Potem wstała i poszła do łazienki. Usłyszał wodę odkręcaną pod prysznicem. Rozłożył się na łóżku i podłożył ręce pod głowę. Nic się nie działo. Przynajmniej przez chwilę. Pomyślał, że to jest dobre.

POMIĘDZY

1

Samochodem szarpnęło gwałtownie, kiedy wpadł w dziurę. Zajęczały resory i Arek usłyszał huk, kiedy podwozie uderzyło o ziemię.

– Przepraszam – powiedział.

Kamila milczała. Normalnie by zareagowała. Powiedziałaby, żeby jechał wolniej, albo kazała mu bardziej uważać. Teraz nawet się nie poruszyła. Patrzyła tylko przed siebie, w masę szarych chmur, które naciskały bezlitośnie na nierówną linię horyzontu. Pomimo tego zwolnił, by sprawić jej w ten sposób przyjemność.

– To chyba tutaj – odezwała się po kilku minutach, wskazując na mijany znak.

Arek potwierdził ruchem głowy. Włączył kierunkowskaz i skręcił w lewo. Po kolejnych trzech kilometrach wśród nudnego krajobrazu martwych jesiennych pól, gdzieniegdzie przetykanych kępami drzew i stalowymi słupami linii wysokiego napięcia, dotarli do niewielkiego osiedla starych bloków z lat siedemdziesiątych. Wszystkie trzy wybudowano na skraju pobliskiej wsi. Każdy z nich miał po dwie klatki i dwa piętra. Odpadający pastelowy tynk odsłaniał szarą warstwę zaprawy. Boki budynków ozdabiały kiepskie graffiti. Największy przedstawiał stwora przypominającego Myszkę Miki, która groziła zaciśniętą pięścią niewidzialnemu przeciwnikowi. Stała na żółto-biało-zielonym tle, a na wysokości jej pasa biegł napis FALUBAZ TERROR. Wokół nie było żywej duszy. O tym, że osiedle jest zamieszkane, świadczyły tylko zwisające z balkonów pranie i kilka puszek po piwie walających się w pobliżu jedynego śmietnika.

– Na pewno dobrze trafiliśmy? – zapytała Kamila.

Arek otworzył Google Maps i podsunął żonie komórkę. Nawet nie spojrzała na ekran.

– Google mówi, że tak.

– To chodźmy.

Wysiedli z samochodu. Kamila odnalazła właściwą klatkę i nacisnęła przycisk domofonu. Arek stanął obok, chowając dłonie w kieszeniach.

– Halo?! – odezwał się trzeszczący głos.

– Kamila Dusza. Byliśmy umówieni.

– Halo?!

– Kamila Dusza! Byliśmy...

– Halo?! – powiedział głos z wyrzutem. – Kto tam jest?!

– Kamila Dusza! Byliśmy umówieni! – Krzyczała tak głośno, że Arek aż poczuł się w obowiązku położyć jej dłoń na ramieniu, by ją uspokoić. Strząsnęła ją z siebie, a potem się odsunęła, jakby ze strachu, że znów odważy się jej dotknąć.

– Kurwa mać, znowu się spierdoliło – powiedział głos. Usłyszeli brzęczenie. Kamila szarpnęła za metalową klamkę i otworzyła drzwi. Niemal od razu zaatakował ich zapach gotowanego rosołu i smażonej kapusty. Weszli na pierwsze piętro. Zapukali. Po kilku sekundach wypełnionych dźwiękami zdejmowanego łańcucha stanął przed nimi wysoki szczupły mężczyzna koło pięćdziesiątki. Miał krótkie siwe włosy, orli nos i małe świdrujące oczy. Ubrany był na czarno, w materiałowe spodnie i obcisły golf.

– Kamila...

– Wiem – przerwał spokojnie. – Spodziewałem się państwa. Proszę...

Przesunął się, żeby ich wpuścić. Znaleźli się w niewielkim przedpokoju, którego połowę zajmował obwieszony bluzami i kurtkami wieszak. Pod ścianą w równych rzędach stały buty – męskie i kobiece. Mężczyzna schylił się i podał im z podłogi dwie pary kapci. Ściągnęli obuwie i założyli pantofle.

– Przywieźli państwo to, o co prosiłem? – zapytał.

Bez słowa podała mu siatkę. Mężczyzna wziął ją i zajrzał do środka. Wyciągnął niebieski dziewczęcy tiszert.

– Miała to ze sobą na wyjeździe?

– Wszystkie te rzeczy – potwierdziła Kamila.

Pokiwał głową.

– Macie dla mnie państwo coś jeszcze?

Arek niechętnie wyjął z wewnętrznej kieszeni kurtki kopertę i wręczył ją mężczyźnie. Ten ją otworzył i zaczął poruszać bezgłośnie ustami, przeliczając znajdujące się w środku pieniądze.

– To pomoże – powiedział cicho. Nie wiadomo było jednak, czy ma na myśli przywiezione ubrania czy pieniądze. – Państwo pójdą za mną.

Zaprowadził ich do dużego pokoju. Na jednej ze ścian pomalowanych na wściekle pomarańczowy kolor wisiał duży ozdobny dywan, przez co Arek poczuł się tak, jakby znalazł się na rosyjskim Facebooku. Mężczyzna usadził ich na skórzanej kanapie, której tapicerkę chroniła wzorzysta kapa. Sam zajął miejsce w starym fotelu i spod drewnianej ławy wyciągnął pękatą teczkę. Otworzył ją i zaczął podsuwać im kolejne kartki – pisma, wycinki z gazet, strony kolorowych magazynów.

– Proszę, to są oficjalne podziękowania od policji z Lublina. To od nas, z Zielonej Góry, to z Gorzowa, Szczecina i Tarnowa.

Tutaj są podziękowania od rodziny Stryszewskich, tutaj od adwokata państwa Marców, a tutaj mam płytę z nagraniem programu „Dzień Dobry TVN". Puścić?

– Nie trzeba – zapewniła Kamila. – Wierzymy panu.

Arek zacisnął palce na oparciu kanapy.

– To dobrze, że państwo wierzycie. Są tacy, którzy tutaj przyjeżdżają, ale uważają mnie za oszusta. Bo im mądre głowy naopowiadały jakichś rzeczy. Naukowcy. – To ostatnie słowo wypowiedział z nieukrywaną, szczerą pogardą. – A co oni tam wiedzą?! Jeszcze sto lat temu nikt nie miał pojęcia o tym, że istnieją atomy! Że istnieje prędkość światła! Pięćdziesiąt lat temu nie było antybiotyków! Ludzie wirusów nie znali, pani rozumie?

Arek zacisnął szczęki, by powstrzymać się od skomentowania tych oczywistych bzdur.

– Nauka jeszcze nie wszystko wie – kontynuował mężczyzna. – Nie wszystko rozumie. Może kiedyś im to się uda, ale jeszcze nie teraz, jeszcze nie teraz. Coś jest i działa, a oni nie rozumieją jak i zamiast przyznać, tak po ludzku, szczerze – jeszcze nie wiemy, jeszcze nie rozumiemy – to się zapierają, mówią, że to bzdury, szarlatańswo, nieprawda. A to prawda. Szczera prawda! Ja widzę rzeczy. Wchodzę w plan duchowy i tam energia do mnie przemawia. Bo nas wszystkich łączą niewidzialne energetyczne więzi.

– Rozumiem – wyszeptała Kamila. Arek dostrzegał u żony przejawy zniecierpliwienia. Drżenie w kącikach ust, rytmiczne uderzanie palcami o uda, jakby chciała pospieszyć rozmówcę, wystukując mu rytm. Nie przyjechała tutaj po wykład na temat parapsychologii. Chciała, żeby jasnowidz pomógł odnaleźć im dziecko.

– Ale ja mam dowody. Tutaj są dowody. – Wskazał na papiery. – Państwo to sobie przeczytają. Te wszystkie podziękowania od policji, od rodzin. Ja nie jestem żaden oszust. Ja mam dar.

– Rozumiemy.

Mężczyzna nachylił się w ich kierunku, jakby próbował z ich twarzy wyczytać, czy na pewno mówią szczerze. Arek starał się, by jego nie zdradziła sceptycyzmu. Wziął więc jedno z podziękowań i zaczął je wnikliwie studiować. Jasnowidz wydawał się tym ukontentowany. Wstał z fotela.

– Zostawię teraz państwa na trochę – powiedział. – Czeka mnie podróż.

– Oczywiście.

Zabrał ze sobą torbę z ubraniami Ady i zniknął w drugim pokoju. Usłyszeli jeszcze trzask zamykanych drzwi. Arek opadł na kanapę. Westchnął ciężko i przymknął powieki. Uważał, że ta cała wyprawa to strata czasu i pieniędzy, ale Kamila naciskała. Sama odnalazła tego jasnowidza na jednym z forów internetowych. Twierdziła, że pomógł wielu osobom w podobnej sytuacji. Arek początkowo oponował, jednak szybko zdał sobie sprawę, że jego opór nie ma żadnego sensu. Kamila była gotowa zrobić wszystko, co dawało chociaż cień nadziei na odnalezienie Ady.

– Coś państwu podać? Herbaty? Kawy? Ciasteczka?

Przestraszony niemal podskoczył na kanapie. Nie wiedział, że w mieszkaniu oprócz nich jest ktoś jeszcze. Kamila tylko podniosła zmęczone spojrzenie. Niedaleko nich, za fotelem, gdzie jeszcze przed chwilą siedział jasnowidz, stała na oko pięćdziesięcioletnia kobieta. Równie chuda jak mąż, blondynka o krótkich włosach, wyglądała na lekko przestraszoną. Jej skóra miała niezdrową brązową barwę opalenizny z solarium.

– Kawy – poprosił Arek.

– Nic. Dziękuję – odpowiedziała Kamila.

– Ciasteczek? – dopytywała się kobieta.

– Nie, nie trzeba.

Po około pięciu minutach wróciła z dwiema filiżankami kawy i talerzem tanich ciasteczek z dyskontu, z czerwonym kleksem galaretki na środku. Nie wyprowadzali jej z błędu.

Czekali przez blisko godzinę, nie odzywając się do siebie ani razu. Arek z nudów przeczytał wszystkie podziękowania. Te z policji były bliźniaczo podobne. Jakby istniał jakiś urzędowy szablon z wyrazami wdzięczności dla jasnowidzów. Kusiło go, żeby sięgnąć po komórkę i sprawdzić w internecie, ale wydało mu się to niestosowne. Bał się, że Kamila będzie miała mu to za złe. Wypił więc swoją kawę, zjadł kilka zdecydowanie zbyt słodkich i zbyt kruchych ciasteczek, potem poszedł do ubikacji. W środku znalazł stos kolorowych gazet. Najpierw się wysikał, potem przeczytał jeden artykuł.

Kiedy wrócił, mężczyzna już siedział w swoim fotelu. Oboje z Kamilą spojrzeli na Arka i śledzili go uważnie wzrokiem, dopóki nie zajął swojego miejsca. Dopiero wtedy jasnowidz chrząknął znacząco.

– Udało się panu coś... – głos Kamili zadrżał – zobaczyć?

Mężczyzna powoli kiwnął głową.

– Tak, coś tak. Jednak muszę powiedzieć, że to trudne. Przyjechali państwo do mnie za późno, a to miejsce jest daleko. Czas, przestrzeń, to wszystko osłabia energetycznie linie, które nas łączą. Trudniej znaleźć właściwą drogę wśród tych supłów. Gdybyście przyjechali od razu, byłoby inaczej, a po takim czasie...

– Ale coś pan zobaczył? – dopytywała Kamila.

– Tak. Widziałem, podróżowałem śladem Ady. Zobaczyłem to, co było w niej najsilniejsze. Miłość do pani, miłość do pana. Ona was kochała, taką czystą dziecięcą miłością. Chociaż czasami bywało trudno, prawda?

– Prawda – potwierdziła Kamila.

– Widziałem coś – mówił powoli, obserwując twarz kobiety. – Jakieś niezałatwione sprawy, jakieś żale między wami. Ale one są nieważne. Zupełnie nieważne. Ważna była tylko ta miłość, tak silna, tak piękna, tak czysta.

W oczach Kamili zalśniły łzy.

– Widziałem też... Widziałem też cierpienie. – Przerwał na moment i dotknął jej dłoni. – Przepraszam, że to mówię. To z pewnością jest dla pani ciężkie, ale ja tylko przekazuję to, co zobaczyłem.

– Niech pan mówi – wyszeptała. – Proszę. Czy ona żyje? Czy moje dziecko...

Na twarzy jasnowidza odmalowało się wahanie.

– Nie wiem, trudno... Te wizje, te obrazy. One nie są takie jak w telewizji, nie są jednoznaczne. Wymagają pewnej interpretacji. Nie chcę tutaj się pomylić, nie chcę wlać w pani serce fałszywej nadziei...

– Ale?

– Raczej nie.

Z gardła Kamili wydobyło się przeciągłe żałosne jęknięcie. Zaczęła płakać. Arek próbował ją objąć, ale odtrąciła go mocnym ruchem. Zaczęła gorączkowo grzebać w torebce, aż w końcu podsunął jej paczkę chusteczek. Wytarła sobie policzki, dyskretnie wysmarkała nos. Potem oddychała głęboko jeszcze przez kilka sekund, żeby do końca się uspokoić.

– Przepraszam – powiedziała.

– To zrozumiałe, proszę pani. Takie emocje muszą znaleźć...

– Coś jeszcze pan zobaczył? – Przerwała mu pytaniem.

Skinął głową.

– Tak, coś zobaczyłem. Coś jakby fale. Może to woda. Raczej woda. Coś związanego z wodą. Ada jest w wodzie albo blisko wody. A może to las? Raczej nie fale, tylko szum, jakby szum drzew. Jakiś zagajnik może. Ona jest gdzieś w takiej okolicy. Takich miejsc powinniście państwo szukać. Tam ją znajdziecie.

Jasnowidz przerwał i opadł na fotel, wyczerpany. Przez chwilę wszyscy milczeli. Potem Kamila powoli podniosła się z kanapy. Arek zrobił to samo.

– Bardzo panu dziękuję. – Przyłożyła ręce do piersi. – To, co pan powiedział, bardzo wiele dla mnie znaczyło.

– Cieszę się. Po to to robię. Żeby pomagać ludziom. To jest dar, dar od Boga, który muszę wykorzystać tak, by podobało się to Bogu. Nie dla pieniędzy, jak mówią niektórzy, ale dla Boga. Dla dobra. Żeby świat był lepszy.

Kamila uśmiechnęła się. Mężczyzna poprawił się w fotelu, robiąc przy tym minę, jakby w pośladki wbijała mu się pęknięta sprężyna.

– Gdyby państwo przyjechali wcześniej – zaczął – albo wizja była dokładniejsza, dowiedzielibyśmy się więcej. Tego pierwszego już nie naprawimy, ale to drugie jest ciągle możliwe.

– Jak to? – zapytała błyskawicznie Kamila.

– Jesteśmy daleko od tego miejsca. Gdybym tam był...

– W Żmijowisku?

– Tak, dokładnie tam. Tam linie energetyczne, ślady Ady są silniejsze, mocniejsze. Gdybym mógł tam jej poszukać, szansa byłaby bardzo duża. Bardzo. – Przerwał, robiąc dramatyczną pauzę. Kamila świdrowała go wzrokiem, równocześnie wbijając palce w oparcie kanapy. – Ale to, niestety... Państwo rozumieją, podróż kosztuje, życie tam kosztuje. Moja żona nie pracuje, więc powinienem jej coś zostawić. Ja na tym naprawdę nie zarabiam dużych pieniędzy, ja pomagam ludziom, ale potrzebuję czegoś, żeby wydatki pokryć. Państwo rozumieją.

– Ile? – zapytała.

– Dwa, może trzy tysiące – odpowiedział jasnowidz.

– Zastanowimy się – wtrącił Arek, zanim Kamila zdążyła się odezwać.

Potem pożegnali się i wyszli z mieszkania. Szybko wsiedli do samochodu i ruszyli w drogę powrotną do Warszawy.

Odezwała się, kiedy przejechali jakieś sto kilometrów.

– Powinniśmy się zgodzić – szepnęła.

– Na co? – zapytał, ściszając radio.

– Na jego propozycję. Powinien tam pojechać. Może faktycznie dowie się czegoś nowego.

Prychnął z niedowierzaniem.

– Nie ma mowy.

– Co takiego?

– Proszę cię, Kamila. Już mu zapłaciliśmy tysiaka. Razem z podróżą tutaj to prawie półtora. I nic nowego nam nie powiedział.

– Powiedział, że Ada jest gdzieś blisko wody i lasu.

Każda wypowiedziana przez nią sylaba wybrzmiewała nadzieją jak srebrny dzwonek. Przez moment zastanawiał się, czy powinien to niszczyć, ale bał się tego, do czego może doprowadzić jego milczenie.

– Pamiętasz, jak tam jest? – zapytał. – Z jednej strony jezioro, a z drugiej las. Nie musiał mieć żadnej wizji. Wystarczyło, że spojrzał na mapę.

– Nie powiedział, że to konkretnie tam!

– No i dobrze! W tym kraju jest pewnie kilka tysięcy jezior, kilkaset rzek, a ćwierć jego powierzchni zajmują cholerne lasy. Bardzo precyzyjnie wyraził się nasz pan jasnowidz. Powiedz mi, gdzie w takim razie chcesz szukać Ady.

Chyba wreszcie udało mu się przemówić jej do rozsądku. Zabolało go od tego serce, bo co z tego, że miał rację, skoro zrobił coś złego – skrzywdził ją boleśnie w chwili, kiedy była wyjątkowo bezbronna.

– Wiedział, że pokłóciliśmy się z nią – odezwała się Kamila. – Mówił o niezałatwionych sprawach, żalach między nami. A Ada miała żal, bo nie puściliśmy jej na ten obóz. Pamiętasz?

– Ada była... Ada jest nastolatką. To też mógł wyczytać w gazetach. Nietrudno się domyślić, że nastolatka od czasu do czasu kłóci się z rodzicami. Wszystkie przecież tak robią.

Kątem oka widział, jak psychiczne cierpienie skręca całe jej ciało, rysy twarzy wykrzywiają się, ściągają, jakby skóra próbowała się rozerwać i odsłonić biel czaszki.

– Powiedział, że nas kochała.

Zacisnął ręce na kierownicy. Zagryzł wargę tak mocno, że po chwili poczuł własną krew pod zębami.

– I to akurat jest prawda – wydusił z siebie, a każde słowo bolało.

2

Wybieranie ubrania to sztuka. Adaoma pomyślała, że mężczyźni tego nie rozumieją. Nawet Robert. Zawsze wkładał ten sam strój: koszula, garnitur, ciemne skarpetki. Krawat wąski czy szeroki, jasny czy ciemny – nie miało to dla niego większego znaczenia. Tymczasem kolorami można sygnalizować nastrój, dodatki potrafią wysłać ostrzeżenie, a dobrze dobrane obuwie jest jak wypowiedzenie wojny.

Zdecydowała się na żółte obcisłe spodnie, czerwoną marynarkę i czarną jedwabną bluzkę. Do tego buty na wysokim obcasie, złote bransoletki i duże okrągłe kolczyki, podskakujące przy każdym kroku tak mocno, jakby od ich ciężaru miały zaraz urwać się płatki uszu. Ale efekt był tego wart. Mocna stylizacja dla mocnej kobiety. Takiej, która wie, czego chce, i nie boi się tego powiedzieć. Zdecydowanej, przebojowej, odważnej. Taka właśnie była. Taką chciała, żeby ją widzieli.

Na spotkanie umówiła się w restauracji Magdy Gessler na placu Zbawiciela, wciąż jeszcze pustej o tak wczesnej porze. Adaoma przyszła pierwsza. Zamówiła kawę i szarlotkę. Miała paskudny humor, więc uznała, że może sobie go poprawić odrobiną słodkości.

Wioletta, jej agentka, pojawiła się po piętnastu minutach. W szarym kostiumie wyglądała jak zwykła korpobiurwa. Adaoma znała ją jednak od lat i sporo zawdzięczała tej ostrej jak język teściowej i bezwzględnej niczym grupka pijanych nastolatków kobiecie. Czarne kręcone włosy i ostre rysy twarzy zdradzały jej żydowskie pochodzenie. Chyba dzięki temu tak dobrze razem im się pracowało. Jedna czarnoskóra, druga Żydówka – zbliżyło je to, że były inne. Adaoma podniosła się. Cmoknęły się w policzek. Agentka wyjęła dwa telefony komórkowe, sprawdziła szybko maile i esemesy. Zatrzymała się przy jednym i zaczęła odpisywać na wiadomość, błyskawicznie stukając palcem po ekranie.

– No i już – powiedziała, wygaszając telefon i odkładając go na stół. – Przepraszam, że musiałaś czekać.

– Na ciebie warto.

– Słodka jesteś, kochanie.

W tym momencie kelner przyniósł kawę i spory kawał szarlotki z bitą śmietaną na wierzchu. Agentka wydęła usta w dzióbek. Wskazała na ciasto.

– Nie pójdzie ci za bardzo w boczki, kochana?

– Wypocę to później.

Wioletta pokręciła głową, zastanawiając się nad tym, co usłyszała.

– No dobrze. Ale wiesz, że nie możesz utyć? Nie teraz.

– Wiem.

– Ale na pewno?

– Na pewno.

– Bo w twojej sytuacji może się pojawić pokusa, żeby zajeść smutki. Albo zapić.

Adaoma wbiła łyżeczkę w szarlotkę, odkroiła kawałek i wpakowała sobie do ust. Ciasto nie smakowało tak dobrze, jak się spodziewała. Właściwie to zupełnie straciła na nie ochotę, ale postanowiła zjeść całe na złość agentce. Razem z bitą śmietaną.

– Byłam modelką ponad dziesięć lat – powiedziała, kiedy przełknęła. – Wiem, jak zadbać o linię.

– Czyli pójdziesz potem wymiotować?

– Nie!

– Bo modelki tak robią.

– Wiem! Ale ja po prostu to wypocę, okej?

Wzięła kolejny kawałek szarlotki do ust. Pogryzła szybko i jeszcze szybciej przełknęła. Popiła kawą.

– Okej, kochanie.

Minęły już prawie trzy tygodnie od tamtego wtorku. Wezwano ją na piętro zarządu. W salce konferencyjnej, niedaleko biura dyrektora programowego, siedzieli przy długim stole trzej mężczyźni. Marcin, prezes i jeden z właścicieli, dyrektor programowy Krystian i Robert. Dwaj ostatni byli wyraźnie skrępowani. Szczególnie Robert, który tylko posłał jej pocieszający uśmiech, a potem robił wszystko, by ich spojrzenia się nie spotkały.

– Cześć, Ada! – przywitał ją prezes. Dobiegał pięćdziesiątki, ale udawał, że ma dziesięć mniej. Farbował włosy, by ukryć pojawiającą się gdzieniegdzie siwiznę, spędzał długie godziny w firmowej siłowni oraz u kosmetyczki. Plotki głosiły, że wstrzyknął sobie botoks. I to nie raz.

– Cześć, Marcin.

– Usiądziesz? – Wskazał krzesło naprzeciwko nich.

Zrobiła to, o co poprosił. Dopiero potem poczuła się jak zupełna idiotka. Powinna się spodziewać, po co ją wezwali. Od dłuższego czasu nie wzywali tam nikogo w żadnym innym celu. Ale uważała, że jej to nie dotyczy. Była popularna, telewidzowie ją lubili, non stop dostawała propozycje kolejnych wywiadów. Razem z Krystianem jeszcze niedawno szukali w katalogach firm producenckich odpowiedniego formatu dla jej autorskiego programu. No i był jeszcze Robert, członek zarządu odpowiedzialny za restrukturyzację.

– Pewnie zastanawiasz się, dlaczego cię tutaj wezwaliśmy? – zapytał Marcin.

Szczerzył drapieżnie białe zęby, wyjątkowo z siebie zadowolony. Rozwalił się na krześle, jakby chciał zawłaszczyć jak największą przestrzeń. Jako jedyny nie miał marynarki. Nie musiał. Zdjął ją i powiesił nonszalancko na oparciu. Rozpiął też górny guzik białej koszuli. Dostrzegła fragment jego torsu. Chyba depilował klatkę piersiową. Nieistotny szczegół, który wydał się jej wtedy strasznie zabawny. Pomyślała, że opowie o tym wieczorem Robertowi i oboje będą się z tego nabijać przez kwadrans pomiędzy jednym kieliszkiem wina a drugim.

– Trochę – przyznała.

– Robert. – Marcin wskazał na niego takim gestem, jakby przekazywał mu pałeczkę.

Robert chrząknął. Sięgnął po plik dokumentów i podsunął je Adaomie razem z długopisem.

– Co to takiego? – zapytała.

– Rozwiązanie twojego kontraktu.

Spojrzała z niedowierzaniem na swojego chłopaka, jeśli w ogóle można tak jeszcze mówić o ponad trzydziestoletnim mężczyźnie. Przez kilkanaście sekund absolutnie nie rozumiała, co się dzieje. Przez głowę przelatywało jej stado myśli, ale żadnej nie potrafiła złapać, by dobrze jej się przyjrzeć. Skręciło ją w brzuchu. Strach.

– Słucham?

Marcin odwrócił się do Roberta i gestem dłoni zachęcił do mówienia. Robert lekko poczerwieniał.

– Po analizie danych, bardzo wnikliwej analizie, zdecydowaliśmy się rozwiązać twój kontrakt. Uznaliśmy, że w długim okresie będzie to najlepsze rozwiązanie dla ciebie i dla stacji.

– Dla mnie? – zapytała z niedowierzaniem.

– Daj mi skończyć, proszę. – Sięgnął po szklankę z wodą i upił łyk. Adaoma pomyślała, że po raz pierwszy widzi go tak zdenerwowanego. – Dla ciebie też. Jesteś teraz w dobrym momencie swojej kariery. Bez trudu znajdziesz zatrudnienie w innym miejscu. Jesteś już popularna, ale jeszcze nie zgrana, świeża.

– Robert – przerwał mu Marcin. – Jestem pewien, że Wioletta przedstawi jej to wszystko we właściwym świetle. Wolałbym, byś raczej zajął się naszymi – zaakcentował to słowo – sprawami.

– Jasne. Dzięki, że mi przypomniałeś, po co tu jesteśmy. – Robert uśmiechnął się do niego jadowicie. – Porównaliśmy nakłady, jakie wiążą się z utrzymaniem twojego kontraktu, z wpływami, które generujesz, i nasz zwrot z inwestycji...

– Więc jestem teraz jakąś tabelką w Excelu?

Krystian poczuł, że powinien uratować sytuację.

– Nie o to chodzi – włączył się do dyskusji. – Adaoma, wiesz, jak jest. Jest trudno. Mniejsze wpływy, mniej reklamodawców, musimy ciąć koszty. Zmieniamy strategię. Chcemy stawiać na naturszczyków, formaty takie jak docudramy i pokrewne. Zwykli ludzie chcą oglądać zwykłych ludzi. Stacja musi iść za tym trendem, jeśli chce utrzymać swój status.

– Nawet w audycjach informacyjnych?

Na to nie potrafił znaleźć odpowiedzi. Szukał pomocy u innych, ale Marcin demonstracyjnie wzruszył ramionami. Zdała sobie sprawę, że jego ta sytuacja bawi, że robi to wszystko tylko po to, by upokorzyć Roberta. Im mocniej, im bardziej dotkliwie, tym lepiej. To, że przy okazji obrywała ona, nie miało najmniejszego znaczenia. Poczuła rosnącą wściekłość. I na Marcina, i na Roberta, który dopuścił do tej sytuacji. Policzyła sobie czas, od kiedy znaleźli się w pracy. Miał co najmniej pięć godzin, by jakoś ją ostrzec. Albo nawet więcej, uświadomiła sobie gwałtownie, bo przecież ta decyzja na pewno nie zapadła dzisiaj, tylko wczoraj albo kilka dni temu. Jak długo to przed nią ukrywał?

– Rzecz w tym, że rozwiązujemy z tobą kontrakt – powiedział po raz kolejny Robert. – Oczywiście, stacja wywiąże się ze wszystkich zobowiązań. Tutaj możesz być spokojna. Przed sobą masz naszą decyzję. Podpisz, proszę, pokwitowanie, że ją otrzymałaś.

– Pierdol się – powiedziała, podrywając się z miejsca.

– Nie ma potrzeby robić scen, Ada. – Robert mówił łagodnym, uspokajającym tonem.

– Poczekaj, poczekaj – odezwał się Marcin. – Tutaj w grę wchodzą emocje, bardzo duże emocje. Nie ma sensu ich hamować, tłamsić w sobie. Ja ciebie, Adaoma, naprawdę dobrze rozumiem. Zawsze uważałem, że lepiej rozstać się szczerze niż grzecznie.

Pokazała mu środkowy palec. Przez chwilę miała ochotę wbić go Marcinowi prosto w oko. Zaraz jednak wkurzyła się na samą siebie, bo z jego miny odczytała, że zrobiła dokładnie to, czego oczekiwał. Opuściła więc ramię, uśmiechnęła się profesjonalnie, tak, jakby była na wizji, i podpisała pokwitowanie.

I tak trafiła do restauracji Magdy Gessler, gdzie siedziała przy na wpół wypitej filiżance kawy i nadgryzionej szarlotce, na którą zupełnie już straciła ochotę.

– Masz coś dla mnie? – zapytała Wioletty.

– Podzwoniłam w kilka miejsc. Odbyłam kilka spotkań.

– I?

– Nie ma nic dla ciebie.

– Nigdzie? – zapytała Adaoma z niedowierzaniem.

– W żadnym miejscu z naszej podstawowej listy. Jeśli chodzi o listę awaryjną, to dopiero rozpoczęłam pracę, ale nie spodziewałabym się żadnych dobrych wiadomości.

– Dlaczego?

– Po pierwsze, sytuacja na rynku jest dość trudna... – Wioletta zawiesiła głos.

– A po drugie? – dopytywała Adaoma, zdając sobie sprawę, że dalsza część wypowiedzi jej agentki jest znacznie ważniejsza od pierwszej.

– Marcin poprosił ludzi, by cię nie zatrudniali.

– Co?! Skurwiel! Jak? Dlaczego?

Wioletta wydawała się szczerze zażenowana.

– To jest małe środowisko – powiedziała. – Zdajesz sobie z tego sprawę? Wszyscy ludzie decyzyjni się znają i albo już pracowali razem, albo będą pracować razem. Dlatego kiedy Marcin dał do zrozumienia, że byłby wdzięczny, gdyby nikt cię nie zatrudnił, potraktowano to jako przyjacielską przysługę, którą warto wyświadczyć koledze.

– Ale dlaczego?!

– A dlaczego wywalili cię z pracy?

Adaoma ze złością wbiła widelczyk w szarlotkę.

– Bo Robert zwolnił dupę Marcina.

– Właśnie.

– Ale to nie ma sensu. Marcin jest prezesem i współwłaścicielem stacji. Jakby chciał zatrzymać tę kretynkę, to powinien po prostu powiedzieć.

– No cóż... Według plotek Marcin trochę jednak się ucieszył, gdy Robert ją wywalił.

– Czekaj, czekaj – zaperzyła się Adaoma. – Jest zadowolony, że ta cipa wyleciała, ale pomimo tego mści się na mnie?

– Bo Robert zrobił to za jego plecami.

Kobieta poczuła, jak opuszczają ją wszystkie siły.

– Nie próbuj tego zrozumieć, Ada. *Boys will be boys* – powiedziała Wioletta, rozkładając ręce. – Nie przegapią żadnej okazji, by udowodnić innym, że mają większego penisa.

– Tylko dlaczego naszym kosztem?

– Kochana... – Agentka przybrała ton, jakby zwracała się do dziecka. – To zawsze odbywa się naszym kosztem.

Adaoma wiedziała, co to znaczy. Zamiast marzeń o własnym programie występowanie jako gwiazda na weekendzie przecen centrum handlowego w Skierniewicach. Albo upokarzająca walka o zasięgi w sieciach społecznościowych z głupimi młodymi dupami, które pewnie już w chwili urodzin trzymały w malutkiej dłoni komórki i robiły relację z porodu na Snapchata.

I to wszystko z winy Roberta.

3

– Ojciec mówi, że ta Ada mieszkała u was. To prawda? – zapytała Merry.

Damian kopnął leżącą pod stopami szyszkę, która wzbiła się na kilkanaście centymetrów w powietrze i uderzyła w pień sosny. Odbiła się od niego i łagodnym łukiem spadła na kupkę chrustu.

– Prawda.

– To czemu nic nie mówiłeś?

– Bo było, i tyle – odparł niechętnie.

Znowu wracali wspólnie do domu przez las, jak codziennie od dwóch tygodni. Rodzice początkowo obiecywali Merry, że będą po nią podjeżdżać na przystanek, ale nigdy do tego nie doszło. Zawsze stało im coś na przeszkodzie, zawsze znajdowało się coś ważniejszego, a raz po prostu o niej zapomnieli. W końcu ojciec uciął sprawę, mówiąc, że kiedy dziewczyna zrobi prawo jazdy, kupią jej samochód i będzie sobie sama jeździć.

Przez te dwa tygodnie rozmawiali coraz mniej, jakby wspólne tematy pokończyły im się już pierwszego dnia. Bolało go to. Bo Merry była fajna. Była ładna. Kiedy już się odzywała, to rzucała nazwami zespołów, o których nigdy nie słyszał, tytułami filmów, o których istnieniu nie wiedział. Takich jak *Cannibal Holocaust*, gdzie podobno naprawdę zabijano ludzi. Książek, które chciał przeczytać, mimo że do tej pory unikał ich, jak mógł. Paliła trawę. Mówiła o różnych dziwnych pigułkach z sopockich klubów, a o rodzicach wypowiadała się tak, że w ogóle nie sądził, by coś takiego było możliwe. W podstawówce, gimnazjum, liceum mówiło się o rodzicach różne rzeczy, to było normalne, ale zawsze, nawet w najgorszych narzekaniach był jakiś szacunek, a czasami nawet miłość. Nie u Merry. Ona rodzicami szczerze gardziła i potrafiła udowodnić, że jej pogarda jest słuszna i sprawiedliwa. Fascynowała go. Była inna niż wszyscy, których poznał do tej pory. I nie chodziło tylko o to, że całe swoje życie spędziła w wielkim mieście, a teraz wylądowała na głębokiej pomorskiej prowincji. Damian nie potrafił tego wyrazić nawet w myślach, ale w jakiś sposób już wiedział, że jej inność wyrasta ponad takie kategorie. Nie liczyła się liczba ludności, klubów, imprez, muzeów, ale coś innego, dużo trudniej uchwytnego. I w związku z tym dla Merry nawet Trójmiasto było za małe.

– Daj spokój! – krzyknęła, zastępując mu drogę. – To jest, kurwa, jedyna ciekawa rzecz, jaka się tutaj wydarzyła! Jak mogłeś nic o tym nie powiedzieć?!

Wzruszył ramionami. Od razu zrozumiał, że im mniej będzie mówił o tamtej nocy, tym lepiej dla niego. Gdyby ktokolwiek dowiedział się, co wtedy się stało, znalazłby się w tarapatach. I tak miał spore szczęście, bo nikt nie zwrócił uwagi na jego rozbitą wargę. Tylko mama o to spytała, a on stwierdził, że Gosia go uderzyła. Siostra oczywiście zaprzeczyła, nazwała go kłamcą. Wszyscy mieli wtedy ważniejsze rzeczy na głowie, więc mama przerwała awanturę, każąc im obojgu się uspokoić. Więcej nie wracali do tego tematu.

– Po prostu... – Wahał się.

W jej oczach dostrzegał błysk zainteresowania i zdał sobie sprawę, że patrzyła na niego w ten sposób po raz pierwszy. Przez ten cały czas, może poza pierwszym dniem, traktowała go trochę jak psa przybłędę, który włóczy się za nią nie wiadomo po co. Podczas wspólnych powrotów tolerowała go, ale w szkole w ogóle nie dostrzegała, zresztą tak jak całej klasy. Zawsze siedziała sama w kącie ze słuchawkami na uszach i z lekceważącym drwiącym uśmieszkiem obserwowała to, co dzieje się na przerwie. A teraz nagle coś od niego chciała. Była nim naprawdę zainteresowana.

– Co po prostu?

– Mieszkała u nas. I tyle.

– Ale widziałeś ją?

Coś go ścisnęło w środku. Długo i boleśnie. Chciał skończyć ten temat. Uciąć go natychmiast. Ale jeśliby to zrobił, znowu nie mieliby o czym rozmawiać.

– Widziałem – przyznał.

– A rozmawiałeś z nią?

– Rozmawiałem.

Wyciągała z niego powoli pojedyncze słowa, a każde było jak kawałek rozbitego szkła.

– Jak się zachowywała?

– Normalnie.

Prychnęła i przez chwilę przestraszył się, że Merry się obrazi. Ale nie – kiedy na nią zerknął z boku, wydała mu się jeszcze bardziej pobudzona niż na początku rozmowy.

– Ale powiedz coś więcej! – naciskała. – Co to znaczy, że normalnie?!

– No... – Przełknął ślinę. – No normalnie. Jak ty?

Roześmiała się.

– Ja nie jestem normalna. Jestem zdrowo pieprznięta. Też była pieprznięta?

Pokręcił przecząco głową.

– Chodzi mi o to, że z nią też mi się dobrze rozmawiało – zaryzykował.

– O czym rozmawialiście?

– O różnych rzeczach.

– Ale o czym?

– No w sumie... Że rodziców nie lubiła.

– Dlaczego?

– Nie wiem. Nie pozwolili jej pojechać na jakiś tam obóz czy coś.

– I o czym jeszcze?

Przeszedł kilka kroków w milczeniu. Merry była tuż obok. Tak blisko, że stykali się ramionami.

– W sumie to o niczym.

Rozczarowanie odmalowało się na jej twarzy, ale zaraz zniknęło. Odsunęła się od niego i przystanęła. Mimowolnie też się zatrzymał. Jakby łączyła ich jakaś niewidzialna nić, która zmuszała go do robienia tego samego co ona.

– Myślę, że kręcisz – stwierdziła. – Kłamiesz.

Serce zaczęło mu szybciej bić, a pod pachami poczuł mokre plamy potu. Coś się stało tamtej nocy, coś, co do tej pory trzymał tylko dla siebie. Nie powiedział o tym nawet policji, a może raczej przede wszystkim policji. A Merry go przejrzała. Na wylot i bez trudu. Poczuł, że mięknie pod jej spojrzeniem, że się łamie, że jeszcze chwila i powie jej wszystko, co tak starannie ukrywał przez ostatnie dwa miesiące.

– Ale dla mnie spoko – odezwała się. – Nie chcesz gadać, to nie. Twoja strata.

Sam nie potrafił uwierzyć w swoje szczęście. Poczuł się tak, jakby właśnie wyciągnął głowę spod topora. Odpuściła mu. Ruszyła przed siebie, ściągnęła z ramienia plecak i zaczęła w nim grzebać w poszukiwaniu paczki fajek. Nawet nie zapytała go, czy chce się poczęstować.

Resztę drogi milczeli. Odprowadził ją do domu, pomimo tego, że jego był bliżej. Nie protestowała, ale też nie podziękowała. Potem wrócił do siebie. Czuł się skołowany. Cieszył się, bo zwróciła na niego uwagę. Martwił, bo z takiego powodu. Zdążył już o tym wszystkim zapomnieć. Minęły prawie dwa miesiące. Wszyscy dziennikarze już dawno wyjechali, zajmowali się innymi sprawami. Co pewien czas ktoś tutaj przyjeżdżał, próbował robić reportaż, prosił rodziców o wywiad. Najpierw się zgadzali, ale potem wszystkich zaczęli odganiać. Oni też mieli już dość. Chcieli zapomnieć, przegnać ducha zaginionej dziewczyny, która zniszczyła im wakacyjny sezon. I także dlatego Damian nikomu nie przyznał się do tego, co zaszło.

Kiedy zdejmował buty w przedpokoju, usłyszał głosy rodziców i dziadka w kuchni. Rozmawiali o czymś nerwowo, a Damian wiedział o czym – o pieniądzach. Zdawał sobie sprawę, że jest źle, ale nikt nie powiedział mu jak bardzo. Dlatego ostrożnie podkradł się pod drzwi do kuchni.

– ...to jest dobra oferta – powiedział ojciec. – Mamy szansę wypłynąć na szerokie wody.

– Możesz sobie gadać – odparł dziadek. Jego głos był szorstki, pełen źle tłumionej złości i irytacji. – Ja się nie zgadzam.

– Ale spójrz...

– Nie to nie! – Dziadek uderzył pięścią w stół, aż zadzwoniły stojące na nim szklanki.

– Tato, można na spokojnie – włączyła się mama.

– Spokojnie, spokojnie! Jak mam być spokojny, jak twój mąż słucha, a nie rozumie. Mówię, że nie, to nie. Koniec dyskusji. Szkoda tutaj już siedzieć i strzępić mordę.

– Może jednak spojrzysz jeszcze raz na tę ofertę?

Z gardła dziadka wydobyło się przeciągłe bolesne westchnięcie.

– Córa – zaczął powoli – jak zdechnę...

– Nie mów tak, tato.

– Nie przerywaj. Jak zdechnę, to z tą ziemią zrobicie sobie, co chcecie. Sracz sobie tutaj wybudujecie czy inne gówno. Ale póki ja żyję, córa, to w ręce obcego tej ziemi nie oddam. I tyle.

– Przecież nie oddajemy ziemi! – zaprotestował ojciec. – To będzie spółka. On wykłada pieniądze, my dajemy grunt pod ośrodek, a ziemia pozostaje nasza.

– Jaka nasza, synek! Nie pamiętam, żebym na ciebie coś przepisywał. Ona jest moja. I tyle.

– Dobra. Jest twoja. I twoja pozostanie. Ale przy okazji powstanie tutaj ośrodek wczasowy i będziemy mogli porządnie zarobić.

– Taki mądry, a taki głupi – mruknął dziadek. – Ty myślisz, że ja nie znam takich typów? Że ja takich nie spotkałem? Nie wiem, co im się roi? Czego chcą? Mąci ci taki we łbie, opowiada o jakichś spółkach, nie spółkach, a koniec końców podpiszesz taki papier, że on na wszystkim swoją łapę położy. Nie ma mojej zgody.

– Tato...

– Mówiłem, córa. Jak umrę.

– Wynajmiemy adwokata, żeby sprawdził umowę – zaproponował ojciec. – Wszystkiego przypilnujemy. To dobry interes.

– Dobry interes, dobry interes – powtarzał dziadek. – Bo ty taką głowę do interesów masz, co? Powiedz mi, postawiłeś te domki, wyremontowałeś stodołę na jadalnię. I co? Ile jeszcze zostało nam do spłacenia? Co?

– W wakacje było pełne obłożenie – powiedziała mama. – Przynajmniej do...

– Pełne obłożenie. I co z tego, jak pieniędzy nie ma?! Nie chcieliście robić w polu, trzymać zwierząt, zgodziłem się. Sam już jestem stary i wszystkiego samemu nie upilnuję, bo i sił brak. Chcieliście agroturystykę, i jest. A jak wam ten interes wyszedł? Tylko długi mamy. Takie to interesy robicie.

– Tato... Było dobrze. Gdyby ta dziewczyna nie zaginęła...

– Gdyby babcia miała wąsy, toby była dziadkiem. Długi mamy i je mieliśmy. Spłaćcie je, to pogadamy o kolejnych waszych pomysłach. Bo póki co to gówno z nich, córa, wychodzi. Same kłopoty.

Damian usłyszał, jak dziadek wstaje z krzesła. Gdyby go złapali na podsłuchiwaniu, miałby problem. Nie miał szans przemknąć niezauważony na schody, więc wycofał się do przedpokoju, otworzył cicho drzwi wejściowe, a potem zamknął je z głośnym trzaśnięciem. Kiedy się odwrócił, ujrzał wpatrzonego w siebie dziadka. Mężczyzna marszczył brwi.

– Cześć, dziadek! – rzucił wesoło Damian.

– Cześć. Ze szkoły wróciłeś? – zapytał podejrzliwie.

– No.

– Teraz wróciłeś? – dopytywał się.

– No.

– Daj, tato, Damianowi spokój – powiedziała mama, wyłaniając się z kuchni. – Wszystko dobrze, synku?

– Dobrze, mamo, bardzo dobrze.

Dziadek przyglądał mu się jeszcze przez kilka sekund, które ciągnęły się w nieskończoność, a potem ledwo dostrzegalnie skinął głową.

– Drzwiami nie trzaskaj – rzucił chrapliwie.

Damian przeprosił i popędził do siebie do pokoju. Rzucił plecak w kąt i padł na łóżko. Po chwili zorientował się, że Gosi nie ma w domu. Albo jeszcze nie wróciła ze szkoły, albo była u jakiejś koleżanki. Miał pokój dla siebie. Zamknął drzwi i na wszelki wypadek schował się pod kocem. Zaczął się masturbować. Robiąc to, znów myślał o Merry. Kiedy skończył, obraz dziewczyny nie chciał zniknąć mu sprzed oczu. Przypomniało mu się to, co powiedziała, kiedy wracali: Nie chcesz gadać, to nie. Twoja strata.

Twoja strata.

Co miała na myśli?

TERAZ

1

Adaoma próbowała zrozumieć, chociaż wiedziała, że będzie to trudne. Szumiało jej w głowie jak po dobrym winie, a serce biło mocno i wyraźnie. Niemalże była w stanie je usłyszeć. Czuła się tak, jakby ostatnie miesiące spędziła, wędrując po labiryncie wzdłuż długich jednolitych białych ścian bez żadnych punktów charakterystycznych, bez niczego, na czym mogłaby się oprzeć, coraz bardziej tonąc w nudzie i beznadziei, i teraz nieoczekiwanie znalazła czerwoną nić, której mogła się chwycić. Nie wiedziała jeszcze, gdzie ona ją doprowadzi, czy to lina ratunkowa, czy kolejna pułapka, ale przynajmniej oznaczała nadzieję na to, że coś się zmieni. Tymczasem Arek opierał się o pień sosny, wcierając sobie w plecy gęstą żywicę. W dłoni trzymał butelkę piwa. Wzrok miał nieobecny, a jego wychudła twarz wydała się jej jeszcze bardziej mizerna niż do tej pory.

– Dlaczego nie chcesz tego sprawdzić? – zapytała.

Jego wzrok powędrował w stronę, gdzie zniknęło przed chwilą czerwone bmw. Kurz dawno opadł na nierówną piaszczystą drogę. Pozostały tylko niewyraźne ślady opon.

– Nie wiem – powiedział. – Może coś pomyliłem. Albo ty coś pomyliłaś. W każdym razie... – Wykonał jakiś trudny do zinterpretowania gest i pociągnął z butelki. – To pewnie nieważne – stwierdził na koniec.

Zabolało ją to. Jakby jego głos sprawił, że ściany labiryntu ścieśniły się, a czerwona nitka zaczęła wyślizgiwać się z ręki.

– Nie – odezwała się. – Pamiętam to dokładnie. Opowiadałam o tym czerwonym samochodzie. Wydawało mi się to istotne, bo przecież żadne z nas nie miało takiego auta. Policjant, z którym rozmawiałam, dokładnie wszystko zapisał i obiecał, że porządnie to sprawdzą. Jeśli tego nie ma w aktach, to stało się coś bardzo, bardzo dziwnego. Nie interesuje cię to?

Odepchnął się od drzewa. Przeszedł kilka kroków, stanął na drodze w lekkim rozkroku. Kiwał się nieznacznie i zaczęła się zastanawiać, czy nie jest już pijany. Ale ile wypił? Jedno piwo? Półtora. Świeciło słońce, więc alkohol mocniej uderzał do głowy.

– Jeśli powiedzieli, że sprawdzą, to pewnie sprawdzili – stwierdził.

– Dlaczego zatem nie ma tego w aktach?

– Może to nie było istotne? Nie zamieszczali tropu, który okazał się błędny, żeby nie robić zbędnego bałaganu.

– Sam nie wierzysz w to, co mówisz.

– Może – przyznał.

Pociągnął kolejny łyk z butelki. Na tyle duży i długi, że opróżnił ją do dna. Wylał kilka ostatnich kropel na piasek pod stopami, a potem wziął zamach, jakby chciał ją wyrzucić daleko w las. W ostatniej chwili jednak się powstrzymał. Ramię opadło mu bezwładnie. Rozejrzał się, jakby na tej leśnej drodze spodziewał się znaleźć śmietnik, a potem wcisnął butelkę do kieszeni spodni.

– Po co tu przyjechałeś? – zapytała.

– Przecież wiesz.

– Szukać córki.

Potwierdził ruchem głowy.

– Teraz masz szansę. – Wskazała palcem kierunek, w którym odjechał samochód. – Coś znalazłeś, a nie chcesz spróbować. Naprawdę, Arek, wystarczy ci rozwieszanie ulotek? Tylko tyle?

Przymknął powieki i wbił palce we włosy tak mocno, jakby chciał zerwać sobie skalp. Przez moment bała się, że naprawdę to zrobi.

– Nie rozumiesz, prawda? – odezwał się.

– Czego?

– Ostatni rok... – Przejechał językiem po spierzchniętych wargach. – Przez ostatnie dwanaście miesięcy ja... – Znowu zamilkł. Jego oczy zrobiły się matowe, a on sam jakby lekko się w sobie zapadł.

– Arek – odezwała się, żeby mu pomóc.

Drgnął wybudzony jej głosem.

– Tak... – Odetchnął. – Przez cały rok popełniałem błędy. Teraz ich żałuję, ale wierz mi, naprawdę jej szukałem. Moja żona, Robert, nawet ty...

– Nie ja.

– Przestań – żachnął się. – Nie rozumiecie. Musiałem żyć, rozumiesz? Jest przecież jeszcze Ignaś, chociażby dla niego. Ale Ada była ciągle najważniejsza. Każdego dnia o niej myślałem, każdego. O tym, co się stało. O tym, co moglibyśmy zrobić inaczej.

– To nie była wasza wina.

Powiedziała to odruchowo. Arek spojrzał na nią ze złością, a ona zrozumiała, że to on ma rację. To banał, utarta formułka, dowód na to, że nawet nie spróbowała zrozumieć, co dzieje się w jego głowie, tylko skorzystała ze schematów rodem z amerykańskich filmów. Tragedia w życiu nigdy nie wygląda tak jak w kinie, w kolorze i stereo.

– Chryste. Chodzi mi o to... Chwytaliśmy się już tylu rzeczy, że teraz łapanie się kolejnej...

– Boisz się następnego rozczarowania?

Znowu nie zdążyła ugryźć się w język. „Rozczarowanie". Co za idiotyczne słowo w tym kontekście.

– Nie wiem – odparł z zaskakującą szczerością. – Pytasz, po co tu przyjechałem. Też nie wiem. Rozlepić te ulotki, jasne. Ale nie jestem pewien, czy kiedykolwiek miałem nadzieję, że to coś da, rozumiesz? A teraz, kiedy myślę o tym czerwonym bmw, ja...

Słuchała go zafascynowana, całkowicie skupiona, by nie uronić ani jednego słowa, by wszystko zapamiętać.

– Ja... – Przełknął ślinę. – Od roku żyję jak we mgle – wyznał. – I coraz bardziej się w niej gubię. Przepraszam.

Zanim zdążyła cokolwiek powiedzieć, odwrócił się i szybkim krokiem ruszył w kierunku domków. Adaoma nie była pewna, czy powinna za nim pójść, czy raczej zostawić go samego. Uznała, że to drugie wyjście jest właściwsze. Arek potrzebował czasu, by ochłonąć, zebrać myśli, poukładać sobie to wszystko w głowie.

W ręce ciągle trzymała kasztelana. Zupełnie straciła na niego ochotę. Wylała piwo na ziemię, a butelkę odstawiła pod drzewo z silnym postanowieniem, że zabierze ją, kiedy będzie wracać. Potem poszła w kierunku, w którym odjechało bmw.

Droga wcinała się piaszczystą wstęgą w las i łagodnym łukiem skręcała w stronę jeziora. Pomiędzy drzewami Adaoma dostrzegała jego lśniącą powierzchnię. Było puste. Na migoczących falach unosiły się tylko gdzieniegdzie ciemne kropki ptactwa, które wydawało nieprzyjemne skrzeczące dźwięki. Poza tym żadnych łódek, kajaków, żaglówek, tłumów na wyznaczonych i dzikich kąpieliskach. Wiedziała, że to przez rezerwat, ale teraz zamiast zachwytu nad ciszą i spokojem w okolicy budziło to w niej niemiłe uczucie niepokoju. Nie zwykłego strachu, ale czegoś trudniejszego do zrozumienia i odczytania. Oddałaby wszystko, by ktoś znalazł się przy niej. Arek, Robert, ktokolwiek.

Pomimo tego szła dalej po śladach opon, aż wreszcie doszła do samotnego domu stojącego niedaleko jeziora. Od frontu otaczał go solidny żeliwny płot z ostro zakończonymi, groźnie wyglądającymi szpikulcami na czubkach, za którym rosły gęsto zasadzone tuje, a po bokach wysoki mur. Nigdzie nie widziała czerwonego bmw, ale trop kończył się tuż przed bramą. Podeszła do niej. Była wysoka, więc chwyciła za krawędź i stanęła na palcach, żeby sprawdzić, co jest na podjeździe. Ujrzała dość elegancki, świeżo wyremontowany dom, równo skoszony trawnik i wjazd do garażu. A potem usłyszała coś jakby trucht i nagle, tuż przed jej nosem pojawiła się wielka obśliniona i pełna kłów paszcza. Adaoma krzyknęła i odskoczyła do tyłu, a jej lewa kostka wykręciła się w dziwny sposób i kobieta straciła równowagę. Kiedy upadła na ziemię, syknęła z bólu. Pies ciągle szczekał, raz po raz rzucając się z dzikim impetem na bramę, jakby próbował ją nie tyle przeskoczyć, co przebić. Niewielka czerwona lampka przy wjeździe zaświeciła się dwa razy, coś zabuczało i furta zaczęła przesuwać się z ciężkim skrzypieniem zawiasów. Adaoma wstrzymała oddech. Wtedy ujrzała psa w całej okazałości. Ogromny mieszaniec wilczura rzucił się w jej kierunku. Nie zdążyła zareagować, kiedy ktoś niespodziewanie go powstrzymał. Mężczyzna w klapkach, krótkich spodenkach Adidasa i czarnej koszulce z fantazyjnie wymalowanym białym orłem w koronie, chwycił psa za obrożę, a potem szarpnął nim z całej sił w tył, tak że zwierzę przeleciało półtora metra w powietrzu, obróciło się i wylądowało na ziemi z cichym skowytem. Zaraz jednak poderwało się na cztery łapy, gotowe podjąć kolejną próbę ataku.

– Stój, kurwa, bydlę głupie! Stój, mówię! – ryknął mężczyzna.

Pies zastygł. Jego pan wykonał ruch, jakby miał go uderzyć, a kundel położył po sobie uszy i usiadł.

– Dobry pies, kurwa – pochwalił go. – Siedź tam teraz. – Odwrócił się do Adaomy. – Pani się go nie boi. Groźny jest, ale durny jak but. Czasami się zastanawiam, czy mi jakiegoś psiego downa nie wcisnęli.

Podszedł do niej i wyciągnął rękę. Chwyciła ją po chwili wahania, a on pomógł jej wstać. Syknęła, kiedy stanęła na nogach.

– Wszystko w porządku? – zapytał.

– Tak, chyba tak – odparła. Za nic nie przyznałaby się temu człowiekowi, że prawdopodobnie skręciła kostkę.

– Co pani tu w ogóle robi? – Tym razem jego ton był ostrzejszy.

– Przechodziłam. Chciałam popatrzeć na dom. Lubię oglądać domy. Szczególnie takie ładne.

Przyglądał się jej przez moment, a potem na jego twarzy pojawił się uśmiech.

– Znam panią! – powiedział zdecydowanie za głośno i klasnął w dłonie. – Pani jest tą prezenterką. Ada... Ada... Adaoma, prawda?

– Tak, to ja.

– Kajetan.

– Miło mi pana poznać. I dziękuję, że ochronił mnie pan przed tym...

– Nazywa się Rambo.

– Ładnie.

Miała ochotę strzelić sobie w twarz. Robiła z siebie totalną idiotkę. Chociaż w tej sytuacji może to było najlepsze wyjście.

– Szkoda, że nie wiedziałem o pani przyjeździe – odezwał się mężczyzna. – Robimy tu taki festiwal disco polo. Nic wielkiego, jeszcze nie. Zenka Martyniuka nie ma, ale jest parę innych fajnych kapel. Chodzi o to, by ożywić to miejsce. Ściągnąć tutaj ludzi, żeby zostawili trochę hajsu.

– Oczywiście – przytaknęła.

– Ten festiwal archeologiczny – machnął dłonią w stronę jeziora – to też ja zorganizowałem.

– Naprawdę?

– Namówiłem tutejsze władze, żeby coś z tym zrobiły. Pokazałem, jakie mają możliwości. No ale z tym disco polo... Jakbym wiedział, że pani tutaj będzie, tobym poprosił panią o jakąś konferansjerkę albo coś.

– Gdybym wiedziała wcześniej, to może – odparła wymijająco. Była bez pracy od kilku miesięcy, ale nie zamierzała robić za wodzireja na wiejskim festiwalu. Zostało jej jeszcze trochę godności.

– Gdzie pani się zatrzymała?

Wskazała w stronę, z której przyszła.

– W tej agroturystyce? – domyślił się Kajetan. – Fajne miejsce. Tylko niech pani uważa. Tam mieszkają źli ludzie.

– Dlaczego? – zapytała z nagłym zainteresowaniem, a on uśmiechnął się półgębkiem.

– Zna pani tego starego? Nie gospodarza, ale jego teścia. Wołają na niego Szuwar.

– Tak.

– Podobno zabił człowieka.

– Naprawdę?

Skinął głową.

– Lata temu. Był żonaty z pewną kobietą. Miał z nią dwójkę dzieci. Chłopca i dziewczynę. I pewnego dnia przyłapał żonę z jednym z facetów, którzy pracowali w lesie.

– I co się stało?

– Wyrzucił ją z dzieciakami z domu. Stwierdził, że skoro nie ma pewności, że to jego, to nie będzie trzymał i chował. Dał im parę groszy na początek i kazał spierdalać z oczu.

– Posłuchała?

– Najpierw tak ją stłukł, że nawet nie miała sił protestować.

– A kogo zabił? Tego mężczyznę?

Przytaknął.

– Podobno – zastrzegł. – Ale był człowiek i nagle nie ma człowieka. Rozpłynął się w powietrzu. Nikt nie wie, co się z nim stało. We wsi mówią, że stary go zarąbał siekierą i pochował gdzieś w lesie.

– A gospodyni to...

– Jego córka z drugiej żony, bo wziął sobie drugą. Tylko tę już krótko trzymał. Niemal jak psa na łańcuchu. Tak przynajmniej mówią.

Mężczyzna oparł się o bramę, podniósł jedną nogę i zaczął potrząsać nią tak długo, aż z klapka wypadł kamyk mniej więcej półcentymetrowej średnicy.

– Może to prawda – dodał Kajetan. – Może nie. Ale moim zdaniem coś w tym jest. To, że ta dziewczyna tam zaginęła rok temu...

– Pan myśli, że to ten stary?

– Stary, ta kobieta, jej mąż. Trochę ich tam jest. Nie chcę nic sugerować, ale zła krew zostaje w ludziach. Przechodzi z pokolenia na pokolenie. Pani mi wierzy, ja coś o tym wiem.

Pies za nim ziewnął przeciągle. Leżał na ziemi, przyglądając się im z zainteresowaniem. Gdyby Adaoma jeszcze kilka minut temu nie była pewna, że ją zagryzie w dzikim ataku szału, teraz wzięłaby go za słodką, pogodną psinę. Jedną z tych, w które można się wtulić i które pogodnie będą udawać poduszkę, merdając przy tym leniwie ogonem.

– Chce pani wejść? – zapytał Kajetan, wskazując na dom.

– Słucham?

– Mówi pani, że lubi oglądać domy. Mogę pani pokazać wnętrze.

Po plecach przeszedł jej dreszcz. Zdała sobie sprawę, że za nic nie weszłaby do tego budynku. Nie z tym mężczyzną, nie sama. Nie dostrzegła nigdzie czerwonego bmw, ale była pewna, że rok wcześniej, w noc zaginięcia Ady, to właśnie Kajetan je prowadził. Co tam robił? Po co przyjechał?

– Nie, nie trzeba. Poza tym zaraz chyba będzie obiad.

– Pani się nie przejmuje. Żona może coś przygotować.

– Nie, naprawdę. Spieszę się. Dziękuję za wszystko.

Machnęła ręką na pożegnanie, posłała mu jeden ze swoich firmowych uśmiechów i zawróciła drogą w kierunku agroturystki. Szła tak szybko, jak pozwalała jej boląca kostka. Adaoma miała nadzieję, że nie kuleje aż tak bardzo. A przynajmniej, że aż tak tego nie widać.

– Pani pamięta... – Zatrzymał ją głos mężczyzny. Odwróciła się. Kajetan uśmiechał się szeroko. – Zła krew! A poza tym to zapraszam na festiwal!

2

Szedł powoli, samemu się dziwiąc, że stawia kolejne kroki. Nie pamiętał, kiedy po raz ostatni czuł się tak zmęczony. Przecież nic się nie wydarzyło. Rozwiesił parę ulotek, zrobił z siebie kretyna przed starszą kobietą i tym chłopakiem, a potem poszedł na krótki spacer z Adaomą. Czym tu się zmęczyć? Wszystko przez to miejsce, pomyślał, jest przeklęte. Bolała każda chwila spędzona tutaj.

Doczłapał do agroturystyki. Pod boczną ścianą stodoły, od strony lasu, dostrzegł gospodarza. Mężczyzna stał tak, że cień przecinał jego ciało na pół skośną ostrą linią. Opierał głowę o mur. Przez chwilę wydawało się, że śpi w tej niewygodnej i nienaturalnej pozycji albo medytuje jak jakiś wiejski Budda. Nagle poruszył się i ich spojrzenia się spotkały. Arek kiwnął głową na powitanie. Gospodarz powoli i z namysłem odpowiedział tym samym gestem. Arek zastanawiał się, czy to oznacza, że powinien podejść do mężczyzny i z nim porozmawiać, chociaż nie chciał tego robić. Na szczęście gospodarz wrócił do swojej poprzedniej pozycji, a on z czystym sumieniem poszedł do domku. W torbie na zakupy niósł jeszcze kilka piw. Wypije jedno i położy się spać. Na parę godzin zapomni o tym, co zrobił mu Robert. Chociaż tak naprawdę największy żal miał do Kamili. Przez pewien czas był przekonany, że dała się zmanipulować, wykorzystać, jednak w końcu zda sobie z tego sprawę, otrząśnie się i zrozumie swój błąd. A wtedy się z nim skontaktuje, żeby wszystko sobie wyjaśnić. Nie spodziewał się przeprosin ani ich nie oczekiwał. Chciał tylko, by zrozumiała, jak niesprawiedliwie postąpiła, jaką zrobiła mu krzywdę. Ale przez cały ten czas telefon milczał. Kamila nie próbowała się z nim spotkać, porozmawiać, nie wysłała żadnego mejla ani esemesa. I w końcu pomyślał, że zrobiła to, co zrobiła, w pełni świadomie. To był jej wybór. Przerzuciła na niego całą winę, wskazała jako potwora po to, by samemu się oczyścić. Potraktowała go jak śmietnik, na który może cisnąć wszystkie swoje wyrzuty sumienia. Nieważne już było, czyj to pomysł ani jak bardzo pomógł jej Robert. Liczyło się tylko to, że się na to zgodziła.

– Przepraszam.

Arek zatrzymał się z kluczem wsadzonym do zamka. W jego stronę szedł łysy patykowaty mężczyzna, jeden z letników. Ten sam, który przypatrywał się jemu i Adaomie, kiedy stali na skarpie. Arek odniósł nieprzyjemne wrażenie, że facet na niego czekał, ale nie miał pojęcia dlaczego. Próbował sobie przypomnieć, czy kiedykolwiek wcześniej spotkał tego człowieka, jednak był niemal pewien, że nigdy nie zamienili ze sobą nawet słowa.

– Tak?

Patykowaty mężczyzna stanął tuż przy nim. Zdecydowanie zbyt blisko i Arek poczuł przymus, by cofnąć się o pół kroku. Stworzyć w ten sposób między nimi kawałek wolnej przestrzeni.

– Nazywam się Krystian.

– Arek.

– Wiem.

Mężczyzna pociągnął nosem i rozejrzał się dookoła, jakby sprawdzał, czy nikt ich nie obserwuje. W pobliżu nikogo nie było. Tylko jeden z miejscowych psów, włochaty i brudny, spał w cieniu zaparkowanych w pobliżu samochodów.

– Powinien pan stąd wyjechać. – Krystian oznajmił tak ciężkim i grobowym głosem, że Arek w pierwszej chwili wziął to za żart. Domyślił się, że tamten próbuje go zastraszyć. I nie chodziło tylko o sposób, w jaki mówił, ale o zaciętą minę, postawę i twarde spojrzenie, co przy jego chudej sylwetce, wyłupiastych oczach i nieproporcjonalnie wielkiej głowie sprawiało raczej komiczne wrażenie. Przypominał postać z kreskówki, Elmera Fudda, myśliwego, który próbuje upolować Królika Bugsa, ale kiedy już strzela, to strzelba zawsze wypala mu w twarz.

– Słucham?

– Przyjechałem tu z żoną i córką, by wypocząć. Wiem, co tu się stało w zeszłym roku, ale ufałem, że właściciele wyciągnęli z tego właściwe wnioski. Pańska obecność dowodzi czegoś innego.

Arek nie wiedział, czy sprawił to śmiertelnie oficjalny ton Krystiana czy ogólne zmęczenie, ale parsknął śmiechem. Mężczyzna najpierw spojrzał na niego zaskoczony, a potem poczerwieniał jak burak. Arek chciał mu poradzić, by się uspokoił, bo zaraz przepali mu się jakiś obwód, ale w ostatniej chwili ugryzł się w język.

– Powinien pan stąd wyjechać – powtórzył Krystian. – Znaleźć sobie inną kwaterę, jeśli już musi pan przebywać w okolicy. Ale my tu pana nie chcemy!

– My?

Po raz pierwszy na twarzy mężczyzny odmalowało się zmieszanie.

– Ja, moja żona.

– To trochę mało.

– Inni wczasowicze.

– Naprawdę?

– Może nikt nie wyraził tego wprost, ale wiem, co o panu mówią. Też są zaniepokojeni. Nie chcą tu pana. Wiemy, co pan zrobił. Wiemy, co o panu pisano.

– Proszę nie wierzyć gazetom.

– Chcemy tutaj odpocząć, a nie nieustannie pilnować tego, gdzie pan jest i co robi.

– Nie musicie. Jestem duży.

– Ależ musimy!

Arek przekręcił do końca klucz w zamku i otworzył drzwi.

– Słuchaj pan – zaczął – miło, że robi się pan na samozwańczego szeryfa, ale mam takie samo prawo do bycia tutaj jak wy. Zapłaciłem za ten domek i nigdzie się nie ruszam, dopóki nie załatwię tego, po co tu przyjechałem. Zrozumiałeś pan?

Krystian zamrugał nerwowo kilka razy. Wydawał się zaskoczony oporem, może naprawdę się spodziewał, że tamten potulnie spakuje swoje rzeczy i ucieknie stąd, jakby mu się w tyłku paliło.

Mężczyzna zrobił krok do przodu. Jego czubek głowy sięgał Arkowi do nosa.

– Trzymaj się z dala od mojej żony i córki – powiedział przez zaciśnięte zęby. – Nie chcę cię nawet widzieć w ich pobliżu.

– Bo co mi zrobisz?

Krystian błyskawicznym ruchem chwycił go za przegub i pociągnął. Arek nie zdążył nic zrobić. Wylądował na ścianie, z dźwignią założoną na ramię i łokciem napastnika wbitym w plecy. Dopiero wtedy spróbował się wyrwać, ale na jego ruch Krystian zareagował, szarpiąc go za rękę. Bark eksplodował bólem, a Arek wydał z siebie krótki urwany krzyk.

– Co ci zrobię? Połamię każdą kość, zmiażdżę krtań.

Arek miał teraz wrażenie, że chudy niewysoki mężczyzna składa się z samych splotów twardych żylastych mięśni. Nie było szans, żeby się uwolnił. Krystian przycisnął jego twarz do szorstkiej, nierównej ściany budynku.

– Trzymaj się z dala od mojej córki – powiedział i dopiero wtedy go puścił. Odskoczył na dwa metry do tyłu, spodziewając się najwyraźniej, że Arek spróbuje go zaatakować, on jednak tylko syknął z mieszaniną ulgi i bólu. Chwycił się za rękę, podejrzewając, że ma zwichnięte ramię.

– Kurwa... – wymamrotał i spojrzał w kierunku napastnika. Mężczyzna cały czas był gotów do walki, spięty, ale równocześnie wydawał się przestraszony swoim wyczynem. I sam jeszcze nie wiedział, czy powinien być z niego dumny czy raczej zawstydzony tym, że stracił nad sobą panowanie.

Arek bez słowa wyrwał klucz z zamka i wszedł do domku, zatrzaskując za sobą drzwi.

Zupełnie stracił ochotę na piwo. Był wściekły i zdenerwowany. Drżał, jakby miał gorączkę, spływał zimnym potem. Ostrożnie wyjrzał przez okno, jednak nie zobaczył w pobliżu Krystiana. Tylko przez moment mignęły mu jego plecy, kiedy mężczyzna szedł w stronę jeziora.

To właśnie zrobili z nim Robert i Kamila. Przedstawili go jako potwora, kogoś, kogo trzeba się bać, przed kim należy chronić własne dzieci. Wyszarpnął komórkę z kieszeni i ją odblokował. Wszedł w listę kontaktów i wtedy zdał sobie sprawę, że nie ma do kogo zadzwonić. Kamila zmieniła numer i nie dała mu nowego. Kazała kontaktować się przez rodziców, ale rozmowa z nimi nie miała teraz sensu. Chciał nakrzyczeć na żonę, opierdolić ją z góry na dół, powiedzieć, że jest winna temu, co właśnie przed chwilą się stało. Teściowa na pewno nie przekaże jej z tego ani słowa. Co najwyżej opowie o tym kolejnemu dziennikarzowi i Arkowi dostanie się jeszcze bardziej. Kontaktu do Roberta nie miał.

Krzyknął, bo to jedyne, co mu zostało, jednak wrzask nie przyniósł mu żadnej ulgi. Z całych sił kopnął w drzwi od pokoju Adamy. Te najpierw się wygięły, a potem Arek usłyszał nieprzyjemny trzask, kiedy otworzyły się z impetem. W witrynie straszyła dziura po wyłamanym zamku.

– Szlag... – wyszeptał, czując, że opada z sił.

Zbadał zamek, zastanawiając się, czy jest w stanie jakoś naprawić szkodę. Nie było na to szansy. Dookoła walały się mniejsze i większe kawałki drewna. Z futryny wystawały nierówne drzazgi.

Potem dostrzegł stolik, a na nim otwartą grubą teczkę i porozrzucane wokół papiery. Zaczął je przeglądać. Wydruki z internetu, wycinki z prasy. Wszystkie na temat zniknięcia Ady i tego, co się wydarzyło przez ostatni rok. Podniósł artykuł ze swoim zdjęciem. Stał w zimowej kurtce w centrum Warszawy. Zadrżał.

Kadr z reportażu, od którego wszystko się zaczęło. Jego przemiana w potwora.

3

Adaoma zatrzymała się zaraz po przekroczeniu progu. Arek siedział na swoim łóżku. Wokół niego na pościeli i podłodze walały się kartki – fragmenty jej notatek, wycinki z prasy, wydruki zdjęć z portali społecznościowych ze stron Ady, Arka i Kamili, zebrane po całym internecie teorie z forów internetowych, wywiady. Zabrał ze sobą nawet *Z zimną krwią* Trumana Capote'a. Książka leżała otwarta, jakby ją przeglądał w poszukiwaniu notatek na marginesach. Żadnych nigdy nie zrobiła, ale zaznaczyła kilka fragmentów, które zrobiły na niej szczególnie duże wrażenie. Była ciekawa, czy je przeczytał. I co sobie pomyślał.

Obok mężczyzny zobaczyła otwartą teczkę. Wyjmował z niej pojedyncze kartki, prześlizgiwał się po nich wzrokiem, a potem powolnym ruchem wyrzucał, nie patrząc nawet, gdzie spadną.

Adaoma podskoczyła ze strachu, kiedy drzwi za nią same się zamknęły, pchnięte podmuchem wiatru. Arek nawet nie podniósł głowy. Wiedziała, że zauważył jej obecność, ale postanowił ją ignorować. Ominęła go szerokim łukiem i poszła do swojego pokoju. Szybko przejrzała swoje rzeczy – zabrał wszystko. Zauważyła rozwalony zamek od drzwi. A więc włamał się do niej. Dlaczego? Serce zaczęło jej szybciej bić i przez chwilę poczuła się jak tam, na drodze w lesie, kiedy szli za nią ci chłopacy. Odetchnęła głęboko. Policzyła w myślach do pięciu, by się uspokoić. Nie mogła pozwolić się zastraszyć. Wróciła do Arka, który dalej udawał, że jej nie widzi.

– Miałeś nie wchodzić do mojego pokoju – powiedziała twardo. – Taki był mój warunek.

Kolejna kartka wypadła z jego dłoni i spłynęła łukiem na ziemię. Nie niszczył ich. Nie giął. Po prostu wypuszczał. W tym prostym geście nie kryła się złość ani gniew, tylko czysta rezygnacja. I z jakiegoś powodu to właśnie przerażało ją najbardziej. Ten nieludzki brak uczuć.

– Co to właściwie ma być? – zapytał.

– Zakazałam ci wchodzić do mojego pokoju! – powtórzyła.

– Gdzieś tutaj przeczytałem, że to ma być książka, ale ty przecież nie jesteś pisarką.

Wbrew wszystkiemu zabolało ją to.

– To ma być książka – powiedziała, zanim zdążyła ugryźć się w język.

– O mnie?

Milczała. Nie powinna dać się wciągnąć w tę rozmowę. Powinna... Właściwie co? Wyrzucić go stąd? W ten sposób wszystko by zepsuła. Teraz był blisko, tuż przy niej, jak nieoczekiwany prezent od losu. Miałaby się go pozbyć, kiedy trafiła na nowy trop?

– Włamałeś się do mnie!

Chwilę zajęło mu, zanim zrozumiał, o czym mówi.

– A to... – wyszeptał i machnął ręką. – Przepraszam. To był wypadek.

– Jak to wypadek?! Wyrwany zamek?! Zniszczona futryna?!

– Powiedziałem, że przepraszam.

Strach ustąpił i zrobiło się jej go żal. Na jego miejscu już dawno by szalała, robiła dziką awanturę, rozwaliłaby ten cały domek w drzazgi. A on przepraszał za zniszczone drzwi. Nagle wydał się jej całkowicie bezbronny.

– To ma być książka – stwierdził.

– Tak.

– O mnie? – zapytał raz jeszcze.

– Raczej o Adzie. O jej zaginięciu i tym wszystkim, co się tutaj wydarzyło. O śledztwie.

– O mnie też? – dopytywał.

– Jesteś jej ojcem.

– Czyli o mnie też – powiedział, ale raczej do siebie niż do niej.

Podniósł głowę. Jego oczy były zamglone, jednak nie od alkoholu, jak można by się spodziewać, tylko od natłoku uczuć, które się w nim kotłowały i których nie potrafił z siebie ani wyrzucić, ani odpowiednio wyrazić.

– To dlatego zaproponowałaś, bym z tobą zamieszkał. Chciałaś coś ode mnie wyciągnąć, prawda? Jakieś informacje, żeby jeszcze bardziej mnie skompromitować. A ja, idiota, myślałem, że po raz pierwszy od bardzo dawna spotkałem kogoś, kto zachował wobec mnie choć odrobinę życzliwości.

– Nie chciałam cię skompromitować.

– Kto ci kazał to zrobić? – zapytał, jakby nie usłyszał jej ostatniej wypowiedzi. – Robert? To jego pomysł?

– Nie.

– Kłamiesz. To na pewno on.

– Nie robię tego przez Roberta. Robię to dla siebie.

Zaśmiał się krótko, chrapliwie.

– Dla siebie?! Przyjeżdżasz do tej dziury i piszesz o mnie dla siebie?! Ile w ogóle ci za to zapłacili? Ile jest warte moje ścierwo?

– Arek...

– Zrobiłem błąd, że ci zaufałem. – Potrząsnął głową i powoli wstał z łóżka, stękając, jakby bolały go wszystkie kości. – Spakuję się i za godzinę mnie nie będzie. Pozdrów Roberta. Powiedz mu, żeby zdychał. Im szybciej, tym lepiej.

Podszedł do szafy. Wyciągnął torbę podróżną i zaczął wrzucać do niej swoje rzeczy.

– Oświadczył mi się – powiedziała.

Zatrzymał się z koszulką w dłoni. Po sekundzie i tak ją spakował.

– Robert mi się oświadczył – powtórzyła.

Odwrócił się do niej.

– Oczekujesz, że ci pogratuluję?! No dobra. Gratuluję, kurwa.

Po raz pierwszy usłyszała złość w jego głosie. Coś w nim się budziło. Nie wiedziała, czy to dobrze, czy źle. Robert powtarzał jej kilka razy, że Arek to niebezpieczny człowiek. Rok temu zamieniła z nim ledwo parę słów. Gdyby nie zaginięcie Ady, pewnie nawet by go nie zapamiętała. Teraz wydał się jej totalnie wypalony. Jakby wydarzenia ostatniego roku sprawiły, że została z niego tylko skorupa, która porusza się siłą rozpędu, ale wkrótce i ona rozpadnie się na małe kawałki.

– Zgodziłam się.

– Już ci gratulowałem, nie?

Poderwał torbę i zarzucił ją sobie na ramię. Adaoma stanęła w drzwiach, blokując mu wyjście. Sama nie wiedziała, co robi. I nie wiedziała już, czy mówi po to, by go zatrzymać, czy po to, by wreszcie wyrzucić z siebie to, co ją dręczy od kilku tygodni. I nagle zdała sobie sprawę, że żadne z nich nie jest już panem samego siebie. Nie podejmuje za siebie decyzji, nie kieruje własnym życiem. Jej nigeryjska babka opowiadała o duchach zwanych ogbanje, czyli dzieciach, które umierały wcześnie tylko po to, by powtórnie narodzić się w tej samej rodzinie i sprawić jej ból, umierając po raz kolejny, a potem jeszcze raz i jeszcze raz, w niekończącym się kręgu nieszczęścia i zgryzoty. Większość z nich wybierała na moment śmierci ważny dzień. Taki, by znaleźć się w centrum uwagi i jak najmocniej skrzywdzić wszystkich dookoła. Dlatego czasem duchy dożywały nawet do swojego ślubu i umierały dzień po. Był to jeden ze sposobów, w jaki Nigeryjczycy tłumaczyli sobie od wieków wysoką śmiertelność wśród dzieci. Opowieść, która chociaż częściowo miała zdjąć odpowiedzialność z rodziców i ukrócić ich żal, pomagała im przeżyć tę tragedię. Nic nie dało się zrobić – to był ogbanje, zły duch. Adaoma rozumiała to, ale obarczanie dzieci winą za ich własną śmierć wydało jej się czymś okrutnym i nieludzkim. A przecież teraz robiła to samo. Już kilka razy zastanawiała się, czy Ada nie była ogbanje. Zniknęła dokładnie w momencie, kiedy mogła liczyć na maksymalne zainteresowanie. Wytłumaczył jej to jeden dziennikarz, ponury brodaty typ w staromodnym wzorzystym swetrze.

– Co roku znika w Polsce kilka tysięcy osób, w tym wiele dzieciaków. Mało kto to zauważa. Ona jednak zaginęła w środku sezonu ogórkowego. Absolutnie nic się nie działo. Politycy rozjechali się do domów, nikt nie powiedział nic głupiego, nie wybuchła żadna wojna. Media były wygłodniałe, łaknęły tematów. Ada spadła nam z nieba. W końcu mieliśmy o czym mówić i pisać. Do tego zaginęła na letnisku. Miesiąc, półtora miesiąca później i nikogo by to już nie obchodziło.

I tak jak ogbanje, zniszczyła życie swoim rodzicom, a być może nie tylko im.

– Robert postanowił powiedzieć mi o wszystkich kobietach, z którymi spał – wyszeptała Adaoma.

– Pewnie było ich wiele – mruknął.

– Postanowił powiedzieć mi o wszystkich kobietach, z którymi spał, kiedy byliśmy razem. Powiedział, że zrobił to, bo nie chce zaczynać naszego wspólnego życia od kłamstwa. Twierdzi, że się zmienił. Że chce być już tylko ze mną. Że to, co było, się dla niego nie liczy, i chce mi to udowodnić – powiedziała. – I tak. Było ich trochę.

Wypowiadając te słowa, poczuła ulgę tak wielką, że prawie ją obezwładniła. Nikomu o tym nie powiedziała. Ani rodzicom, ani przyjaciółkom. Wszyscy uważali, że zaręczyny są dalej w mocy. I właściwie się nie mylili. Adaoma nie rozstała się z Robertem. Pierścionka nie nosiła na palcu, ale ciągle trzymała go w portfelu.

Odsunęła się na bok, robiąc Arkowi miejsce w drzwiach. On jednak się nie poruszył. Patrzył na nią uważnie. Nie potrafiła powiedzieć, co próbuje wyczytać z jej twarzy.

– Zerwałaś z nim? – zapytał.

Potrząsnęła głową przecząco.

– Nie. Jeszcze nie. I nie wiem, czy to zrobię. – Coś złapało ją za gardło i musiała walczyć, by wypowiedzieć kolejne słowa. – Chyba go kocham.

Coś szarpnęło boleśnie jej wnętrznościami, łzy napłynęły do oczu.

– Jestem idiotką, prawda?

– Jesteś – potwierdził.

Ciągle się nie ruszał. Stał pośrodku pokoju, z torbą na ramieniu, otoczony białymi plamami jej notatek. Miała wrażenie, że w kącikach jego ust pojawił się ślad uśmiechu, ale nie była pewna.

– To dlatego tutaj przyjechałam. Chciałam na spokojnie się zastanowić, co robić. Z dala od Roberta, z dala od Warszawy.

– Nie dla książki?

– Dla książki też – powiedziała po chwili zastanowienia. Nie chciała już kłamać. – Zawsze chciałam coś takiego zrobić, żeby udowodnić ludziom, że jestem kimś lepszym niż parą cycków na zgrabnych nogach. Pokazać, co potrafię. Pomyślałam, że to może moja szansa. A kiedy ty się pojawiłeś... Przepraszam. Powinnam ci powiedzieć od razu.

– Powinnaś.

– Nigdy nie zamierzałam cię skrzywdzić. Nie tak ma wyglądać ta książka.

– A jak?

– Chcę opowiedzieć, jak było naprawdę.

– To znaczy?

Zza okna dobiegł ich krzyk. Kilka metrów od domku na ziemi leżał mały chłopiec i płakał rozpaczliwie. Zaraz podbiegła do niego matka, podniosła go, otrzepała i mocno przytuliła. Mówiła coś, próbując uspokoić chłopca.

– Nie będę cię oszukiwała – zaczęła Adaoma. – Nie znam cię, nie wiem, co się wydarzyło. I wtedy, i przez te miesiące potem. Ale widzę cię tutaj, jak szukasz swojej córki, i wiem, że Robert zrobił coś złego. Nie dał ci szansy na obronę. Po prostu zadzwonił, gdzie trzeba, i spuścił psy.

Pokiwał głową.

– Moja książka może być dla ciebie szansą. Nie na to, by się wybielić, bo tego nie mogę ci obiecać, ale na to, byś opowiedział to wszystko po swojemu. Ludzie przekonają się w końcu, kim naprawdę jesteś i ile Ada dla ciebie znaczyła.

– Kochałem ją.

Domyślam się.

– Nikt nigdy mnie nie zapytał, jak się czuję.

– Przykro mi.

– Nikogo nigdy nie interesowało, dlaczego tak się zachowuję. Nie jestem jakimś ideałem. Na pewno zrobiłem rzeczy, których nie powinienem zrobić, ale to była też moja córka. Ja też to przeżywałem!

– Rozumiem.

– Wszyscy mieli to w dupie. Rzucili się na mnie. Czasami wydawało mi się, że byliby najszczęśliwsi, gdybym się zabił. Czytałaś, co pisali o mnie w internecie?

Czytała. Niechętnie przytaknęła. Ludzie oskarżali Arka o najgorsze rzeczy, proponowali zamknąć w więzieniu i wsadzić do ciemnej celi, gdzie kilku mocnych facetów zgwałciłoby go analnie. Albo sami chcieli go pobić, zabić, skazać na wózek.

– Nie jestem doskonały – dodał. – Ale nie zasługuję na to wszystko.

– Pokaż im to.

– Co?

– Że jesteś lepszym człowiekiem, niż myślą.

Upuścił torbę na podłogę i chwycił się za głowę. Stał w takiej pozycji, ze wzrokiem wbitym w sufit.

– Tak. Masz rację. Powinienem im pokazać. Powinienem im pokazać – powiedział i zaczął młócić rękami powietrze, ale po trzech sekundach przestał raptownie, jakby ktoś mu odciął zasilanie. Spojrzał pytająco na Adaomę. – Tylko jak?

– Możemy zacząć od dowiedzenia się, kim jest właściciel czerwonego bmw.

Arek odetchnął głęboko. Przymknął powieki na kilka sekund.

– Dobrze – odezwał się wreszcie. – Tak zróbmy. Dowiedzmy się, kim jest ten facet.

WTEDY

1

Nie lubiła polskich jezior i rzek. Brunatna i mętna woda, nieprzyjemna nawet w dotyku i zapachu, niosła ze sobą tysiącletni szlam, woń zepsucia i rozpadu. I to dno, miękkie, obślizgłe i błotniste, w które Adaoma zapadała się po kostki. Za każdym razem towarzyszyła jej ta obawa, głupia i irracjonalna przecież, że tym razem muł jej nie wypuści, wciągnie głębiej, wciśnie głowę pod wodę i wydusi z płuc ostatni oddech, a miękkie i paskudne wodorosty chwycą ją w wężowym uścisku, dopełniając dzieła.

Tutaj jednak czuła się inaczej. Woda wydawała się jej czysta i lekka. Była na tyle przejrzysta, że kobieta widziała wszystko na kilka metrów do przodu. Tylko dno było takie jak zawsze. Dlatego odbijała się od niego najszybciej, jak tylko mogła, i płynęła przed siebie. Kilkanaście ruchów stylem klasycznym, żeby oddalić się od brzegu, potem już wzdłuż kraulem. Pięćdziesiąt ruchów ramionami i zawracała. Jedna długość żabką, by odpocząć, i znowu kraul. W uszach miała wodoodporne słuchawki. Z odtwarzacza leciała Nneka, nigeryjska artystka: *You have goals to achieve / but the roads you take are broad and heartless / the wounds you make you are no aware. Heartbeat.* Uwielbiała tę piosenkę. Przede wszystkim za tekst, ale rytm idealnie nadawał się do biegania czy ćwiczeń.

Przepłynęła w ten sposób około półtora kilometra. Przestała, kiedy zaczęły ją piec mięśnie. Pewnie w Warszawie trener krzyczałby na nią, że ma przestać się opierdalać i strzelić jeszcze kilkanaście długości, jednak teraz była na wakacjach, więc postanowiła sobie odpuścić. Podpłynęła do brzegu. Niechętnie dotknęła stopami dna. Zapadła się na kilka centymetrów.

Wyszła z jeziora i jak zawsze dokładnie sprawdziła całe swoje ciało. Mama zawsze straszyła ją pijawkami i przez to Adaoma musiała się upewnić, że żadna się do niej nie przykleiła. Wiedziała, że pewnie teraz wygląda jak idiotka, wyginając się dziwacznie na wszystkie strony, ale wstydziła się tej swojej małej fobii i nie chciała nikogo prosić o pomoc. Także dlatego wolała baseny. Albo morza. Uwielbiała Bałtyk. Nie przeszkadzała jej nawet zimna woda. Fale i świetne warunki do windsurfingu wszystko wynagradzały.

Dopiero kiedy upewniła się, że nie została ofiarą ani jednej pijawki, wycisnęła wodę z włosów i podeszła do koca. Podniosła ręcznik i dokładnie się wytarła. Potem położyła się tuż obok Roberta. Mężczyzna opierał się na łokciach. Miał na sobie kąpielówki i białą koszulkę polo. Siedzieli w lekkim oddaleniu od reszty grupy. Nie specjalnie, jakoś tak samo wyszło. Popijał piwo, jedno z tych rzemieślniczych. Specjalnie pojechał po nie do najbliższego miasta i zmarnował pół dnia, szukając sklepu, gdzie wedle jego słów „znalazłby wreszcie coś, co nadawałoby się do picia". Wrócił potem z dwiema pełnymi kratami, które systematycznie opróżniał.

– Tak wcześnie zaczynasz? – zapytała, wskazując na butelkę.

– Mam urlop – odpowiedział. – Przynieść też jedno dla ciebie?

Pokręciła głową i wskazała na brzuch.

– Dietka, kochanie. Tobie też by się przydała.

– Daj spokój. Świetnie wyglądasz. Jeden browar by ci nie zaszkodził.

– Nie mogę. Nie namawiaj mnie. Już i tak pewnie sporo przytyłam przez to jedzenie tutaj.

– Co masz do jedzenia?! Dobre wiejskie polskie żarcie.

– No właśnie, wszystko pływa w tłuszczu. Nawet jak zabijają świniaka, to pewnie topią go w smalcu. Same bomby kaloryczne. Nic zdrowego.

– Przecież dają surówki.

– Ze śmietaną i majonezem.

Roześmiał się i poklepał ją czule po brzuchu.

– Odpuściłabyś sobie trochę.

– Łatwo ci mówić. Nie musisz po powrocie zrzucać tego wszystkiego na siłowni.

– Tak, wiem, mężczyźni mają lepiej.

– Żebyś wiedział.

Robert wzruszył ramionami, a potem demonstracyjnie pociągnął łyk z butelki.

– Po prostu za bardzo się przejmujecie – mruknął.

– Po prostu tacy faceci jak ty nie chcą oglądać normalnie zbudowanych babek, tylko chude siksy.

– Nie jesteś chudą siksą.

Uderzyła go żartobliwie dłonią w ramię.

– No wiesz! Odwołaj to! Odwołaj to w tej chwili!

Roześmiał się. Ona również. Przez chwilę zrobiło się strasznie miło i Adaoma po raz kolejny pomyślała, że pomimo wszystkich jej obaw przyjazd tutaj był dobrym pomysłem. Potrzebowali takich wakacji. Paru dni spokoju, kiedy mogli być sobą, a nie atrakcyjną prezenterką i szychą z koncernu medialnego.

– Ale tak na poważnie – odezwał się – to nie jest wina ani moja, ani innych mężczyzn. Przynajmniej większości z nas.

– A czyja?

– Projektantów. Przecież większość z nich to pedały.

– I?

– I dobierają sobie takie modelki, które przypominają chłopców. – Powiedział to takim tonem, jakby to było coś oczywistego. –

Mają wąskie biodra, żadnych cycków i te dziwne twarze. A prawdziwi mężczyźni...

– Lubią krągłości – dokończyła za niego. – Wiem, wiem.

– Tylko mówię, jak jest, kochanie.

– Lepiej daj to piwo.

Podał jej butelkę. Wypiła dwa łyki. Przyjemnie lekki pszeniczny napój miał drożdżowo-cytrusowy posmak. Było przedpołudnie, więc na plaży przebywali sami dorośli. Dzieciaki biegały po lesie z animatorką. I tylko Ada siedziała samotnie na pomoście z nosem w komórce.

– À propos, ona marzy o tym, żeby zostać modelką.

– Kto? – zainteresował się Robert.

Wskazała na dziewczynę ruchem głowy i oddała mu piwo. Spojrzał w kierunku pomostu.

– Córka Kamili?

– Mówię o Adzie. Nie pamiętam, jak nazywa się jej mama.

– Kamila.

– Okej.

– Skąd wiesz?

– Sama mi powiedziała. I poprosiła o pomoc. Chciała, bym ją komuś poleciła albo coś takiego.

Do pomostu podszedł syn gospodarzy i zaczepił Adę. Robert uśmiechnął się kpiąco. Kobieta od razu zrozumiała, co mu chodzi po głowie. Dziewczyna była zdecydowanie za ładna dla tego chłopaka. A jednak Adaomie wydało się sympatyczne, że pomimo tego próbuje.

– I zrobisz to? – zapytał Robert. – Polecisz ją komuś?

– Raczej nie.

– Dlaczego?

Westchnęła.

– Bo już nie siedzę w tym biznesie.

– Ale kontakty masz.

– Mam – przyznała. – Jednak nie zrobię tego bez zgody jej rodziców, a ona z jakiegoś powodu nie chce ich o to zapytać. Poza tym nie wiem, czy się nadaje.

Damian skończył rozmawiać z Adą i odszedł. Zatrzymał się jednak po kilku krokach, gdy go zawołała, podniosła się z pomostu i pobiegła za chłopakiem. Dalej poszli już razem.

– Nadaje się – powiedział Robert. Przez cały czas obserwował dziewczynę. Adaoma trąciła go lekko dłonią.

– Przestań się na nią gapić.

– Przecież ja tylko profesjonalnie – żachnął się.

– Jej ojciec – mruknęła ostrzegawczo.

Odwrócił się. Siedzący kilkanaście metrów dalej Arek wpatrywał się w niego uporczywie. Był oburzony i wyglądało to tak, jakby zbierał się na odwagę, by podejść do nich i coś powiedzieć. Robert uśmiechnął się szeroko i pomachał do niego. Ten prosty gest wprawił mężczyznę w konsternację. Podniósł lekko rękę, jakby chciał odmachać, ale zaraz ją opuścił i udał, że strzepuje coś z koca.

– Ada! Gdzie idziesz?! – krzyknęła Kamila.

Dziewczyna przystanęła.

– Mam telefon! – odpowiedziała.

– Co?!

– Mam telefon! – powtórzyła na tyle głośno, że pewnie słyszeli ją archeolodzy po drugiej stronie jeziora, i pomachała komórką. Matka po chwili wahania dała jej znak, że może iść. Wkrótce oboje z Damianem zniknęli na ścieżce prowadzącej wzdłuż brzegu.

Robert dopił piwo. Postawił butelkę obok koca i położył się z rękami pod głowę. Adaoma pomyślała, że jest teraz zupełnie innym człowiekiem niż w Warszawie – wyluzowanym, spokojnym, uśmiechniętym. Tam był nieustannie spięty, zabiegany, gotowy do walki, jakby czekał, aż wyprowadzą go na ring bokserski, gdzie stoczy pojedynek na śmierć i życie. Stres wyładowywał, przerzucając się z jednego sportu na drugi. Kiedyś dwa razy w tygodniu bił się w hali, uprawiając krav magę, potem wylewał z siebie litry potu na treningach crossfitu, a ostatnio biegał z rakietą, grając z kolegami z pracy w squasha. Tylko że to też była dla niego walka. Podnosił ciężary i uganiał się za piłeczką nie dla siebie, ale po to, by udowodnić coś wszystkim wokół. Nawet kiedy uprawiał seks, nie potrafił odpuścić, zupełnie jakby jakaś jego część skupiała się nie na niej, nie na tym, co się dzieje, nawet nie na własnej egoistycznej przyjemności, ale na tym, co miało się wydarzyć gdzie indziej, w innym czasie. Nienawidziła tego. Próbowała zrozumieć, z czego to wynika. Komu i co chce udowodnić, i dlaczego. Być może też właśnie po to zgodziła się na przyjazd tutaj. Sądziła, że kiedy pozna jego przyjaciół, w jakiś sposób uchyli rąbka tej tajemnicy. Nie udało się jej, ale nie żałowała. Po raz pierwszy miała wrażenie, że Robert jest naprawdę przy niej. Tego mężczyznę, który leżał właśnie obok niej na kocu, lubiła o wiele bardziej niż tego, z którym spędzała noce w Warszawie. I zastanawiała się, ile jeszcze różnych osobowości skrywa się w tym jednym ciele.

Robert nachylił się do niej i pocałował ją w usta. Smakował piwem i pachniał trawą. Odgarnął jej włosy i pogładził wierzchem dłoni po policzku.

– Idę się wylać – powiedział.

Parsknęła śmiechem.

Robert podniósł się z ziemi. Wziął ze sobą butelkę, posłał Adaomie całusa i ruszył w stronę ich domku.

2

Ada śledziła rozwój związku Marzeny i Pawła dzięki esemesom od koleżanek i wiadomościom na Messengerze. Jeszcze wczoraj pojawił się promyk nadziei. Podobno przez cały dzień nie odzywali się do siebie. Siedzieli nawet przy osobnych stolikach podczas obiadu, chociaż do tej pory zawsze jedli razem. Ada pomyślała wtedy zadowolona, że jej przepowiednia się spełnia. Paweł zobaczył, że ta tępa dzida może mu co najwyżej zrobić dobrze, ale poza tym nie ma nic do zaoferowania. Dostał to, co chciał, i ją rzucił. Nadal źle to o nim świadczyło. Zachował się jak knur, który leci za każdą dziewczyną, gdy ta zaświeci gołym tyłkiem. Jednak Ada po raz pierwszy dopuściła do siebie możliwość, że jeśli Paweł coś zrobi, nie do końca wiedziała co, ale na pewno coś romantycznego, z rozmachem, co by udowodniło, że się zmienił, zrozumiał, to mogliby jednak być razem. Ale dzisiaj na snapie dostała zdjęcie Pawła i Marzeny całujących się pod wiatą. I smutną buźkę jako cały komentarz. Nawet nie była rozczarowana, jakby spodziewała się takiego obrotu sprawy. Po prostu zrobiło się jej strasznie przykro i znów ogarnęło ją poczucie totalnej beznadziei. Nie miała nawet już siły i ochoty złościć się na rodziców za to, że nie pozwolili jej jechać na ten obóz. Dlatego dzisiaj się nie kłóciła, nie pyskowała i zajęła się Ignasiem, kiedy o to poprosili. Rozwiesiła też pranie z rzeczami małego. Mama przypatrywała się jej najpierw z niedowierzaniem, potem z troską. To też Ada miała gdzieś.

Po śniadaniu wszyscy poszli nad jezioro, ale nie usiadła z nimi. Wolała zająć miejsce na pomoście. Tam, gdzie w spokoju mogła czytać raz po raz korespondencję z koleżankami bez obawy, że ktoś będzie zaglądał jej przez ramię. Rodzice nie protestowali. Tatę chyba niewiele to obchodziło. On też miał już dość tego miejsca. Mama najwyraźniej wyczuła, że przegięła. Trochę za późno, ale Ada i tak cieszyła się, że dali jej nieco spokoju.

– Cześć – odezwał się Damian.

Stał kilka kroków od niej. Trzymał dłonie w kieszeniach kraciastych, sięgających do kolan szortów i wyglądał na skrępowanego.

– Cześć – odburknęła.

– Chcesz iść ze mną na ryby?

To pytanie było tak głupie i niespodziewane, że aż odłożyła telefon.

– Co takiego?

Chłopak westchnął ciężko. Obejrzał się za siebie i przez chwilę wydawało się, że ucieknie.

– Słuchaj – powiedział. – To nie mój pomysł. Według mojej mamy się nudzisz, a goście nie powinni się nudzić. Jesteśmy w podobnym wieku, więc kazała mi znaleźć ci jakieś zajęcie.

– I wymyśliłeś wędkowanie?

– Ja po prostu idę połowić. Chcesz iść ze mną, to fajnie, a jak nie, to jeszcze lepiej. To cześć.

Obrócił się na pięcie i odszedł kilka kroków.

– Czekaj! – zawołała, a on się zatrzymał. Poderwała się z pomostu, wzięła komórkę i podbiegła do niego. – Idę z tobą.

Był zaskoczony, wręcz zszokowany. Chciało jej się śmiać, kiedy patrzyła na jego minę. Po raz pierwszy tego dnia coś ją rozbawiło.

– Ada! Gdzie idziesz?! – krzyknęła za nią matka.

Dziewczyna przystanęła. Nie chciało jej się podchodzić do rodziców. Nie zamierzała też wrzeszczeć, że idzie wędkować. To jednak byłoby obciachowe.

– Mam telefon! – odpowiedziała.

– Co?!

– Mam telefon! – powtórzyła głośniej i pomachała komórką. Mama zrozumiała i dała jej znak, że może iść.

Poszli ścieżką wzdłuż brzegu jeziora. Damian prowadził. Przez długą chwilę nic nie mówili.

– Nie powinniśmy mieć wędek? – zapytała wreszcie.

– Zostawiłem je niedaleko.

Rzeczywiście, po kilkunastu metrach dotarli do miejsca, w którym stały torba sportowa, dwie wędki i składane krzesełko. Damian wziął to wszystko i poszli dalej.

– A co by było, jakbym nie chciała z tobą pójść? – zapytała.

– Co?

– Wziąłeś dwie wędki. Co by było, jakbym nie poszła z tobą?

– Łowiłbym dwiema – stwierdził, a potem trochę zwolnił kroku. – Wędkowałaś kiedyś?

Pokręciła głową.

– Dobra. Wszystko ci pokażę.

– Okej.

Telefon zawibrował jej w dłoni. Zerknęła na ekran. Kolejna wiadomość z obozu. Odruchowo chciała odebrać, ale powstrzymała się w ostatniej chwili. Czego nowego się dowie? Nawet jeśli Paweł rozstał się z Marzeną, to mieli jeszcze ponad tydzień, żeby kilka razy się zejść. Cokolwiek tam się działo, nie miało żadnego znaczenia.

– Dużo łowisz? – zapytała.

– Czasami.

– Lubisz to?

– Raczej tak.

– Mama naprawdę kazała ci mnie zaprosić?

Potwierdził skinieniem głowy.

– Ona ma tego fioła, że wszyscy muszą być u nas szczęśliwi. Jak widzi, że ktoś jest niezadowolony, od razu jej odbija i boi się, że dostaniemy negatywną recenzję w internecie. To wymyśla jakieś takie głupie rzeczy.

– Nie chcesz, żebym z tobą szła.

Zawahał się.

– To nie tak. Po prostu nie sądziłem, że będziesz chciała ze mną iść.

– No. Też się zdziwiłam.

– To dlaczego poszłaś?

– Nudziłam się. Możesz powiedzieć mamie, że nie przez nią jestem niezadowolona. To przez moich rodziców. Przywieźli mnie tutaj, a ja chciałam jechać na obóz żeglarski.

– O! Żeglujesz?

– Eee... Nie. – Wpadła w popłoch. Nie zamierzała opowiadać mu o Pawle, a rozmowa zmierzała w tym kierunku. – Chciałam się nauczyć. Poza tym moje koleżanki tam jechały.

– Jasne.

– A ty gdzieś jedziesz na wakacje? – zapytała, żeby zmienić temat.

– Nie. W sezonie pomagam w gospodarstwie.

– A po sezonie?

Spojrzał na nią zdziwiony.

– Czasami ludzie jeżdżą wtedy na wakacje – wytłumaczyła. – Jest taniej, szczególnie za granicą.

– Po sezonie jest szkoła.

– No tak.

Ścieżka z każdym metrem robiła się coraz węższa i węższa. Od strony jeziora rósł gęsty tatarak, od strony lasu zarośla, które było coraz trudniej omijać. Kilka razy się pokłuła i otarła skórę. W powietrzu zaroiło się od komarów i zaczęła żałować, że nie spsikała się przed wyjściem czymś odstraszającym insekty.

– Nie, my nigdzie nie jeździmy. – Damian poczuł się w obowiązku wyjaśnić. – Tutaj jest zawsze sporo roboty, a poza tym ostatnio krucho u nas z kasą.

– Oj...

– No. Rodzice pobrali kredytów, żeby zbudować te domki, i najpierw trzeba to spłacić.

– Wiesz, my też nie jesteśmy jakoś specjalnie bogaci. – Ada poczuła się w obowiązku powiedzieć.

– Ale jeździcie za granicę.

– Ostatni raz trzy lata temu, do Portugalii. Potem Ignaś był za mały, więc tylko po Polsce. W tym roku mieliśmy gdzieś jechać, jednak mama zmieniła zdanie i stanęło na tym, że przyjedziemy tutaj.

Doszli do małego pomostu o szarych wypalonych słońcem deskach, które skrzypiały nieprzyjemnie przy każdym kroku. Damian rozłożył krzesełko i podsunął je Adzie, a sam zaczął wyjmować z torby kolejne pojemniki. Przygotował wędki. Przywiązał haczyki do żyłki.

– Kto nauczył cię łowić? – zapytała.

– Tata. Tylko on woli chodzić wczesnym rankiem. Naprawdę wczesnym. Czwarta nad ranem, piąta, najpóźniej szósta. Mówi, że wtedy najlepiej biorą.

– Mój stary jest fanatykiem wędkarstwa... – powiedziała Ada.

– Co takiego?

– No... Mój stary jest fanatykiem wędkarstwa.

– Nie rozumiem. Lubi łowić, ale nie jest żadnym fanatykiem.

– Nie znasz tej pasty? – zapytała zaskoczona.

– Nie.

– Nie masz internetu?

– Mam.

– To sobie wpisz potem w Google „mój stary jest fanatykiem wędkarstwa". To taki fajny tekst. Śmieszny.

– Okej – odpowiedział półgębkiem, bo równocześnie wbijał na haczyk kawałki kukurydzy, makaronu i małe chlebowe kulki.

– Nie używasz robaków?

Pokręcił przecząco głową. W sumie jej ulżyło. Trochę się bała, że będzie musiała brać w palce wijące się dżdżownice, a potem je zabijać.

Kiedy skończył, pokazał, jak zarzucać wędkę. Za pierwszym razem nie udało się – trafiła w tatarak, za drugim razem już tak. Damian również zarzucił.

– I co teraz? – zapytała.

– Teraz czekamy.

– To dość nudne.

Wzruszył ramionami.

– Ja tam lubię.

– Dlaczego?

Chwilę zastanawiał się nad odpowiedzią.

– Chyba dlatego, że nikt niczego ode mnie nie chce.

– Rozumiem cię – przyznała. – U mnie jest tak samo. Mam albo się przygotowywać do szkoły, albo dodatkowy francuski, albo korepetycje z matmy, albo pomagać w domu, albo zajmować się bratem. Nie mam w ogóle czasu dla siebie. Zrobili sobie ze mnie służącą.

– No... U nas po prostu zawsze jest coś do roboty. I wszyscy robią.

Poczuła, że się czerwieni.

– Moi rodzice też pracują, racja. Chodzi mi o to... Wiesz, ja też mam swoje życie, nie? A oni jakby tego w ogóle nie zauważają. Rozumiesz?

– Chyba. Ja po prostu, od kiedy pamiętam, zawsze pracowałem, nie? Kiedyś nawet bardziej, bo mieliśmy więcej zwierząt.

– Aha.

Mówił to wszystko tak obojętnym tonem, że aż zrobiło jej się głupio. Zaczęła się zastanawiać, czy nie zachowuje się jak rozkapryszona księżniczka, ale uznała, że nie. Naprawdę miała dużo pracy. Może nie takiej fizycznej, jak Damian, ale przecież i tak ciężkiej. I nie chodziło o to, by w ogóle nie pracować. Nie była leniuchem. Problem tkwił w tym, że nikt nie doceniał jej wysiłku, nikt nie dziękował za pomoc. Chociaż nie, przypomniała sobie, że mama to zrobiła tego ranka. Zaraz po śniadaniu, kiedy Ada oddała jej Ignasia. Ale to podziękowanie, pomyślała, było takie mechaniczne, odruchowe, zdawkowe, pozbawione głębszego znaczenia, a przez to nie wyrażało prawdziwej wdzięczności, stanowiło tylko gest. Tymczasem jej chodziło o to, by ktoś zatrzymał się przy niej, usiadł obok, wziął za ręce i pokazał w ten sposób, że naprawdę dostrzega to, co ona robi i jak jest ważna. Poza tym Damian też nie do końca rozumiał. Czy on miał coś innego tutaj do roboty poza pomaganiem rodzicom? W okolicy nie było żadnego kina, dobrej dyskoteki, nawet zwykłej fajnej knajpy. Odkąd tu przyjechała, nie widziała, żeby odwiedził go jakikolwiek kolega. Może on po prostu nie miał znajomych, z którymi mógłby spędzać czas?

– Ryba ci bierze – powiedział Damian.

Faktycznie, spławik w wodzie zaczął się ruszać. Chłopak odłożył swoją wędkę i krok po kroku tłumaczył, co Ada ma zrobić, aż w końcu wyciągnęli z wody około trzydziestocentymetrową rybę.

– Spora – pochwalił dziewczynę.

– No. – Sapnęła z dumą i przedramieniem odgarnęła włosy z czoła. – Co to jest?

– Chyba leszcz.

Chłopak chwycił rybę i zdjął ją z haczyka. Trzepotała, szarpała się, otwierała raz za razem pysk i migotała skrzelami, próbując nabrać powietrza. Damian wyciągnął z torby nóż i położył rybę na pomoście. Rzuciła się mocno, prawie wyślizgując mu się z dłoni, ale udało mu się ją przytrzymać. Wtedy uderzył ją trzonkiem mocno w tył głowy. Ryba poruszyła się jeszcze kilka razy, aż wreszcie zastygła. Odłożył nóż, puścił ją, a potem zapakował w foliową reklamówkę.

– Myślałam, że ją wypuścimy – powiedziała Ada.

Spojrzał na nią zdziwiony.

– Dlaczego?

Nie potrafiła odpowiedzieć.

– Będziemy ją jeść? To znaczy wszyscy?

– Eee... Nie. Za mała jest przecież. Nie wiem, może potem ją na ognisku zrobię albo coś takiego. Będziesz chciała trochę?

Kiwnęła głową.

– To dam ci znać, jak przyrządzę. Założyć ci kolejną przynętę?

– Nie, dzięki.

– Jasne. Czyli będziesz już wracać? – domyślił się.

– Chyba tak. Sporo tutaj komarów – powiedziała i na potwierdzenie swoich słów zabiła insekta, który usiadł jej na przedramieniu.

– Trafisz z powrotem?

Trochę ją zatkało z oburzenia. Czy naprawdę miał ją aż za taką idiotkę? Przecież szli tylko jedną ścieżką wzdłuż jeziora. Agroturystyka była ledwo dziesięć minut stąd. Jak mogłaby się zgubić?

– Trafię.

– No to cześć.

– Cześć.

Powiedziała to, ale jednak się nie poruszyła. Po co miałaby wracać? – zapytała samą siebie. Żeby znowu siedzieć na pomoście z telefonem w dłoni i czekać na kolejnego esemesa na temat Pawła i tej pipy? Albo po to, żeby rodzice po raz kolejny wcisnęli jej Ignasia do opieki? Damian miał rację. Tutaj przynajmniej nikt niczego od niej nie chciał.

– Co takiego? – zapytał chłopak.

– Zmieniłam zdanie – stwierdziła z łobuzerskim uśmiechem. – Przygotuj mi jeszcze jedną przynętę. Zobaczymy, co tym razem złapię.

3

Robert stał w łazience na szeroko rozstawionych nogach i obserwował żółtawy strumień moczu, który łagodnym łukiem wpadał do toalety. Mruczał przy tym zadowolony, kiedy zmniejszało się parcie na pęcherz. Gdy skończył, spuścił wodę, ale nie włożył spodenek. Stał z penisem w dłoni. Pomyślał o Adzie. Była tak podobna do Kamili, że aż zabolało go serce. Gdyby patrzeć na nie od tyłu, można by łatwo pomylić jedną z drugą. Córka wzięła wszystko, co dobre, od matki i na szczęście nic od ojca. Przez moment zastanawiał się, czy byłby złym człowiekiem, gdyby zaczął się teraz masturbować, myśląc o dziewczynie. Szybko uznał, że jednak tak. Ile ona teraz miała lat? Piętnaście. Może to legalne, jednak wciąż nieprzyzwoite. Ale to ładna dziewczyna, bardzo ładna. Nie rozumiał, dlaczego według Adaomy nie nadaje się na modelkę. Miał zupełnie inne zdanie na ten temat.

Podciągnął spodenki i podszedł do umywalki. Odkręcił kurek tak, by leciała zimna woda, ale jej temperatura była prawie letnia. Opłukał sobie twarz. W pokoju sprawdził komórkę. Miał kilka nieodebranych połączeń, w tym dwa z pracy, ale żadne nie wydało mu się na tyle ważne, by na nie odpowiadać. Zapowiedział, że wyjeżdża na urlop i mają się z nim kontaktować tylko wtedy, gdyby się paliło i waliło. Cóż, gdyby faktycznie tak było, nieodebranych połączeń byłoby dużo więcej. Odłożył telefon i wyciągnął z kraty dwie butelki piwa pszenicznego. Jedno dla siebie, a drugie prawdopodobnie też dla siebie, chociaż może Adaoma da się jednak skusić. Oprócz niego kupił jeszcze sporo ciemnych, koźlaków i porterów, które nadawały się bardziej na wieczór, a także kilka rodzajów IPA i APA.

Wyszedł z domku i skierował się w stronę reszty grupy. Na szczycie skarpy spotkał Michalinę. Szła w przeciwną stronę. Posłała mu radosny uśmiech. Odpowiedział tym samym. Kierowany dobrym humorem przystanął, żeby zamienić z nią kilka słów.

– A pani szanowna jeszcze nie w bikini? – zapytał, przybierając ton natrętnego żigolaka z sanatorium.

Faktycznie, Michalina jako jedyna dziewczyna nie miała na sobie kostiumu kąpielowego. Zamiast tego chodziła w niebieskim tiszercie, białej czapce bejsbolówce i krótkich spodenkach.

– Nie opalisz sobie brzuszka, jeśli będziesz go tak chować.

Spojrzała na niego z kpiącą dezaprobatą.

– Tak – powiedziała, przeciągając to słowo. – Bo ktokolwiek chce oglądać te moje tłuste wałeczki.

Zmarszczył brwi.

– Daj spokój. To znaczy *stop me*, jeśli idę za daleko, ale masz bardzo zgrabny brzuch.

– Uhm...

– Co to znaczy „uhm"?

– „Uhm" znaczy, że dość fałszywie brzmią takie słowa w ustach kogoś, kto sypia z modelką.

Michalina była rezolutna i pyskata. Zawsze ją za to lubił.

– Daj spokój. Przyglądałaś się Adaomie?

– Przyglądałam. Faktycznie, paskuda!

– Kurwa, nie. Nie o tym mówię. Chodzi mi tylko o to, że ona też nie jest doskonała. Te wszystkie jej zdjęcia są potem mocno obrabiane w Photoshopie. Podejdź do niej i sobie zerknij. Ona naprawdę nie wygląda tak jak na fotkach.

– To nie ma znaczenia. Wiem, jak wyglądam. Jestem gruba.

– Daj spokój! – zaprotestował. – Kto ci naopowiadał takich rzeczy?!

Odwróciła się, ale i tak zdążył dojrzeć ten ból i wspomnienie upokorzenia, które ściągnęły jej twarz i wykrzywiły rysy, upodobniając ją na kilka sekund do postaci z marnej telenoweli. I tyle mu wystarczyło, by domyślić się odpowiedzi.

– Jacek – wymówił imię jej eks.

– Nie chcę na ten temat rozmawiać.

– Ale to był on?

– Powiedzmy, że tak.

Skrzywił się i pokręcił głową.

– Dlaczego wiążecie się z takimi palantami?

– My?

– Ty i Kamila. Przecież Arek nie jest dużo lepszy. Pewnie dlatego tak dobrze dogadywał się z twoim mężem. Dwóch dupków, którzy nie wiedzą, jak się zachować.

– Wiesz, to miło, że tak mówisz, ale to jednak hipokryzja z twojej strony.

– Bo Adaoma?

– Dokładnie.

– No dobra, teraz jestem z nią, ale przez te lata byłem związany z wieloma kobietami. I możesz mi wierzyć, akurat niska waga to nie jest najważniejsza rzecz, której oczekują od babek faceci.

– A czego oczekują?

– Tego, żeby wiedziały, czego chcą, i dobrej zabawy.

Spojrzała na niego pytająco, więc poczuł się w obowiązku rozwinąć swoją wypowiedź.

– Niektóre babki same nie wiedzą, czego chcą. Wciąż marudzą, strzelają fochy nie wiadomo o co, a w łóżku... – Przerwał na chwilę, żeby nabrać powietrza. – Mówię teraz o laskach wyglądających, jakby urwały się z kolorowego pisemka.

– Dla panów?

– Dla panów, dla kobiet, nie ma znaczenia. W obu występują te same, tylko w jednym są ubrane. Chodzi mi o to, że niby wszystko mają na swoim miejscu: szczupła talia, była dupcia, były cycki, ale jak dochodziło co do czego, to – opuścił ramiona wzdłuż ciała i cały zesztywniał – tylko leżały. Pamiętam, jak skakałem wokół nich, robiłem cuda, podnosiłem jedną nogę, drugą nogę, odwracałem...

– Możesz mi oszczędzić tych szczegółów.

– Okej. W każdym razie czułem się, jakbym najpierw przejechał sarnę, a potem próbował ją wyruchać.

– Obrazowe porównanie.

– Ale tak to wyglądało. A bywałem też z ładnymi, bardziej okrągłymi kobietkami i...

– To był najlepszy seks twojego życia?

– Nie. Ale bardzo fajny. One cieszyły się tym, co robiliśmy, ja miałem frajdę. Cholernie przyjemne doświadczenie, rozumiesz?

– Nie jestem do końca pewna.

– Jesteś zadbaną, cholernie atrakcyjną kobietą. Jeśli Jacek tego nie widział i opowiadał ci jakieś głupoty, że jesteś za duża, to chuj mu w dupę, bo jest mnóstwo facetów, którzy natychmiast by na ciebie polecieli.

– Bylebym nie leżała jak przejechana sarna.

– Tak właśnie.

– Dzięki.

– Proszę bardzo. To co, wskakujesz w kostium?

– Nie ma mowy – powiedziała stanowczo.

Ze zdziwienia aż cofnął się o krok.

– No co ty? Po tej całej mojej przemowie motywacyjnej?!

Uśmiechnęła się lekko.

– Wczoraj zasnęłam na kocu i spaliłam sobie całe plecy. Chcesz zobaczyć?

Kiwnął głową, więc podeszła do niego i odwróciła się tyłem. Delikatnie odchylił jej kołnierzyk. Dojrzał zapięcie od stanika i intensywnie czerwoną skórę, lśniącą od kremu, z której już płatami schodził naskórek.

– Paskudnie to wygląda – przyznał.

– Dlatego nie ma mowy, żebym wyszła na słońce w kostiumie.

Przechylił nieco głowę w bok. Przyjrzał się jej uważnie.

– Czyli po prostu wyłudziłaś ode mnie komplementy na swój temat? – zapytał z udawanym oburzeniem.

Zatrzepotała rzęsami jak podlotek. Zbliżyła się do niego i położyła mu dłoń na piersi.

– A do tego kilka opowiastek o twoim życiu seksualnym. Chętnie posłuchałabym jeszcze.

– Może kiedyś. Jacek naprawdę mówił ci takie rzeczy?

– Dlatego rozwiodłam się z nim – powiedziała. – A teraz wybacz, ale muszę pędzić po jedzonko dla dzieciaków.

Patrzył za nią, jak odchodzi, wciąż rozbawiony rozmową. Lubił Michalinę, nawet bardzo. Za jej otwartość, pyskatość i rezolutność, za to, że dało się porozmawiać z nią o wszystkim i mieli podobne poczucie humoru. I naprawdę wierzył w to, co powiedział – była atrakcyjną kobietą. Kiedyś, dawno temu, zastanawiał się nawet nad tym, czy by z nią nie zakręcić, ale potem związał się z Kamilą, rozstali się z Kamilą, ona zaszła w ciążę, jemu trochę odbiło i koniec końców do niczego nie doszło. W sumie dobrze, pomyślał, bo nie była tak naprawdę w jego guście. Pewnie by ją unieszczęśliwił, a wolał mieć w niej przyjaciółkę. Nawet jeśli tak rzadko się widywali. Jednak parę razy zdarzało mu się zastanawiać, jaka jest w łóżku. Podejrzewał, że świetna. Chętna, otwarta i entuzjastyczna.

Otrząsnął się z tych myśli i przyłożył sobie do karku butelkę wciąż zimnego piwa, a potem ruszył z powrotem do Adaomy. Chciał wypić z nią po browarze, a potem namówić na wspólny prysznic dla ochłody. Był dziwnie pewien, że wtedy, przynajmniej przez moment, będzie myśleć o Michalinie.

POMIĘDZY

1

Brama była otwarta, więc czerwone bmw po prostu wjechało na teren posesji w pełnym pędzie. Grudy błota i kamienie wyskakiwały spod ciężkich opon z imponującym rozbryzgiem na wszystkie strony. Leżący niedaleko pies w ostatniej chwili zdołał poderwać się na nogi i uciec z podkulonym ogonem. Kierowca albo go nie zauważył, albo, co wydawało się bardziej prawdopodobne, świadomie nie zwolnił. Potem wykonał wielki łuk po podwórku i zaparkował niemalże na środku placu. Przez moment nic się nie działo. Samochód stał z włączonym silnikiem, przestraszony pies okrążał go niespiesznie, co pewien czas przystając i wydając z siebie pojedynczy szczek. Nagle kierowca zaczął trąbić. Najpierw kilka razy krótko, a potem po prostu trzymał włączony klakson do momentu, kiedy z domu wyszedł Krzysztof. I dopiero wtedy z auta wyłonił się Kajetan. Pomimo tego, że niebo było mocno zachmurzone i co chwila padała drobna mżawka, miał na nosie lustrzane okulary przeciwsłoneczne. Zakręcił w palcach kluczykami i wrzucił je do kieszeni puchowej kamizelki.

Krzysztof człapał przez mokrą trawę w klapkach, krzywiąc się przy każdym kroku, bo wilgoć moczyła mu szare skarpetki.

– Co jest, sąsiad?! – zawołał z daleka.

– A nic! – odpowiedział Kajetan. – Tak tylko chciałem pokazać wasz teren przyjaciołom.

Uderzył dwa razy pięścią o dach samochodu. Na ten sygnał z obu stron wysiadło z niego dwoje ludzi po czterdziestce – mężczyzna i kobieta. Już na pierwszy rzut oka trudno było ich uznać za znajomych Kajetana. Dzieliła ich wyraźna, chociaż niewidoczna od razu granica wyznaczona jakością odzieży, ogólnym zaniedbaniem i przestraszonym niepewnym spojrzeniem, kiedy rozglądali się dookoła. Oboje byli do siebie podobni. Te same ciemne włosy, mocno już przeplatane siwizną. Kobieta próbowała maskować je farbowaniem, ale prawdopodobnie dawno nie odwiedzała fryzjera, ponieważ odrosty sięgały już kilku centymetrów. Oboje mieli na sobie ubrania, które próbowały być eleganckie. On pod ciemną polarową kurtką miał znoszony i źle wyprasowany garnitur. Nie założył krawata i wyglądał na takiego, który nie wie, jak go zawiązać. Ona zdecydowała się na ciemne rajstopy i spódnicę w kratę do czarnego wełnianego swetra. Wyglądali, jakby szli na pogrzeb. Krzysztof był pewien, że nigdy ich nie spotkał, ale wydawali się dziwnie znajomi.

– Państwo chcą wynająć domek? – zapytał. – Zimno już jest, ale możemy jakąś farelkę wsadzić, nie? Trzeba będzie dopłacić, bo to prądu żre, wiadomo, ale się da.

– Nic z tych rzeczy – przerwał mu Kajetan, a Krzysztof pomyślał, że sąsiad traktuje go jak sprzedawcę w sklepie, kogoś, kogo można lekceważyć i obrażać, bo tak czy siak, musi być dla ciebie miły i uczynny. Zastanawiał się, dlaczego i co się dzieje. Z powodu sprzeciwu teścia odrzucili ofertę Kajetana, jednak mężczyzna przyjął to z życzliwym spokojem. Siedzieli wtedy u niego w domu, pili wódkę, palili cygara. Dominikańskie, nie kubańskie. Zapamiętał to, bo Kajetan kilka razy to podkreślał. Jego zdaniem dominikańskie były lepsze. Tańsze, a równie dobre. Ten sam klimat, świetna gleba i żadnych problemów z komuchami. Wódkę pili polską.

– Ja cię rozumiem – mówił wtedy Kajetan. – Ciężko jest z takim teściem. Sam miałem ze swoim przeprawę. Gdybym się go słuchał, do niczego bym nie doszedł. Nie, mała?! – krzyknął na koniec w stronę siedzącej na kanapie, wpatrzonej w telewizor żony. Kobieta odwróciła się do nich z trudem, jakby była maszyną ze źle naoliwionym mechanizmem.

– Co takiego?

– Mówię, że jakbym słuchał twojego starego, to nigdy w życiu do niczego bym nie doszedł. Prawda?

– Prawda – przytaknęła tylko po to, by jak najszybciej zakończyć rozmowę i wrócić do oglądania telewizji.

– Starsi ludzie nie rozumieją nas, młodych. – Wskazał na siebie i Krzysztofa, choć dzieliło ich co najmniej dziesięć lat. – Ludzi z wizją. Dalej chcieliby robić to, co robili przez całe życie. I ja ich nie winię. Tylko człowiek powinien wiedzieć, kiedy ustąpić, zejść ze sceny i zrobić miejsce młodszym. Mam rację?

– Masz.

– Inaczej stają się jedynie przeszkodą, która stoi nam na drodze do rozwoju. No ale co zrobić, nie?

– Co zrobić.

– Napijmy się jeszcze.

Od tamtego czasu zamienili ledwo kilka słów, kiedy na siebie wpadali w pobliskim miasteczku. Te rozmowy nie były serdeczne, jednak wrogie też nie.

– Podoba wam się tutaj? – odezwał się do swoich towarzyszy Kajetan.

Pokiwali głowami. Wydawało się, że z jakiegoś powodu nie są w stanie albo nie chcą wydobyć z siebie słowa.

– Trochę się pozmieniało, ale wspomnienia wracają, prawda?!

– No... – wydusiła z siebie kobieta.

Krzysztof coraz mniej rozumiał. Kim byli ci ludzie? Jakie wspomnienia wracały? Czy przyjechali tutaj kiedyś na wakacje?

Ale skoro tak, to po co Kajetan ich przywiózł? O co tu chodziło? Zanim zdążył zadać którekolwiek z tych pytań, drzwi od domu otworzyły się z głośnym trzaskiem. Krzysztof odwrócił się w samą porę, by zobaczyć wypadającego z nich teścia. Przestraszył się, kiedy w jego dłoniach ujrzał strzelbę.

– Co wy tu, kurwa, robicie?! – wrzasnął starzec.

Kajetan uśmiechnął się zadowolony, jakby czekał właśnie na tę reakcję. Mężczyzna w garniturze i kobieta popatrzyli na siebie spłoszeni i przez chwilę wydawało się, że rzucą się na wyścigi do samochodu.

– Wypierdalać mi stąd! Ale już! Nie ma was tutaj! Nie ma, kurwy jedne z kurewskiej matki!

Z każdym przekleństwem teścia twarz Kajetana coraz bardziej jaśniała zadowoleniem.

– Panie Szuwarski – powiedział łagodnym głosem, w którym brzmiała łatwo słyszalna nutka drwiny – proszę się uspokoić. Nerwy szkodzą, proszę pana.

Stary przystanął. Zacisnął szczęki, a palec prawej dłoni powędrował w kierunku spustu. Krzysztof myślał, że przez te wszystkie lata dobrze poznał swojego teścia. To był trudny we współżyciu człowiek, twardy i bezpośredni. Miał swoje zasady, czasami trudne do zrozumienia, ale trzymał się ich konsekwentnie. Często się denerwował, jednak zięć nigdy jeszcze nie widział go tak wściekłego. Gniew go wypełniał, zdawał się kierować każdym jego krokiem, każdym najmniejszym nawet ruchem. I Krzysztof przestraszył się, bo zrozumiał, że nikt, nawet stary, nie panuje już nad tą sytuacją.

– Ty ich tutaj przywiozłeś? – Teść spojrzał na sąsiada.

– Ja.

– To teraz pakuj ich do tego autka i spierdalaj, zanim wam wszystkim podziurawię dupska.

– Raczej nie. To sentymentalna wyprawa, a my mamy tu jeszcze kilka rzeczy do obejrzenia.

Starzec podniósł strzelbę do ramienia. Wydawało się, że zaraz strzeli do Kajetana, ale wzniósł lufę w powietrze i nacisnął spust. Rozległ się przerażający huk. Okoliczne ptaki poderwały się stadami do lotu, a pies, który do tej pory krążył między ludźmi, ze skowytem uciekł pomiędzy zabudowania. Krzysztof aż podskoczył przestraszony, para rzuciła się w bok, próbując się schować za bmw, tylko Kajetan stał bez ruchu. Ciągle zadowolony i uradowany jak mały chłopiec w dzień swoich urodzin.

– No co pan! Panie Szuwarski! – krzyknął. – Tak do własnych dzieci?! Ze strzelbą?!

Krzysztof otworzył szeroko oczy. Olśniło go. Już wiedział, dlaczego ci ludzie wydawali mu się znajomi. Podobieństwo nie było wielkie, ale jednak dostrzegalne. Zbliżony zarys szczęki, szczególnie u mężczyzny, kształt nosa, linia włosów.

– To nie są moje dzieci – warknął teść.

– Bo pan musi wiedzieć – Kajetan zwrócił się teraz do Krzysztofa – że przywiozłem wam rodzinę. Konkretnie to pański szwagier i szwagierka. Chyba, bo to przyrodnie rodzeństwo pańskiej małżonki. Pan wiedział, że teść był żonaty wcześniej? Przed związkiem z matką pańskiej żony.

Potwierdził ruchem głowy. Znał tę historię, chociaż musiał ją sobie ułożyć z kawałków, które przez lata zebrał tu i tam z rozmów z różnymi ludźmi.

– Problem polega na tym, że nie rozwiódł się z tą poprzednią, zanim wziął sobie kolejną, co czyni go bigamistą i co jest przestępstwem. No ale skoro obie żony nie żyją, to nie będziemy w to wchodzić, prawda? Teść po prostu wyrzucił pierwszą żonę z dziećmi z domu i tyle tego było – mówił spokojnie Kajetan. – Co ważne, ta ziemia nigdy nie należała do niego. Jego teść jeszcze przed ślubem przepisał ją na córkę, czyli pierwszą żonę pańskiego teścia. A teraz ziemia należy do tych państwa. – Wskazał na stojącą obok samochodu parę. – Ale na tym historia się nie kończy. Ojciec przez całe lata nie interesował się ich losem, nie dawał pieniędzy na ich utrzymanie, nieodpłatnie korzystał z ziemi, która należała do jego prawowitej żony. To są konkretne, bardzo konkretne roszczenia, chociaż nie wymieniłem jeszcze wszystkich. Bo – wzniósł palec w górę – za moją namową ci państwo postanowili wnieść sprawę do sądu.

Starzec, do tej pory słuchający tego wszystkiego z kamienną twarzą, demonstracyjnie złamał strzelbę. Z kieszeni wyciągnął dwa naboje i zaczął ładować broń.

– Proponowałem wam dobry biznes, panowie – powiedział Kajetan. – Uczciwy i zyskowny dla wszystkich. Odrzuciliście moją ofertę, więc cóż... Ja i tak wezmę to, co chcę, a przy okazji dam zarobić tym państwu. – Wskazał na przywiezioną parę. – Wasza strata.

Stary przyłożył strzelbę do ramienia. Tym razem po prostu wycelował w Kajetana. Palec trzymał na spuście.

– I co? Zastrzeli mnie pan teraz, panie Szuwarski? Serio? Myśli pan, że drugi raz ujdzie panu taki numer na sucho?!

– Ja już jestem stary – odpowiedział mu mężczyzna.

Przez kilka sekund obaj mierzyli się wzrokiem. Wreszcie Kajetan wyciągnął kluczyki od samochodu z kieszeni i gestem dał znać parze, że mają wsiadać do auta. Zrobili to z widoczną ulgą.

– Za parę dni przyjdzie do was pismo z sądu – rzucił na odchodnym. – Zbierajcie już na dobrego adwokata.

Wskoczył do bmw i odjechał z rykiem silnika. Krzysztof odetchnął z ulgą, a potem powoli zaczęło do niego docierać, co właśnie się stało. Dzieci teścia. Pozew sądowy. Utrata ziemi. A do tego jeszcze kredyty na głowie. Podszedł do Szuwara.

– To prawda? – zapytał.

– Co prawda? – odburknął teść.

– To twoje dzieci?

– To nie są moje dzieci.

– Ale rozwiodłeś się z poprzednią żoną?

Stary wreszcie opuścił strzelbę, którą ciągle trzymał gotową do strzału. Jakby spodziewał się, że Kajetan zaraz tu wróci.

– Z tamtą braliśmy ślub przed urzędem. Z Małgosią tak, jak trzeba, w kościele. Tylko ten przed Bogiem jest ważny.

Zmroziło go. Stracą ośrodek, ten facet go zabierze. Pieprzona fałszywa gnida, myślał. A z taką serdecznością go przyjął, tak chętnie dolewał wódki, częstował cygarami, klepał po plecach, jakby mieli zostać przyjaciółmi. A już wtedy to obmyślał, szukał sposobu, by dobrać się do ich własności. Krzysztof pożałował, że teść jednak nie zastrzelił Kajetana. I nagle coś sobie przypomniał.

– Co on miał na myśli? – zapytał. – Kiedy powiedział, że drugi raz nie ujdzie ci na sucho.

Teść machnął ręką.

– Ludzie głupoty gadają – stwierdził, a potem odwrócił się i poszedł w kierunku domu.

Krzysztof został na podwórku sam. Postanowił zamknąć bramę. Pomyślał, że nie powinna być otwarta. Czekał ich sąd. Potrzebowali pieniędzy na adwokata. Porządnego adwokata, a nie takiego wsiowego. Takiego, który wyciągnie ich z tych kłopotów. Potrzebowali pieniędzy. Sporo pieniędzy.

2

– Nie pierdol. Na pewno ją gdzieś wciśniecie.

Robert pomasował się po czole, słuchając odpowiedzi. Dopiero zaczął tę rozmowę, a już miał jej dość.

– Robicie te wszystkie gówna, nie wiem, o operacjach plastycznych, gotowaniu czegoś tam, odnawianiu domów, mebli, zresztą co ja ci będę opowiadał, znasz lepiej program swojej stacji ode mnie.

Jechał taksówką przez Warszawę. Na zewnątrz lało, a on nie wziął ze sobą parasola. Miał do przejścia tylko kilkanaście metrów, ale był pewien, że i tak zdąży przemoknąć.

– Proszę cię. Możesz zatrudnić atrakcyjną babkę, która pasuje do profilu waszej stacji, ma wieloletnie obycie przed kamerą, więc nie musisz jej szkolić, a do tego już jest popularna. Kurwa, możesz z tego zrobić *main event* do waszej kolejnej ramówki! Prawdziwy hit.

Taksówkarz co chwila zerkał w lusterko, podsłuchując rozmowę. Robert dał mu gestem znać, żeby patrzył przed siebie.

– Nie rozbijecie się o kasę. Dogadacie się – mówił. – Między nami, to nie chodzi o kasę, tylko o robotę. Żeby nie miała zbyt dużej przerwy i nie dała widzom o sobie zapomnieć.

Poluźnił trochę krawat i przez moment zastanawiał się, czy w ogóle go nie zdjąć. Mógł sobie na to pozwolić. Spotkanie, na które jechał, nie było oficjalne.

– Słuchaj – przerwał ostro swojemu rozmówcy. – Widzę, co robisz. I wiesz co, kiedy ty będziesz potrzebował mojej pomocy, a prędzej czy później będziesz potrzebował mojej pomocy, pokażę ci dokładnie takiego samego chłona, jakiego ty teraz pokazujesz mi. A potem wsadzę ci go w dupę.

Rozłączył się zdenerwowany. Przez resztę drogi po prostu wpatrywał się w szybę, obserwując fantazyjne wzory, jakie tworzyły krople rozmazujące się na szkle.

– Sześćdziesiąt złotych to będzie – powiedział taksówkarz, kiedy dojechali na miejsce.

Robert wyciągnął kartę i zapłacił zbliżeniowo. Gdy otworzył drzwi, zauważył, że zatrzymali się tuż przy wielkiej kałuży. Zastanawiał się, czy taksiarz zrobił to specjalnie, i uznał, że tak. Zatrzasnął drzwi.

– Pan przejedzie parę metrów, dobra? – rzucił.

Taksówkarz kiwnął głową. Samochód przesunął się o kawałek. Robert wypadł na zewnątrz, a potem szybko przebiegł odcinek dzielący go od drzwi restauracji. Już w środku zdjął z siebie płaszcz i powiesił na wieszaku.

Lokal miał nowoczesne wnętrze, ale niczym się nie wyróżniał. Jedna z wielu knajp w okolicach centrum, która pojawiła się jakiś czas temu i pewnie za jakiś czas zniknie, po czym zastąpi ją kolejna, którą spotka dokładnie ten sam los. Wybrała ją Kamila. Robert wypatrzył przyjaciółkę przy dwuosobowym stoliku, niemal na końcu sali. Coś go ścisnęło, kiedy zobaczył, jak wygląda. Schudła, nie tak zdrowo, tylko jakby po prostu zapomniała, że musi jeść. Pomimo tego jej twarz była opuchnięta, a nieudolnie wykonany makijaż pogłębiał upiorny efekt.

– Cześć – powiedział, podchodząc do stolika.

– Cześć – odparła.

Zanim wreszcie zdecydował się usiąść, zastanawiał się, czy jest coś, co powinien jeszcze w tej chwili powiedzieć. Zaraz też pojawiła się przy nich kelnerka, podając dwie karty dań.

– Będziesz coś jeść? – zapytał.

Kamila pokręciła głową. Już chciał poradzić, by coś zamówiła, ale ugryzł się w język. Czuł, że nie powinien tego robić. Sam też stracił apetyt.

– To może przynajmniej coś do picia?

Zgodziła się i poprosiła o herbatę. Dla siebie zamówił kawę. Zwykłą, czarną.

– Co u ciebie słychać? – Zdawał sobie sprawę, że w tej sytuacji to kiepskie rozpoczęcie rozmowy. – Czy cokolwiek się... Macie jakieś nowe informacje?

– Nie.

Widział, jak walczy sama ze sobą, by zmusić się do uśmiechu. Zrozumiał, że dla niej to spotkanie stanowi niewiarygodny wysiłek, gigantyczną próbę i Kamila wciąż jeszcze nie była pewna, czy sobie poradzi. Zmartwił się, że nie wyczuł tego wcześniej. Przez telefon brzmiała prawie normalnie. Gdyby wiedział, zaproponowałby miejsce gdzieś bliżej jej domu.

– Niczego nowego nie wiemy – dodała.

– Bardzo mi przykro.

Kolejna rytualna formułka, która go uwierała. Czy naprawdę nie dało się mówić o tym wszystkim w bardziej normalny sposób? Równie dobrze mogliby posadzić na tych krzesłach dwie maszyny – odbyłyby tę rozmowę, oszczędzając im i skrępowania, i wysiłku.

– Dziękuję.

Kelnerka przyniosła ich zamówienia. Kamila nalała sobie do filiżanki herbaty z małego dzbanka, on upił łyk kawy. Trzymał ją w ustach zdecydowanie dłużej niż zazwyczaj. Wszystko, byleby nic nie mówić. Zaczynał żałować, że tu przyszedł.

Spośród wszystkich dziewczyn tylko Kamila zawsze go onieśmielała i tylko do niej nie potrafił zagadać. Do dzisiaj pamiętał dokładnie, kiedy po raz pierwszy ją zobaczył, na korytarzu uniwersyteckim. Miała na sobie kozaki na obcasie, czarną spódniczkę sięgającą kolan i prostą obcisłą fioletową bluzkę. I już wtedy wiedział, że to najpiękniejsza i najbardziej seksowna rzecz, jaką zobaczy w całym swoim życiu, że cokolwiek wydarzy się później, nie będzie już tak dobre. I ta świadomość totalnie go obezwładniała. Pamiętał, że ilekroć miał odezwać się do Kamili, paraliżował go strach. W końcu to ona do niego zagadała, na imprezie u kumpla, który obchodził urodziny. To było pod sam koniec, kiedy większość towarzystwa już się zmyła. Siedział sam w pokoju, nie pamiętał dlaczego. Podszedł do laptopa kumpla i włączył muzykę, nawet nie patrząc, co wybiera.

– Lubię tę piosenkę – odezwała się Kamila.

– Ja też – skłamał, bo słyszał ją po raz pierwszy w życiu.

– Jest absolutnie piękna. I taka smutna.

Starał się wsłuchać w tekst i równocześnie wymyślić jakąś odpowiedź. W ucho wpadały mu tylko pojedyncze słowa, które nie chciały ułożyć się w sensowną historię: *as I say goodbye, by Christmas time, you will find another soldier.*

– Masz fajkę?

Nie miał, ale na biurku leżała czyjaś paczka lm-ów. Podał ją Kamili, udając, że to jego. Sam też wziął jednego i znalazł zapalniczkę. Palili potem w milczeniu, czekając, aż piosenka się skończy. Siedzieli obok siebie, a on zerkał na jej biust – miał nadzieję, że dyskretnie – który unosił się i opadał w rytmie wdychanego i wypuszczanego dymu.

– Chciałabym pójść na jego koncert.

– Ja też.

– Są tu jeszcze jakieś jego piosenki?

– Nie wiem. Sprawdzę.

Podniósł się i zerknął na ekran laptopa. Tom Waits *Ruby's Arms*. Potem słuchał tego chyba z tysiąc razy. Facet wstaje rano, cicho się ubiera i wychodzi od swojej dziewczyny, by nigdy do niej nie wrócić. Zostawia jej wszystkie swoje rzeczy i jest pewien, że ona ułoży sobie życie bez niego. Piosenka faktycznie była smutna. Przede wszystkim dlatego, że facet naprawdę kochał tę dziewczynę. Cierpiał, kiedy ją zostawiał, ale z jakiegoś powodu musiał to zrobić. Nie on decydował, tylko pieprzone fatum. Jednak ulubioną piosenką Roberta stał się duet Waitsa z Bette Midler *I Never Talk to Strangers*, bo to przy nim po raz pierwszy zaczęli się całować. Tę piosenkę puścił jako drugą. Kamila odwróciła się do niego, zaczęła śpiewać partię Midler i oczekiwała, że on włączy się jako Waits. Zaczął poruszać wargami i coś tam mruczeć, aż nagle poczuł jej usta na swoich i tekst piosenki przestał mieć jakiekolwiek znaczenie.

Do dziś zastanawiał się, co by było, gdyby zamiast Waitsa puścił na przykład Mastodona, którego wtedy słuchał, chociaż nie było tego po nim widać.

Następnego dnia obudził się mocno skacowany, ze smakiem popielniczki w ustach. Na szczęście pamiętał to, co wydarzyło się poprzedniej nocy. Walczył przez kilka godzin, zanim zdecydował się zadzwonić do Kamili (wcześniej zdobywając jej numer jakimiś pokrętnymi kanałami). Bał się, że była zbyt pijana, że potraktowała to jako imprezowy wybryk bez znaczenia albo, co gorsza, żałuje tego, co zaszło. Z tego, co pamiętał, udało mu się zdjąć jej stanik i pieścić piersi, do niczego więcej nie doszło. Na szczęście zgodziła się spotkać. Umówili się w pubie i wypili kilka piw, zgodnie omijając temat poprzedniej nocy, jednak pod koniec znów się całowali, może mniej spontanicznie, ale bardziej uważnie, i tak zaczęli być razem.

A teraz, kiedy na nią patrzył, wydawało mu się, że to wszystko wydarzyło się tysiąc lat temu i miało niewiele wspólnego z prawdą.

– Przepraszam, że zawracam ci głowę – powiedziała cicho. – Pewnie jesteś bardzo zajęty.

– Żaden problem. W czym mogę pomóc?

Zakręciła kilka razy łyżeczką w filiżance.

– Kamila?

Przełknęła ślinę. Przez sekundę wydawało się, że zacznie płakać, i Robert prawie wpadł w panikę, bo nie miał pojęcia, jak się zachować. Ale wzięła się w garść.

– Muszę cię prosić o pomoc.

– Jasne. Co mogę dla ciebie zrobić?

Sięgnęła do torebki i wyjęła złożoną na cztery kartkę. Podała ją szybko Robertowi, jakby to było coś wstydliwego. Przeczytał. Zawiadomienie z banku o przyznaniu kredytu konsumpcyjnego na kwotę dwudziestu tysięcy złotych.

– Przepraszam, ale nie rozumiem.

– Znalazłam... – Przerwała. Napiła się herbaty. – Znalazłam to w rzeczach Arka. Spytałam go o to i...

– I?

– Powiedział mi, że bardzo dużo wydajemy na poszukiwania Ady. Prywatny detektyw, jasnowidz...

– Byliście u jasnowidza? – zapytał i od razu pożałował. Odwróciła wzrok, wyraźnie skrępowana.

– Tak. To ja nalegałam. Pewnie masz mnie za idiotkę, ale...

– Nie mam – przerwał. – Mów dalej o tej pożyczce.

Spojrzała na niego z wdzięcznością, że jej nie ocenia.

– Do tego działania w internecie, wykupywanie reklam na stronach społecznościowych. To jest podobno bardzo drogie. Musieliśmy też zapłacić tej kobiecie od PR-u, którą nam przysłałeś. To znaczy wiesz, ja ci za to bardzo dziękuję...

– Czekaj, czekaj – przerwał jej po raz kolejny. – Zapłaciliście coś Oliwii?

– Tak powiedział Arek – potwierdziła.

– Nie, nie. To miała być przysługa. Obiecała mi, że zrobi to za darmo. Dlaczego do mnie nie zadzwoniliście?

– Nie wiem, ja tego nie kontroluję. Ja... Nie mam do tego głowy. Naprawdę nie mam. Nie mam głowy do niczego. Jestem na L4, nie pracuję, łykam tylko proszki i...

Chwycił ją za dłoń i ścisnął mocno, zanim zdążyła się załamać.

– Spokojnie, spokojnie – powiedział cicho. – To nie wasz problem. Zajmę się wszystkim, dobrze? Wyjaśnię to, dobrze?

W jej oczach zalśniły łzy wdzięczności.

– Czy mogę coś jeszcze dla ciebie zrobić?

Poczekał chwilę, aż zbierze siły.

– Nie chcę, żeby Arek brał pożyczkę w banku – wyszeptała.

– Okej.

– Ale potrzebujemy tych pieniędzy, żeby znaleźć Adę.

– Rozumiem. – Domyślił się, jaki będzie ciąg dalszy.

– Mógłbyś nam pożyczyć trochę? Oddamy, kiedy to się skończy, kiedy staniemy na nogi. Oddamy.

Pogładził jej dłoń.

– Spokojnie. Ile potrzebujecie?

– Trzydzieści tysięcy – powiedziała nieśmiało. – Żeby oddać to – wskazała na kartkę – i żeby jeszcze trochę zostało. Może czterdzieści.

– Dam wam pięćdziesiąt – zdecydował. – Oddacie, tak jak mówisz, kiedy będziecie mogli.

– Dziękuję – wyszeptała i od razu odwróciła się od niego. Wreszcie zaczęła płakać.

Wyszedł z tamtej restauracji, gdy Kamila się uspokoiła i był pewien, że bezpiecznie trafi do domu. Zamówił jej taksówkę i wsadził do samochodu. Raz jeszcze mu podziękowała, a on raz jeszcze zapewnił ją, że to żaden problem. Miał trochę oszczędności. Lukę zapełni mu kolejna premia, którą dostanie, jeśli zwolni jeszcze z dwadzieścia osób.

Przestało już padać, więc postanowił trochę się przejść. Wyjął telefon i wybrał numer. Oliwia odebrała po kilku sygnałach.

– Cześć, Robercik.

– Rozmawiałem z Kamilą, matką Ady. Pamiętasz ją?

– Oczywiście. Czy ta dziewczyna się znalazła? – W głosie specjalistki od kontaktów z mediami zabrzmiała szczera troska. Postanowił to zignorować.

– Nie. Kamila powiedziała, że zapłacili ci za to, co zrobiłaś. Nie tak się, kurwa, umawialiśmy.

– Robert...

– Ja rozumiem, że mogłaś mieć jakieś koszty i nie chciałaś dopłacać do interesu, ale trzeba było z tym, do cholery, zadzwonić do mnie. To miała być pomoc dla nich, a nie, kurwa, kolejny problem zrzucany im na barki!

– Robert, słuchaj...

– Nie! To ty mnie słuchaj, Oliwia. Wkurwiłaś mnie. Wkurwiłaś mnie, i to mocno. I dopilnuję, żebyś oberwała za to po łbie. Możesz się, kurwa, pożegnać z obsługą PR-ową naszych gwiazdek, bo powiem im o tobie kilka mocnych słów. Bo się, kurwa, połakomiłaś na kasę od ludzi, którzy przeżywają tragedię!

– Nie wzięłam od nich ani złotówki.

Zamurowało go. Przystanął. Zabolało, jakby dostał cios w żołądek.

– Słucham?

– Nie wzięłam od nich ani złotówki.

– Kamila powiedziała mi, że...

– Nie wiem, o co chodzi – przerwała mu – ale jak mi nie wierzysz, to mogę ci pokazać nasze przelewy z tamtego okresu.

– Nie trzeba.

Oliwia westchnęła ciężko.

– Nie wzięłam od nich ani złotówki. Po pierwsze dlatego, że tak się umawialiśmy. Po drugie, nie jestem bez serca. Wiem, co spotkało tych ludzi. Cieszyłam się, że mogłam im pomóc. Po trzecie, nie narobiłam się specjalnie. Temat sam żarł jak złoto. Niewiele musiałam robić, żeby zainteresować tym dziennikarzy.

– Rozumiem.

– I...

– Co i?

– Doczekam się przeprosin?

Zacisnął palce na telefonie. Miał ochotę rzucić nim o ścianę. Zrobił z siebie idiotę.

– Przepraszam. To musi być jakieś straszne nieporozumienie.

Oliwia zawahała się na moment.

– Słuchaj, jestem pewna, że nic od nich nie braliśmy, ale dla pewności każę jeszcze sprawdzić nasze faktury, okej? Jak coś wyjdzie, to zadzwonię i wyprostujemy sprawę, dobra?

– Dziękuję.

Wiedział, że Oliwia nic nie znajdzie, że nie wzięła żadnych pieniędzy. Powiedziała to, co powiedziała, żeby złagodzić jego upokorzenie. Pożegnał się i rozłączył.

Dlaczego w takim razie Kamila upierała się, że zapłacili? A potem przypomniał sobie dokładnie jej słowa. To Arek tak twierdził. Ten dupek, wredny mały facecik, któremu nigdy nic się nie udało i który marnował życie żonie oraz własnym dzieciom. Robert zawsze nim gardził. Nigdy nie spodziewał się po nim niczego dobrego, ale nie rozumiał, dlaczego teraz Arek skłamał. Coś było nie tak. Coś było bardzo nie tak i to Kamila najbardziej na tym ucierpi.

3

– Poczekaj chwilę.

Merry weszła pierwsza, zostawiając otwartą bramę. Wielki pies, kundel, mieszaniec wilczura, biegł w ich stronę. Merdał ogonem, ale kiedy dostrzegł Damiana, natychmiast wyszczerzył zęby, zawarczał głośno, z głębi gardła, a na pysku pojawiła mu się spieniona ślina. Dziewczyna chwyciła go za obrożę i przytrzymała.

– Stój! Stój! – krzyczała, szarpiąc zwierzę. – Siad! Siad!

Damian przypatrywał się temu oniemiały. Pies był ogromny. Z każdym jego ruchem Merry aż podskakiwała. W pewnym momencie podniosła głowę i zawołała do chłopaka:

– Biegnij do domu! Powinno być otwarte!

Puścił się pędem, dopadł do drzwi i chwycił za klamkę.

– Zamknięte! – krzyknął.

– Kurwa!

Pies rzucił się mocno. Merry prawie straciła równowagę.

– Stój, Rambo! Debilu! – wrzeszczała, równocześnie kopiąc go z całych sił kolanem w bok. Zwierzę wydawało się tego nie zauważać. Damian zastanawiał się, czy nie powinien jej pomóc, ale ona i pies kręcili się w tak dziwacznym tańcu, że nie był pewien, jak miałby to zrobić. Zresztą jeśli tylko się zbliży, jeszcze bardziej rozsierdzi kundla.

Merry kopnęła psa po raz kolejny, musiała trafić w jakąś czułą część, bo zaskowyczał i na chwilę się uspokoił. Wykorzystała to, by sięgnąć do kieszeni i rzucić Damianowi klucze. Prawie je złapał, ale wyślizgnęły mu się spomiędzy palców i upadły na ziemię. Podniósł je błyskawicznie, otworzył drzwi i wszedł do środka. Ściągnął buty i stanął na progu salonu. Kiedyś znajdowała się tu leśniczówka, niewielki domek, mocno zaniedbany. Ojciec Merry znacznie go przebudował, powiększył i odnowił. Pokój zajmował prawie cały parter. Na białych ścianach wisiało kilka obrazów z abstrakcyjnymi wzorami, a pomiędzy nimi ogromny telewizor z zestawem kina domowego w centralnym miejscu. Zestaw wypoczynkowy miał czarną skórzaną tapicerkę. Wielkie okna na ogród wpuszczały do środka pierwsze zimowe promienie słońca.

Drzwi trzasnęły. Merry wpadła do domu, czerwona na twarzy i spocona. Zrzuciła kurtkę prosto na podłogę i cisnęła plecakiem o najbliższą ścianę.

– Jak ja nienawidzę tego psa! – krzyknęła. – Mogłabym go zabić!

– Jasne. Groźnie wygląda.

– Ja nie żartuję – powiedziała, zbliżając się do Damiana. Jej oczy błyszczały, jakby była chora. – Mogłabym go zabić.

Minęła chłopaka i przeszła do otwartej kuchni. Wyciągnęła szklankę z szafki i nalała sobie wody. Wypiła ją duszkiem.

– Też chcesz? – zapytała Damiana. Pokręcił głową. – Ojciec go przywiózł, ale jak miał już rok czy coś – ciągnęła opowieść o psie, wciąż mocno poruszona. – Od początku był taki głupi. Nawet matkę pogryzł.

– Naprawdę?

– Naprawdę. Ojciec go wtedy sprał do krwi. Jednego zęba mu wybił, a u psa to nie jest tak łatwo. Od tego czasu kundel nawet nie zbliża się do matki.

– A ciebie kiedyś pogryzł?

– Nie, mnie jakoś się boi. Mnie i ojca, matki nie. Wie, że jest słaba. Ale i tak go nie lubię. Jest wredny. I to imię – Rambo. Głupszego ojciec nie mógł wymyślić.

– No – zgodził się, chociaż nie wiedział, o co jej chodzi. Imię jak imię. Oni nigdy nie mieli z tym problemu – pierwsze, które przychodziło im do głowy i jako tako pasowało do zwierzaka, zostawało.

Dziewczyna nalała sobie kolejną szklankę wody.

– Na pewno nie chcesz? A coś mocniejszego? Ojciec ma piwo w lodówce. Wódkę i coś jeszcze w barku.

– Nie zorientuje się?

– Pomyśli, że matka wypiła. Ona często pije. A potem nie pamięta co. Więc luz, możesz brać. Chcesz?

Przez moment zamierzał przytaknąć, bo najwyraźniej tego oczekiwała, a on chciał pokazać, że jest wystarczająco fajny, odważny. Potem jednak przestraszył się, że jej ojciec i tak odkryje brak alkoholu i będą kłopoty. Albo dla niej, albo dla niego. Już i tak jest źle, pomyślał. Nie wiedział dokładnie, o co chodzi, ale jego rodzice ostro pokłócili się z rodzicami Merry. Kiedy próbował dowiedzieć się czegoś więcej, zbywali go, mówiąc, że to nie jest jego problem, albo kazali mu iść do siebie i odrabiać lekcje. Poza tym krzywo patrzyli na dziewczynę. Nie podobało im się, że razem wracają ze szkoły. Szczególnie ojcu, który był najbardziej wściekły z nich wszystkich.

– A gdzie jest twoja mama? – zapytał Damian.

Wzruszyła ramionami.

– Nie wiem. Miała być w domu. Może już się schlała i śpi u siebie.

Instynktownie odwrócił się w stronę schodów, jakby spodziewał się, że ujrzy tam kobietę. Ale nikogo nie było. W ogóle ten dom wydawał mu się niesamowicie pusty i cichy. U nich panował ciągły rozgardiasz, ktoś wchodził, ktoś wychodził, mama gotowała w kuchni, dziadek kręcił się po pokojach, Gosia biegała w górę i w dół po schodach, mały krzyczał ze swojego kojca. Od hałasu Damiana potrafiła rozboleć głowa. Tutaj słyszał tylko tykanie zawieszonego na ścianie zegara.

– Zabiłeś kiedyś jakieś zwierzę? – odezwała się nagle Merry. – Chodzi mi o duże zwierzę. Nie komara albo muchę.

Zabił. Kiedy był mały, dziadek wziął siekierę i zaprowadził go do kurnika. Wybrał kurę i kazał obciąć jej łeb, po czym przytrzymał ptaka, a Damian zrobił zamach. Głowa zwierzęcia odskoczyła, jakby była na gumce, z przeciętej szyi trysnęła krew, a kura zamachała kilka razy skrzydłami, jakby dopiero teraz zorientowała się, co jej grozi. Chłopak krzyknął, potem się popłakał i popędził do domu. O wszystkim opowiedział mamie, która zrobiła dziadkowi wielką awanturę. Krzyczała na niego, twierdziła, że nie miał prawa zmuszać do tego jej syna i w ogóle robić takich rzeczy bez jej zgody i wiedzy. Damian przez cały czas stał w kącie. Ta kłótnia przestraszyła go jeszcze bardziej niż obcięta głowa. Dziadek słuchał tego z cierpliwością, a potem stwierdził chrapliwie:

– Chłopak musi wiedzieć, że żarcie nie bierze się ze sklepów, tylko trzeba sobie ręce ubrudzić.

Potem zrobili z tej kury rosół.

Dwa tygodnie później dziadek znowu wziął go do kurnika. Znowu dał mu siekierę do ręki. Znowu nic nie powiedział mamie. Tym razem Damian nie płakał ani nie poszedł się poskarżyć. Kiedy skończyli, dziadek położył mu dłoń na ramieniu i ścisnął lekko w szorstkiej pieszczocie. Jeszcze kilka razy zdarzało mu się pomagać przy ubijaniu zwierząt. Niespecjalnie to lubił, ale rozumiał, że tak trzeba, i robił swoje.

– Tak.

Merry podeszła tak blisko, że jej piersi niemal się o niego ocierały. Prawie natychmiast miał erekcję. Zawstydzony obciągnął bluzę, by zakryć krocze.

– Zabiłbyś mojego psa? – zapytała.

– Co?! – wyjąkał.

– Czy zabiłbyś mojego psa?

Przełknął ślinę.

– Chyba mógłbym – powiedział.

– Dzisiaj?

– Dzisiaj?

– Tak. Zrobisz to? Zabijesz go? Bardzo cię proszę.

Odurzył go zapach dziewczyny, lekka woń owocowego dezodorantu i chemiczna nuta szamponu przeciwłupieżowego. Jak miał z tego wybrnąć? Już jej obiecał. Ale wtedy nie pomyślał, a może wydawało mu się, że żartowała, nie był pewien. Teraz szukał jakiejkolwiek wymówki, by tego nie robić. Jeśli zabije psa i jej ojciec dowie się o tym, to przecież zrobi Damianowi coś strasznego. Chłopak już wolał wypić te piwa. Wszystkie browary, jakie znajdzie w lodówce. Modlił się, żeby ktoś wszedł do domu. Albo żeby matka Merry się przebudziła i zeszła do nich z góry. Cokolwiek.

– Ale on jest wielki. Trzeba poczekać, aż zaśnie. Albo coś takiego – powiedział.

– Nie trzeba. Chodź.

Chwyciła go za rękę i pociągnęła. Poprowadziła po schodach na górę. Minęli jej pokój i weszli do kolejnego. To była sypialnia jej rodziców, spore pomieszczenie z kolejnym telewizorem na ścianie, biurkiem zawalonym papierami i komputerem. Oraz wielkim łóżkiem, na którym wśród skotłowanej pościeli leżała matka Merry. Jej jedwabna koszula nocna podwinęła się w górę tak, że widział majtki i linię pośladków. Obok, na nocnym stoliku, stała szklanka z na wpół wypitym drinkiem. Chłopak natychmiast chciał wyjść, ale dziewczyna przytrzymała go, a potem przyłożyła palec do ust, dając mu znak, by był cicho. Podeszła do szafy, otworzyła ją i klęknęła. Zaczęła grzebać wśród rozrzuconych ubrań, które przypominały kupę śmieci, żeby wyciągnąć niewielką metalową skrzynkę z zamkiem jak w sejfie. Pokręciła nim kilka razy i otworzyła ją. W środku na piankowej poduszce leżał pistolet, a obok niego w równym rządku ułożone naboje.

– Potrafisz się tym posługiwać? – zapytała.

Znowu kiwnął głową. Dziadek miał strzelbę. Kiedyś polował, potem przestał, ale broń zostawił. Kilka razy wziął wnuka, żeby z nim postrzelać. Także nic nie powiedział mamie. To był ich sekret. Strzelba to co innego niż pistolet, Damian to wiedział, ale też trzeba załadować, odbezpieczyć i w końcu pociągnąć za spust.

Merry wyjęła broń z pudełka i podała mu. Chłopak poczuł, jak sztywnieją mu wszystkie mięśnie. W głowie huczała krew. Ostrożnie chwycił pistolet. Broń była zaskakująco zimna i zaskakująco ciężka.

– Jeszcze naboje – wyszeptał.

Nie chciał tego zrobić, ale zrobi, bo o to prosiła. Nie mógłby się teraz wycofać. Nie, kiedy tak na niego patrzyła.

– Naprawdę go zabijesz? – zapytała.

Nie zrozumiał. Przecież tego chciała? Miał mętlik w głowie, który stał się jeszcze większy, bo Merry wpadła w niego. Wcisnęła swoje usta w jego usta, zmusiła go, by szerzej je otworzył i zaraz poczuł jej miękki język na swoich zębach. Jęknęła cicho, kiedy otarła się kroczem o jego penisa. Kątem oka zobaczył, że matka dziewczyny się poruszyła, ale nie dbał o to. Jedyne, czego chciał, to by Merry otarła się o niego jeszcze raz.

– Chodźmy stąd – powiedziała, kiedy się od niego odkleiła.

– Aha. – Tylko tyle był w stanie z siebie wydobyć. Ledwo potrafił złapać oddech. Czuł się tak, jakby przebiegł całą trasę od przystanku autobusowego do domu w mroźny zimowy dzień.

– Daj pistolet. Schowam go, bo jak ojciec się dowie, że tutaj grzebałam, to się wkurwi. Ale tak naprawdę wkurwi.

– Nie chcesz, żebym zabił tego psa? – zapytał z ulgą.

– Chcę, tylko jeszcze nie teraz.

– Jasne.

– Niech kundel pożyje.

– Tak.

Oddał jej broń. Wsadziła ją z powrotem do kasetki i z powrotem schowała w kupie ubrań.

A potem poszli do jej pokoju.

TERAZ

1

Wstali rano. Ona wzięła prysznic, potem wspólnie zjedli śniadanie. Przyszli do stodoły jako jedni z pierwszych. Zaraz za nim pojawił się Krystian z rodziną. Mężczyzna obrzucił Arka lodowatym spojrzeniem i zaprowadził żonę i dziecko, śliczną kilkuletnią dziewczynkę, w najdalszy możliwy kąt sali.

– O co chodzi? – zapytała Adaoma.

Arek początkowo nie chciał mówić, jednak naciskała, więc wreszcie, popijając kawę, opowiedział całe zdarzenie.

– No wiesz co?! – oburzyła się. – Chyba pójdę mu coś powiedzieć.

Już wstawała, gdy chwycił ją za przegub i powstrzymał.

– Nie warto.

Skończyli jeść, odnieśli naczynia do okienka przy kuchni i wsiedli do samochodu. Pomimo wczesnej pory zdążył się już nagrzać. Arek pootwierał drzwi, żeby wnętrze trochę się przewietrzyło. Niewiele to pomogło. Pojechali do miasteczka.

– Wiesz, że jesteś jedyną osobą, której powiedziałam o tym, co zrobił Robert? – odezwała się Adaoma, kiedy opuścili Żmijowisko.

Arek wydawał się zakłopotany tym, że temat powrócił.

– Dlaczego?

– Dlaczego tylko tobie powiedziałam?

– Raczej dlaczego nie powiedziałaś nikomu innemu. Nie masz przyjaciółek?

Dobre pytanie. Była Wioletta, ale z nią rozmawiała na tematy zawodowe. Nawet kiedy od czasu do czasu ich rozmowy skręcały w sferę osobistą, agentka od razu kombinowała, jak to wykorzystać do promocji. Oprócz tego Adaoma miała jeszcze kilka koleżanek, ale ich kontakty w ostatnich latach ograniczały się do wrzucania wspólnych zdjęć na Instagrama i zbierania lajków na Facebooku. Może więc naprawdę w jej życiu nie było już nikogo bliskiego?

– Mam, ale to bardzo osobiste sprawy. Przyznać się do tego, to... cholera, to po prostu upokarzające.

– Ale mi o tym powiedziałaś.

Znowu trafił w punkt.

– Myślałam, że pomożesz mi to zrozumieć.

– Bo Kamila?

– Chyba tak.

Westchnął nad kierownicą. Zwolnił trochę, kiedy przejeżdżali szczególnie wyboistym odcinkiem leśnej drogi.

– Nie wiem, czy jestem odpowiednią osobą do takich rozmów – odparł. – Nie mam wielkiego doświadczenia. W wieku dwudziestu lat zrobiłem dziecko koleżance, wzięliśmy ślub i tyle, jeśli chodzi o moje doświadczenie.

– Koleżance? – zapytała zdziwiona. – Nie byliście razem?

– Byliśmy – przyznał po chwili. – Ale mam wrażenie, że ani ja, ani ona nie traktowaliśmy tego poważnie. Zresztą w takim wieku nic nie jest na poważnie.

– To dlaczego się pobraliście?

– Bo pojawiła się Ada.

– Nie musieliście od razu zakładać sobie obrączek z tego powodu.

Zmrużył powieki, kiedy za zakrętem zaatakowały go promienie słońca. Przeprosił, gdy nachylił się w jej stronę i sięgnął do schowka. Wyciągnął z niego okulary przeciwsłoneczne i wsadził sobie na nos. Nie mogła nie zauważyć, że miały już kilka lat. Szkła były porysowane, oprawka zniszczona.

– Nie musieliśmy – mruknął. – Ale wtedy wydawało mi się, że nie ma innego wyjścia. Rozumiesz? To było takie oczywiste – robisz lasce dziecko, więc bierzesz odpowiedzialność za swoje czyny. To jest coś, co powinien zrobić prawdziwy facet. Dlaczego się uśmiechasz?

Natychmiast przybrała poważny wyraz twarzy.

– Sorry – powiedziała, poprawiając włosy. – Po prostu wydało mi się to takie... Nie wiem, czy to właściwe słowo, ale samcze.

– Samcze?

– Patrzcie, jestem facetem, robię to, co trzeba, żenię się, nawet jeśli nie będę szczęśliwy i nie kocham tej kobiety. Współczujcie mi i podziwiajcie.

Rysy jego twarzy stężały, a Adaoma przestraszyła się, że posunęła się o krok za daleko. Naruszyła sferę, w którą nie powinna wchodzić. Cholera, pomyślała, jeszcze wczoraj Arek chciał się pakować i wyjechać z ośrodka. Z trudem go przekonała, by został. Teraz starała się czegoś dowiedzieć, ale zdała sobie sprawę, że kiepska z niej reporterka. Tylko go do siebie zraża.

– Kochałem Kamilę i byłem szczęśliwy.

– Wiem. Chodziło mi o to, że czasami... – Przerwała, bo wszystkie wymówki i tak zabrzmiałyby nieszczerze.

– Nie wiem, czy ona mnie kochała – wyznał nieoczekiwanie.

– Na pewno. Byliście... jesteście razem tyle lat. Wychowywaliście wspólnie dzieci. To coś musi znaczyć, prawda?

– A jeśli nie? Połączył nas przypadek, wpadka. Ja się z tym pogodziłem, ale mam wrażenie, że Kamila nie. Żebyś mnie dobrze zrozumiała, ona uwielbiała Adę, kochała ją nad życie. Dalej ją tak kocha. Była gotowa zrobić dla niej wszystko, tylko chyba wolała, by jej córka miała innego ojca.

– Kogo? – zapytała, chociaż znała odpowiedź.

Arek poprawił okulary, które lekko zsunęły mu się z nosa.

– Powinnaś go zostawić – powiedział lekko chrapliwym głosem. – Nie dlatego, że cię zdradził, chociaż to wystarczający powód. Po prostu jeśli jest choć trochę podobny do Kamili, to nigdy nie będziesz pewna, czy nie jest z tobą tylko dlatego, że z nią nie może.

– Masz o to do niej żal?

Pokręcił głową.

– Co najwyżej do siebie. Przez lata naprawdę mocno starałem się tego nie dostrzegać. A teraz jest za późno, żeby cokolwiek zrobić, bo wszystko i tak trafił szlag.

– Gdybyś mógł cofnąć czas...

– Ale nie mogę. Więc odpowiedź na pytanie, co bym zrobił, nie ma żadnego znaczenia.

Zajechali pod komisariat. Zapowiedzieli się poprzedniego dnia telefonicznie, więc teraz po prostu powiedzieli dyżurnemu, że już są. Po chwili pojawiła się młoda policjantka po cywilnemu, tylko do pasa miała przypiętą kaburę z pistoletem. Poprowadziła ich na pierwsze piętro, do gabinetu komendanta, niewielkiego i surowo urządzonego pokoju o ścianach pomalowanych na nijaki kolor, gdzie jedyny silniejszy akcent stanowiło zawieszone na ścianie godło.

Komendant był prawie pięćdziesięcioletnim siwowłosym mężczyzną o poważnej twarzy i mocnym głosie. Budził respekt już na pierwszy rzut oka. Na ich widok wstał od biurka, podał rękę Arkowi i przywitał się z Adaomą.

– Moja żona jest pani wielką fanką. Kibicowała pani w tym... – Pstrykał palcami, próbując sobie przypomnieć nazwę programu.

– „Tańcu z Gwiazdami"?

– Właśnie. – Klasnął w dłonie. – Kiedy w zeszłym roku powiedziałem o naszej rozmowie, kazała mi panią jeszcze raz wezwać na przesłuchanie. Tylko po to, by mogła się z panią spotkać. Mówię jej: Sylwka, ty się nie wygłupiaj, to jest poważna sprawa, ale przemówić jej do rozsądku było bardzo trudno. Bardzo. – Nachylił się konspiracyjnie do Adaomy. – Teraz w ogóle nic nie wspomnę, że nas pani odwiedziła. Oszczędzę sobie kłopotów.

Zaśmiała się z uprzejmości. Policjant odwrócił się do Arka.

– No dobrze. To proszę mi teraz powiedzieć, z czym pan do mnie przyjeżdża. Bo rozumiem, że chodzi o jakąś pomoc. Widziałem pańskie ulotki w miasteczku. Ktoś już do pana się odezwał?

– Nie.

– Szkoda, wielka szkoda. A co ja mogę zrobić? Bo oczywiście, gdyby cokolwiek się pojawiło, jakikolwiek nowy ślad, to się tym zajmiemy. Ta sprawa jest dla nas w dalszym ciągu priorytetowa i zapewniam, że to nie tylko moje zdanie, ale także komendy wojewódzkiej.

– To dobrze, że tak pan uważa – wtrąciła się do rozmowy Adaoma – ponieważ właśnie z tym przychodzimy.

– Znaleźli coś państwo?

– Raczej nieścisłość – powiedziała. – Doskonale pamiętam, że w noc zaginięcia Ady widziałam koło agroturystyki czerwone bmw. Zatrzymało się niedaleko mojego domku. Chyba w coś uderzyło, o czym wam zresztą opowiadałam. Tymczasem według Arka w aktach, które mu udostępniliście, nie ma żadnej wzmianki o tym zdarzeniu.

Policjant zmarszczył brwi i wodził wzrokiem od Adaomy do mężczyzny. Potem chrząknął i wrócił na swoje krzesło, za biurko. Oparł się łokciami o blat.

– Faktycznie – powiedział z ociąganiem. – Było coś takiego.

– Dlaczego nie znalazłem tego w aktach? – zapytał Arek.

– Bo to fałszywy trop – wyjaśnił komendant, przyjmując dobrotliwy ton. – Drodzy państwo, proszę mi wierzyć, dla nas zaginięcie Ady to naprawdę najważniejsza sprawa. Wojewódzka przysłała tutaj w zeszłym roku najlepszych ludzi, którzy zaglądali w każdy kąt, włazili do każdej lisiej jamy, żeby sprawdzić, czy tam przypadkiem nie ma pańskiej córki. Sprawdziliśmy wszystko bardzo dokładnie. Także informację o czerwonym bmw.

– I co? Czego się dowiedzieliście? – naciskała Adaoma.

– Ta wiedza nie jest państwu niezbędna. Naprawdę.

– Arek ma prawo wiedzieć! Chodzi o jego córkę. Powinien dostać dostęp do wszystkich, ale to wszystkich zebranych informacji!

Komendant zacisnął szczęki w nieprzyjemnym, wrogim wyrazie. Jego dłonie z hukiem opadły na blat biurka.

– No dobra – powiedział. – Właściciel samochodu, pan Kajetan Rybak, przeprowadził się tutaj w zeszłym roku, ale w wakacje dopiero przygotowywał dom do zamieszkania. W noc zaginięcia Ady przebywał tutaj, jednak nad ranem wyjeżdżał do Trójmiasta na spotkanie biznesowe. Po drodze, w pobliżu agroturystyki uderzył w drzewo. Twierdzi, że był zaspany i się zagapił. Nic mu się nie stało. Samochód został tylko lekko uszkodzony, więc pojechał dalej. Świadek potwierdził, że spotkanie odbyło się zgodnie z planem o umówionej godzinie. Pan Rybak miał czas akurat, żeby dojechać do Trójmiasta. Gdyby po drodze doszło do czegokolwiek poważniejszego, toby się spóźnił.

– Dogodnie dla niego – zauważyła Adaoma.

– Co ma pani na myśli?

– Ile jest stąd do Gdańska? Trzy godziny?

– Zależy, jak szybko się jedzie.

– I musiał akurat umówić się tak wcześnie rano?

Komendant wziął do ręki elektronicznego papierosa, który leżał do tej pory na biurku, i zakręcił nim po blacie.

– To akurat nie nasza sprawa – stwierdził. – Pomimo tego poprosiliśmy pana Rybaka o udostępnienie nam samochodu. Został szczegółowo zbadany i nie znaleźliśmy żadnych śladów wskazujących na to, że w aucie była pańska córka.

– Mógł wyczyścić samochód.

Policjant uśmiechnął się jak dobrotliwy wujek do kłopotliwego dziecka.

– Oj, tego samochodu nie czyszczono, proszę mi wierzyć. Znaleźliśmy w nim resztki jedzenia sprzed dwóch tygodni.

– A dom? Zbadaliście dom?

Tym razem komendant zmarszczył brwi, zirytowany i zniecierpliwiony.

– Nie, bo nie było żadnego powodu, najmniejszego śladu, który jakkolwiek wiązałby pana Rybaka z zaginięciem Ady. I dlatego informacja o czerwonym bmw nie znalazła się w aktach. Tylko by je zaśmiecała.

– To mało profesjonalne działanie – oceniła Adaoma.

– Szanowna pani, ja pani nie uczę, jak szczerzyć się przed kamerą. Pani mnie nie będzie uczyć, jak wykonywać moją pracę. Dobrze? – I nie czekając na jej odpowiedź, odwrócił się do Arka. – Jest pan usatysfakcjonowany?

– Chyba.

– To dobrze – stwierdził policjant. – Na przyszłość mam dla pana radę.

– Tak?

– Zamiast na siłę szukać sensacji tam, gdzie ich nie ma, niech pan lepiej opiekuje się żoną. Czytaliśmy tutaj, że trochę się wam... – zawiesił głos i dokończył po chwili – ...nie układa.

– To nie pańska sprawa! – krzyknęła Adaoma, gotowa bronić Arka.

– Ani nie pani – odparował komendant. – Skończyliśmy już?

– Mam jeszcze pytania!

– Rozmawiam z panem Arkadiuszem.

Mężczyzna zagryzł wargę.

– Skończyliśmy – powiedział wreszcie.

– W takim razie… – Policjant wskazał drzwi i odprowadził ich na próg gabinetu.

Adaoma powstrzymywała się, by nie wybuchnąć. Pozwoliła sobie na to dopiero wtedy, kiedy znaleźli się już przy samochodzie.

– Dlaczego tak szybko wyszliśmy?! – krzyknęła. – Trzeba go było jeszcze bardziej przycisnąć.

Arek zaczął masować sobie palcami czoło.

– Nie jestem pewien.

– On kręcił! Widziałeś to?!

– Tak.

– To czemu go nie przycisnąłeś?

Mężczyzna oparł się o rozgrzany dach auta i zaraz odskoczył. Zamachał energicznie rękami, żeby szybko je schłodzić.

– Nie sądzę, by nam coś powiedział.

– Nawet nie próbowaliśmy go zmusić!

– Adaoma, a jak niby mieliśmy to zrobić?! To on jest policjantem, nie my.

– Mogliśmy go postraszyć dziennikarzami, znam kilku.

Arek prychnął, a potem wskazał komisariat.

– To idź do niego. Zobaczymy, jak bardzo przerazi się twoich kolegów.

– Masz lepszy pomysł?!

W kieszeni Arka rozległ się dźwięk telefonu. Wyciągnął aparat i spojrzał na wyświetlacz. Wreszcie odebrał.

– Tak?

Przez moment słuchał.

– Tak, to ja.

Znowu moment ciszy. Do Adaomy dolatywały tylko pojedyncze dźwięki. Arek całkowicie skupił się na rozmowie, reszta świata przestała dla niego istnieć. Był tylko on, komórka w dłoni i głos wydobywający się z głośnika.

– Dziękuję. Będę – powiedział i się rozłączył.

Schował telefon do kieszeni i stał w bezruchu, ze wzrokiem wbitym w nierówno ułożone płyty na parkingu. Nagle podniósł wzrok na Adaomę. Wyglądał na przejętego i przestraszonego.

– Jakaś kobieta chce się ze mną spotkać. Podobno tamtej nocy widziała czerwone bmw. I twierdzi, że miało przód cały we krwi.

2

Damian nakarmił te nieliczne zwierzęta, które jeszcze mieli. Kury, bo dawały jajka i nie trzeba było się nimi bardzo zajmować, parę kaczek i gęsi z tego samego powodu, a do tego dwie owce i kozła, bo turyści lubili. Kozła wyprowadził na pastwisko przy samym jeziorze. Rosła tam najbardziej zielona i soczysta trawa, a to zwierzę chłopak akurat lubił najbardziej.

Wszystko robił jednak dwa razy wolniej niż zazwyczaj. Bolało go całe ciało. Ręce, nogi, nawet plecy. Miał wrażenie, że wszystkie mięśnie w jego ciele zmieniły się w kamienie i teraz ocierały się o siebie, chrobocząc przy każdym ruchu.

W nocy, tak jak obiecał Merry, wymknął się z domu, poszedł na plażę i wyciągnął na wodę łódkę. Kupili ją lata temu i rzadko z niej korzystali. Czasami ojciec łowił na jeziorze, niekiedy pożyczali ją turystom, jeśli ci mieli ochotę. Przez resztę czasu tkwiła bezużyteczna, przykryta brezentową płachtą.

Usadowił się na ławce, umieścił wiosła w uchwytach i popłynął pod dom Merry. Wysłał dziewczynie esemesa, że już jest. Został na wodzie, bo nie chciał ryzykować spotkania z psem. Na noc go wypuszczali i krążył po terenie dawnej leśniczówki.

Po dziesięciu minutach czekania Damian napisał kolejną wiadomość. Na tę odpowiedziała. Kazała mu czekać. Kiedy zapytał, jak długo, odesłała mu emoji z czaszką, kupą i jeszcze jedną czaszkę. Nie wiedział, co to znaczy.

Zerkał co chwila na zegarek. Minęło pięć minut. Potem jeszcze pięć. Łódka łagodnie kołysała się na jeziorze, a on zaczął marznąć. Noc była chłodna. Normalnie by mu to nie przeszkadzało, jednak spocił się, wiosłując, i teraz mokre ubrania przylegały do ciała. Zrobiło mu się po prostu zimno. Wysłał następnego esemesa i tym razem znowu nie odpowiedziała. Zastanawiał się, co się dzieje. Ile powinien czekać i kiedy wracać do domu? Trochę miał już dość siedzenia w łódce. Chciało mu się siku, ale bał się, że jeśli odpłynie, to zaraz pojawi się Merry i będzie mieć do niego pretensje.

Pojawiła się po następnych dziesięciu minutach. Podpłynął do brzegu. Nie dostrzegł nigdzie psa, więc wyskoczył z łódki i pomógł jej wejść.

– Starzy nie chcieli cię puścić? – zapytał.

– Nie, a co?

– Czekałem tutaj chyba pół godziny.

– Brałam kąpiel. Potem musiałam wysuszyć włosy, a jak już skończyłam, to zgłodniałam i przygotowałam sobie kolację.

– Aha.

Zrobiło mu się przykro. On na nią czekał, gryzły go komary, a ona myła się i jadła kanapki.

– Przyniosłam nam wódkę – powiedziała i wyciągnęła zza pazuchy parki na wpół opróżnioną butelkę absolutu. – Zwinęłam ojcu. Chcesz?

– Jasne.

Wziął. Pociągnął łyk, skrzywił się, ale przełknął. Nie miał już odruchu wymiotnego, jak kiedyś. Od razu zrobiło mu się przyjemnie gorąco. Chwycił wiosła i zabrał się do roboty. Merry usiadła na ławeczce naprzeciwko i wyjęła papierosa.

– Zajebisty księżyc dzisiaj jest – zauważyła.

– No, zajebisty.

Przestał wiosłować. Oddychał głęboko, odpoczywając. Dotarli mniej więcej do połowy jeziora. Merry napiła się trochę wódki i usiadła obok niego. Mieli tam mało miejsca, więc dotykali się ramionami, bokiem, nogami. Dziewczyna sięgnęła dłonią do rozporka Damiana. Rozpięła go. Podniósł się lekko, żeby mogła wyjąć jego penisa z majtek. Zaczęła go pieścić. Przez cały czas obojętnie patrzyła na jego twarz i paliła. Szybko stwardniał, ale jej ruchy były zbyt mocne i zbyt gwałtowne. Czasami ciągnęła go tak mocno, że aż bolało. Wyrzuciła niedopałek do jeziora. Przerwała na moment. Napluła sobie na dłoń i wróciła do walenia mu konia. Tym razem trochę łagodniej. Być może osłabła. To w połączeniu z wilgocią śliny sprawiło, że Damian wkrótce poczuł pulsowanie w jądrach. Jęknął, a potem wytrysnął wysokim łukiem. Merry zanurzyła dłoń w jeziorze, by umyć ją z resztek spermy. Potem wróciła na ławeczkę naprzeciwko i wyciągnęła kolejną fajkę.

– Płyniemy dalej? – zapytała.

Kiwnął głową, zapinając sobie rozporek.

Wkrótce dotarli do cypla, gdzie znajdowało się grodziszcze. Damian zdjął buty, wskoczył do wody i wciągnął łódkę na brzeg. Pomógł Merry wyjść, założył obuwie i potem już razem poszli w stronę grodziszcza. Dziewczyna pociągała z butelki. Podawała chłopakowi, ale on tylko udawał, że pije. Mieli jeszcze wrócić, więc powinien być w stanie wiosłować.

Festyn archeologiczny to było duże słowo na to, co się działo na cyplu. Przy wykonanej byle jak drewnianej bramie, która udawała rekonstrukcję obwarowań, postawiono cztery stoiska zbudowane z desek i grubych sosnowych drągów. W jednym z nich sprzedawano miody i oscypki, w drugim kiełbasy i chleb ze smalcem oraz kiszonymi ogórkami. W trzecim i czwartym różne drewniane toporki, miecze, baloniki, pamiątki, tanią biżuterię z tanich materiałów. Teraz stoiska świeciły pustkami, a towary schowano w zaparkowanych nieopodal samochodach. Oprócz tego na terenie grodziszcza ustawiono dwie tarcze z grubej słomy, do których dzieciaki mogły strzelać z łuku za pięć złotych za trzy strzały. I to był cały festyn.

Pracujące tam osoby siedziały właśnie przy ognisku. Dwie piekły kiełbaski na patyku, pozostałe piły piwo. Jeden chłopak z długimi włosami i w lnianej długiej koszuli, przewiązanej skórzanym pasem, grał na gitarze i śpiewał piosenki Kultu. Nikt do niego nie dołączył.

Merry i Damian podeszli do ogniska. Biło od niego przyjemne ciepło. Stali przy nim blisko dwie minuty, słuchając, jak długowłosy wrzeszczy: „Mieszkam w Polsce, mieszkam w Polsce, mieszka tu, tu, tu, tu...", aż wreszcie jedna z dziewczyn zauważyła ich obecność, a za nią cała reszta.

– Ej! Skąd się tu wzięliście?!

Damian pokazał dłonią na jezioro.

– Przypłynęliśmy – powiedział.

– Po ciemku?! – zdziwił się ktoś.

– Ale wiecie, że tutaj nie można być?! Festyn jest już zamknięty.

– Magda, daj spokój. To córka Kajtka, nie poznajesz? – rzucił facet z naprzeciwka.

Kobieta zmrużyła oczy, by przyjrzeć się dziewczynie.

– A faktycznie! – wykrzyknęła i uśmiechnęła się przyjaźnie. – Cześć! Kajtek też przyjechał?

Merry pokręciła przecząco głową.

– Tylko my – odparł Damian.

– Jasne, jasne. Chcecie sobie klapnąć?

Zrobili im miejsce, więc usiedli. Długowłosy zaczął grać inną piosenkę Kultu, ktoś podał im po butelce piwa. Napili się. Wokół zaczął krążyć blant. Damian zaciągnął się lekko, Merry najmocniej, jak potrafiła.

– Powiedz ojcu, że trzeba wywieźć stąd te stoiska, zanim przyjadą archeolodzy, okej? – powiedziała Magda. – Bo my możemy je rozebrać i wywalić do lasu, ale on chciał je gdzieś przechować na przyszły rok.

– Archeolodzy przyjeżdżają? – zainteresowała się Merry.

– No. Dostali jakiś grant i chcą sprawdzić jeszcze jedno miejsce. Szukają... Czego oni szukają, Długi?

– Miejsc kultowych! – odkrzyknął z drugiego końca kręgu facet, którego twarzy nie widzieli.

– Miejsca kultu. Myślą, że tu była świątynia czy coś. – Dziewczyna zakręciła dłonią w powietrzu i roześmiała się głośno.

Merry szarpnęła Damiana za rękaw.

– Chodź – powiedziała.

Wstali od ogniska i odeszli w głąb grodziszcza, gdzie cypel podnosił się, tworząc niewielkie wzgórze otoczone ze wszystkich stron wodą. Chłopak zastanawiał się, po co tam idą. Miał nadzieję, że może powtórzy się akcja z łódki albo wydarzy się coś podobnego. Merry w pewnym momencie się zachwiała i przytrzymał ją, by nie upadła.

– Myślisz, że tutaj naprawdę znajdowała się jakaś słowiańska świątynia? – zapytała.

– Może. Nie wiem.

– Pewnie tak – powiedziała Merry, trochę bełkotliwie. – Myślisz, że tutaj składali ofiary z ludzi? Właśnie na tym wzgórzu?

– Nie wiem.

– Pewnie składali. Słowianie w ogóle byli mega. I srodzy. Zbudowali całe imperium, wiesz? Czytałam o tym książkę. Większe niż imperium rzymskie. Po prostu zajebiste.

– Aha.

– Ale Kościół i Niemcy bali się nas, więc skasowali wszystkie ślady naszej potęgi.

– Nie wiedziałem.

– Powinni, kurwa, tego uczyć w szkole, a nie uczą, bo się boją Rydzyka. – Merry znowu sięgnęła po butelkę. Damian pomyślał, że dość już wypiła, ale jej nie powstrzymał. – Na pewno zabijali tu ludzi, niewolników schwytanych na wyprawach wojennych. Spływało to wszystko krwią ku chwale Peruna! Perun był zajebisty. Chrystus to ciul. Chrystus nikogo nie zabił.

Kiwnął głową na znak, że się zgadza, chociaż coś ścisnęło go w gardle. Od pewnego czasu nie nosił już złotego krzyżyka na łańcuszku, który dostał na pierwszą komunię, ale ciągle nie lubił, kiedy Merry wpadała w ten swój antykościelny szał. Jego rodzina nie była bardzo religijna, jednak co niedzielę jeździli do kościoła, a w Boże Narodzenie na pasterkę. Na ścianie wisiał krzyż, w oknie obrazek z Janem Pawłem II. Merry długo opowiadała różne historie o pedofilii wśród księży, zbrodniach papieży, hipokryzji duchownych i teraz patrzył na to wszystko dużo bardziej krytycznym okiem. Ciągle jednak nie potrafił zupełnie się od tego odciąć.

Postanowili wracać, kiedy osuszyła butelkę. Zasnęła w łódce i obudziła się tylko raz, zwymiotowała do jeziora, przy okazji o mało co ich nie wywracając. Wysadził ją bezpiecznie na brzegu i przezwyciężając strach przed jej psem, zaproponował, że odprowadzi ją do domu, ale nie chciała. U siebie był grubo po północy. Wszyscy już spali. Na dworze spotkał tylko jednego letnika, który siedział na krześle, odganiał się od komarów i grał na iPadzie, popijając równocześnie wino z plastikowego kubka.

Tak minęła mu noc, więc nic dziwnego, że dzisiaj kiepsko się czuł. Miał nadzieję, że szybko rozchodzi zakwasy i prześpi się jeszcze z godzinkę po obiedzie.

Kiedy wracał od kozła, przy zagrodzie spotkał ojca. Obok stała Gosia.

– Damian! – zawołał go, machając przy tym ręką.

Zbliżył się do niego niechętnie, spodziewając się kłopotów.

– Tak?

– Gdzie byłeś wczoraj w nocy?

– W domu – skłamał szybko.

– W domu? Jesteś pewien? – Ojciec nachylił się lekko w jego stronę.

– Nieprawda! – krzyknęła Gosia, zanim zdążył odpowiedzieć. – Wrócił dopiero w środku nocy. Śmierdział fajkami i wódką.

Faktycznie. Zmęczony od razu położył się spać. Umył się dopiero rano.

– Zamknij się! – krzyknął do siostry.

– Nie mów tak do niej – warknął ojciec. – Gdzie byłeś?!

Damian wziął wdech.

– A tak se tutaj chodziłem – rzucił nonszalancko.

– Poszedłeś się spotkać z tą Sabiną, nie?!

– Nie. Chodziłem tylko sobie.

– Poszedłeś się spotkać z Sabiną. Nie kłam.

– Nie kłamię!

Ojciec podszedł do niego na odległość kilku centymetrów.

– Spójrz mi w oczy i powiedz, że nie widziałeś się z nią w nocy.

Damian podniósł wzrok na rodzica.

– Nie widziałem się z nią.

Ojciec przyglądał mu się przez kilka sekund, a potem uśmiechnął się gorzko, ze złością i rozczarowaniem.

– Kłamiesz.

– Nie...

Gestem kazał mu się uciszyć.

– Dość tego – powiedział. – Doczekałeś się. Masz szlaban. Nie wolno ci bez mojego pozwolenia wychodzić z gospodarstwa. Co pół godziny przychodzisz do mnie i się meldujesz.

– Co takiego?!

– Słyszałeś! A jak nie słyszałeś, to idź sobie umyj uszy i wtedy Gosia ci powtórzy.

Dziewczynka uśmiechnęła się szeroko, kiedy tylko to usłyszała.

– I oddawaj komórkę.

– Jak?! Nie!

– Oddawaj komórkę.

– To mój telefon!

– A ty płacisz rachunek?!

– No... nie.

– To gówno, a nie twój. Oddawaj.

Damian niechętnie sięgnął do kieszeni i położył komórkę na jego wyciągniętej dłoni.

– Oddam ci, jak zmądrzejesz – powiedział ojciec i odszedł.

Chłopak zacisnął powieki, by ukryć pojawiające się w kącikach oczu łzy. Pociągnął nosem, splunął w bok. Poczuł, że rozpacz odchodzi, a zastępuje ją czysty gniew. Odwrócił się do siostry.

– Dlaczego to zrobiłaś, mały kapusiu?!

– Nie nazywaj mnie tak!

– Bo co?! Poskarżysz się tacie?!

– Żebyś wiedział!

– Dlaczego na mnie nakapowałaś?!

– A dlaczego porwałeś moje plakaty?

Dwa tygodnie temu zerwał ze ściany wszystkie zdjęcia, które powiesiła na ścianie. Jakieś Justiny Biebery, Dawidy Kwiatkowskie, Margarety. Były niby po jej stronie pokoju, ale miał dość tego szajsu. Zerwał to wszystko i spalił. Wcześniej podobny los spotkał kilka jej lalek, gdy nie chciała ich schować do szafy, jakieś ususzone kwiaty i tym podobne dziewczęce szajsy zaśmiecające przestrzeń.

– Na nic mi nie pozwalasz! – krzyknęła. – A to jest nasz wspólny pokój!

– Nie! To mój pokój. Ty tylko się tam wprowadziłaś!

– Jest nasz! Jest nasz! Jest nasz!

– A weź spierdalaj!

– Nie możesz tak do mnie mówić.

– Mogę, mogę! – powiedział. – Spierdalaj, mały kapusiu! Spierdalaj! Spierdalaj!

Gosia nagle wybuchła płaczem. Pobiegła w stronę jadalni, gdzie pewnie kręciła się matka. Znowu się poskarży i zacznie się kolejny dym. Wolał tego uniknąć, więc czym prędzej poszedł do domu. Może mama będzie zbyt zajęta, żeby go szukać.

3

Robert opierał się o marmurowy blat w kuchni, patrząc, jak ekspres w dostojnym jednostajnym tempie wypluwa z siebie kawę do porcelanowej filiżanki. Urządzenie miało futurystyczny kształt i chromowaną obudowę z czerwonymi wstawkami. Sprzedawca tłumaczył, że projektant wcześniej pracował dla Ferrari i starał się oddać dynamizm i siłę sportowego samochodu. Robert zastanawiał się, czy to jest w ogóle możliwe w przypadku ekspresu. Z jednej strony auto, które dociąga do setki w niecałe trzy sekundy, z drugiej maszyna, która bulgocze i robi kawę. Ale to była wersja limitowana i fajnie wyglądała, więc sięgnął po portfel.

Wychylił się w stronę salonu. Dostrzegł siedzącego na kanapie Marcina, prawnika. Od czasu do czasu prosił go o przysługę, odwdzięczając się poleceniem go innym osobom. Roberta otaczali tacy ludzie. Im wyżej wspinał się po szczeblach zawodowej hierarchii, tym rzadziej sięgał po portfel i częściej opierał się na gęstej siatce wzajemnych zależności i zobowiązań. Marcin specjalizował się w prawie cywilnym i rodzinnym. Po zaręczynach Roberta i Adaomy przygotował dla nich projekt intercyzy.

– Pijesz z cukrem?

Marcin, wysoki mężczyzna o bulwiastej twarzy, nie miał na sobie garnituru, bo ich spotkanie było nieformalne i o wczesnej porze, więc włożył nowe niebieskie jeansy i koszulę w paski.

– Nie, dziękuję – odpowiedział.

Robert poczekał, aż ekspres skończy pracować, i przestawił filiżankę na tacę. Podniósł ją właśnie, kiedy zadzwonił jego telefon. Chciał go zignorować, ale aparat uporczywie wibrował w kieszeni, obijając mu się o udo. Elektroniczna smycz, pomyślał ze złością. Tym skuteczniejsza, że sami ją sobie zakładamy. Odłożył tacę i sięgnął po komórkę. Popatrzył na wyświetlacz. Mięśnie jego twarzy napięły się boleśnie. Odszedł na drugi koniec kuchni, by nikt go nie usłyszał, i stanął przy oknie. Miał stamtąd doskonały widok na pobliskie Pole Mokotowskie.

– Cześć, Ada – odezwał się, przykładając telefon do ucha.

– Cześć.

Przez kilka sekund wspólnie milczeli. Właśnie wymienili pierwsze słowa od trzech tygodni. Najpierw wyprowadziła się od niego, potem, kilka dni temu, wreszcie zebrał się w sobie i ją odwiedził, ale nie zastał jej w mieszkaniu. Gdzieś wyjechała i nikt, nawet Wioletta, nie wiedział gdzie. Właściwie to ucieszył się z tego, co go zaskoczyło. Zawsze go nosiło. Wiele osób mówiło mu, że robi wszystko za szybko, zamiast usiąść i pomyśleć, jednak tak właśnie lubił. Brać życie za rogi, nie uciekać, mierzyć się z przeciwnościami. Tym razem jednak ulżyło mu, że musi poczekać na rozwój wypadków. I że przynajmniej przez jakiś czas nic się nie zmieni. A teraz ona do niego zadzwoniła. Zastanawiał się, czy to oznacza już koniec. Uznał, że nie. Adaoma miała za dużo klasy, by zerwać zaręczyny przez telefon.

– Chciałam cię prosić o przysługę – powiedziała.

– Jasne. – Podrapał się po skroni. – O co chodzi?

– Znasz kogoś z Trójmiasta?

– Znam, ale musisz być bardziej precyzyjna.

– Chodzi mi o adwokata albo prywatnego detektywa. Kogoś takiego.

Zaniepokoił się.

– Ada...

– Tak?

– Masz kłopoty?

Westchnęła.

– Nie.

– Na pewno?

– Tak! – odparła zniecierpliwiona. – Znasz kogoś takiego czy mam szukać dalej?

– Znam kogoś, kto mógłby znać – przyznał po chwili.

– Dobrze. Chciałabym, żeby ten ktoś sprawdził mi Kajetana Rybaka. Zdobył wszystkie informacje na jego temat.

– Kto to jest Kajetan Rybak?!

– Nie wiem! Jakbym wiedziała, tobym nie prosiła!

Nie dało się temu stwierdzeniu odmówić logiki.

– Skąd jest?

– Z Trójmiasta.

– A konkretnie? Bo wiesz, to Gdańsk, Gdynia, Sopot...

– Wiem, co to jest Trójmiasto. Chodziłam do podstawówki.

– ...ale też Rumia, Wejherowo, Kartuzy i pewnie jeszcze kilka innych miejscowości w okolicy.

– Wiem tylko, że jest z Trójmiasta.

– Coś jeszcze?

– Wyjechał stamtąd niedawno. Jeździ czerwonym bmw.

– To bardzo mało informacji.

– Tyle mam.

– Może coś jeszcze?

Wyczuwał jej wahanie.

– Nie – odpowiedziała wreszcie, ale wiedział, że kłamie. Nie naciskał jednak.

– Dobrze. Kajetan Rybak, Trójmiasto, czerwone bmw. Znajdę kogoś, kto to sprawdzi. Na kiedy potrzebujesz te informacje?

– Jak najszybciej. Oczywiście zapłacę.

– O to się nie martw.

– Zapłacę – powiedziała z naciskiem.

– Dobrze. – Uległ jej dla świętego spokoju. – Nie mogę dać gwarancji, że uda się coś znaleźć. Wiesz o tym?

– Wiem.

– To dobrze.

Oparł się ramieniem o ramę okienną. Na pobliskim trawniku pomimo palącego słońca kilkoro dzieciaków uganiało się za piłką. Ich matki siedziały w cieniu i co pewien czas wołały to jedno, to drugie dziecko, żeby napoić je wodą.

– Ada...Wszystko u ciebie w porządku?

– Tak. – Pauza. – A u ciebie?

– Też. Gdzie jesteś?

– Chyba nie chcę ci powiedzieć. Boję się, że tu przyjedziesz. Potrzebuję być sama.

– Nie przyjadę, obiecuję. Martwię się o ciebie. Chciałbym tylko wiedzieć, gdzie cię znaleźć.

– Obiecujesz? – Zaśmiała się krótko. – Myślisz, że mogę ci zaufać po tym, co mi zrobiłeś?

– Proszę...

– Muszę kończyć.

Rozłączyła się. Odłożył telefon na parapet. Odetchnął głęboko i spojrzał na swoje odbicie w szybie. Wyglądał prawie normalnie. Wrócił do ekspresu. Podniósł tacę z kawą i przeszedł do salonu. Postawił jedną filiżankę przed Marcinem, drugą przed siedzącą naprzeciwko niego kobietą.

– I co? – zapytał.

Żadne z nich nie odpowiedziało, więc wreszcie to Marcin chrząknął i zaczął mówić.

– Porozmawialiśmy. Przejrzałem materiały, które mi przesłałeś, i jeśli pani się zdecyduje, to możemy panią ładnie przez to wszystko przeprowadzić w dość spokojny sposób. Ograniczając stres po pani stronie, a równocześnie zabezpieczając pani słuszne interesy – mówił łagodnym, spokojnym, pełnym współczucia tonem. Robert pomyślał, że prawnik równie dobrze mógłby być psychologiem.

– I co myślisz, Kamila? – zapytał.

Kobieta drgnęła, kiedy usłyszała swoje imię. Podniosła na niego wzrok. Oczy miała zaczerwienione. Tusz wokół powiek lekko się rozmazał. W dłoniach kurczowo trzymała białą chusteczkę, teraz mokrą i poszarpaną. Jej palce wydały mu się przerażająco chude, a skóra na nich cienka i delikatna. Gdyby ją lekko ścisnąć paznokciami, dałoby się przeciąć na pół niby nożem.

– Masz rację – powiedziała cicho i zaraz powtórzyła głośniej: – Masz rację. To najlepsze wyjście. Zrobię to. Złożę pozew rozwodowy.

Marcin ledwo dostrzegalnie skinął głową. Wydawał się zadowolony. Teraz pracował za darmo, ale kiedy dojdzie do procesu, będzie reprezentował Kamilę za połowę zwyczajowej stawki. Zgodził się na to, bo Robert zadeklarował, że resztę kosztów weźmie na siebie. Według adwokata sprawa wyglądała dobrze. Był pewien, biorąc pod uwagę zachowanie Arka podczas kilku ostatnich miesięcy, że wywalczy dla niej pełną opiekę nad dzieckiem i solidne alimenty. Chociaż, jak sam przyznał, najlepiej by było, gdyby sprawę udało się załatwić na etapie mediacji.

– Przygotuję wszystkie potrzebne dokumenty. Pani tylko podpisze, a resztę zostawi na mojej głowie. Dobrze?

– Dobrze.

– W takim razie zobaczymy się za trzy dni. Jakby miała pani do mnie jakieś pytania, to proszę dzwonić. A jakby były kłopoty, to przez Roberta.

Marcin wstał. Wypił dwoma łykami kawę, spakował swoje rzeczy do skórzanej torby i zarzucił ją na ramię. Pożegnał się najpierw z Robertem, potem z Kamilą i wyszedł.

Zostali sami. Zastanawiał się, czy powinien usiąść obok niej. Chciał ją objąć i uściskać, ale obawiał się, że ona odbierze to w inny sposób, niż by chciał, żeby zostało odebrane – jako wyraz wsparcia w tej trudnej chwili.

– Rozwiodę się z nim – odezwała się Kamila, przerywając jego rozmyślania.

A potem zrobiła coś, czego Robert nie widział od kilku miesięcy – uśmiechnęła się.

WTEDY

1

Kobiety rozmawiają o dzieciach z tego samego powodu, z którego mężczyźni gadają o piłce nożnej – to w miarę bezpieczny temat, na który każda ma coś do powiedzenia. Dlatego teraz siedziały przy stołach zastawionych ceramicznymi półmiskami pełnymi serów, owoców i ciasta, popijały wino i przerzucały się opowiastkami o problemach w przedszkolu, alergiach pokarmowych, chorobach, pediatrach i modnych ostatnio zajęciach dodatkowych.

Kamila raczej słuchała, niż mówiła. Wśród koleżanek pierwsza zaszła w ciążę, więc wszystkimi opowieściami o problemach wieku przedszkolnego i wczesnoszkolnego Ady już dawno się podzieliła. A o życiu pod jednym dachem z nastolatką wolała nie mówić, bo to nie były ani śmieszne, ani pogodne historyjki. Raczej przygnębiające i nieprzyjemne. Te kobiety wciąż mieszkały z rozkosznymi, tulącymi się do nich szkrabami, rysującymi laurki przy każdej możliwej okazji i szukającymi u nich pociechy w chwili płaczu. Jak mogłaby im opowiedzieć o tym dziwnym, zimnym, ciemnym murze, który powstał niepostrzeżenie pomiędzy nią a córką? Jak wytłumaczyć, że każde słowo może doprowadzić do wybuchu nowej kłótni, która ciągnąć się będzie tygodniami, znikając i znów powracając niezrozumiałymi, nieregularnymi falami. Jak opisać to wzajemne oddalenie, dystans wypełniony mieszanką emocji od miłości do gniewu, który równocześnie męczy, ale i daje nadzieję? Kamila wiedziała, że to tylko taki etap, brzydkie przepoczwarzenie się dziecka w dorosłą osobę, i że kiedyś się skończy, a jej kochana córeczka do niej wróci, odmieniona, bardziej dojrzała, ale wróci. Nie mogła się jednak pozbyć wrażenia, że straci w ten sposób coś bezcennego i wyjątkowego. Bolało ją to tak, jakby ktoś grzebał zimnym szpikulcem w jej sercu. Dlatego wymyśliła te wspólne wakacje. Dlatego nie pozwoliła Adzie jechać na obóz. Czuła, że to ostatni moment, by pobyć z nią jako z dzieckiem, nacieszyć się tym przed przemianą. Myliła się. Było już za późno, a cały wyjazd zmieniał się w katastrofę. Jej córka obrażała się z byle powodu i siedziała z nosem w telefonie. Arek wyglądał, jakby przyjechał tu za karę, i czekał tylko na wieczór, by napić się piwa, a każdego kolejnego ranka wstawał bardziej skacowany. I ze wstydem przyznawała, że przerzucali się nawzajem Ignasiem jak gorącym kartoflem. Teraz więc przyglądała się swoim przyjaciółkom z pełnym życzliwości, ale jednak politowaniem. Jeszcze o tym nie wiedziały, ciągle tkwiły w bajkowej krainie. Ona zdążyła poznać już prawdziwy świat.

Mogłaby coś opowiedzieć o Ignasiu. Na przykład historyjkę o tym, jak zrobił kupę do nocnika i nakarmił nią kota dziadków, albo wspomnieć coś o wielomiesięcznych kolejkach do ortopedy dziecięcego. Ale jej się nie chciało. Popijała wino, co pewien czas zagryzała je serem i w sumie cieszyła się tą chwilą oddechu. Przynajmniej raz podczas tego wyjazdu zaśnie równie pijana jak Arek!

– Oboje z mężem przeprowadziliśmy się tutaj z Warszawy. Ja tam studiowałam, on mieszkał, jednak wielkie miasto nam nie pasowało – opowiadała gospodyni. – Tutaj jest spokój, cisza, przyroda.

– Wolniej się żyje – rzuciła Śliwa.

– Ależ dokładnie! Ja rozumiem, że niektórzy to lubią. Pędzić z jednego wydarzenia na drugie, hop, siup, zium, ale to nie dla mnie. Tutaj jak czegoś nie można załatwić dzisiaj, to się załatwi jutro i nikt nie robi problemów. No i jest tak bardziej po ludzku, serdecznie. Nie mówię, że w Warszawie tego nie ma.

– Nie ma – rzuciła któraś i wszystkie się roześmiały, łącznie z gospodynią, która aż zrobiła się czerwona na twarzy.

– To już panie powiedziały, a nie ja! – Sięgnęła po kiść winogron i zaczęła ją skubać. – No i tutaj są cudowne warunki dla dzieci. Świeże powietrze, zdrowo, żadnego smogu.

Pokiwały ze zrozumieniem głowami.

– My kupiliśmy do domu takie oczyszczacze powietrza – odezwała się Aniela. – Paweł sprowadził przez AliExpress z Chin. Ustawiliśmy po jednym w każdym pokoju. Trochę szumią. Na szczęście jak człowiek się przyzwyczai, to prawie nie słychać. Za to powietrze czyste.

– No ale z tym, co jest na dworze, to pani nic nie zrobi, prawda?

– Prawda – przyznała Aniela.

– Tutaj czasami tylko leśnicy przejadą ciężarówką i zasmrodzą, a to i tak zaraz się rozwieje. Nie, dla dzieci to wspaniałe miejsce. No i co ważne – jest bezpiecznie. Każdy każdego zna. Nawet jak ktoś taki nie wiadomo jaki robi jakieś kłopoty, to każdy wie, o kogo chodzi i można się od niego trzymać z daleka. Zresztą oni też u nas za bardzo nie szaleją, bo wiedzą, że jeśli tylko coś się stanie, to od razu będzie na nich. W wielkim mieście jest jednak ta anonimowość, a to zachęca do głupich rzeczy, prawda?

Wrota od stodoły skrzypnęły przy otwieraniu. Do środka wpadło chłodne wieczorne powietrze, a potem wsunęła się Adaoma. Zamknęła za sobą drzwi i przystanęła. Spojrzała na siedzące dookoła stołu kobiety i po raz pierwszy od przyjazdu Kamila ujrzała malującą się na twarzy prezenterki niepewność. Jakby nie wiedziała, czy wypada tu przychodzić. Kamili sprawiło to pewną przyjemność.

– Zapraszamy, zapraszamy – powiedziała gospodyni, podnosząc się z krzesła. Nie było to łatwe ze względu na zaawansowaną ciążę.

Adaoma uśmiechnęła się promiennie i podeszła do nich.

– Napije się pani? Mamy wineczko, ale mogę też wyciągnąć coś mocniejszego, jeśli pani preferuje.

W odpowiedzi zerknęła na kieliszki i zmarszczyła delikatnie czoło. Kamila pomyślała, że pewnie liczy teraz kalorie, jednak Adaoma zaraz się rozpromieniła.

– Za coś mocniejszego to dziękuję, ale wina chętnie się napiję – powiedziała, sięgając po kieliszek z białym.

– Tylko że to jest takie nasze ze sklepu, za paręnaście złotych – zaczęła mówić z nagłym zakłopotaniem gospodyni. – Pani jest pewnie przyzwyczajona do lepszych na tych wszystkich bankietach.

Adaoma przybliżyła kieliszek do ust i upiła mały łyczek. Potrzymała alkohol w ustach. Niezbyt długo, jak zawodowi degustatorzy, ale na tyle, by pokazać wszystkim, że poczuła jego smak. Przełknęła.

– Dobre – oznajmiła. – A przynajmniej mi smakuje.

Kłamie, pomyślała Kamila. Nawet ona wiedziała, że wino jest słabe. Za słodkie, mdłe i byle jakie. Jednak gospodyni uśmiechnęła się od ucha do ucha, jakby właśnie usłyszała najpiękniejszy komplement. Chryste, uświadomiła sobie Kamila, one wszystkie naprawdę były gotowe całować ją po tym czarnym tyłku, byleby tylko zasłużyć na chwilę uwagi. Na co liczyły? Że zaprosi je do swojego programu? Że otworzy im szeroko wrota do świata show-biznesu i spełni te najgłębiej skrywane młodzieńcze fantazje o sławie i pieniądzach? I przede wszystkim dlaczego ją to tak złościło? Nie powinno. To ich życie i skoro chciały się wygłupiać, to ich sprawa. Postanowiła być supermiła dla Adaomy. Okazało się, że będzie mieć okazję, bo ta usiadła obok niej. Kamila uśmiechnęła się więc grzecznie i sięgnęła po tackę z serami.

– Chcesz trochę? – zaproponowała.

– Dziękuję, wolę owoce. Podasz mi?

Kamila wygięła się mocno, by złapać właściwą tackę i podsunęła jej. Kobieta wzięła kilka winogron i kawałek jabłka. Jadła je powoli, wkładając do ust i uważnie przeżuwając, jakby to był kawałek gumowatego mięsa.

– I jak tam, pani Adaomo? – zawołała gospodyni. – Możemy liczyć, że kiedyś przyjedziecie do nas z programem?

Wszystkie pozostałe rozmowy ucichły, a spojrzenia skierowały się w stronę prezenterki. Kamila niemal mogła usłyszeć, jak jej koleżanki wstrzymują oddech. Adaoma, która znalazła się właśnie w absolutnym centrum uwagi, zaśmiała się krótko.

– Przekażę producentom, żeby o tym pomyśleli – odpowiedziała z udawaną wyćwiczoną życzliwością.

– A prosimy, prosimy, bo wie pani, reklama by się nam przydała. Co prawda nie damy rady za to zapłacić, ale ugościmy po królewsku!

– Duża konkurencja jest? – odezwała się Krotka.

– Spora – przyznała gospodyni. – Nawet w naszym rejonie otworzyło się wiele agroturystyk. Trzeba się wyróżniać. My akurat stawiamy, jak panie widzą, na rodziny z dziećmi. Szykujemy te atrakcje, zatrudniamy animatorkę, ale trzeba też pokazać się jakoś ludziom. Próbujemy to robić w internecie, tylko przydałoby się szerzej, żeby więcej osób o nas wiedziało. Dlatego sobie tutaj żartujemy o programie...

Bardzo to śmieszne, faktycznie, pomyślała Kamila. Boki zrywać.

– ...ale jakby panie opowiedziały o nas znajomym, zamieściły coś po urlopie nawet na tym Facebooku, to by bardzo pomogło.

Mówiła o tym niby do wszystkich, ale cały czas zerkała na Adaomę, jakby chciała się upewnić, że kobieta na pewno ją słyszy.

Kamila znowu zadała sobie pytanie, dlaczego ją to tak denerwuje. Co jest z nią nie tak, że znielubiła Adaomę od pierwszego spojrzenia? Do żadnej z dziewczyn Roberta nie czuła aż tak wielkiej niechęci. Nawet do Magdy, której co prawda nie znosiła, ale nie znosiła jako osoby, a nie jego partnerki. Czemu w tym przypadku było inaczej? Przecież Adaoma była miła, a przynajmniej nie zrobiła niczego niemiłego. Nagle Kamila uświadomiła sobie, że jej niechęć nie pojawiła się w momencie, kiedy po raz pierwszy na nią spojrzała, tylko gdy zobaczyła, jak patrzy na nią Robert. Tak kiedyś patrzył na Kamilę. Z miłością, oddaniem, poczuciem, że łączy ich jedna nitka przeznaczenia, a przyszłość należy do nich.

Tak, jak nigdy nie spojrzał na nią Arek.

Ich zawsze łączyła tylko przeszłość. Dziecko, które wspólnie spłodzili i którym musieli się zaopiekować.

Michalina miała rację. Kamila zazdrościła Adaomie. Nie życia, bogactwa, urody czy sławy. W pewnym sensie nawet nie Roberta. Zazdrościła tego, co jej się należało, a czego zaznała tak krótko – miłości.

Zapiekły ją oczy. Nie mogła rozpłakać się tutaj.

Śliwa i Krota właśnie wymykały się na zewnątrz. Wiedziała po co. Obie w tajemnicy przed mężami paliły. Ona nie miała papierosa w ustach od momentu, kiedy dowiedziała się, że jest w ciąży z Ignasiem, a wtedy też bardziej popalała, ale teraz każdy pretekst był dobry, by się stąd urwać.

– Przepraszam na moment – powiedziała do Adaomy i szybkim krokiem opuściła stodołę.

2

Wieczór jak wieczór. Zdążył się przyzwyczaić. I do tego zmęczenia, i do palącej żołądek złości, która go przepełniała.

Po kolacji przyprowadził Ignasia do domku. Umył go pod prysznicem, co już okazało się ciężkim zadaniem, ponieważ chłopak z jakiegoś powodu nienawidził pryszniców. Kiedy tylko Arek odkręcił wodę, mały zaczął krzyczeć i drzeć się jak dziki, domagając się kąpieli w wannie. Próbował mu wytłumaczyć, że nie mają wanny, ale w odpowiedzi słyszał tylko: „W wannie! W wannie! W wannie!", więc szybko zrezygnował i po prostu oblał go wodą i zmusił do umycia zębów. Co było zresztą zupełnie osobną przygodą.

Wyniósł go owiniętego w ręcznik do pokoju, wytarł dokładnie, nasmarował pupę na noc i założył pieluszkę oraz górę od pidżamy. Dołu mu nie dawał, bo w nocy i tak było gorąco. Potem wsadził do łóżeczka turystycznego. Gdzieś w międzyczasie chłopiec przestał płakać. Arek pocałował go w czoło.

– Teraz się połóż, Ignasiu.

Mały usiadł wśród pościeli. Zaczął w niej gorączkowo grzebać, a kiedy nie znalazł tego, czego szukał, zmarszczył gniewnie czoło.

– Misio! – zażądał.

– Jasne, że, kurwa, misio – mruknął Arek.

Rozejrzał się dookoła. Nigdzie nie dostrzegał białego, około trzydziestocentymetrowego misia z brązowym noskiem, którego chłopak dostał rok temu i z którym od tamtej pory sypiał i chodził do żłobka. Mężczyzna zajrzał do pokoju Ady. Dziewczyna ze słuchawkami w uszach siedziała na łóżku i jak zwykle gapiła się w ekran telefonu. Usłyszała ojca, bo podniosła głowę.

– Co? – zapytała.

– Widziałaś misia Ignasia?

– Co?!

– Zdejmij słuchawki!

Wykonała polecenie. Spojrzała na niego pytająco.

– Widziałaś misia Ignasia? – powtórzył.

Zaprzeczyła i wróciła do telefonu. Przez ułamek sekundy miał ochotę wyrwać go jej z ręki i wyrzucić za okno. Trzasnął drzwiami, wychodząc.

– Misio!

– Chwila. Szukam go.

Przypomniał sobie, że Ignaś obudził się jak zwykle koło szóstej, a oni uznali, że jeśli położą go u siebie, to da im jeszcze trochę pospać. Nie dał. Pół godziny później Kamila straciła cierpliwość. Wstała, ubrała się i poszła z nim na dwór. Dzięki temu Arek spał do kwadrans po ósmej.

Sprawdził ich łóżko. Pomiędzy poduszkami znalazł misia i wręczył go dziecku, które od razu mocno go przytuliło. Potem przeczytał jedną książeczkę o Kici Koci. Mieli ich w domu całą kolekcję. Nie podobało mu się, że musi czytać synowi opowiastki o dziewczynie. Kiedy o tym wspomniał, Kamila powiedziała, by znalazł coś z chłopakiem. Obiecał sobie, że to zrobi, ale przez ostatnie kilka miesięcy nie miał czasu. Kiedy skończył, położył Ignasia i poprosił go, by poszedł już spać. Mały chwilę się powiercił, a potem wstał. Arek znowu go położył. Ignaś znowu wstał. Arek znowu go położył. Bawili się tak przez ponad godzinę. Potem dziecko samo się położyło, powierciło, zaczęło płakać. Wziął je na ręce i uspokoił, a gdy zapłakało po raz kolejny, nie miał już siły go nosić, więc po prostu położył się na łóżku obok.

Po kolejnych dwudziestu minutach Ignaś wreszcie zasnął.

Arek podniósł się z wyra. Od krzyków dziecka bolała go głowa. Z lodówki wyciągnął piwo. Po chwili namysłu kolejne. Poszedł do pokoju Ady. Wydawało mu się, że nie zmieniła pozycji, od kiedy był u niej ostatni raz. Wyciągnął w jej stronę puszkę.

– Chcesz?

– Ja? – zapytała podejrzliwie.

– Nie ma tutaj nikogo innego, prawda?

– A mama?

– Mama jest na tej babskiej imprezie. Umyjesz potem porządnie zęby, to się nie zorientuje.

Dziewczyna chyba wciąż obawiała się z jego strony podstępu, ale wzięła piwo. Otworzyła je i upiła demonstracyjnie duży łyk. Przełknęła.

– Będę potem mogła dostać kolejne? – zapytała.

Odmówił. Nie dlatego, by nie piła więcej, po prostu jemu zostałyby wtedy tylko dwa. To za mało.

– Wiem, co robisz – stwierdziła.

– Co? – zapytał zaskoczony.

Odłożyła komórkę na bok. Podciągnęła nogi w górę.

– Znowu chcesz być fajny. To mama kazała ci powiedzieć, że nie pozwalasz mi jechać na obóz, bo ty sam byś mi pozwolił.

– Może.

– Ale ona się nie zgodziła.

– Mama chciała spędzić z tobą urlop. Musimy to uszanować.

– Czemu?

Zaskoczyło go to pytanie w ustach piętnastolatki.

– Bo mama ciężko pracuje. W czasie roku szkolnego nie ma dla ciebie za dużo czasu, a rodzina jest ważna.

– Ale ty byś mnie puścił na obóz. Dla ciebie rodzina nie jest ważna?

Zaczynał żałować, że dał jej to piwo.

– Jest ważna.

– Czy ty się boisz mamy?

– Co takiego?!

– Nie kłóciłeś się z nią o to, żebym mogła jechać na obóz. Po prostu kazała ci to zrobić i to zrobiłeś.

– Skąd wiesz?

– Podsłuchiwałam – powiedziała, wzruszając ramionami.

– Nie możesz nas podsłuchiwać.

– To mówcie ciszej.

Była bezczelna. Jakby zupełnie się go nie bała. Co powinien teraz zrobić? Zabrać jej komórkę za karę?

– Po prostu... – zaczęła.

– Co po prostu?

– Po prostu wydaje mi się, że byłbyś szczęśliwszy, gdybyś od czasu do czasu postawił się mamie.

Patrzyła na niego wyczekująco. W pokoju obok Ignaś zakwilił przez sen i Arek postanowił wykorzystać to jako pretekst do zakończenia tej rozmowy.

– Wyrzuć potem puszkę do naszego kosza na śmieci, bo jak mama znajdzie ją u ciebie, to oboje będziemy mieć kłopoty.

Wyszedł z jej pokoju, zamykając za sobą drzwi. Sprawdził, co u syna. Chłopiec wiercił się niespokojnie. Arek pogłaskał go po głowie, a potem podsunął misia, który wypadł małemu z rączek. Otworzył sobie piwo i wyszedł na zewnątrz.

Na parapecie koło okna leżał dezodorant odstraszający komary. Spryskał się nim i dopiero wtedy usiadł na metalowym krześle. Zaczął pić browar. Skończył mu się szybciej, niż się spodziewał. Pewnie z powodu zdenerwowania długim usypianiem Ignasia, a potem jeszcze tą idiotyczną rozmową z Adą. O co jej chodziło z tym postawieniem się Kamili? Tak, mógł się jej postawić. Piętnaście lat temu. I zażądać, by zrobiła skrobankę.

Zgniótł puszkę w dłoniach. Rzucił ją niedbałym ruchem przed siebie.

Nie żałował, że ma dziecko. Kochał Adę. Tylko czasami po prostu go wkurwiała.

Dokładnie pamiętał ten dzień, piętnaście lat temu, kiedy Kamila powiedziała mu o ciąży. Zaprosiła go do swojego pokoju w mieszkaniu studenckim. Wcześniej poprosiła współlokatorkę, by wyszła na godzinę lub dwie. Przygotowała mu obiad. Spaghetti carbonara. Nic specjalnego, ale wtedy niewiele więcej umiała. Poza tym oboje byli studentami, więc dla Arka liczyła się tylko pełna micha i piwo do popicia. Ponieważ zostali sami, sądził, że będą uprawiać seks. Przez cały posiłek, kiedy rozmawiali o niczym, penis sterczał mu boleśnie, wbijając się w podbrzusze, i tak naprawdę nie mógł się doczekać, aż wreszcie zrzucą ubrania. A potem sflaczał w niesamowitym tempie, gdy tylko powiedziała:

– Jestem w ciąży.

Pierwsza myśl, która natychmiast wylądowała na końcu języka Arka, brzmiała: Znajdę lekarza, zapłacę za zabieg. Jeśli jej nie wypowiedział, to tylko dlatego, że odebrało mu dech w piersiach, a całe ciało wydawało się kurczyć i karleć.

– Chcę urodzić to dziecko – dodała, a on skinął głową.

Najpierw poczuł się oszukany. Pamiętał, że robili to raz bez gumki, lekko pijani, po koncercie w studenckim klubie, ale przecież ona doskonale o tym wtedy wiedziała. A skoro wiedziała i nie zaprotestowała, nie przerwała, musiała korzystać z innego zabezpieczenia. Brać pigułki czy coś. Był tego pewien. Kurwa, nie poprosiła nawet, by spuścił się poza nią.

Jednak znowu – nic nie powiedział. Wzięli ślub, on zakasał rękawy, rzucił studia i wziął się do roboty, żeby ona mogła skończyć swoje. Kombinował na wszystkie sposoby, by niczego im nie brakowało. Lepiej albo gorzej, ale mu się udało.

Ada nie widziała tego wszystkiego albo po prostu nie pamiętała. Teraz opowiadała głupoty. Za kogo ona go uważała? Bał się odpowiedzi na to pytanie, jednak jednego był pewien – widok własnego skrzywionego odbicia w oczach córki sprawiał mu ból.

Podniósł się z krzesła, podszedł do zgniecionej puszki i podniósł ją z ziemi. Wyrzucił do śmieci w domku i wziął kolejne piwo. Wyszedł na zewnątrz. Robert stał tam, opierając się nonszalancko o ścianę.

– Czołem – rzucił.

– Czołem – odpowiedział Arek.

– Mam do ciebie sprawę – zaczął Robert i zawiesił głos, kiedy usłyszał, jak Arek otwiera piwo. – Naprawdę będziesz pić ten fabryczny syf?

Mężczyzna w odpowiedzi wzruszył ramionami.

– Stary... Poczekaj, przyniosę ci prawdziwe piwo.

– Nie trzeba.

– Ale poczujesz różnicę i sam się przekonasz.

– Nie trzeba – powtórzył ostrzej.

Robert prychnął.

– Jak chcesz. Ale dostaniesz od tego raka. Zobaczysz – powiedział i zaraz zmienił temat. – Dalej siedzisz w nieruchomościach?

– Tak.

– Jak idzie?

– Tak sobie. Wychodzimy z dołka. Do tego deregulacja zawodu. Teraz byle gówniarz może biegać po rynku jako pośrednik.

– No wiem. Ale z tego, co pamiętam, ty nawet w górce nie radziłeś sobie najlepiej, prawda?

Arek pomyślał, że Robert zaczął całą tę rozmowę tylko po to, by mu o tym przypomnieć. Bo faktycznie wtedy na tle kolegów miał słabe wyniki. Splot pecha, nierzetelnych kupujących, sprzedających i złamanej na nartach nogi.

– Nie było źle – odparł wymijająco i pociągnął łyk piwa.

– Będę zmieniał mieszkanie. Potrzebuję czegoś większego i z klasą.

– A gdzie teraz mieszkasz?

– Miasteczko Wilanów, ale ta okolica się popsuła. Za dużo plebsu tam zjechało. Same, kurwa, lublińskie rejestracje. Myślałem o kamienicy, tylko takiej sensownej. Odremontowanej, bez menelstwa, dobrze zarządzanej, w miłej okolicy. I nie zreprywatyzowanej. Nie żebym miał coś przeciwko, ale wokół tego zaczyna robić się gówno, a ja wolałbym nie trafić do prasy pod nagłówkiem: „Mieszka w lokum po rodzinie powstańców warszawskich z siódemką niepełnosprawnych dzieci", nie?

– Jasne.

– Albo kamienica, albo sensowny apartament. Znowu dobra okolica, nowy budynek, wysoki standard wykończenia, monitoring, cieć na klatce, ale nie żaden jebany emeryt, bo to śmiech. Oczywiście ponad sto metrów. Miałbyś coś takiego? Wiesz, po znajomości w dobrej cenie. A może znasz kogoś, kto ma nóż na gardle. Za duży kredyt, musi szybko pozbyć się lokum, takie historie.

Arek pokręcił głową.

– Na pewno? Ani w kamienicy, ani apartament?

– To nie mój segment. Robię w mieszkaniach o podstawowym i podwyższonym standardzie – powiedział niechętnie.

– Serio? Przecież w tym to psie pieniądze muszą być.

– Dajemy radę.

– Widzę. Tylko prawdziwą kasę zawsze zarabia się na high-endzie, nie? Albo na dużym obrocie, ale ty z dużym obrotem to masz problem, jak sam powiedziałeś.

Arek nie przypominał sobie, by powiedział coś takiego, jednak nie zdążył zaprotestować.

– Dlatego myślałem, że jesteś tam, gdzie są wysokie prowizje. Mój kumpel siedzi w tym segmencie i powiem ci, że potrafi wyciągnąć kilkadziesiąt kafli z jednej transakcji.

– To może zapytaj swojego kumpla o jakieś oferty.

– Już to zrobiłem – powiedział Robert. – Co ty myślisz, że ja sprawdzam takie rzeczy tylko u jednego źródła? Będę kupował za swoje, a nie za firmowe, to trzeba w palcach obracać każdą złotówkę, nie?

– Pewnie tak.

W tym momencie dobiegł ich płacz dziecka. Arek chyba po raz pierwszy w życiu ucieszył się, że przebudziło się w środku nocy. Miał pretekst, by przerwać tę męczącą rozmowę.

– Sorry. Muszę iść do syna.

Wszedł do domku i wziął Ignasia na ręce. Chłopiec wtulił się w niego na wpół przebudzony. Mężczyzna kołysał go przez kilka minut, a gdy mały zasnął, delikatnie położył go z powrotem. Zajął miejsce na łóżku i siedział tam tak długo, aż upewnił się, że Robert sobie poszedł. Dopiero wtedy zdecydował się wyjść. Na progu prawie potknął się o butelkę ciemnego piwa z jakiegoś małego rzemieślniczego browaru.

3

Adaoma śledziła wzrokiem Kamilę. Jej wyjście przyjęła z ulgą. Żałowała, że siadła w tym miejscu. Mogła zająć to po drugiej stronie stołu, ale tutaj była bliżej gospodyni, a chciała zachować się uprzejmie, ale od początku wszystko szło nie tak. Kamila od razu się zjeżyła, a kiedy Adaoma podziękowała za ser i poprosiła o owoce, ta spojrzała na nią, jakby prezenterka wyrządziła jej jakąś osobistą krzywdę. Zjadłaby całą tackę tej pieprzonej zjełczałej goudy, gdyby wiedziała, że tak będzie.

Sięgnęła po wino. Wypiła resztkę z kieliszka i dolała do pełna. Była na wakacjach. Pieprzyć dietę. Przynajmniej raz mogła się porządnie upić.

Ale o co jej chodziło? Adaoma od pierwszego dnia bardzo się starała, żeby nikogo w żaden sposób nie urazić, nie wyjść na wielką gwiazdę zadzierającą nosa. Uśmiechała się, chętnie rozmawiała na tematy, które zupełnie jej nie interesowały, brała udział w meczu siatkówki (jej drużyna przegrała, ale i tak fajnie się bawili), robiła wszystko, żeby było miło. Ale z Kamilą jakoś od początku się nie udawało.

– Coś się stało? – zapytała blondynka, która właśnie przechodziła z talerzykiem, by nałożyć sobie trochę wędlin. Miała na imię Michalina. Adaoma nawet ją polubiła.

– Nie, nic – zaprzeczyła, a potem zagryzła wargę. W sumie, co szkodzi zapytać, uznała i nachyliła się do niej. – Po prostu mam wrażenie, że ona mnie z jakiegoś powodu nie lubi.

– Kamila? – domyśliła się Michalina.

– Tak.

– Poczekaj chwilę.

Kobieta położyła przy zajmowanym niedawno przez Kamilę miejscu swój talerz i odeszła, by za chwilę wrócić z kieliszkiem wina. Usiadła.

– Tu chyba nie chodzi o brak sympatii – odezwała się półszeptem.

– To o co? Bo ona... Nie wiem. Wprawdzie nie zachowuje się wobec mnie wrogo, nic mi nie zrobiła, ale coś do mnie ma. To się czuje.

Michalina obracała w dłoni kieliszek i obserwowała wino, które najpierw osiadało na ściankach, a potem spływało po nich powoli.

– Myślę, że to przez tę całą historię.

– Jaką historię?

– Robert ci nie mówił?

– Czego?

Przez moment wydawała się spłoszona, jakby powiedziała o kilka słów za dużo, ale to szybko minęło, bo zaraz w jej oczach zabłysły ogniki zadowolenia. Weszła w rolę ciotki, której sensem życia jest zdradzenie wszystkim dookoła rodzinnych sekretów.

– Ona i Robert byli razem.

– Kiedy?

– Na studiach.

Adaomie ulżyło. To była prehistoryczna historia bez większego znaczenia. Bała się, że trafiła w środek jakiejś ciężkiej obyczajówki z pozamałżeńskim romansem, zdradzonym mężem i zrozpaczoną żoną porzuconą przez kochanka. Widziała to parę razy z bliska i obiecała sobie, że nigdy nie wdepnie w takie gówno. Tego typu sytuacje szybko zmieniały się w samonakręcającą się spiralę kiepsko ukrywanej nienawiści i tylko cud albo strach przed dożywotnim więzieniem sprawiały, że pół warszawki jeszcze nie pozabijało się w gigantycznej reakcji łańcuchowej zawiedzionych miłości i wielokrotnych zdrad.

– Chodzili ze sobą ponad rok – kontynuowała niezrażona Michalina, nie zważając na to, że Adaoma traci zainteresowanie. – Ale tak, wiesz, bardzo intensywnie. Zakochani, świata poza sobą nie widzieli, a potem Robert dostał się na Erasmusa do Belgii. Piętnaście lat temu to była wielka rzecz. Wahał się, ale nie chciał z tego zrezygnować. Dlatego postanowili tak jakby zerwać ze sobą na próbę.

Adaoma poczuła się niezręcznie, słuchając o związku swojego chłopaka, nawet takim sprzed piętnastu lat. Zastanawiała się, kiedy Michalina sama zda sobie z tego sprawę i przestanie mówić albo przynajmniej zmieni temat. Być może powinna wysłać jej jakiś sygnał.

– Robert znalazł sobie w tej Belgii jakąś Hiszpankę.

Nic dziwnego, w końcu miał reputację kobieciarza. Zresztą słuszną. Sama widziała, jak na firmowe imprezy przyprowadzał coraz to inne dziewczyny, zmieniając je najwyraźniej częściej niż przeciętny mężczyzna skarpety. A kiedy zaczęła się z nim spotykać, wiele „życzliwych" kobiet poczuło się w obowiązku uświadomić jej, z kim się wiąże. Zresztą ona sama była mu początkowo niechętna właśnie z tego powodu. Ale... No cóż... Nie połączyła ich żadna romantyczna historia. Pracowali w jednej firmie, zajmował się jej pionem. Coraz więcej czasu spędzali razem. Okazał się interesującym facetem z klasą i zwykły biurowy romans, dość typowy, bo nawet seks uprawiali po raz pierwszy w jego gabinecie – na szybko, w niespodziewanym wybuchu namiętności – przemienił się w coś trwalszego. Oczywiście przeszli ten cały cyrk z ukrywaniem związku, potajemnymi schadzkami, które wkrótce przestały być potajemne, bo wiedziała o nich cała firma, dylematami, czy się ujawnić czy nie, i wpływem tej sytuacji na ich kariery. W końcu podpisali całą górę papierów w dziale prawnym, bo firma miała w pamięci branżowe skandale z molestowaniem seksualnym, więc postanowili się zabezpieczyć na wszelkie sposoby. Śmiali się potem, że nawet w urzędzie stanu cywilnego byłoby mniej formalności. Wioletta, kiedy się dowiedziała, nie była zachwycona.

– Nie mogłaś sobie znaleźć aktora? Albo sportowca? Nawet cholernego żużlowca dałoby się jakoś lepiej sprzedać – narzekała. – Poza tym okej, może to teraz dobre dla twojej kariery...

– Przecież nie spotykam się z nim dla lepszej pracy! – zaprotestowała Adaoma.

Agentka spojrzała na nią z politowaniem.

– Kochana, robienie kariery przez łóżko jest stare jak świat. I możesz się oszukiwać, że to nie ma żadnego wpływu na twoją pracę, ale ma i będzie miało...

Po kilku miesiącach musiała niechętnie przyznać Wioletcie rację. Dostawała lepsze zlecenia, lepsze realizacje, lepsze tematy. Prosiła Roberta, by jej tego nie załatwiał, on twierdził, że nikomu nic nie mówił. Wierzyła mu. To działało przez osmozę. Ludzie wiedzieli, czyją jest dziewczyną, chcieli mu się podlizać, więc robili jej dobrze w nadziei, że zostanie to zauważone przez Roberta.

– ...ale pomyśl, jak to będzie wyglądać, kiedy się rozstaniecie.

– Robert nie jest taki, by się mścić.

Kolejne spojrzenie, jakby Adaoma była małym dzieckiem, które nie zna życia i nic jeszcze nie widziało.

– O tym jeszcze się przekonamy.

Póki co nie miała okazji. I cicho liczyła na to, że jeszcze długo nie będzie miała. W jej życiu pojawiło się już kilku mężczyzn. Tych ważniejszych i tych mniej ważnych. Niektórzy zniknęli z niego wśród krzyków, pretensji i przelanych łez, z kilkoma pożegnała się uściśnięciem ręki i kiedy ich ścieżki się przecinały, ucinali sobie kilkuminutową pogawędkę. Wśród nich znajdował się i kolega z klasy, i starszy pisarz z kompleksami, i sportowiec, o którym marzyła Wioletta, ale którego kariera skończyła się na poziomie pierwszej ligi w prowincjonalnym miasteczku, gdzie facet poczuł się naprawdę szczęśliwy, ale żaden z nich nie mógł równać się z Robertem. Odnosiła wrażenie, że wszyscy, nawet ci najlepsi, chcieli być z nią wyłącznie po to, żeby zaimponować kolegom, coś sobie udowodnić czy pokazać się. Tylko Robert miał takie rzeczy w nosie. Chciał być z nią, bo chciał być z nią. Tylko tyle. Aż tyle.

– A Kamila znalazła sobie Arka – mówiła dalej Michalina. – Niestety. Chociaż to raczej on ją znalazł. Chodził za nią jak pies, aż smutno na niego było patrzeć. I wyczuł moment, kiedy Robert wyjechał. Ona miała doła, potrzebowała kogoś, do kogo mogła się przytulić. Arek się przydał, no a potem rach-ciach, zrobił jej dziecko i pozamiatane.

Słuchała tego jednym uchem. Co mogło być ciekawego w opowieści o dziewczynie, której chłopak najpierw zrobił brzuch, a potem się z nią hajtnął? Przecież to nie dlatego Kamila miała z nią jakiś problem. Chociaż może. Ale jeśli tak, to był to wyłącznie jej problem. Adaoma postanowiła, że nie będzie się już więcej tym przejmować.

– Robert wrócił z Belgii, zobaczył, że ona ma chłopaka i jest w ciąży. Z oczywistego powodu nie mogli być razem.

Nuda. Nuda. Nuda. Przez moment Adaoma zastanawiała się, czy nie ziewnąć demonstracyjnie.

– I wtedy Robert próbował się zabić.

Wyprostowała się gwałtownie.

– Co takiego?!

Powiedziała to za głośno, bo rozmowy przy stole ucichły i inne kobiety popatrzyły w ich stronę. Musiały chwilę odczekać, aż tamte wrócą do przerwanych konwersacji.

– No... – Teraz Michalina wydawała się szczerze zakłopotana. – Robert próbował się zabić. Przez Kamilę. To znaczy powiedział, że robi to z jej powodu, i wyskoczył z okna.

POMIĘDZY

1

Miała wrażenie, że tym razem bardziej zależy Robertowi. To była kolejna impreza kolejnego kolorowego magazynu. Niespecjalnie chciało jej się iść. Od kilku tygodni niespecjalnie chciało jej się robić cokolwiek. Telefon milczał, mejle nie przychodziły. Wioletta walczyła, ale jedyne, co udawało się załatwić, to chałtury w rodzaju konferansjerki na targach mleczarskich. Które Adaoma brała, bo co innego miała zrobić. Teraz też agentka zmusiła ją do udziału w tej imprezie.

– Jak pracowałaś, to mogłaś sobie odpuszczać takie rzeczy! – krzyczała na nią przez telefon. – Masz się pokazywać! Pokazywać i jeszcze raz pokazywać! A najlepiej, gdyby jeszcze cycek ci wyskoczył. Chociaż nie, to dziki kraj, tutaj tylko Matka Boska może pokazywać cyca. I to wyłącznie w kościele.

Wyciągnęła z szafy zwykłą czerwoną sukienkę bez dekoltu, co już oznaczało lekceważenie z jej strony, bo normalnie poleciałaby do Paprockiego & Brzozowskiego, Baczyńskiej czy Zienia albo Showroomu, żeby przygotowali coś specjalnego. Do tego dobrała buty, kolczyki i była gotowa. Tylko z fryzjera nie zrezygnowała. Robert natomiast kupił sobie nowy garnitur u jakiegoś modnego w stolicy krawca, obuwie, dodatki. No i wizyta u barbera, gdzie zadbali o jego trzydniowy zarost. Stojąc na ściance w blasku fleszy, nie mogła nie myśleć o tym, że on prezentuje się lepiej od niej.

Potem rozdanie nagród czegoś tam. Nawet nie zadała sobie trudu, by to śledzić. Po prostu klaskała wtedy, kiedy inni, i cały czas się uśmiechała, jak te idiotki z reklam proszków do prania, gdy wieszają na sznurze śnieżnobiałe prześcieradła. Jej myśli odpływały w niebyt i marzyła tylko o tym, by jak najszybciej wrócić do domu, zrzucić niewygodne szpilki, wpakować się w pidżamę, nalać sobie ogromny kieliszek wina i oglądać kolejny serial na Netflixie. Oczywiście nic z tego nie wyszło, bo po ceremonii nadszedł czas na bankiet. Objawiło się stałe towarzystwo. Modelki i aktoreczki, które unikały jedzenia, jakby kawałek ciasta miał je zabić, bardziej bogaci niż znani faceci, którzy upijali się zdecydowanie za szybko, i grupa biedacelebrytów, którzy od razu rzucili się do bufetu, tworząc na talerzach niewiarygodne piramidy jedzenia. Ci, którzy byli aktualnie na topie, pod nieustanną obserwacją fotografów, pilnowali się podwójnie, by nieustająco dobrze wyglądać i równie nieustająco dobrze się bawić. A przynajmniej sprawiać takie wrażenie. No i ci, którzy nie należeli do żadnej z tych grup. Tak jak Adaoma z Robertem. Krążyli po sali, trochę jedli, od czasu do czasu sięgali po kolejny kieliszek wina i kiedy ktoś ich zaczepiał, pozowali uprzejmie do zdjęć. Rozmawiali, a właściwie Robert rozmawiał. Nawiązywał i pielęgnował kontakty z reżyserami, aktorami, prezenterami, właścicielami agencji reklamowych i firm produkcyjnych. Dzielnie mu towarzyszyła, chociaż sama niewiele się udzielała.

– Adaoma, poznałaś już panią Teresę? – zapytał, kiedy w pewnym momencie zbliżyli się do około pięćdziesięcioletniej, niewiarygodnie szczupłej kobiety o brązowych, przeplatanych pasmami siwizny włosach. Miała na sobie prostą czarną suknię i niemodne buty, na co w ogóle nie zwracała uwagi. Jej palce błyszczały od pierścieni.

Podały sobie ręce. Dłoń kobiety była wiotka i zimna.

– Teresa jest legendą polskiego rynku wydawniczego – wyjaśnił Robert. – Ty właściwie go tworzyłaś po osiemdziesiątym dziewiątym, prawda?

– Przesadzasz, kochanie.

– Ale niedużo.

Kobieta tylko uśmiechnęła się w odpowiedzi, jednak komplement sprawił jej dużą przyjemność.

– Teresa właśnie została redaktorką naczelną wydawnictwa naszych gospodarzy. Bo wiesz, że oni oprócz magazynów wydają również książki?

– Oczywiście.

– A Adaoma od dawna marzy o napisaniu książki, prawda?

Oczy Teresy zalśniły, nozdrza poruszyły się, jak u psa myśliwskiego, gdy wyczuje świeżą krew.

– Naprawdę?! A jaką? Teraz świetnie sprzedają się wszystkie podręczniki fitnessu, chociaż tego jest dużo i w twoim przypadku przydałoby się coś bardziej egzotycznego, choćby zumba. Świetnie chodzą też książki kucharskie, generalnie poradniki, jak wyglądać, ubierać się, malować i takie tam.

– Myślałam bardziej o książce reportażowej.

Entuzjazm wydawczyni spadł o kilka stopni.

– Aha. A na jaki temat?

– Zbieram materiały o Biafrze.

Teresa skrzywiła się lekko.

– To region w Nigerii, skąd pochodzi mój ojciec. W latach sześćdziesiątych wybuchła tam wojna, zginęło... – zaczęła tłumaczyć Adaoma.

– Wiem, co to Biafra! – przerwała jej kobieta. – W przeciwieństwie do ciebie ja pamiętam tę wojnę! Ale dziecko, to przecież historia sprzed prawie pięćdziesięciu lat. Nikogo dzisiaj nie obchodzi.

– Nie zgadzam się. Lud Igbo ciągle tym żyje. Nikt nigdy nie przeprosił ich za to, co się wydarzyło. Nikt nigdy nie prosił o wybaczenie za to ludobójstwo i słynne „Nie widzę powodu, żebyśmy mieli karmić naszych wrogów...". Oni wciąż marzą o własnym kraju. To ważny fragment historii ważnego afrykańskiego narodu. Mógłby zainteresować czytelników.

– Nie mógłby – stwierdziła kategorycznie Teresa. – W ogóle Afryka nikogo w tym kraju nie obchodzi. Chyba że w wydaniu Cejrowskiego, jak biega goło po sawannie i opowiada te swoje androny. – Machnęła zdegustowana ręką, a potem się uśmiechnęła. – Jednak coś takiego to bym od ciebie kupiła.

– Co takiego?

– Twoją opowieść o powrocie do kraju przodków. Ze strony ojca oczywiście, bo mama jest z...

– Głogowa.

– No tak, zagłębie miedziowe. Też nudne. Ale Adaoma w Nigerii... Pozytywna opowieść o poszukiwaniu siebie i własnych korzeni, afrykańska przyroda, koniecznie dużo zdjęć uśmiechniętych ludzi. To mogłoby się udać.

– Nie wiem. Nie jestem pewna.

– Albo książka kucharska. To zresztą można by połączyć: Nigeria i Polska w jednym garnku. Ja mogę ci, dziecko, znaleźć kogoś, kto przygotuje te przepisy. Ty potem dopiszesz tylko wstęp, parę anegdotek i dasz buzię do fotografii.

Adaomę zatkało. Wypiła spory łyk wina, by zyskać moment na uspokojenie. Ta kobieta naprawdę brała ją za zwykłą idiotkę.

– Nie jestem zainteresowana – powiedziała, kiedy przełknęła.

– Szkoda. To mógłby być hit.

– Słyszałaś, Ada? – włączył się Robert, a ona w tej chwili miała ochotę go spoliczkować.

– To nie dla mnie. Chciałabym napisać poważną książkę na poważny temat.

Teresa westchnęła przeciągle.

– Nie w Polsce, dziecko – stwierdziła. – Nie w tym kraju. Nie o Biafrze.

– To może mogłabyś zaproponować coś innego? – zapytał Robert.

Teresa położyła palec na brodzie. Paznokcie miała pomalowane na ciemnobordowy kolor, niemal czarny.

– To musiałoby być coś nośnego, mocnego. Coś jak zaginięcie tej dziewczyny w wakacje. Tej Ady, o której tak wszyscy trąbili. Pamiętacie?

– Byliśmy tam wtedy – powiedział Robert.

Teresa po raz pierwszy spojrzała na niego z zainteresowaniem. Do tej pory traktowała go jak zwykłego natręta.

– W tej okolicy, gdzie zaginęła ta dziewczyna?

– W tej samej agroturystyce – sprecyzował. – Jej rodzice to nasi, właściwie moi znajomi.

– O! Ty też tam byłaś? – zapytała Adaomy, a ta niechętnie potwierdziła skinieniem głowy.

– Udało nam się to utrzymać w tajemnicy, żeby nie zaszkodzić karierze. Wymagało to sporo zachodu i wielu telefonów, ale uznaliśmy, że ważniejsze jest to, by media skupiły się na zaginionej dziewczynie, a nie na tym, że przypadkiem... – tłumaczył Robert, ale kobieta uciszyła go wymownym gestem. Adaoma była zdumiona. Po raz pierwszy widziała, żeby ktoś traktował go z takim lekceważeniem.

– O tym mogłabyś mi napisać – powiedziała powoli, z namysłem wydawczyni. – Nawet imię masz podobne. Ta sprawa, to zaginięcie z twojej perspektywy. Jak przeżyłaś to, co się wydarzyło. – Przerwała i zaczęła pstrykać palcami. – Nie tak. Nie możesz być główną bohaterką, ale musisz być bohaterką. Musielibyśmy znaleźć odpowiednią perspektywę albo jakoś opowiedzieć o tobie przez tę historię. Może twoje odbicie w tej dziewczynie, coś takiego, chociaż bez nadmiernego lansu, bo akurat tu to się nie wybroni. Przychodzi ci coś do głowy?

Adaoma przypomniała sobie, jak Ada prosiła ją o pomoc w karierze modelki.

– Nie – powiedziała. – Nic mi nie przychodzi do głowy.

– No trudno. Zrobimy burzę mózgów i coś znajdziemy, tak żeby jakoś niezbyt natrętnie wyeksponować cię w tej historii. I osłonowo przeznaczymy część zysków na Fundację Itaka...

– Zajmuje się poszukiwaniami zaginionych osób – wytłumaczył zupełnie niepotrzebnie Robert.

– Dziękuję – przerwała im obojgu Adaoma – ale nie jestem zainteresowana tym tematem. Zupełnie.

Półtorej godziny później wrócili do domu. W końcu mogła się przebrać w pidżamę. Żadną seksowną koszulkę nocną, tylko zwykłą ciepłą flanelową szmatę, którą uwielbiała. Wyciągnęła wino z lodówki, otworzyła je i nalała sobie kieliszek. Nie tak duży, jak planowała początkowo, bo już jej szumiało w głowie, jednak dość spory. Właściwie to większy niż zwykle. Robert wyszedł właśnie z łazienki w samych spodniach od garnituru i próbował wyglądać seksownie, pewnie licząc, że zakończą ten wieczór w łóżku. Jakby miała na to ochotę. Spojrzał na nią znacząco, kiedy zauważył otwarte wino na blacie kuchennego stołu.

– Co? – rzuciła.

– Który to kieliszek?

– Liczysz mi?

– Nie. – Machnął ręką. – Po prostu zastanawiam się, dlaczego jesteś taka zła.

– Dlaczego?! Serio pytasz?! – zapytała, podnosząc się z kanapy.

– Serio. Chciałbym wiedzieć.

– Bo to było, kurwa, upokarzające. Słyszałeś tę starą babę?! Książka, kurwa, kucharska. Polsko-nigeryjska. Jak to w ogóle miałoby wyglądać? Ukwa z flakami?! Jollof ze schabowym?!

– Już masz pomysły.

– Spierdalaj. – Upiła z kieliszka. – Do tego zaproponowała, że kto inny napisze za mnie tę książkę. Ja mam tylko dać gębę.

– Tego nie słyszałem. Mówiła o kimś do pomocy, co jest zrozumiałe, biorąc pod uwagę twój brak doświadczenia na polu literackim.

Spojrzała na niego wymownie. Pole literackie w przypadku książki kucharskiej. Dobre sobie.

– Nie wiem, po co mnie do niej w ogóle zaprowadziłeś.

Rozłożył ręce.

– Nie pracujesz, nie wiesz, co ze sobą zrobić, więc pomyślałem, że was znetworkuję, bo marzysz o napisaniu tej książki i teraz może jest dobry moment, żeby to zrobić.

– Nie pracuję przez ciebie.

– Zdaję sobie z tego sprawę. I jak widzisz, robię wszystko, by to naprawić.

Zaśmiała się krótko, gardłowo i nieprzyjemnie.

– Serio?! Robisz wszystko, by to naprawić?! Trzeba było wcześniej powstrzymać się przed wywaleniem tej pizdy, przez którą jestem w dupie. Ale ty musiałeś postawić na swoim, bo myślisz tylko o sobie.

– To nieprawda!

– A nie, nieprawda. Faktycznie, znetworkingowałeś mnie z kolejną starą pizdą, która też widzi we mnie tylko parę czarnych cycków i marzy, żebym jej napisała poradnik o zumbie. Ja nie byłam nawet na jednych zajęciach z tego gówna!

Pokręcił gorączkowo głową.

– Nie, to nie tak. Robię dużo, dużo więcej. Nie widzisz tego i nie obwiniam cię o to.

– Tego by jeszcze brakowało.

– Daj mi skończyć – poprosił, zbliżając się do niej. – Staram się. Naprawdę się staram. I zrobiłbym wszystko, gdybym mógł cofnąć czas... Musisz mi uwierzyć. Gdybym wiedział, jak to się skończy... Nigdy nie sądziłem, że posunie się aż tak daleko.

– Wal się – rzuciła, ale już z mniejszym przekonaniem.

– Kocham cię – powiedział. – Chcę, byś była szczęśliwa. Zależy mi na tobie.

– Naprawdę?

– Naprawdę. Chciałbym... – Przerwał na moment. Przełknął ślinę. – Chciałbym, żebyśmy... – Znowu przerwał na kilka sekund, by potem dokończyć szybko, jakby zrywał plaster ze świeżo zagojonej rany: – Chciałbym, żeby to było na poważnie. Żebyśmy, nie wiem, może kiedyś wzięli ślub.

Adaoma mocno zacisnęła palce na kieliszku od wina i przestraszyła się, że go złamie. Jej serce biło jak oszalałe.

– To oświadczyny? – zapytała.

Otworzył usta. Zamknął je. Przytaknął bezgłośnie i dopiero potem powiedział:

– Tak. Chyba tak.

– Chyba?

– Tak – potwierdził, tym razem bardziej stanowczym, ale ciągle drżącym głosem. – Nie mam pierścionka.

Pocałowała go w usta.

– Nie szkodzi – wyszeptała.

Jednak kochali się tamtej nocy.

2

Teść wypełnił kieliszek nalewką z mirabelek, choć Arek wyraźnie powiedział, że nie może pić, bo prowadzi. Ale teść już taki był. Mieszkał z żoną w Górze Kalwarii, gdzie od dwudziestu lat robił jako księgowy i nudził się śmiertelnie nad kolumnami cyferek, arkuszami w Excelu i wykładniami prawa podatkowego. Tylko wyrób napojów alkoholowych z owoców z własnego sadu nadawał jego życiu jakikolwiek koloryt.

– No spróbuj – zachęcał.

Arek podniósł kieliszek i ledwo zamoczył usta. Potem zamlaskał kilka razy.

– Dobre, nie? – powiedział zadowolony z siebie teść. – Takie wytrawne wyszło, nie za słodkie, co?

– Tak.

– Naleję ci potem jeszcze jabłkówki. – Poklepał zięcia po ramieniu. – Taki tegoroczny eksperyment. A ty, kochanie, czemu nie pijesz? – zwrócił się do córki.

Kamili nalał nawet więcej niż Arkowi. Alkohol utworzył na brzegach kieliszka menisk wypukły. Mężczyzna zupełnie nie zwrócił uwagi na niemal pełny talerz stojący przed córką. Jak przedszkolak rozgrzebała tylko ziemniaki i surówki, mięso schowała pod kartofle tak, by wyglądało, że cokolwiek z tego zjadła. Oboje schudli przez ostatnie miesiące, jednak Kamila bardziej. Zapominała o podstawowych czynnościach, jak picie, jedzenie, oddychanie i kochanie tego drugiego dziecka. Tego, które jeszcze mieli. Arkiem też targały wyrzuty sumienia. Starał się poświęcać synowi więcej czasu niż zwykle, ale przecież chodził normalnie do pracy. Po powrocie zajmował się domem: prał, sprzątał, gotował. Dla syna pozostawało ledwo kilka minut dziennie. Dlatego nawet jeśli nie podobał mu się pomysł wizyty u teściów, to cieszył się, że mama Kamili od momentu ich przyjazdu bawiła się z Ignacym, skupiając na nim całą swoją uwagę.

Ignaś, co oczywiste, nie rozumiał za wiele. Na początku smucił się z powodu braku Ady, jednak szybko uznał to za coś zupełnie naturalnego. Zupełnie się tym nie przejmował. Była, zniknęła. Najwyraźniej tak miało być. Arek podziwiał tę zdolność adaptacji u dzieci. Jednak co pewien czas mały pytał o siostrę, a potem wybuchał płaczem, kiedy dowiadywał się, że jej nie ma.

– Włączyłam mu bajkę – powiedziała teściowa, wchodząc do pokoju. Miała krótkie siwe włosy. Jeszcze niedawno, regularnie farbowane, sięgały jej do ramion, ale ścięła je niemal do gołej skóry po zniknięciu Ady. – Nie przeszkadza wam to?

Arek nie miał nic przeciwko. Kamila nie odezwała się, jakby nawet nie zauważyła pojawienia się mamy w pokoju. Teściowa zawiesiła wzrok na pełnym talerzu, niemal niedostrzegalnie pokręciła głową, wzięła go i zaniosła do kuchni. Wróciła stamtąd z dwoma kubkami herbaty. Jeden postawiła przed sobą, drugi był dla córki.

– Co teraz będziecie robić? – zapytała.

Oboje wiedzieli, o co jej chodzi. Od miesięcy rozmawiali właściwie tylko na jeden temat.

– Nie wiem – wyszeptała Kamila.

– Prywatny detektyw nic nie znalazł – odezwał się Arek. – Dał nam raport z podjętych czynności, ale wygląda to tak, jakby nic tam nie zrobił, tylko pojechał na wakacje za nasze pieniądze.

– Pozwijcie go – powiedział teść.

Nikt nie zwrócił na niego uwagi.

– Właściwie nie wiem, co teraz zrobić. Co pewien czas opłacam ogłoszenia w internecie. Prosimy różnych dziennikarzy, by zajęli się jeszcze sprawą, jednak... – Przerwał w pół zdania, nie wiedząc, jak powinien je dokończyć.

– Moglibyście robić miesięcznice – zaproponowała teściowa.

– Słucham?

– Spotkania w miesięcznicę jej zaginięcia. Duże spotkania, może w Warszawie, może tam, gdzie opowiadalibyście ludziom o Adzie i przypominalibyście o niej.

– To nie jest dobry pomysł.

– Dlaczego?

– Miesięcznice kojarzą się z polityką.

– No to co! – oburzył się teść. – Kaczyński może to robić, to wy już nie możecie? Bez przesady! Ukradł sobie skurwiel Wawel, chce te pomniki poustawiać, ale miesięcznic nie może wam zabronić!

– Tato, proszę – odezwała się łagodnie Kamila.

Teść natychmiast ucichł i chyba lekko się zaczerwienił. Arek nie był jednak pewien, czy to nie z powodu alkoholu.

Godzinę później wsiedli do samochodu i ruszyli w drogę powrotną do Warszawy. Ignaś długo przytulał się do babci i nagle zaczął płakać, że nie chce wyjeżdżać. Próbowali go uspokoić na różne sposoby, przekupić słodyczami. Tłumaczyli, że mama i tata już wychodzą, ale nic nie skutkowało. Chciał zostać i już. W końcu Arek na siłę wsadził go do fotelika i zapiął pas. Przez pierwszych piętnaście minut jechali w ogłuszającym płaczu, od którego pękały bębenki. Przez kolejnych dziesięć mały pochlipywał, a wreszcie zasnął ze zmęczenia. Arek odetchnął z ulgą.

– Moglibyśmy to zrobić – powiedziała Kamila, kiedy mijali tablicę z nazwą miasta.

– Co takiego?

– Te miesięcznice. Wydaje mi się, że to dobry pomysł.

– Jak to sobie wyobrażasz? – zapytał, siląc się na spokój.

– Pewnie trzeba by to zrobić tam. Zaprosić dziennikarzy, żeby media o tym mówiły. To mogłoby się udać.

Przyspieszył, a potem wyprzedził srebrnego opla.

– Wiesz, ile to będzie kosztować?

Obróciła się w jego stronę. Na jej twarzy odmalowało się oburzenie.

– Chodzi o Adę. Jak możesz mówić o pieniądzach?

– Mogę o nich mówić, bo wiem, ile do tej pory wydaliśmy i ile nam zostało. Zorganizowanie tego wszystkiego, sprowadzenie dziennikarzy, pewnie jeszcze jakichś gości, by ktokolwiek zwrócił na to uwagę...

– Zwrócą uwagę. Ludzie pamiętają o Adzie.

– Pamiętali – sprostował. – Od tamtej pory tyle się wydarzyło. Kiedy po raz ostatni dzwonił do nas jakikolwiek dziennikarz?

– No i właśnie dlatego powinniśmy zorganizować te miesięcznice! – wykrzyknęła, wyrzucając ramiona w górę.

– W żadnym wypadku. Spłuczemy się, a mamy, przypominam ci, jeszcze jedno dziecko.

Przez kilka minut siedziała w milczeniu, obrażona i zmęczona. Otworzyła torebkę. Grzebała w niej zawzięcie, aż w końcu wyrzuciła sobie jej zawartość na kolana. Obok siebie wylądowały dwie paczki chusteczek, podpaska, szminka, zwinięte w kulki papiery, trzy długopisy, klucze, zaginione dawno kolczyki, notatnik i wreszcie to, czego szukała – opakowanie ze środkami przeciwbólowymi. Wzięła dwie tabletki.

– Rozmawiałam z Robertem.

– Słucham?!

– Zgodził się pożyczyć nam trochę gotówki. I powiedział, że niepotrzebnie płaciłeś tej kobiecie od PR-u. Miał z nią porozmawiać. Jeśli ona zwróci nam pieniądze, będziemy mogli przeznaczyć je na zorganizowanie tej miesięcznicy.

– Kurwa mać!

– Co znowu?

– Dlaczego robisz takie rzeczy?! Za moimi plecami?!

– Jakie rzeczy? Po prostu rozmawiam z przyjacielem. Przyjacielem, który już nam pomógł i zgodził się pomóc jeszcze bardziej.

Samochód przed nimi zahamował, by wypuścić wyjeżdżający z zatoczki autobus. Arek musiał zrobić to samo, ale kiedy się zatrzymał, zaczął zawzięcie trąbić na auto z przodu. Kierowca pokazał im w odpowiedzi wyciągnięty środkowy palec i ruszył, gdy autobus był już na głównym pasie jezdni.

– Nikogo nie słuchasz – powiedział Arek już spokojniej. – Wszystko robisz po swojemu. Nie zważasz na to, co ja mam do powiedzenia. W ogóle tego nie bierzesz pod uwagę. A potem wszystko kończy się tak, jak się kończy.

– Co masz na myśli?

Jego twarz wykrzywiła się w grymasie złości, oddech przyspieszył.

– Z tego obozu wszyscy wrócili, prawda? – wydusił przez zaciśnięte zęby.

– Co takiego?

– Właśnie to, kurwa! – krzyknął. – Z tego obozu wszyscy wrócili. Trzydzieścioro dzieciaków wyjechało, trzydzieścioro dzieciaków wróciło!

– Nie mów tak.

– Bo co?! Polecisz do Roberta się poskarżyć?!

– Nie wolno ci. – Łamał jej się głos, serce biło jak oszalałe. Ból, ostry i mocny, przeszywał całe ciało, jakby ktoś podłączył ją do linii wysokiego napięcia.

– Chciała jechać na ten obóz, Kamila – powiedział powoli. – Ja chciałem, żeby jechała na ten obóz.

– Przestań!

– Tylko ty się uparłaś. Tylko ty chciałaś zabrać ją na te pieprzone wakacje z twoimi znajomymi ze studiów. I tylko ty chciałaś na nie jechać! Tylko ty! Ja nie. Ada nie. Tylko ty. Jakbyś się nie uparła...

– Nie...

– ...byłaby tu teraz z nami.

Otworzyła usta. Płakała bezgłośnie, bo nie mogła złapać tchu. Miała wrażenie, że tonie we własnych łzach.

– To twoja wina, Kamila.

Te łzy były inne niż zazwyczaj. Bolały. Każda z nich. Jakby płakała krwią. Matka Polska Bolesna. Nie miał prawa tak mówić, myślała, nie miał prawa. Gdyby zdobyła się na odrobinę odwagi, siły, toby go uderzyła. Albo chwyciła za kierownicę i skręciła nią tak, by wjechali na drugi pas prosto pod przejeżdżającą właśnie ciężarówkę. I to ta ostatnia wizja wydała się jej właściwa. Palce same powędrowały do pasów bezpieczeństwa i odpięły je, żeby w momencie zderzenia mogła wylecieć przez przednią szybę. Zginąć na miejscu, skręcić kark, uderzając o twardy, zimny i mokry beton. Albo o stalową kabinę ciężarówki. Chciała umrzeć. Teraz bardziej niż kiedykolwiek. Jednak otrzeźwił ją sam dźwięk naciskanego przycisku. Pragnienie nie zniknęło, bo zniknąć nie mogło, ale towarzyszyła mu teraz świadomość, że z tyłu siedzi Ignaś. I że on na to wszystko nie zasługuje. Ciągle płakała i ciągle bolało.

– Zatrzymaj się – powiedziała.

– Przestań się wygłupiać.

– Zatrzymaj się!

Nie zrobił tego, więc zaczęła go bić pięściami po ramieniu. Próbował się bronić, ale mógł to robić tylko jedną ręką.

– Zatrzymaj się! Zatrzymaj się! Zatrzymaj! – krzyczała.

– Co ty robisz?! Chcesz nas zabić?!

Nie chciała. Już nie.

Zatrzymał się po przejechaniu jeszcze stu metrów. Włączył światła awaryjne. Szarpnęła za klamkę. Prawie wypadła na zewnątrz. Wszystkie rzeczy, które leżały na jej kolanach, poleciały na podłogę samochodu albo na jezdnię, jednak nie zamierzała ich zbierać. Wygramoliła się na chodnik. Zapięła kurtkę i zaczęła iść. Arek jechał za nią na światłach awaryjnych. Opuścił szybę po stronie pasażera.

– Gdzie idziesz?! – krzyknął.

Nie odpowiedziała.

– Gdzie idziesz?! Do domu jest jeszcze z dziesięć kilometrów!

Dalej milczała.

– Masz przynajmniej pieniądze na taksówkę?

Przyspieszyła kroku. Jechał obok przez kilkanaście metrów, może więcej. Samochody mijały ich z trąbieniem. Ciągle coś do niej wołał, jednak Kamila nawet nie zwracała na to uwagi. Wreszcie zamknął szybę i ruszył. Chwilę potem czerwone światła ich samochodu zniknęły jej z oczu.

Szła coraz szybciej, z całych sił skupiając się na zimnie, od którego drętwiały palce, na wodzie z kałuż, która wlewała się do butów, na pieczeniu zasychających łez na twarzy. Robiła wszystko, by nie dopuścić do siebie jednej myśli. To nawet nie była myśl Arka, on ją tylko wypowiedział. Towarzyszyła jej od miesięcy, cały czas, w każdej chwili, w każdej sekundzie, przy każdym oddechu. Kamila spychała ją w głąb siebie, próbowała spętać łańcuchami, zakopać pod potężnym stosem wspomnień, chaotycznych nieistotnych planów, ale ona zawsze wygrzebywała się na zewnątrz, silniejsza, niepokonana, coraz bardziej zuchwała.

To twoja wina, rozbrzmiewało w jej głowie, to wszystko twoja wina.

3

– *Hello darkness, my old friend, I've come to talk with you again...* – śpiewał facet, a jego chropowaty mocny głos wraz z dźwiękami smyczków i fortepianu przebijał się do nich z komputerowych głośników.

Damian siedział obok Merry na łóżku. Palili wspólnie jointa. Narkotyk kupiła od jednego kolesia z ich szkoły. Wysokiego, krótko ostrzyżonego dryblasa w wyciągniętej bluzie z nieczytelnym napisem. Na przerwie długo stała obok niego, rozmawiali, śmiali się, w końcu wręczyła mu kilka banknotów, a on jej torebkę z czymś brązowym w środku, co pospiesznie schowała do kieszeni plecaka. Potem jeszcze chwilę gadali, a Damian, skręcający się z zazdrości, stał kilkanaście metrów dalej i wmawiał sobie, że nic się nie dzieje i nic go to nie obchodzi. Wreszcie dziewczyna podeszła do niego, trąciła i oznajmiła, że załatwiła im coś fajnego na popołudnie.

– To musi być chujowe – powiedziała, oddając mu skręta.

– Co takiego?

– To. – Wskazała ekran komputera, gdzie produkował się wokalista zespołu Disturbed. – Świadomość, że najlepsza rzecz, którą zrobiłeś w życiu i pewnie zrobisz, jest tylko podróbką tego, co wcześniej zrobił ktoś inny.

– No... Trochę słabe – przyznał, chociaż piosenka mu się podobała. I nie rozumiał, jaki jest problem w tym, że wcześniej śpiewał to ktoś inny. Przecież piosenkarze robili tak bardzo często. Wykonywali nawzajem swoje utwory.

– Jeśli miałabym kiedyś zespół, to nigdy nie wykonywałabym coverów. Nigdy – powiedziała twardo. – Oryginalność przede wszystkim. Nie chcę być w życiu kimś, kto tylko powtarza po innych.

– Ja też.

– Zawsze trzeba iść swoją drogą. Tam, gdzie jeszcze nikt nie odważył się iść.

– No.

Zaciągnęła się jointem i przymknęła powieki, kiedy dym dotarł do płuc. Narkotyk ją rozluźnił i Damian patrzył na nią z prawdziwą przyjemnością. Pewien chłód, który zawsze ją otaczał, teraz zniknął. Na jej policzkach pojawiły się nawet niewielkie rumieńce. Wypuściła dym.

– Co za gówno – stwierdziła. – Słabe i byle jakie. W Sopocie nie dalibyśmy tego nawet bezdomnym.

– Przykro mi.

– Wszystko tutaj jest chujowe.

– Wiem.

Odwróciła się do niego i popatrzyła mu prosto w oczy. Wzdłuż kręgosłupa przeszedł mu dreszcz.

– Paliłeś kiedyś jointa w specjalny sposób?

To nie był jego pierwszy raz z trawką, ale do tej pory palił tylko i wyłącznie z nią. Nie chciał się do tego przyznawać. Strasznie się pilnował, żeby nie wyjść na większego nudziarza i wieśniaka, niż był.

– To znaczy jak? – zapytał.

– Popatrz.

Merry zaciągnęła się po raz kolejny, a potem usiadła na zaskoczonym Damianie. Jęknął, bo przygniotła mu żołądek. Nachyliła się, wbiła swoje usta w jego i wdmuchała dym prosto do gardła chłopaka. Zakrztusił się i zaczął strasznie kaszleć. Prawie zrzucił z siebie Merry, ale udało mu się ją przytrzymać. Nie chciał, żeby schodziła. Dziewczyna śmiała się rozbawiona. On też zaczął się śmiać razem z nią. Czuł, jak jej piersi ocierają się o niego. Były duże, twarde i miękkie jednocześnie. Chciał ich dotknąć. Bardzo, ale bał się, jak ona zareaguje. Ostatnio, kiedy spróbował, odepchnęła go tak, że wpadł na komodę i obił sobie plecy. Potem nie odzywała się do niego przez trzy dni.

– Opowiedz mi o niej – wyszeptała mu do ucha.

Nie zrozumiał.

– O kim?

– O Adzie.

– Ale, ale, ale, ale... ale co?

Pocałowała go. Jej język splótł się z jego językiem. Oszołomiło go to. Jego dłonie same znalazły się na jej ciele. Pod palcami poczuł gładką skórę brzucha.

– Całowałeś się z nią? – zapytała, kiedy przerwali na moment, by złapać oddech.

Nim zdążył się zastanowić nad tym pytaniem, zaczęła rytmicznie poruszać biodrami. W górę i w dół, ocierając się o jego penisa. Zagryzł wargę i odważył się położyć dłonie na jej brzuchu.

– Całowałeś się z nią?

– Tak.

Jego dłonie przesunęły się wyżej. Ostrożnie i powoli, cały czas badając jej reakcję. Był gotów się wycofać, gdyby zobaczył najmniejszą zmarszczkę niezadowolenia na jej czole. Ale nic się takiego nie stało. Najpierw dotknął drutu stanika, potem całych piersi. Ścisnął. Nie mocno, ostrożnie. Poczuł sutki. Chyba, bo nie miał pewności. Zastanawiał się, jak wyglądają. Chciał je pocałować, poczuć w swoich ustach, ale ciągle się bał. Merry nie przestawała się o niego ocierać. Jak daleko mógł się posunąć? Czy to było to? Czy to był już ten moment, kiedy to zrobią? Wydawało mu się, że zaraz eksploduje. Nie potrafił jasno myśleć. Chciał, by nim pokierowała. Zrobiłby wszystko, byleby tylko jej dotknąć. Poczuć jej wilgoć między nogami. Wejść w nią.

– Pieprzyłeś się z nią? – wyjęczała mu do ucha.

– Tak – powiedział, skupiając się na swoich palcach, które zagłębiały się pod stanik. Poczuł delikatną skórę wokół sutków. Merry uniosła biodra, by rozpiąć mu spodnie. Jej dłonie przesunęły się po jego penisie i mocno na nim zacisnęły. Był twardy jak chyba jeszcze nigdy w życiu.

– Była ładniejsza ode mnie? – zapytała.

– Nie. – Podniósł się, żeby ją chwycić, objąć.

Coś stało się z jej twarzą, odmieniła się w jednej chwili. Błogość ustąpiła miejsca złości. Spoliczkowała go, aż głowa odskoczyła mu do tyłu. Uderzył o ścianę, a policzki zapłonęły żywym ogniem. Przed oczami zatańczyły różnokolorowe mroczki. Przymknął powieki, żeby przestało mu się kręcić we łbie, a kiedy je otworzył, Merry już na nim nie siedziała. Stała przy otwartym oknie. Paliła zachłannie jointa.

– Widziałam jej zdjęcia – powiedziała wściekła. – Była ładniejsza ode mnie!

Przejechał językiem po suchych wargach.

– Nie dla mnie – odparł nieśmiało.

– Pierdolisz. Była chudsza.

– Tak, ale ja... Nie wiem... To nie jest dla mnie ważne.

– Miała ładniejszą twarz, ładniejsze włosy, fajniejsze cycki, płaski brzuch, fajną dupę! Była ładniejsza ode mnie.

Bał się odezwać. Nie wiedział, czy powinien zapiąć spodnie, czy może wrócą do tego, co przerwali. Pewnie nie, ale z Merry nigdy nie można było być niczego pewnym. Nagle ruszyła w jego kierunku, ciągle zagniewana i obrażona.

– Nigdy więcej mnie nie okłamuj – powiedziała.

– Okej.

– Nigdy więcej! Nie potrzebuję tego! Nie potrzebuję twoich kłamstw! Nie potrzebuję twojej litości! Ona była ładniejsza!

– Tak – potwierdził szybko. – Była ładniejsza.

Wydawało mu się, że powiedział dokładnie to, co chciała, jednak ona i tak odwróciła się, wściekła i zraniona. Poszła z powrotem do okna. Usiadła na parapecie, wcześniej zamaszystym gestem zrzucając leżące tam zeszyty i ładowarkę.

– Idź już stąd – odezwała się, nie patrząc na niego. – Ale się pospiesz. Zaraz wypuszczam psa.

TERAZ

1

– Jak masz właściwie na nazwisko?

Adaoma spojrzała pytająco na Arka.

– Bo wszędzie przedstawiają cię tylko imieniem – wyjaśnił. – Przez jakiś czas myślałem, że nazywasz się Oma. Wiesz, Ada – zrobił pauzę – Oma. Ada Oma.

– Po co ci to?

– Jestem ciekaw.

Jechali drogą krajową do miasta, gdzie umówili się na spotkanie z kobietą, która zadzwoniła do Arka. Przed nimi niemiłosiernie wlokła się i smrodziła ciężarówka z logo firmy mleczarskiej, ale sznur samochodów z naprzeciwka nie pozwalał na jej wyprzedzenie. Paląca woń spalin dostawała się do środka pomimo zamkniętych okien.

– Piernik.

– Co takiego?!

– Piernik. Mam na nazwisko Piernik.

– Jaja sobie robisz?

– Nie. Teraz już wiesz, czemu go nie używam.

Arek pokręcił z niedowierzaniem głową, a kąciki jego ust powędrowały w górę.

– Dość... Zwyczajne. W porównaniu z imieniem w każdym razie.

– Imię wybrał mi tato. Przyjechał do Polski na studia, poznał moją mamę. Zakochali się, wzięli ślub i pojawiłam się ja. Rozwiedli się przed moimi pierwszymi urodzinami i ojciec wrócił do Nigerii. Podobno nie potrafił znieść polskich zim. I mamy. Która zmieniła mi nazwisko na swoje panieńskie, jak tylko tato wsiadł do samolotu.

– Przykro mi. Musiało być ci ciężko bez ojca.

– Niespecjalnie – powiedziała. – Wrócił z Nigerii po roku. Twierdził, że nie mógł tam wytrzymać beze mnie. Próbował naprawić sprawy z mamą, ale ona nie chciała. Może to i dobrze. Potem ożenił się powtórnie. Mam dwójkę przyrodnich braci, bliźniaków: Michała i Pawła. Fajne chłopaki.

– Twój tato nie chciał im dać nigeryjskich imion? – zapytał.

– Chciał – potwierdziła. – Macocha stwierdziła, że nie po to rodziła ich przez piętnaście godzin, żeby teraz nazywali się Mambo i Bambo.

Wybuchnął śmiechem.

– Poważnie?

– Poważnie. Tak jak widzisz, żadnej ciekawej dramatycznej historii. Mam dobre relacje z rodzicami, z macochą, z ojczymem, braćmi i siostrą.

– Masz siostrę?

– Aha. Dorota. Zupełnie biała. Jak była mała, prosiła mamę, żeby pomalowała ją na brązowo tak jak mnie. A pewnego dnia sama się wysmarowała pastą do butów.

Arek skręcił odrobinę w lewo, sprawdzając, czy przeciwny pas jest wreszcie wolny. Dostrzegł jadące z naprzeciwka auto i wrócił za ciężarówkę.

– To zresztą dzięki Irenie zostałam modelką – powiedziała Adaoma.

– Irenie?

– Macocha. Jest artystką, rzeźbiarką. Ma mnóstwo znajomych w dziwnych kręgach. Poleciła mnie koledze, który szukał jakiejś fajnej dziewczyny do katalogu ubrań. Tak zarobiłam pierwsze własne pieniądze.

– Jesteście dość blisko?

– Jakoś tak się złożyło. Co dziwne, bo mama z tatą się nie znoszą, ale już Michał i Paweł od czasu do czasu wpadają do nas na obiad. Szczególnie wtedy, kiedy tata jest w Nigerii. Pośredniczy tam między niemieckimi lub polskimi firmami a miejscowymi. Irena i tak siedzi w pracowni i zapomina o bożym świecie. Mama robi im więc nawet pranie. A Dorota to właściwie ma swój pokój u taty i Ireny.

– Naprawdę?

– No... Właściwie to kanapę. Ale własną. Oni mieszkają w centrum, mama z ojczymem na peryferiach. Jak siostra baluje na mieście, to woli się przekimać u nich niż wracać do domu.

Roześmiała się nagle głośno, na całe gardło.

– Co takiego? – zapytał Arek.

– Nic. Po prostu zdałam sobie sprawę, że jesteśmy jak zły sen posła PiS-u: patchworkowa rodzina, dwie pary po rozwodzie, ojciec czarny. Szkoda, że mama nie jest lesbijką. Miałabym komplet. A może jest? Muszę ją spytać.

Minęli tablicę z nazwą miejscowości. GPS poinformował, że wkrótce dotrą do celu, więc Arek zrezygnował z kolejnych prób wyprzedzania.

– A ty?

– Jak mam na nazwisko?

– Nie. Chodzi mi o twoją rodzinę.

– Mama, tata, dwóch braci. Jeden starszy, drugi młodszy. Obaj sobie radzą. Absolutnie nic ciekawego.

– Nie wierzę ci – powiedziała z uśmiechem.

– Powinnaś.

Skręcił i zaparkował przed pizzerią z ogródkiem piwnym w cieniu parasoli od tyskiego. Adaoma założyła na głowę czapkę z daszkiem i absurdalnie wielkie okulary przeciwsłoneczne zakrywające połowę twarzy.

Wyszli z samochodu. Arek stanął pośrodku ogródka i zaczął się rozglądać. Zajęte były tylko trzy stoliki. Jeden przez rodzinę z trójką dzieci. Dzieciaki pożerały pizzę. Ojciec, łysy byczek, rozwalił się na krześle i palił papierosa. Jego żona na przemian uspokajała potomstwo i sprawdzała tipsy. Po drugiej stronie stolik zajmowała para młodych ludzi. On pisał coś na komórce, ona się nudziła. Pomiędzy nimi stały szklanki. Wreszcie w kącie siedziała samotna kobieta, blondynka koło trzydziestki. Miała okulary przeciwsłoneczne niemal równie wielkie jak te Adaomy, ale mniej znanej firmy. Paliła. Nosiła czarne obcisłe spodnie i białą bluzkę na ramiączkach. Jej skóra była niezdrowo zarumieniona od słońca, w kilku miejscach pokryta szorstkimi krostami, jakby dostała niedawno wysypki. Powyżej piersi, przy prawym ramieniu miała wytatuowaną niewielką czerwoną różę. Przed kobietą stała na wpół pełna popielniczka i na wpół pusty kufel piwa. Kiedy wzrok Arka zatrzymał się na niej, ledwo dostrzegalnie przywołała ich ruchem dłoni.

– Arkadiusz Dusza. Pani do mnie dzwoniła? – powiedział, kiedy znalazł się przy stoliku.

Zawahała się, a potem, jakby zdając sobie sprawę, że jest już za późno, by się wycofać, przytaknęła. Wskazała papierosem na Adaomę.

– A ona?

– Przyjechała ze mną.

Kobieta zaciągnęła się po raz ostatni i ze złością wbiła niedopałek do popielniczki.

– Jak pan sobie chcesz.

Zamierzali usiąść, ale powstrzymała ich gestem.

– Najpierw coś zamówcie, żeby nam tu potem nie przychodzili i nie podsłuchiwali – powiedziała.

Brzmiało to sensownie.

– Pójdę po colę – oznajmił Arek i zwrócił się do Adaomy: – Dla ciebie?

– Woda.

Kobieta chwyciła za kufel. Wypiła resztę kilkoma dużymi łykami i podała go Arkowi.

– Dla mnie piwo.

Kiwnął głową i zniknął we wnętrzu pizzerii. Adaoma usiadła. W milczeniu czekały na jego powrót. Kobieta nerwowo stukała obcasem szpilek o kostkę Bauma. Wciąż się rozglądała. Po kilku minutach wrócił Arek, rozdał napoje i zajął miejsce. Blondynka chwyciła piwo. Wypiła jedną trzecią i odetchnęła ciężko.

– Dlaczego pani do mnie zadzwoniła? – zapytał.

– Byłam u znajomej. Dziecko jej się urodziło. Pojechałam odwiedzić. Zobaczyłam na słupie ogłoszenie. Wtedy nic nie powiedziałam. Rok temu w sensie, nie? Ale cały czas mnie to gryzło. To sobie pomyślałam, że to znak, że to ogłoszenie znalazłam.

Pociągnęła palcem z góry do dołu po zimnej szklance z piwem, jakby chciała zdrapać logotyp browaru.

– Nie przedstawię się, jasne? Opowiem, co wiem, i znikam. Nie dzwońcie do mnie, nie próbujcie się kontaktować. Opowiem to tylko wam i nikomu więcej. Żadnej, kurwa, policji. Zgoda?

Arek przytaknął.

– Nie chcę żadnych pieniędzy, żeby była jasność – dodała szybko. – Żadnych, kurwa. Nie jestem taką szmatą, która bierze od was kasę, żeby sprzedać jakieś pierdoły. Tak?

– Zrozumieliśmy. Co pani chciała mi opowiedzieć?

Sięgnęła do torebki. Wyciągnęła paczkę papierosów, ale nie zapaliła.

– Jestem prostytutką – powiedziała nieoczekiwanie. – Nie tutaj, nie szukajcie. W okolicy. I aktorką. – Wskazała palcem na Adaomę. – Mogłabyś u nas karierę zrobić, jakbyś chciała.

– Chyba nie jestem zainteresowana – odpowiedziała ostrożnie.

– Szkoda. Dobry pieniądz za dzień roboty. Przyjeżdżasz rano do Warszawy, jakieś śniadanie. Najpierw akcja solo, potem w duecie, a na końcu trójkącik i wracasz wieczorem do domu bogatsza o te parę stówek. I nie musisz się bać. Wszyscy badają się regularnie, zero agresji na planie. Robisz tylko to, co chcesz. Jesteśmy właściwie jak jedna wielka rodzina.

– Pomimo tego... Nie. Dziękuję.

– Za anal płacą dodatkowo. Ale też bez analu nie zostaniesz prawdziwą gwiazdą.

Nie naciskali, by kończyła ten wątek. Oboje czuli, że kobieta musi się wygadać. Jakby opowieść o udziale w filmach pornograficznych podnosiła jej status, czyniła z niej kogoś lepszego niż zwykłą prostytutkę. Dodawała prestiżu i znaczenia.

– Rok temu pojawił się facet. Wynajął mnie na imprezę. Nie wiem, czy wcześniej widział jakiś mój film, czy po prostu trafił na ogłoszenie w internecie. Dobrze płacił. Na miejscu pojawiło się też kilka innych dziewczyn. I sporo facetów. Nie znałam żadnego. Raczej starsi panowie. Cały czas walili wódę i szybko się zrobili. Tacy zawodnicy, jak dojdą do pewnego poziomu, to potem trudno przebić się im dalej, nie? Chleje taki, chleje, wydaje się, że zaraz wyląduje pod stołem, ale nie. Ciągle się trzyma skurwiel na nogach.

– Gdzie była ta impreza? – zapytała Adaoma.

Kobieta skrzywiła się, jakby wytrącono ją z rytmu tym pytaniem.

– W jednym domu niedaleko tego całego Żmijowiska, nad jeziorem. Co dziwne, na początku sprawdził nam wszystkim dowody. Pewnie się bał, że go jakaś dziewczyna obrobi i chciał nam pokazać, że wie, gdzie nas szukać. Oprócz wódy były też prochy. Nie wiem jakie, bo ja tego gówna nie tykam. Za to on łykał tablety jak cukierki. No i miał też viagrę. Oryginalną. – Podkreśliła, jakby to był wyjątkowo ważny szczegół. – Wiadomo, starszym facetom czasami hydraulika sprawia kłopoty. Szczególnie po wódzie. Zaczęło się kulturalnie. Jakieś żarcie, jakieś tańczenie, dymanie. Potem sobie wymyślili, że ma być jak na filmach, nie? Oni sobie siedzą kulturalnie, rozmawiają, palą cygara, a my na ziemi robimy im laskę. Najgorzej, że trafił mi się jakiś gnój, który naoglądał się za dużo pornosów. Chwytał mnie za głowę i wpychał drągala do gardła. O mało się tam nie porzygałam. Wiesz, o czym mówię? – zwróciła się nagle do Adaomy.

Skrępowana i zmieszana tym pytaniem na moment zesztywniała, zerknęła na Arka, jakby szukała u niego pomocy.

– Niektórzy faceci po prostu nie wiedzą, jak się zachować – stwierdziła ze smutkiem kobieta, kiedy nie doczekała się odpowiedzi, i zapaliła wreszcie trzymanego w palcach papierosa. – Ale chuj, gorsze rzeczy się robiło. A tam było ostro, chociaż bez przegięć. I facet grzecznie za wszystko zapłacił, to nie mam żalu, nie?

– Rozumiem – odezwał się Arek. – Kto brał udział w tej imprezie?

– Nie znam ludzi, ale w pewnym momencie zaczęli sobie panować. Panie radny, panie dyrektorze, panie komendancie. – Kiedy powiedziała to ostatnie, Adaoma delikatnie uścisnęła Arka za palce dłoni. Oddał jej ten gest. – Nie wiem, komu chcieli zaimponować. Nie nam na pewno, bo jak widzisz zwisającego smętnie fiuta, a pod nim pomarszczone jaja, to serio, w dupie masz, czy facet jest dyrektorem, czy gnój wozi, nie?

To ostatnie pytanie po raz kolejny skierowała do kobiety. Tym razem Adaoma była przygotowana i tylko uśmiechnęła się znacząco.

– Co to ma wspólnego z moją córką? – zapytał Arek.

– Już opowiadam.

Jednak zamiast mówić, przerwała na dłużej. Paliła papierosa, nawet nie trudząc się z wydmuchiwaniem dymu. Pozwoliła, żeby powoli wypływał jej z ust przy każdym płytkim oddechu. Odwróciła głowę w bok i wydawała się odpływać myślami w jakieś inne, dalekie miejsce.

– To wszystko działo się w nocy, kiedy twoja córka zaginęła – odezwała się cicho.

Do tej pory jej głos brzmiał pewnie, na granicy bezczelności, wręcz nieprzyjemnie. Teraz niemal drżał, wydobywał się z trudem przez na wpół otwarte, niemrawo poruszające się wargi.

– Nad ranem, może o trzeciej, może czwartej, skończyła im się wódka. Jeden z nich wymyślił, żeby pojechać do miasteczka. Znał tam kogoś, kto im otworzy sklep czy coś. Gospodarz z jeszcze jednym facetem, tym, na którego mówili panie komendancie, wsiedli do samochodu i pojechali w pizdu. Najebani jak stodoła. Ledwo do tego samochodu wsiedli, już wrócili. Nie wiem, ile minęło, ale szybko. Bez wódki. Obaj bladzi i dziwnie trzeźwi.

Znowu przerwała. Pozwoliła, by papieros wypadł jej z rąk na ziemię. Zgniotła niedopałek obcasem.

– I jeszcze jedno, bo to najważniejsze – powiedziała. – Cały przód samochodu był ujebany krwią.

2

Nazywali go Szuwar. Mało kto go lubił, ale nie przeszkadzało mu to, bo on sam nie przepadał za innymi. Życie pokazało, że słusznie.

Pokochał Żmijowisko, gdy tylko tutaj się sprowadził. Wtedy to była mała osada w środku lasu, w której mieszkała tylko jedna rodzina. Teraz cztery. Dla niego i tak za dużo.

Kiedyś wszystko omijało ich szerokim łukiem. Wieści o wydarzeniach docierały tu jakby odbite echem. Przez długie lata nawet sygnał telewizyjny do nich nie dochodził. Z radiem też były problemy. A teraz mieli wszystko. Telewizję, radio, internet, chaos i hałas. Po co to komu? Szuwar tęsknił do tych dni, kiedy byli tylko oni, jezioro i pole. Zajmowało się zwierzętami, do miasteczka jeździło na rowerze, żeby kupić to, co najpotrzebniejsze, i wrócić. Od czasu do czasu, raz na kilka miesięcy jechało się autobusem PKS do większego miasta po buty i ubrania. Za dużo tego wszystkiego się teraz zrobiło. A on lubił proste rzeczy i proste zasady.

Ojciec mówił mu, żeby nie żenił się z piękną kobietą, bo tylko głupcy i bogacze tak robią. Ojciec jak zwykle miał rację, a on nie posłuchał. Pewnie dlatego, że był tym pierwszym.

Przyjechał z Mazowsza, pracownik do wyrębu lasu. Ciężka praca, niebezpieczna. Co kilka dni padające drzewa łamały komuś ręce lub nogi, palce leciały jeden za drugim. Najgorsze jednak były żmije. Aż się tu od nich roiło. Każdego dnia przed rozpoczęciem pracy biegali po okolicy z siekierami i zabijali każdego gada, którego tylko zobaczyli. Potem zbierali te obrzydliwe truchła w jeden stos i wrzucali łopatami do ogniska. Śmierdziało strasznie, ale dało się pracować.

Teraz żmii w Żmijowisku nie widział od lat. Może wytrzebili już wszystkie, a może się wycwaniły.

Pewnego dnia poznał dziewczynę. Ożenił się z nią. Zamieszkali w tym domu z jej rodzicami. Umarli oboje niecałe pięć lat po ślubie córki. Żona urodziła mu dzieci. Dwójkę. Potem się dowiedział, że od dawna zdradzała go z facetem, który pracował w leśnictwie. Przyjechał nie wiadomo skąd, tak jak on sam kilka lat wcześniej, i grał na gitarze. Zatrudniał się do najprostszych prac. Szuwar najpierw zajął się nim. Nie zabił, jak plotkowali mieszkańcy miasteczka, ale zrobiłby to, gdyby tamten nie posłuchał i nie wyjechał. Obił go za to solidnie styliskiem od łopaty. Wybił dwa zęby z przodu. Żony za to nie tknął nawet palcem, chociaż wyszło, że nie z tym jednym gachem się pokładała, kiedy Szuwar był w robocie. Wrócił do domu, siadł przy łóżeczkach dzieci i długo się im przypatrywał, szukając na ich twarzach chociaż śladu podobieństwa do siebie samego. Ponieważ żadnych nie dostrzegł, spakował całą trójkę, wystawił walizki na zewnątrz i kazał się wynosić. Nieswoich karmić nie zamierzał. Nawet się nie interesował, gdzie pojechali.

Przez rok mieszkał sam, ale roboty w gospodarstwie nie ubywało, a musiał sobie jeszcze ugotować i posprzątać. Wziął więc gosposię, cichą, skromną, pobożną dziewczynę z okolicy. Po kolejnym roku zaproponował jej małżeństwo. Postawiła jeden warunek – miał przestać pić tyle wódki. Zgodził się. Od tamtego czasu pił tylko w soboty wieczorami, a wkrótce i ten zwyczaj zarzucił. Nie żeby w ogóle alkoholu nie brał do ust. Czasami usta zamoczył, jednak nigdy już się nie upił. Małgosia urodziła mu jedno dziecko, córkę. Trochę żałował, że nie syna, ale przynajmniej miał pewność, że to jego dziecko, i to było najważniejsze. Żona zmarła mu wtedy, kiedy Asia poszła na studia. Małgosia długo skarżyła się na bóle brzucha. Poszła w końcu do lekarza. Nowotwór żołądka. Zabił ją w przeciągu trzech miesięcy.

Dopiero wtedy jakoś się uspokoił. Jakby umierając, zabrała ze sobą cały ten gniew, którego ogień nieustannie się w nim żarzył, żeby co pewien czas wybuchnąć jaskrawym oślepiającym płomieniem. Na wielu rzeczach przestało mu zależeć, ze spokojem patrzył na zmieniające się rzeczy, pozwalając życiu toczyć się swoim torem. Mąż córki nie podobał mu się, ale nie robił im żadnych przeszkód, kiedy się tutaj sprowadzili. Wyniósł się do swojego pokoju i starał się nie wchodzić im w drogę. Kiedy wpadli na pomysł, by urządzić agroturystykę, zgodził się. Widział, że nie mieli serca do pracy w polu, a jemu czasami brakowało sił. Nie było sensu, by wszyscy się męczyli. Wtrącał się tylko, kiedy musiał chronić dzieci przed ich błędami. Jak wtedy, gdy chciały oddać ziemię pod hotel. Czuł w tym jakieś oszustwo – podpiszą coś i wszystko stracą. Bo ojciec mówił też, że nikt mu w życiu nie da nic za darmo, nikt z dobroci serca nie zechce uczynić go bogatym.

Znowu staruszek miał rację. Szuwar przekonał się o tym, kiedy zobaczył za oknem czerwone bmw, a potem wysiadającą z niego dwójkę ludzi. Nie musiał pytać, kim są. Od razu dostrzegł w nich odbicie ich wiarołomnej matki. Tyle wystarczyło, by ten płomień, o którym myślał, że już zgasł, wystrzelił w górę z nową mocą, silny, potężny i oślepiający. Nawet nie wiedział, gdy znalazł się na zewnątrz ze strzelbą w dłoniach, ale wiedział, że nie wziął jej tylko po to, by strzelać w powietrze. Był w stanie zabić. Nie zrobił tego. Czasami myślał, że Małgosia spojrzała na niego z góry i powstrzymała go w ostatniej chwili. A teraz zastanawiał się, czy jednak kiedyś nie trzeba będzie tego zrobić. Lepiej zabić niż pozwolić, by zabrali dzieciom ziemię.

Wziął rower, starego rozklekotanego składaka, i pojechał do miasteczka. Asia chciała mu kupić nowszy. Wnuk nawet oferował swój, jednak Szuwar nie ufał tym wszystkim przekładniom, przerzutkom, amortyzatorom. Jego rower miał ponad trzydzieści lat. Od czasu do czasu wymagał naoliwienia łańcucha, i tyle. Jeździł.

W sklepie kupił papierosy, chociaż poprzednia paczka jeszcze mu się nie skończyła, gazetę, trochę cukierków dla wnucząt. O wszystko to mógł poprosić córkę albo szwagra. Oni jeździli na duże zakupy. Ale nie chciał. Musiał coś robić, wypełniać kolejne dni, bo najbardziej na świecie bał się bezczynności. Czuł wtedy, jak jego kości kruszeją, mięśnie tężeją i zapadają się w sobie, a mózg zmienia w galaretę. Szuwar zawsze pracował. Szorstkie i ciężkie dłonie pokrywały stwardniałe na kamień odciski i nierówne linie blizn po licznych skaleczeniach. Był z nich dumny.

– Pani jeszcze chleb da. – Usłyszał za sobą znajomy głos.

Odwrócił się i ujrzał przy kasie Kajetana. Nie zauważył, kiedy mężczyzna wszedł do środka. Wrzucał do torby opakowania gotowych dań i kilka puszek energetyków. Kajetan uśmiechnął się do starego.

Szuwar bez słowa opuścił sklep. Reklamówkę z zakupami zawiesił na kierownicy roweru. Na siodełku dostrzegł biały tynk, który odpadł od ściany budynku. Wyciągnął z kieszeni chusteczkę i wytarł zabrudzenie.

– Podwiozę pana – odezwał się Kajetan.

Stał dwa kroki za starym. W jednej dłoni trzymał torbę z zakupami, drugą bawił się kluczykami od bmw.

– Nie trzeba.

– To daleko. Szkoda się męczyć.

– Mam rower.

– Wpakujemy do bagażnika. Złoży się siedzenie, to na spokojnie wejdzie.

– Nie trzeba – powtórzył Szuwar.

Nagła serdeczność Kajetana go zaniepokoiła. Zastanawiał się, o co mu chodzi. Mężczyzna tymczasem zbliżył się jeszcze o pół kroku. Przyjrzał się rowerowi.

– Wigry? – zapytał.

– Jubilat.

– No tak. Większe koła – powiedział Kajetan. – Jak byłem dzieciakiem, jeździłem wigrami.

Szuwar miał dość tej rozmowy, która jeśli prowadziła do czegokolwiek, to długą i okrężną drogą. Nie zamierzał się w to bawić.

– Czego pan chcesz?

Kajetan chyba zrozumiał, że czas na pogawędki się skończył, bo z twarzy zniknął mu dobrotliwy uśmieszek. Ściągnął z oczu okulary przeciwsłoneczne i zawiesił je na kołnierzyku koszulki polo.

– Źle się do tego zabrałem, co?

– Nie rozumiem.

– Poszedłem do pańskiego zięcia. Myślałem, że on wszystko trzyma w garści, a to błąd. Z panem powinienem od początku rozmawiać.

Szuwar nie skomentował tego w żaden sposób. Czekał. Płomień w nim wzmógł się trochę, ale z drugiej strony odczuwał coś na kształt rozbawienia. Jego sąsiad wydawał się taki pewny siebie, arogancki. Sądził, że wystarczy tylko kilka słów, groźna mina, by zastraszyć starego człowieka. Jednak Szuwar w młodości chodził na tych z innej wioski z nożem. Pamiętał, jak to jest, i kogoś ciachnąć, i samemu dostać. Trudno zastraszyć mężczyznę, który co sobotę wracał do domu śmierdzący wódką i w zakrwawionej koszuli.

– Czemu pan się nie zgodził? To była dobra oferta.

– Ale od złej osoby.

– Jakby zaproponował ktoś inny, toby się pan zgodził?

– Nikt inny nie zaproponował.

Kajetan roześmiał się.

– Dobra. Panie Szuwarski, powiem krótko: chcę tutaj zrobić coś fajnego, zarobić sporo pieniędzy. Przez tę aferę straciłem już blisko rok. Pan sobie nawet nie wyobrażasz, ile wydałem najpierw na sprawdzanie waszej ziemi, a potem na szukanie pańskiej żony z dzieciakami. Ona już zmarła, ale tę dwójkę znalazłem. A im też musiałem coś odpalić, by się włączyli w tę awanturę. Na szczęście niedużo, bo to biedaki. Dwa tysiaki na łebka wystarczyły.

– Mów pan szybciej, bo robota czeka.

Kajetan wzruszył ramionami.

– Dam wam drugą ofertę. Nie tak dobrą jak pierwszą, bo poniosłem koszta, jednak ciągle niezłą. Weźcie ją i skończmy tę sprawę.

– Ja nie wezmę.

– Nawet nie wie pan, co proponuję.

– Od pana nic nie wezmę.

Mężczyzna lekko poczerwieniał.

– O co tu, kurwa, chodzi? To jakaś święta ziemia? Ojcowizna pieprzona?

– Nie zrozumiesz pan – odpowiedział Szuwar.

On sam zresztą ledwo rozumiał, ale nie zamierzał się nad tym zastanawiać. To jego dom, jego ziemia, jego miejsce. Chciał tam umrzeć, i tyle. Jak se potem będą chcieli, to wybudują ten ośrodek na jego grobie. Nie wcześniej. Nie było w tym przekonaniu żadnej złośliwości, a tylko czyste niewzruszone przekonanie, że tak powinno być, że tak wszystko zachowa swój sens i porządek.

– Prowadzicie tę agroturystykę – powiedział Kajetan.

– Dzieci prowadzą – potwierdził Szuwar obojętnie.

– W zeszłym roku zaginęła wam dziewczyna. Myślę, że poczuliście to w kieszeni. Przyjechało mniej letników niż w zeszłym roku. Pan powie, panie Szuwarski, co by się z wami stało, gdyby historia się powtórzyła? Gdyby zaginęła kolejna dziewczynka?

Stary zmrużył powieki. Pożałował, że nie jest o dwadzieścia lat młodszy, może nawet o dziesięć. Właściwie wystarczyłoby mu coś ostrego. Jego ręce były stare i zniszczone, bolały czasami w zimne mokre poranki, ale ciągle szybkie.

– Pan myśli, że nie jestem do tego zdolny? – zapytał Kajetan. – Panie Szuwarski, ja słyszałem, co pan zrobił z tym facetem, który przeleciał panu żonę. Ja wiem, kim pan jest. A pan powinien wiedzieć, że pan i ja – wskazał najpierw na starego, a potem na siebie – jesteśmy tacy sami.

Wykonał gest, jakby chciał go klepnąć na pożegnanie w ramię, jednak w ostatniej chwili zrezygnował. Może zdał sobie sprawę, że w ten sposób posunie się o krok za daleko. Zamiast tego założył na nos okulary przeciwsłoneczne i kiwnął głową.

– Bezpiecznej drogi, panie Szuwarski – rzucił na odchodnym. – Niech pan przemyśli to, co powiedziałem. Oferta będzie ważna tylko przez kilka dni. Jeśli chce ją pan poznać, proszę się pospieszyć.

3

Sopot to piekło, myślała Merry. Miasteczko wciśnięte pomiędzy dwa wielkie organizmy. Jedynym celem jego istnienia jest zasysanie pieniędzy, gówien i pijackich rzygowin klubowiczów z Gdańska i Gdyni. Brzydziła się nim i jego mieszkańcami. Nic tam nie było na serio. Nic tam nie było prawdziwe. Dziewczyny myślały tylko o kosmetykach i weekendowych baletach. Chłopacy marzyli, by zostać ratownikami i wyrywać panienki na plaży. Jakby każdy bał się sprawdzić, kim naprawdę jest i do czego jest zdolny. Świadomie się ograniczali i dawali zamknąć w cukierkowym świecie głośnej muzyki, narkotyków, gofrów, drogich drinków i lodów świderków. A wszystkim wydawało się, że są tacy ważni, specjalni i wyjątkowi. Chciało jej się śmiać, gdy na nich patrzyła. Nie mogła się doczekać, kiedy zobaczy, jak życie roztrzaska ich wysokie mniemanie o sobie na drobne kawałki, jakby było taflą szkła, z którą zderza się rozpędzona ciężarówka. Tylko dlatego Merry zmartwiła ta przeprowadzka, ale nie aż tak bardzo, jak myśleli inni. Wszystko było lepsze niż Sopot.

Żmijowisko w pierwszej chwili ją przeraziło. Puste, nieludzkie, ciche. Zadupie. Gdyby nie szkoła, byłaby skazana wyłącznie na towarzystwo matki i ojca. Trudno sobie wyobrazić gorszy scenariusz. Nie dlatego, że ich nienawidziła – po prostu nimi pogardzała. Uważała, że są puści, jakby ktoś wyjął im mózg z głowy i zostawił tylko zestaw najprostszych poleceń: zarabiaj pieniądze, upij się, pierdol się. Żałosne.

Pojawił się Damian. Nieporadny, głupi, ograniczony jak całe to środowisko, chociaż przynajmniej zdawał sobie z tego sprawę.

Próbował sięgnąć po coś wyżej. Starał się i słuchał. Czytał książki, które mu polecała, oglądał filmy, słuchał muzyki. Chciał sięgnąć wyżej, zdobyć coś więcej, poznać siebie lepiej. Być człowiekiem, a nie rzeczą. Zrobił już wiele, zanim się tutaj pojawiła. Kiedy o tym myślała, przechodził ją przyjemny dreszcz. Ale czekało go jeszcze mnóstwo pracy. Musiała mu w tym pomóc. To była jej misja, dlatego właśnie tutaj trafiła. Jakby kierowała nią ręka niewidzialnych słowiańskich bogów. Razem odkryją pełnię swoich możliwości, poznają granice dusz, te ciemne zakątki, ukryte przed wzrokiem maluczkich, schowane w tych pełnych mięsa i krwi powłokach. Stanowił drogę do jej oświecenia. Trudną i kamienistą. Wymagającą wytrwałości i czasami rzeczy, na które niespecjalnie miała ochotę, które ją brzydziły, ale które musiała robić, żeby trzymać go blisko siebie.

Dlatego tak ją wkurwił nieodbieraniem telefonów i nieodpisywaniem na esemesy ani na wiadomości na Messengerze. Co on sobie wyobrażał? Do tej pory robił to niemal natychmiast. No, czasami z kilkuminutowym opóźnieniem, a i tak niebezpiecznie zbliżał się do granicy tego, co ona może znieść. Była od niego lepsza i ważniejsza, więc dlaczego kazał jej czekać? Przecież mogła mieć coś istotnego do powiedzenia. Albo mogło stać się coś, co wymagałoby jego obecności. A może chciała zrobić mu dobrze, tak jak wtedy na łódce? Nie chciała, ale mógł tak pomyśleć. Powinien więc pędzić do telefonu, a przynajmniej błyskawicznie oddzwonić, żeby pokazać, jak mu zależy. Nie znosiła, kiedy inni ją lekceważyli. Wiedział o tym, a jednak to robił. Być może powinna go ukarać. Nigdy tak naprawdę tego nie zrobiła. Nigdy nie sprawiła mu prawdziwego bólu, a szkoda, bo wtedy zrozumiałby, z kim ma do czynienia. Doceniłby dobroć, z jaką go traktuje każdego dnia. Ból jest źródłem nauki. Poza tym wiedziała, co on zrobił! A co, gdyby postanowiła o tym wszystkim rozpowiedzieć? Czy kiedykolwiek o tym pomyślał? Wystarczy jedno jej słowo i będzie żałował do końca życia. Postanowiła mu to uświadomić przy najbliższym spotkaniu. Dopilnuje, by dostrzegł swój błąd. I odpokutował za to. Tak właśnie zrobi.

Ze złości rozbolał ją brzuch.

Zeszła na dół. Ojca nie było. Matkę zastała w kuchni, wciąż jeszcze w pidżamie i satynowym szlafroku. Strąki włosów opadały jej na twarz. Śliczna laleczka, która zapomniała o siebie zadbać. Siłowała się z korkiem od butelki. Szarpała korkociągiem na wszystkie strony, przeklinając pod nosem. Merry obserwowała ją przez chwilę i uznała, że to nawet zabawna, chociaż płytka rozrywka. Jak patrzenie na małpę w zoo, gdy ta chce się dorwać do zawieszonego za wysoko banana.

Matka wreszcie poradziła sobie z korkiem i nalała wino do kieliszka. Dopiero wtedy zauważyła córkę.

– Co? – zapytała.

– Już pijesz? – dziewczyna odpowiedziała pytaniem.

Kobieta zerknęła na zegarek na ręce. Miał cienki, za luźny pasek, więc długo manipulowała przegubem, zanim udało się jej dojrzeć tarczę.

– Już po dwunastej – stwierdziła. – A poza tym mam wakacje. Mogę sobie pozwolić na trochę relaksu.

– Nie, mamo. Ja mam wakacje. Ty po prostu nie pracujesz. Przez cały rok.

– Mam pracę!

– Niby jaką?

– Prowadzę profil na Instagramie.

To prawda. Matka co pewien czas zamykała się w łazience, skąd wychodziła umalowana tak, jakby zaczynała pracę w burdelu. Potem stawała przed wielkim lustrem w ich sypialni, przymierzała przywiezione z wypadów do Trójmiasta ciuchy i robiła sobie zdjęcia. Przez pół godziny wybierała filtr, a kolejną godzinę siedziała wpatrzona w ekran telefonu, czekając na pojawiające się serduszka.

– Tak? To ilu masz obserwujących?

Matka uciekła wzrokiem w bok. Potem niedbałym gestem poprawiła fryzurę. Merry znała odpowiedź na to pytanie, bo regularnie sprawdzała. Trochę ponad tysiąc – absolutne nic na tej platformie. Nic dziwnego, za mało pokazywała cycków. Według dziewczyny połowa Instagrama to tak naprawdę soft porno, a druga połowa to food porn. Zastanawiała się, czy ktoś wpadł już na pomysł, by połączyć jedno z drugim. Pewnie tak. Ciekawe tylko, ilu miał fanów.

Kiedyś matka zrobiła sobie fotki na insta ze sporym dekoltem. Zobaczył je ojciec. Opierdolił ją, spoliczkował tak mocno, że upadła na podłogę, po czym rozbił jej telefon. Zabronił robienia zdjęć, do których potem jakieś małolaty walą sobie konia. Następnego dnia przywiózł jej nowy aparat. I kwiaty na przeprosiny. Oczywiście przyjęła, chociaż nawet nie próbowała udawać, że w nie wierzy. A ojciec udawał, że tego nie widzi.

– Czego się czepiasz? – mruknęła i wyciągnęła butelkę w stronę córki. – Chcesz trochę? O to chodzi?

Merry prychnęła.

– Mogę ci nalać – kontynuowała matka. – Tylko nie mów ojcu. Wiesz, jaki on jest.

Wiedziała. Miała być grzeczną dziewczynką. Taką, która nie bierze narkotyków, nie pije alkoholu, nie pali papierosów. Ojciec robił to wszystko za całą ich trójkę. Zajmowało mu to tyle czasu, że nie miał już kiedy jej przypilnować. Pewnie wydawało mu się, że wywiezienie jej do tego wypizdowa wszystko załatwi w magiczny sposób.

Minęła matkę. Wyciągnęła z lodówki sok i jogurt. Wróciła z tym do siebie. Na schodach dobiegł ją głos z kuchni.

– No co?! Z matką się nie napijesz?

Weszła do pokoju. Usiadła na łóżku i zerknęła na komputer. Dojrzała ikonę informującą o wiadomości na Messengerze. Od Damiana. Odebrała.

„Sorry... Nie wiedziałem, że wcześniej pisałaś. Stary zabrał mi komórkę. Piszę z kompa".

Zmarszczyła brwi.

„Jak to?" – wystukała szybko.

Odpowiedź tym razem przyszła błyskawicznie.

„Siostra na mnie nakapowała. Że się spotkaliśmy w nocy. Stary się wkurwił. Zabrał mi telefon. Mam meldować się u niego co pół godziny. Sorry. Nie wiem, kiedy się zobaczymy".

„Mała pizda".

„Tak".

Jej ojciec był zwykłą mendą, ale jedno musiała mu przyznać – przynajmniej budził szacunek. Ojciec Damiana to zwyczajny przegryw. Uciekł z Warszawy na to zadupie, bo nie poradził sobie w wielkim świecie, bo łatwiej mu mieszkać tutaj, z usługującą we wszystkim i rodzącą coraz to nowe dzieci żoną. Jakby startował w mistrzostwach, kto wyciągnie więcej 500+. Widywała go co jakiś czas. Zapuszczony facet w wyciągniętej koszulce i brudnym dresie. Takich ludzi powinno się poddawać przymusowej eutanazji, bo i tak nic z nich nie będzie. Ich obecność na Ziemi była zupełnie zbędna.

„Powinniśmy coś zrobić" – napisała.

Tym razem musiała poczekać kilkanaście sekund na odpowiedź. Przez ten czas popijała sok i zastanawiała się, czy przypadkiem Damian nie odszedł od komputera.

„Co?".

„Nie wiem. Coś, żeby im pokazać, że nie mają prawa nas tak traktować".

Znowu kilkanaście sekund niczego. Dlatego nie lubiła rozmawiać z nim przez Messengera i esemesy. Za długo wtedy się zastanawiał. Kiedy na niego patrzyła, dokładnie wiedziała, co się dzieje. Potrafiła czytać z jego twarzy jak z otwartej książki. Kierować nim tak, żeby zrobił to, co dla niego najlepsze.

„Ale co?" – zapytał po raz kolejny.

„Coś, żeby ich ukarać" – odpisała błyskawicznie. „Nie martw się. Coś wymyślę".

WTEDY

1

Adaomę obudził dotyk ręki Roberta. Podciągnął w górę jej spodenki od pidżamy i gładził teraz palcem linię w miejscu, gdzie pośladki łączą się z udami. Nie otwierała oczu. Nie poruszyła się nawet. Pod czaszką poczuła tępe regularne uderzenia. Kac. Próbowała sobie przypomnieć, ile wczoraj wypiła. Na pewno za dużo. Wydawało jej się też, że pod koniec paliła papierosy z kilkoma babeczkami. Normalnie nie brała tytoniu do ust, a już na pewno nie łączyła go z alkoholem. Właśnie po to, by nie cierpieć następnego ranka. Wczoraj puściły jej hamulce.

Robert wstał i poszedł do łazienki. Zamknął za sobą drzwi, ale i tak usłyszała strumień moczu uderzający o porcelanową muszlę, a potem odgłos odkręcanego kranu. Mył ręce. Wiedziała, co zaraz się wydarzy. Wróci do niej i będzie chciał się kochać. Na dobry początek dnia, jak zawsze wtedy mówił.

Drzwi od łazienki otworzyły się. Robert wszedł do łóżka i położył się tak, że połową ciała wylądował na Adaomie. Poczuła jego oddech na policzku i pomyślała, że może i pamiętał o umyciu rąk po sikaniu, ale już nie o wyczyszczeniu zębów. Ani dzisiaj rano, ani wczoraj wieczorem. Jego dłoń wróciła na jej pośladek. Zaczął go gładzić, pieścić, żeby w końcu delikatnie ścisnąć. Przez cały czas ocierał się o nią, równocześnie pomrukując pod nosem. Zorientowała się, że w łazience ściągnął bokserki i teraz jest nagi. Jego członek był twardy i nieprzyjemnie ciepły.

Jedną dłonią gładził ją teraz po okolicach brzucha. Druga sięgnęła do spodenek i próbowała je z niej ściągnąć.

– Nie – powiedziała wreszcie.

– Co takiego?

– Nie chcę – powtórzyła.

– Bo?

Dlaczego w ogóle miała się z tego tłumaczyć? – przeszło jej przez głowę. Nie chce, to nie. Nie powinien zadawać dalszych pytań, tylko się odczepić. Ale dla świętego spokoju odpowiedziała:

– Bo nie. Mam kaca.

Zaśmiał się krótko.

– Zabalowałaś wczoraj? Damski wieczorek się udał.

Odburknęła coś w poduszkę. Coś, co było niebezpiecznie bliskie „odpierdol się".

– A wiesz, co jest najlepszym lekarstwem na kaca?

– Święty spokój?

– Seks – oznajmił zadowolony. – Wiesz, uruchamiają się wtedy wszystkie te hormony, endorfiny, oksytocyny. Ciało samo się leczy.

– Nie, dzięki.

– No nie mów, że na kacyku nie masz ochoty na seks – mówił, ciągle się o nią ocierając. Ale jakby z mniejszym entuzjazmem.

– Nie.

– Większość kobiet ma.

Pierwszy raz o czymś takim słyszała. Jeśli miała teraz ochotę na cokolwiek, to najwyżej na kilka tabletek aspiryny.

– Daj spokój. Nawet nie będziesz musiała nic robić. Po prostu sobie poleżysz, a ja zajmę się całą resztą.

Wysunęła się spod niego i usiadła na łóżku. Tak jak się spodziewała, zmiana pozycji spowodowała wzmożenie bólu głowy.

Skrzywiła się i poszukała wzrokiem butelki wody. Była pewna, że gdzieś tu powinna być, jednak dostrzegła tylko skrzynkę z piwem. Pomasowała sobie skroń, co przyniosło chwilową ulgę, i pomyślała o zimnym kompresie. Robert tymczasem objął ją ramieniem. Zrzuciła z siebie jego rękę i wstała, licząc, że w końcu da jej spokój.

– Dlaczego nie powiedziałeś, że jest tutaj twoja eks? – zapytała.

Cień zakłopotania przemknął po jego twarzy, a ona w cudownym przebłysku intuicji zrozumiała, że dotknęła znacznie poważniejszej kwestii, niż początkowo sądziła.

– Mówisz o? – zapytał, zakrywając penisa kołdrą.

– Jest tutaj więcej niż jedna?

– Rozumiem, że jeśli ta rozmowa źle pójdzie, to będą już dwie, co? – spróbował zażartować.

Miała ochotę czymś w niego rzucić. Podeszła do lodówki. W środku znalazła tylko energetyka. Wstrząsnęło nią obrzydzenie, jednak i tak otworzyła go i wypiła. Smakował paskudnie. Jakby wyciskano go z owoców, które zgniły na słońcu na samym środku najbardziej ruchliwego skrzyżowania w Lagos.

– Pytałam o Kamilę – odparła, kiedy wypiła połowę. – Dlaczego mi nie powiedziałeś, że to twoja była dziewczyna?

Prychnął cicho i przewrócił oczami. Wykonał ten cały arsenał gestów, który zawsze wykorzystywał, kiedy chciał coś zbagatelizować.

– Bo to chyba oczywiste, nie?

– Oczywiste jest, że Kamila to twoja była?

– Oczywiste jest, że jak przyjeżdżamy na zlot moich znajomych z czasów studenckich, to na pewno będzie tu ktoś, z kim kiedyś się spotykałem – oznajmił poirytowanym tonem. – Nigdy o to nie pytałaś, myślałem, że cię to nie interesuje.

– A może po prostu nie chciałeś mi mówić?

Rozłożył szeroko ręce. Kolejny denerwujący gest.

– Po co? – zapytał. – To działo się piętnaście lat temu. Ona ma teraz męża, dwójkę dzieci. To nie ma i nie miało żadnego znaczenia.

– A jednak próbowałeś się przez nią zabić – powiedziała.

Przynajmniej raz zobaczyła, jak wygląda Robert, kiedy nie wie, co powiedzieć. Siedział bez ruchu, zaciskając jedną dłoń na kołdrze.

– Skąd o tym wiesz?

– To nieważne.

– Pewnie masz rację – przytaknął. – Bo to bzdura.

– Nie próbowałeś się zabić przez Kamilę? Nie wyskoczyłeś przez nią z okna? – pytała.

Zwiesił głowę. Westchnął ciężko. Jeśli myślał, że w ten sposób wzbudzi jej współczucie, to głęboko się mylił. Była na niego zła, a kac tylko wzmagał tę złość. Pomyślała, że gdyby zamiast się do niej dobierać, dał jej po prostu się wyspać, w ogóle nie poruszyłaby tego tematu. Zapomniałaby o nim i zlekceważyłaby, tak jak on próbował zrobić to teraz.

– To nie tak – powiedział.

– Nie wyskoczyłeś z okna? Nie krzyknąłeś, że robisz to z powodu Kamili?

– Nie próbowałem się zabić.

– Nie?

– To było drugie piętro, do cholery.

– Tyle wystarczy.

Uświadomiła sobie, że on wcale przed nią nie gra. Naprawdę był zmieszany, zawstydzony i w pewien szczególny sposób nieszczęśliwy. I dlatego, że ta sprawa wyszła na jaw, i dlatego, że przez nią wracały do niego emocje z tamtych chwil. Nagle poczuła się, jakby wywołała ducha. Bo siedzący przed nią mężczyzna nie był tym samym mężczyzną, który leżał w tym łóżku jeszcze dziesięć minut temu. Zastąpił go dawny Robert, ten sprzed piętnastu lat, zupełnie różny od tego, którego ona poznała. Bardziej kruchy, wiecznie zraniony. Zaczęła się zastanawiać, który z nich jest prawdziwy. I złościć, że tak długo się przed nią ukrywał.

– Upiłem się wtedy – powiedział. – Całkiem mocno, z tego, co pamiętam, a niewiele pamiętam z tamtego wieczora.

– Ludzie po pijaku biorą narkotyki i pieprzą się, z kim popadnie, a nie wyskakują z okna z rozpaczy za byłymi dziewczynami.

– Upiłem się. Po pijaku zrobiłem coś głupiego. Czego się czepiasz?! To nie ma żadnego znaczenia!!! – krzyknął, wstając z łóżka. Poszedł do łazienki. Wrócił z niej w bokserkach i wczorajszej koszulce.

– Najwyraźniej ma, skoro mi o tym nie opowiedziałeś.

– Nie powiedziałem ci o tym właśnie dlatego, że to bez znaczenia – powiedział, zakładając chinosy. – Kurwa, tyle od tego czasu się wydarzyło, że sam o tym zapomniałem.

– Zapomniałeś, jak wyskoczyłeś z okna?

– Nic wtedy mi się nie stało.

– Wylądowałeś w szpitalu. Złamałeś rękę, nogę i obojczyk.

– To samo zrobił sobie mój kumpel, kiedy wypierdolił się na rowerze.

Skończył się ubierać. Zerknął na siebie jeszcze w lustrze i szybkim, niedbałym ruchem poprawił włosy. Otworzył szeroko drzwi do domku, nie przejmując się tym, że ona ciągle jest w samej pidżamie, i dopiero wtedy się do niej odwrócił.

– Idę na śniadanie. Idziesz ze mną?

– Nie.

– Twoja strata.

2

Wychodząc, trzasnął drzwiami, co było gestem tanim i melodramatycznym, ale w tej chwili chciał w coś pierdolnąć, a drzwi akurat miał pod ręką. Nie potrafił uwierzyć, że któraś z dziewczyn opowiedziała Adaomie o tym wypadku. Przecież wszyscy wiedzieli, że to oczywiste nieporozumienie, a nie próba samobójcza. Czuł się wtedy nieszczęśliwy. Wyjeżdżając na Erasmusa, nie chciał rozstawać się z Kamilą. Ona to zasugerowała. Przynajmniej tak to pamiętał. Powiedziała, że nie będzie go bardzo długo, a jej nie stać choćby na jedne odwiedziny. Niech ten wyjazd będzie próbą. Rozstaną się na parę miesięcy, a potem zobaczą, co będzie po jego powrocie. Po raz pierwszy złamała mu wtedy serce. Bo on uważał, że ta wyprawa do Brukseli to będzie nic, że poczekają na siebie. Być może był naiwny. Być może niewiele jeszcze wtedy rozumiał. Być może nic by z tego nie wyszło. Jednak mogli przynajmniej spróbować.

W Brukseli spiknął się najpierw z Czeszką, potem z Hiszpanką. Imienia tej pierwszej już nawet nie pamiętał, ta druga nazywała się Raquela, pochodziła z Andaluzji. Nawet wtedy zdawał sobie sprawę, że robi to głównie po to, by zemścić się na Kamili. Skoro „zerwała z nim na próbę" i dała mu wolną rękę, to czemu miałby z tego nie skorzystać? Raquela też nie traktowała ich związku zbyt poważnie. Na pożegnanie wymienili się adresami mejlowymi i obiecali sobie utrzymać kontakt, doskonale wiedząc, że oboje kłamią. W każdym razie on nie zamierzał do niej pisać. Ona nigdy nie napisała.

W drodze powrotnej do Polski wyobrażał sobie spotkanie z Kamilą. Miał kilka scenariuszy. Od zwykłego telefonu i spotkania przy kawie po przyjście do niej z kwiatami. Tak naprawdę nie wiedział, co się wydarzy i czego właściwie chce. Ciągle była dla niego ważna, ciągle jakaś jego część uważała, że powinni znowu być razem, choć wciąż bolała go jej propozycja rozstania. Chciał ją jakoś ukarać, znaleźć inną dziewczynę, z którą mógłby się pokazać, wzbudzić w niej zazdrość, zranić. Ale kiedy wrócił, kiedy dowiedział się, że Kamila jest w ciąży, że bierze ślub, wszystkie te pomysły wyparowały mu z głowy, jakby dostał prosto w mózg bombą atomową. Stracił ją na zawsze i wtedy po raz drugi złamała mu serce.

Tamtej nocy się upił. Był wściekły. Był zrozpaczony. Był głupi. Stanął na parapecie okna. Krzyczał do znajomych, że mają sprowadzić Kamilę, bo inaczej wyskoczy. Chciał jej powiedzieć, że ją kocha, że to on się z nią ożeni i wychowa to dziecko jak swoje, a w pewnym momencie po prostu się poślizgnął. Najpierw zakręciło mu się w głowie od wypitego piwa, wina i wódki. Potem próbował złapać równowagę i z jakiegoś powodu puścił się jednej framugi i nastąpił na wypełnioną kiepami popielniczkę. Obudził się w szpitalu.

Dwa dni później przyszła Kamila. Nie potrafił określić, w którym jest miesiącu, ale ciążowy brzuszek był już doskonale widoczny. Robertowi zrobiło się przeraźliwie smutno i niedobrze równocześnie. Przyniosła mu w prezencie książkę i kwiaty, co wydało mu się z kolei bezdennie głupie. Kwiaty wręczył potem pierwszej pielęgniarce, która podeszła do jego łóżka.

– Naprawdę chcesz się ze mną ożenić? – zapytała Kamila.

Patrzyła na niego szeroko otwartymi oczami, czekając na odpowiedź. Wiedział, że od tego, co powie, zależy ich całe przyszłe życie. Miał jednak dość odwagi i przyzwoitości, by przyznać, najpierw przed samym sobą, że perspektywa wychowania cudzego dziecka wydawała mu się równie obrzydliwa jak pomysł, że mógłby zarabiać na życie, obciągając innym facetom. Totalne upodlenie. Ale wtedy, na tamtej imprezie alkoholowa mgła zablokowała najważniejsze połączenia pomiędzy synapsami jego mózgu i wrzeszczał, co mu ślina na język przyniosła.

– Nie – wyszeptał.

– To dobrze – powiedziała, chociaż w jej głosie słychać było zawód. – Bo ja też nie.

Później wiele razy zastanawiał się, czy dobrze zrobił. Z biegiem lat coraz rzadziej, aż doszedł do wniosku, że decyzję podjęła tak naprawdę ona i stało się to te kilka miesięcy wcześniej, kiedy zaproponowała „zerwanie na próbę".

Wszedł do przerobionej stajni. Ku jego zaskoczeniu była jeszcze pusta. Spojrzał na zegarek – do śniadania zostało jeszcze pół godziny. Nie wiedział, że aż tak wcześnie wstał. Tylko przy jednym stole ktoś siedział. Kamila. Przeglądała właśnie kolorowy magazyn, popijając kawę z kubka. Podszedł bez zastanowienia.

– Dlaczego jej o tym opowiedziałaś? – zapytał.

Podniosła głowę, wyraźnie zmieszana i zaskoczona.

– Co takiego?

– Dlaczego opowiedziałaś Adaomie, że wypadłem z okna? Że niby chciałem się zabić?

Zmarszczyła brwi, jakby szukała w pamięci odpowiedniego wspomnienia.

– To nie ja – powiedziała. – Na pewno nie ja. Chyba nawet z nią nie rozmawiałam.

– Chyba?

– Trochę wczoraj wypiłyśmy.

Znowu miał ochotę w coś uderzyć.

– To kto jej o tym opowiedział? – zapytał.

– Nie wiem.

– Przecież byłaś tu wczoraj.

– Byłam! – potwierdziła. – Ale wyobraź sobie, że mam lepsze rzeczy do robienia niż obserwowanie twojej dziewczyny. Nawet jeśli jest – złożyła palce w powietrzu, tworząc znak cudzysłowu – gwiazdą!

Zwiesił ramiona. Oparł się o drewniany filar i przymknął powieki. Idiotyczna kłótnia z idiotycznego powodu. I zepsuje mu cały dzień.

– Co się stało? – zapytała Kamila.

– Ktoś jej o tym opowiedział. I o nas. – Wskazał na nią, wskazał na siebie. – Wkurzyła się trochę.

– Nie wiedziała wcześniej?

Pokręcił przecząco głową.

– To zawaliłeś.

– Proszę cię. – Machnął ręką.

– Kobiety są na takie rzeczy wyczulone – powiedziała powoli.

Spojrzał na nią z urazą.

– Proszę, nie rób mi teraz awantury.

– Nie zamierzam.

Robert odgonił muchę, która znalazła się tuż przed jego twarzą. Owad poleciał w bok i wpadł na zwisający z sufitu lep.

– Śniadanie dopiero podadzą, ale możesz już poprosić o kawę – powiedziała Kamila.

Tak zrobił. W kuchni dziewczyna nalała mu napój do dużego kubka. Wrócił z nim do Kamili i usiadł obok.

– Będziesz miał kłopoty?

– Nie – mruknął. – Rozejdzie się jakoś. Tylko to wszystko jest takie, takie... niepotrzebne.

Nie był pewien, czy zrozumiała. Wydawało mu się, że inaczej teraz do niego się odnosi. Z ukrywaną nieudolnie urazą, której przyczyny nie umiał zidentyfikować. Prześledził w myślach swoje zachowanie z ostatnich minut, ale nie potrafił znaleźć w pamięci niczego, co mogłoby wytłumaczyć tę zmianę.

– Myślisz? – zapytała cicho i w pierwszej chwili nie wiedział, czy wypowiedziała to słowo na głos, czy po prostu pojawiło się w jego głowie.

– Nie rozumiem.

– Nieważne.

Jej dłoń powędrowała w stronę Roberta. Dotknęła go czubkiem palców, jakby próbowała sprawdzić, czy jest prawdziwy, i przestraszona własną śmiałością zaraz się wycofała. Poczuł to samo co kiedyś. Nie miłość, ale świadomość, że świat ogranicza się tylko do ich dwójki, że wszystko, co istotne, wydarzy się teraz między nimi. I zupełnie nie wiedział, co powinien zrobić. Przerażało go to, bo chociaż w pracy chętnie podejmował decyzje, które dotykały dziesiątek, czasami setek ludzi, to starannie unikał tych, które mogłyby dotknąć jego samego. A równocześnie to ekscytowało. To, co było kiedyś, wróciło do nich niespodziewanie wzmocnionym stokrotnie echem, nadając na nowo sens dawno wypowiedzianym słowom. Nawet jeśli wydawało mu się, że utracił je na zawsze w odmętach pamięci.

Nagły podmuch powietrza na twarzy i huk otwieranych drzwi rozbił iluzję. Na progu stanęła Adaoma. Nie tyle usłyszał, co odczytał z ruchu jej warg, jak na ich widok wypowiada jedno słowo „kurwa". Odwróciła się i odeszła gniewnym szybkim krokiem.

Serce zaczęło szybciej pompować krew, ale o dziwo, miał problem z tym, żeby się podnieść. Jakby impuls z mózgu zagubił się gdzieś na poplątanych ścieżkach nerwów. Dopiero po chwili się poderwał. Zerknął na Kamilę. Wyglądała na zmieszaną, uciekała wzrokiem w bok.

– Przepraszam – powiedział.

Wybiegł za dziewczyną.

3

Adaoma po wyjściu Roberta położyła się z powrotem do łóżka. Zacisnęła z całych sił powieki, wbiła twarz w poduszkę i zaraz kichnęła, kiedy do nosa dostały się jej uwięzione do tej pory w poszewce roztocza. Podniosła się i przewróciła na plecy. Leżała tak bez ruchu, wpatrzona w nierówną fakturę sufitu i maleńkie pęknięcia w okolicach lampy.

Ten okropny kac, na wpół ból, na wpół szum nie odpuszczał. Wiedziała, że już nie zaśnie. Za bardzo zdenerwowała ją kłótnia z Robertem, a teraz jeszcze zastanawiała się, czy nie przesadziła. Jednak kłócąc się z nim, wbijając w niego kolejne szpile, wyciągając na jaw niewygodne fakty, o których znajomość jej nie podejrzewał, odczuwała jakąś perwersyjną przyjemność stawiania na swoim. Przynajmniej odrobinę łagodziło to poalkoholową gorycz tego poranka. A teraz nie była pewna, czy miała rację.

Zwlekła się z łóżka i poczłapała pod prysznic. Zrzuciła ubranie, odkręciła kurek z ciepłą wodą, a potem powoli zmieniała jej temperaturę na zimną. Otrzeźwiło ją to trochę. Wytarła się. Wysuszyła szybko włosy. Z szafy wyjęła białą bluzkę i czarne legginsy. Postanowiła się nie malować, założyła tylko na nos duże przeciwsłoneczne okulary, by choć trochę zasłonić twarz. Bez makijażu czuła się niekomfortowo.

Wyszła z domku. Odetchnęła głęboko świeżym powietrzem. Po zastanowieniu zrzuciła z nóg sandały i boso przemaszerowała po jeszcze wilgotnej od porannej rosy trawie. Chciała odnaleźć Roberta, usiąść przy nim, chwycić za ręce i położyć głowę na jego ramieniu. O niczym nie mówić, w ciszy przetrwać wspólnie dzisiejszy poranek. Jednak gdy otworzyła drzwi od stodoły i zobaczyła go obok tej kobiety, ból głowy powrócił ze stukrotną siłą. Zagryzła zęby, żeby nie jęknąć, ale to nie pomogło, bo zaraz z jej ust wydobyło się przekleństwo. Nawet nie wiedziała kiedy, odwróciła się na pięcie, a nogi same ją niosły. Wpadła do domku Kamili. Arek siedział na łóżku, siłował się z małym chłopcem, próbując włożyć mu spodnie.

– Zabieraj swoją głupią żonę od mojego faceta! – krzyknęła.

Mężczyzna przerwał próbę ubrania dziecka, co wystarczyło, by Ignaś wyswobodził się z jednej nogawki i ze śmiechem zeskoczył na podłogę.

– Co takiego?!

– Zabierz swoją żonę od mojego faceta – powtórzyła.

– Nie rozumiem.

– To ci wytłumaczę! Twoja żona siedzi sobie teraz i romansuje z moim facetem. Który też jest zresztą debilem! Ale nim to już ja się zajmę, a ty pilnuj swojej baby.

W uchylonych drzwiach od drugiego pokoju ukazała się głowa Ady. Ignaś wdrapał się z powrotem na łóżko i zaczął po nim skakać, głośno się śmiejąc. Arek nie potrafił się zdecydować, czy najpierw go złapać, czy kazać córce się schować, ale zanim podjął decyzję, do domku wszedł Robert, a zaraz za nim Kamila.

– Adaoma, możemy porozmawiać? – spytał Robert, równocześnie chwytając ją delikatnie za łokieć. Wyszarpnęła mu się.

– Pilnuj swojej kobiety! – krzyknęła do Arka.

– Chryste, Ada! – odpowiedział Robert. – My tylko rozmawialiśmy!

– Rozmawialiście?! Rozmawialiście?! To co, wydawało mi się to wszystko?!

– O czym ty mówisz?

– O tym, jak na nią patrzyłeś! O tych maślanych spojrzeniach. Jak pies na sukę z cieczką!

– Co ty opowiadasz?!

– Nie mam pojęcia, o czym ona mówi – wtrąciła się Kamila. – Tylko rozmawialiśmy.

Adaoma zwróciła się w jej stronę.

– Nie rób ze mnie wariatki – warknęła. – Jesteś... stara i brzydka!

Nie wiedziała, dlaczego akurat te dwie obelgi jako pierwsze przyszły jej do głowy. Poczuła, jak pieką ją policzki, a żołądek zwija się w supeł. Wszyscy się w nią wpatrywali, jakby właśnie oszalała. Zapewne oczekiwali dalszego ciągu, ale postanowiła nie dać im tej satysfakcji. Nie zamierzała też słuchać kolejnych wymówek. Wyszła z domku. A potem zaczęła biec.

– Adaoma! Adaoma! – krzyczał za nią Robert.

Z jednej strony bała się tego, że za nią pobiegnie. Z drugiej – chciała, by to zrobił. Jednak kiedy zerknęła przez ramię, on ciągle tam stał. Nie zamierzał jej gonić.

Wróciła do ośrodka po kilku godzinach. Chyba, bo nie miała zegarka. Poszła najpierw do lasu. Potem ogromnym łukiem wróciła nad jezioro, gdzie wreszcie zwymiotowała i wędrowała ścieżką wzdłuż brzegu. W cieniu drzew panował przyjemny chłód. Nie chciało jej się ani pić, ani jeść. Przeszkadzały bose stopy. Początkowo trochę bolały, uważała przy każdym kroku, ale po półgodzinie się przyzwyczaiła. Wstydziła się swojego wybuchu, chociaż usilnie wmawiała sobie, że powinna mieć gdzieś opinię tych ludzi. Jeszcze kilka dni temu nawet ich nie znała, teraz zresztą niewiele ją obchodzili, a jednak nie dawało jej spokoju, że wszyscy uważają ją teraz pewnie za wariatkę. Powinna zareagować z większą klasą, ale cholerny kac zaćmił jej umysł. Uległa emocjom.

Zawsze bała się tego, że faceci chcą tylko chwalić się nią jak kosztowną zabawką, że jest odpowiednikiem drogiego zegarka, luksusowego samochodu, symbolem społecznego statusu w wielkim wyścigu samców. Robert wydawał się inny – aż do teraz, gdy przestraszyła się, że najpierw ją uwiódł, a potem przywiózł tutaj, by pokazać swojej byłej dziewczynie. Udowodnić, że on też poszedł do przodu, i może nie ma dwójki dzieci ani sformalizowanego związku, ale za to czarną laskę u boku. Nie potrafiła tej myśli, tej obawy wyrzucić ze swojej głowy. Na pierwszy rzut oka wyglądało to idiotycznie, chociaż jak głębiej się nad tym zastanowić, wszystko układało się w logiczną i sensowną całość. Po co tak nalegał, żeby tutaj przyjechała? Dlaczego tak się starał? Dlaczego nie mogli pojechać gdziekolwiek indziej?

Albo wpadała w paranoję. Tego też nie mogła wykluczyć.

W domku wyjęła z szafy walizkę i zaczęła pakować swoje rzeczy. Chaotycznie, bo się spieszyła. Po raz pierwszy poczuła głód. Znalazła swoją komórkę z kilkunastoma nieodebranymi połączeniami od Roberta. Sprawdziła jednak tylko godzinę. Straciła i śniadanie, i obiad. Teraz będzie musiała albo iść do kuchni i poprosić, by szybko przygotowali coś specjalnie dla niej, albo czekać do kolacji.

– Gdzie byłaś? – Usłyszała za sobą.

Zerknęła przez ramię. Robert stał kilka metrów od niej z założonymi rękami. Pomimo postawy bojowej wyglądał na zmęczonego i zrezygnowanego.

– Chciałam się przejść.

– Dzwoniłem do ciebie.

– Nie wzięłam komórki.

Wrzuciła do walizki ostatnie rzeczy. Zamknęła ją i postawiła. Wyciągnęła rączkę.

– Co robisz? – zapytał.

– Chcę wracać.

– Nie wygłupiaj się.

Ta rzucona protekcjonalnie uwaga zdenerwowała ją.

– Nie wygłupiam się – powiedziała, przedrzeźniając go. – Nie chcę już tutaj być. To wszystko. Chcę wracać. Zabierz mnie stąd.

– Gdzie?

– Jak to gdzie?! Do domu. Do Warszawy!

Pokręcił przecząco głową.

– Ada – odezwał się. – Nie wiem, gdzie byłaś, ale przez kilka godzin latałem po lesie i cię szukałem. Padam z nóg. Do Warszawy jest sześć, siedem godzin drogi. Nie dam rady tyle pojechać.

– To daj mi kluczyki. Sama wrócę.

– Nie ma mowy. Też kiepsko wyglądasz. Jadłaś coś dzisiaj w ogóle? Piłaś? Powinnaś się napić po tylu godzinach na słońcu.

– To zawieź mnie do Gdańska – powiedziała.

– Do Gdańska?

– Albo do najbliższego większego miasta w okolicy. Wsiądę tam w pociąg.

Robert podszedł do niej. Delikatnie chwycił za ramiona. Miała ochotę go odepchnąć, jednak nie zrobiła tego. Prychnęła tylko jak rozzłoszczona kotka, dając mu do zrozumienia, że trzeba czegoś więcej, by ją przeprosić.

– To kolejne kilka godzin. Powinnaś coś zjeść. Zanim się zbierzemy, zanim tam dojedziemy, będzie późno. Nie wiem, czy złapiesz jakikolwiek pociąg.

– To co? Mam tutaj zostać do końca urlopu?

– Nie chcę, żebyś działała pochopnie. Usiądźmy, przegadajmy to wszystko.

Zaśmiała się cicho. Spuściła głowę, otarła wierzchem dłoni łzę z policzka. Miała nadzieję, że Robert tego nie zauważy. A jeśli zauważy, to że wykaże się wystarczającym taktem, by tego nie skomentować. Wykazał się.

– Nie chcę o tym rozmawiać. Nie chcę tutaj być.

Puścił ją. Przesunął palcami po włosach.

– Jutro – powiedział. – Z samego rana. Po śniadaniu. Wsiądziemy w samochód i pojedziemy do Warszawy. Co ty na to?

Zgodziła się. Nie miała już siły się kłócić.

POMIĘDZY

1

Restrukturyzacja. To słowo najlepiej podsumowywało dziesięć ostatnich lat kariery Sławka. Kiedy zaczynał studia, dziennikarstwo było jedną z najlepszych fuch. Strumienie kasy płynące od reklamodawców pozwalały na realizację nawet najbardziej szalonych pomysłów. A potem na rynek weszły „Fakt" i „Dziennik" i było jeszcze lepiej. Dziennikarzy rozrywano, a wypłaty poszybowały w górę. Ale kiedy tylko zaczepił się w jednej robocie, zaczął się kryzys i złote czasy minęły, zanim zdążył się na nie załapać. Od tamtej chwili albo zwalniali, albo będą zwalniać. Nikt nie czuł się bezpiecznie. Wywalili nawet Adaomę, przypomniał sobie, chociaż sypiała z członkiem zarządu. Na ten temat chodziły różne plotki po firmie, ale on doskonale rozumiał, że skoro ona poleciała, to mogło to już spotkać każdego. Nie było sensu przywiązywać się do wizji dłuższej pracy. Jednak gdy dostał zlecenie na materiał od Roberta, przyjął je natychmiast i po cichu liczył, że ta przysługa mu się opłaci i kolejna fala zwolnień go ominie.

Jeździli teraz za srebrnym fordem focusem po Warszawie. Przez cały dzień niewiele się działo. Facet, którego śledzili, przemieszczał się z jednej dzielnicy do drugiej, pokazując ludziom kolejne mieszkania. Z każdego wychodził zadowolony, energicznie gestykulując, ale kiedy tylko potencjalni nabywcy znikali, mina mu rzedła. Obiad zjadł w jednym z McDonaldów. Pobrudził sobie przy tym keczupem krawat. Ściągnął go i schował do teczki.

– Co za, kurwa, pierdolona strata czasu – wymamrotał Andrew, kamerzysta. Przez cały dzień nakręcili tylko kilka minut materiału z ukrycia, a i to do niczego się nie nadawało. Co oznaczało, że nie zostaną wycenione i za cały dzień roboty dostaną okrągłe zero złotych.

– Pogadam z Robertem – stwierdził Sławek.

– A to coś da?

– Jego pomysł, jego zlecenie, to niech coś zabuli.

Andrew prychnął.

– Jasne, już to widzę. Każe nam z tym iść do księgowości, księgowość nas odeśle do redakcji, a redakcja powie, żebyśmy się pocałowali w dupę.

Sławek zagryzł wargę. Andrew prawdopodobnie miał rację i zapewne tak ta cała historia właśnie się skończy. Na wielkim, wyciągniętym w ich stronę środkowym palcu i pustką w portfelu. Tym bardziej że Robert musiał ponaciskać na redakcję, by zajęli się tematem. Zaginięcie Ady nikogo już nie interesowało. A ogólne stwierdzenie, że „z jej ojcem jest coś nie tak", nie rokowało na dobry materiał, raczej na obsesję kolesia w przyciasnym garniturze. Ale dopiął swego. I teraz jak zawsze za głupotę zarządu zapłacą ci, którzy stoją niżej.

– Pierdolę... Dobrze, że przynajmniej wesele mam w weekend.

– Rodzina czy robota?

– Robota – powiedział Andrew. – Jakaś dziana para. Oprócz mnie będzie jeszcze jeden kamerzysta i ze dwóch fotografów. Dobrze płacą i nawet specjalnie się nie targowali.

– Co to za jedni?

– Lekarze z własną praktyką i córka jedynaczka.

Sławek gwizdnął cicho. Tego zazdrościł Andrew i innym technicznym. Oni zawsze potrafili znaleźć sobie jakąś fuchę na boku, podczas gdy on mógł jedynie ganiać za ludźmi z mikrofonem.

– Parkuje. – Andrew wskazał ruchem brody na srebrnego focusa, który właśnie zatrzymał się na Kruczej.

– Co on tu robi? Będzie pokazywał kolejne mieszkanie?

– Nie wiem. Ale późno jest.

– Dasz radę gdzieś tu się zatrzymać?

– Przecież zajebane jest.

Fakt, to było późne popołudnie w centrum Warszawy. Facet wcisnął się na ostatnie wolne miejsce. I tak miał farta, że coś znalazł.

– Dobra. Krąż tutaj, a ja za nim pójdę.

– Okej.

Andrew zatrzymał samochód. Sławek wyskoczył prosto do kałuży i poczuł, jak woda dostaje mu się do conversów. Zaklął, a potem pobiegł na chodnik.

Arek skręcił w Kruczą. W wielkim socrealistycznym budynku z lat pięćdziesiątych, jak wszystko z tamtej epoki, zbyt wielkim i zbyt ciężkim, jakby stworzonym wyłącznie po to, by miażdżyć ziemię, na której go postawiono, mieścił się hotel Mercure.

Sławek zastanawiał się, po co mężczyzna tu przychodzi. Gdyby miał kochankę i umówił się z nią tutaj na schadzkę, skręciliby dobry materiał – tabloidowy, ale jednak dobry. Ojciec zaginionej dziewczyny zamiast szukać córki, kurwi się po hotelach. Trzeba by trochę popracować nad tytułem, pomyślał, ale jakoś tak mogłoby to iść. Pytanie, czy puściliby to ich prawnicy. Bo w przypadku osoby publicznej to naruszenie prywatności, więc w razie ewentualnego procesu mogliby mieć problemy. Tylko że Robert był cięty na tego faceta. Może i tym razem by się uparł i dopuścił materiał do emisji. Po chwili zastanowienia Sławek uznał, że to jednak nie to. Mercure miał cztery gwiazdki. Pokój w nim kosztował grubo ponad dwieście złotych za noc. Gdyby chodziło tylko o spotkanie z kochanką, znaleźliby tańsze miejsce. Westchnął. Pewnie facet umówił się tutaj na kolejne nudne spotkanie z kolejnym nudnym klientem. Ale tym razem Arek go zaskoczył. Skierował się nie do hotelu, tylko do kasyna. Sławek poszedł za nim. Zanim weszli, musieli pokazać dowody osobiste. Potem znaleźli się w wielkiej sali wypełnionej automatami do grania, stołami do ruletki, przy których stali krupierzy w białych koszulach i kamizelkach. Zdziwiło go, ile jest tu ludzi. W różnym wieku. Wszyscy wpatrzeni w ekrany jednorękich bandytów. W ruletkę grało kilku Hindusów. Palili papierosy, jednak nikt nie zwrócił im uwagi.

Arek najpierw poszedł do kasy. Wymienił pieniądze na żetony i usiadł przy stole do blackjacka. Przez chwilę tylko tam tkwił ze wzrokiem wbitym w palce krupiera i leżące nieopodal karty. Potem obstawił. Sławek zajął miejsce przy barze. Był zmęczony. Zamówił piwo i od razu zapłacił. Nawet nie aż tak dużo, jak się spodziewał. Pociągnął łyk z wysokiego kufla.

Przez kolejne dziesięć minut obserwował mężczyznę. Przez cały ten czas grał on w blackjacka. Raczej przegrywał, bo ubywało mu żetonów. Sławek wyciągnął telefon i wybrał numer do Andrew. Zasłonił dłonią usta, żeby nikt inny go nie słyszał.

– Co jest? – odezwał się głos w słuchawce.

– Zaparkowałeś już?

– No.

– Facet odwiedził kasyno – powiedział i podrapał się po brodzie.

Hazard nie jest tak nośny jak niewierność małżeńska, pomyślał, ale bezpieczniejszy. Cała Polska szuka córki tego gościa, a on zamiast pomóc, woli przegrywać pieniądze przy zielonym stoliku. Da się z tego coś uszyć.

– Masz ze sobą kamerę? – zapytał szeptem. – Tę małą, do kręcenia z ukrycia. Wiesz którą?

– No.

– Weź ją. Strzelimy kilka fajnych obrazków.

2

Robert zdjął płaszcz. Zawiesił go na wieszaku w przedpokoju tuż obok wiosennej kurtki o paramilitarnym kroju, ale kolorze wpadającym w róż. Wątpił, by Kamila w niej chodziła. W takim razie prawdopodobnie należała do Ady. Po tylu miesiącach od jej zaginięcia wciąż wisiała tutaj, na widoku. Jako pierwsza rzecz rzucała się w oczy od razu po wejściu do mieszkania. Sam dawno by ją schował, oddał biednym albo wyrzucił. Zostawienie jej tutaj stanowiło dla niego pewną formę masochizmu, służyło tylko świadomemu samoudręczaniu się. Zastanawiał się, czy w mieszkaniu jest więcej takich małych śladów Ady. Drobnostek, których on nie zauważy, bo przecież prawie nie znał dziewczyny, ale które zadawały ból Kamili, kiedy tylko na nie spojrzała. Podejrzewał, że tak. Zapewne dobrowolnie poddawała się psychicznym torturom, bo bała się tego, co będzie, kiedy ból zniknie z jej życia. Tego, kim się stanie, gdy zapomni, że powinna rozpaczać po stracie córki.

Nie zdejmuj butów – powiedziała.

Nie zamierzał. Mieszkanie wyglądało na zaniedbane. Dawno go nie sprzątano. Od krążącego w powietrzu kurzu kręciło go w nosie. Podłogi i dywany lepiły się od brudu, podobnie meble. Wszędzie leżały porozrzucane dziecięce zabawki. Należały do Ignasia. Nikt ich nie sprzątał.

– Chcesz coś do picia? – zapytała.

Pokręcił głową.

– Na pewno? Herbaty, kawy?

– Nie, nic. – Spojrzał na zegarek. – Zresztą nie mam dużo czasu, a chciałbym z tobą porozmawiać.

To nie była prawda. Nie planował już dzisiaj żadnych spotkań. Nikt go nie rozliczał z czasu spędzanego w biurze. Właściwie nie musiał nawet wracać do pracy. Powiedział to nie po to, żeby okłamać ją, ale raczej siebie. Zmusić się do tego, by załatwić sprawę szybko i gładko. Jakby wyrywał ząb u dentysty.

– O czym? – zapytała drżącym głosem. – To dotyczy Ady?

– Poniekąd.

Choć wydawało mu się to niemożliwe, jeszcze bardziej pobladła. Jej skóra przypominała teraz pergamin. Była cienka i biała. Ubrania Kamili zwisały luźno. Zastanawiał się, kiedy ostatnio zjadła porządny posiłek. I czy ktokolwiek tego pilnuje.

– Arka nie ma. Może powinnam do niego zadzwonić...

Zrobiła krok w stronę drugiego pokoju, gotowa rzucić się na poszukiwanie telefonu. Powstrzymał ją.

– Nie. Chciałem porozmawiać z tobą – powiedział. – Tylko z tobą.

– Ale dlaczego?

– Proszę. – Podszedł do niej i chwycił delikatnie za ramię. – To nie zajmie długo.

Najpierw spojrzała na niego pytająco, przestraszona i niepewna. Dopadły go wątpliwości. Być może nie powinien robić tego, co zamierzał. Nie potrzebowała kolejnego ciosu z niespodziewanej strony. Wycierpiała się już dość. Mógł ją teraz oszczędzić. Wymówić się pracą, przeprosić za nieporozumienie albo po prostu wyjść bez słowa. Ale gdyby ją teraz zostawił, nic by się nie zmieniło. A kiedy na nią patrzył, jakaś niewidzialna dłoń ściskała mu serce. Kamila stała się cieniem samej siebie. Wiedział, kto jest temu winien, kto zostawił ją samą w tym mieszkaniu, które powoli, dzień za dniem, umierało razem z nią.

To Robert poprowadził ją do salonu. Usadził na kanapie. Otworzył okno, żeby choć trochę wywietrzyć panujący w mieszkaniu zaduch. Potem poszedł do kuchni. W zlewie dostrzegł stertę brudnych talerzy, to samo w zmywarce. W szafce znalazł jeden czysty kubek. Nalał do niego wody, wrócił do Kamili i postawił przed nią. Podziękowała, ale głosem tak słabym, że ledwo ją usłyszał.

Usiadł obok. Z torby wyciągnął służbowego laptopa i odpalił go.

– Co robisz? – zapytała.

– Przyjechałem, bo chciałem ci coś pokazać – wytłumaczył. – Nie ma sensu o tym opowiadać. Boję się, że mi nie uwierzysz.

Poczekał, aż komputer się włączy. Znalazł odpowiednią ikonę na pulpicie i uruchomił. Starał się nie myśleć o tym, co zaraz się stanie. Pakował się w jej życie, nieproszony, i mógł mieć tylko nadzieję, że robi dobrze. Że coś uda mu się naprawić zamiast zepsuć.

Film był bez dźwięku, ale sam obraz ostry i wyraźny. Siedział w milczeniu przez dwie minuty nagrania.

– Co to jest? – odezwała się Kamila, chociaż doskonale wszystko widziała. Przez cały ten czas nie odrywała wzroku od ekranu. Wydawało się, że nawet nie mrugnęła.

Sięgnęła po kubek, ale jej dłonie drżały. Nie odważyła się go chwycić, więc schowała je między zaciśniętymi udami.

– To Arek. Twój mąż.

– Dlaczego... – Otworzyła szeroko usta, łapała z trudem oddech jak ryba wyciągnięta na brzeg. – Dlaczego jest na tym filmie?

– Dziennikarze naszej stacji nagrali go, kiedy grał w kasynie. Rozmawiali później z krupierem. Oczywiście nieoficjalnie. Przegrał tego wieczora kilkaset złotych. Krupier potwierdził, że widuje go u nich od jakiegoś czasu. Arek zwykle gra w blackjacka. Zazwyczaj przegrywa. Nie wiemy, ile w sumie stracił. Nie udzielają takich informacji. Poza tym może chodzić też do innych kasyn, grać na automatach. Tego nie wiemy.

– Dlaczego?

Zamknął klapę laptopa.

– Przepraszam, ale nie rozumiem. Co dlaczego?

Zakołysała się na kanapie, powoli i ponuro w przód i w tył, jakby odmierzała w ten sposób sekundy do końca świata.

– Dlaczego twoi dziennikarze go nagrali?

Potarł czoło.

– Rozmawiałem z moją koleżanką – wyjaśnił. – Tą od PR-u, która pomagała wam tuż po zaginięciu Ady. Tej, której podobno Arek zapłacił. Zapewniła mnie, że nie wzięła od was ani złotówki.

– To musi być jakaś pomyłka.

– Kamila – powiedział łagodnie.

Zmienił pozycję tak, by musiała spojrzeć mu w oczy. Natychmiast odwróciła wzrok. Chwycił jej dłonie. Wyrwała się i podskoczyła gwałtownie, aż się przestraszył, że zaraz straci równowagę i się przewróci.

– Kamila, posłuchaj – zaczął jeszcze raz. – Arek kłamał, mówiąc, że zapłacił mojej koleżance. Nie dał jej ani grosza. Nie wiem, w ilu jeszcze kwestiach cię okłamał, ale wiem jedno. Chodzi do tego kasyna i przepuszcza tam wasze pieniądze. Te pieniądze, których tak potrzebujesz, by szukać Ady.

– Nie... Nie...

Podniósł się z laptopem. Otworzył go i włączył powtórnie film. Podsunął jej niemal pod samą twarz.

– Spójrz. To jest Arek. Siedzi w kasynie. Przepuszcza wasze pieniądze.

– Nie! – krzyknęła.

Wyrwała mu komputer i rzuciła w bok, lekko, bo brakowało jej sił. Przeleciał ledwo dwa metry i upadł z trzaskiem. Robert stłumił odruch, żeby od razu do niego podbiec.

– Nie miałeś prawa tego zrobić! – krzyknęła. – Nie miałeś prawa go śledzić! Nie miałeś!

– Okradał cię – powiedział, siląc się na spokój. – Tak to trzeba nazwać. Okradał cię.

– Nie miałeś prawa! Nie dał ci powodu!

– Kłamał w kwestii pieniędzy, Kamila! – krzyknął. – Kiedy jeszcze kłamał? Pamiętasz tamtą noc?! Nikt nie wie, gdzie wtedy był! A pamiętasz, co zrobił wcześniej!? Próbował mnie zabić, do cholery!

Wymierzyła mu policzek. Zauważył jej rękę, ale nie zrobił nic, żeby się uchylić. Uderzyła go jeszcze raz. Mocniej. Znowu się nie poruszył. Pozwolił na kolejny cios. I jeszcze jeden. Nawet nie zamykał oczu. Patrzył wprost na nią. Na rosnącą w niej furię, gniew i wściekłość. Wszystko odbywało się w zupełnej ciszy, przerywanej tylko odgłosami uderzeń. Nagle przerwała. Równie gwałtownie, jak rozpoczęła. Ręce jej opadły i zgięła się wpół. Dopiero wtedy krzyknęła, ale w taki sposób, jakby chciała wrzeszczeć nie na zewnątrz, tylko do środka, wprost we własne wnętrzności.

– Nie miałeś prawa – powtórzyła.

– Ale musiałem – odpowiedział.

Kucnął naprzeciwko niej. Spomiędzy jej warg wylatywały cienkie strużki śliny. Policzki płonęły czerwienią, jakby to on ją bił, a nie ona jego.

– To jest ważne, Kamila – powiedział, ostrożnie dobierając słowa. – Okradał cię. Nie wiem dlaczego. Ale powinnaś się zastanowić, poważnie zastanowić, czy na pewno zrobił wszystko, co było konieczne, by odnaleźć Adę.

Podniosła na niego wzrok.

– Nie – stwierdziła. – Nie zrobił.

3

Po lekcjach Merry wypadła z klasy jako pierwsza i zniknęła Damianowi z oczu. Szukał jej w szatni, ale nie znalazł. Nie chciał spóźnić się na autobus, a na kolejny musiałby czekać godzinę, więc zdecydował się iść na przystanek sam.

Dziewczyna stała przed wejściem do szkoły. Opierała się o barierki oddzielające chodnik od drogi i rozmawiała z dryblasem, który wcześniej sprzedał jej trawkę. Uśmiechała się szeroko i raz za razem z rozbawieniem potrząsała głową. Damian poczuł bolesne ukłucie w sercu. W pierwszej chwili miał ochotę ominąć ich szerokim łukiem, ale Merry go dostrzegła i przywołała machnięciem ręki.

– Gdzie byłeś?

– W szkole – odpowiedział. – Szukałem cię.

– A ja tu na ciebie czekam.

– Nie wiedziałem.

Przewróciła oczami.

– To idziemy? – zapytał.

– Gdzie?

– Na autobus.

– Ja nie – stwierdziła. – Idę do Darka.

– No – potwierdził dryblas.

Damian, siląc się na obojętność, wzruszył ramionami, ale przyspieszył mu puls i coś nieprzyjemnie ścisnęło wnętrzności. Chciał się dowiedzieć wszystkiego: dlaczego do niego idzie, kiedy z nim rozmawiała, czy chce tylko kupić trawkę, czy to coś innego, jednak wiedział, że o nic nie może zapytać. Merry by się to nie podobało.

– Idziesz z nami? – Spojrzała na niego.

Zerknął na zegarek. Gdyby się teraz pospieszył, zdążyłby jeszcze na autobus. I straciłby z oczy Merry.

– No dobra – mruknął, przeciągając długo to ostatnie słowo, jakby ciągle się wahał i zgadzając się, robił im łaskę.

Nie zauważyli tego. Odwrócili się do niego plecami, zanim skończył mówić. Szli ramię w ramię. Rozmawiali trochę. Głównie o szkole, mniej o muzyce. Damian próbował się włączyć, ale wydawało się, że ledwo go zauważali. Człapał dwa kroki za nimi, bo chodnik był za wąski dla całej trójki.

Darek mieszkał w trzypiętrowym bloku z lat osiemdziesiątych, niedaleko supermarketu Dino, gdzie Merry kupiła kilka piw i paczkę fajek. Dała to wszystko dryblasowi, a ten dokupił jeszcze batonik Lion. Zapytał dziewczyny, czy chce kawałek, ale ona odmówiła. Zjadł więc sam. Damian pomyślał, że gdyby teraz po prostu sobie poszedł, żadne z nich nie zauważyłoby jego zniknięcia. Ale nie zrobił tego.

Darek zaprowadził ich do swojego pokoju, kwadratowej klitki z szafą, biurkiem i łóżkiem piętrowym. Na ścianach wisiały plakaty z hiphopowymi zespołami, których Damian zupełnie nie znał, i z Robertem Lewandowskim. W centralnym miejscu znajdował się szalik Lechii Gdańsk.

Dryblas wyjął z siatki jedno piwo. Otworzył je i od razu upił kilka łyków.

– Jak chcesz palić, to pal, ale otwórz okno, nie? – powiedział do Merry.

– A twoi starzy? – zapytała.

– Ojciec siedzi w Szkocji, póki go nie wyjebią, a matka jest na dniówce, nie? Wróci dopiero wieczorem.

Damianowi nikt nie zaproponował ani piwa, ani papierosa. Stał pod ścianą, kiedy Merry usiadła na łóżku. Darek odpalił komputer. Sprawdził, czy głośniki są podpięte, a potem zaczął klikać w ikony.

– O tym ci mówiłem – odezwał się w pewnym momencie i uruchomił odtwarzacz multimedialny. Zwiększył głośność, zaczął się kiwać i recytować równo z tekstem: – Wjeżdżam jak jebany szaman, by znów wzbudzić ducha wojny. Słowo dla bezbronnych, gdzie nie dotarł jeszcze Bóg. Ostatni krzyk osiedla dziś odwiedzi wszystkie domy…

Merry spuściła głowę, tak że włosy częściowo zasłaniały jej twarz, i również potrząsała nią w rytm muzyki. Damian przyglądał się jej z niedowierzaniem. Od kiedy lubiła hip-hop? Przecież wyrażała się o nim z dużym lekceważeniem. Mówiła, że Gang Albanii to gówno dla gimnazjalistów.

– Co to jest? – zapytała, kiedy piosenka się skończyła.

– Paluch.

– Zajebiste – stwierdziła.

– No.

– Jest w tym wkurw.

– Jest dużo wkurwu.

– Fajne.

– To posłuchaj teraz, kurwa, tego.

Z głośników poleciało „Karwa fi, karwa fa. Pała pyta. Pan to nie ja...". Damian nie rozumiał, co się dzieje. Kiedy on próbował Merry coś puścić, najczęściej przerywała w połowie utworu i włączała swoją muzykę. Tę, którą lubiła i którą znalazła gdzieś w necie. Wkurzało go to. Nienawidził tego kolesia. Nienawidził jego jebanej muzyki.

– Murzyn tutaj rozjebał jak prawdziwy czarnuch. Poza tym bit tłusty jak dupa dyrektorki, nie?

– No.

– Byłem na ich koncercie – powiedział. – Pały przyjechały. Poszła plota, że będą trzepać. Mnie to latało, bo byłem na czysto. Przyjechałem na koncert, a nie do pracy, ale paru ziomów się denerwowało.

– I co? Trzepali?

– Gówno. Postali, postali i pojechali. Ale towarzystwo by im nie pozwoliło. Rozjebaliby pały, gdyby tylko spróbowali, nie?

– Nieźle.

Damian skrzywił się. Dryblas zgrywał twardziela, ale jakby go wzięli na komisariat i zaczęli przesłuchiwać, pękłby w pięć minut. On wiedział, jak to jest. Godzinę go maglowali w zeszłym roku. Nic nie powiedział. Szedł w zaparte.

– Chcecie zapalić? – zapytał Darek.

Sięgnął do szuflady. Wyciągnął z niej niewielką drewnianą skrzynkę. Kiedy otworzył, w środku Damian dostrzegł tytoń, bibułki do skręcania papierosów i kilka woreczków.

– Jasne – powiedziała Merry.

Darek włączył kolejną piosenkę. Tym razem już nie śpiewał. Nasypał na bibułkę trochę tytoniu i wymieszał z haszyszem. Z kieszeni wyszarpnął zapalniczkę i odpalił skręta. Zaciągnął się głęboko i podał go Merry. Dziewczyna pociągnęła i oddała Damianowi.

– Dobre – pochwaliła.

Kłamała. Kiedy rozmawiała z nim, zawsze narzekała na jakość. Twierdziła, że nie umywa się do tego, który paliła w Sopocie.

Dryblas puścił im jeszcze kilka piosenek, a potem odcinek *Miasteczka South Park*. Sam śmiał się przy nim najgłośniej, co chwila powtarzając: „Patrzcie, patrzcie, teraz będzie zajebiste". Merry wypiła jedno piwo, potem otworzyła następne. Damian spojrzał na nią ciężko, a ona zrobiła oburzoną minę.

– No co?

– Powinniśmy iść – powiedział. – Za niedługo mamy autobus.

– To pojedziemy kolejnym.

Nawet nie wiedział, kiedy będzie następny. Musiałby sprawdzić w rozpisce, a nie chciał tego robić przy dryblasie.

– Dotrzemy późno do domu. A jutro mamy sprawdzian z matmy.

– Jebać sprawdzian.

– Właśnie, koleś – odezwał się Darek. – Szkoła to nie wszystko. Raz uwalisz sprawdzian, nic się nie stanie. Najwyżej potem poprawisz.

– Późno się robi.

– U mnie możecie zostać – mruknął dryblas.

– Widzisz – powiedziała Merry. – Możemy zostać.

– Ale...

– Jak chcesz, to idź.

Nie chciał iść. Nie bez niej. Ale sprawdzianu też nie mógł odpuścić. Wiedział, że jeśli tym razem napisze na jedynkę, rodzice się wkurzą. I tak nie powiedział im, jakie naprawdę ma oceny, a od pewnego czasu dostawał coraz gorsze. Zawsze sobie obiecywał, że przysiądzie do książek w kolejnym tygodniu, tylko jakoś nigdy nie dotrzymywał słowa.

Rozległ się sygnał przychodzącego esemesa. Darek wyciągnął komórkę. Sprawdził wiadomość. Odpisał. Sekundę później przyszła następna.

– Kurwa. Muszę iść. Ziomkowi się spieszy.

Dopił piwo. Popatrzył na nich, potem na kolejny odcinek *South Parku* na ekranie.

– Ale w sumie możecie zostać – stwierdził. – Jak wrócę, to zapalimy coś jeszcze, nie?

– Jasne.

Wyciągnął z szafki bluzę i wyszedł z mieszkania. Dopiero kiedy usłyszał odgłos zamykanych drzwi, Damian zbliżył się do Merry. Dziewczyna popijała piwo i obojętnie patrzyła na ekran komputera.

– Co? – zapytała nagle.

– Co co?

– Co się na mnie tak patrzysz?

– Nic – powiedział.

– Cały dzień jesteś dziwny.

– Nie jestem.

– Jesteś. Może nie cały dzień, ale teraz. Jak chcesz tak bardzo, to jedź do domu. Ja sobie potem taksówką wrócę albo coś.

– Nie o to chodzi.

– To o co? – zapytała, patrząc na niego. Nagle w jej oczach błysnęło zrozumienie. – Jesteś zazdrosny – stwierdziła.

– Nie jestem – skłamał. – Ten koleś to pozer. Nie wiem, po co w ogóle tu przyszliśmy.

– Jesteś zazdrosny – powtórzyła ze złośliwym uśmiechem.

– Nie jestem.

– Mogłeś powiedzieć, że jesteś zazdrosny. Bo mnie to wkurwia.

– Co cię wkurwia?

– Takie kiszenie tego w sobie. Ja też mogłabym być zazdrosna.

– Niby o co?

– O tę dziewczynę, którą przeruchałeś, tę zaginioną – dodała i nagle w wyrazie jej twarzy coś się zmieniło. Zniknęła irytacja i złość, pojawiło się coś na kształt zaintrygowania. – Często myślisz o tym, jak z nią było?

Potrząsnął przecząco głową.

– Powiedz, jak z nią było – poprosiła i niespodziewanie położyła dłoń na jego kroczu. Tylko tyle wystarczyło, żeby natychmiast dostał erekcji.

– Jak?

– Jak z nią było?

– Tak... – Przełknął ślinę, nie kończąc zdania, bo Merry zaczęła rozpinać mu pasek od spodni.

– Lepiej mi pokaż – szepnęła.

Sięgnęła do jego majtek. Już miał powiedzieć, że Darek może zaraz wrócić, ale wcale nie chciał, by przestawała, więc milczał. Pochylił się i położył się na niej. Znaleźli się w niewygodnej pozycji, zgięci niewiarygodnie na dolnym piętrze łóżka, ale nie przeszkadzało mu to. Całował ją. Nie w usta, bo się uchylała, ale wszędzie indziej. Jego ręce wpychały się pod jej bluzkę.

– Tak ją ruchałeś?

Pokiwał głową, równocześnie ściskając jej piersi, miętosząc sutki między palcami.

– Słabo ją ruchałeś – powiedziała. – Jak baba.

Na jej twarzy dostrzegł niezadowolenie. Przestraszył się, że zaraz znowu każe mu przestać. Szarpnął nią mocno, żeby wygodniej ją ułożyć, a potem rozpiął jej rozporek.

– Zostaw – odezwała się drwiąco. – Nie chcę się ruchać z kimś, kto rucha jak baba.

– Nie rucham jak baba – wydusił z siebie i pociągnął mocno za spodnie dziewczyny, zahaczając przy tym o majtki. Po raz pierwszy zobaczył jej cipkę. Różowe wargi sromowe lśniły od wilgoci. Wokół wiły się ciemne włosy. Merry rozchyliła lekko nogi. Położył się na niej. Jego penis pulsował tak mocno, że aż bolał. Damian próbował w nią wejść, ale nie potrafił. Ciągle się ześlizgiwał. Zaczął macać palcem, by sprawdzić, gdzie jest ta cholerna dziura.

– Nawet nie potrafisz go wsadzić. – Zaśmiała się.

– Zamknij się! – krzyknął i nagle się w nią wbił. Była cudownie ciepła, ciasna i mokra. Oddychał ciężko, poruszając energicznie biodrami. Przypomniał sobie, że nie nałożył gumki. Nawet nie miał przy sobie żadnej. Ale nie chciał przestawać. Wyciągnie go potem, jak już będzie dochodzić.

– Naprawdę tak ją ruchałeś? Jak ciota jakaś?

– Zamknij się.

– Ty w ogóle wiesz, co robisz? Cioto?

Poruszał się coraz szybciej, coraz mocniej, żeby tylko ją zaspokoić. Zrobić to, czego ona chce. Spróbował uderzyć ją w pośladek, ale trafił w udo.

– Jak baba ją ruchałeś?! Jak baba?!

– Zamknij się!

– Ciota z ciebie. Jesteś ciotą?

– Zamknij się!

– Ciota!

Przyłożył jej rękę do ust, żeby się zamknęła, ale Merry go ugryzła. Syknął z bólu.

– Tak ją ruchałeś!? Baba! Baba!

Chwycił ją za gardło. Ścisnął i to poskutkowało. Zamilkła. Jej oczy stały się wielkie, zobaczył w nich ogromne zaskoczenie. Twarz zrobiła się czerwona, a potem ten kolor zaczął nabierać coraz bardziej intensywnego odcienia. Dziewczyna chwyciła go za rękę, próbowała się wyzwolić, jednak nawet tego nie zauważył. Uderzała go w bok. Tego też nie poczuł. Niewiele widział. Nic się nie liczyło. Nadchodził orgazm. Trysnął w niej. I dopiero wtedy zwolnił uścisk. Opadł najpierw na nią, potem zsunął się na materac.

Po kilku sekundach przełknął ślinę i popatrzył na Merry. Z trudem łapała powietrze. Jej oddech był krótki, urywany, jakby każdy skurcz płuc powodował ból. Damian przeraził się. I tym, że prawie ją udusił, i tym, jak ona zareaguje. Zrobił coś strasznego, a ona mu tego nie daruje.

Dziewczyna przewróciła się z trudem na bok. Chwyciła go za twarz, wbijając paznokcie w jego policzki. I kiedy oczekiwał najgorszego, zrobiła coś, czego się nie spodziewał. Uśmiechnęła się szeroko.

– Ty ją zabiłeś! – powiedziała. – Ty ją zabiłeś!

I wybuchła śmiechem.

TERAZ

1

– To ile przegrałeś w tym kasynie?

Arek kopnął leżącą nieopodal puszkę. Znajdowali się na stacji benzynowej. Resztę poprzedniego dnia spędzili przy komputerze Adaomy, szukając informacji na temat Kajetana Rybaka z Trójmiasta. Niewiele znaleźli. Wieczorem, po kolacji, zadzwonił prywatny detektyw z Gdańska. Umówili się na spotkanie kilkadziesiąt kilometrów od Żmijowiska, w zwykłej orlenowskiej sieciówce, gdzie śmierdziało benzyną, a wewnątrz na elektrycznym grillu wśród piramid z czteropaków piwa wolno obracały się parówki.

– Naprawdę chcesz o tym rozmawiać?

– Kiedyś musimy.

Po raz drugi kopnął puszkę. Odbiła się od wysokiego krawężnika i wylądowała niecałe pół metra od niego.

– Nie wiem – powiedział. – Trochę wygrywałem, potem przegrywałem. Oczywiście więcej przegrywałem, niż wygrywałem, bo tak ten biznes działa, i w pewnym momencie przestałem ogarniać, ile właściwie pieniędzy tam zostawiłem. A może po prostu wolałem nie liczyć.

– Dlaczego to robiłeś?

Adaoma cierpliwie czekała, aż jej odpowie. Widziała, że te pytania go krępują, może nawet sprawiają mu ból. Ale skoro już zaczęła je zadawać, to nie mogła odpuścić. Bała się, że jeśli to zrobi, nigdy do tego nie wrócą.

– Bo kończyły się nam pieniądze – odparł. – Poszukiwania Ady kosztowały. Prywatny detektyw, adwokat do pomocy, wyjazdy, nieustające telefony. Mnóstwo pierdół, przez które nasze oszczędności stopniały. A my mamy jeszcze jedno dziecko, rozumiesz? Jemu też się coś należy. O niego też trzeba zadbać.

– I wymyśliłeś, że dobrym pomysłem będzie zagranie w ruletkę?

– Blackjacka – sprecyzował i machnął ręką. – Nie zrozumiesz.

– Ale przynajmniej się staram! – zapewniła. – Arek, jeśli mi tego nie wyjaśnisz, to nikt nigdy cię nie wysłucha.

Zastanawiał się chwilę nad tym, co powiedziała, błądząc wzrokiem wśród pędzących drogą samochodów.

– Nikogo nigdy nie interesowało, jak ja sobie z tym radzę – odezwał się wreszcie. – To znaczy, wiesz, ludzie pytali, jednak tak naprawdę nie interesowało ich to. Wszyscy zawsze skupiali się na Kamili.

– Masz o to żal?

Potrząsnął głową, ale zaraz się zreflektował.

– Może trochę – powiedział. – Chociaż nie. Oczywiście, że mam. Ale nie o to teraz chodzi! Pytasz, dlaczego to zrobiłem.

– Tak.

– Pytasz w taki sposób, jakby była na to jakaś racjonalna odpowiedź. A jej nie ma! Po prostu. Nie wiem, czy z ostatniego roku pamiętam więcej niż parę obrazków! Chodziłem jak we mgle, nieustannie obolały, w głowie miałem totalny mętlik. Nie mogłem sobie odpuścić, rozumiesz? Kamila... – Przerwał na kilka sekund. – Kamila sobie odpuściła. Ledwo zajmowała się Ignasiem. Poszła na bezpłatny urlop i wszyscy się nad nią pochylali, pocieszali. A ja...

Ja musiałem robić dalej. Zarabiać pieniądze na nasze utrzymanie, zajmować się dzieckiem, domem i przy tym pilnować poszukiwań Ady. Bo jednego jestem pewien, pomimo tego całego chaosu – nigdy nie przestałem o niej myśleć.

Zamilkł i uderzył pięścią w dach auta. Samochód jęknął głucho.

– Nigdy nie przestałem zastanawiać się, co się z nią stało – powiedział ciszej.

– Rozumiem.

– Nie rozumiesz – mruknął. – Nigdy nie zrozumiesz, dopóki coś takiego cię nie spotka. Tego nie da się zrozumieć.

Nagle pojęła, w jakim położeniu się znalazł. Gdyby był kobietą, podeszłaby do niego i uściskała. Ale nie był, a ona nie miała pojęcia, jak zareagować, jakim gestem go pocieszyć, jakie słowa wypowiedzieć. Żeńską żałobę zawsze przeżywa się wspólnie, całą rodziną – z siostrami, córkami, ciotkami. Kobiety wiedzą, że w takich chwilach trzeba być razem, że czas może leczy rany, jednak tylko wspólna troska pozwala się im ostatecznie zabliźnić. Męską żałobę kwituje się suchymi kondolencjami i krótkim uściskiem dłoni. Później pozostaje samotność. Arek przez ten rok trwał przy swojej żonie, przy swoim synu. Otaczali go ludzie, ale tak naprawdę był sam, bez nadziei na jakąkolwiek pomoc. Nawet jej nie oczekiwał. Uważał, że tak właśnie ma być.

– Wtedy wydawało mi się, że to dobry pomysł – podjął niespodziewanie. – Wezmę kilkaset złotych, spróbuję. Jak wyjdzie, to wyjdzie. Jak nie, po prostu nigdy tam nie wrócę. – Zaśmiał się gorzko. – Nie wyszło, ale i tak tam wróciłem. Sam nawet nie wiem dlaczego. Wydaje mi się, że to wszystko robił ktoś inny. Zupełnie obcy człowiek. Ale to byłoby zbyt proste. Bo to ja, ja popełniłem ten błąd. Pomyliłem się. Nie wiem, jak mam dalej z tym żyć. Kurwa, jeżdżę teraz z pudełkiem pełnym ulotek, bo to jedyna rzecz, na jaką mnie stać.

Uśmiechnął się smutno.

– Ojcom zawsze jest trudniej – powiedział.

– Wiem.

Przerwali, gdy obok nich zatrzymał się srebrny mercedes. Wysiadł z niego wysoki muskularny mężczyzna, opalony na brąz i z ostrzyżonymi na jeża włosami. Podszedł do Adaomy sprężystym krokiem, wyciągając do niej rękę.

– Poznaję panią! – powiedział. – Radek Budzyński, byliśmy tu umówieni.

– Tak – potwierdziła, podając mu dłoń. Miał mocny zdecydowany uścisk.

– A pan to? – popatrzył pytająco na Arka.

– Znajomy.

– I on tu przyjechał z panią?

Potwierdziła. Detektyw poruszył kilka razy dolną szczęką, jakby żuł trawę, a potem wzruszył ramionami.

– Dobra. W sumie to wszystko jedno.

– Dziwne pan miejsce wybrał na spotkanie – odezwał się Arek.

– W połowie drogi – odpowiedział mężczyzna i wyszczerzył zęby. Wskazał na budynek stacji benzynowej. – Wchodzimy do środka na kawusię. Tak, nie? – Zauważył po ich minach, że nie mają ochoty. – To nie – stwierdził. – Państwo tylko poczekają. Muszę odcedzić kartofelki.

Wrócił po około siedmiu minutach, popijając napój energetyczny i jedząc hot doga. I jedno, i drugie skończył, zanim doszedł do Adaomy. Nie przejmował się szukaniem śmietnika. Najpierw wytarł palce w papierek po jedzeniu, potem położył go na ziemi, a na nim pustą puszkę.

– Dobra. Pytała pani o Kajetana Rybaka z Trójmiasta, który obecnie mieszka w Żmijowisku i jeździ czerwonym bmw.

– Tak.

– Co prawda do świąt jeszcze daleko, ale mam dla pani mały prezent.

Z samochodu wyjął pękatą teczkę. Kobieta spojrzała na nią zaskoczona.

– Szybko się uwinęliście – stwierdziła.

Detektyw zaśmiał się.

– Chciałbym, żeby zawsze to tak szybko szło – odparł. – Prawda jest taka, że pan Rybak był postacią dość znaną w Trójmieście.

– Szukaliśmy na jego temat informacji w internecie.

– Znaną w pewnych kręgach – sprecyzował mężczyzna. – Inwestował w różne budy, kluby, hotele. Dużo miał tych interesów, ale zazwyczaj trzymał się w cieniu. Wolał robić za mniejszościowego udziałowca, a kasę robił na innych rzeczach.

– Gangster? – zapytała.

Pokręcił przecząco głową.

– Nie. Chociaż na początku lat dziewięćdziesiątych podobno siedział za przemyt. Miał kontakty w półświatku. Dopuszczał narkotyki i dziwki do swoich klubów, jednak dbał, by wszystko odbywało się na spokojnie i z umiarem. Żadnych skandali, że ktoś się u niego zaćpa w kiblu. Może też czerpał z tego kasę, ale chyba raczej w grę wchodziła zasada przysługa za przysługę. Ostatnio poszedł w deweloperkę.

– Dlaczego wyjechał z Trójmiasta?

– Bo zaczęło mu palić się pod dupą – powiedział detektyw. – Poszła fama o imprezach u niego w klubach. Z dziewczynkami. Także takimi nieletnimi. Jedna potem próbowała się zabić, inna opowiadała, że została zgwałcona. Rybak niby nie brał w tym udziału, ale szambo zaczęło wybijać i kto wie, czy by go w końcu nie obryzgało gównem. Profilaktycznie wolał spierdolić.

Adaoma zastanawiała się, czy Arek też odczuwa to dziwne piekące podniecenie. Wszystko idealnie wpasowywało się w to, co już wiedzieli. Śliski facet o niejasnych układach i niejasnych pieniądzach. Orgietki z miejscowymi prostytutkami, nawet to sprawdzanie dowodów. Nie chodziło o zabezpieczenie przed kradzieżą, po prostu Rybak wolał się upewnić, że dziewczyny są pełnoletnie.

– A może chodziło o jego córkę – rzucił detektyw.

– To znaczy?

– Ma jedną. Na imię ma, a jakże, Sabina. Syna to by pewnie nazwał Brian – zażartował. – Sprawiała problemy.

– Jakie?

– Zatrzymywano ją kilka razy za posiadanie narkotyków. Nic wielkiego, trawka i jakaś chemia. Przynajmniej raz miała tego tyle, że kwalifikowało się na paragrafy, a i tak udało się to zamieść pod dywan.

– W jaki sposób?

Spojrzał na nią z politowaniem, jak na pierwszą naiwną. Coś się w niej zagotowało, ale nie dała po sobie nic poznać. Teraz chciała informacji. Złościć będzie się później.

– Zna pani Sopot?

– Byłam tam kilka razy.

– Tak, wiem. Pewnie w Grandzie. Ale czy zna pani Sopot? – zaakcentował słowo „zna".

– Nie – odpowiedziała po chwili wahania.

– To wbrew pozorom małe miasto. Ludzie rozpoznają się na ulicach, robią wspólnie interesy. Wiele rzeczy można załatwić, po prostu dzwoniąc do odpowiedniej osoby. A na imprezy do Rybaka chodziło... cóż... sporo ludzi. Pani rozumie?

– Tak.

Detektyw pokiwał głową.

– Chociaż wcale nie musiało chodzić o narkotyki. Z tej małej było niezłe ziółko – stwierdził. – Miała problemy w szkole. Inne dzieciaki niespecjalnie za nią przepadały. Pojawił się kwas, wyśmiewanie się. Zawsze się trafia jakaś klasowa oferma, z której ciągnie się łacha, nie? Padło na Sabinkę.

– I co?

– I pewnego dnia postanowiła rozwiązać problem dość radykalnie. Zaczaiła się na jedną z prześladujących ją dziewczyn z młotkiem w dłoni. Przyjebała jej tak, że mała wylądowała w szpitalu. Połamane ręce, zmasakrowana twarz. Tutaj już nawet znajomości tatusia nie miały jak pomóc. Ale za to pomogły jego pieniądze. Facet poszedł do rodziców tej laski, wypłacił im górę kasy na leczenie i odszkodowanie. Jakoś to wszystko naprostował. Sabinka miała chodzić do psychologa na terapię, jednak zamiast tego wywieźli ją tutaj.

Detektyw skończył opowiadać. Przeciągnął się, wyginając całe ciało, zamachał kilka razy ramionami.

– Wszystko pani znajdzie tutaj – dodał, wskazując na teczkę. – Jakby miała pani jakieś pytania, to jest tam też moja wizytówka. Polecamy się generalnie.

Adaoma podziękowała.

– Ile mam zapłacić?

– Nic. – Żachnął się, ignorując nagły błysk złości w oczach kobiety. – Wszystko już jest zapłacone przez tego pani znajomego. Miło było poznać.

Pożegnali się uściskiem dłoni. Detektyw wsiadł do samochodu i odjechał. Arek i Adaoma zostali na parkingu sami.

– I co teraz? – zapytał.

– Słyszałeś – odpowiedziała. – Powinniśmy się jakoś zbliżyć do tego Rybaka.

– Chryste.

Zagryzła wargę.

– Mam pomysł, jak to zrobić – stwierdziła. – Chodź. Opowiem ci wszystko w drodze powrotnej.

2

– Gdzie idziesz?

Damian nie zauważył dziadka. Szuwar siedział na starej ławeczce zbitej z kilku desek i dwóch grubych brzozowych pni, od których odchodziła już płatami biała kora. Mężczyzna, skąpany w jasnych promieniach słońca, wpatrywał się w ścianę lasu po drugiej stronie piaszczystej drogi.

– A tak se... – zaczął chłopak i nagle zdał sobie sprawę, że nie da rady skończyć. Miał przygotowane kłamstwo dla ojca, ale oszukiwać dziadka to było coś zupełnie innego. Nie wiedział, czy byłby do tego zdolny. Dziadek przewiercał swoim wzrokiem na wylot, a Damian bał się tego, co się stanie, jeśli zostanie przyłapany na kłamstwie.

– Idziesz do tej dziewczyny?

Potwierdził z obawą. Szykował się już do tego, żeby zawrócić z powrotem do domu. Da przez Facebooka znać Merry, że jednak nie dotrze.

– To idź – powiedział dziadek, zaskakując go zupełnie. – I nie przejmuj się tym meldowaniem u ojca co pół godziny. Powiem mu, że wysłałem cię do lasu po jakiś solidny kij.

– Po co ci kij?

– A tym to już się nie interesuj! – Mężczyzna się roześmiał. – Przynieś mi tylko w miarę prostą gałąź. I nie przejmuj się, jak nie będzie strasznie prosta. Najwyżej powiem ojcu, że jesteś oferma, która nawet nie potrafi kawałka drewna w lesie znaleźć.

Damian poczuł ulgę i głęboką wdzięczność. Jeśli dziadek będzie go krył, to może siedzieć z Merry nawet kilka godzin. Ojciec też się bał starego. Miał coś w sobie, taką stanowczość i moc. Wiedzieli, że co powie, to się stanie, i dlatego w ich interesie było, by mówił jak najmniej.

– Dziękuję.

– Leć już. Niech panna na ciebie nie czeka.

Tyle chłopakowi wystarczyło. Puścił się pędem do lasu. Umówił się z Merry przy diabelskim drzewie. Mógł tam iść drogą, byłoby szybciej, jednak wolał jej unikać. Kryjący go dziadek to jedno, ale ojca i tak nie chciałby spotkać.

Biegł, nie zważając na kąsające owady i uschnięte badyle, od których w lesie aż się roiło, a które boleśnie wbijały mu się w łydki, kiedy na nie nadepnął. Merry napisała, że koniecznie musi się z nim spotkać. Miał nadzieję, że jest to jakoś związane z seksem, bo jak dotąd zrobili to tylko trzy razy, a ona i tak zawsze była na haju i pijana. Nie pozwalała się całować w usta. Oprócz tego kilka razy zrobiła mu dobrze dłonią. Niezbyt jej to wychodziło, często go bolało w trakcie. Marzył, żeby wzięła jego penisa do ust, ale nigdy jej o tym nie powiedział. Obawiał się jej reakcji.

Zwolnił dopiero kilkadziesiąt metrów przed diabelskim drzewem, żeby uspokoić oddech. Wytarł chusteczką twarz z potu i przewietrzył pachy, bo nie lubiła, kiedy brzydko pachniał.

Dziewczyna krążyła wokół potężnego pnia, podekscytowana jak rzadko. Wymachiwała rękami, wykonywała dziwaczne gesty, a jej twarz raz za razem wykrzywiały grymasy złości. Na widok Damiana podbiegła do niego natychmiast, co chyba nigdy wcześniej się nie wydarzyło. Zawsze to on musiał do niej przychodzić. Ona co najwyżej łaskawie na niego czekała.

– Jesteś! Wreszcie. Wiesz, ile na ciebie czekałam?! – W jej głosie i tak usłyszał niebezpieczną pretensję.

– Przepraszam. Nie dałem rady wcześniej.

– Mniejsza z tym – stwierdziła dobrodusznie, a chłopakowi spadł kamień z serca. Był pewien, że zaraz zacznie na niego krzyczeć. – Twój stary nie wie, że tu jesteś?

– Nie wie. Nic nie wie. To idiota.

Mówił to, co chciała usłyszeć. Tak przynajmniej sądził.

– Twoja matka też, skoro mu na to pozwala. On nie ma prawa tego robić. Nie ma prawa zabronić się nam spotykać.

– Wiem.

– To dobrze. – Uśmiechnęła się do niego. – To dobrze, że wiesz. To ważne, byśmy myśleli to samo. Bo my jesteśmy od nich inni. Lepsi. Rozumiesz?

– Jasne, że tak.

Zawsze się cieszył, kiedy stawiała go, nawet z głupiej uprzejmości, na jednym poziomie ze sobą. Wiedział, że to nie jest prawda. Ona przyjechała z Sopotu, więcej wiedziała o świecie od niego, więcej rozumiała. Dlatego też był zły na rodziców. Zamknęli go w tej dziurze, ograniczyli horyzonty do własnego marnego poziomu.

– Myślałam o tym, jak moglibyśmy ich ukarać.

– Tak? – zapytał, chociaż tak naprawdę nie chciał wiedzieć, co wymyśliła. Miał nadzieję, że zapomni o tym temacie i nie będą więcej do tego wracać. Podobnie wyglądało to ze sprawą Ady. Też nie chciał na ten temat rozmawiać, ale Merry nie odpuszczała. Wracała do tego w najbardziej dziwacznych momentach. Jak wtedy u Darka. Bał się, że tylko to ją w nim interesuje.

– Zastanawiałam się nad ucieczką.

– Aha – wydusił z siebie, drapiąc się po karku. Przy okazji rozgniótł komara. Pod palcami poczuł własną lepką krew, która wytrysnęła z napompowanego odwłoku owada.

Ucieczka nie jest taka zła, pomyślał. Wyjechaliby razem. Do Sopotu, chociaż ona tam pewnie ma rodzinę, więc może gdzie indziej. Znajomi z klasy jeździli do Mielna pod namioty, mówili o dobrych imprezach. Mogłoby być fajnie. W domu na strychu widział jakiś stary namiot. No i rodzice by się niepokoili. Wyobrażenie zapłakanej matki i zmartwionego ojca sprawiało mu pewną przyjemność. Mieliby za swoje. Wreszcie by się dowiedzieli, że jest większy od nich wszystkich, że nie mogą go tutaj zatrzymywać wbrew jego woli.

– Tylko skąd wziąć kasę? – zapytał.

– Ukradłabym ojcu – powiedziała obojętnie, jakby to była najzwyczajniejsza i najprostsza rzecz pod słońcem. – Zawsze trzyma sporo gotówki w domu. Myśli, że nie wiem gdzie. Ukrył ją razem z bronią.

– Ile tego jest?

– Kilka tysięcy złotych – odparła. – No i biżuteria matki. Dużo ma tego badziewia. Też mogłabym je zwinąć.

Damian szybko liczył w głowie. Kilka tysięcy złotych, a do tego pieniądze ze sprzedaży rzeczy u jubilera. Z taką kasą nie musieliby jechać do Mielna. Mogliby nawet wyruszyć gdzieś za granicę! Do Hiszpanii, Grecji, Irlandii. Ta ostatnia była podobno piękna i oboje znali język. Gdyby im się spodobało, mogliby tam zostać na dłużej!

– Ale nie uciekniemy – stwierdziła stanowczo Merry.

– Nie uciekniemy – powtórzył instynktownie.

– Nie! – krzyknęła. – Uciekają tylko tchórze, Damian. Ludzie słabi. My nie jesteśmy słabi, nie jesteśmy tchórzami.

– Nie jesteśmy.

– To oni powinni uciec. Twoi rodzice. Moi rodzice. Powinni uciec i zostawić nas w spokoju.

– Tak.

– Musimy im pokazać, że nie mogą nas tak traktować. Pokazać, na co nas stać. Ukarać ich.

– Musimy.

– Dlatego zabijemy twoją siostrę.

Jakby dostał czymś w głowę. Zachwiał się na nogach, podtrzymał diabelskiego drzewa, żeby nie upaść. Merry nie zwróciła uwagi na ten moment słabości. Jej oczy lśniły z podniecenia. Uśmiechała się tak szeroko, jak nigdy wcześniej.

– To przecież jej wina – dodała. – Tej małej cipy.

– No...

– Wolą słuchać jej niż ciebie, więc im pokażemy. Pozbędziemy się twojej siostry. To rozwiąże wszystkie problemy!

– Nie wiem – odezwał się cicho.

Przystanęła. Podeszła do niego i chwyciła za dłonie. Podniosła je wyżej i położyła na swoich piersiach.

– Ty już raz to zrobiłeś – powiedziała cicho.

– Tak.

– Ja też chcę to zrobić – mówiła, patrząc mu prosto w oczy. – Chcę zrobić to co ty.

Milczała przez kilka sekund. Pozwoliła, by jego palce gładziły jej skórę. Nie potrafił, nie rozumiał, co się dzieje. Merry mówiła o zabiciu Gosi. Czuł lodowaty bolesny strach, inny niż zawsze, a i tak potrafił tylko myśleć o jej piersiach i o tym, co kryje się pod stanikiem. Może żartuje, myślał. Może nie mówi poważnie. A może samo jej przejdzie. Zapomni i nigdy do tego nie wróci. Trzeba tylko poczekać.

– Potrzebujemy tego, Damian – wyszeptała. – Krwawej komunii. To jest coś, co nas naprawdę połączy. Co sprawi, że zawsze będziemy razem. Ty i ja. Na wieczność. Chciałbyś tego, Damian?

– Tak... – Przełknął ślinę. – Ale...

– Po prostu o tym pomyśl – przerwała mu. – Jeśli to zrobimy, wszystko będzie możliwe. Pomyślisz o tym?

– Pomyślę – powiedział, bo tyle mógł. To nic nie znaczyło, z niczym się nie wiązało. Przynajmniej jeszcze nie, ale tym będzie się martwił później, jeśli w ogóle.

– Obiecujesz?

Obiecał.

3

Ludzie nie mieli dla nich litości, pomyślał Krzysztof. Doskonale wiedzieli, co się u nich dzieje, dlatego przestali im sprzedawać towary na zeszyt, chociaż w zeszłym roku i dwa lata temu wyglądało to inaczej. Wiadomo, letnicy różnie płacili. Zaliczka zwykle w terminie, ale z resztą potrafili się spóźnić. Czasami on i Aśka mieli problemy z płynnością. Kupowali wtedy rzeczy na kredyt i nigdy nie spóźnili się z uregulowaniem rachunków. Zawsze wszyscy byli zadowoleni. A jednak w tym roku nagle się to urwało. Przyjmowano od nich tylko gotówkę. Dobrze, że miał trochę swoich pieniędzy, takich, o których żona nie wiedziała, bo inaczej byłoby źle. Dzięki nim udało mu się też znaleźć dobrego adwokata.

Zakupy na kredyt skończyły się już na początku sezonu, więc powinien się przyzwyczaić, ale jednak wkurzało go to za każdym razem. Co więcej, wydawało mu się, że nikt im tak naprawdę nie współczuje. Ludzie obserwowali ich zmagania z pewną mściwą satysfakcją. Wiedział dlaczego. Przez teścia. Nikt w okolicy go nie lubił. Nawet w kościele omijano go szerokim łukiem, a matki straszyły swoje dzieci, że jeśli będą niegrzeczne, to przyjdzie stary Szuwar i je zabierze. Rozumiał to, sam miał niezałatwione sprawy z teściem. Zawziętym i aroganckim głupcem, który po tych wszystkich latach nieustannie wypominał Krzysztofowi, że nie jest tak naprawdę stąd, a Warszawa zepsuła go do szpiku kości tylko dlatego, że miał tego pecha i tam się urodził. Dlaczego jednak na równi traktowano jego i Asię? Nie oczekiwał nie wiadomo czego. Ludzie mieli tutaj własne problemy do rozwiązania, wiedział o tym, ale spodziewał się przynajmniej życzliwego słowa. I tego, że pozwolą im wziąć drobne zakupy na zeszyt, zamiast od razu wyciągać rękę po pieniądze.

Zaparkował samochód przed wejściem do jadalni. Wysiadł z wozu. Otworzył bagażnik i wyjął tekturowe pudło wypełnione makaronami, serem, owocami, mąką, mięsem i kartonami mleka. Wszedł do kuchni i położył to wszystko na drewnianym blacie. Świeżo wyczyszczony, pachniał jeszcze wilgocią. Zniknął cały bałagan po śniadaniu. Garnki suszyły się na ławce na dworze razem z całym zestawem ścierek. Noże, łyżki i sztućce wróciły na swoje miejsce. Resztki wylądowały w pojemniku. Część z nich pójdzie na kompost, część zjedzą zwierzęta. Krzysztof był zdziwiony, że Damian ich jeszcze nie nakarmił. Kucharka, która do tej pory siedziała na krześle i słuchała radiowej audycji „Lato z Radiem", wstała z jękiem.

– Plecy? – rzucił gospodarz.

– Plecy, plecy, panie Krzysztofie – potwierdziła. – Coś mnie łupie, jakby na zmianę pogody szło.

– W telewizji nic nie mówili. Ma być ciepło i słonecznie.

– A bo oni tam się znają.

– Z plecami to trzeba do lekarza iść.

– Panie Krzysiu, jakbym ze wszystkim chodziła, co mnie łupie, tobym od lekarza w ogóle nie wyszła! – powiedziała kobieta. – A na plecy to sąsiadka dała mi maść, taką ziołową, naturalną.

– Coś nie działa w takim razie.

– Zadziała, zadziała, pan się nie martwi, panie Krzysztofie.

Wrócił do samochodu po kolejny karton z żarciem. Z bocznej kieszeni w drzwiach wyciągnął butelkę coli. Podniósł twarz do słońca i zmrużył oczy. Miał nadzieję, że kucharka się nie myli i przyjdzie zmiana pogody. Upał stawał się nie do zniesienia, a ściółka w lesie była tak sucha, że wystarczyłaby jedna przypadkowa iskra, by wszystko zajęło się ogniem. Kilka dni deszczu dobrze by wszystkim zrobiło.

Upił łyk coli i od razu się skrzywił. Wyjął ją z lodówki w sklepie. Specjalnie długo grzebał, żeby wyciągnąć tę, która stała na samym końcu i najdłużej się chłodziła. Dobrze trafił. Zimny napój aż zmroził mu gardło, kiedy go otworzył. Ale wystarczyło kilkanaście minut w samochodzie, by cola stała się ciepła i zawiesista jak zupa. Nadawała się już tylko do wyrzucenia.

– Jesteś już.

Asia podeszła do niego i zabrała mu butelkę. Napiła się. Jej również upał dawał się we znaki. Nosiła stare luźne bawełniane bluzki, a wielkie, wyciągnięte od karmienia dzieci piersi męczyły się pod stanikiem. Na plecach dało się dostrzec mokre plamy potu, twarz, zamiast opalenizny, pokrywały czerwone niieładne rumieńce.

– Jestem.

Oddała mu colę. Zakręcił ją i wrzucił do samochodu. Wylądowała na siedzeniu kierowcy, a potem sturlała się na podłogę.

– Zielińscy wyjechali – powiedziała Asia.

– Którzy to?

– Ci z dwójką dzieci. Chłopiec i dziewczynka, taka śliczna blondyneczka, która miała bluzkę jak nasza Gosia. Tę z Myszką Minnie.

Nie wiedział, o jakich ludziach mu właśnie opowiada. Lepiej by zrobiła, gdyby po prostu podała numer domku lub pokoju. Jednak dla świętego spokoju udał, że kojarzy.

– To oni mieli tak wcześnie wyjeżdżać? – zapytał.

– Nie – odpowiedziała surowo. Jej ton głosu nie wróżył nic dobrego. – Wyjechali przed końcem turnusu – sprecyzowała.

– Dlaczego?

– A jak myślisz?

Nachyliła się w jego stronę, tak że niemal mógł poczuć bijącą od niej złość.

– Skąd mam wiedzieć? – wymamrotał.

– Bo sprowadziłeś tu tego faceta. Wynająłeś mu pokój, a potem pozwoliłeś tutaj zostać. Ludzie się boją, ludzie wyjeżdżają. My tracimy pieniądze. Przez ciebie.

– Jak to tracimy pieniądze? – obruszył się. – Nie zapłacili za pobyt?

– Zapłacili, ale wyjeżdżają w połowie turnusu, to trzeba im oddać.

– Nic im nie oddawaj! Co to ma być? My ich nie wyrzucamy. Chcą sobie wyjeżdżać, to niech sobie wyjeżdżają, ale pieniądze zostają!

Popatrzyła na niego jak na idiotę, który nic nie rozumie. I przez moment tak bardzo przypominała ojca, że aż chciał ją uderzyć.

– Już się z nimi umówiłam – powiedziała.

– Jak się umówiłaś, to nie miej do mnie pretensji – odwarknął.

– Wyjechali, ale trzeba dbać o opinię. Kto wie, co oni napiszą w internecie po powrocie?! Jak im oddamy pieniądze, to może przy odrobinie szczęścia nie napiszą nic. Albo przynajmniej nie wspomną, jak im zepsułeś urlop.

– Ja im zepsułem?!

– Sprowadziłeś tu tego Arka. Bez rozmowy ze mną. Bez mojej zgody.

– A od kiedy potrzebuję twojej zgody, żeby gościom pokój wynająć! – krzyknął.

Uciszyła go gestem jak niesfornego ucznia. Mogli się kłócić, byle nie za głośno. Byle nie usłyszeli ich letnicy.

– Poza tym co on niby robi? – ciągnął już ciszej. – Albo siedzi u siebie z tą czarną, albo znika na całe dnie. Nikomu nie wadzi.

– Przypomina innym o swojej córce – powiedziała żona. – Trudno dobrze się bawić, kiedy zastanawiasz się, czy teraz padnie na twoje dziecko. No i ludzie nie czują się przy nim bezpiecznie. Wiesz, co o nim w internecie pisali...

– W internecie, w internecie. Tylko w tym internecie siedzisz i się przejmujesz, co jacyś debile tam piszą.

– Pisali, że on ma coś wspólnego z zaginięciem córki.

Gospodarz wydał z siebie coś pomiędzy chrząknięciem a parsknięciem i zaczął energicznie kręcić głową.

– Niby jak?

– Przecież nikt nie wie, co on tamtej nocy robił, nie?

– I że własną córkę miałby...

– Właśnie.

– Asia, jakby on jej coś zrobił, to przyjeżdżałby tutaj teraz?

– A cholera go wie.

– Poza tym, jakby coś zrobił, to policja by wiedziała. Przecież od razu go sprawdzali. Wszystkich sprawdzali, nie?

Wzdrygnęła się na samo wspomnienie tych wielogodzinnych męczących przesłuchań. Jakby ten maraton pytań i odpowiedzi mógł ukryć to, że przez prawie pierwsze dwie doby nie zrobiono niemal nic i w ten sposób starano się naprawić ten błąd. Chociaż wszyscy wiedzieli, że nie ma to wielkiego sensu. Wąskie okno czasowe, w którym była szansa na odnalezienie dziewczyny, zatrzasnęło się z hukiem, zanim nawet zdążyli się do niego zbliżyć.

– W internecie piszą...

– Niech se piszą te głupoty!

– Ale ludzie czytają to, co oni piszą – Asia powiedziała ze smutkiem w głosie.

Krzysztof podszedł do żony. Objął ją mocno i przytulił. Naprawdę ją kochał. To silne duże ciało wiejskiej kobiety, stworzone do ciężkiej pracy i rodzenia dzieci. Zrobiłby dla niej wszystko. Dla niej i dla swojej rodziny. Wszystko. Powtarzał to sobie każdego dnia.

– Pójdę do niego potem, pogadam – obiecał. – Poproszę, żeby zrobił szybko to, co ma zrobić, i sobie pojechał.

Pokiwała głową, wyswobodziła się z jego uścisku i poprawiła włosy.

– Pomogę ci nosić – zaoferowała.

– Tylko jedno pudło zostało.

– To ja wezmę, a ty odstaw samochód.

Tak zrobili. Żona poszła do kuchni. On podjechał pod dom. Pomachał do Gosi czytającej książkę na rozłożonym na trawie kocu, obok niej, w wózku spał mały. Córka zauważyła ojca dopiero po chwili. Odmachała. W pewnym momencie usłyszał głośny krzyk. Podszedł do płotu, wyciągnął się w stronę jeziora, skąd dochodził głos. Ujrzał tam grupkę dzieci, które bawiły się, kręcąc się w kółko i wymachując kolorowymi chustami w rytmie wystukiwanym przez animatorkę. Dziewczynka odłączyła się od grupy i zaczęła biec w górę skarpy. Jeden z letników wstał z koca i pobiegł kilka metrów za nią.

– Ola! Ola! – krzyknął.

Dziecko się zatrzymało. Przestępowało z nogi na nogę. Mężczyzna dogonił je.

– Ja sama! Sama!

– Spokój już. Idziemy.

Dziewczynka popędziła dalej, rodzic tuż za nią. Zwolnili, dopiero kiedy dobiegli do Krzysztofa stojącego przy płocie.

– Proszę pana, gdzie jest toaleta? – zapytała Ola i zaraz dodała płaczliwym tonem: – Kupę chcę.

A więc naprawdę się boją, pomyślał. Boją się tak bardzo, że nawet dziecku nie pozwalają pójść samemu do kibla. Zezłościło go to, ten fundamentalny brak zaufania. Po co przyjeżdżają, skoro nie wierzą, że jest tu bezpiecznie, pytał sam siebie, chociaż znał odpowiedź. Rabaty. W tym roku naprawdę musieli zejść z ceny, jeśli chcieli, by ktokolwiek się pojawił. Uśmiechnął się więc przyjaźnie do dziewczynki, a potem puścił oko do stojącego za nią mężczyzny. Chciał przez to zasygnalizować, że sam jest ojcem i sam był w takich sytuacjach. Wie, jak to jest. Mężczyzna jakby tego nie zauważył.

– Chodź – powiedział więc do dziecka. – Pokażę ci, gdzie jest toaleta.

POMIĘDZY

1

Sławek przeżuwał uparcie dręczącą go gorycz, aż wypełniła mu całe usta, a potem spłynęła żrącym kwasem do żołądka. Nie żeby miał coś przeciwko Dorocie. Pracowali razem od lat, lubił ją. Była dobrą dziennikarką i robiła niezłe materiały. Ale to jego temat, on za nim chodził i wykonał lwią część roboty. Nie potrzebował współautorki.

– Kluczowym elementem tego materiału będzie wywiad z Kamilą – powiedział mu Robert. – Lepiej, by poprowadziła go kobieta, również matka. Nie denerwuj się, stary, po prostu chodzi o empatię, wyczucie.

Empatię, kurwa, pomyślał wtedy. Robił wywiady z kobietą, której dwójkę dzieci przejechał na pasach pijany kierowca, z nastolatką, która została zgwałcona na szkolnej wycieczce, i jakoś nikt nie martwił się o jego wyczucie lub jego brak. Ale wiedział, że nie ma co protestować. Robert chciał ten materiał zrobić po swojemu. Sławek został więc skazany na Dorotę. Na szczęście dziennikarka miała na tyle taktu, by uprzejmie trzymać się z boku i robić tylko to, co niezbędne. Dla niej ta sytuacja najwyraźniej też była krępująca.

Obserwował teraz, jak oświetlacz ustawia lampy i blendy odbijające światło, walcząc z niewielką przestrzenią pokoju.

– Powinniśmy ją zawieźć do studia – powiedział.

– Nie wiadomo, czy by się zgodziła – odparła Dorota. – Poza tym tutaj czuje się bardziej swobodnie. Łatwiej będzie się z nią rozmawiało.

– A jak wróci jej mąż?

– Podobno jest w pracy.

– Ale jak wróci?

Podniosła brwi wysoko w wyrazie dezaprobaty dla jego czepialstwa.

– To powiemy mu, że kręcimy reportaż o najsłynniejszych zaginionych polskich nastolatkach.

Chciał jej coś odpowiedzieć, ale w tym momencie w pokoju pojawiła się Kamila. Wyglądała na przestraszoną. Włożyła zwykłą białą bluzkę, spódnicę i srebrny łańcuszek z krzyżykiem. Sławek zastanawiał się, kto jej to doradził. Postarzało ją to o jakieś dziesięć lat. Miała podkrążone oczy, czego nie potrafił ukryć nawet makijaż. To akurat dobrze, uznał. Dodawało autentyczności. Gorzej z włosami. Musiała być dzień wcześniej u fryzjera. Były zbyt zadbane i gryzły się z jej wizerunkiem. Liczył, że kamerzysta ustawi ją w taki sposób, by nie zwracało to za bardzo uwagi.

Kamila przyglądała się spłoszona stadu ludzi w swoim salonie i przez chwilę Sławek bał się, że kobieta albo zaraz ucieknie, albo ich wyrzuci. Na szczęście nic takiego się nie stało. Przełamała się, strzepnęła niewidzialny pyłek ze spódnicy i przeszła na środek pokoju.

– Gdzie mam usiąść? – zapytała.

Kamerzysta posadził ją na krześle, które ustawił trzy metry od drzwi balkonowych.

– Pomyśleliśmy, by w tle umieścić jakieś zdjęcie Ady – odezwała się Dorota. – Czy to możliwe?

– Tak. Oczywiście. Zaraz.

Kamila wstała. Wyszła z pokoju i zaraz wróciła z fotografią oprawioną w prostą metalową ramkę.

– Gdzie mam położyć?

Kamerzysta wziął ją od niej.

– Ja już ją sobie tutaj ustawię, dobrze?

Usiadła na krześle. Dźwiękowiec przypiął mikrofon do bluzki. Zrobił to oszczędnymi, ostrożnymi ruchami, dbając o to, żeby nie dotknąć jej ciała.

– A co z tym? – zapytała, wskazując na leżące na kolanach czarne pudełko transmitera.

– Proszę położyć pod krzesłem. Nie będzie widać.

Gdy wykonała polecenie, Dorota usiadła naprzeciwko niej, uśmiechnęła się przyjaźnie i lekko dotknęła czubkami palców drżących dłoni kobiety.

– Pani Kamilo – powiedziała – możemy zaczynać?

Kamila potwierdziła. Sławek dyskretnie dał kamerzyście sygnał, by kręcił. Dorota zerknęła w notatki. Dała jej w ten sposób kilkanaście sekund na to, żeby przyzwyczaiła się do nowej sytuacji.

– Pani Kamilo, cała Polska żyła sprawą zaginięcia pani córki, piętnastoletniej Ady. Od tego czasu minęło jednak kilka miesięcy. Dziewczynki niestety ciągle nie znaleziono. Czy straciła już pani nadzieję?

– Nie – odparła powoli. – Nie mogłabym. Każdego ranka budzę się z myślą, że dzisiaj coś się wydarzy. Każdy telefon... – Załamał się jej głos. Dorota nachyliła się ku niej i ścisnęła jej dłoń. Kamila przyjęła ten prosty gest z wdzięcznością. Przełknęła ślinę.

– Mogę jeszcze raz? – zapytała.

– Proszę się niczym nie przejmować – powiedziała dziennikarka.

Sławek trochę wbrew sobie spojrzał na nią z uznaniem. Zapobiegła atakowi histerii, który rozwaliłby im całe nagranie. Kto wie, czy kobieta chciałaby je powtórzyć kolejnego dnia.

– Za każdym razem, kiedy dzwoni telefon, modlę się o to, żeby to był ktoś, kto wie, co się z nią stało. – Odetchnęła głęboko. – Tak. Ciągle mam nadzieję, że ją znajdziemy.

– A pani mąż? Czy on też ciągle ma nadzieję?

Długa chwila ciszy.

– Nie. Wydaje mi się, że nie.

– Pogodził się z tym, co się stało?

– Nie wiem, raczej... Odsunął od siebie to wszystko. Stanął obok.

– W jaki sposób to się objawia?

Namysł. Ostrożny dobór słów.

– On od dawna nic nie robi. Na początku bardzo się angażował. Razem ze mną. A potem jakby się oddalił. Przestał się tym zajmować, szukać okazji, rozmawiać z ludźmi. Co gorsza... Co gorsza, on mnie zniechęcał do działania.

– To znaczy?

– Mieliśmy kilka pomysłów. Ja, moi rodzice, ludzie dobrej woli. Na przykład comiesięczne spotkania, by przypominać o Adzie, o jej zaginięciu. Nie zgodził się na to. Mówił, że to nie ma sensu, że są przeszkody.

– Jakie przeszkody?

– Brak pieniędzy.

Dorota odwróciła się i zerknęła dyskretnie na Sławka. Chciała się upewnić, że złapali ten moment. Dziennikarz nieznacznie skinął głową.

– Brak pieniędzy – powtórzyła za Kamilą.

– Tak. Z podobnych powodów musieliśmy zakończyć współpracę z prywatnym detektywem, który szukał naszej córki.

– Te wszystkie sprawy finansowe załatwiał mąż?

Kobieta skinęła głową.

– Dlaczego?

– Ja... nie miałam do tego głowy. Nie potrafiłam myśleć o niczym innym, tylko o tym, jak znaleźć Adę. Wszystko pozostałe rozlatywało mi się w rękach. Dlatego cieszyłam się, że Arek wziął to na siebie. Pilnowanie stanu naszego konta, płatności. Ja bym nie potrafiła. Byłam mu za to głęboko wdzięczna.

– A jak się pani poczuła, kiedy okazało się, że mąż przegrywał te pieniądze w kasynie?

Kamila wyprostowała się. Mięśnie twarzy zadrżały jej, jakby zaraz miała się rozsypać.

– Zdradzona – powiedziała niespodziewanie silnym głosem. – Nie tylko ja. On zdradził też naszą córkę. Naszego syna. Całą naszą rodzinę. Skrzywdził nas wszystkich.

Odwróciła się gwałtownie, chowając twarz przed kamerą. Trwała w tej pozycji przez kilkanaście sekund. Skulona i spięta, jak bryła poszarpanego rozgrzanymi obcęgami metalu.

– Nie zauważyła pani nic dziwnego w jego zachowaniu?

– Nie.

– Żadnych wyrzutów sumienia?

– Nie. Wydaje mi się, że bardzo zadbał o to, bym niczego się nie domyśliła.

– W jaki sposób?

– Utrzymując mnie w złym stanie psychicznym.

– Może pani to rozwinąć?

Kiwnęła głową.

– Ada... – Westchnęła, jakby potrzebowała nabrać siły. – Ada nie chciała jechać z nami na te wakacje. Wolała wybrać się z przyjaciółmi na obóz sportowy. To ja nalegałam, żeby pojechała z nami.

– Tak...

– Arek sugerował... Nie. On powiedział to wprost. Powiedział mi wprost, że to moja wina. Że to ja jestem za to odpowiedzialna. Że gdybym pozwoliła jej pojechać na ten obóz, to nic złego by się nie stało.

– Może to pani powtórzyć?

Powtórne kiwnięcie głową.

– Mój mąż powiedział mi, że to ja jestem odpowiedzialna za zaginięcie naszej córki.

Sławek podniósł dłoń do ust i zacisnął zęby na wyciągniętym palcu, żeby nie krzyczeć z radości. To był mocny materiał. Cholernie mocny. Ona opisywała czystą przemoc psychiczną. Każdy psycholog chętnie to powie przed kamerą. Z jednej strony mieli zrozpaczoną, codziennie przeżywającą od nowa tragedię matkę. Z drugiej ojca skurwysyna, który pieniądze na poszukiwania córki przegrywał w kasynie, a potem wyżywał się na własnej żonie.

– Uwierzyła mu pani?

– W pewnym sensie.

– To znaczy?

– To, co on powiedział, tkwiło we mnie głęboko. Taka obawa, że tak właśnie jest. On to wydobył na wierzch, rzucił mi prosto w twarz.

– Pani wie, że to nieprawda? Nie mogła pani w żaden sposób przewidzieć tego, co się stało.

– Wiem. Ale to się wydarzyło. I będę musiała z tym żyć.

– Czy słowa męża miały na panią jakiś wpływ?

Zawahała się, zanim udzieliła odpowiedzi.

– Tak.

– Jaki?

Kolejne zawahanie. Sławek jeszcze mocniej zagryzł palec ze zdenerwowania. Czuł, że są na progu czegoś wielkiego. Że wystarczy mały impuls, by nakręcili coś, co widzowie zapamiętają do końca swojego życia. Bał się poruszyć, żeby nie zniszczyć tej szansy głośniejszym oddechem. Reszta ekipy reagowała podobnie. Tkwili w bezruchu, całkowicie skupieni na swoich zadaniach.

– Próbowałam się zabić.

Chciał krzyknąć z radości. Powiedziała to głośno i wyraźnie. Niemalże prosto do kamery. Mieli idealne nagranie.

– Dwa razy. Raz biorąc środki nasenne. Za drugim razem skacząc z balkonu.

– Przez męża.

– Przez to, co powiedział. Tak. Głównie z tego powodu. Jednak byłabym niesprawiedliwa, gdybym stwierdziła, że to wyłącznie jego wina.

– Ale gdyby nie on...

– Pewnie bym nie spróbowała.

– Co panią powstrzymało?

– Nie wiem. Za każdym razem to był impuls. Przemożny. Taki, któremu nie potrafiłam się oprzeć. Ale ten impuls przemijał. Zawsze, dzięki Bogu, zanim doszło do najgorszego.

– A teraz?

– Teraz więcej wiem, więcej rozumiem. Mam nadzieję, że ten impuls nie powróci. Nie chciałabym tego zrobić. Zabijając się, skrzywdziłabym nie tylko mojego syna, ale także Adę. Gdziekolwiek jest.

Dorota przewróciła stronę z notatkami.

– Chciałaby się pani napić? – zapytała Kamilę. – Może zrobimy przerwę?

– Nie trzeba.

– Właściwie to jest jeszcze tylko jedna kwestia do omówienia. Jedno zagadnienie.

– Dobrze.

– Ma pani dość sił?

– Tak.

Dorota chrząknęła.

– Tamtej nocy, kiedy zaginęła Ada, pokłóciła się pani z mężem.

– Tak.

– Nie spędziliście nocy razem. Pani spała w wynajętym domku, mąż gdzieś zniknął. Do dziś nie potrafi wytłumaczyć, gdzie był.

– Tak.

– Czy dopuszcza pani możliwość, że to mąż może być odpowiedzialny za zaginięcie Ady?

Sławek dostrzegł, że kamerzysta robi zbliżenie na twarz Kamili. Czekali w napięciu tak wielkim, jakby kręcili relację z lądowania na Księżycu.

– On naprawdę kochał Adę. Nie wierzę, że byłby w stanie cokolwiek jej zrobić – powiedziała. – Chociaż do niedawna nie wierzyłam też, że mógłby tak strasznie mnie skrzywdzić. A skrzywdził.

2

Garnitur teścia był stary i śmierdział naftaliną tak mocno, że Krzysztof podczas jazdy samochodem zdecydował się otworzyć okno. Powiewy zimnego powietrza uderzały go prosto w twarz. Nienawidził tego, ale inaczej pewnie by zwymiotował.

Garnitur liczył już sobie zapewne kilkadziesiąt lat. Krzysztof podejrzewał, że teść szedł w nim do ślubu. Chociaż nie wiadomo do którego, tego pierwszego czy drugiego. Uszyto go z ciemnej krempliny. Pod marynarkę mężczyzna włożył równie starą białą koszulę z obrzydliwymi żółtymi zaciekami w pobliżu kołnierzyka. Krzysztof z zaskoczeniem zauważył, że teść skurczył się przez ostatnie lata. Za duże ubranie zwisało z niego nierównymi płachtami materiału, jak ze szmacianego manekina. Szuwar na to nie zważał. Przez całą drogę siedział sztywno, milcząc, ze wzrokiem wbitym w drogę, jakby miał dojrzeć tam cudowne rozwiązanie wszystkich ich problemów.

Dojechali po ponad godzinie. Biuro radcy prawnego mieściło się w starej poniemieckiej kamienicy, kilka lat temu odmalowanej na jasny pastelowy kolor. Mecenas okazał się czterdziestoletnim mężczyzną z nadwagą, z którą walczył, uprawiając sport, o czym świadczyły ustawione na półeczce puchary za udział w biegach na pięć kilometrów i turniejach tenisowych regionu szczecineckiego.

Mecenas przywitał się ze wszystkimi uściskiem dłoni. Wyszedł na moment i wrócił z dodatkowym krzesłem.

– Kawki, herbatki, wody?

Krzysztof poprosił o kawę, Joasia o herbatę. Teść nie chciał nic. Ciągle był spięty i chociaż starał się nie dać nic po sobie poznać, zięć z żoną wyczuwali, jak drzemiąca w nim furia tylko szuka ujścia.

Radca podał im napoje, potem zasiadł za biurkiem i wyciągnął segregator z dokumentami oraz włączył komputer. Poklikał myszką, otwierając właściwe dokumenty. Przebiegł je szybko wzrokiem.

– Nie będę państwa oszukiwał – powiedział wreszcie. – Nie wygląda to dobrze. Panie Szuwarski – zwrócił się do teścia – gospodarstwo stanowiło własność rodziców pańskiej pierwszej żony, którzy przepisali je na córkę. Zrobili to jednak przed waszym ślubem, wobec tego nie była to wasza wspólna własność małżeńska. W chwili śmierci małżonki ustawowo połowę gospodarstwa powinien otrzymać pan, a połowę dzieci z waszego związku. Niestety, ponieważ wyrzucił pan żonę z domu i przez lata nie interesował się ani jej losem, ani losem dzieci, te wystąpiły do sądu, by uznać pana niegodnym dziedziczenia.

Teść lekko poczerwieniał na szyi.

– To nie są moje dzieci – wymamrotał.

Radca zerknął na Krzysztofa, szukając u niego pomocy, ale mężczyzna odwrócił wzrok. Płacą facetowi tyle, że sam może się męczyć z teściem, uznał.

– W świetle prawa to nie ma niestety znaczenia – powiedział mecenas.

– Jak to nie ma znaczenia! – Szuwar się obruszył. – To nie moje dzieci, i już!

– Rozumiem pana emocje, ale proszę zrozumieć, że poruszamy się tutaj – zakreślił dłońmi kwadrat w powietrzu – na gruncie prawa, a według prawa istotne jest to, co znajduje się w akcie urodzenia. Tam w rubryce „ojciec" widnieje, jak sądzę, pańskie nazwisko, czyż nie?

Stary przez kilka sekund miętolił w ustach niewyraźne słowa.

– Można zrobić te – powiedział wreszcie. – Takie testy się teraz robi.

– Można, jednak nic to nie da. Liczy się akt urodzenia – odparł mecenas. – Wiem, że to trudna sytuacja, bardzo nieprzyjemna, ale proszę mnie zrozumieć, ja nie mam złej woli. Przekazuję panu aktualny stan prawny, a wygląda on tak, że teraz w tej sprawie nie możemy nic zrobić. Nawet jeśli faktycznie nie jest pan biologicznym ojcem, dla sądu nie ma to żadnego znaczenia. Co gorsza, pańska małżonka zmarła niedawno. Gdyby to wydarzyło się więcej niż trzy lata temu, nie można by uznać pana niegodnym dziedziczenia. Niestety czas nie zagrał tutaj na naszą korzyść.

Szuwar zacisnął pięść w złości, jednak na szczęście nie od powiedział. Krzysztof bał się już, że najbliższe godziny spędzi na bezowocnej, nic niewnoszącej kłótni z mecenasem. Teść nie był przyzwyczajony do sytuacji, w której nie może postawić na swoim. Radca przewrócił stronę w segregatorze.

– Jesteśmy tutaj w bardzo trudnej sytuacji, bardzo trudnej – stwierdził, akcentując ostatnie słowa. – Kolejna kwestia to sprawa odszkodowania. Dzieci pozywają pana Szuwarskiego o odszkodowanie w związku z niedopełnieniem przez niego obowiązków rodzicielskich, a w szczególności w związku z pozbawieniem ich wsparcia materialnego. Tutaj na szczęście sprawa jest prosta. Nic im się nie należy. Alimenty przysługują dzieciom do lat osiemnastu. Jeśli osiągnęły pełnoletność, muszą udowodnić, że z jakichś obiektywnych względów, na przykład niepełnosprawności, nie są w stanie się utrzymać. Tutaj nie mamy takiej sytuacji. Oboje są zdrowi i dorośli. Mogą na siebie zarabiać i ewentualne niepowodzenia życiowe są tylko ich winą.

– Tato nigdy im nie płacił żadnych alimentów – rzuciła Joasia.

– To bez znaczenia. Okres przedawnienia roszczeń związanych ze świadczeniem alimentacyjnym wynosi trzy lata. Dawno już minął.

Mecenas zrobił kilka notatek drobnym, niemalże kobiecym pismem na marginesie strony, a potem odłożył długopis do kubka z napisem „Dla najlepszego taty" oraz zdjęciem mężczyzny z kilkuletnim dzieckiem. Fotografia zdążyła wyblaknąć, gdzieniegdzie zrobiła się niewyraźna. Kubek stał więc w tym miejscu od co najmniej paru lat.

– Natomiast dzieci żądają od pana odszkodowania i tutaj sprawa nieco się komplikuje. Nieruchomość jest wykorzystywana w celach komercyjnych, więc można założyć, że gdyby dzieci z niej korzystały, miałyby jakieś korzyści, które w tym przypadku przepadły.

– Nic by nie miały. To nieroby.

Mecenas z grzeczności pokiwał głową, jakby się zgadzał.

– Być może – powiedział ostrożnie. – Niemniej znowu dochodzimy do tego, że realia to jedno, a prawo to drugie.

– Prawo ma być sprawiedliwe – warknął Szuwar.

– Takie być powinno. Niestety... – Radca rozłożył ręce w geście bezradności.

– Co możemy zrobić? – zapytał Krzysztof.

Mecenas odgiął się na krześle. Zaplótł dłonie na brzuchu i przypatrywał się całej trójce niczym weterynarz rozważający, jak wbić igłę w tyłek narowistego konia, by samemu przy okazji nie zarobić kopytem.

– Spróbowałbym mediacji – powiedział wreszcie. – Wynegocjowania jakiegoś układu.

Stary poderwał się w górę, jakby jego kręgosłup zmienił się w sprężynę.

– Nigdy! Nie będzie układu! Żadnego!

– Proszę pana, ja wiem, że to nie jest idealne rozwiązanie, ale być może najlepsze w tej sytuacji.

– Żadnego układu! Nic te małe skurwiele ode mnie nie dostaną! To nie jest ich i w dupie mam takie prawo!

Joasia chwyciła go za rękaw garnituru i pociągnęła, żeby usadzić z powrotem na krześle. Przez moment przypominała małą dziewczynkę, która próbuje uspokoić pijanego rodzica.

– Tato, proszę.

Wyszarpnął się, oparł o biurko i sapnął ciężko.

– Za co my ci płacimy? – zapytał.

– Byłoby lepiej, gdyby pan jednak usiadł.

– Ale za co my ci płacimy?

Mecenas wykrzywił twarz w grymasie zawodowego uśmiechu.

– Płacicie mi państwo za poradę prawną, a także za ewentualne poprowadzenie przyszłej sprawy przed sądem. I w ramach tej usługi udzielam państwu porady, która wydajc mi się najlepsza dla państwa.

Stary ugiął się lekko na nogach, a potem odbił pięściami od blatu. Powędrował na drugi koniec gabinetu, a zbyt duży garnitur szeleścił przy każdym jego kroku. Stanął pod ścianą, zapatrzony w wiszący na niej obrazek. Mecenas spojrzał pytająco na Krzysztofa i Joasię. Gospodarz dał mu znak, żeby się nie przejmował.

– Szanowni państwo, ewentualny proces, a właściwie kilka procesów, bo są tu trzy sprawy, będzie długi i kosztowny. I nie wiemy, jak się skończy. Coś pewnie wygramy, coś przegramy. Potem apelacja i nie wiadomo, co jeszcze wydarzy się po drodze. Mediacja nie jest idealnym rozwiązaniem, jednak najlepszym.

– Co to dokładnie dla nas oznacza? – zapytała Joasia.

– Trudno powiedzieć. Nie wiem, czego tamci ludzie chcą, jakie są ich oczekiwania i gotowość do kompromisu. Podobnie rzecz wygląda z państwa strony. Pytanie, ile jesteście gotowi oddać.

Być może dojdziemy do ugody. Stracą państwo na tym zapewne część majątku, ale zaoszczędzą zdrowia i nerwów. Z doświadczenia wiem, że to ważniejsze od pieniędzy.

– A jeśli nie mediacja? – odezwał się Krzysztof.

Mecenas podrapał się po policzku.

– Incydent – mówił o wyrzuceniu z domu pierwszej żony – miał miejsce ponad trzydzieści lat temu. Możemy spróbować użyć argumentu, że doszło do zasiedzenia nieruchomości w złej wierze. Nie ma wątpliwości, że przecież użytkowaliście tę nieruchomość, prawda?

– Żadna tam zła wiara – wtrącił, ciągle stojąc do nich tyłem, teść. – Nic się kurwie nie należało, to nic nie dostała. Jej rodzice nie potrafili zadbać o ziemię. To była ruina, wszystko własnymi rękami zrobiłem.

– Tato... – jęknęła Joasia.

Na kilka chwil zapadła cisza. Dopiero kiedy upewnił się, że Szuwarski nie ma nic do dodania, mecenas zaczął mówić dalej.

– Trudno jednak powiedzieć, co uzna sąd. Może przychyli się do tej argumentacji. Może nie. To loteria. A tak jak mówiłem, proces będzie kosztować.

Krzysztof zerknął na żonę. Siedziała zmartwiona na krześle, przyciskając dłonie do brzucha, jakby nagle rozbolał ją żołądek.

– Proszę pomyśleć o tej mediacji – powiedział na zakończenie radca. – Nie musicie państwo podejmować decyzji teraz. Po prostu zastanówcie się nad tym.

Wracali niemal pustą drogą. Joasia siedziała z tyłu. Teść z przodu. Tak samo sztywny jak wcześniej. Jednak tym razem nie milczał, ale co pewien czas powtarzał półgłosem:

– Nic im nie dam. Nic ode mnie nie dostaną.

Krzysztof zacisnął ze złości dłonie na kierownicy. Wiedział, że to kończy temat. Stary przyjechał do radcy, by usłyszeć to, co chciał usłyszeć. Kiedy tego nie otrzymał, zignorował całe zdarzenie, jakby nigdy do niego nie doszło. Będą więc walczyć w sądzie. I zapewne przegrają. Wszystko przez tego upartego głupca.

3

Adaoma wyłączyła telewizor, kiedy tylko skończył się program, ale dalej siedziała w rogu kanapy, opatulona w koc z wełny wielbłąda, z pilotem w dłoni, wpatrzona w czarny już i martwy ekran. Robert stanął za nią, w przyćmionym świetle podsufitowych lamp. Popijał jedno z tych kraftowych piw, których krata kosztowała tyle, ile wódka do upicia średniej wielkości polskiego wesela.

– Zrobiliście mu świństwo – odezwała się cicho.

Jego odbicie w płaskiej powierzchni telewizora zadrżało.

– Co takiego?

– Zrobiliście mu świństwo – powtórzyła głośniej.

Odłożył butelkę na stolik obok. Oparł się rękami o kanapę.

– Niby dlaczego?

Odwróciła się w jego stronę. Dziwnie wyglądał. Przejęty równie mocno jak tamtego dnia, kiedy ją zwalniano. A może nawet bardziej, chociaż nie potrafiła tego ocenić. Wtedy grał, ukrywał swoje emocje. Teraz je odsłaniał, świadomie lub nie. Stawiała na to drugie. Może było ich po prostu zbyt wiele, by zdołał je schować pod jedną z wyćwiczonych przed lustrem masek.

– Nie daliście mu szansy na obronę.

– Dzwoniliśmy do niego – odparł. – Nie chciał rozmawiać.

– Może właśnie pracował? Miał spotkanie z klientami?

– Mógł oddzwonić. Nie słyszałaś tego fragmentu?! Sławek wyraźnie powiedział, skąd i po co dzwoni. Powiedział, że chodzi o wizyty w kasynie, że chciałby przeprowadzić wywiad na ten temat. Facet odmówił! Nie odebrał więcej telefonu.

– Mogliście się z nim spotkać.

– Próbowaliśmy. Nie chciał rozmawiać!

– Nie wyjaśniliście mu powagi sytuacji. Czy wiedział, co mówi o nim żona?

Ramiona Roberta napinały się i rozluźniały pod białymi rękawami koszuli, a żyła na szyi, niebieskawa i tłusta, pulsowała jak dyskotekowy stroboskop.

– To jest dorosły człowiek. Doskonale wiedział, kto dzwonił i o czym chciał rozmawiać. Mógł się do tego odnieść, przedstawić swoją wersję. Zrezygnował z tego przywileju. A to nie mój problem, tylko jego.

– I stacji.

– Konsultowaliśmy to z prawnikami. Wielokrotnie. Nie ma podstaw, żeby nas pozwać. Zresztą niech sobie próbuje.

– Nie chodzi wyłącznie o prawo. Jest jeszcze coś takiego jak etyka dziennikarska.

– Aha – mruknął, sięgając z powrotem po piwo. – Bo ty akurat na tym się znasz.

– Racja – odwarknęła. – Przecież prowadziłam u was zaledwie parę segmentów w śniadaniówce i kręciłam tyłkiem w „Tańcu z Gwiazdami".

Dotarło do niego, co przed chwilą powiedział. Ale zamiast przeprosić, skrzywił się pełen irytacji.

– Nie o to mi chodziło.

Nie miała siły tłumaczyć, że to właśnie jest w tym najgorsze. Że właśnie takie słowa, rzucone mimowolnie, bez zastanowienia i może nawet bez złych intencji, potrafią najmocniej skrzywdzić. Bo potwierdzają, że on naprawdę myśli o niej rzeczy, których ona najbardziej się wstydzi i najbardziej się obawia.

– Poza tym dlaczego tak go bronisz? – zapytał.

Wstała z kanapy, zrzucając koc na podłogę.

– A dlaczego ty tak się angażujesz?

– Bo chcę pomóc przyjaciółce. Przyjaciółce, która przeżyła tragedię. Najpierw straciła dziecko, a potem została oszukana przez męża. Doprowadzona na skraj psychicznego załamania.

– I najlepszym na to sposobem jest pokazanie tego milionowej widowni?

– Chodzi też o Adę. Chcemy przypomnieć o niej ludziom, a program to załatwi. Założę się, że jutro od samego rana jej zdjęcia będą na stronach głównych wszystkich najważniejszych portali w tym kraju. Już pewnie teraz jacyś stażyści stukają w klawisze i piszą teksty o zaginięciu dziewczyny.

– I myślisz, że to dobrze?

– A nie?

– Minęło już prawie dziesięć miesięcy. Może to jest ten moment, kiedy zamiast o tym przypominać, trzeba pomóc im zapomnieć. A przynajmniej pogodzić się z tym, co się stało.

– Zostałaś psychoterapeutką? – zapytał drwiąco.

Stłumiła ochotę, żeby w niego czymś rzucić, chociaż przez kilka sekund fantazjowała o tym, jak by się zdziwił, gdyby dostał pilotem prosto w czoło.

– Myślę, że ona cię wykorzystuje – powiedziała.

– Co takiego?

– Nie widzisz tego, nawet ci to przez głowę nie przejdzie, ale tak może być.

– Bzdura!

– Robert, nawet jeśli to wszystko prawda – wskazała telewizor – to pomyśl przez chwilę. Widywaliście się do tej pory raz na kilka lat. Czy ona naprawdę nie ma nikogo innego, do kogo mogłaby się zwrócić o pomoc? Rodziny? Prawdziwych przyjaciół?

Nie potrafił znaleźć odpowiedzi i rozpaczliwie szukał sposobu, widziała to na jego twarzy, by odepchnąć od siebie jej słowa.

– To nie jest pytanie do mnie – wydukał wreszcie.

– Może mści się za coś na mężu, chce go skrzywdzić – ciągnęła. – Nie wiesz, co naprawdę między nimi się wydarzyło. Twoi dziennikarze też tego nie wiedzą. Wpakowaliście się w sam środek jakiejś sytuacji i działacie po omacku. – Popatrzyła na niego ze smutkiem. – Ale tobie nawet nie przyszło to do głowy, co? Za bardzo lubisz występować w roli rycerza na białym koniu. Szkoda, że akurat w tej historii.

W jego kieszeni rozdzwonił się telefon. Wyjął aparat. Nie panował nad tym odruchem, tak jak psy w laboratorium Pawłowa nie panowały nad własnymi ślinniankami. Spojrzał na wyświetlacz. Wahał się. Jego kciuk wędrował pomiędzy zieloną a czerwoną słuchawką. Jednak odebrał. Przyłożył komórkę do ucha. Przeszedł szybkim krokiem do sypialni i zamknął za sobą drzwi.

Adaoma podniosła koc z ziemi. Złożyła go na pół i położyła na kanapie. Rozejrzała się dookoła i poczuła się nagle bardzo obco. Oprócz ciuchów w garderobie, kosmetyków w łazience, komputera i kilku książek nic tutaj nie było jej. Całe to mieszkanie, cała ta przestrzeń należała do Roberta. On nią zarządzał i tak naprawdę jedynie pozwalał jej tutaj być. Nie rozmawiali jeszcze, gdzie zamieszkają po ślubie. Wcześniej w ogóle o tym nie myślała, dopiero teraz uderzyło ją, że potrzebują miejsca, które będzie ich wspólne, od początku stworzone razem. I przestraszyła się chwili, kiedy będzie próbowała mu to wytłumaczyć. Ponieważ on tego nie zrozumie. Poza tym dopiero niedawno kupił to mieszkanie, więc spyta ją z wyrzutem, dlaczego wcześniej nic nie mówiła. Ale wcześniej nie rozmawiali o zaręczynach. Nie mieli spędzić ze sobą reszty życia. Ich przyszłość nie była tak definitywnie określona, było w niej więcej miejsca. Nie żeby Adaoma żałowała tej zmiany. Zaczynała natomiast wreszcie rozumieć, co ona oznacza.

Robert wyszedł z sypialni. Przypominał jej psa z dzieciństwa, zwykłego kundla, którego znaleźli na ulicy. To ona przyprowadziła go do domu. Ojczym początkowo się burzył. Nie chciał zwierząt w mieszkaniu. Uważał, że są brudne, że pies potrzebuje ogródka, by się wybiegać, a w końcu rzucił ostateczny argument.

– Skończy się na tym, że tylko ja będę z nim wychodził.

– Nie, nie, nie – zaprzeczała gorączkowo, bo zdążyła już pokochać kundla. – Ja będę się nim zajmować. Nic nie musisz robić. Obiecuję. I nauczę go czystości.

Matka kiwnęła palcem na ojczyma i poprosiła go na rozmowę na osobności. Adaoma do dziś nie wiedziała, jakie argumenty przeważyły. Czy te o znakomitej szkole odpowiedzialności, czy te, że zwierzęta uczą dzieci empatii, a może coś jeszcze innego. W każdym razie ojczym z kwaśną miną, ale się zgodził.

I tak. Skończyło się na tym, że tylko on wychodził z psem.

Pewnego dnia pojechali na pogrzeb mamy ojczyma. Przybrana babka Adaomy, jak cała ta strona rodziny, natychmiast ją zaakceptowała i traktowała z niewiarygodną czułością i miłością, jakby chciała jej w ten sposób wynagrodzić, że trafiła do nich tak późno. Nie mogli wziąć psa na cmentarz, a nie było nikogo, kto mógłby się nim w tym czasie zająć. Zostawili go więc prawie na cały dzień samego. Kiedy wrócili, zamiast się z nimi witać, uciekł w najciemniejszy kąt mieszkania. Pośrodku salonu znaleźli ogromną kałużę moczu i równie wielką półpłynną kupę. Straszliwie śmierdziało.

Ojczym ukarał psa, chociaż robił to z niechęcią. Kundel w niczym nie zawinił, załatwił się w domu tylko dlatego, że zostawili go na tak długo. Jednak gdyby tym razem mu się upiekło, nie zrozumiałby dlaczego. Dostał więc, jak zwykle, smyczą w tyłek. Tym razem może tylko lżej niż zazwyczaj.

Robert patrzył teraz podobnie jak ich pies w momencie, kiedy wrócili do domu.

– Kamila dzwoniła – powiedział.

– I co?

– Prosi, żebym do niej przyjechał. Zrozum, to dla niej trudna chwila. Powinien być obok niej ktoś, kto ją teraz wesprze. Nie mogę jej zostawić.

– Nie musisz mi tego tłumaczyć – odparła, siląc się na obojętność, chociaż w środku cała krzyczała.

– To jadę.

– To jedź.

Postał chwilę, patrząc wprost na nią, czekając nie wiadomo na co. Błogosławieństwo? Buziaka na drogę? Wreszcie odwrócił się i zniknął w przedpokoju. Słyszała, jak się ubiera. Wrócił po dwóch minutach. Na stopach miał czerwone adidasy, na grzbiecie bluzę z kapturem i sportową kurtkę.

– Chcesz jechać ze mną? – zapytał.

Nie chciała. Ale i tak pojechała.

WTEDY

1

– Powiedz mi, że to nie dlatego zostaliśmy – wyszeptała Adaoma.

– Nie dlatego – odpowiedział Robert. Oboje wiedzieli, że kłamał.

Na podwórku przed stodołą rozpalano właśnie ognisko, a obok niego dymił już grill. Gospodyni z wielkiej plastikowej misy wyjmowała i kładła na aluminiowej tacy różowe płaty mięsa. Ociekało tłustą marynatą. Wokół paleniska ustawiono w krąg drewniane ławy. Pawełek przyniósł gitarę. Brzdąkał na niej leniwie, co chwila zmieniając rytm i melodię. Siedząca przy nim żona spoglądała na niego z czułością, równocześnie nabijając córce kiełbaskę na metalowy, poczerniały od częstego używania rożen.

Gospodarz wyłonił się ze stodoły, niosąc niewiarygodną piramidę złożoną ze zgrzewek piwa, butelek wódki, taniej whisky o dziwacznej nazwie oraz różowego, czerwonego i białego wina. Szkło dzwoniło przy każdym kroku, a on przypominał cyrkowego linoskoczka walczącego o równowagę.

Na placu przed domkami trzech mężczyzn bawiło się piłką ze stadkiem dzieciaków. Przeganiali je z jednego końca na drugi, podając sobie futbolówkę.

Kamila z Ignacym na kolanach siedziała niedaleko Michaliny. Robiła wszystko, żeby nawet raz nie spojrzeć w stronę Adaomy. Jakby w tamtym miejscu pojawiła się próżnia lub czarna dziura. Niektóre kobiety robią to w naturalny sposób, jakby posiadały ten cudowny dar ignorowania każdego, kto im podpadnie. Wycinają go kompletnie z otaczającego ich świata, jakby nigdy nie istniał i nigdy nie miał w nim żadnej roli do odegrania. Kamili przychodziło to jednak z trudem. Była wyraźnie zmieszana, skrępowana, chowała się za synkiem jak za tarczą. Arek popijał piwo obok nich. Rozmawiał z Sarną, ale pogawędka się nie kleiła. Całe ciało mówiło mu, że jest zmęczony, zniechęcony i podrażniony. Ada siedziała po drugiej stronie matki. Jak zwykle wpatrywała się w ekran komórki z naburmuszoną miną. Obie z Kamilą miały takie same bluzy o ostrej pomarańczowej barwie.

– Chcesz coś do jedzenia? – zapytał Robert.

Adaoma pokręciła przecząco głową. Zajęła miejsce na skraju ławki, niedaleko stolika, gdzie leżały kiełbaski, krojony chleb w foliowych workach, papierowe tacki oraz keczup z musztardą. Nawet nie zorientowała się, kiedy w jej dłoni znalazł się plastikowy kubek wypełniony do pełna winem. Wypiła. Taka ilość alkoholu na niemal pusty żołądek sprawiła, że rozbolał ją brzuch. Wyciągnęła kromkę chleba i zaczęła ją żuć. Obserwowała Kamilę, ciekawa, czy ta choć raz na nią spojrzy.

– Nie spodoba ci się to – powiedziała Michalina.

– Co takiego? – zapytała Kamila.

– Modeleczka je suchy chleb. Dla konia.

– Naprawdę? Chryste. No tak. Nie schyli się po karkówkę czy kiełbaskę, nie? – odparła szeptem. Odwróciła się szybko, sprawdzając, gdzie jest Arek. – Awanturę dzisiaj zrobiła, jakby naprawdę myślała, że w telewizji jesteśmy.

– Uhm – mruknęła Michalina. – Słyszałam.

– Chyba wszyscy słyszeli.

– I jak ona na ciebie patrzy! Oni ciągle są razem? – spytała, dyskretnie wskazując ruchem brody Roberta.

– Nie mam pojęcia. Wiem tylko, że pół dnia za nią latał i jej szukał.

– A Arek?

– Co Arek?

– Powiedział coś?

– Nie. Ale wiesz, jaki on jest – dodała Kamila.

– Jaki?

– Właśnie taki. Nic nie mówi. Tylko tak patrzy, jakbym mu matkę widelcem zatłukła.

– Mamę? – odezwał się Ignaś.

– Nie, kochanie – zaprzeczyła gorączkowo. – To dorośli rozmawiają, nie słuchaj.

– Jeść!

– Chcesz jeść?

– Kiełbaskę!

– Dobrze. Zaraz poproszę tatę, żeby ci zrobił kiełbaskę.

– Sam! Sam! Sam! Sam!

Zwiesiła głowę i odetchnęła ciężko.

– Dobrze. Sam.

Gdy postawiła Ignasia na ziemi, Michalina położyła jej dłoń na ramieniu.

– Siedź. Przyniosę ci.

Podeszła do stolika z kiełbaskami. W tym samym momencie Adaoma wstała, by sięgnąć po kolejną kromkę chleba. Trąciła przy tym niechcący kobietę łokciem w taki sposób, że ta oblała sobie sweter czerwonym winem.

– Kurwa! – krzyknęła Michalina.

Wszyscy spojrzeli w ich stronę, kiedy próbowała gorączkowo zetrzeć z siebie rękawem płyn.

– Michasia, tu są dzieci! – rzucił ktoś.

Przerwała wycieranie. Podniosła głowę i uśmiechnęła się przepraszająco.

– Sorry. Dzieci chyba miały zatkane uszy, co?

– Przepraszam – powiedziała lekko przestraszona Adaoma, ale kobieta w odpowiedzi rzuciła jej mordercze spojrzenie. Nagle znalazła się tuż obok nich Kamila z Ignasiem na jednej ręce. Drugą wyciągnęła chusteczki i spróbowała wyczyścić plamę, jednak po chwili zrezygnowała. I tak nic by to nie dało. Zmięta chusteczka trafiła do ogniska, gdzie natychmiast spłonęła.

– Przepraszam – powtórzyła Adaoma.

– Nie ma sprawy – wymamrotała z wymuszonym uśmiechem Michalina i z rozpaczą popatrzyła na sweter. – Szlag. Tylko już nie mam w co się przebrać.

– Przyniosę ci coś.

Kobieta spojrzała na nią ciężko.

– Nie ten rozmiar – rzuciła.

Wtedy Kamila zdjęła z siebie bluzę i podała przyjaciółce.

– Weź. Włóż to.

– No co ty? A ty?

– Zostało mi jeszcze parę ciuchów. Zaraz po nie pójdę. Poza tym córka nie lubi, kiedy chodzimy w takich samych ubraniach. Uważa, że to dziwne. Co nie, Ada?

Dziewczyna, kiedy usłyszała swoje imię, podniosła głowę znad telefonu. Uśmiechnęła się kwaśno do matki i wróciła do komórki. Michalina tymczasem włożyła bluzę i zapięła suwak aż po szyję.

– Fajna. Skąd masz?

– W Lidlu były w promocji.

Adaoma, czując się zupełnie niepotrzebna, usiadła z powrotem na ławce. Walczyły w niej dwie emocje: wstyd i wściekłość. Wstyd, bo jednak przez własną nieuwagę potrąciła Michalinę. Wściekłość, bo ta nie chciała przyjąć ani jej przeprosin, ani pomocy. Obie z Kamilą dały jej odczuć, że jest tutaj ciałem obcym.

W pewien sposób, subtelny i bardzo kobiecy, poniżyły ją. I nie miała o tym komu powiedzieć. Bo z jedyną osobą, z którą mogłaby na ten temat porozmawiać, zdążyła się pokłócić. Poza tym Robert i tak by nie zrozumiał.

Kamila tymczasem przywołała Arka i dała mu Ignasia do opieki, a sama poszła do domku po coś cieplejszego. Wróciła po paru minutach, kiedy już wszyscy siedzieli przy ognisku. Dzieciaki piekły kiełbaski, dorośli popijali alkohol. Kiedy zjedli na kolację grillowane mięso, Grzesiek klasnął głośno w dłonie.

– Dobra! Faceci zmęczyli dzieciaki na boisku, to teraz kobiety idą je usypiać!

– A kiedy to niby zgodziłyśmy się na taki układ? – zaprotestowała jego żona.

– Nie czytałaś tego małego druczku pod umową?

Przekomarzali się jeszcze trochę w ten sposób, ale matki rzeczywiście poszły usypiać dzieci. Gospodarz otworzył butelkę wódki i rozdał wszystkim małe plastikowe kieliszki. Jedynie Ada nie dostała swojego. Mężczyzna rozlał alkohol.

– No to za udany urlop – powiedział.

Powtórzyli za nim toast i wypili, tylko Adaoma wylała wódkę na ziemię. Miała nadzieję, że nikt tego nie zauważył. Nie chciała słuchać żartobliwych wymówek, które na pewno by się posypały. Wiele w Polsce się zmieniło i wiele się zmieni, ale jedno pozostanie niewzruszone aż do końca świata – przekonanie, że gorzała jest święta.

– À propos urlopu – odezwał się Robert. – Bo mi się przypomniało. To prawda, Arek, że się tu zesrałeś w gacie?!

Arek zakrztusił się wódką i zaczął kaszleć. Gospodarz uderzył go płaską dłonią w plecy tak mocno, że mężczyzna aż jęknął.

– To był wypadek.

– Ja wiem, że wypadek – odparł Robert. – Przecież nie mówię, że non stop srasz w gacie, tylko że się zdarzyło.

Ktoś roześmiał się głośno. Kilka osób zaczęło chichotać. Ada odłożyła komórkę i spoglądała na ojca, oczekując jego reakcji.

– To był wypadek z kanalizacją – powiedział.

– Ale twoją...

– Kanalizacją w jebanym domku – przerwał mu ostro Arek.

Robert podniósł w górę dłonie w geście poddania się. Uśmiechał się szeroko, złośliwie, jego oczy błyszczały, a w tęczówkach odbijały się jasne i wysokie płomienie ogniska. Dreszcz przeszedł przez ciało Adaomy. Nie wiedziała, czy z powodu wieczornego chłodu czy wstrętu, który nagle ją ogarnął, kiedy patrzyła na Roberta. Nie rozumiała tej bezinteresownej złośliwości. Może był zazdrosny o Kamilę, a może po prostu czuł dziecinną radość z dręczenia słabszego. Nie chciała w to wnikać, czuła się zmęczona i śpiąca. Wstała z ławki.

– Gdzie idziesz? – zapytał ją Robert, chwytając za ramię.

Wyślizgnęła mu się.

– Spać.

– Tak wcześnie? Impreza dopiero się zaczyna.

– To imprezuj – odpowiedziała. – Tylko pamiętaj, że jutro wyjeżdżamy. A właściwie to ja wyjeżdżam. Z samego rana.

– Daj spokój.

Zbliżyła się do niego.

– Ty daj spokój.

Odwróciła się na pięcie i poszła do domku.

Robert obserwował, jak znika w środku. Przez moment chciał iść za nią, chwycić za ręce, poczuć zapach jej skóry, tych wszystkich mydeł, kremów i maści, które pracowicie w siebie wcierała. Przytulić, jeśli mu na to pozwoli, spróbować porozmawiać, wyjaśnić i uratować, co się da. Zanim jednak zrobił choć krok, pojawił się przy nim Grzesiek i otoczył go ciężkim ramieniem. Z jego ust wydobywała się woń wódki i karkówki, a od twarzy biło alkoholowe ciepło.

– To prawda, co mówią?

– Co mówią?

– *Once you try black, you never go back.*

Zamknął powieki. Wsłuchiwał się w echa własnych uczuć. Echa, bo miał wrażenie, że jakaś jego część zbudowała mur oddzielający jego świadomość od tego, co w nim buzuje. Nie chciał go, po raz pierwszy od bardzo dawna pragnął zanurzyć się we własnych emocjach. Nie, żeby im ulec, ale by chociaż wiedzieć, co się z nim dzieje. Jednak mur był zbyt gruby, zbyt mocno osadzony. Grzesiek zaś ciągle więził go w przyjaznym uścisku.

– Jest nieźle – powiedział Robert.

Grzesiek zarechotał.

– Chodź. Pawełek przywiózł dobry towar.

Wokół ogniska krążył skręt.

Kobiety zaczynały już wracać. Pawełek przygotował kolejne blanty i podawał je szarmanckim gestem. Grzesiek równie szarmancko otwierał wino i rozlewał je do kubeczków. Przez chwilę rozmawiali, jedli i śmiali się coraz głośniej, jakby alkohol i THC zatykały im uszy. O to chodziło. Przedostatnia noc tutaj i ostatnia okazja, żeby naprawdę dobrze się zabawić. Spróbować poczuć się tak jak na studiach. Jakby dorosłość nie porwała ich jeszcze w swoje straszne szpony. A jutro w planach kac i żmudne pakowanie się w drogę powrotną.

Pawełek grał trochę na gitarze, ale szybko się zmęczył. Sarna podjechał pod ognisko samochodem, otworzył szeroko drzwi i puścił głośno muzykę ze studenckich czasów: Linkin Park, Limp Bizkit, Korn, Eminema, Crazy Town, Happysad, Akurat. Gospodarz szybko się pożegnał. Tłumaczył, że wczesnym rankiem wybiera się na ryby. Próbowali go zatrzymać, ale bez przesady, raczej tak z grzeczności. Wiedzieli, że najlepiej będą się bawić tylko w swoim gronie.

– Gdzie jest Ada? – zapytała Kamila, kiedy wróciła do ogniska.

Arek rozejrzał się dookoła i wzruszył ramionami.

– Nie wiem. Gdzieś poszła.

– Ale gdzie?

– Jej... Nie wiem. Gdzieś. Co to ma za znaczenie?

– Bo chciałabym wiedzieć, gdzie jest moje dziecko?

– Przecież nic jej się tutaj nie stanie. Jeśli tak się denerwujesz, to zadzwoń do niej.

Kobieta wyjęła z kieszeni telefon. Przez chwilę potrzymała go w dłoni, a potem schowała z powrotem.

Po godzinie Michalina zaczęła tańczyć do *Dzień dobry, kocham cię* Strachów na Lachy. Wyciągnęła Kamilę i razem wykrzykiwały tekst piosenki, machając rękami i skacząc w rytm muzyki, z przymkniętymi powiekami i skrętem w ustach. Dołączyli do nich Robert i Grzesiek, a do niego szybko jego żona.

Arek siedział z boku. Wypił zbyt dużo, zbyt szybko. Wino, piwo, wódka. Wszystko, co tylko wpadło mu w ręce. Nie szedł spać wyłącznie z jednego powodu. Bał się, że jeśli zniknie, cała reszta natychmiast zacznie go obmawiać za jego plecami. Będą się śmiać, drwić, a Kamila razem z nimi. Może nawet najgłośniej. To byli jej znajomi, jej życie. On występował tu w roli niechcianego gościa.

Wiedział, jak oni to postrzegają. Był Robert i był on. Jak w komedii romantycznej. Pan właściwy, książę z bajki, i ten trzeci. Wredny konkurent do ręki księżniczki. Ten, z którego wszyscy zawsze się śmieją. Ten, którego nikt nie lubi. Ten, który na końcu zawsze przegrywa. Tylko że w tej komedii to on zrobił księżniczce dziecko, a piękny książę został z niczym. Arek miał wrażenie, że zepsuł w ten sposób wszystkim zabawę.

Obserwował ich teraz, jak tańczą, księżniczka i książę, zastanawiał się, czy nie są za blisko. Robert nie dotykał Kamili, nie ocierał się o nią ani nie chwytał za biodra, ale ich ruchy wydawały się zsynchronizowane, erotyczne pomimo dzielącej ich przestrzeni. Tańczyli dla siebie. Ona i on. Czy inni też to widzieli? Czy Arkowi wypadało teraz wstać i po prostu pieprznąć go w środek tej zadowolonej twarzy? Chciałby mu złamać nos. Chciałby poczuć jego krew na swoich kłykciach. Zrobiłoby mu się od tego lepiej. Nie przyszło mu jednak do głowy, żeby do nich dołączyć, a raczej wejść pomiędzy Roberta i Kamilę, przyciągnąć żonę do siebie i pocałować. W ten prymitywny i prostacki sposób zaznaczyć, że to ciągle jego kobieta. Pozwoliłaby mu przecież na to, ale pocałunek byłby chłodny i fałszywy, a ona siadłaby na ławie przy pierwszej nadarzającej się okazji, ze źle maskowaną urazą na twarzy. Potem przypomniał sobie, że ten koszmar zaraz się skończy, a oni wrócą do siebie i do normalności. Musi wytrzymać jeszcze tylko trochę. Dlatego udawał, że dobrze się bawi. Zaczął nawet z kimś rozmawiać, chociaż nie potrafił sobie potem przypomnieć z kim i o czym.

To chyba Grzesiek zaproponował kąpiel w jeziorze. Na golasa. Facetom oczywiście pomysł się spodobał. Rzucili się na wyścigi w dół zbocza, radośni i pijani, wyjąc jak małe dzieci. Sarna przewrócił się po drodze i sturlał kilka metrów w dół. Wstał, krzycząc, że nic mu nie jest. Jak się potem okazało, skręcił kostkę.

Zrzucili ciuchy na plaży. Kobiety przyszły z nimi, ale były albo zbyt rozsądne, albo za mało pijane. Tylko Michalina zdjęła pomarańczową bluzę, jednak kiedy zorientowała się, że żadna z koleżanek nie idzie w jej ślady, włożyła ją z powrotem.

Wbiegli do jeziora, świecąc gołymi pośladkami. Kierowani resztkami wstydu zasłaniali sobie tylko krocze. Woda była lodowata. Z ich ust wydobyło się zbiorowe „o, kurwa!", ale nie mogli się już wycofać. Nie pozwalał na to alkohol oraz mieszanka męskiej dumy i samczej potrzeby rywalizacji. Zanurzali się coraz bardziej w ciemnej toni jeziora, niektórzy próbowali pływać. Kobiety dopingowały ich, równocześnie rzucając sobie nawzajem znaczące spojrzenia.

Nagle rozległ się chlupot, krzyk i dwóch z nich poszło pod wodę. Wynurzali się, szarpali, ramiona i głowy pojawiały się na powierzchni i zaraz znów znikały. Wreszcie Robert wyrwał się z tej kipieli. Szedł ciężko, z trudem przezwyciężając opór wody, dysząc i kaszląc. Na plaży opadł na ziemię, drżał, próbując złapać powietrze. Otoczyły go kobiety. Chwilę potem dołączyli do nich wciąż nadzy mężczyźni, tylko Sarna zarzucił koszulkę na tors. Arek wyszedł jako ostatni. Słaniał się na nogach ze zmęczenia, plując wodą. Kiedy Robert zauważył go, z trudem, ale jednak zerwał się i ruszył na niego z pięściami.

– Ty chuju! Chciałeś mnie utopić! – ryknął.

Zamachnął się, ale cios nie spadł. Ktoś go zatrzymał. Rozdzielono ich.

– Ty złamasie! – krzyczał dalej Robert.

– Nic nie zrobiłem! – odwrzaskiwał Arek, chociaż jego głos, niespodziewanie cichy, nie potrafił przebić się przez całe to zamieszanie.

Kamila chwyciła męża i odciągnęła go kilka metrów w bok.

– Co ty próbowałeś... Co ty w ogóle?!

– Nic nie zrobiłem! – powtórzył.

– Chciałeś go utopić!

– Gówno!

– To co to było?!

– Straciłem, kurwa, równowagę i wpadłem do wody. Chwyciłem się pierwszej rzeczy, którą miałem w zasięgu.

– I akurat to był Robert?!

– Przecież tego nie planowałem.

Patrzyła na niego badawczo.

– Nie wierzę ci – powiedziała wreszcie.

– Co takiego?!

– Myślę, że ci odbiło tak jak tej Murzynce!

– Odbiło?! – ryknął. – Kurwa, poślizgnąłem się, chociaż powinienem chuja utopić! Ty myślisz, że ja nie wiem, co twoi znajomi mówią?! Nie widzę, jak na niego patrzysz? Jak on na ciebie patrzy?

– Niby jak?!

– Tak, że gdyby nie ja, to pewnie zaczęlibyście się pierdolić przy tym ognisku!

Spoliczkowała go. Odruchowo podniósł w górę rękę. Ona wyciągnęła podbródek.

– No, uderz mnie – powiedziała. – Uderz.

Zadrżał z powodu chłodu. Opuścił ramię.

– Pierdol się.

– Sam się pierdol.

Odszedł od niej i minął resztę towarzystwa szerokim łukiem. Pozbierał z ziemi swoje rzeczy, a potem, ciągle nagi, wdrapał się w górę zbocza.

2

Damian sprawdził, czy zwierzęta mają wodę na noc. Dolał wiadro kozłowi i zamknął drzwi od stodoły. Na zewnątrz czekała Ada i uśmiechała się łobuzersko. Jedną rękę trzymała schowaną za plecami.

– Cześć – powiedziała.

– Cześć.

– Masz czas?

– A co?

– Bo ja mam to.

Wyciągnęła rękę – w jednej dłoni trzymała za szyjkę butelkę czerwonego wina, w drugiej cztery lekko pogniecione papierosy.

– Skąd to wzięłaś? – zapytał.

Ruchem głowy wskazała kierunek, skąd dochodziły ich głosy bawiących się przy ognisku dorosłych.

– Ukradłaś?

– Wino wzięłam, bo leżało. A papierosy... – Zawahała się i po chwili zachichotała. – Tak, chyba je ukradłam. Chcesz iść ze mną?

– Gdzie?

– No jak to gdzie? – Przewróciła oczami. – Na ryby.

Zdziwił się, ale jeśli chciała iść, to jasne, że on pójdzie. Co prawda nigdy nie łowił w nocy, jednak mógł spróbować.

– Tylko skoczę po wędki.

Zaśmiała się głośno. Podniosła butelkę i potrząsnęła nią.

– Żartowałam przecież. Niepotrzebne nam wędki.

Zaczerwienił się.

– Jasne, jasne – powiedział gorączkowo.

– Chociaż w sumie to dobry pomysł, by pójść na pomost – stwierdziła. – Nikt tam nas nie złapie.

– No nie, nikt.

– To idziesz?

– Tak.

Pobiegł tylko do domu po bluzę. Dziadek siedział u siebie w pokoju. Zza zamkniętych drzwi dochodziły dźwięki włączonego telewizora. Mama sprzątała w kuchni, ojca nie dostrzegł. Gosia siedziała w pokoju i grała w jakąś grę na komórce matki. Wrócił do Ady, która cierpliwie czekała na dole.

– Przydałoby się zwinąć jeszcze jedną – rzuciła dziewczyna, potrząsając butelką.

Pokiwał głową. Wiedział, że teraz jego kolej, by się wykazać.

– Jak mam to zrobić?

– Po prostu idź tam i zwiń flaszkę – poradziła. – Nawet cię nie zauważą, bo odwalają teraz radio Złote Przeboje.

Jeden z letników podjechał do ogniska samochodem i puścił głośno starą muzykę. Damian podszedł do nich z rękami wsadzonymi głęboko do kieszeni. Powiedział cicho „dzień dobry" i stanął tuż za ławkami, niedaleko stołu, pod którym leżały butelki. Po chwili podniósł jedną. Jakby ktoś go zapytał, co robi, wytłumaczyłby, że tylko czyta etykietę. Ale Ada miała rację. Nikt nie zwrócił na niego najmniejszej uwagi. Szybko schował wino pod bluzę i wrócił truchtem do dziewczyny.

– Długo ci to zajęło – skomentowała.

– Chodźmy stąd lepiej.

Poprowadził ją drogą do jeziora, a potem ścieżką przez las. Było już dość ciemno, więc pomagali sobie latarkami. Wreszcie dotarli do pomostu. Postawili na nim butelki.

– Masz ogień? – zapytała.

Wyciągnął z kieszeni zapalniczkę, którą zawsze nosił przy sobie. Przydawała się do pracy w gospodarstwie, kiedy musiał coś przypalić, spalić, podpalić. Ada wsadziła papierosa do ust. Odpalił jej. Zauważył, że się nie zaciąga, a jeśli już, to bardzo płytko. Z poważną miną od razu wypuszczała dym szarą smugą.

– Też chcesz? – zapytała.

– Nie.

– Otworzysz wino?

– Jasne.

Podniósł butelkę i dokładnie ją obejrzał. Zastanawiał się, czy nie stłuc szyjki, tylko jeśli nie uda mu się tego zrobić dobrze, przy okazji rozwali całą butelkę albo sam się pokaleczy, a kawałki szkła wpadną do środka. Poza tym jak by wtedy pili, przecież nie wzięli ze sobą kubeczków. Miał ochotę uderzyć się za to, że zapomniał o korkociągu. Co więcej, w bocznej kieszeni biurka schował przed Gosią szwajcarski scyzoryk. Mógłby po niego pójść, ale to zajmie około dwudziestu minut, o ile nikt go po drodze nie zatrzyma. Martwił się, że Ada nie będzie tyle czekać.

Po chwili zastanowienia podniósł z ziemi patyk grubości mniej więcej swojego kciuka. Zdarł paznokciem, a potem zdjął metaliczne opakowanie z szyjki. Przyłożył patyk do korka. Pasował. Znalazł kamień wielkości pięści.

– Co robisz? – zapytała.

– Spróbuję wbić korek.

Uderzył kamieniem w patyk i poczuł, że korek wsuwa się w głąb butelki. Powtórzył to kilka razy, aż gałąź weszła na kilka centymetrów w szyjkę. Odrzucił kamień. Siłował się przez chwilę z drewnem i przez moment przestraszył się, że na dobre tam utknęło. Jednak wreszcie udało mu się je wyciągnąć. Podał butelkę Adzie.

– Proszę.

Dziewczyna wzięła wino z pływającym w środku korkiem.

– Brudne – powiedziała.

Damian wyczyścił szyjkę skrawkiem koszuli. Ada ciągle nie wyglądała na zupełnie zadowoloną, ale upiła duży łyk. Wzdrygnęła się przy przełykaniu, a potem wytarła usta wierzchem dłoni.

– Dobre.

Zdjęła buty. Usiedli na brzegu pomostu. Moczyli nogi w zimnej wodzie, między nimi stała butelka, a z telefonu leciała cicho muzyka. Kojarzył ten kawałek. Słyszał go w radiu albo gdzieś mu wyskoczył podczas przeglądania YouTube'a, tylko nie potrafił skojarzyć wykonawcy: *Love I want you, we can bring it on the floor, you've never danced like this before, we don't talk about it.*

Skończyła palić. Wyrzuciła papierosa i pomarańczowa kropka żaru zakreśliła w powietrzu łuk, po czym wpadła do jeziora.

– Przepraszam. Chyba nie powinnam tego robić.

– Czego?

– Śmiecić.

– Spoko. To nie nasze jezioro.

Uśmiechnęła się i sięgnęła po butelkę. Przyglądał się ukradkiem jej profilowi i pomyślał, że jest śliczna. Jego serce mocno biło, naprawdę mocno. Wiele razy wyobrażał sobie, że jak jakiś ratownik z serialu będzie podrywał dziewczyny, które przyjeżdżają do rodziców na agroturystykę. Na każdy turnus inną. Kupił sobie nawet hantle i machał nimi wieczorami, żeby zrobić sobie mięśnie, tylko nie widział żadnych rezultatów. Dziewczyny też żadnej nie poderwał. Teraz mógł być ten pierwszy raz. Z ekscytacji niemal go rozsadzało, a równocześnie strach ściskał mu wnętrzności. Postanowił jednak udawać, że nic się nie dzieje, by potem nie przeżyć rozczarowania. Ale było przecież wszystko, co być powinno. On, dziewczyna, noc, jezioro i wino.

– Fajnie tutaj jest – odezwała się Ada. – Tak... Cicho. Pierwotnie. Lubisz tu mieszkać?

Gorączkowo myślał nad tym, co odpowiedzieć, żeby bardziej jej się spodobać.

– No – mruknął, zdając sobie sprawę, że zabrzmiał jak kretyn.

– Tak blisko natury.

– Aha.

– W Warszawie tego nie ma. Non stop jeżdżą samochody, coś się dzieje, pełno ludzi. Lubię to, ale czasami tęsknię za tym, co jest tutaj. – Roześmiała się. – Chociaż pewnie jakbym została dłużej, oszalałabym z nudów. A ty? Nie nudzisz się?

– Dużo pracuję – powiedział zgodnie z prawdą. – Poza tym mamy internet.

– Wiem. Nie myśl, że uważam was za jakąś wieś – dodała szybko.

– No coś ty – odparł, chociaż nie rozumiał, o co jej chodzi. Żmijowisko to przecież wieś.

– Czasami ludzie myślą, że w Warszawie mieszkają same dupki.

– Nie ja.

– Ale dużo osób tak. A to nieprawda. U nas mieszkają zwyczajni ludzie. To tak, jakby o was mówili, że wszyscy ze wsi śmierdzą gównem, nie?

– Pewnie tak – zgodził się.

Znowu napili się wina. Najpierw on, potem ona. Zauważył, że poprzednio wycierała po nim butelkę. Teraz zrezygnowała.

Gdzieś w oddali rozległo się pohukiwanie puszczyka. Dziewczyna wzdrygnęła się przestraszona, a potem zachichotała. Poprawiła kosmyk włosów, który opadł jej na twarz.

– Kim chcesz zostać? Wiesz, w przyszłości?

– A ty?

– Modelką. Chciałabym zwiedzać świat, poznawać nowe kraje.

– Nadawałabyś się na modelkę. Jesteś ładna.

Odwróciła się do niego i popatrzyła mu prosto w oczy, przebijając wzrokiem otaczającą ich ciemność.

– Naprawdę tak uważasz?

– Tak.

– Bo ktoś mi ostatnio powiedział, że się nie nadaję.

– Kto?

– Adaoma.

– A co ona wie?!

– Była modelką.

– Ale jest czarna.

Przestraszył się, że palnął głupotę, jednak Ada prychnęła głośno. Drobinki jej śliny wylądowały na jego twarzy, ale nie zwrócił na to uwagi. Napiła się wina. Przełknęła. Popatrzyła na niego. I nagle go pocałowała. Delikatnie, ostrożnie. Rozchylił wargi i poczuł jej język w swoich ustach. Równie niespodziewanie przerwała. Cofnęła się. Napiła.

– Dobrze całujesz – powiedziała.

– Ty też.

– Odpalisz mi? – zapytała, biorąc kolejnego papierosa.

Kręciło mu się lekko w głowie. Może od alkoholu, a może z powodu tego, co się wydarzyło. Czy będą dalej się całować? Czy to było już wszystko? Do tego miał erekcję. Stojący twardo penis wbijał mu się boleśnie w rozporek. Nie miał jak go poprawić, żeby dziewczyna tego nie zauważyła.

– To kim chcesz zostać? – zapytała.

Wzruszył niezgrabnie ramionami.

– Chyba nie rolnikiem, nie? – rzuciła i zachichotała.

Uśmiechnął się, bo chyba tego oczekiwała. Myślała, że powiedziała coś zabawnego, a przecież fajnie byłoby mieć parę hektarów. Nie taki kawałątek pola jak ich, ale prawdziwe gospodarstwo. Za hektar dostawałby z Unii pięćset złotych. Dopłata dla młodego rolnika to kolejne dwieście. Wpadłoby mu siedemset za samo nicnierobienie. Za ziemniaki dawali tysiaka, za buraki półtora albo i więcej, w zależności od roku. Konkretna kasa. Pewnie w Warszawie to żaden pieniądz, ale ojciec mówił, że za te dopłaty to ludzie sobie nawet domy pobudowali.

– Jeszcze nie wiem. Chyba gdzieś bym pojechał. Podobno w Holandii można dobrze zarobić.

– No... – mruknęła, a on poczuł, że z jakiegoś powodu nagle się od siebie oddalili. Nie rozumiała w ogóle jego marzeń, jego planów i zupełnie straciła zainteresowanie. Był absolutnie skonfundowany, a niedawny pocałunek palił go w usta. W jego umyśle toczyły się dwa równoległe procesy. W jednym analizował gorączkowo wypowiedziane przed chwilą słowa i wykonane gesty. Starał się wychwycić moment, w którym popełnił błąd, bo cokolwiek się działo, skończyło się zbyt szybko. W drugim rozmyślał, co zrobić, żeby to się powtórzyło. Czy powinien teraz przejąć inicjatywę? A jeśli tak, to jak? Wiedział tylko jedno – nie wybaczy sobie, jeśli ta noc skończy się na tym pocałunku. Całował się już wcześniej z dziewczynami. Ale rzadko. Z dwiema w gimnazjum i jedną koleżanką z liceum. Zawsze przy alkoholu. Dzwonił do nich później, ale go zbywały. Kiedy słuchał opowieści kolegów z klasy o laskach i seksie, skręcało go z zazdrości. Ta noc powinna być jego, pomyślał. Teraz wreszcie zaliczy.

Siedzieli przez chwilę w milczeniu, popijali wino. Ona więcej od niego. Coś przeleciało nad ich głowami.

– Nietoperz – powiedział.

Ada spojrzała w górę. Przez chwilę tak tkwiła, z zadartym wysoko podbródkiem i wzrokiem wbitym w ciemny granat nieba.

– Jeszcze jeden! – krzyknęła nagle, wyciągając palec.

– Aha.

Potem znowu rozmawiali. Opowiadała trochę o szkole, on też. Żadnego z nich to specjalnie nie interesowało. Potem usłyszeli hałas dochodzący z agroturystyki i zobaczyli światełka latarek na plaży. Dobiegły ich krzyki, kiedy kilka osób wbiegało do jeziora.

– Ale się niesie – szepnęła.

– No. Czasami to nawet było słychać archeologów po drugiej stronie, jak mieli imprezę.

– Ciekawe, ile wypili.

– Archeolodzy?

– Moi rodzice – wyjaśniła. – Czasami im odbija. Widziałeś kiedyś pijanych rodziców?

– Matki nie, ojcu się zdarza.

– No to u mnie prawie tak samo – odparła. – Mama kilka razy też się spiła. A ona nie potrafi pić. Potem rzyga po nocy. Kiedyś zostawiła nawet upapraną czymś śliskim i ohydnym deskę w kiblu. – Pociągnęła z butelki i potrząsnęła nią. Korek uderzył o szkło. – Otworzysz kolejną?

Powtórzył cały proces. Tym razem nie poszło mu tak łatwo, bo już lekko się wstawił, a poza tym było ciemniej. Ledwo znalazł odpowiedni kijek, a potem miał kłopoty z wbiciem korka. Raz zupełnie nie trafił i przejechał sobie kamieniem po palcach. Zabolało. Zdarł sobie naskórek i poleciało trochę krwi. W końcu mu się udało i wrócił na pomost z otwartą butelką.

– Twoi rodzice się kłócą? – zapytała Ada, kiedy się napiła.

– No.

– Moi nie.

– Nie? – zdziwił się. – Nigdy?

– Nigdy nie słyszałam.

Zmarszczył brwi i spróbował sobie wyobrazić dom bez kłótni. Nie potrafił. Miał wrażenie, że u nich cały czas ktoś na kogoś krzyczy. Matka na ojca, ojciec na niego, on na Gosię, Gosia na niego, a nad tym wszystkim stoi dziadek, który nie musi krzyczeć, ale i tak wszyscy wiedzą, kiedy jest zły. U nich w domu nawet jak był spokój, to przypominający ten przed burzą.

– Czasami chciałabym, żeby się pokłócili – dodała.

– Naprawdę?

– Naprawdę. Myślę, że wtedy byłoby im ze sobą lepiej.

Przyłożyła butelkę do ust i pociągnęła duży łyk. Potem jej się odbiło i zachwiała się, jakby miała zwymiotować. Chwycił ją, bo przestraszył się, że spadnie do wody. Jednak nie straciła równowagi. Wyprostowała się zaraz.

– Nie chciałabym tak – powiedziała poważnym tonem.

– Jak?

– Żyć z kimś, z kim się jest nieszczęśliwym.

Popatrzyła na niego uważnie, jakby chciała się upewnić, czy rozumie. Potem przysunęła się, bliżej i bliżej. Czekał w bezruchu jak zahipnotyzowany. Zarzuciła mu ramiona na szyję i pocałowała po raz drugi. Tym razem mocniej, bardziej zaborczo, agresywnie. Przycisnął się do niej. Miała zaskakująco twarde piersi, przynajmniej takie się wydawały przez cały ten materiał. Przyciskał dłonie do jej pleców, pod koszulką czuł wilgotny cudowny pot. Położyli się bokiem na pomoście. Wyciągnęła stopy z wody. On też. Wylądował pomiędzy jej nogami. Ocierali się o siebie, jego penis o jej cipkę. Raz za razem. Z początku powoli, potem coraz szybciej. Nie wiedział, ile to trwało. Miał wrażenie, że całe wieki. A dzieliła ich tylko warstwa ubrań, których powinni jak najszybciej się pozbyć. Wsadził ręce pod pomarańczową bluzę.

– Nie. – Wyciągnęła je.

Nie mogło się skończyć tylko na całowaniu. Nie dzisiaj. Dzisiaj powinno się wydarzyć coś więcej. Poza tym dalej wpychała swój język do jego ust, dalej się o niego ocierała, więc to „nie" nie mogło być zupełnie na serio. Ponownie zanurkował pod jej koszulkę, tylko szybciej i dalej, aż dotarł do stanika. Ścisnął piersi.

– Nie! – krzyknęła.

Wyszarpnęła jego ręce. Próbował je wsadzić z powrotem.

– Przestań.

– No daj spokój – powiedział.

Nie rozumiał. Po prostu nie rozumiał. Było miło. Było wino. Było całowanie się i ocieranie. Wrócił dłońmi do jej piersi. Chciał je poczuć. Chciał je zobaczyć.

– Przestań!

Nie słyszał jej, a nawet jeśli, to przecież nie mówiła poważnie. Nie mogła mówić poważnie, skoro zrobili tak wiele. Ukradł dla niej wino!

Szarpnęła się zaskakująco mocno. Prawie spadł z pomostu. Uderzyła go w twarz. Otwartą dłonią, więc ledwo to zauważył, ale zaraz potem krzyknął z bólu, kiedy jej kolano trafiło w jego jądra. Zamroczyło go. Prawie nie poczuł kolejnego ciosu w twarz. Sturlał się z niej. Z oczu ciekły mu łzy. Kiedy wreszcie doszedł do siebie, Ada stała dwa metry od niego. W dłoniach trzymała buty. Jej oczy, widział to pomimo panującego mroku, lśniły z wściekłości i żalu.

– Dlaczego wszyscy faceci to dupki?!

Nie miał sił, by odpowiedzieć. Zajęczał tylko, bo jądra niemal spuchły mu do wielkości jabłek.

Odwróciła się i zniknęła w lesie.

Kilka, może kilkanaście minut później, lekko kulejąc, ruszył do domu. Cholernie się bał następnego dnia. Pomyślał, że Ada pójdzie do swoich rodziców i o wszystkim im opowie, oni zaś pójdą do jego rodziców i zacznie się prawdziwa awantura. Będą na niego wściekli. Matka będzie krzyczeć, ojciec pewnie też. Zabiorą mu komputer, komórkę i na pewno wymyślą coś jeszcze. Przez tę głupią dziewczynę, pomyślał. Jak mogła mu pozwolić na to wszystko, a potem powiedzieć „nie"? Co ona sobie wyobrażała? Że jest wielką modelką prosto z Warszawy?

Wszedł do ciemnego domu. Rodzice, dziadek i Gosia już spali. Zrzucił ubrania. Zanim wskoczył do łóżka, wyjrzał przez okno. Plac między domkami był niemal pusty. Przy ognisku siedziała samotna postać. Miała na sobie pomarańczową bluzę.

3

Impreza siadła. Nie powoli, ale gwałtownie, niemal w jednej chwili, jakby ktoś im wszystkim wyciągnął wtyczkę z kontaktu. Awantura przyspieszyła ten proces, chociaż sama kąpiel w jeziorze pewnie też by wystarczyła. Wytrzeźwieli trochę, zmęczyli się. Przypomnieli sobie, że są ponadtrzydziestoletnimi ludźmi z małymi dziećmi wymagającymi opieki następnego dnia, że ich ciała nie przetwarzają alkoholu tak sprawnie jak jeszcze kilka lat temu, że tak naprawdę wcale nie marzą o piciu całą noc, tylko o tym, by się porządnie wyspać.

Zbierali się w pary w tym pradawnym rytuale szukania oparcia, który świat obserwował, od kiedy człekokształtne po raz pierwszy odkryły sfermentowane owoce. Ale Michalina i Robert nie mieli nikogo. Dlatego to właśnie ona go odciągnęła i próbowała uspokoić, kiedy krzyczał wściekle:

– Wpierdolę mu! Wpierdolę!

Potem wytarła go koszulką i dziwiła się, że ma takie muskularne i zadbane ciało. Nie jakoś przesadnie, bo żaden z niego model czy aktor filmów akcji – po prostu węzły mięśni były wyraźnie zarysowane i wyczuwalne. Jej eks też kiedyś tak wyglądał, jednak wspólnie spędzone lata, a potem okres opieki nad dziećmi napompowały jego brzuch jak balon, a skórę impregnowały grubą warstwą tłuszczu. Pomyślała, że ona przecież też się tak zapuściła i Jacek, chociaż nie miał prawa tego wypominać, słusznie mówił te wszystkie przykre rzeczy. Zachciało jej się płakać.

Mały blady członek wyglądał jak zwinięty w skorupie ślimak. Chciała go dotknąć, ale nie zdążyła, bo mężczyzna cofnął się i szybko włożył spodnie.

– Gnój pierdolony – dyszał. – Rzucił się na mnie od tyłu. Nic nie widziałem, nic nie słyszałem, dopóki nie wciągnął mnie pod wodę. Nie spodziewałem się. A potem... Chryste...

Zwiesił głowę. Oddech powoli mu się uspokajał, a kiedy Robert na nią spojrzał, w jego oczach zamiast wściekłości, której się spodziewała, dostrzegła niedowierzanie. Śmierć przez utopienie zdarzała się innym. Nigdy nie brał pod uwagę, że sam mógłby tak zginąć. Najwyraźniej nie potrafił się zdecydować, na ile ta groźba była realna. Znalazł się pod wodą, wciągnięto go tam, ale czy naprawdę mógł umrzeć? Przyznanie się do tego byłoby jak przyznanie się do własnej śmiertelności. Coś, co ludziom zawsze przychodzi z trudem.

– Co mu odbiło? – zapytał wreszcie.

– Nie wiem – odparła zgodnie z prawdą.

– Po prostu chwycił mnie za szyję i wciągnął pod wodę! Kurwa! Tak się nie robi! Miał jakiś problem, to mógł normalnie powiedzieć!

– Tak.

Skończył się ubierać. Wciąż był oszołomiony.

– Kurwa – powiedział, jakby nagle na coś się zdecydował. – Dojebię go.

– Daj spokój.

– Nie. – Chwycił ją za ramiona i ścisnął tak, że zabolało. – Michalina, ten gnój próbował mnie zabić. Muszę mu pokazać... Nie można, nie może tak robić. Nie wolno.

Bełkotał lekko. Dopiero teraz dotarło do niej, że ciągle jest pijany i pod wpływem trawki. Zresztą ona tak samo.

– Jutro – rzuciła.

– Co jutro?

– Jutro to zrobisz. Jutro z nim porozmawiasz. Albo nie wiem, coś z nim zrobisz.

– Chcę mu skopać tyłek.

– Skopiesz mu tyłek jutro.

Podrapał się po czole. Potem zamachał kilka razy rękami, jakby próbował kogoś uderzyć. Przecinał ze świstem nocne powietrze i nagle opadł z sił.

– Prawie mnie zabił – wyjęczał.

– Wiem, kochanie – szepnęła. – Wiem.

Położyła dłoń na jego plecach i pogłaskała go delikatnie. Pod palcami poczuła gęsią skórkę i w pewien sposób jej to pochlebiało. I nagle zrozumiała, że całe to oburzenie nie wynika tylko z incydentu z Arkiem, że musi być coś więcej. Z każdego gestu Roberta, z każdego jego ruchu emanowała niewiarygodna siła i pewność siebie, a równocześnie tak łatwo było go skrzywdzić. Kamila to zrobiła i niemal zabił się przez nią. Teraz stało się coś podobnego. Coś z tą modelką.

Wyprostował się. Chwyciła go pod rękę i zorientowała się, że są sami na plaży. Gdzie podziała się cała reszta? Czemu żadne z nich nie spytało nawet, czy z Robertem jest wszystko okej? Przyjechali tu jako przyjaciele i nikt nawet się nie zainteresował. Poczuła się, jakby to ją zdradzili.

– Chodźmy – powiedziała.

Poprowadziła go, bo inaczej pewnie zostałby tam przez resztę nocy. Nie opierał się. Kiedy wdrapywali się mozolnie w górę zbocza, napierał na nią. Ramieniem. Barkiem. Miednicą. Jakby specjalnie szukał kontaktu, sprawdzał, na co może sobie pozwolić. Niepotrzebnie, bo ona pozwoliłaby mu na wszystko. Nie była naiwna. Nigdy nie stanie się kobietą jego życia. Była na to za brzydka, za zwyczajna. On nie kochał jej, a ona, mówiąc szczerze, nie kochała jego. Nie kocha się kogoś, kto jest dla ciebie za dobry. Możesz tylko o nim marzyć.

Weszli na górę. Robert ściągnął z grilla zimną karkówkę i pożarł ją w kilku kęsach, mlaszcząc przy tym bez skrępowania. Wyciągnął piwo ze zgrzewki. Otworzył.

– Chcesz jedno?

– Chcę.

Podał jej puszkę. Potem dorzucił drew do ognia. Kucnął obok paleniska, podmuchał kilkukrotnie, aż płomienie strzeliły w górę wysokim jasnym płomieniem, i usiadł obok Michaliny. Wodził wzrokiem po pustym już placu, jakby dziwił się, gdzie wszyscy zniknęli. Przysunęła się do niego, ich uda zetknęły się.

Czy powinna po prostu powiedzieć, że go pragnie? Była dojrzałą kobietą z dwójką dzieci. Nie musiała bawić się w te gierki z niby przypadkowymi dotknięciami, z przyciężkimi spojrzeniami, angażować się w długotrwałe, męczące dla obu stron negocjacje, dokąd można się posunąć. W jej wieku, w jej sytuacji powinna móc powiedzieć szczerze „chcę poczuć w sobie twojego fiuta". To powinno być jej prawo. Bez skrępowania, bez obawy, co się stanie, co powiedzą o niej inni.

Nagle przypomniała sobie ten moment, kiedy po raz pierwszy pomyślała o rozwodzie. Zwyczajna sobota, uwięziona w tłumie pomiędzy półkami w supermarkecie, próbując dotrzeć do chipsów. Nagle uświadomiła sobie, że ma dość i chce zakończyć małżeństwo. Odrzuciła wtedy tę myśl, bo przytłoczyło ją przekonanie, że nie da rady nikomu się wytłumaczyć z tego kroku. Ani rodzicom, ani przyjaciołom, ani dzieciom. Czuła już na swoich plecach te krzywe spojrzenia, w uszach brzmiały niewypowiedziane przytyki. Jacek nie pił. Nie bił. Dobrze zarabiał. Opiekował się dziewczynkami. A jednak to, co ich łączyło, skończyło się, bezpowrotnie umarło. Przerażała ją wizja kolejnych dwudziestu, trzydziestu, czterdziestu lat w martwym związku, gdy będą robić sobie nawzajem większe i mniejsze złośliwości, bo tylko dzięki temu coś jeszcze będą do siebie czuć. Nawet jeśli chodziłoby wyłącznie o pretensję i gniew. Ale jak to komukolwiek wytłumaczyć, by nie wyjść na rozpuszczoną idiotkę, której w życiu najwyraźniej jest zbyt dobrze? Wstyd więził ją w małżeństwie jeszcze ponad rok, a kiedy przez przypadek dowiedziała się, że Jacek jednak ją zdradza, poczuła nie wściekłość, lecz ulgę, bo wreszcie znalazła pretekst. Dopiero potem przyszło jej do głowy, że może on przeżywał to samo. Kupił co prawda specjalny telefon, by wymieniać sprośne esemesy z tą małą zdzirą z pracy, ale zostawił go na widoku. Jakby chciał, żeby go znalazła i wszystkiego się dowiedziała. Rozwiedli się w sposób cywilizowany, podzielili obowiązkami, majątkiem, ustalili wzajemne zobowiązania. Zabawne, że koniec końców nikomu nie powiedziała o jego zdradzie. Nawet własnym rodzicom. I w chwili podpisania dokumentów zrozumiała, że tak naprawdę ma w dupie to, co sądzą o niej inni. To ona potrzebowała konkretnego powodu, czegoś, czego mogłaby się chwycić, zanim zrobi krok nad przepaścią. Czy teraz było tak samo? Czy równie dramatycznie rozglądała się za jakimkolwiek pretekstem, by móc z czystym sumieniem rzucić się na Roberta?

– Zerżnij mnie – powiedziała, zanim zdołała pomyśleć.

Zakrztusił się piwem.

– Co takiego?

– Wiem, że jesteś z Adaomą – mówiła gorączkowo. – Ale ona o niczym się nie dowie. Ja niczego nie chcę, żadnej miłości, żadnych spotkań. Niczego. Po prostu chcę, żebyś mnie teraz zerżnął.

– Nie wiem, czy jestem z nią – powiedział po kilku sekundach, kiedy wyraz zaskoczenia powoli znikał z jego twarzy, a ona prawidłowo odczytała zgodę. Położyła dłoń na jego kroczu i poczuła, że już jest twardy. Ścisnęła go. Zbliżył swoją głowę do jej, stykali się czołami.

– Tylko raz? – zapytał, jakby chciał się upewnić.

– Tylko raz.

– Dokąd idziemy? Do mnie nie można. Ona tam jest.

– U mnie dzieci. W samochodzie?

– Nie wiem, gdzie są kluczyki. Pewnie w domku.

– Pieprzyć to – powiedziała. – Po prostu zerżnij mnie w lesie.

– W lesie?

– W lesie.

Chwyciła go za rękę, pomogła wstać i poprowadziła drogą. Tak szybko, jak pozwalało im na to alkoholowe upojenie.

Byle już go w sobie poczuć.

TERAZ

1

– To co się wtedy naprawdę stało? – zapytała Adaoma. – Tamtej nocy, kiedy zaginęła Ada?

– O co ci konkretnie chodzi?

– Na przykład o to, czy rzeczywiście próbowałeś utopić Roberta.

Od kilkunastu minut jeździli samochodem po całej miejscowości, szukając wolnego miejsca do zaparkowania. Z powodu festiwalu disco polo wszystkie były zajęte. Auta stały wszędzie: wzdłuż dróg, na chodnikach, trawnikach. Niektórzy z miejscowych postanowili zrobić dobry interes i otworzyli bramy do swoich podwórek, oferując parking za jedyne dwadzieścia złotych od wozu. Wyglądało to tak, jakby do niewielkiej mieściny zjechało całe województwo.

– Pamiętam, że wkurzyłem się na niego... Ale nie, nie próbowałem go utopić. Upiłem się, zjarałem, a potem wskoczyliśmy do wody. Nie wiem, albo się potknąłem, albo obsunęła się pode mną ziemia. Odruchowo chwyciłem pierwszą rzecz, którą miałem w zasięgu.

– Akurat Roberta?

Zwolnił, prawie się zatrzymując, i spojrzał na nią badawczo.

– Też mi nie wierzysz.

– To po prostu dziwne. Nie uważasz?

– Chwyciłem go. Może za szyję, nie wiem, nie pamiętam. Po prostu wylądowaliśmy razem w wodzie, nic więcej.

– On twierdzi, że go przytrzymywałeś. Nie pozwalałeś wypłynąć.

Jego twarz stężała.

– Dobra, Adaoma – powiedział ze złością. – Jaki miałbym plan?

– Słucham?

– Załóżmy, że faktycznie próbowałem go zabić. Jaki miałbym plan na potem? Co bym powiedział? Jak ukrył zwłoki czy coś takiego? Co według ciebie bym później zrobił?

– Sam powiedziałeś, że byłeś pijany.

Przyspieszył i zaraz zahamował, by uniknąć zderzenia, kiedy volkswagen passat wjechał z boku na drogę. Jego kierowca, brzuchaty facet w przeciwsłonecznych lustrzankach i z całą rodziną na tylnym siedzeniu, uderzył się kilka razy otwartą dłonią w czoło, dając do zrozumienia, co sądzi o Arku. Arek machnął ręką, żeby facet już jechał. Zaskakujące, ale to zdarzenie, nieprzyjemne przecież, uspokoiło go.

– Wszyscy byliśmy pijani – powiedział po chwili.

– Co się wydarzyło później?

– Później? Pokłóciliśmy się z Kamilą. Naprawdę ostro. Ona wzięła stronę Roberta. Podobnie jak ty.

– Nie biorę jego strony!

– Niech ci będzie. – Westchnął. – W każdym razie powiedzieliśmy sobie wtedy sporo niemiłych słów. Nie mogłem na nią patrzeć, zrobiłem więc to samo, co ty wcześniej.

– To znaczy?

– Poszedłem się przejść.

– I to ci zajęło resztę nocy?

Pokręcił głową.

– Nie, najpierw wziąłem kilka piw. Chciałem się zastanowić, co zrobić... – Przerwał, bo dostrzegł wolne miejsce. Wjechał w nie szybko, żeby nikt inny nie zdążył go zająć. Wyłączył silnik, zdjął dłonie z kierownicy i całym ciężarem ciała zapadł się w fotelu.

– To wszystko, co się wydarzyło tamtego dnia, podczas całego urlopu. Twój wybuch zazdrości... Przecież ja też byłem zazdrosny. Zazdrosny jak cholera, tylko że ja już się do tego przyzwyczaiłem, bo na każdym takim wyjeździe oni zbliżali się do siebie. Rozumiesz? Jakby otaczały ich jakieś pola, grawitacyjne czy magnetyczne, nie wiem. Przyciągali się nawzajem. Tylko ślepy by tego nie zauważył. Jednak wtedy, tamtej nocy, kiedy Kamila wzięła stronę Roberta, jakaś granica została przekroczona. Poświęciłem się dla rodziny, zrezygnowałem ze swoich marzeń, żeby biegać i sprzedawać ludziom mieszkania. Nie to chciałem robić w życiu. Chciałem zostać architektem, coś zbudować, zostawić po sobie jakiś ślad. Ale chuj. Pojawiła się Ada. Wyrzucam marzenia i biorę się do roboty, by ją wyżywić. Myślisz, że ktokolwiek to kiedykolwiek docenił? Nigdy. Jej rodzice mieli żal, bo zapłodniłem ich córkę, moi, bo zmarnowałem sobie życie, zapładniając jakąś puszczalską. Kamila chyba przez cały ten czas tylko śniła o Robercie, a Ada... Ada nigdy tego nie zrozumiała, bo jakby mogła? Trudno, myślałem, tak pewnie miało być. Ważne, że jestem tym dobrym, że zachowuję się przyzwoicie. I tamtej nocy po raz pierwszy zwątpiłem. Może robię źle? – pytałem sam siebie. Może wcale nie warto i nie muszę tego wszystkiego znosić? Musiałem się nad tym zastanowić. Oczywiście, kiedy Ada zniknęła, to wszystko nie miało już żadnego znaczenia.

Przez przednią szybę samochodu widzieli maszerujące w stronę festiwalu grupki. Rodziców z dziećmi, młodzież z butelkami piwa, młodych mężczyzn z papierosami w ustach, dziewczyny z nienagannym krzykliwym makijażem.

– Wróciłem po godzinie, może dwóch, wciąż wściekły na Kamilę. Nie chciałem przebywać z nią w jednym pomieszczeniu, tym bardziej w jednym łóżku, a podłoga też mi nie pasowała. Dlatego kimnąłem się w aucie. I to cała tajemnica tamtej nocy. Spędziłem ją na tylnym siedzeniu własnego wozu. – Uśmiechnął się słabo i zapytał: – I co? Zamieścisz to w swojej książce?

– Spróbuję.

Skinął głową i wyszedł na zewnątrz. Adaoma zrobiła to samo. Poczekał na nią i poszli tam, dokąd zmierzał tłum.

– Nie boisz się, że ktoś ci zrobi zdjęcie, jak bawisz się na festiwalu disco polo?

– Jakoś to przeżyję – odpowiedziała.

Oboje byli zdziwieni, że zjechało aż tyle osób. Spodziewali się kameralnej imprezy, wiejskiego festynu na góra kilkaset osób z samej miejscowości i przyległych wsi, a tutaj ściągnęło co najmniej kilka tysięcy gości. Przewalali się wielkimi grupami zbyt wąskim chodnikiem, wylewali się więc na ulicę. Zapełniali sklepy, wynosząc z nich zgrzewki piwa, chipsy i chowane po kieszeniach buteleczki z wódką. Znaczyli swoją obecność rozbitymi butelkami, zgniecionymi puszkami rzuconymi niedbale obok śmietników, dopalającymi się na ziemi papierosami, papierkami po słodyczach. Tworzyli kolejki wokół rozłożonych pospiesznie stoisk ze słodyczami, grillem, głupimi koszulkami, balonami z helem i wszelkim możliwym śmieciem. Namioty, w których nalewano piwo, pękały w szwach. Scenę ustawiono na sporej polanie niedaleko rzeki przepływającej przez miasto. Schodziło się tam starymi schodami z niewielkiego nasypu koło mostu i Arek był pewien, że dzisiejszej nocy wielu ludzi połamie sobie nogi.

– Jeszcze raz, co chcesz tutaj właściwie osiągnąć? – zapytał, kiedy znaleźli się już na dole.

– Ten cały Kajetan zapraszał mnie tutaj – powiedziała. – Spotkamy się z nim.

– I co?

– I porozmawiamy.

– Naprawdę myślisz, że cokolwiek nam powie?

Przystanęli na skraju rozbawionego tłumu. Za ich plecami młoda dziewczyna przytulała się do swojego chłopaka, kilka innych chichotało, strzelając sobie selfiki i czekając, aż partnerzy przyniosą im napoje, trzech ogolonych na łyso, ozdobionych tatuażami i łańcuchami facetów popijało piwo, a jakaś para tańczyła w kółeczku razem z trójką małych dzieci w takt muzyki. Porządku pilnowali ochroniarze w czarnych bojówkach i koszulkach z nazwą firmy na wysokości piersi, choć wyglądało na to, że się nudzą. Mimo późnej pory atmosfera była dość spokojna.

Specjalnie przyjechali dwie godziny po rozpoczęciu imprezy, kiedy zrobiło się już ciemno. Arek chciał pojawić się wcześniej, najlepiej jeszcze przed startem, jednak Adaoma wytłumaczyła mu, że wtedy wszyscy są zawsze zajęci i jest milion niespodziewanych problemów do rozwiązania. Nawet jeśli namierzą Kajetana, nie znajdzie dla nich czasu. Mniej więcej w środku koncertu, kiedy już wszystko toczy się trochę siłą rozpędu, mają najwięcej szans, żeby złapać go w wolnej chwili.

– Nie wiem – odparła, lekko zezłoszczona. – Ale to nasz jedyny ślad, a takie spotkanie wyjdzie w miarę naturalnie.

Po chwili zastanowienia przyznał jej rację. Stanął na palcach i rozejrzał się dookoła.

– To gdzie go mamy szukać? – zapytał.

– Nie mam pojęcia – powiedziała bezradnie. – Poczekaj tu chwilę.

Gdy go zostawiła, spojrzał na scenę. Biegał po niej dobrze zbudowany chłopak z mikrofonem. Miał czarne błyszczące od pomady włosy, jasny garnitur i okulary przeciwsłoneczne. Obok niego wiła się dziewczyna w krótkiej sukience, która więcej odsłaniała niż zakrywała. Grający za nimi na keyboardzie mężczyzna udawał, że wcale go tam nie ma.

– I wszyscy klaszczemy! – krzyknął wesoło piosenkarz, kiedy reflektory prześlizgiwały się po widzach. Las rąk powędrował w górę.

Adaoma wróciła do Arka.

– Porozmawiałam z ochroniarzami.

– I co?

– Nie do końca wiedzą, o kogo chodzi, ale mówią, żeby iść pod scenę.

– To spróbujmy się tam przebić.

Poszli z boku, omijając w ten sposób większą część zgromadzenia. Nie było sensu pchać się pod samą estradę, niedużą zresztą. Nawet jakby dotarli do barierek, nie przekrzyczeliby muzyki, by z kimś porozmawiać. Postanowili spróbować od strony zaplecza. W ciemnym parku, jeśli to był park, a nie po prostu zarośnięty teren, stało kilka ciężarówek. Całość otoczono niskim płotem.

Trafili do czegoś, co przypominało bramkę. Na ich widok znudzony ochroniarz podniósł się z krzesła turystycznego i schował komórkę do kieszeni.

– Tak?

– Chcieliśmy się spotkać z Kajetanem Rybakiem – powiedziała Adaoma.

– Kim? – zapytał ochroniarz, marszcząc czoło.

– Z Kajetanem Rybakiem. Jest organizatorem tej imprezy. W jej głosie pojawiła się nuta niepewności. Pomyślała, że może Rybak chciał tylko zrobić na niej wrażenie i tak naprawdę nie ma nic wspólnego z festiwalem. Co najwyżej postawił gdzieś w pobliżu stoisko z kiełbaskami.

– Organizatorem? – powtórzył mężczyzna. – Macie plakietki? Bez nich tutaj nie wejdziecie.

– Nie chcemy wejść, tylko porozmawiać z panem Rybakiem.

– Nie znam.

– A może pan poszukać kogoś, kto go zna?

Ochroniarz pokręcił przecząco głową.

– Sorry, ale siedzę tutaj sam, nie? Nie mogę schodzić z posterunku.

– A nie może pan do kogoś zadzwonić?

– Do kogo?

– Kogoś z organizacji.

– No słabo – odpowiedział. – Jak pani jest umówiona, to niech pani sama zadzwoni. Ktoś po was przyjdzie i was wtedy wpuszczę, nie?

– Nie jesteśmy umówieni.

– No to sorry, ale nie.

– Tylko na chwilę.

– Jak was wpuszczę, z roboty mnie wyjebią, nie?

Popatrzyła na niego błagalnie, ale pozostał niewzruszony. Dalsza rozmowa nie miała sensu. Odeszli więc z Arkiem kilkanaście metrów w głąb parku, tam, gdzie w rozmowie nie przeszkadzała im muzyka i nawoływanie wokalisty, który przekonywał nachalnie publiczność, żeby „wszyscy wznieśli rączki w górę".

– To co teraz? – zapytał Arek.

Adaoma odwróciła się, by ukryć swoją irytację. Pomyślała, że zamiast zadawać pytania, mógłby choć raz wykazać się inicjatywą. To w końcu jego dziecka szukali. Nie rozumiała, dlaczego sama musi podejmować wszystkie decyzje i pchać sprawę do przodu.

– Możemy tam stać i czekać, aż pojawi się ktoś bardziej kumaty – powiedziała wreszcie, spoglądając w stronę bramki, gdzie ochroniarz zdążył już wrócić na swoje krzesło i do przerwanej gry na telefonie. Odwróciła się do Arka i nagle jej twarz wykrzywiła się z przerażenia. Kobieta otworzyła usta do krzyku, ale zanim wydobył się z nich jakikolwiek dźwięk, Arek dostał potężny cios pięścią w głowę i upadł na ziemię. Ktoś wpadł na Adaomę, chwycił ją i ręką zatkał usta. W ciemnym parku dostrzegała tylko cienie sylwetek. Trzy, może cztery.

– Bierzemy ją – warknął jakiś mężczyzna, chwycił za włosy i pociągnął kilka metrów w głąb parku. Kolejny napastnik kopnął Arka.

– I co, czarna dziwko? Teraz cię, kurwa, mamy. – Głos wydał się jej znajomy i nagle zesztywniała ze strachu – to był jeden z tych, którzy szli za nią przez las kilka dni temu.

Powalił ją na trawę i przygniótł całym ciężarem, wbijając łokieć w brzuch. Jęknęła z bólu. Kątem oka dostrzegła, jak Arek się podnosi i próbuje zadać cios napastnikowi. Nie udało mu się, za to jeden z agresorów złapał go i przytrzymał, a drugi zaczął bić i kopać.

Leżący na niej mężczyzna starał się rozsunąć jej nogi.

– Teraz poczujesz białego fiuta... Spodoba ci się, dziwko... Spodoba ci się biały fiut.

Broniła się, szarpała, ale przerażenie brało górę. Bolał ją każdy mięsień, jakby ciało szykowało się na to, co zaraz się wydarzy, poddawało się. Nie mogła na to pozwolić. Ugryzła rękę, która zakrywała jej usta. Czuła, jak zęby przebijają się przez miękką skórę, a gdy krew trysnęła jej prosto do gardła, prawie zwymiotowała. Mężczyzna ryknął i wyrwał dłoń, a potem uderzył ją w twarz. Adaomie zadzwoniło w głowie. Mroczki zatańczyły przed oczami i przestraszyła się, że za chwilę straci przytomność.

– Niech mi ktoś, kurwa, pomoże, z tą czarną cipą!

Kolejny cień pojawił się tuż za nim, jednak zamiast pomóc, chwycił go za włosy i poderwał w górę. Chłopak jęknął, zaskoczony i przestraszony. Nieznajomy wzniósł ramię i pół sekundy później pałka teleskopowa wylądowała na brzuchu napastnika. Nawet nie miał jak krzyknąć. Po prostu opadł na kolana i zwinął się w kulkę.

Nieznajomy pomógł wstać Adaomie. Oddychała przez chwilę. Jej nogi drżały. Całe ciało odmawiało współpracy. Miała wrażenie, że zaraz się posika. Kiedy wreszcie zdołała się choć trochę uspokoić, ujrzała obok siebie pełną troski twarz Kajetana Rybaka. To on ją ocalił. To on trzymał w dłoni pałkę. Oprócz niego było jeszcze czterech ochroniarzy. Dwóch siedziało już na napastnikach. Mężczyźni wbijali im kolana w kręgosłupy, wykręcali ramiona, a gdy tamci próbowali się poruszyć, bili ich. Arek opierał się o pień pobliskiego drzewa. Przyciskał chusteczkę do rozbitej wargi.

– Nic pani nie jest? – zapytał Kajetan.

– Chyba nie – odpowiedziała.

Kiwnął na dwóch pozostałych ochroniarzy, żeby podnieśli chłopaka, który próbował ją zgwałcić. I zaraz poprawiła się w myślach. Wszyscy próbowali ją zgwałcić. On po prostu miał być pierwszy.

Kiedy ochroniarze wykonali polecenie, podszedł do jednego z nich i z kabury przy pasie wyjął mały pojemnik z gazem pieprzowym. Psiknął nim napastnikowi prosto w twarz. Ten nie mógł się schować ani zakryć głowy ramionami, tylko się zwijał i wrzeszczał przeraźliwie. Kajetan uderzył go jeszcze raz w brzuch i dopiero wtedy mężczyźni puścili chłopaka. Padł na ziemię jak worek ziemniaków.

– To ma być, kurwa, rodzinna impreza – powiedział Rybak i oddał ochroniarzowi gaz, a potem poprawił fryzurę.

– Dziękuję – odezwała się cicho Adaoma.

– Mnie pani nie dziękuje, tylko Piotrkowi – odparł. – To on zauważył, że coś się dzieje, i zawołał chłopaków. Ja akurat przechodziłem.

Wskazał na jednego ze swoich ludzi. Tego, który siedział przy bramce i z którym niedawno rozmawiali. Najwyraźniej gra nie pochłonęła go aż tak bardzo.

– Dziękuję – powtórzyła.

– Nie ma sprawy, nie? – powiedział mężczyzna.

– Co mamy z nimi zrobić? – zapytał inny ochroniarz.

Rybak namyślał się przez chwilę. Spojrzał na Adaomę, jakby spodziewał się, że ona coś zaproponuje.

– Zabierzcie ich stąd – polecił. – I dajcie im, kurwa, nauczkę.

Podnieśli całą trójkę z ziemi. Dwaj próbowali protestować, bronić się, ale szybko zostali spacyfikowani za pomocą pałek. Ochroniarze zaprowadzili ich na zaplecze sceny. Wkrótce wszyscy zniknęli za jedną z ciężarówek.

– Pierdolone zwierzęta – mruknął, wyciągając z kieszeni paczkę papierosów. Odpalił jednego. Spojrzał najpierw na Adaomę, później na chwiejącego się pod drzewem jej towarzysza.

– Cały pan jest? Nic niezłamane? – zapytał.

– Chyba nie – odpowiedział z trudem Arek.

Kajetan zaciągnął się mocno.

– Dobra, chodźcie – stwierdził. – Odwiozę was do domu.

2

– Gdzie idziesz? – zapytała Gosia.

– Nie twoja sprawa – odpowiedział Damian, wychodząc z pokoju.

Zbiegł po schodach. Przystanął w korytarzu. Dzisiaj w mieście zaczął się festiwal disco polo. Większość letników tam pojechała, więc w agroturystyce panował spokój. Tylko w dwóch domkach paliło się jeszcze światło.

Jego rodzice też chętnie by się wybrali do miasteczka, ale ponieważ wszystko to organizował ojciec Merry, zostali w domu. Nie chcieli mieć z nim nic wspólnego, więc o wyjeździe nie było mowy. Dlatego teraz siedzieli w pokoju. Mama przeglądała kolorowy magazyn, równocześnie karmiąc małego. Ojciec oglądał telewizję, raz po raz przerzucając pilotem kanały i jedząc kanapki z serem i majonezem, od którego miał już brudne palce. Dziadek pewnie zamknął się u siebie.

Damian wziął buty, najciszej, jak potrafił, otworzył drzwi, wyszedł na dwór i dopiero tam wskoczył w adidasy. Przekradł się pod oknem tak, żeby rodzice go nie zobaczyli, i opuścił teren agroturystyki.

Ojciec, jak zawsze, zapomniał o narzuconych przez siebie zasadach. Pilnowanie Damiana, by faktycznie meldował się co pół godziny, szybko mu się znudziło, ale nie oddał komórki. Chłopak się nie upominał. Dawali sobie z Merry radę dzięki wiadomościom na Facebooku.

Szedł do diabelskiego drzewa, jednak tym razem nie spieszył się specjalnie. Zapadł zmierzch, łatwo było dostać gałęzią i nie zamierzał tłumaczyć się z zadrapań na całej twarzy. Poza tym i tak nie miał co liczyć na seks, a Merry raz po raz wracała do pomysłu zabicia Gośki. Nie rozumiał, dlaczego tak się na to uparła. Ciągle jednak czekał, aż w końcu jej przejdzie i trochę częściej będą się bzykać. Dlatego szedł. Zresztą gdyby się nie pojawił, pewnie by go zostawiła, a on nie chciał znowu być sam. Nie chciał znowu być tym chłopakiem, który nie ma najmniejszych szans na zobaczenie na żywo gołych kobiecych piersi.

Dostrzegł ją z daleka. Stała pod drzewem. Machała latarką, oświetlając jasnym promieniem rozłożyste gałęzie i obserwując labirynt cieni. Przypominał wijące się w nieustannym ruchu kłębowisko żmij.

– Cześć – powiedział.

Skierowała światło latarki prosto na niego. Oślepiła go, więc zasłonił oczy przedramieniem. Dopiero wtedy obniżyła snop.

– Cześć.

Zajęło mu chwilę, zanim jego oczy przyzwyczaiły się do ciemności na tyle, by dostrzec zarys Merry.

– Co słychać? – zapytał.

– Ojciec poszedł robić ten swój głupi festiwal gówna. Matka stwierdziła, że skoro i tak go nie ma, to pojedzie do Sopotu. Najpierw się spiła, a potem zamówiła taksówkę.

– Do Sopotu? – Popatrzył na nią ze zdziwieniem.

– Aha – potwierdziła. – Wychodziła tak ululana, że pewnie zaśnie po drodze. Ojciec, jak się dowie, to się wkurwi.

– No.

Wyglądała na zakłopotaną. Zgasiła latarkę, jakby nagle się przestraszyła, że promień mógłby przez chwilę oświetlić jej twarz.

– Zostałam sama w domu. Nie lubię być tam sama. Jest dziwnie. Wszystko, kurwa, trzeszczy. Może byś do mnie przyszedł? Posłuchamy muzyki, wypijemy coś z barku ojca.

Mówiła powoli i cicho, tak że ledwo ją słyszał. Ale kiedy wreszcie dotarły do niego jej słowa, poczuł nagły przypływ podniecenia. Mieli być sami u niej w domu, w nocy, będą pić. Zawsze po alkoholu pozwalała mu na więcej. Być może dzisiaj pójdą znowu do łóżka. I z wielką ulgą pomyślał, że nie będą już rozmawiać o Gosi. Teraz Merry chciała tylko jego, żeby przy niej był, a on chciał tego samego.

Zanim jednak zdołał odpowiedzieć, usłyszał kroki od strony ścieżki, pękającą pod ciężkim butem suchą gałęź i urwane przekleństwo. Nagle pojawiło się nowe źródło światła, które zalało teren wokół diabelskiego drzewa, i w blasku halogenowej lampy ujrzał ojca i Gosię. Dziewczynka podskoczyła, a potem szarpnęła rodzica za rękaw bluzy.

– Widzisz, tato! – wykrzyknęła. – Widzisz, mówiłam ci, że oni tutaj będą!

– Widzę.

Wyrwał rękaw z jej uchwytu. Odłożył lampę na ziemię.

– Kapuś! – Damian syknął do siostry.

– Zamknij się – rzucił natychmiast ojciec i beknął głośno od wypitego jeszcze niedawno piwa. – Co ty tu robisz?!

Chłopak zerknął na Merry. Odpowiedziała lekko przestraszonym spojrzeniem.

– Nic. Na spacer poszedłem.

– Na spacer?! – powtórzył ojciec i zaśmiał się chrapliwie. – I przypadkiem spotkałeś naszą sąsiadkę?

– Widziałam, jak wychodziłeś! – odezwała się Gosia. – Od razu wiedziałam, gdzie idziesz!

– Zamknij się! – warknął na nią mężczyzna.

Dziewczynka zrobiła wielkie oczy i lekko pobladła. Nie rozumiała, co się właśnie stało. To ona była tutaj tą dobrą, powinna być chwalona, a nie besztana. Jednak wiedziała, że lepiej wykonać polecenie. Nagrodę, jeśli jakaś będzie, dostanie później.

– Zabroniłem ci spotykać się z nią. – Wskazał palcem Merry. – Prawie zawaliłeś klasę! Kiblowałbyś, jak jakiś debil niedorozwinięty!

Faktycznie, miał dużo gorsze oceny w tym roku niż w zeszłym. Był zagrożony z trzech przedmiotów: matmy, biologii i geografii. Dał jednak radę i ojciec nie powinien się czepiać. Damian zacisnął pięść prawej dłoni i zaraz schował ją za plecami, żeby rodzic nie dostrzegł tego buntowniczego gestu.

– My tak tylko... – zaczął i wziął głębszy wdech. – Chciałem zapytać o coś w sprawie szkoły.

– O co?! Jak kompletnie zawalić naukę?! Co ty myślisz, że ja idiota jestem?! Ile jest do września?! Prawie miesiąc, a ty będziesz o szkołę pytał?!

Damian nie znalazł w głowie żadnych słów, które mógłby wypowiedzieć. Tylko żal i wściekłość. Na ojca, na Gosię. Mógł dzisiaj kochać się z Merry, a oni wszystko zepsuli. Zamknął na moment oczy. Chciał, żeby zniknęli, zapadli się pod ziemię albo żeby czas się cofnął. Cokolwiek, byleby mógł pójść z dziewczyną, wypić trochę tego paskudnego i drogiego alkoholu jej rodziców, a potem w nią wejść, kiedy na wpół przytomna od whisky będzie leżeć na kanapie. Zamiast tego poczuł, jak ojciec chwyta go za koszulkę i ciągnie.

– Idziemy do domu.

Szarpnął się instynktownie.

– Nie chcę! – powiedział ostro. Za ostro. Ojciec popatrzył na niego, wściekły i zaskoczony tym buntem.

– Nie może mu pan mówić, co ma robić! – krzyknęła Merry.

Krzysztof odwrócił się do niej.

– To przez ciebie – wydusił. – To przez ciebie zrobił się taki pyskaty.

– Nie możecie mu rozkazywać! – powtórzyła.

– Zamknij ryj, głupia szmato.

Merry zatkało. Damiana też. Nie przypuszczał, że usłyszy coś takiego. I nie chodziło tylko o tych kilka piw, które ojciec wypił wcześniej. Czasami po pijaku krzyczał na matkę, kłócił się z nią, ale nigdy nie używał takich słów. W tak agresywny sposób.

– Nie ma pan prawa tak do mnie mówić – powiedziała Merry.

Damian pomyślał, że to błąd. Jego ojciec zmienił się w obcego człowieka, kogoś, kogo nie znał. Już nie wiedział, czego się po nim spodziewać.

– Bo co? – Mężczyzna ruszył w jej kierunku. – Bo co mi zrobisz?! Myślisz, że jak masz cipę, to możesz mi syna zepsuć?! Albo że jak masz nadzianego tatuśka, to możesz wszystko, zepsuta wywłoko? A nie możesz, kurwa! Nie możesz. Bo my tu ciągle jesteśmy!

Dziewczyna popatrzyła na niego hardo. Zniknęła jej niedawna kruchość. To, co usłyszała, zamiast przestraszyć, tylko ją rozsierdziło.

– Nie mów tak do mnie, grubasie, bo pożałujesz.

Ruch ręki ojca był błyskawiczny. Wylądowała z plaśnięciem na policzku Merry, aż jej głowa odgięła się w tył, a potem całe ciało poleciało na ziemię. Dziewczyna upadła z głuchym jęknięciem.

Damian stał jak sparaliżowany. Nie potrafił się ruszyć. Ledwo zdołał oddychać.

– I co teraz? Gdzie jest twój tatuś? Kto ci pomoże? – Krzysztof wyrzucał z siebie te słowa, a każde ociekało satysfakcją. Jakby dokonał nie wiadomo jak bohaterskiego czynu.

Merry podniosła się powoli. Trzymała się za szczękę. Damian poczuł na sobie jej wzrok. Dostrzegł błysk łez.

– I co teraz? – zapytał mężczyzna, a ona rzuciła się do ucieczki. Niemal na oślep. Pędziła wśród drzew, zahaczając o gałęzie. – Tak! Uciekaj, mała dziwko! Uciekaj! I trzymaj się z dala od mojego syna!

Potem zaśmiał się i uderzył w brzuch otwartymi dłońmi, wyraźnie z siebie zadowolony. Odwrócił się do chłopaka. Uśmiech zniknął mu z twarzy.

– Idziemy do domu – oznajmił.

Ruszyli. Najpierw ojciec, obok niego Gośka. Damian, powłócząc nogami, na końcu. Kręciło mu się lekko w głowie, jakby to on dostał w twarz, a nie Merry. Przed oczami nieustannie wyświetlał mu się ten sam film: ręka ojca dosięga jej twarzy, a potem dziewczyna pada na ziemię. Raz za razem, jakby miał mu pozostać pod powiekami do końca życia. Nagle siostra odwróciła się do niego i chyba pokazała mu język. Nie był tego pewien, ale uświadomił sobie, że to bez znaczenia. Wszystko, co się wydarzyło, to jej wina. Od początku do końca. Powinna ponieść karę. Oni wszyscy powinni ponieść karę.

Merry ma rację, pomyślał Damian. Trzeba zabić Gośkę.

3

Ciągle czuła smak krwi tego gnoja. Wypluwała ślinę z ust raz za razem, tak długo i intensywnie, aż jej usta stały się suche jak pieprz.

Ale i tak nie mogła pozbyć się tego metalicznego nieprzyjemnego posmaku. Stanowił wyraźny ślad, przypomnienie. Coś ją bolało, tylko nie potrafiła wskazać co. Do oczu napływały łzy, więc co chwilę zaciskała powieki i robiła wszystko, żeby się nie rozpłakać. Nie mogła sobie na to pozwolić, nie w tym samochodzie, nie w czerwonym bmw, którym Kajetan wiózł ich do agroturystyki. Chciała zadzwonić do Roberta i opowiedzieć mu o wszystkim, a najlepiej wtulić się w niego. Pomimo jego zdrad potrzebowała go. Chyba... Nigdy w życiu nie czuła się tak samotna jak teraz.

Arek siedział tuż obok. Z twarzą zwróconą w stronę okna, więc niemal nie widziała zaschniętej krwi na policzkach i rozbitej wargi. Nic nie mówił. W pewnym momencie jego dłoń dotknęła jej palców, a potem zacisnęła się delikatnie. Drobny gest, ale przyjęła go z wdzięcznością. Nagle zrobiło jej się lepiej.

W lusterku wstecznym dojrzała wpatrzone w nią oczy Kajetana. Mężczyzna prowadził jak wściekły. Auto podskakiwało raz po raz na wyboistej drodze.

– Za niedługo będziemy – powiedział.

Faktycznie, po niecałych dwóch minutach zatrzymał się gwałtownie tuż przed bramą prowadzącą do agroturystyki. Arek chwycił za klamkę, jednak Adaoma dała mu znak, żeby nie wysiadał.

Wstrzymała oddech.

Byli w tym samochodzie. Razem z Kajetanem, facetem powiązanym z półświatkiem, człowiekiem, który może wiedzieć, co tamtej nocy stało się z Adą. Nie mogli po prostu pozwolić mu odjechać. Musieli czegoś się dowiedzieć. Inaczej to wszystko nie miałoby żadnego sensu.

– Chyba chciałabym się czegoś napić – powiedziała, a jej własny głos zabrzmiał dla niej dziwnie i obco. – Czegoś mocniejszego...

Arek drgnął zaskoczony. Ona przełknęła ślinę. Oczy Kajetana spoglądały na nią obojętnie ze wstecznego lusterka. Zimny dreszcz przeszedł ją wzdłuż kręgosłupa i przez krótką chwilę czuła się dokładnie tak jak wtedy, kiedy tamten chłopak próbował ją zgwałcić. Tak samo bezbronna. Tak samo przestraszona. Potem Rybak mrugnął.

– Mam coś u siebie – zaproponował.

– Nie chcemy się narzucać.

Zerknął na zegarek na wyświetlaczu.

– Poradzą sobie beze mnie przez chwilę.

Po kilku minutach samochód stanął przed jego domem. Kajetan wyjął z kieszeni pilota, nacisnął przycisk i brama otworzyła się z cichym szumem elektrycznego silnika. Wjechali na teren posesji.

– Zostańcie jeszcze w aucie – powiedział i wysiadł.

Adaoma oparła głowę o boczną szybę. Sekundę później coś w nią uderzyło z wielką siłą. Tuż obok swojej twarzy zobaczyła obślinioną, pełną zębów paszczę. Krzyknęła, odskoczyła od szyby i wleciała prosto w Arka. Pies po drugiej stronie szczekał wściekle i rzucał się raz po raz na samochód. Po chwili Kajetan chwycił wilczura za obrożę i szarpnął nim mocno do tyłu.

– Chodź tutaj, skurwysynu! – wrzeszczał, szamocząc się z psem.

Zniknął ze zwierzęciem w mroku ogrodu. Powrócił po kilku minutach i otworzył drzwi od strony kobiety.

– Zamknąłem go. Można wychodzić – powiedział.

Poprowadził ich do salonu, usadził na kanapie, po czym podszedł do barku, otworzył i długo przyglądał się stojącym w równych rzędach butelkom. Adaoma zerknęła mu przez ramię i pomyślała, że w tym domu jest więcej alkoholu niż książek.

– Czego się pani napije? – zapytał.

– Nie wiem.

Podrapał się po brodzie, a potem odwrócił się do niej z butelką baileysa w ręce. Spojrzał na nią pytająco i rzucił:

– Żona to lubi.

– Może być.

Nalał likieru do dużej szklanki i podał jej.

– Lodu?

– Nie, dziękuję.

– Z lodem lepsze.

– Nie trzeba.

Wrócił do barku. Wyciągnął dwie szklanki i do obu nalał whisky. Jedną podał Arkowi.

– Dzielny z pana facet – powiedział.

– Nie rozumiem.

– Mówię o tym, jak pan walczył.

Arek przypatrzył się mężczyźnie, próbując ocenić, czy ten sobie z niego drwi, czy mówi poważnie.

– Z kiepskim rezultatem – odparł wreszcie.

Kajetan pociągnął ze swojej szklanki. Odwrócił się do Adaomy i wskazał palcem na Arka.

– Pani tego nie widziała. Te gnoje biły go i kopały, a on raz za razem próbował wstać, by pani pomóc. Dlatego mówię, że jest dzielny. Inny już dawno by się położył. Szacunek.

Arek nie wiedział, jak powinien się zachować w tej sytuacji, więc niepewnie kiwnął głową. Napił się whisky. Była mocna, aromatyczna. Pachniała leśnym mchem i starym przydymionym drewnem. Pewnie kosztowała majątek.

– Cholernie mi przykro, że coś takiego was spotkało – ciągnął Kajetan. – Kiedy o tym myślę... – Przerwał w połowie zdania i zacisnął pięści.

Usłyszeli, jak otwierają się drzwi od domu. Potem ktoś zamknął je z trzaśnięciem i w stronę schodów przemknęła dziewczyna.

– Sabina! – krzyknął.

Zatrzymała się w połowie drogi. Twarz chowała za rozpuszczonymi włosami.

– Czego?

– Nie czego, tylko się przywitaj. Goście są.

Stęknęła ciężko. Odwróciła się i wtedy zauważyli, że jej dolna warga jest napuchnięta, a na policzku pojawił się obły siniak.

– Dzień dobry – powiedziała przez zaciśnięte zęby.

– Kto ci to zrobił? – zapytał Kajetan.

Dziewczyna milczała, wpatrzona w ojca. Adaoma zadrżała, bo dostrzegła w jej oczach nienawiść i pogardę daleko przekraczającą nastoletni bunt.

– Kto ci to zrobił? – powtórzył.

– Matka. Pokłóciłyśmy się.

– Nic o tym nie wiem.

– Ta! – prychnęła. – Bo ty zawsze wiesz, co matka robi po pijaku.

Mężczyzna stężał. Jego twarz zrobiła się czerwona i tylko obecność gości powstrzymała go przed wybuchem.

– Mogę już iść? – zapytała Sabina.

– Idź.

Wbiegła po schodach i zniknęła na piętrze. Kajetan podszedł do barku. Stanął plecami do Adaomy i Arka, po czym sięgnął po butelkę whisky i dolał sobie. Napił się. Chwilę później już uśmiechał się łobuzersko, jakby nic nie zaszło.

– Nastolatki – powiedział, a potem rzucił do Arka: – Pan pewnie coś o tym wie.

Nagle dotarło do niego, co powiedział. Skrzywił się, jakby dostał metalowym drągiem po plecach.

– Kurwa... przepraszam.

– Nie ma za co.

– Nie chciałem. – Podrapał się po czole. – Dużo myślę o pańskiej córce, o tym, co się z nią stało. Gdybym mógł pomóc...

– Właściwie to pan może – włączyła się Adaoma.

Spojrzał na nią pytająco.

– Tamtej nocy widziałam pański samochód na drodze przy agroturystyce – powiedziała ostrożnie. – Mówiłam o tym policji, ale nie znaleźliśmy na ten temat informacji w aktach. Czy ktokolwiek z panem rozmawiał?

Uśmiech zniknął mu z twarzy. Odstawił szklankę na stolik ze szklanym blatem. Nagle jego ruchy stały się powolne, przemyślane.

– Musiała się pani pomylić – odparł ciężkim nieprzyjemnym tonem. – Nie było mnie tutaj tamtej nocy.

Adaoma przełknęła ślinę. Jej serce znowu zaczęło szybciej bić. Z jednej strony chciała przytaknąć i zakończyć temat. Może się roześmiać i rzucić marny dowcip o tym, jaka jest roztrzepana. Jednak z drugiej coś jej na to nie pozwalało. Czuła, że zbliżają się właśnie do prawdy. Nie mogła odpuścić.

– Komendant powiedział nam coś innego. Był pan tutaj. Dopiero nad ranem jechał na spotkanie do Trójmiasta.

Kajetan przekręcił lekko głowę.

– Skoro pani wie, to po co pyta?

– A dlaczego pan kłamie?

– To działo się rok temu. Mogłem coś zapomnieć. Pomylić.

– Zapomniał pan, co robił tamtej nocy?

– Proszę mi wybaczyć, ale to był ważny dzień dla pana – wskazał Arka – może też dla pani, ale nie dla mnie. Dopiero potem dowiedziałem się o zaginięciu Ady. I faktycznie, pojechałem na spotkanie. Pewnie dlatego zapomniałem.

Adaoma podniosła się z kanapy.

– Ma pan córkę w podobnym wieku. Nie boi się pan, że jej też może się coś stać? Przecież ciągle nie wiadomo, co się stało z Adą!

– Sabina jest mądrą dziewczyną – odpowiedział. – Dbamy o nią.

Arek ciągle siedział niespokojnie ze szklanką whisky w dłoniach. Zerknęła na niego i dała znak, by nie angażował się w tę rozmowę. Czuła, że ona ma szansę dowiedzieć się więcej. Że jeśli Arek się włączy, Rybak odpowie agresją.

– Rozmawiałam z kimś, kto spędził tutaj tamtą noc. Na orgii, którą pan urządził. Razem z panem bawili się miejscowi notable. Wódka, narkotyki, seks. To dlatego nie ma śladu w aktach, prawda? Zbyt wiele osób by się skompromitowało. Ale najciekawsze jest co innego. Ta kobieta opowiadała, że nad ranem pojechał pan po alkohol. Wrócił po kilkunastu minutach. Z maską samochodu zachlapaną krwią.

Przerwała na kilka sekund, pozwalając, by te słowa wybrzmiały. Jej strach i zdenerwowanie minęły, zniknęły jak za dotknięciem magicznej różdżki. Była mocna. Była silna. Zdeterminowana. Pewna siebie, jak chyba nigdy w życiu.

– Co naprawdę wtedy się zdarzyło? – zapytała.

Kajetan lekko pobladł. Podniósł kąciki ust w udawanym uśmiechu.

– Niech pani to po prostu powie – odezwał się.

– Co takiego?

– To, co chce pani powiedzieć.

– Nie rozumiem.

– Powiedz to! – krzyknął i uderzył pięścią w blat stołu. Szklanka z whisky podskoczyła lekko, a potem przewróciła się i spadła na podłogę. Rozległ się dźwięk tłuczonego szkła, a ostre kawałki zalśniły w kałuży alkoholu.

– Powiedz, że ją zabiłem! – wycedził.

– A zrobił pan to?

Mężczyzna zamiast odpowiedzieć, podniósł dłoń i obejrzał, szukając wbitych drobinek szkła. Żadnych nie znalazł, ale pomimo tego wyciągnął chusteczkę i wytarł się dokładnie.

– Tak, byłem nawalony, jednak droga do miasteczka to nie pieprzona autostrada. Jedzie się tylko przez las – powiedział po chwili, kierując te słowa do Arka. – Nikogo tam nie powinno być o tej porze. Nie pomyślałem, że pod koła wejdzie mi pieprzona sarna.

– Sarna? – zapytała z niedowierzaniem Adaoma.

– Sarna – potwierdził. – To dlatego zatrzymałem się koło agroturystyki. To jej krew widziała ta dziwka. I tak, kiedy okazało się, że tej nocy zaginęła Ada, ludzie z imprezy zaczęli srać po kątach. Wpływowi ludzie. Wpływowi na skalę powiatu. Tacy, z którymi robię tu interesy. Wyczyściliśmy sprawę, ale żaden z nas nie miał nic wspólnego z zaginięciem pańskiej córki. A jeśli interesuje was ta sarna, to zapakowałem ścierwo do samochodu i przywiozłem tutaj. Inni widzieli truchło. Podać wam ich numery telefonu?

Arek pokręcił przecząco głową. Adaoma chciała coś powiedzieć, dodać, tylko zabrakło jej słów. Bo co miała zrobić? Zarzucić mu kłamstwo? Bez żadnych dowodów wyjdzie na idiotkę.

– Człowiek was ratuje – powiedział nagle Kajetan zmęczonym, jednak przepełnionym urazą głosem. – Rzuca się pomóc, kiedy tego potrzebujecie, potem zaprasza do domu, a wy i tak chcecie go zrobić w chuja. I to bezczelnie. Jak w ogóle mogliście pomyśleć, że mam coś z tym wspólnego? Nigdy, ale to nigdy nie skrzywdziłbym dziecka.

Odetchnął głęboko. Zerknął na zegarek i pociągnął nosem.

– Muszę wracać na festiwal. Odwiozę was do agroturystyki.

– Nie trzeba – rzuciła szybko Adaoma, bo zdała sobie sprawę, że nie znajdzie dość odwagi, by wsiąść znów do samochodu z tym człowiekiem. – Pójdziemy pieszo.

Kajetan spojrzał ciężko najpierw na nią, potem na Arka. Wzruszył ramionami.

– Jak chcecie – odparł. – A teraz wypierdalajcie z mojego domu.

POMIĘDZY

1

Arek był wściekły. Jego szef opierał się o biurko. Wyglądał na zakłopotanego. Młodszy od niego o pięć lat, nigdy nie pracował jako pośrednik nieruchomości. Nie wiedział, jak to jest oprowadzać tę samą parę po dziesiątym, dwudziestym mieszkaniu, bo zawsze niby coś im nie pasuje, a zawsze jednak chodzi tylko o zbyt wysoką cenę. Kłócić się z ludźmi, gdy najpierw podpisują deklarację, że nie kupią pokazywanego im mieszkania bez pośrednika, a potem oczywiście próbują to zrobić. Jak godzinami namawia się kupujących, by zapłacili te kilka tysięcy więcej, a równocześnie sprzedających, by jednak opuścili cenę. A na dokładkę cała galeria dupków uważa, że mogą go traktować jak służącego. Co gorsza, mają rację, bo prowizja jest najważniejsza. Albo rodzice, którzy kupują mieszkania dzieciom. I kiedy wszystko już ustali się z młodymi, tamci pojawiają się w ostatniej chwili, by wywrócić to do góry nogami. Cwaniacy, którzy dopiero u notariusza mówią, że oni kupią chętnie, ale nagle coś się wysypało i dadzą dziesięć tysięcy mniej. Sprzedający, którzy w tej samej sytuacji podbijają cenę, bo również niespodziewanie „pojawił" się jakiś nowy zainteresowany. Szef Arka nie przeżył tego wszystkiego, za to miał dużo pomysłów na racjonalizację, zwiększenie efektywności, oszczędności i tym podobne rzeczy wyniesione z jednego z licznych programów MBA. Ludzie w firmie zastanawiali się, skąd się właściwie wziął. Właściciel przyprowadził go pewnego dnia, przedstawił jako Staszka, który teraz będzie tu zarządzał, i sobie poszedł. A potem Staszek wygłosił motywacyjną gadkę prosto z *Glengarry Glen Rose*, czym ich oczywiście wkurzył. Plotki mówiły, że młodzian jest spokrewniony z właścicielem albo to syn jakiegoś kolegi jeszcze z czasów studiów i opozycji w PRL-u. Prawdy nie udało im się ustalić. Szczęśliwie po półtora roku pracy przeszła mu ochota na wprowadzanie w życie kolejnych wielkich koncepcji i obecnie czuł się w pełni usatysfakcjonowany codziennym gaszeniem małych pożarów, siedzeniem w wygodnym fotelu i pobieraniem wysokiej, wynoszącej kilkanaście tysięcy złotych pensji z premią od wyników, a potem przepuszczaniem jej na zagraniczne eskapady i alkohol w warszawskich klubach.

Przed chwilą natomiast wezwał Arka i powiedział prosto z mostu:

– Musimy się pożegnać.

Stwierdzenie było tchórzliwe, sugerowało, że to ich wspólna decyzja. Facetowi brakowało odwagi, by po prostu powiedzieć, że zwalniają, i już. Oczywiście Arek formalnie nie pracował w agencji na etacie. Jak większość pośredników, prowadził własną działalność gospodarczą. Dostawał niewielkie stałe wynagrodzenie i prowizję od każdej sfinalizowanej transakcji. Mógł się przedstawiać jako samodzielny przedsiębiorca, jednak tak naprawdę był na łańcuchu agencji. To do firmy, a nie do niego zgłaszali się kupujący i sprzedający, których obsługiwał. Co prawda z powodu takiej formy zatrudnienia szef mógłby się go pozbyć z dnia na dzień, ale Arek miał bardzo przyzwoite wyniki w poprzednim miesiącu. Ten zapowiadał się gorzej, choć ciągle miał nadzieję na odbicie.

– Dlaczego? – zapytał.

– Kolejni klienci zadzwonili i powiedzieli, że nie chcą z tobą współpracować.

– Co takiego?

– Właśnie to.

– Kto?

– Wiśniewscy. Marta i Kamil.

Pamiętał ich. Młode małżeństwo z dwójką dzieci. On, informatyk, właśnie dostał awans w pracy i miał kierować własnym zespołem. Ona była nauczycielką matematyki w szkole podstawowej, co nie spełniało jej ambicji, więc zamierzała poszukać lepszej pracy, kiedy dzieciaki trochę podrosną. Planowali zmienić dwupokojowe mieszkanie na większe. Znalazł im odpowiedni lokal w dobrej okolicy na Ursynowie. Blisko metra, dość tanio, bo w starych blokach, ale im to nie przeszkadzało. Właściciel odziedziczył je w spadku po zmarłej matce. Sam wyjechał już dawno do Anglii i nie planował wracać. Chciał się go jak najszybciej pozbyć. Idealna sytuacja. Jedyną przeszkodę stanowiło to, że ustalenia telefoniczne i mejlowe zajmowały za dużo czasu. Tradycyjnie jedni i drudzy trochę się targowali, jednak umowa czekała już tylko na podpis. Jeszcze jedno, dwa spotkania i będzie mógł umawiać notariusza.

– Jak to?!

– Normalnie. Zadzwonili do nas i zażyczyli sobie, żeby obsługiwał ich inny pośrednik. Zleciłem to Ani.

– Co takiego?! Kurwa! To było do zamknięcia! I co?! Teraz Ania dostanie prowizję od sprzedaży?!

Staszek wyciągnął przed siebie dłonie i gestem próbował go uspokoić.

– Na luzie, okej? Nie ma powodu się unosić.

– Ukradliście mi właśnie kilka tysięcy!

– Ustaliłem z Anią, że podzielicie się prowizją, jeśli dojdzie do transakcji. Pół na pół.

– Pół na pół?! To ja za tym chodziłem! To ja wszystko ustaliłem. Ona musi ich tylko zaprowadzić do notariusza.

– I za to dostanie pół prowizji – stwierdził szef. – Bo z tobą by nie poszli.

Arek zagryzł wargę. Miał wrażenie, że temperatura jego ciała podniosła się o kilka stopni, w środku niego wrze, a kłęby pary bezskutecznie szukają drogi ujścia.

– Dlaczego?

– Co dlaczego?

– Dlaczego by ze mną nie poszli? Jaki podali powód?

Szef popatrzył na niego znacząco.

– Przecież wiesz – powiedział.

Poszło więc o wywiad Kamili. Potem wszystko potoczyło się błyskawicznie. Kolejne materiały dziennikarskie pojawiały się dzień po dniu – reportaże przypominające całą sprawę, wywiady z psychologami od siedmiu boleści, którzy analizowali jego zachowanie. Arek był tym tak przytłoczony i przerażony, że konsekwentnie odmawiał kontaktu z dziennikarzami. Nie wiedział, jak powinien się bronić. Bał się, że zrobiłby jeszcze gorsze wrażenie. Dzień przed emisją Kamila z Ignacym przeprowadziła się do rodziców. Nie poinformowała go o tym wcześniej. Po prostu pewnego wieczora wrócił do pustego mieszkania i znalazł krótki liścik w kuchni. Niepotrzebnie zbagatelizował sprawę. Ostatnio w ich małżeństwie źle się działo. Często się kłócili, a gdy się nie kłócili, to prawie nie rozmawiali. Nawet się ucieszył z jej wyjazdu. Pomyślał, że przyda im się trochę odpoczynku od siebie, że jeśli spędzą trochę czasu osobno, nabiorą odpowiedniej perspektywy. Pomyślał także, jak by to strasznie nie zabrzmiało, że rozwód nie jest taką złą rzeczą. Czytał zresztą, że często się zdarza w rodzinach, które przeżyły podobną tragedię. Trauma związana z zaginięciem dziecka jest zbyt wielka i niszczy więzi łączące rodziców. A oni... Cóż, nawet przed zniknięciem Ady nie byli wzorowym małżeństwem.

O tym wszystkim myślał tamtego wieczora, z butelką piwa w dłoni, skacząc bezrozumnie po kanałach. A następnego dnia ruszyła lawina.

– Kto jeszcze? – zapytał.

– Słucham?

– Powiedziałeś, że inni też nie chcą ze mną współpracować. Kto jeszcze?

– Piotrowski.

Potrzebował kilku sekund, żeby sobie przypomnieć. Ten mężczyzna przyszedł na oglądanie sam. Chciał kupić dwupokojowe lokum. Podczas spotkania wyglądał na skrępowanego. Szybko obejrzał mieszkanie, a potem wyszedł bez pożegnania. Arek uznał, że facet jest po prostu dziwny.

– Mieszkanie mu się podobało, ale nie chce kupować od ciebie.

– Ktoś jeszcze? – zapytał głucho.

– Parę osób – przyznał szef.

W gabinecie na kilkanaście długich sekund zapadła męcząca, krępująca cisza. Usłyszeli, jak na korytarzu uruchamia się drukarka, która z błyskawiczną prędkością zaczęła wypluwać z siebie kolejne strony.

– Parę osób zrezygnowało z usług naszej agencji w ogóle – dodał Staszek.

– Palanty.

– Zgadza się. Co nie zmienia faktu, że stałeś się obciążeniem wizerunkowym dla naszej firmy. Tracimy przez ciebie zaufanie klientów i pieniądze. Dlatego podjąłem decyzję o zakończeniu naszej współpracy. Przynajmniej dopóki twoja sytuacja się nie unormuje. Nie wiem, może za kilka miesięcy, pół roku będziesz mógł do nas wrócić.

– Nie możesz tego zrobić.

– Muszę to zrobić.

– Kurwa, Staszek. Moja córka zaginęła...

– Wiem – przerwał mu. – I udzieliliśmy ci wtedy pełnego wsparcia, pamiętasz? Dostałeś wolne w pierwszym okresie. Byliśmy elastyczni, jeśli chodzi o czas pracy. Nikt nie komentował, gdy nagle w środku tygodnia gdzieś wyjeżdżałeś lub odwoływałeś nieoczekiwanie spotkania. Co więcej, mówię to w tajemnicy, obniżyłem oczekiwania wobec ciebie. Gdyby kto inny miał takie wyniki, już dawno byśmy się z nim pożegnali. Rozumieliśmy, w jak trudnej jesteś sytuacji, wykazaliśmy się maksimum dobrej woli. Ale wiesz... Teraz to co innego.

– Bo?

– Przecież wiesz – powiedział Staszek, a jego głos zabrzmiał z lekka płaczliwie. Jakby musiał po raz setny tłumaczyć oczywiste rzeczy niegrzecznemu dziecku. – Piszą o tobie różne rzeczy w internecie.

– Jakie rzeczy?

– Po prostu sobie przeczytaj, okej?

Arka nagle przeszył ogromny ból w połowie pleców, aż musiał na chwilę się zgiąć. Na twarzy szefa pojawił się niepokój. Zniknął na moment za biurkiem, a potem podstawił mu kosz na śmieci pod samą twarz.

– Co to?

– Myślałem, że będziesz wymiotować – wytłumaczył.

Arek wyprostował się i pokręcił głową. Podjął jeszcze jedną próbę obrony.

– Przechodzę obecnie trudny okres. Żona mnie zostawiła. Chyba. W każdym razie zabrała syna. Jestem atakowany ze wszystkich stron. Nie mam szans na obronę. Proszę, nie możesz mnie teraz wyrzucać. Praca to jedyne, co mi zostało!

Szef rozłożył ręce.

– Przykro mi – powiedział. – Ale hej, to nie jest tak, że dostajesz zakaz konkurencji, nie? Możesz współpracować z inną agencją. W mieście jest ich mnóstwo. O ile, oczywiście, wiesz, nie będziesz nam podkradał klientów, prawda?

To miało zabrzmieć lekko, prawie jak żart połączony z dobrą radą, tylko zmieniło się w bezduszną drwinę. Obaj wiedzieli, że nikt go nie zatrudni. Nie w takiej chwili. Nie, kiedy wokół niego działo się tak dużo złych rzeczy. Arek musiał przyznać mu rację. Stał się obciążeniem, sposobem na stracenie klientów i pieniędzy.

Wyszedł z gabinetu, zabrał swoje rzeczy i pożegnał się ze współpracownikami. Niechętnie podawali mu ręce, a jego odejście przyjęli z widoczną ulgą. Od czasu programu patrzyli na niego ze sporą podejrzliwością, nie wiedzieli, jak się przy nim zachować. Najczęściej po prostu wychodzili do innego pomieszczenia. Denerwowało go to. Większość z nich znała go od lat. Pomagali sobie nawzajem. Czasami, kiedy komuś trafił się gorszy miesiąc, oddawali mu dobre transakcje, żeby wyrobić normę. Ale teraz to wszystko przestało się liczyć.

Wrzucił pudło z rzeczami do bagażnika, wsiadł do samochodu i odjechał. Ręce mu drżały na kierownicy. Nagle, zupełnie nieoczekiwanie dla samego siebie, zaczął wrzeszczeć. Wrzeszczeć z całych sił. Najgłośniej, jak potrafił. Tyle, ile miał powietrza w płucach. I wrzeszczał. Wrzeszczał tak długo, aż jego struny gardłowe odmówiły posłuszeństwa i wrzask zmienił się w ciche, pełne żałości i smutku rzężenie.

2

Zebranie zarządu jak zawsze oczywiście się przeciągnęło. Siedzieli w klimatyzowanej salce, a szefowie działów przychodzili i odchodzili, omawiając rzędy cyferek, które w tym momencie Robertowi wydawały się całkowicie nieistotne. To było o tyle dziwne, że omawiali wyniki pierwszego kwartału po zakończeniu restrukturyzacji. Powinien się tym przejmować, bo tym głównie zajmował się przez ostatnie miesiące. Jeśli wyniki okażą się niezadowalające, prawdopodobnie będzie go to kosztować posadę. Tymczasem nie czuł absolutnie nic. Nie tylko z tego powodu, że znał już wystarczająco dużo osób, by po ewentualnym rozwiązaniu kontraktu bez problemu znaleźć nową robotę. Chodziło o coś innego, o tkwiący w nim głęboko absolutny brak zainteresowania omawianą tematyką. Wszystko to wydawało mu się kompletnie nieistotne. Sztuczne. Jakby nie istniało.

Udzielał się jak najmniej. Na pytania odpowiadał mechanicznie, często zerkając do notatek. Zazwyczaj niemal z nich nie korzystał, uważał, że patrzenie do papierów to oznaka braku pewności siebie. Osłabia przekaz i pozycję mówiącego. Teraz miał to wszystko gdzieś.

Sądził, że inni uważają jego zachowanie za przejaw zdenerwowania. Postanowił nie wyprowadzać ich z błędu.

Skończyli grubo po dwudziestej trzeciej. Wspólnie uznali, że mogłoby być lepiej, ale firma ma dobre perspektywy, a podjęte działania są wystarczające. Wkrótce te same cyferki dostanie rada nadzorcza. Oni też spędzą kilka godzin na ich omawianiu i prawdopodobnie dojdą do tych samych wniosków.

Po zebraniu wszyscy wybierali się na drinka. Wymówił się zmęczeniem. Wsiadł do samochodu i ruszył w kierunku domu. Już w aucie, pomimo późnej pory, wybrał numer Kamili. Odebrała po kilku sygnałach.

– Cześć – powiedziała.

– Cześć.

– Jak poszło? – zapytała.

Uśmiechnął się pod nosem. Był pewien, że nic jej to nie interesuje. Ale zrobiło mu się miło, że pamięta.

– Wszystko dobrze. Jak u ciebie?

– Też dobrze.

– A Ignacy?

– Ciągle pyta o tatę.

– Co mu mówisz?

– To co zawsze. Tatuś jest zajęty i ciężko pracuje. Kiedy tylko będzie mógł, przyjedzie do nas. – Przerwała, ale Robert wyczuwał, że jeszcze nie skończyła mówić. Po prostu potrzebowała chwili na uporządkowanie myśli. Pozwolił jej na to. – To okrutne, ale mam nadzieję, że za parę dni mu przejdzie, przestanie pytać o tatę i straci nim zainteresowanie.

– To nie jest okrutne. W twojej sytuacji to zupełnie normalne, że nie chcesz, by Arek spotykał się z synem.

– Jest jego ojcem.

– Ale niedobrym ojcem – odparł stanowczo. – Próbował kontaktować się z tobą?

– Od dwóch dni nie.

– Tyle dobrego.

– Trochę się martwię.

– O niego czy o siebie?

– O niego.

– Po tym, co ci zrobił? Jak traktował cię przez ostatni rok?

Westchnęła ciężko, boleśnie.

– Po tylu latach... Nas naprawdę wiele łączy... Nie da się tak zupełnie od siebie odciąć. Nie potrafię, jeszcze nie, chociaż chciałabym.

– Rozumiem. – Skłamał, by nie stawiać jej w trudnej sytuacji, dręczyć, kazać się tłumaczyć. Uważał, że już i tak postąpiła bardzo odważnie. Udzieliła wywiadu i opuściła męża. Potrzebowała czasu, by dojrzeć do kolejnego kroku. – Poza tym wszystko w porządku?

– Tak, wszystko w porządku. Dzwoniła ta dziennikarka z „Dużego Formatu". Prosiła o spotkanie.

– I co? Zgodzisz się?

– Nie wiem. Jestem tym wszystkim zmęczona.

– Jednak powinnaś. Przypomnisz ludziom o Adzie.

– Z jednej strony tak, ale... Mam wrażenie, że nikogo nie interesuje już Ada. Wolą słyszeć o mnie i Arku, a ja tego nie potrzebuję. Nie chcę mścić się na nim poprzez artykuły w prasie. Chcę tylko dowiedzieć się, co się stało z moją córeczką. – Na końcu jej głos lekko się załamał. Nawet po blisko roku nie potrafiła o tym spokojnie mówić. Rany ciągle się nie zabliźniły. Nieustannie krwawiły. Nie tak obficie jak dawniej, jednak równie boleśnie.

– Znajdziemy ją – powiedział.

Życzliwie nie skomentowała. Oboje wiedzieli, że obiecywało to mnóstwo osób. Żadna z nich nie dotrzymała słowa.

– Jakbyś czegoś potrzebowała, dzwoń – poprosił.

– Dobrze.

– Dobranoc.

– Dobranoc.

Rozłączył się. Przez chwilę rozważał, czy nie zadzwonić od razu do jej mamy. Informacja o próbie samobójczej Kamili, właściwie dwóch próbach, zmroziła go. Dlatego bardzo się ucieszył, kiedy dowiedział się o przeprowadzce do rodziców. Wiedział, że dzięki temu ktoś nieustannie będzie miał ją na oku. Powstrzyma, jeśli spróbuje zrobić kolejne głupstwo. Od czasu do czasu kontaktował się więc z jej rodzicami. Zawarli cichy pakt wzajemnej pomocy w dziele opieki nad ich córką. Nie wybrał jednak numeru. Dojeżdżał już do domu. Poza tym bał się, że Kamila mogłaby przypadkowo podsłuchać tę rozmowę. Nie wiadomo, jak by zareagowała.

Zaparkował na swoim miejscu na parkingu podziemnym. W domu rzucił marynarkę na wieszak w przedpokoju. Przeszedł do kuchni. Z lodówki wyjął piwo. Nawet nie kłopotał się, by sprawdzić jakie. W salonie zauważył, że telewizor jest włączony. Naprzeciwko, na kanapie leżała otulona kocem Adaoma. Wyglądała ślicznie w błyskach ekranu prześlizgujących się po jej skórze. Zamiast pidżamy miała na sobie bawełnianą koszulkę. Włosy opadały jej na twarz.

Usiadł obok. Chciał ją obudzić, ale zamarł z wyciągniętą w jej stronę ręką. Uświadomił sobie, że na niego czekała. Wiedziała o ważnym spotkaniu i chciała się dowiedzieć, jak poszło. A on zaraz po wyjściu z budynku zadzwonił jednak nie do niej, ale do Kamili.

Co to znaczyło?

Pospieszył się. Te oświadczyny, niezaplanowane i przypadkowe, bo właściwie starał się powiedzieć coś innego, były błędem. Nie dlatego, że jej nie kochał. Kochał. Tylko nie teraz, nie w tej chwili. Przez ostatnie miesiące coraz więcej czasu poświęcał Kamili, aż przyćmiła i zastąpiła Adaomę. I teraz, ku swojemu szczeremu zdziwieniu, tak szczeremu, jak szczery może być tylko człowiek, który nagle zdaje sobie sprawę ze stanu własnych uczuć, odkrył, że w jego sercu nie ma już miejsca dla nikogo innego. Nie łudził się, pomiędzy nim a Kamilą raczej nic się nie wydarzy. Nawet zwykły pocałunek wydawał mu się czymś niewyobrażalnym. Ale kochał ją, a miłość wymaga przecież poświęceń. Teraz właśnie pragnął być przy Kamili, opiekować się nią, dbać o nią, obronić, jeśli będzie potrzeba, aż ona nabierze dość sił, by stanąć na własnych nogach. Nie liczył na żadną nagrodę, po prostu czuł, że to jego przeznaczenie. Misja, którą musi wypełnić, jeśli w przyszłości zechce spojrzeć sobie w twarz w lustrze. Misja, którą musi wypełnić sam, bo skrzywdzi każdego, kogo zabierze ze sobą.

Poczuł smutek, głęboki i przerażający. Tak jak wtedy, kiedy dowiedział się, że Kamila jest w ciąży i między nimi skończone. Adaoma była wspaniała. Gdyby nie to wszystko, co wydarzyło się przez ten rok, byłby z nią szczęśliwy. I zapewne za rok, za dwa, kiedy historia z Kamilą się zakończy (jeśli się zakończy), znowu mógłby pokochać Adaomę, tak samo mocno i prawdziwie, jak jeszcze kilka miesięcy temu. Ale nie potrafił kazać jej czekać tak długo. Zasługiwała na kogoś lepszego.

Zdradzał ją na początku ich związku. Przy okazji różnych pracowniczych wyjazdów, branżowych konferencji, biznesowych spotkań. Alkohol, pieniądze, miękkie narkotyki sprzyjały nieformalnym kontaktom. Robił to bez wielkich wyrzutów sumienia, przekonany, że ona postępuje podobnie. Później zrozumiał, że nie. I tak krok po kroku ich związek stawał się coraz bardziej poważny, a Robert coraz bardziej wierny. Z jednym wyjątkiem, tamtej strasznej nocy, po ich wielkiej kłótni, kiedy Michalina opierała się o pień drzewa, a on ją brał mocno od tyłu, zastanawiając się, co, do cholery, robi i dlaczego. Już wtedy, w trakcie, miał wyrzuty sumienia, jednak nie przestał, i także z tego powodu przez kilka następnych tygodni czuł do siebie głębokie obrzydzenie.

Wiedział, że musi rozstać się z Adaomą, chociaż nie chciał jej zranić. To jemu należał się cały ból, który miał zadać, to on był za niego odpowiedzialny, nawet jeśli w niczym nie zawinił. Dlatego wybrał jedyną emocję silniejszą od żalu. Gniew.

Dotknął delikatnie jej ramienia. Obudziła się. Przeciągnęła. Podniosła na łokciu i spojrzała na niego na wpół przytomna. Dopiero po chwili się uśmiechnęła.

– Wróciłeś – powiedziała. – Jak poszło?

– Dobrze, ale to nieważne. Chciałem o czymś z tobą porozmawiać.

Zmarszczyła brwi, zmartwiona poważnym tonem jego głosu, i to wystarczyło, by poczuł bolesne ukłucie, jakby drut kolczasty okręcał się właśnie wokół jego wnętrzności.

– Co się stało?

– Pomyślałem, że jeśli mamy być małżeństwem, to powinniśmy zacząć... Zacząć z czystą kartą, absolutną szczerością. Bo chcę, byś wiedziała o mnie wszystko, poznała moje sekrety. Rozumiesz?

– Chyba tak.

– Dlatego opowiem ci teraz o wszystkich kobietach, z którymi spałem, kiedy byliśmy razem.

3

Jej mieszkanie okazało się mniejsze, niż to zapamiętała. Dwa pokoje, prawie pięćdziesiąt metrów. Zawsze mówiła, że to za dużo. Teraz nie mogła pojąć, jak przy każdym ruchu nie uderzała łokciami o ściany i meble, nie przewracała książek i wazonów, nie zahaczała palcami u stóp o wystające rogi.

Adaoma spędziła ostatnie dni, na przemian płacząc, wściekając się, pijąc wino i oglądając seriale z Netflixa, z których tak naprawdę niewiele zapamiętywała.

Do nikogo nie zadzwoniła, z nikim nie rozmawiała. Wszystko z powodu palącego wstydu. Całkowicie ją opanował, chociaż ona nie zrobiła niczego złego. To raczej Robert powinien się wstydzić. Najpierw doprowadził do jej zwolnienia, uniemożliwił swoim postępowaniem znalezienie nowej pracy, a potem upokorzył na przyjęciu, wpychając w ramiona tej starej wydawczyni. Każdy z tych punktów usprawiedliwiałby ją, gdyby zdecydowała się go zostawić. A jednak tego nie zrobiła. Była przy nim. Wspierała, nawet kiedy tak mocno zaangażował się w pomoc Kamili. Współczuła jej, ale wiedziała, że to nie jest ich życie, nie ich sprawa. Nigdy jednak nie powiedziała tego głośno. Teraz żałowała.

Aż wreszcie, bez żadnego ostrzeżenia, zaczął opowiadać o wszystkich kobietach, z którymi ją zdradził. Nie rozumiała dlaczego. Ani przez chwilę nie uwierzyła w ten bzdurny powód o zaczynaniu małżeństwa z czystą kartą. Nie potrafiła jednak wymyślić żadnego innego. Nawrzeszczała na Roberta, chyba nawet uderzyła. Lekko, w pierś. Nie dlatego, że chciała mu zrobić krzywdę, po prostu musiała w coś uderzyć. W kogoś. Poczuć pod swoją pięścią miękkie ciało. Potem oczywiście się rozpłakała. Chciał ją przytulić, więc uderzyła go jeszcze raz i to pomogło, bo wzięła się w garść. Poszła do pokoju, ubrała się, spakowała najpotrzebniejsze rzeczy i wyszła z mieszkania.

Wróciła tylko raz, pod jego nieobecność, z dwoma tragarzami. Właściwie ich nie potrzebowała, bo zabierała jedynie kilka kartonów z ciuchami i komputer, ale wolała mieć przy sobie świadków. Zakładała, że dzięki ich obecności nie rozklei się, gdyby jednak przypadkiem spotkała tam Roberta.

Czego więc tak się wstydziła? Nie potrafiła znaleźć odpowiedzi na to pytanie. Może tego, że dała się oszukać, że tak wiele włożyła w związek z kimś, kto ją rozczarował. Że nie dostrzegła wszystkich znaków ostrzegawczych, że w ogóle się w nim zakochała. A może wszystkich tych rzeczy naraz.

Nie powiedziała o tym nikomu, bo wiedziała, co się stanie. Koleżanki, matka, siostra, agentka – wszystkie będą ją pocieszać. Poić alkoholem, napychać słodyczami i dobrym żarciem, wyciągać na imprezy i przede wszystkim opowiadać o tym, jakim Robert jest draniem i dupkiem, kimś, kto na nią nie zasługuje. Będą miały rację, ale ona i tak czuła, że w pewien sposób to jej wina.

Nie rozumiała, skąd to się u niej bierze. Dlaczego nie może być taka jak mama, która nie pozwoliła wrócić do siebie tacie i nigdy nie zastanawiała się nad tym, czy podjęła złą czy dobrą decyzję, tylko rzuciła się w wir życia, nie pozwalając, by przeszłość zatruła jej duszę? Bo tego też się bała – że nie będzie już potrafiła nikomu zaufać, oddać się tak bezgranicznie i ufnie jak Robertowi. Nienawidziła go za to. Widziała, co ludzie potrafią sobie robić nawzajem. Nawet jeśli kiedyś się kochali. Ale nie sądziła, że kiedyś spotka to ją.

Chyba wszyscy tak myślą. Inaczej nikt nigdy w nikim by się nie zakochał.

Pewnego dnia, kiedy skończyło się wino i jedzenie, włożyła stare jeansy i byle jaki tiszert. Pomimo tego, że było ciepło, dodała do tego zestawu bluzę i schowała twarz pod kapturem. Ostatnie, czego chciała, to tego, by ktoś zrobił jej teraz zdjęcie i sprzedał na cholernego Pudelka.

Weszła do pobliskiego niewielkiego marketu, wrzuciła do koszyka bułki (białe, pszenne, chociaż zazwyczaj jadła tylko czarne pieczywo), żółty ser, wędlinę, czekoladę, lody i butelkę wina.

– Pani tutaj? – odezwała się do niej jakaś starsza kobieta. – Pani tu mieszka?

– Chyba tak – odpowiedziała szybko, złoszcząc się, że została rozpoznana.

Zapłaciła za zakupy i chciała już iść do domu, kiedy poczuła, jak ktoś chwyta ją za łokieć. Obejrzała się spłoszona i znów zobaczyła tę kobietę. Chciała się wyrwać, ale wtedy uświadomiła sobie, że ją zna. To była wydawczyni z przyjęcia.

– Proszę pójść ze mną. – Usłyszała głos niedopuszczający sprzeciwu i zaskoczona uległa.

Poszła z nią do bloku nieopodal, nowego budynku, podobnego do jej. Wjechały windą, tak dużą, że można by przewozić nią słonie, na drugie piętro. Kobieta miała przyjemne trzypokojowe mieszkanie. Gustownie urządzone, w jasnych kolorach. W każdym możliwym miejscu stały regały wypełnione książkami. Przy drzwiach balkonowych wylegiwały się dwa koty. Centralne miejsce w dużym pokoju zajmowało gigantyczne biurko z wielkim ekranem komputera, zarzucone papierami, a na podłodze leżał stos dziecięcych zabawek.

– Wnuki mnie odwiedziły kilka dni temu – wytłumaczyła. – Jeszcze nie miałam czasu posprzątać. Dziewczynka i chłopiec. Mało czytają, niestety, ale to może przyjdzie z wiekiem. Teraz tylko bieganie, klocki, tablety...

Poszły do kuchni.

– W pierwszej chwili pani nie poznałam. – Zmieniła temat. – Taka piękna. Taka zaniedbana. Nieumalowana. W brudnych ciuchach. Pomyślałam sobie, że takie kobiety jak pani doprowadzają się do tego stanu tylko w jednej sytuacji. Rzucił panią, prawda? A może to pani go rzuciła? Zresztą nieważne. Niech pani nie odpowiada. Nie interesuje mnie to. Mogę prosić o pani torbę z zakupami?

Adaoma podała jej płócienny worek, chociaż sama prośba ją zdumiała. Nie miała jednak siły protestować. Wydawczyni zajrzała do środka. Wyjęła stamtąd butelkę, a resztę odłożyła na stół. Przyjrzała się etykietce, zamruczała coś pod nosem i wyrzuciła wino do kosza pod zlewem.

– Nie potrzebuje pani tego – wytłumaczyła. – Mój mąż najpierw odszedł ode mnie do młodszej. Potem wrócił, a później umarł. Bardziej bolało, kiedy odchodził, niż kiedy umierał. Wszystkie więc to przerabiamy w pewnym momencie życia. Herbaty, kawy?

– Wody.

– Może być i woda.

Nalała im obu po szklance wody prosto z kranu.

– Proszę się nie bać. Wbrew temu, co mówi wiele osób, jest zdrowa. Trochę niesmaczna ta nasza warszawianka, ale idzie się przyzwyczaić. A tak jest bardziej ekologicznie, niż kupować te plastiki, potem wyrzucać – powiedziała, wręczając jej napój.

– Czego pani ode mnie chce? – zapytała Adaoma.

Wydawczyni spojrzała na nią uważnie. W kącikach jej ust pojawił się trudny do zinterpretowania, lekko złośliwy, jednak życzliwy uśmiech.

– Pani mi napiszę tę książkę – powiedziała w taki sposób, jakby rzecz została już postanowiona.

– Jaką? O zumbie? Fitnessie?

Kobieta zaśmiała się krótko.

– Pani jest przecież na to za mądra – stwierdziła. – Chociaż szkoda, obie dobrze byśmy na tym zarobiły.

– O Biafrze? – Odważyła się zapytać, ale ta pokręciła głową.

– Nic się nie zmieniło. To się nie sprzeda. Napisze mi pani książkę o tej zaginionej dziewczynie.

– Nie interesuje mnie to.

– Ale ludzi to interesuje – powiedziała ostro kobieta. – A dla kogo pani chce pisać? Dla ludzi czy dla siebie? Jak to drugie, to niech sobie pani jedzie do tej Nigerii, zbiera materiały i napisze o wymarzonej Biafrze. Może nawet ktoś to wyda. Tylko czemu pani jeszcze tego nie zrobiła?

Nie wiedziała, co odpowiedzieć.

– Tak właśnie myślałam – ciągnęła wydawczyni, tym razem już łagodniejszym tonem. – Pani potrzebuje pomocy.

– Chyba tak – przyznała.

– A ja pani pomogę. Najpierw z wyborem tematu, a potem... Kto wie? Może przyjdzie i czas na Biafrę. – Napiła się i odstawiła szklankę. – Kapuściński powiedział, że musi przeczytać sto stron, żeby napisać jedną – dodała po chwili. – Słyszała pani o tym?

– Nie.

– Wie pani, co to znaczy?

– Żeby pisać, trzeba czytać?

Kobieta minęła ją i podeszła do jednego ze stojących w przedpokoju regałów. Zaczęła przeglądać stojące tam książki.

– Dokładnie – stwierdziła. – Dlatego zanim zajmie się pani tematem, powinna zapoznać się z kilkoma książkami. Żeby wiedzieć, co już zrobiono, jak zrobiono i co jeszcze można zrobić. Zacznijmy od *Z zimną krwią* Capote'a.

– Czytałam to już.

Wydawczyni spojrzała na nią przelotnie, a w jej oczach pojawiło się coś na kształt błysku uznania.

– To się chwali – powiedziała. – Ale jeśli chce pani napisać coś dobrego o tej sprawie, trzeba przeczytać to jeszcze ze sto razy.

Wyjęła książkę i rzuciła ją Adaomie. Kiedy ta złapała ją niezgrabnie, wydawczyni uśmiechnęła się.

– Może jednak uda nam się stworzyć coś w miarę przyzwoitego, jeśli ograniczy się pani do dziesięciu.

WTEDY

Nikt do końca nie wiedział, kiedy zorientowali się, że Ady nie ma. Poranek dla większości okazał się dość trudny. Było parno, duszno i nieprzyjemnie. Nad ich głowami wisiała gruba pokrywa chmur ciemnych jak brudny od spalin tył ciężarówki. Obudzili się zmęczeni, skacowani, obolali, a małe dzieci nie miały dla nich najmniejszej litości. Wyganiały z łóżek, kazały wstawać, bawić się, narzekały na to, że są głodne. Kreskówki na ekranach tabletów, laptopów, a nawet komórek pomagały tylko na chwilę.

Na pewno nie wydarzyło się to na śniadaniu. Przyczłapali tam w grupkach. Jedli niewiele. Tyle, żeby nie zwymiotować. Największym powodzeniem cieszył się kefir, którego za chwilę zabrakło, i kawa.

Kamila przyszła pierwsza. Niosła Ignacego. Przygotowała mu płatki z mlekiem. Sama zjadła tylko kanapkę z ogórkiem i popiła słodką herbatą. Miała włosy w nieładzie, a na twarzy resztki wczorajszego makijażu. Arek pojawił się kilka minut po niej. Nalał sobie kawy do kubka. Przez chwilę stał na środku stołówki, jakby zastanawiał się, czy dołączyć do żony, ale ostatecznie usiadł przy stoliku obok. Przez cały posiłek nikt się do niego nie dosiadł.

Także Adaoma i Robert jedli osobno. Ona przyszła pierwsza. Nieprzyzwoicie świeża, trzeźwa i wyspana. Zjadła śniadanie i zaraz poszła do domku, żeby zacząć się pakować. Porozmawiała chwilę z żoną gospodarza, która właśnie dowiedziała się o jej wyjeździe. Adaoma tłumaczyła z uśmiechem, że pilne plany zawodowe wzywają ją do Warszawy, ale bardzo, naprawdę bardzo jej się tu podoba. Gospodyni oczywiście rozumiała, a potem podjęła jeszcze jedną próbę ściągnięcia jej tutaj z całą ekipą telewizyjną. Prezenterka obiecała po raz kolejny, że porozmawia z producentami. Robert przyszedł już po niej. Zjadł coś, wypił kawę. Z nikim nie rozmawiał. Siedział tylko ze zwieszoną głową, coś sprawdzał na komórce i wyszedł, żegnając się ze wszystkimi machnięciem dłoni.

Po śniadaniu Kamila zaczęła szukać Ady. Chodziła z Ignacym od domku do domku, pytając każdego, czy widział jej córkę. Nie wyglądała jednak na zaniepokojoną, raczej zdenerwowaną na starsze dziecko. Zatrzymała się dłużej przy Michalinie. Zaczęła narzekać na to, że ma już dość, że oczekiwałaby trochę pomocy od kogokolwiek, jakiegoś szacunku, a tymczasem Ada zniknęła bez słowa. Co więcej, nie odbiera komórki. Kamila powiedziała, że niepotrzebnie przyjechała tutaj na urlop i że kiedy córka wróci, to ją ukarze. Jeszcze nie wiedziała jak, ale coś wymyśli. Coś naprawdę dobrego. Michalina ją uspokajała, mówiąc, że jeśli nie liczyć wczorajszej nocy, to wyjazd nie był przecież taki zły, a dziewczyna pewnie poszła na spacer. Może z synem gospodarzy, bo ostatnio spędzali razem trochę czasu. Kamila odszukała więc Damiana. Chłopak wyglądał na lekko spłoszonego, kiedy do niego podeszła, jednak on też nie widział Ady przez cały ranek.

Prawdopodobnie wtedy Kamila poczuła pierwsze ukłucie niepokoju.

Wróciła do reszty. Raz jeszcze zaczęła wszystkich wypytywać. Wkrótce dołączył do niej mąż i od razu wybrał numer córki. Nie odbierała. Kamila nakrzyczała na niego, że przecież nie jest idiotką, sama już próbowała się dodzwonić. Poprosił ją, by się uspokoiła. Wytrąciła mu telefon z dłoni. Poszli do gospodarzy.

Po raz kolejny okazało się, że nikt nie widział Ady od poprzedniej nocy.

Robert z Adaomą mieli już odjeżdżać, kiedy zdenerwowana Kamila zaczęła wykrzykiwać imię córki, a potem mówiła, by natychmiast jechać po policję. Robert poprosił, żeby zostali i pomogli w poszukiwaniach. Adaoma się zgodziła.

Pawełek z Grześkiem postanowili sprawdzić teren nad jeziorem. Kamila się rozpłakała. Scenariusz, w którym Ada idzie w nocy popływać i tonie, wydał jej się najbardziej prawdopodobny. Arek poprosił, by nie wpadała w histerię. Kamila odpowiedziała, że on nic nie rozumie. Arek poszedł do domku i wrócił po chwili z kostiumem kąpielowym córki w dłoni. Machał nim żonie przed oczami i mówił, że nie poszłaby się kąpać w samych majtkach. A skoro zostawiła kostium, to nie pływała. Kamila odpowiedziała, że jest debilem.

Mężczyźni nie znaleźli niczego nad jeziorem. Podzielili się na grupy, ktoś opiekował się dziećmi, reszta obszukała najpierw teren agroturystyki, potem dalsze okolice. Nie znaleźli ani Ady, ani jej śladu. Nie spotkali nikogo obcego. W poszukiwania włączyła się rodzina zmartwionych gospodarzy.

Kamila po raz kolejny próbowała dodzwonić się do córki. Po raz kolejny nie udało jej się to. Powiedziała Arkowi, że powinni pojechać na policję. Zgodził się.

W połowie drogi do miasteczka usłyszeli potężny grzmot. Szare niebo przecięła błyskawica i wreszcie spadła na nich ściana wody.

Padało przez blisko dwie godziny.

Policjanci powiedzieli potem, że jeśli na terenie gospodarstwa były jakiekolwiek ślady, wszystkie zmyła ulewa.

TERAZ

1

– Myślisz, że kłamał?

Siedzieli z Arkiem na pomoście. Moczyli nogi w zimnej wodzie. Przy domkach letnicy bawili się z dziećmi. Grali w piłkę, śmiali się i krzyczeli. Rozpalili ognisko, na którym mieli piec kiełbaski. Było już po kolacji. Powoli zapadał zmierzch.

Oboje wstali późno. Przez cały dzień prawie nie rozmawiali o tym, co się stało poprzedniej nocy. Arek pojechał do miasteczka. Sam. Adaoma nie miała sił ani ochoty. On rozwieszał pozostałe plakaty z wizerunkiem Ady, ona czytała *Z zimną krwią*. Po raz szósty. Chociaż nie wiedziała po co.

Zjedli razem obiad. Potem kolację. Dzień szybko minął.

– Nie mam pojęcia.

– Trudno uwierzyć w jego opowiastkę.

– Wiem.

– Powinieneś coś z tym zrobić.

Arek zakręcił stopą w jeziorze, tworząc kilka małych fal.

– Zadzwonię do naszego prawnika po powrocie do Warszawy – powiedział. – Jeśli facet będzie chciał się ze mną spotkać, opowiem mu o wszystkim. Zobaczymy, co z tego wyniknie.

– Dobry pomysł.

– Będę mógł na ciebie liczyć, jakby co?

– To znaczy?

– Potwierdzisz tę historię?

Popatrzyła na niego z niedowierzaniem, a potem zorientowała się, że on mówi poważnie. Naprawdę się bał, że z jakiegoś powodu mogłaby wszystkiego się wyprzeć. Najwyraźniej Robert w równym stopniu zniszczył ich oboje. Nie potrafili już ufać innym ludziom.

– Oczywiście.

Odwrócił się do niej, długo i uważnie patrzył jej prosto w oczy. Tak mocno, jakby chciał się w nich zanurzyć. Nachylił się ku niej, a ona się przestraszyła, bo wiedziała, że spróbuje ją pocałować. Nie chciała tego. Zamierzała się odsunąć, może wstać, zanim będzie za późno. Miała nadzieję, że ten gest okaże się wystarczająco zrozumiały. Odrzucenie. Teraz, po wczorajszej nocy, nie była pewna, jak on to zniesie. Wolałaby się nie przekonywać. Nie zdążyła jednak nic zrobić, kiedy poczuła jego dłoń na swojej. Ścisnął ją.

– Dziękuję – powiedział tylko, oparł się na łokciach i wygiął głowę do tyłu. Patrzył teraz wprost na pierwsze gwiazdy pojawiające się na ciemniejącym niebie.

Poczuła głęboką wdzięczność. Prawie każdy mężczyzna, którego spotkała na swojej drodze, w pewnym momencie wysyłał jej sygnał, że do czegoś mogłoby między nimi dojść. Czasami były to znaczące spojrzenia, czasami wulgarne propozycje. Arek właśnie się z tego wyłamał. Pokazał, że dla niego jest kimś więcej niż tylko obiektem seksualnych fantazji. W ten sposób, przynajmniej częściowo, przywrócił jej wiarę w ludzi.

– Za co?

– Za to, że uwierzyłaś, że nie jestem złym człowiekiem.

– Nie jesteś – potwierdziła. – Inni też się o tym kiedyś dowiedzą.

– Nie sądzę – odpowiedział smutnym głosem, jakby pogodzony ze swoim życiem. – Robert już o to zadba.

2

Damian znalazł Gosię przed domem. Siedziała na ławeczce i jadła ciasto drożdżowe. Nie powinna. Był pewien, że dostała już swoją porcję po kolacji. Musiała więc ukraść z kuchni kolejny kawałek. Mógłby teraz pójść do matki i naskarżyć. Tylko że mała dziwka pewnie wymyśliłaby jakieś kłamstwo i znowu cała wina spadłaby na niego. Poza tym szukał jej z zupełnie innego powodu.

Podszedł do niej, stanął tuż obok. Otworzył usta, ale nic nie powiedział. Coś go ścisnęło w gardle, brzuchu, w piersiach. Strach, podniecenie, ból. Po plecach spłynęła mu strużka zimnego potu i nagle poczuł, że nie powinno go tu być.

– Czego chcesz? – odezwała się Gośka.

Dźwięk jej głosu, po dziecięcemu ostry i drażniący, bezczelność w spojrzeniu – to wystarczyło, by przypomnieć mu o Merry. O tym, jak ojciec ją uderzył, jak upadła na ziemię. I o tym, że za to wszystko odpowiadała siedząca przed nim dziewczyna.

– Chciałem się pogodzić – powiedział.

– Co takiego?

– Miałaś rację. – Wyszarpał z siebie te słowa. – Nie powinienem niszczyć twoich rzeczy. Przepraszam.

Spoglądała na niego podejrzliwie. Kawałki ciasta drożdżowego przykleiły się jej wokół ust.

– No dobra – odparła z ociąganiem. – I? Jeśli myślisz, że teraz pozwolę ci spotykać się z tą dziewczyną...

– Nie. – Przerwał jej szybko, ukrywając swoje oburzenie. Jakby to ona mogła mu zabronić lub pozwolić na cokolwiek. – Między nami skończone.

– Między tobą a nią?

– No tak, kurwa.

Powiedział to trochę za ostro. Teraz pożałował. Musiał to rozegrać spokojnie, chłodno. Pomimo tych wszystkich emocji, które rozszarpywały go na strzępy. Wolał, by do tego nigdy nie doszło, by to wszystko już się skończyło.

– Chcę ci coś dać – powiedział.

– Dać?

– Na przeprosiny.

Zmarszczyła brwi. Rozejrzała się dookoła, jakby podejrzewała go o jakiś brzydki dowcip. Wyglądało na to, że z jednej strony chce uciec, z drugiej ciekawość i chciwość każą je zostać.

– To daj mi to – odezwała się wreszcie.

– Nie mam tutaj.

– To przynieś.

Pokręcił głową.

– Nie mogę. Jest nad jeziorem.

– Nie możesz przynieść znad jeziora?

– No nie mogę! Idziesz ze mną?

– Ale czemu nie możesz?

– Jak ci powiem, to zepsuję niespodziankę – rzucił. Głupie kłamstwo, pomyślał, ale siostra jest głupia, więc powinna się nabrać.

– A co to za niespodzianka?

– Przecież nie mogę ci powiedzieć.

– To nigdzie nie idę.

Cała ona, aż miał ochotę ją uderzyć. Robiła mu wbrew z czystej złośliwości. Tylko dlatego, że mogła. Sięgnął do kieszeni. Znalazł tam pomięty banknot dziesięciozłotowy. Wyciągnął go w stronę Gośki.

– Dam ci go, jak pójdziesz ze mną.

Popatrzyła najpierw na niego, potem na banknot i znowu na niego.

– Od razu mi dasz?

– Weź go sobie.

– Chcesz mi coś zrobić.

– Nie chcę.

– Jak mi coś zrobisz, poskarżę się rodzicom i będziesz mieć przejebane.

Zdziwił się, że zna takie słowo. Zastanawiał się przez chwilę skąd. Ale w sumie ostatnio często tak się u nich mówiło. Ojciec ciągle to powtarzał. Damian wzruszył ramionami.

– Weź. Nic ci nie zrobię.

Wahała się przez moment, a potem błyskawicznym ruchem chwyciła pieniądze.

– To chodź – powiedział.

Poszła za nim z ociąganiem. Coś podejrzewała, jednak wzięła kasę. Nie mogła złamać umowy.

Poprowadził ją w stronę jeziora. Szli pomiędzy budynkami. Miał nadzieję, że rodzice ich nie zobaczą. Nie zatrzymają. Nie spytają, dokąd idą. Ale po kilkunastu krokach, z których każdy był coraz trudniejszy i krótszy od poprzedniego, miał nadzieję, że tak właśnie się stanie. Że ktoś, ktokolwiek, rodzice, dziadek lub letnicy, jednak ich zauważy. Zareaguje. Bo na dole, przy pomoście w głębi lasu, tam, gdzie zabrał wtedy Adę, czekała na nich Merry. Miała przy sobie rolki srebrnej lasotaśmy i ostry nóż.

Do pomostu prowadziły dwie drogi. Jedna, wygodniejsza i przyjemniejsza, schodziła najpierw do plaży, a potem biegła wzdłuż jeziora. Druga, wąska i wijąca się, ścieżka – od ich domu na przełaj przez las. Była krótsza, ale trudniejsza i mniej przyjazna. Nie lubił tamtędy chodzić, bo roiło się tam od komarów. A jednak tą drogą prowadził siostrę. Prosto do Merry.

Prosto do miejsca, gdzie mieli ją zabić.

Nagle przystanął. Gosia wpadła na jego plecy.

– Ała! – zawołała.

Odwrócił się z mocno bijącym sercem. Spojrzał na nią. Nienawidził jej. Ale kochał. Wyobraził sobie twarz mamy wykrzywioną bólem i aż go zapiekło.

– To tutaj – powiedział dziwnie obcym głosem.

– Tutaj? – Rozejrzała się z niedowierzaniem. – Tutaj jest ta niespodzianka? Nie jesteśmy przecież nad jeziorem.

Uderzył ją otwartą dłonią w głowę. Nie za mocno, jednak na tyle, żeby bolało.

– To jest ta niespodzianka! – krzyknął i zamachnął się po raz kolejny. Celowo nie trafił, choć musnął ją palcami. – To chciałem ci dać!

Odskoczyła od niego i odbiegła kawałek.

– Wal się, wariacie! – krzyknęła. – Powiem mamie!

– Powiedz! Powiedz!

Zrobił krok i uciekła pędem. Nie próbował jej gonić. Cieszył się, kiedy zniknęła wśród drzew.

Merry czekała na niego przy pomoście. Wcześniej zostawił tam łódkę. Teraz kołysała się spokojnie na falach jeziora. Dziewczyna ruszyła w jego kierunku, wypatrując Gosi.

– Gdzie ona jest? – zapytała wreszcie.

W pierwszej chwili chciał skłamać. Powiedzieć, że jej nie znalazł. Ale nie potrafił kłamać, nie Merry.

– Nie dałem rady – odezwał się cicho. – Przepraszam, to moja siostra. Siostra...

Podniosła ramię i był pewien, że go spoliczkuje. W sumie mu się należało. Najpierw coś obiecał, a teraz zawiódł. Umówili się przecież. Jednak ona zamiast tego pogłaskała go delikatnie po policzku.

– Nic nie szkodzi.

– Nie?

– To twoja siostra – powiedziała. – Rozumiem. Krew jest krew. Nie oszukasz jej.

Poczuł wszechogarniającą ulgę. To koniec tej głupiej historii, dziwacznej fantazji, której nigdy nie zrozumiał, ale której uległ, bo pochodziła od Merry. Mogli wreszcie wrócić do normalnego życia. Porzucić tę bzdurę.

– Zabijmy więc kogoś innego – powiedziała niespodziewanie dziewczyna.

– Słucham?

– Zabijmy kogoś innego – powtórzyła. – Przyprowadź tu inne dziecko, nie z twojej krwi. To nawet będzie lepsze. Przypadkowa ofiara. Zero motywu. Nigdy się nie domyślą, że to my.

Nie rozumiał. Chodziło przecież o to, by ukarać rodziców. Jak mieliby to zrobić, zabijając kogoś obcego? Nie trzymało się to kupy.

– Chyba lepiej nie. Nie róbmy tego. Ja nie chcę.

– Ta krew miała nas połączyć, Damian. Mieliśmy się stać jednością, lepszymi ludźmi. Krwawa komunia. Nie odbieraj mi tego.

– Wracajmy do domu.

Dziewczyna ściągnęła plecak. Otworzyła go i sięgnęła do środka. Po chwili wyjęła pistolet. Damian ujrzał wycelowaną w siebie muszkę i mroczny otwór wylotu lufy.

– Kochasz mnie? – zapytała Merry.

– Tak.

Wbiła lufę pistoletu w swoją pierś. Jej palec powędrował w kierunku spustu.

– Jeśli nie zrobisz tego, co ci każę, to odejdę – oznajmiła. – Rozumiesz?

– Tak.

– Zrobisz to, co ci każę?

– Tak.

– Więc idź, Damian. Idź i przyprowadź mi kogoś, kogo będziemy mogli zabić.

3

Każde takie ognisko wygląda tak samo. Płomienie strzelające w nocne niebo. Smażone kiełbaski, otwierane piwa i jedna osoba, która przypomina sobie, że kiedyś, lata temu, grała na gitarze, więc gospodarze przynoszą jej podniszczony instrument o nylonowych strunach.

Tylko tym razem wszystko toczyło się jakby szybciej. Większe płomienie, więcej piwa, pitego łapczywie, niemal na wyścigi. Było duszno. Niebo zasłoniła pokrywa ciężkich chmur. Zanosiło się na burzę. Chcieli zdążyć przed pierwszymi kroplami deszczu.

Letnicy siedzieli w kręgu. Rozmawiali, śmiali się. Facetowi z gitarą udało się wreszcie nastroić instrument. Zagrał kilka akordów na próbę, a potem zaintonował *Hej, sokoły*. Mało kto pamiętał słowa, wszyscy znali refren. W stronę lasu leciały więc raz za razem gromkie, wykrzykiwane nierówno i nie w takt melodii „Hej, hej, hej, sokoły, omijajcie góry, lasy, rzeki, doły, dzwoń, dzwoń, dzwoń, dzwoneczku, mój stepowy dzwoń, dzwoń, dzwoń".

– Chcę do ubikacji – powiedziała mała dziewczynka.

Jej ojciec zamarł z kiełbaską wciśniętą w usta. Na kolanach chybotał mu się plastikowy talerz z dwoma potężnymi kleksami musztardy i majonezu oraz kromką chleba. Obok stało otwarte piwo. Wyjął kiełbasę spomiędzy zębów.

– Przed chwilą sobie usmażyłem. Poczekasz chwilkę, kochanie? Szybko zjem.

– Ale mi się bardzo chce!

– Tylko zjem.

– Bardzo mi się chce!

– Wystygnie mi.

Dziewczynka wstała i potruchtała w miejscu, sygnalizując, że jej pęcherz długo nie wytrzyma. Mężczyzna burknął coś pod nosem. Odłożył kiełbaskę na talerz.

– Niech idzie sama – odezwała się jego żona.

– Przecież wiesz...

– Pójdzie, wysika się i wróci. Daj już spokój.

– Domek jest zamknięty. Nie dam jej klucza, bo jeszcze zgubi.

– To pójdę tam, tam. – Mała energicznym ruchem ręki wskazała na znajdujący się jakieś dwadzieścia, trzydzieści metrów od nich mały biały budynek z ebonitowym dachem, gdzie znajdował się wychodek. Pokazał im go gospodarz kilka dni temu.

Mężczyzna ciągle się wahał.

– No daj się dziecku wysikać, Krystian! – powiedziała ze śmiechem kobieta. – Leć już, Ola! Leć!

Dziewczynce nie trzeba było powtarzać. Popędziła w stronę ubikacji, wyrzucając przed siebie nogi w długich susach.

– Tylko wracaj zaraz! – krzyknął za nią ojciec.

Podążał za nią wzrokiem, aż zniknęła w wychodku. Potem odgryzł kawałek kiełbasy i przeżuł ją powoli, ale z taką miną, jakby w ustach miał rozbite szkło.

– Krystek – odezwała się kobieta.

Odwrócił się do niej.

– Co?

– Wyluzuj. Choć raz. Co może jej się stać w kiblu? Najwyżej wpadnie do muszli.

Żona poklepała go po ręce, a potem pocałowała w policzek. Mężczyzna uśmiechnął się kwaśno.

Gitarzysta odłożył instrument i zatarł dłonie, patrząc na leżące nieopodal puszki z piwem.

– Ale że to już koniec? – rzuciła żartobliwie jedna z kobiet.

– No napiłbym się czegoś.

– Potrzebujemy muzyki! Pragniemy śpiewać, tańczyć!

Śmiech.

– Krystek też grał, nie?

Mężczyzna, który właśnie kończył swoją kiełbasę, pokiwał głową.

– Krystian! Krystian! Krystian! – zaczęli skandować letnicy.

Podano mu gitarę. Zanim ją wziął, wytarł dłonie z tłuszczu w chusteczkę i wrzucił ją do ogniska. Chwycił instrument. Uderzył w struny.

– Nienastrojona.

– Ale gra!

Prychnął. Schylił się i położył palce na gryfie. Nagle uśmiechnął się łobuzersko. Zerknął w stronę żony. I zaczął grać.

– Baśka miała fajny biust... – zaśpiewał.

– Krystek! Tu są dzieci!

– ...Ania styl, a Zośka coś, co lubię!

4

Damian zobaczył, jak dziewczynka wchodzi do ubikacji.

– To ta – powiedziała Merry.

Pchnęła go do przodu. Ruszył przed siebie. Krok za krokiem, ale wcale tego nie czuł. Jego ciało zmieniło się w zwykły mechanizm, zbiór zębatek i przekładni, gdzie nie ma miejsca na nerwy, uczucia, strach i emocje. Pamiętał tylko, jak Merry wbija sobie lufę w pierś, a chwilę potem przyciska się do niego. Miękkość jej ciała, zapach szamponu.

Dziewczynka wyszła z ubikacji. Przystanęła, kiedy pojawił się na drodze. Na jej twarzy odmalował się przelotny strach i zaraz zniknął, kiedy go rozpoznała. Syn gospodarzy pomagał przecież animatorce, bawił się z nimi, pilnował, kiedy w dmuchanej kuli biegali po powierzchni jeziora. Mogła mu ufać.

– Cześć – odezwał się.

– Dzień dobry – odparła jak dobrze wychowana dziewczynka.

– Idę nakarmić zwierzątka. Chcesz zobaczyć?

Chciała. Każde dziecko chce. Mieli miłego kozła, który dawał się głaskać po rogach, i małą owieczkę, która pozwalała się przytulać. I kury, kaczki. Wszystko to, czego nie było w mieście.

– Nie mogę. Tata kazał mi wracać.

– To zajmie tylko chwilkę.

– Chwilkę?

– Wszystko mam już przygotowane. Pójdziemy i wrócimy.

Czy to on mówił? Czy ktoś inny?

„Jesteśmy od nich lepsi", powtarzała Merry. Tylko on nie czuł się teraz lepszy od nikogo. Czuł się gorszy, czuł się śmieciem. Ale ona była taka mądra. Wiedziała więcej od niego, więcej rozumiała. Dostrzegła w nim coś, czego inni nie widzieli. Nauczyciele, rodzice, koledzy, koleżanki, letnicy, Ada... Dla niej też był nikim. Myślał, że chce się z nim zaprzyjaźnić, a ona po prostu się nudziła. Gdyby przyjechał tu wtedy ktoś inny w jej wieku, nie zwróciłaby nawet uwagi na Damiana. Merry miała rację. Musieli im pokazać. Wszystkim dookoła. Że jest zdolny do rzeczy, o które nawet go nie podejrzewają. Że jest kimś.

– To zajmie tylko sekundkę. Tata się nie zorientuje. – Tym razem wiedział: to mówił on. Swoim głosem. On. Nikt inny. I to on właśnie wyciągnął dłoń w stronę dziewczynki, a ona po chwili wahania chwyciła ją, bo bardzo chciała nakarmić zwierzątka.

Ruszyli w stronę lasu. Tam już czekała Merry. Kiedy weszli w gąszcze, mała się zaniepokoiła. Ale przecież Damian wiedział, gdzie idą. Przestraszyła się dopiero wtedy, kiedy straciła z oczu światła ogniska.

– Gdzie idziemy, proszę pana? – zapytała.

– Do zwierzątek.

– Ja chcę wracać.

– Zaraz przy nich będziemy.

– Ja chcę wracać! – krzyknęła głosem, który szybko zmienił się w przerażony płacz.

Damian chwycił ją błyskawicznie. Przytrzymał. Dłonią zatkał usta. Ola zaczęła się szamotać. Próbowała go ugryźć, jednak nie udało jej się. I nagle przestała walczyć. Jakby w sekundę uszło z niej całe powietrze. Chłopak poczuł na palcach łzy dziecka.

– Pospiesz się – powiedział do Merry.

Wyciągnęła z plecaka nóż i rolkę taśmy. Zakleili małej usta. Tą samą taśmą związali nogi i ręce. Wspólnie zanieśli na pomost. Było ciężko, bardzo się spieszyli. Raz wywrócili się i dziewczynka wpadła w pokrzywy. Strasznie piszczała. Słyszeli nawet przez zaklejone usta. Potem wrzucili ją do łódki. Zajęli miejsca i Damian chwycił za wiosła. Odbili od pomostu.

Szare chmury zasłoniły księżyc i zapadły ciemności. Nikt nie powinien ich zauważyć, ale i tak muszą się spieszyć, pomyślał. Dlatego wiosłował tak mocno, tak energicznie, jak jeszcze nigdy w życiu. Przy każdym ruchu czuł ogień w mięśniach, jednak nie bolało go to, tylko przynosiło satysfakcję. Niemal przyjemność. Płynęli do grodziszcza. Tam mieli to zrobić. Zabiją dziecko w tym samym miejscu, gdzie według Merry Słowianie składali krwawe ofiary pogańskim bogom.

5

Adaoma z Arkiem usłyszeli za sobą kroki. Odwrócili się i ujrzeli pędzących w ich stronę ludzi. Biegli tak szybko, że prawie pozabijali się na stromym zboczu. Na czele gnał Krystian, tuż za nim jego żona.

– Gdzie ona jest?! – krzyknął, zbliżając się do pomostu.

– Kto?

– Moja córka! – wrzasnął i popchnął Arka tak mocno, że Adaoma musiała go przytrzymać, by nie wpadł do wody. – Gdzie ona jest?!

– A skąd mam wiedzieć?

Krystian uderzył go pięścią w twarz. Tym razem kobieta nie zdążyła chwycić Arka i mężczyzna z pluskiem wpadł do jeziora. Na szczęście woda w tym miejscu była dość płytka, ale i tak na chwilę zniknął wśród ciemnych fal, a nad powierzchnię wystawała tylko jedna noga. Wyłonił się po dwóch sekundach, parskając i kaszląc na przemian, próbując złapać oddech. Adaoma rzuciła się na Krystiana. Odepchnęła go.

– Co ty robisz, palancie?!

– Odwal się, kurwo – odpowiedział, próbując dopchać się do Arka. Jakby też zamierzał wskoczyć do jeziora i dalej się bić.

Spoliczkowała go. Zanim zdążył jej oddać, żona chwyciła go za rękę, przerażona i zaskoczona zachowaniem męża.

– Co jest?! – krzyknął wreszcie Arek.

– Gdzie jest moja córka, gnoju!

– Przecież nie wiem!

– Co tu się dzieje?! – włączyła się Adaoma.

Żona wystąpiła przed Krystiana, blokując mu do nich drogę.

– Nie wiemy, gdzie jest Ola – powiedziała płaczliwie. – Widzieliście ją?

– Zniknęła?

– Poszła do ubikacji i już nie wróciła.

– Ile jej nie ma?

Kobieta spojrzała na Krystiana. Ten kręcił głową wściekły, poruszał szczęką. Rozsadzała go jakaś dzika pierwotna energia.

– Nie wiem. Mąż grał na gitarze. Poszła na chwilę... Boże... – Przycisnęła dłonie do twarzy. – Zapomnieliśmy o niej.

– Piętnaście, dwadzieścia minut góra – rzucił ktoś z tyłu.

– Gdzie jest moja córka?! – krzyknął znowu Krystian, jakby to były jedyne słowa, które znał. – On coś wie! On coś, kurwa, wie!

– Nic nie wiem – odparł Arek, wychodząc z jeziora. Woda lała się strumieniami z jego przemoczonych ubrań.

– Cały czas siedzieliśmy tutaj razem – odezwała się Adaoma. – Nic nie widzieliśmy!

– On coś wie!

– Był cały czas ze mną! – zawołała.

Krystian nagle stracił pewność siebie. Rozejrzał się dookoła spłoszony.

– Musimy ją znaleźć – powiedział.

– Na pewno nic jej nie jest.

– Musimy ją znaleźć!

Ktoś chwycił go i odciągnął kilka kroków do tyłu. Wsadził w dłoń butelkę z wódką.

– Weź na uspokojenie.

Mężczyzna posłusznie pociągnął łyk i się wzdrygnął, jednak wcale się nie uspokoił. Jego oczy nabiegły krwią.

– Pomogę wam szukać – zaoferowała się Adaoma i spojrzała na Arka.

Ten kiwnął głową. Wyglądał ciągle na oszołomionego i zranionego. Wystarczyło parę błędów i kilka materiałów w prasie, żeby z kogoś, komu wszyscy współczują, zmienił się w pierwszego podejrzanego o porwanie małego dziecka. Chryste, pomyślała, gdyby przyszedł tu sam... Gdyby nie dała mu alibi. Ci ludzie byliby gotowi go zabić. A na pewno Krystian. Nikt by go nie powstrzymał.

– Pójdę się przebrać – rzucił Arek i ruszył w górę zbocza.

– Niech go ktoś pilnuje! – krzyczał za nim desperacko ojciec Oli. – Niech go ktoś pilnuje!

– Dobrze, dobrze – uspokoił go kolega. – Będziemy go pilnować.

Adaoma odetchnęła.

– Trzeba znaleźć waszą córkę – powiedziała do żony Krystiana. – Gdzie widzieliście ją po raz ostatni?

6

Podobno piorun nigdy nie trafia dwa razy w to samo miejsce, więc dlaczego znów ich spotkało to samo nieszczęście?! Gospodyni zastanawiała się nad tym gorączkowo, ale nie potrafiła znaleźć odpowiedzi. Z jakiegoś powodu los się na nich mścił. Najpierw problem ze spłatą kredytu, potem zaginięcie Ady i pojawienie się tego człowieka, który chciał kupić ich ziemię, po czym odnalazł dzieci ojca i pozwał go do sądu. Teraz to. Kolejne dziecko znika.

Jeszcze mogło się okazać, że to głupstwo. Dziewczynka poszła sobie na spacer, coś ją zaciekawiło, chciała przeżyć przygodę, jak to ośmiolatki, albo zrobić rodzicom kawał i gdzieś się schowała. Sama wróci. Za pół godziny, za godzinę. Takie rzeczy się zdarzają.

Piorun nigdy nie uderza dwa razy w to samo miejsce.

Jednak czuła, głęboko w sobie, że tak nie będzie. Byli przeklęci. Kolejne dziecko rozpłynie się w lepkim nocnym powietrzu.

Wtedy też padało, przypomniała sobie. Nie w nocy, tylko następnego dnia. Przeklęta burza zatarła ślady.

Nie potrafiła znaleźć starszego syna. Gosia siedziała u nich w pokoju.

– Damian mnie uderzył – poskarżyła się, kiedy zobaczyła mamę.

– Potem się tym zajmę – odpowiedziała. – Teraz, kochanie, siedź w pokoju i nigdzie się stąd nie ruszaj. Dobrze?

– Dobrze. Coś się stało?

– Po prostu siedź w pokoju.

Przynajmniej jedno zmartwienie z głowy. Damian znowu pokłócił się z siostrą, uderzył ją. Teraz pewnie się ukrywa ze strachu przed karą. Zadzwoniła do niego, ale wtedy usłyszała dźwięk aparatu dochodzący z ich sypialni i przypomniała sobie, że Krzysiek zarekwirował mu komórkę. Najmłodszy syn spał grzecznie w łóżeczku. Zerkała do niego co chwilę.

Tym razem letnicy nie marnowali czasu. Od razu podzielili się na grupki. Ruszyli na poszukiwania. Jedna grupa sprawdzała teren jeziora, druga poszła w las, trzecia wzięła na siebie okolicę. Natychmiast zadzwonili na policję, a jedna osoba pojechała do komisariatu w miasteczku, by, jak to się wyrazili, „osobiście przypilnować, żeby policjanci ruszyli dupy".

A jej chciało się płakać. Bo wiedziała, że to koniec. Walczyła przez ostatni rok. Liczyła, że uda im się jednak wyjść na prostą pomimo tego, co się stało, że w sądzie jakoś się ułoży. Ale teraz nie miała już w sercu nawet cienia nadziei. Dwoje dzieci znika. Rok po roku.

Nikt tu nigdy więcej nie przyjedzie.

Ta agroturystyka to był jej pomysł, jej marzenie. Lubiła gościć ludzi, opiekować się ich dziećmi, gotować proste i zdrowe wiejskie jedzenie, dbać o rozrywki, planować turnusy, obłożenie. I odnajdywała się w tym. Wiedziała, że goście to doceniają, lubią u nich przebywać, odpoczywać. Zapewniała im spokój i relaks, tydzień lub dwa ucieczki od męczącego życia. I to właśnie się skończyło. Stracą ośrodek. Będą musieli go zamknąć. A potem, uświadomiła sobie, straci też swój dom.

Zostaną z niczym.

Los był okrutny.

Dojrzała przez okno, jak mąż idzie w stronę samochodu z ojcem Ady. Wyszła przed dom. Złapała ich, gdy wsiadali do auta.

– Gdzie jedziesz? – zapytała.

– Poszukamy tej małej – odpowiedział Krzysiek.

– Gdzie?

– Po drugiej stronie jeziora.

– Skąd miałaby się tam wziąć?! – zapytała zaskoczona.

– Nie wiem, na wszelki wypadek lepiej sprawdzić. Wszyscy szukają jej tutaj, to my sprawdzimy tam. Nie zaszkodzi, nie?

– Jak mała dziewczynka miałaby się tam znaleźć?!

– Nie wiem! – odkrzyknął. – Nie wiem. Ale nie wiem też, jak się, kurwa, zgubiła, skoro wszyscy tak jej pilnowali. – Machnął ręką zdenerwowany. Potem podszedł do niej. – Nie wiem, co się dzieje – powiedział cicho. – Może, może... Może ktoś ją porwał?

– Nie mów tak.

– A jeśli tak się stało? – Podrapał się w tył głowy. – Samochodem nikt tutaj nie podjeżdżał, bo byśmy zauważyli, nie?

– Nikt nie podjeżdżał.

– To może łódką?

Niepewnie kiwnęła głową.

– Wtedy tam nie szukaliśmy – dodał. – A może trzeba było. Jeśli ta dziewczynka jest gdzieś tutaj, to ktoś ją znajdzie. A co, jeśli jest tam?

Pomyślała, że mimo wszystko ma to jakiś sens.

– Po co z nim jedziesz? – Wskazała Arka.

Ojciec Ady chyba to usłyszał. Blady i zdenerwowany wyłonił się z samochodu. Gospodynię nagle wypełniło współczucie. Wszyscy przeżywali teraz bolesne i upiorne déjà vu. Oni mieli stracić ośrodek, ale on stracił już córkę. To, że tutaj się znalazł, w tej chwili, i musiał to jeszcze raz obserwować, tym razem jako świadek, było aż zbyt okrutne.

– Chcę pomóc! – krzyknął. – Tak trudno to zrozumieć?!

Krzysztof odwrócił się do Arka. Gestem dał mu znak, żeby się uspokoił, i wrócił do żony.

– Tylko wracajcie szybko – poprosiła.

– Dobrze.

– Nie wiem, gdzie jest Damian – powiedziała.

Krzysiek zacisnął zęby. Chrząknął i splunął ze złością na ziemię.

– Pewnie znowu uciekł spotkać się z tą małą kurwą – wycedził. – Wpierdolę mu, jak wróci.

– Nie mów tak.

– A jak mam mówić?! Zabroniłem mu się z nią spotykać! Poza tym przydałby się nam tutaj teraz, nie?

– No tak.

– A on się pierdoli z tą dziwką.

– Przestań – powiedziała cicho, niemal bezgłośnie. Chyba nie usłyszał.

– Za niedługo wrócimy – obiecał.

Potem wsiadł do samochodu. Odpalił silnik i odjechali. Ona wróciła do domu. Jeszcze raz zerknęła do małego i Gosi. Potem usiadła przy oknie i patrząc na podwórko, czekała na pojawienie się policji.

7

Adaoma szukała dziewczynki nad jeziorem z kobietą o imieniu Katarzyna, tęgawą szatynką starającą się ukryć tuszę pod grubą warstwą makijażu, i jej mężem, absolutnie nijakim mężczyzną, którego wyróżniał tylko tatuaż na ramieniu z husarzem i polską flagą. Nic nie znaleźli, a po mniej więcej półgodzinie Adaoma zdała sobie sprawę, że nic tam po niej. Oboje milczeli, skrępowani, i nie miało to nic wspólnego z jej sławą, o czym świadczyły podejrzliwe spojrzenia. Bardziej przeszkadzało im to, że przyjęła do siebie Arka. Ciągle go podejrzewali, a skoro jego, to i ją.

Pożegnała się z nimi pod byle pretekstem, co przyjęli z wyraźną ulgą.

Szła do ośrodka zła i rozżalona. Obiecywała sobie, że wróci do Warszawy w pierwszym możliwym momencie i jej noga nigdy więcej tu nie postanie. Nie wiedziała, czy w ogóle odważy się napisać tę książkę. Może cały ten pomysł od początku był głupią mrzonką. Co ona właściwie wiedziała o pisaniu? Tyle że dostała piątkę na maturze i napisała dobrą pracę magisterską. No i miała w szufladzie kilka opowiadań, tak złych, że bała się je komukolwiek pokazywać, ale zbyt się do nich przywiązała, by po prostu wyrzucić. Co prawda napisała je parę lat temu, więc od tego czasu może dojrzała jako osoba. Pewnie się tylko okłamywała. Była tylko tym, za co wszyscy ją uważali – ładną buzią, tyłkiem i cyckami, które nieźle wypadały w telewizji.

Mogła się zgodzić na książkę o pieprzonej zumbie. Wzięłaby zaliczkę, pracę zleciła trenerce z klubu pod blokiem i miałaby na wszystko wywalone.

Kiedy prawie dotarła na miejsce, zauważyła mężczyznę przemykającego szybko pomiędzy domkami. Serce zaczęło jej mocniej bić. W pierwszej chwili chciała zawołać o pomoc, jednak uświadomiła sobie, że tylko by go spłoszyła. Podbiegła więc cicho i kiedy znalazła się dość blisko, schowała za najbliższym drzewem.

Mężczyzną okazał się ojciec gospodyni. Szuwar, przypomniała sobie. Najpierw poczuła rozczarowanie. Pewnie po prostu też szukał dziewczynki. Ale potem dojrzała w jego dłoniach strzelbę. Po co ją wziął? Poza tym wcale nie zachowywał się tak, jakby próbował znaleźć dziecko. Szedł szybko przed siebie. Poruszał się lekko skulony, chowając się za drzewami, jakby bał się, że ktoś go zauważy. Nie patrzył na boki. Nie wołał dziewczynki po imieniu.

Poszła za nim, pilnując, by nie stracić go z oczu, ale też, by nie podejść zbyt blisko. Niepotrzebnie – był tak skoncentrowany na swoim celu, że nawet gdyby szła dwa kroki za nim, pewnie by jej nie zauważył.

Wkrótce dotarli do leśniczówki. Nie od strony bramy, tylko z boku, gdzie stał wysoki kamienny mur. Mężczyzna rozejrzał się dookoła, czym wywołał popłoch u Adaomy. W ostatniej chwili zdążyła schować się za wysoką sosną. Przywierając do niej, czuła, jak pień drga w rytm gwałtownych podmuchów wiatru.

Stary zawiesił strzelbę na ramieniu. Znalazł tęgi konar, oparł o ścianę i przycisnął kilka razy, wbijając w ziemię. Niezgrabnie wdrapał się na niego, chwycił krawędź ogrodzenia i walcząc z grawitacją i ograniczeniami własnego ciała, wdrapał się na górę, a potem zeskoczył na drugą stronę.

Moment później usłyszała szalone, wściekłe szczekanie, potem huk wystrzału. Instynktownie spodziewała się skowytu, ale zamiast tego dobiegł do niej wrzask Szuwara.

Nie zastanawiała się długo. Puściła się pędem, wskoczyła na konar i podciągnęła się. Znalazła się po drugiej stronie. Stary leżał na ziemi. Wilczur gryzł go raz po raz w przedramię, którym mężczyzna zasłaniał się, żeby pies nie dorwał mu się do gardła. Strzelba leżała nieopodal. Adaoma chciała ją podnieść, ale przestraszyła się, że nie będzie wiedziała, jak z niej strzelić. A nawet jeśli jej się uda, może zranić starego zamiast psa. Dlatego ostrożnie okrążyła wilczura i wśród gęstej sierści dostrzegła kolczatkę. Chwyciła za nią i szarpnęła do tyłu. W pierwszej chwili pies odsunął się, zaskoczony niespodziewaną przeszkodą, jednak zaraz wyrwał się do przodu. Pociągnął ją tak mocno, że straciła równowagę i wylądowała na ziemi. A on znów wskoczył na leżącego przed nim starca.

Kajetan wybiegł z domu. Dopadł do psa. Najpierw z rozpędu kopnął go w pysk i dopiero gdy wilczur zaskowyczał i odturlał się w bok, chwycił za kolczatkę, szarpnął, przycisnął do ziemi i przygniótł kolanem. Kiedy spacyfikował zwierzę, podniósł głowę. Spojrzał na Adaomę, a potem na Szuwara.

– Co wy, kurwa, tu robicie? – zapytał.

Oboje podnieśli się z ziemi. Z rozerwanego rękawa starego lała się krew.

– Gdzie jest dziewczynka? – wycharczał Szuwar.

– Co takiego?

– Zaginęła kolejna dziewczynka. Gdzie ona jest?

– A skąd ja mam wiedzieć?!

– Sam powiedziałeś... Sam powiedziałeś, że to znowu zrobisz. Że jak ci nie oddamy ziemi, to zabierzesz kolejne dziecko.

Kajetan spoglądał na niego zdumiony, aż nagle jego twarz rozjaśnił błysk zrozumienia, które natychmiast zamieniło się w strach.

– No co ty! Człowieku! Nic nie zrobiłem!

– Groziłeś, że porwiesz dziecko? – zapytała Adaoma.

– Tylko tak gadałem! – krzyknął. – Nie tknąłem palcem żadnego dziecka! Żadnego!

Stary zamrugał kilka razy. Nie wydawał się przekonany. Nagle usłyszeli huk. Daleki, ale wyraźny. Mniej więcej na wysokości grodziszcza. Potem drugi. Trzeci. Ich spojrzenia powędrowały w stronę jeziora.

– Co to było? – zapytała. – Burza?

– Nie – odpowiedział powoli stary.

Podszedł do strzelby. Podniósł ją z ziemi i popatrzył na Kajetana.

– Ja tu wrócę – rzucił tonem groźby, jednak Rybak wydawał się tego nie słyszeć. Ciągle wpatrywał się w jezioro. Jakby próbował wzrokiem przebić ciemność, żeby dojrzeć drugi brzeg.

Szuwar ruszył w stronę bramy. Jego trasę znaczyły krople krwi z pogryzionej ręki. Zdezorientowana kobieta po chwili poszła za nim. Kajetan wstał z ziemi i ciągle szarpiąc się z psem, skręcił do domu i zniknął w ciemnym wnętrzu.

– Gdzie pan idzie? – zapytała, kiedy dogoniła starego.

– Na grodziszcze. Trzeba zobaczyć, co tam się dzieje – odpowiedział.

Stanął przy bramie i szarpnął nią. Ani drgnęła.

– Ja pomogę – powiedziała Adaoma.

Spróbowali oboje. Z takim samym rezultatem. Potem ona chwyciła za klamkę furtki, najpierw pociągnęła, potem popchnęła, co też nic nie dało. Wtedy usłyszeli za sobą hałas i w tej samej chwili zabuczał elektryczny silniczek, a brama zaczęła się przesuwać. Z garażu wyjechało czerwone bmw. Kajetan zatrzymał się tuż przy nich i otworzył drzwi od strony pasażera.

– Wsiadajcie.

8

Damian nigdy tak się nie bał jak tamtej nocy. Wiatr rzucał łódką, fale były wysokie. Przez moment naprawdę spodziewał się, że ich przewróci i wszyscy wylądują w zimnej wodzie. Do brzegu mieli jeszcze dość daleko. Nie wiadomo, czy daliby radę dopłynąć do niego o własnych siłach. To znaczy dziewczynka na pewno by utonęła, związali jej przecież ręce i nogi. Ale i tak miała umrzeć, więc nie zaprzątał sobie nią głowy.

Kiedy wysiadł z łódki, był cały mokry od potu. Merry podeszła do niego i ścisnęła go za rękę, a potem pocałowała w policzek.

– Zróbmy to, co trzeba – powiedziała.

– Tak – odparł, jednak nie potrafił się zmusić do dalszego wysiłku. Doczłapał do najbliższego drzewa i usiadł pod nim. Potrzebował odpoczynku. Pozwoliła mu na to. Wypaliła papierosa, rzuciła niedopałek na ziemię i przygniotła. Przeszło mu przez głowę, że nie powinna tego robić, bo zostawia ślady. Ale nie odezwał się.

Wreszcie wstał i razem chwycili dziewczynkę. Ona za nogi, on za ramiona. Ola ciągle szlochała i mamrotała niezrozumiale spod srebrnej taśmy, jednak nie stawiała oporu. Zanieśli ją na teren grodziszcza i położyli na ziemi, na wzniesieniu, gdzie według Merry znajdowała się pogańska świątynia. Znowu odpoczęli. Ona zapaliła kolejnego papierosa i z plecaka wyjęła butelkę whisky. Otworzyła ją i wypiła łyk.

– Chcesz? – Podsunęła Damianowi.

Potrząsnął przecząco głową. Sama myśl o alkoholu sprawiła, że jego ciałem wstrząsnął nieprzyjemny dreszcz.

– Jak to zrobimy? – zapytał.

– Chyba nożem.

– Ale jak?

– Wbijemy ostrze w serce. Albo poderżniemy gardło. Jak wolisz.

Zastanawiał się, czy to jest pytanie. Miał nadzieję, że nie. Nie mógłby podjąć takiej decyzji. Lepiej, gdyby to ona wybrała. Pomyślał nawet, że wtedy by to zrobił. Jakby odpowiedź na to pytanie kosztowała go więcej niż sama czynność. Był tylko narzędziem w jej rękach, ale pogodził się z tym. Nawet mu się to podobało. Każdy ma swoje miejsce w życiu. Jego było przy niej.

Znowu sięgnęła do plecaka i tym razem wyjęła zwykły kuchenny nóż.

– Myślisz, że się nada? – zapytała.

Obejrzał go. Przejechał palcem po ostrzu.

– Trochę tępy.

– Umiałbyś go naostrzyć?

– Nie wiem. Może jakoś się uda.

– Zrób to – poprosiła. – Nie chcę, żeby cierpiała. Przynajmniej nie za bardzo. Nie jestem sadystką, nie?

W ciemności odszukał w miarę płaski kamień. Taki, który nadawałby się do puszczania kaczek. Zszedł do jeziora i zamoczył go, a potem wrócił do Merry. Usiadł na ziemi i zaczął przejeżdżać po nim ostrzem, jakby był osełką. Nie wiedział, czy to przynosi jakiś skutek. Pociągnął nosem i poczuł niemiły zapach. Dochodził od dziewczynki.

– Zesrała się – powiedział.

Merry włączyła latarkę w komórce i skierowała snop światła na dziecko.

– I zeszczała.

– Przebieramy ją?

– Po co?

– Racja.

Wrócił do ostrzenia noża. Tylko odsunął się trochę w miejsce, gdzie zapach mniej mu dokuczał. Skończył po około dziesięciu minutach. Ostrze nie wyglądało na doskonałe. W kilku miejscach trochę się poszczerbiło, ale było zdecydowanie ostrzejsze niż przed chwilą. Oddał nóż Merry.

– Pokażesz mi, jak to się robi? – zapytała.

Zbliżył się do dziewczynki.

– Jak chcesz uderzyć w serce, to chyba trzeba mocno, o, mniej więcej tutaj. – Dotknął palcem okolic mostka. – Ale tak naprawdę mocno.

Nie wiedział, po prostu improwizował na podstawie zajęć z pierwszej pomocy i sceny z *Pulp Fiction*, w której Vincent Vega wbija strzykawkę z adrenaliną w serce nieprzytomnej kobiety.

– Trzeba uważać, żeby nie zaplątać się w ciuchy.

– To może zdejmiemy jej tę bluzę?

– Możemy zdjąć – zgodził się.

– A poderżnięcie?

Odciągnął Oli głowę i przejechał palcem po nasadzie szyi.

– Sama nie wiem – powiedziała Merry. – A co ty byś radził?

– Chyba gardło – odparł niepewnie.

– Co zrobiłeś Adzie?

– Udusiłem ją – wyszeptał.

– To może tę tutaj też udusić? – rozważała na głos. – Ale ja chcę zobaczyć krew. Tutaj musi być krew.

– Tak.

Nagle chwyciła go gwałtownie za ramię.

– Co?

– Tam, między drzewami. – Wskazała palcem kierunek. Wtedy on też to dostrzegł. Snop światła reflektorów samochodowych.

– Kto to jest? – zapytał.

– Nie wiem.

– Twój tata?!

– Nie! Po co miałby tu przyjeżdżać?!

– Nie wiem.

– Co robimy?! Co robimy, Merry?!

Dziewczyna wypiła kolejny łyk whisky. Potem wyciągnęła z plecaka broń i podała ją Damianowi.

– Po co mi to?

– Powiedziałeś, że potrafisz strzelać. Bierz! – A gdy wykonał polecenie, dodała: – Teraz trzeba schować tę małą.

Po raz kolejny podnieśli dziecko. Ciężko im szło, bo Damian w jednej dłoni trzymał pistolet. Ponieśli ją w stronę bramy. Nie wiedział dlaczego tam. Spodziewał się, że Merry ma plan. Kazał to zbudować jej ojciec, więc może wiedziała o jakiejś skrytce albo czymś takim.

– Co wy tu robicie?! – Usłyszał znajomy głos.

Wyprostował się gwałtownie. Ona też. Puścili dziewczynkę i ta uderzyła z głuchym łupnięciem o ziemię. Jęknęła. Przed nim stał jego ojciec z tatą Ady. Chłopak nie miał pojęcia, skąd się tu wzięli. Ojciec zrobił krok do przodu. Wbijał wzrok w zwijające się z bólu dziecko. Był zszokowany. Był przerażony. Był wściekły.

– Zabij ich – wyszeptała Merry.

– Co wy tu robicie? – powtórzył głucho. – Ta dziwka kazała ci to zrobić?

– Zabij ich – powtórzyła Merry.

– Ta dziwka?! – ryknął mężczyzna i zrobił krok w jej stronę.

Damian przypomniał sobie, jak ojciec ją uderzył. Wtedy nie potrafił zareagować, był bezbronny, jednak teraz wszystko się zmieniło. Wyciągnął przed siebie broń i nacisnął spust. Strzelił. Ojciec krzyknął, otworzył szeroko usta, potem padł na kolana. Ten drugi cofnął się o krok.

– Jego też zastrzel! Zastrzel go! Szybko!

Skierował lufę na Arka. Nacisnął spust po raz drugi.

9

Kula trafiła go w bok. Nie przestraszył się, tylko zdziwił. Po pierwsze dlatego, że wcale nie bolało aż tak bardzo. Po drugie, uderzenie okazało się bardzo silne. Aż rzuciło go w tył, zakręciło nim, ale nie zabiło. Nie myślał, ciało zareagowało samo – zaczął biec, najszybciej, jak potrafił. Szybko, pędem, prosto między drzewa. Usłyszał kolejny huk i padł na ziemię, wturlał się pod krzaki. Dopiero teraz nadszedł ból, nadciągnął potężną falą. Arek dotknął swojego boku. Poczuł, że jest mokry. Kiedy podniósł dłoń, wydawała mu się czarna, jakby zanurzył ją w smole. Powietrze rozdarł kolejny huk. Przestraszył się, że znowu strzelają, ale nie, tym razem to był grom. Zaraz potem drzewa zaszumiały groźnie pod wyjątkowo mocnym uderzeniem wiatru, a na niego spadły pierwsze krople deszczu. To było ostrzeżenie, krótkie, bo po kilku sekundach zmieniło się w ulewę.

To dobrze, pomyślał, kiedy jego plecy smagały bezlitosne strugi. W deszczu będzie go mniej widać. Łatwiej się schować. Łatwiej uciec.

Ale tam zostało dziecko. I oni. Chłopaka znał. Syn gospodarza zawsze wydawał mu się trochę dziwny, a teraz zabił własnego tatę. Dziewczynę Arek rozpoznał dopiero po chwili. Córka Kajetana. Z nią też było coś nie tak, podobnie jak z jej ojcem.

Ola. Przywieźli ją tutaj, żeby ją zabić, pomyślał. Widział to w ich oczach, kiedy ich nakryli. Musiał zawiadomić resztę.

Sięgnął do kieszeni po telefon, jednak go nie znalazł. Sprawdził jeszcze raz. Tylko paczka chusteczek. Zbadał pozostałe kieszenie, poklepał ziemię dookoła siebie. Nic z tego. Uderzył pięścią w drzewo. Raz i drugi, nie za mocno, bo i tak bolał go już bok. Nie chciał jeszcze zranić sobie ręki. Potem odetchnął głęboko. Skupił się, żeby przeanalizować swoją sytuację. Znajdował się w środku lasu, nie miał jak zawiadomić policji ani wezwać kogoś na pomoc. W ciemnościach czekała dwójka małoletnich zabójców. I mała dziewczynka, która miała stać się ich ofiarą. Jeśli jej nie uratuje, nikt inny tego nie zrobi.

Podniósł się. Odetchnął po raz kolejny, a potem powoli ruszył z powrotem w stronę grodziszcza, ostrożnie przemykając od drzewa do drzewa. Nie zamierzał się spieszyć. Martwy nie pomoże dziecku.

Dziwne, ale zupełnie się nie bał.

Dostrzegł światła latarki. Nareszcie ktoś się pojawił! Już chciał wołać o pomoc, kiedy uświadomił sobie, że to najprawdopodobniej tych dwoje. Kucnął i syknął, gdy odezwał się bok, a z rany pociekła świeża krew. Zakręciło mu się w głowie. Ściągnął bluzę. Obwiązał ją wokół pasa, tworząc prowizoryczny opatrunek. Wciąż bolało, jednak tak jakoś... zdrowiej.

Zorientował się, że światła zmierzają w jego stronę. Ostrożnie położył się na ziemi.

– On gdzieś tu jest! – Doszło do jego uszu przez strugi deszczu.

– Uciekł.

– Znajdziemy go!

Dojrzał promień latarki tuż obok swojej dłoni. Cofnął ją, ale światło nieuchronnie się do niego zbliżało. W końcu oświetliło ją tak wyraźnie, że Arek mógł dostrzec wszystkie zmarszczki na swojej ręce i rozbryzgujące się na niej krople. A potem powędrowało w bok, kroki zaczęły się oddalać. Po kilkunastu sekundach pozwolił sobie na swobodniejszy oddech i wznowił marsz.

Ku jego uldze dziewczynka leżała w tym samym miejscu, gdzie rzuciły ją te dzieciaki. Tuż obok znajdowało się ciało gospodarza. Arek podczołgał się do niego. Nie usłyszał oddechu. Westchnął i nachylił się nad dziewczynką. Przyłożył palec do ust.

– Jestem tu, żeby ci pomóc. Nie bój się – powiedział. – Teraz cię uwolnię i razem stąd uciekniemy.

Zaczął szarpać taśmę na jej rękach, ale nie puszczała. Sprawdził nogi. Tam było jeszcze gorzej. Potrzebował noża, żeby ją przeciąć. Rozejrzał się dookoła, jednak nie dostrzegł niczego, czego mógłby użyć. Żadnej starej puszki, rozbitej butelki, ostro zakończonego patyka. Bał się, że dzieciaki zaraz wrócą. Zebrał się w sobie, chwycił Olę pod pachy i podniósł. Łzy pociekły mu z oczu. Przeszył go tak ogromny ból, że trochę się zsikał. Poza tym dziewczynka strasznie śmierdziała. Kiedy położył dłoń na jej pupie, pod warstwą materiału poczuł coś miękkiego i obrzydliwego.

Nagle potężna błyskawica oświetliła całą okolicę. W oddali, kilkanaście metrów od niego dostrzegł dzieciaki. One dostrzegły jego.

– Tam jest!

Zaszumiało mu w uszach. Serce zaczęło szybciej bić. Pobiegł z dzieckiem w ramionach. Huknęło. Niemal się przewrócił. Nie był pewien, czy to burza, czy wystrzał. Potem kolejny. Cichszy. Coś świsnęło mu nad głową, odłamek drewna uderzył go w policzek. Więc chyba strzał.

Znowu błyskawica i grzmot. Tak głośny, że na chwilę go ogłuszył. Arek wrzasnął, ale nie słyszał własnego głosu. Ogromne drzewo tuż obok zadrżało i zaskrzypiało, a potem poleciał potok igieł, szyszek, patyków, aż wreszcie pień się poddał i złamany spadł prosto na nich, gotów zmiażdżyć ich swoim ciężarem. Mężczyzna biegł, poczuł na plecach smagnięcia gałęzi, podobne do bicza, kiedy sosna uderzyła głucho o ziemię.

Tracił siły. Tracił oddech. Bał się, że zaraz wypuści dziewczynkę. Wyślizgiwała mu się z rąk. Dostrzegł kolejne wyrwane drzewo. Wślizgnął się, a raczej wpadł do wykrotu. Położył głowę na mokrym zimnym piasku. Przycisnął do siebie Olę.

– Wszystko będzie dobrze – powtarzał. – Wszystko będzie dobrze.

Nie wiedział, czy go słyszała, ale to może nawet lepiej, bo sam w to nie wierzył. Czuł tylko, jak szybko wali jej serce.

Nagle coś się poruszyło obok niego. Otworzył oczy i tuż przy swojej twarzy ujrzał łeb węża. Sunął w jego kierunku.

To musi być zaskroniec, pomyślał, padalec. Niech to będzie zaskroniec.

Chwycił gada. Niezdarnie. W skórę dłoni wbiły mu się malutkie, ostre niczym szpilki zęby. Dwa lodowe szpikulce wypełnione kwasem. Podłużne ciało owinęło się wokół przegubu. Zamachnął się i wyrzucił węża z dala od nich. Jęknął. Podniósł rękę do oczu. Niewyraźnie dostrzegł dwie dziurki.

– Kurwa mać – powiedział.

Żmija. Oczywiście, trafił na żmiję. Podobno są niegroźne. Podobno głównie uciekają. Podobno rzadko wstrzykują jad. Podobno jedno ugryzienie żmii to jak użądlenie pięciu pszczół. Nieprzyjemne, ale nie zagraża zdrowiu ani życiu.

Podobno.

Ale on był ranny. Słaby. Obok niego leżało przerażone dziecko, a wokół krążyło dwoje zabójców.

Przymknął powieki. Chyba zasnął. Paliło go całe ciało, aż się dziwił, że krople deszczu nie wyparowują z sykiem, kiedy tylko dotkną jego skóry.

Ostrożnie wychylił głowę znad wykrotu. Nigdzie nie dostrzegł tych dzieciaków. Może już sobie poszły. Za to w oddali zauważył światła samochodu. W jego sercu pojawiła się nadzieja.

– Ktoś przyjechał – wyszeptał, z trudem rozklejając wargi. – Ktoś przyjechał.

Mocniej chwycił Olę i wyczołgał się razem z nią z wykrotu. Potem, podpierając się o wystające z ziemi korzenie, podniósł.

– Tam jest!

Odwrócił się. Dwie sylwetki. Jeden strzał. Kulka trafiła tuż obok, sypnęło piaskiem. Zaczął biec w stronę świateł. Próbował krzyczeć, ale nie potrafił wydobyć z siebie głosu. Nie wiedział, w jaki sposób udało mu się ustać. Ziemia usuwała mu się spod nóg.

Huk. Kolejny. Może go trafili. Może nie. Ważne, by dziewczynka ocalała. Musiał ją ochronić.

Dotarł do drogi. Niedaleko stał samochód, którym przyjechał z gospodarzem. Nie pomyślał, żeby wyciągnąć mu z kieszeni kluczyki. Tuż obok zobaczył terenowe bmw i wszedł w snop światła. Wystawiał się na cel, ale nie miało to już żadnego znaczenia. Zachwiał się, upadając prosto na trzymaną w ramionach dziewczynkę. Usłyszał chrzęst jej pękających kości. Znalazł jeszcze tyle sił, by przewalić się na bok.

Dopiero po chwili dostrzegł przed sobą trzy sylwetki. Zmrużył oczy. Rozpoznał ich. Kajetan. Adaoma. Ten stary z gospodarstwa. I wtedy na drogę za nim wypadł Damian z Sabiną. Stanęli jak wryci.

Kilka długich sekund ciszy w strugach deszczu. Jakby nikt nie wiedział, co powiedzieć.

– Zabij ich! – krzyknęła wreszcie dziewczyna. – Damian! Zabij ich wszystkich! Zabij ich!

Chłopak wycelował. Jego ramię drżało. Stary też podniósł strzelbę. Zaraz ją jednak opuścił.

– Dzieciaki... – wyszeptał.

Zrobił krok do przodu. Potem kolejny, i jeszcze jeden. Znalazł się tuż przy Damianie. Lufa pistoletu oparła się jego pierś.

– Zabij go! Zabij! – krzyczała Sabina jak opętana. – Zabij go wreszcie!

Stary chwycił za broń, odsunął od siebie, a potem łagodnym ruchem wyjął z rąk wnuka.

– Dzieciaki, co wyście narobili – powiedział.

Jego głos był jak rozbity witraż.

POTEM

Z kilku następnych dni Adaoma zapamiętała trzy spotkania. W żadnym tak naprawdę nie uczestniczyła. Na każdym była tylko świadkiem.

Zostali w agroturystyce, chociaż wydawało się to bardzo dziwne. Nikt ich jednak stamtąd nie wyganiał, a policjanci nie pozwolili im wyjechać z miasteczka. Żona gospodarza gdzieś zniknęła z córką i niemowlakiem. Stary rzadko wychodził z domu. Kucharka ciągle stawiała się w pracy i przygotowywała posiłki. Wydawała je bez słowa tym gościom, którzy jeszcze nie wyjechali.

Ranę postrzałową Arka lekarze określili jako niezagrażającą życiu. Gorsze skutki mogła przynieść utrata krwi, na szczęście prowizoryczny opatrunek z bluzy spełnił swoje zadanie. Mężczyzna dostał też zastrzyk z surowicą. Przebywał w szpitalu dobę na obserwacji, potem wypisał się na własną prośbę.

Porwana dziewczynka nie odniosła większych obrażeń, tylko Arek złamał jej rękę, kiedy na nią upadł.

Do pierwszego spotkania doszło zaraz po tym, jak wrócił do agroturystyki. Siedział na krześle przed domkiem. Adaoma obserwowała całą scenę przez okno.

W pewnym momencie pojawił się Krystian. Stał długo bez słowa z zaciśniętymi pięściami i zwieszoną głową. Kobieta przestraszyła się, że będzie robił awanturę z powodu złamanej ręki

Oli. Arek powoli, z trudem, podniósł się z krzesła. Dopiero wtedy Krystian się odezwał.

– Dziękuję – powiedział. – Przepraszam.

I stało się coś dziwnego. Zaczął płakać. Ale tak jak płaczą dzieci. Całym sobą. Jego ciałem wstrząsał spazmatyczny szloch. Chwiał się i drżał, twarz zrobiła mu się przeraźliwie czerwona. Przewróciłby się, gdyby Arek go nie chwycił i nie przytulił. A potem w geście, który najpierw wydał się Adaomie zaskakujący, a następnie absolutnie właściwy, pocałował Krystiana w czubek głowy.

Do drugiego spotkania doszło następnego dnia. Odwiedził ich komendant policji z prokuratorem prowadzącym sprawę. Poprosił Arka, żeby pojechał z nimi na grodziszcze.

– Po co? – zapytał mężczyzna.

– Wyjaśnimy po drodze.

Wahał się. Podeszła do niego i położyła mu dłoń na ramieniu.

– Mogę jechać z nim?

– Jako kto?

– Przyjaciółka.

Komendant spojrzał na prokuratora, prokurator na komendanta, a potem się zgodzili.

W samochodzie mówił głównie prokurator.

– Przesłuchaliśmy ich oboje – opowiadał. – Milczeli, przynajmniej na początku, ale potem ojciec tej dziewczyny...

– Kajetan – powiedziała Adaoma.

– Dokładnie, Kajetan. Sprowadził z Trójmiasta adwokata, za którego stawki można by wyżywić średniej wielkości afrykański kraj. – Odwrócił się do niej i lekko zaczerwienił. – Za przeproszeniem, rzecz jasna.

– Mnie nie ma za co przepraszać. Ja jestem z Polski.

– Tak, oczywiście – mruknął zmieszany. – W każdym razie mecenas porozmawiał z tą dziewczyną i zdecydowała się przyznać do winy. Nie będę was zanudzał prawniczymi szczegółami i paragrafami. Zeznała, że działała pod wielkim wpływem tego chłopaka. Wyraźnie ją zdominował i podporządkował sobie. Podobno ma bardzo silną osobowość. Mecenas porównał to do jednoosobowej sekty i mówił coś o ograniczonej poczytalności. Cały pomysł porwania i plan zabójstwa wyszedł od Damiana. Fascynował się satanizmem i kultami pogańskimi. W jego komputerze znaleźliśmy świadczące o tym ślady, a także dużo krwawych horrorów, różnych obrzydliwych filmów klasy B, C i D. Ale jest coś jeszcze. Coś, co dotyczy bezpośrednio pana. – Prokurator odwrócił się i popatrzył na niego z przedniego siedzenia. – Według Sabiny przyznał się do zabicia pana córki.

Twarz Arka stężała. Powoli kiwnął głową, a potem przełknął ślinę.

– Naprawdę?

– Tak. Miał ją udusić tamtej nocy. – Zrobił przerwę. – Może chce się pan zatrzymać? Odetchnąć świeżym powietrzem?

– Poproszę.

Zatrzymali się. Arek wysiadł z samochodu i przeszedł kilka kroków w głąb lasu. Kucnął. Adaoma stanęła tuż obok niego.

– Nie trzeba – powiedział. – Chciałbym być chwilę sam.

Uszanowała jego prośbę. Wrócił do nich po kilku minutach. Oczy miał zaczerwienione od łez.

– Damian do niczego się nie przyznał – kontynuował prokurator, kiedy znów ruszyli. – Uparcie milczy. Psycholodzy uważają, że mógł wpaść w jakąś psychozę lub coś tam. Zaczęliśmy się zastanawiać, dlaczego zabrali tę dziewczynkę na grodziszcze. Pomyśleliśmy, że pewnie miało to coś wspólnego z tymi pogańskimi kultami, chcieli dokonać rytualnego zabójstwa. A potem postawiliśmy hipotezę, że być może podobny los spotkał Adę. Wypożyczyliśmy sprzęt. Zbadaliśmy teren.

Adaoma wstrzymała oddech. Arek wyprostował się na tylnym siedzeniu, napięty jak struna.

– Wydaje nam się, że... – Prokurator nie odważył się dokończyć. Chrząknął i powiedział: – Chcielibyśmy, by zidentyfikował pan zwłoki.

Zatrzymali się przy grodziszczu. Teraz teren był zastawiony samochodami. Wokół kręciło się sporo ludzi. Adaoma dostrzegła też dwóch dziennikarzy. Jeden z nich ją rozpoznał i zrobił im mnóstwo zdjęć. Nie dbała o to.

– Przepraszam, że w takich warunkach – mówił prokurator. – Zgodnie ze sztuką powinno się to odbyć inaczej, ale to nadzwyczajna sytuacja. Zawiadomiliśmy pana tak szybko, jak tylko się dało. Jeśli wolałby pan zrobić to w szpitalu...

– Nie. Załatwmy to teraz.

Wprowadzono go za biały parawan. Adaomie mignęło tylko leżące na białym prześcieradle ciało, blond włosy i brudna od ziemi jaskrawopomarańczowa bluza.

W takich właśnie okolicznościach, po roku, ojciec po raz pierwszy zobaczył swoją córkę.

Trzecie spotkanie odbyło się rano, podczas śniadania. Niewiele jedli i zostali już wtedy chyba jedynymi gośćmi. Wszyscy inni wyjechali. Kiedy dolewała sobie herbaty, usłyszała ryk silnika. Chwilę później na teren posesji wjechał srebrny mercedes amg.

– Arek – powiedziała i wskazała otwarte drzwi.

Razem stanęli przy wrotach od stodoły. Z samochodu wysiadł Robert, a zaraz za nim Kamila. Przez chwilę stali naprzeciwko siebie – z jednej strony Arek z Adaomą, z drugiej oni. Potem Kamila podeszła do męża. Nie objęła go, tylko położyła głowę na jego piersi i szeptem, ale Adaoma i tak słyszała każde słowo, powiedziała:

– Dziękuję. Dziękuję, że ją znalazłeś.

ŚLUB

– Ogłaszam was mężem i żoną! – powiedział ksiądz i ludzie zaczęli klaskać, kiedy pan młody całował pannę młodą.

Potem stali w tłumie gości przed kościołem. Para młoda wyszła na zewnątrz. Strzeliły w górę fontanny kwiatów. Ignacy wybiegł do przodu i rzucił w Adaomę garścią ryżu. Roześmiała się. Klęknęła i pogłaskała chłopca po twarzy. Potem wsiadła z Robertem do limuzyny i pojechali do restauracji, gdzie miało się odbyć wesele. A raczej próbowali pojechać, bo tuż za zakrętem czekała na nich pierwsza blokada. Kamila zawołała Ignacego z powrotem, przytuliła się do Arka i pocałowała go w policzek.

Ślub był skromny, o ile wziąć pod uwagę realia. Kilkuset gości, wynajęty elegancki hotel nad jednym z mazurskich jezior i mnóstwo sławnych ludzi. Za to żadnych fotoreporterów, mediów, ślubnych reportaży dla kolorowych tygodników. Podobno i tak się ograniczyli z wydatkami.

Adaoma nie napisała książki o zaginięciu Ady. Za to wydała inną, o zdrowym jedzeniu w afrykańskim stylu. Jak opowiadała Arkowi, rzygała całym tym projektem i nienawidziła samej siebie za to, że zgodziła się wziąć w tym udział, ale książka sprzedała się całkiem nieźle. Jako autorka zarobiła trochę pieniędzy, pojawiła się na kilku okładkach, a potem zadzwonili producenci z jednej z tematycznych telewizji i zaoferowali jej program. Kulinarno-podróżnicze reality show, którego zasad nie do końca rozumiała, ale była to konkretna propozycja za konkretne pieniądze. Wkrótce miały ruszyć zdjęcia. Z tego wszystkiego przytyła trzy kilo. Krawcowa, kiedy pojawiła się u niej na ostatniej przymiarce, powiedziała, że jako jedyna panna młoda przybrała na wadze przed ślubem.

Sprawa porwania w Żmijowisku wkrótce zrobiła się głośna. Powstało kilka reportaży w ogólnopolskich gazetach, programy w telewizji. Arek konsekwentnie odmawiał wywiadów. Nie rozmawiał z mediami, kiedy robiły z niego łotra, nie zamierzał z nimi rozmawiać, kiedy przedstawiały go jako bohatera.

Wesele trwało już kilka godzin. W sali zrobiło się strasznie głośno i duszno. Adaoma z Robertem nakarmili gości tortem. Rzuciła welonem, który złapała jedna z jej koleżanek z dawnej pracy, i po raz pierwszy podczas tego wieczora poczuła się odrobinę swobodniejsza. Wzięła kieliszek wina i wyszła na dwór, żeby odetchnąć świeżym powietrzem. Była cudowna majowa noc. Przyjemnie ciepła, ale jeszcze bez komarów atakujących każdego, kto by odważył się wystawić głowę poza salę balową.

Na pomoście, obok przycumowanej samotnej żaglówki, dostrzegła postać. Podeszła ciekawa kto to i wkrótce zorientowała się, że to Arek. Ucieszyła się. Przez cały wieczór zamienili tylko kilka słów, kiedy składał im życzenia. Mężczyzna trzymał dłonie w kieszeniach. Wpatrywał się w linię horyzontu.

Trudno jej się szło po trawie, a potem pomoście w szpilkach na obcasie tak długim i wąskim, że nadawałby się na szpikulec do lodu, ale udało się. Stanęła obok Arka. On się uśmiechnął. Ona odpowiedziała tym samym. Milczeli wspólnie przez kilka chwil, rozkoszując się widokiem gwiazd i jasnego księżyca.

– W Warszawie ich tak dobrze nie widać – powiedziała.

– Zgadza się – odparł. – A więc jednak się zdecydowałaś, co?

– Miesiące terapii dla par nie mogły się przecież zmarnować, prawda?

Zaśmiał się.

– Może jestem głupia. Może będę żałować. Ale kocham go.

– Wiem – mruknął. – Tylko, jeśli mogę mówić szczerze...

– Tak.

– Nie. – Machnął ręką. – Nie dzisiaj. Przepraszam. Zapomnij o tym.

Trąciła go łokciem.

– No mów.

– Nie. Naprawdę. Nie warto.

– Po prostu powiedz.

– Nie.

– Wiesz, że cię stąd nie wypuszczę, dopóki mi nie powiesz? – zapytała ze śmiechem. – Wrzucę cię do wody!

Przewrócił oczami. Westchnął i rozłożył bezradnie ramiona.

– Dobra. Po prostu sądziłem, że to inaczej się skończy. Że to oni będą razem.

Przestała się uśmiechać. Miał rację, pomyślała, nie warto było o tym mówić. Nie dzisiejszej nocy. Tej, która miała być najszczęśliwszą w jej życiu. Obecność Kamili i tak kładła się na niej cieniem. Ale Adaoma chciała zaprosić Arka, więc żonę dostała w komplecie. Uznała, że zaciśnie zęby i to przetrzyma.

– Czasami ja też tak sądziłam – przyznała.

– Szczególnie po tym jak... – Przełknął ślinę. – Po tym, jak uprawiali seks.

Zmarszczyła brwi.

– Jak to uprawiali seks?

– Chryste... Przepraszam. Jestem dupkiem. Wszystko psuję. Przepraszam.

Chciał odejść, jednak chwyciła go za poły marynarki.

– Kiedy to zrobili?

– Nie warto.

– Kiedy to zrobili!? – krzyknęła mu prosto w twarz.

Zagryzł wargę. Skrzywił się.

– Tamtej nocy, kiedy ten chłopak zabił Adę – powiedział cicho. – Pieprzyli się wtedy.

Potrząsnęła energicznie głową.

– Nie, nie, nie.

– Widziałem ich. Przykro mi.

– Nie. – Jej oddech trochę się uspokoił. Puls wracał do normalnego tętna. – To nie była Kamila, tylko Michalina.

– Co takiego?

– Robert mi opowiedział o wszystkich swoich dziewczynach. – Z trudem przeszło jej to przez gardło, ale pomyślała, że warto. Przynajmniej Arek będzie wiedział, że żona wcale go nie zdradziła. – Pamiętasz? To z Michaliną wtedy...

– Kłamiesz! – ryknął. – Widziałem ich!

Coś się z nim stało. Coś strasznego. I nagle przypomniała sobie. Michalina, Kamila i Ada. Wszystkie miały tej nocy pomarańczowe bluzy. Kamila oddała swoją Michalinie, kiedy Adaoma ją potrąciła i oblała się winem. Tak łatwo pomylić, kiedy jest się rozżalonym i pijanym. Michalinę z Kamilą. Żonę z córką.

– Powinnam już wracać – powiedziała.

Odwróciła się. Musiała odejść. Szybko. Nie dać nic po sobie poznać. Nie zdradzić ani gestem, ani wyrazem twarzy, że już się domyśliła. Że wszystko wie. Ale nie dała rady.

– Przepraszam. – Usłyszała i w tym samym momencie drewniany bosak uderzył ją w głowę. Wpadła do wody.

WTEDY (RAZ JESZCZE)

Wyobraź sobie, że jesteś mężem kobiety, z którą nie powinieneś być. To nie twoja opinia, ale wszystkich dookoła. Łącznie z jej rodzicami. Być może nawet z twoimi. Według nich jest dla ciebie za dobra, a jedyne, co was połączyło, to szalona noc, za dużo alkoholu i to, że nie potrafiłeś wyjąć fiuta w odpowiednim momencie. Tylko ty wiesz, jak jest naprawdę. Tylko ty pamiętasz, że przez pierwsze lata małżeństwa poświęcała się zupełnie dziecku i mogłeś zapomnieć o seksie. Zostawało ci jedynie walenie konia, kiedy wszyscy już poszli spać. A jednak zacisnąłeś zęby. Porzuciłeś marzenia i zadbałeś o rodzinę. Potem zrobiło się lepiej. Nie dużo lepiej. Po prostu lepiej.

Najgorsze, że to był on. Nasłuchałeś się o nim. Spotkałeś go. Idealny chłopak – przystojny, zdolny, bogaty. Robił karierę, o której ty już zapomniałeś, kochał się z kobietami, o których ty mogłeś tylko pomarzyć. W chwilach szczerości, wzmacnianych najczęściej alkoholem, potrafisz sam przed sobą przyznać, że w każdym calu, każdym aspekcie jest od ciebie lepszy. A jednak pragnie twojej żony. I nie, nie czerpiesz z tego satysfakcji. Bo to nie tak, że to ona wybrała ciebie zamiast jego. Szalona noc i za późno wyjęty fiut. I tyle. Gdyby nie to, byliby razem. Powinni być razem. Wszyscy dają ci to do zrozumienia. Mniej lub bardziej. Także ona. Nieświadomie. Ale widzisz jej tęskne spojrzenia. Nostalgię. Żal.

Przeżywasz w ten sposób kilkanaście lat.

Wreszcie nadchodzą te wakacje i od początku są koszmarem. Bo on przyjeżdża z nową dziewczyną. Z nową poważną dziewczyną, a twoja żona ma dziki atak zazdrości. Próbuje się z nią ukrywać, ale nie jesteś głupi. Wbrew temu, co myślą sobie jej znajomi. Do tego on cię upokarza. Opowiada ci o wymarzonym mieszkaniu, ale ty przecież nie możesz mu takiego sprzedać, bo jesteś biedakiem, który oferuje nieruchomości innym biedakom. I do tego sra w gacie, o czym on nie zapomina wspomnieć w momencie, kiedy wszyscy to słyszą. Zbliża się z twoją żoną, nawet jego dziewczyna to widzi. Robi dziką awanturę, a ty po raz pierwszy czujesz do niej sympatię.

Wieczorem pijesz trochę za dużo. Za szybko. Ale raz ci się należy. Idziecie się kąpać do jeziora. W pewnym momencie ziemia usuwa ci się spod nóg. Chwytasz tego, kto jest najbliżej ciebie. Instynktownie. Przez przypadek wciągasz go pod wodę. Oczywiście to wypadek. Oczywiście to on. Oczywiście robi się wielka awantura, bo według niego zamierzałeś go zabić. To idiotyzm, ale oczywiście t w o j a żona bierze jego stronę. Jesteś wściekły, upokorzony. Masz dość. Idziesz się schlać, a kiedy wracasz, widzisz ich. On i ona. Oparci o drzewo. Posuwa ją od tyłu. Nie widzisz jej twarzy, ale to ona. Te same blond włosy, ta sama pomarańczowa bluza.

Paraliżuje cię. Wycofujesz się. Płaczesz. Krzyczysz w głębi lasu. I wiesz, że to już koniec. Kilkanaście lat twojego życia, poświęcenia i ciężkiej pracy. Nikt nigdy nie docenił tego, co zrobiłeś.

Wracasz wypełniony wściekłością. Jesteś gotów to skończyć. I wtedy ją widzisz. Kobieta, która zmarnowała ci życie, nigdy nie powiedziała „dziękuję”, zdradziła cię, siedzi przy na wpół wygasłym ognisku. Te same blond włosy, ta sama pomarańczowa bluza. Przy stosie drewna leży mała siekierka. Podnosisz ją. Uderzasz.

Każdy mógł się pomylić.

Znajduje cię gospodarz. Ma przy sobie sprzęt wędkarski. Bełkoczesz. Tłumaczysz, że to błąd, pomyłka. Że jesteś niewinny. On patrzy na ciebie z przerażeniem, chce dzwonić na policję, ale szybko się otrząsa. Mówi, że pomoże. Pomoże, jeśli mu zapłacisz.

Zgadzasz się.

Potem dowiadujesz się o ich problemach finansowych. Po prostu postanowił wykorzystać okazję.

We dwójkę wsadzacie ciało do samochodu. On wraca, zasypuje ślady krwi popiołem z ogniska. Zawozicie ciało do grodziszcza, gdzie niedawno archeolodzy skończyli wykopaliska.

– Nikt nie będzie się dziwił, że ziemia jest tutaj rozkopana – tłumaczy. – Nikt nie będzie jej tu szukał.

Chowacie ciało. Zawozi cię z powrotem. Ustalacie, co mówić. Ustalacie cenę. Daje ci wódkę i środki na uspokojenie. Wyjaśniasz, że to wina twojej żony. Gdyby się nie puściła, do niczego by nie doszło. On ci wierzy. Albo przynajmniej udaje.

Dopiero potem uświadamiasz sobie, że jest równie zdenerwowany jak ty. Że gdyby nie ta burza, toby się nie udało.

Wracasz do Warszawy. Nie potrafisz zapomnieć tego, co zrobiłeś. Kochałeś córkę. Nigdy byś jej świadomie nie skrzywdził. To wina twojej żony. Z dnia na dzień coraz wyraźniej widzisz to, co było jasne dla ciebie od pierwszego dnia. Jesteś dobrym człowiekiem. Bardzo dobrym. Mało kto by się tak poświęcił. Szkoda, że nikt nigdy tego nie widział, nie rozumiał. Ty jesteś dobry, ona zła.

Zostajesz zrozpaczonym ojcem zaginionego dziecka. Wszyscy ci współczują, chcą pomóc, idą na rękę. Rozkoszujesz się tym stanem. Po raz pierwszy czujesz się doceniony.

Tamten błąd jednak kosztuje. Musisz ukryć wypłaty pieniędzy. Kłamiesz żonie, że to na obsługę agencji PR, którą oczywiście on załatwił do pomocy. Ale twoje kłamstwo może wyjść na jaw. Wymyślasz nowe: przepuściłeś pieniądze w kasynie. Znajdujesz jedno i idziesz tam parę razy, by zorientować się, jak to wszystko wygląda, gdyby doszło do jakiegoś przesłuchania. I wtedy pojawia się tam reporter.

Tak to się zaczyna. Stajesz się czarnym charakterem w tej historii. Tracisz pracę. Gospodarz dzwoni, bo archeolodzy wracają i znowu będą kopać, chociaż nie powinni. Musicie przenieść ciało w inne miejsce.

Wymyślasz pretekst. Jako rozżalony ojciec wracasz na miejsce zaginięcia córki, żeby podjąć kolejną próbę jej odnalezienia. Rozlepiasz plakaty. Tam spotykasz jego dziewczynę. Jesteś zaskoczony. A gdy okazuje się, że pisze na twój temat książkę, wściekły. Potem jednak dostrzegasz w tym szansę, bo wszystko można by wyjaśnić. Nie, nie powiesz jej prawdy, to niemożliwe. Ale sprzedasz tę historię tak, by oddała ci sprawiedliwość. Dlatego zgadzasz się wziąć udział w tym niby dziennikarskim śledztwie.

Potem wypadki szybko następują po sobie. Do teraz nie rozumiesz, co się stało ani dlaczego. Znika dziecko. Zaczynają się poszukiwania i wtedy gospodarz mówi, że to idealna okazja. Wszyscy są zajęci czymś innym, nikt nie zwróci uwagi, gdy znikniecie na kilka godzin. A jakby co, to przecież szukacie dziecka, prawda? I tak też mówicie gospodyni. Wierzy wam.

Jedziecie na miejsce. Najpierw chcecie się upewnić, że nikogo nie ma na grodzisku, więc łopaty zostają w bagażniku. Wtedy spotykacie dwójkę szalonych nastolatków z porwanym dzieckiem. Syn strzela do gospodarza. Zabija go. Strzela do ciebie. Rani. Uciekasz. Ale tam jest ta dziewczynka. Planują ją zabić. A ty przecież jesteś dobrym człowiekiem. Pokażesz to innym, jeśli ją uratujesz. Wracasz. Zostajesz bohaterem.

Na grodzisku jednak dalej leży twoja córka. Prędzej czy później znajdą ją archeolodzy. Wypisujesz się ze szpitala, by przy pierwszej nadarzającej się okazji wykopać ją i przenieść w inne miejsce. Za późno, przyjeżdża prokurator. Wiezie cię do grodziszcza. Jesteś przerażony. Wiesz, że to koniec. Znaleźli ją. Wszystkiego się domyślą. Ale Damian z jakiegoś powodu twierdził, że to on zabił Adę. Powiedział to Sabinie. Ona opowiedziała o tym prokuratorowi. Prokurator opowiedział tobie. Prosisz, by się zatrzymali. Musisz przez chwilę pobyć sam. Myślą, że to przeżywasz, ale tobie chce się śmiać. Robisz wszystko, by powstrzymać wybuch radości. Wcierasz sobie piasek w oczy i wyglądasz, jakbyś płakał. Wracasz do samochodu. Rozpoznajesz swoją córkę. Co prawda ma rozbitą głową, a nie jest uduszona, jak twierdzi Damian, jednak prokuratora to specjalnie nie dziwi. Chłopak skłamał, pomylił się albo źle zapamiętał chwilę zabójstwa. Drobna nieścisłość, którą można zignorować. Mają ciało, mają winnego. Prokurator ma awans w kieszeni. Żona jest wdzięczna. Godzicie się. Wszyscy cię podziwiają, klepią po ramionach. Przepraszają, że pomylili się co do ciebie. Nawet jej rodzice.

Być może po raz pierwszy od kilkunastu lat czujesz się szczęśliwy.

A potem jest ślub. Jedna rozmowa. Jedna głupia rozmowa. I jego dziewczyna. Jego żona, poprawiasz się, wszystkiego się domyśliła.

Szkoda. Naprawdę ją polubiłeś.

ŚLUB

Wynurzyła się. Tylko po to, żeby znów dostać bosakiem prosto w głowę. Było głęboko. Suknia ślubna nasiąknęła wodą. Ciągnęła w dół. Adaomie brakowało tchu. Resztkami sił odbiła się od dna, machnęła ramionami i wypłynęła na powierzchnię. Poza zasięgiem bosaka. Poczuła pod palcami piasek. Już nie tonęła. Szła po dnie, z każdym krokiem zapadając się aż po kostki. Nie zauważyła nawet, kiedy straciła jeden ze ślubnych butów. Kręciło jej się w głowie. Język miała sztywny jak kołek. Coś spływało po policzku. Nie wiedziała, czy to woda, czy krew.

Chciała wyjść na brzeg, ale on tam stał. Gotowy do zadania kolejnego ciosu. Skręciła w bok, chowając się w wysokim tataraku. Ostre liście cięły jej skórę.

– Ratunku! Ratunku! – wrzeszczała.

Po minucie zdała sobie sprawę, że to nic nie da. Znajdowała się zbyt daleko od hotelu. W sali balowej grała muzyka. Nikt jej nie usłyszy.

– Ada! – krzyknął Arek. – Ada! Wyjdź!

Czekał na nią.

– Ada! Wyjdź! To nie tak! To był wypadek!

Po drugiej stronie jeziora dostrzegła budynki, w których paliło się światło. Ale nie miała szans, by tam dopłynąć, nie w tej sukni. Elegancka, z halką, wierzchnią warstwą, gorsetem i udekorowana kryształami była zbyt ciężka. Idealna na bal. Nie do pływania.

– Każdy mógł się pomylić! To nie moja wina, Ada! To wina twojej matki! To wina Kamili! Wyjdź, Ada!

Wiedziała, że nie może tego zrobić. On tam na nią czeka. Zabije ją. Zabije tak jak Adę. Co powie gościom? Pewnie, że wpadła do wody, a on próbował ją ratować, ale się nie udało. Zaczęła płakać z bezsilności. Poszła tatarakiem w bok, żeby go jakoś ominąć, jednak dźwięk łamanych roślin idealnie wskazywał jej lokalizację. Musiałaby wejść głębiej do jeziora, trochę przepłynąć i dopiero wtedy wyjść. Tylko nie miała odwagi. Suknia pociągnie ją prosto na dno. Adaoma potrzebowała pomocy, żeby się w nią ubrać. Będzie więc potrzebować pomocy, żeby ją zdjąć. Pomimo tego wyciągała ramiona do tyłu, próbując dotrzeć do haftek na plecach. Wtedy usłyszała ryk. Mimowolnie się skuliła i to pewnie uratowało jej życie. Bosak uderzył ją w czubek głowy. Poleciała do tyłu. Pod wodę. Arek wylądował na niej. Spod powierzchni widziała jego wykrzywioną wściekłością twarz. Przycisnął ją bosakiem. Szarpała się. Próbowała go odepchnąć, odbić się od dna, ale nie dała rady. Z jej ust najpierw wydobył się strumień bąbli, a potem zachłysnęła się mulistą wodą. Płuca paliły, ciało skręcało się, mięśnie skwierczały. Powietrze było tak blisko. Niemal mogła chwycić je w dłonie, wyrwać jak kawałek ciasta i wsadzić sobie do ust.

Nigdy nie lubiła polskich jezior. Zawsze się bała, że muł wciągnie ją pod wodę. I tak właśnie miała umrzeć. W błocie, z tatarakiem wplątanym we włosy i wodą w płucach. I wtedy pod palcami poczuła luźny but. Chwyciła go. Uderzyła.

Szpilki. Tak wysokie, że nadawałyby się na szpikulec do lodu.

Uderzyła jeszcze raz. Jeszcze raz. Arek osunął się na bok. Wpadł w wodę tuż obok niej. Jego ręce puściły bosak. Odrzuciła go. Wystawiła głowę nad wodę i nabrała powietrza. A potem, upadając się i podnosząc, dotarła na brzeg. Zwymiotowała, po czym padła twarzą prosto w kałużę swoich wymiocin.

W niczym jej to nie przeszkadzało. Oddychała głęboko.

Nagłe uczucie przerażenia. Arek. Odwróciła się, krzycząc, wyciągając przed siebie ciągle trzymany w dłoni but jako jedyną obronę. Jakby naprawdę spodziewała się, że będzie tak jak w tanich horrorach. Że morderca wstanie po raz ostatni, żeby raz jeszcze próbować ją zabić. Ale jego ciało ciągle leżało w tataraku.

Podniosła się. Arek unosił się na wodzie. Widziała jego zakrwawioną twarz i dziurę w czaszce. Trafiła go w skroń. Przebiła kość i tętnicę.

Przewracając się co kilka kroków, wróciła do hotelu. Weszła od tarasu, prosto do sali balowej. Było tam ciemno. Ludzie bawili się, tańczyli w refleksach dyskotekowych lamp. Ktoś ją zauważył. Ktoś włączył światło. Goście po kolei jak w dziwnym spektaklu zatrzymywali się i wpatrywali w nią w milczeniu. Ktoś, pojedynczy głos, krzyknął piskliwie.

Robert tańczył z Kamilą. Zatrzymali się jako ostatni. Zrobił krok w kierunku Adaomy, powiedział coś, czego nie usłyszała, ale to nie miało znaczenia. Bo ważne było tylko to, że ciągle trzymał tamtą za rękę. Adaoma stała z zakrwawionym butem w dłoni, mokra, brudna, i patrząc na nich, zrozumiała wreszcie to, co Arek wiedział już od dawna.

Że to nigdy się nie skończy.

OD TEGO WSZYSTKO SIĘ ZACZĘŁO

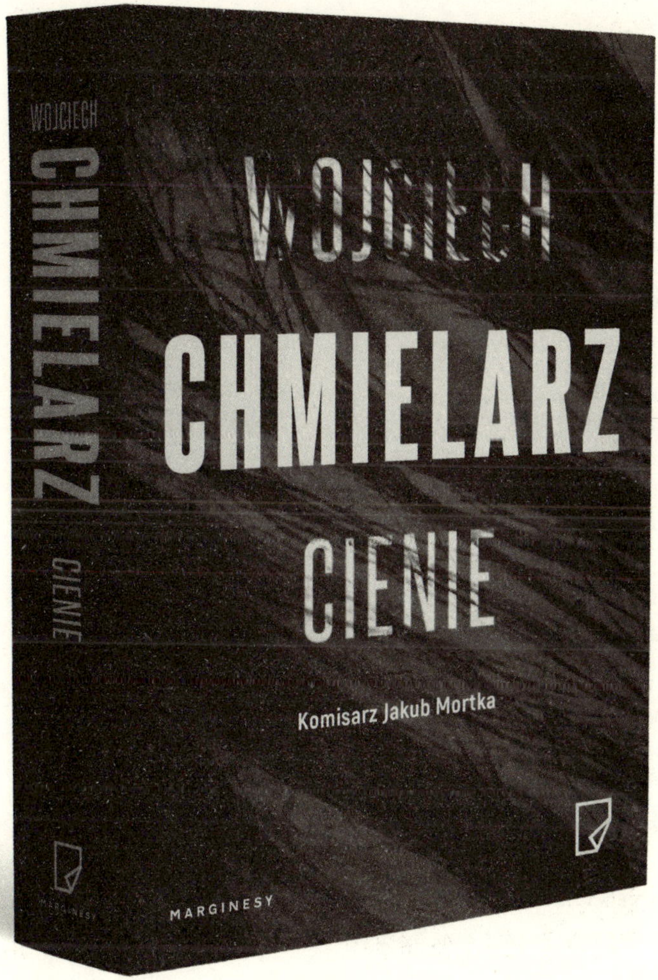

NA TYM SIĘ WCALE NIE KOŃCZY...

REDAKTOR PROWADZĄCY Adam Pluszka
REDAKCJA Karolina Macios
KOREKTA Małgorzata Kuśnierz, Jan Jaroszuk
PROJEKT OKŁADKI I STRON TYTUŁOWYCH Michał Pawłowski
ŁAMANIE **manufaktura** | manufaktu-ar.com

ZDJĘCIE NA OKŁADCE © Camille / Kmile / Unsplash
ZDJĘCIE AUTORA © Wojtek Rudzki

ISBN 978-83-65973-37-5

WYDAWNICTWO MARGINESY SP. Z O.O.
UL. FORTECZNA 1A, 01-540 WARSZAWA
TEL. 48 22 839 91 27
redakcja@marginesy.com.pl
www.marginesy.com.pl

WARSZAWA 2018
WYDANIE PIERWSZE

ZŁOŻONO KROJAMI PISMA Scala ORAZ Steelfish

KSIĄŻKĘ WYDRUKOWANO NA PAPIERZE Creamy 70 g vol 2.0
DOSTARCZONYM PRZEZ Zing Sp. z o.o.
ZiNG

DRUK I OPRAWA
Abedik S.A.